太极食神之秋水猎杀

TAI CHI CHEF
{PART THREE} ③

宋别离■著

新世界出版社
NEW WORLD PRESS

图书在版编目（CIP）数据

太极食神之秋水猎杀 / 宋别离著. -- 北京 : 新世界出版社，2018.1

ISBN 978-7-5104-6452-2

Ⅰ. ①太… Ⅱ. ①宋… Ⅲ. ①长篇小说－中国－当代 Ⅳ. ①I247.5

中国版本图书馆CIP数据核字(2017)第287985号

太极食神之秋水猎杀

作　　者：宋别离
责任编辑：黄　倩
责任印制：王宝根
责任校对：宣　慧
出版发行：新世界出版社
社　　址：北京西城区百万庄大街24号(100037)
发 行 部：(010)6899 5968　(010)6899 8705（传真）
总 编 室：(010)6899 5424　(010)6832 6679（传真）
http://www.nwp.cn
http://www.nwp.com.cn
版 权 部：+8610 6899 6306
版权部电子信箱：nwpcd@sina.com
印　　刷：北京亚通印刷有限责任公司
经　　销：新华书店
开　　本：880mm×1230mm　1/32
字　　数：390千字　印张：12.75
版　　次：2018年1月第1版　2018年1月第1次印刷
书　　号：ISBN 978-7-5104-6452-2
定　　价：42.90元

目录
CONTENTS

第一章　变法风云

戊戌这一年，中华大地风云变幻。

从《定国是诏》开始，之后的一百多天中，光绪皇帝共发出改革谕旨二百八十六件，平均每天近三件。其中七八月份之交的十七天内，居然下达了一百三十二件谕旨，真如倾盆大雨，轰轰烈烈，滚滚而下。前不久，皇帝又下达命令，裁撤了詹事府等七个闲散衙门，砸了近万人的饭碗，如同在晴空爆响了一颗炸雷，引起了官场的极大震动。就连原本支持变法的袁世凯，也对新党越来越感到没底，以至于光绪升了他的官后，更是胆战心惊。不仅是他，越来越多的人看出，这几个年轻人不可能成事，即便连变法的核心人物都觉得前途迷茫了。

应该说在“变法”最初，形势还算乐观。太后以支持者的身份旁观，群臣也多有支持者，至少不敢公然反对。以袁世凯的意思， 这场变革该由一个成熟、老练的重臣来主导，以“小步走”的方式进行，化整为零、分项进行。通过这种“温水煮青蛙”的法子，一步步更新，一点点化解。

不幸的是，不管是光绪帝，还是康梁，都血气方刚而又缺乏阅历，把改革看得忒简单了，妄图一夜之间，改变大清国的面貌，把中国从一个最弱的国家变成最强的国家。如此一来，奉旨进京的袁世凯便成了平衡帝党和新党的一枚关键棋子。在十八日这天夜里，一个神秘的人物来到了法华寺。他就是新近成为皇上身边红人的章京谭嗣同。

夜色中的法华寺悄寂无声，过了大雄宝殿，进到后院，正中三间房里灯火通明，人影绰绰，却都不敢高声说话。在院门口，有四个人守着，两个青年身穿军服，挎着佩刀，一个是袁海，一个是杨兆鹰。他们是前些日子随同袁世凯一起进京的，身负护卫之职。另外两个分别是铁螳螂宋启云和刘兆鸣，他们却是受大刀王五的委托，护送谭嗣同前来密访袁世凯的。

夜色阴暗，不见星月，天边隐隐有雷声轰鸣，尽管已入了秋，天还是有些闷热，没有风，空气潮湿，秋虫的鸣叫此起彼落。

四人都是老相识，如今碰到一起，有满腹的话要说，但因为谭嗣同深夜来访，身负机密要事，故而都不敢半点放松。

谭嗣同与袁世凯密谈了约有半个时辰，突然一道闪电像银蛇般划过夜空，随后轰隆一声，霹雳在半空里炸响。憋了半天的大雨终于哗哗地泼下来了。顿时，整个寺院笼罩在雨幕中，宋启云、杨兆鹰等四个不敢远离，都避在廊檐下，看风雨肆虐远远近近的都是哗哗声响。其间，袁海请宋启云和兆鸣去客房歇息，这里由他和兆鹰守着，被两人拒绝，大家心知谭嗣同深夜前来，身负使命，哪里敢大意，都存了一百个小心。

忽听嘎一声，房门被推开了，袁世凯已送谭嗣同出来。四人赶忙围过来。看那雨势却一点儿不曾减少，袁世凯本待留谭嗣同等雨小了再走，但谭嗣同还是执意要赶去另一个地方，于是宋启云几个赶紧撑起了伞。

袁世凯也执意要送他们出山门，推让了一番，终是送出院门才罢。袁海替叔父撑着伞回到屋檐下后，袁世凯皱着眉头，转身看夜雨倾盆，让他赶紧去把尹夫子找来。这个尹夫子是他的智囊尹铭绶，与南通状元张謇是同科榜眼，有名的书法大家，工行楷，甚得袁世凯的倚重。

走进屋后，袁世凯不禁心潮汹涌，适才与谭嗣同发生的争执又映现眼前。其实，举出“勤王”的正统旗号，诛杀荣禄，夺取军权，他也觉得此计可行。只不过，在发动的时机和方式上有分歧：谭嗣同认为事情紧迫，不能等到九月天津阅兵，要他立即带兵入京，出奇制胜；袁世凯则不愿打无把握之仗，更希望将人事、装备安排停当，待机而举。

杀荣禄后，再从天津运兵到北京，至少要三个小时。“围园劫后”难度重重，袁世凯以为，莫如拖延到天津阅兵时再发动兵变。那时光绪人在营中，只要下一令旨，谁敢不遵，又何事不成？则诛杀荣禄如杀一狗耳！平心而论，他说这番话时并非虚与委蛇，而是经过深思熟虑后才切实地道出了实情。若按康梁谭的建议，冒险出兵，没有任何成功的可能。一方面是双方实力的悬殊，袁世凯在小站只有一个师的兵力，却要面对几十倍的军队，无异于以卵击石。更重要的，袁世凯在天津训练的军队平时都不发子弹。子弹在弹药库里放着，只有战时才发放。袁世凯根本不可能带着空枪军队杀到北京城里，所以他只能婉拒。甚至在谭嗣同要将那份密诏交他保管时，也推了出去。那东西放在身上，只能是个祸害。

当然，他也不能把门全部关死，让维新派绝望。故而最后又郑重起誓，准备妥当后，定然会有所报效。至此，谭嗣同也无计可施，只得听从袁世凯的话，暂时把兵变的计划搁置了。不过，在京城的这几天袁世凯也看清了形势，光绪皇帝根本不是慈禧太后的对手，帝党也无法跟后党抗衡。他确实该为以后做些打算了。外面的雨还在哗啦哗啦下个不停，袁世凯不经意往屏风那边一瞧，登时怔住了。灯下瞧得分明，那里有水渍。并且，这水渍是从门口一直滴答到屏风后面的。心头登时生出了一股寒意，袁世凯暗道，定是适才送谭嗣同出门时，有人偷偷潜入，躲在屏风后面。这么想着，不觉往挂着佩刀的墙根挪去。

便听到屏风后面有人嘿嘿冷笑：“袁大人好心细，居然觉察了！”

“你是谁？”

“无名小卒，说了你也不会知道！”

“来了便是客，请现身说话！”

那人果然应声从屏风后走出来，一身黑衣，脸上蒙着黑布，只露出两只神光炯炯的眼睛。袁世凯心里一寒，此人不知什么路数，来了多久，要是听见他跟谭嗣同的谈话，这便生出了祸患……

“壮士深夜造访，所为何来？”

“想借大人一样东西瞧瞧！”

“什么？”

“密诏！”

袁世凯打个激灵，糟了，事情败露！这时，外面传来脚步声，正是袁海和兆鹰陪着尹铭绶来到。他刚想喊叫，眼前一花，那黑衣人已到跟前，双手按住他的肩膀，袁世凯顿时觉得如泰山压顶，腿腕子簌簌乱抖，一屁股蹲到椅子上。

袁海等人已到门口，见袁世凯被挟持，吃了一惊，嗖嗖蹦进来。黑衣人反手勾住袁世凯的喉结，冷冷地道：“退后！”

袁海和兆鹰不敢造次，只得住脚。尹铭绶慌忙道：“这位大侠，有话好说，切莫伤了袁大人！”黑衣人不去理他，冷冷地问袁世凯：“东西呢？”

“密诏不在我身上……”

“恕在下无礼！”黑衣人说着，伸手去袁世凯的袖筒里摸了摸，什么也没摸到，他嘿嘿笑道，“袁大人果然精细，滴水不漏！”

袁海瞧见叔父受辱，气得怒目圆睁，牙齿咬得咯吱响。兆鹰却瞧着黑衣人的身形有些眼熟，依稀在哪里见过。

袁世凯涩声道：“你要是想拿，现在去追还来得及！”

“这就不用你操心了，自然有人拦着他们！”

“既然这样，壮士还想要什么，不会是袁某的命吧！”

“还真没这个打算。”

“那好！”袁世凯朝袁海道，“你们让路，让这位英雄离开，不得阻拦！”

兆鹰突然叫起来，指着黑衣人道：“原来是你！”

袁海一惊：“你认得他？”

那黑衣人哈哈一笑，话声由京腔转成了河南腔：“杨家小子，你总算还记得俺！”猛地抽回双手，大步朝门口走去。

袁海和兆鹰哪容得他走，双双逼上，那人竟然不闪，径直迎上去。尹铭绶害怕伤着自己，赶紧躲到一边去，吆喝道：“快来人，有刺客！”

噗噗两声，袁海和兆鹰的身子向后飞出去，径直穿过房门，跌到院中去，啪啪，溅起了水花。厢房里的那些随行护卫闻声都冲了出来。大雨中，瞧见袁海和兆鹰跌进泥水里，摔个四仰八叉，都吃惊不小。

他们一窝蜂地涌到门口，那黑衣人像一股黑烟般，倏地钻出来，一头扎进众人中间。砰砰，七八个人几乎同时蹦起来，倒了一地。

黑衣人拍拍双手，正要离去，忽听有人沉声道：“好功夫！”他转头看去，那人已无声地潜进。黑衣人吃了一惊，身子嗖地向后掠出两丈多远，刚刚站稳，人又像被根无形的绳子拽着，嗖地又弹回原地。跟潜过来的那人相距不过两步远，彼此能听得见心跳。

“是谁？”

“陈家沟子陈岩耕！”

灯光下，兆鹰嘴里的陈大爷目光炯炯，他身材精悍，虽然已年过五旬，一站却如铁塔般结实。倒地的人此时纷纷爬起来，把走出门口的袁世凯团团护住。

“原来是陈家大先生，失敬失敬！”

“你这口音不是地道的河南腔，你那功夫也不是地道的陈家拳！”陈岩耕冷笑，“来都来了，阁下怎么不敢露个真脸瞧瞧？”

“人在跟前，想瞧，那就动动手吧！”

“好大的口气！”陈岩耕闪身而上，那人也不退缩。两人眼看着要撞到一起，却像燕子掠水一般，各自一旋腰，擦身而过。两人更像一个师父调教出来的：“金刚倒锥”后，齐刷刷地一个用“肘底捶”，一个使“倒卷肱”。他们出招太快，快如电闪，噗一声，泥水四处飞溅，两人身子晃了下。陈岩耕退出两步，黑衣人退出一步。

袁海等人吃了一惊，这黑衣人好厉害，陈大先生居然还要稍逊一筹。只有兆鹰知道这人的武功造诣，跟他爹杨云鹏有一拼。去年在永年他成亲那天，和兆鸣、兆虎等四个人联手，也接不住他一招。那时，这人扮作一个马车夫，貌不惊人，没想到却是个绝世高手。

雨还在哗哗下着，袁世凯见状，知道这么多人也未必能留得住黑衣人，更何况，即便留下来也是个麻烦，除了后党的人外，谁还会这么费心费力地跟踪谭嗣同深夜到此，一心想拿到那份“密诏”？普通人如何能知道这么机密的事？由此可见，太后那边早就在维新派周围布满了眼线，他们要想成事，谈何容易？想到这里，袁世凯抬手道：“陈先生请回，让他走！”

不等陈岩耕开口，那黑衣人就朗笑道：“袁大人果然是个人物！”脚尖一点，嗖地就蹿上了屋顶，像只黑猫似的，一溜烟地消失在风雨中。

袁海慌忙撑着伞，跑到院中接应陈岩耕，虽然不过只交手两招，陈大先生却吃惊不浅，这人的功力居然在他之上。太极门有哪些好手，他早就了然于胸，竟想不出还有这等人物。走到廊檐下后，陈岩耕先是朝袁世凯施礼：“大人受惊了。”

“不碍事！”袁世凯担心的还是那份密诏。黑衣人既然说，另有人盯着谭嗣同，说不定现在他们在路上已经遭遇了。

陈岩耕却转头瞧向兆鹰，说：“这人看上去使的是我陈家拳，其实是你杨家功夫的底子！”

秋天这夜雨像是跟人间有仇，化作无数根鞭子，啪啪地不停地抽打下来。远处那零星的灯火，在风雨中飘摇不定，像是随时都会灭掉。

谭嗣同从法华寺出来，坐进马车后，在宋启云和兆鸣骑马的护持下，又匆匆赶往南海会馆。此时梁启超几个还在等着他的回音呢。

应该说，在寺庙里跟袁世凯的一番密谈，让谭嗣同的一腔热血早变得冷却了。他不得不承认，围园这一步棋胜算寥寥，袁世凯的那番推算才是成功之道。原本，他也是不赞成如此冒进的，可后党步步紧逼，维新一派委实已被逼到山穷水尽的地步，出此下策，也实属无奈之举。

外界风传什么帝党和后党，果真能分得那么清楚吗？黑暗中，谭嗣同不由得苦笑。就拿现今皇上最为倚重的四章京来说，除了他是康有为一系的外，杨锐和刘光第是张之洞推荐的。林旭呢，还是荣禄推荐的，却也对康梁的维新思想极为推崇。刘光第素来对康有为没有好感。杨锐呢，对于康党的冒进也颇有微词。但四章京为皇上的新政分忧出力，却是没二心的。

至于谭嗣同身上的这份“密诏”，也有不少难以对外人道及的内幕。前几天，皇上跟太后就免掉“礼部六堂官”一事，险些闹僵。光绪找杨锐出主意，如何能继续推行新政，又能让老佛爷放心。杨锐起先不说，后来光绪给了他“免死诏书”，才说出了“康不得去，祸不得息”八个字，建议皇上疏远太过激进的康有为，以缓和跟太后及守旧大臣们的矛盾。

谁知等到第二天，林旭来传达皇帝旨意，让康有为离京，并转达皇帝关怀：“为国珍重，来日方长。”康有为却在中间解读出错误信息，他以为是皇上已经被慈禧控制起来，要他赶紧逃命。他哪里肯走，于是召集新党，想法勤王。于是昨日在南海会馆密议时，康有为居然拿出了一份“密诏”，当众宣读时，可说是字字血泪。闻者无不动容，就连徐世昌也是痛哭流涕。这样子，受命游说袁世凯的担子落到他肩上后，谭嗣同已是无法推辞，也不容退避。每当伸手摸到揣在怀里的这道“密诏”，他心里便会敲鼓。这东西到底是真是假？希望新任兵部侍郎袁世凯出于道义捕杀荣禄，发兵颐和园，劫持皇太后，果真是皇上的意思吗？

谭嗣同隐隐觉得这里面只怕有假。袁世凯见到“密诏”时的态度，更加深了他的怀疑。兵变这事搁置后，唯一的希望倒是放在另一个人身上，这便是跟袁世凯同一天进京的日本前首相伊藤博文。谭嗣同心想，如果由他前去游说慈禧太后，或许还有一线转机。他人在颠簸的车棚里，外面马蹄声和风雨声交杂，也不知道现在到了什么地方。突然，马车猛地刹住，谭嗣同猝不及防，咚地撞到车壁上。

“什么人？”他听到宋启云大吼一声，赶忙撩开车帘子往外瞧去，透过雨帘，依稀看到前面路上站着三个戴斗笠的汉子，手里持着兵刃。他心里一紧，不觉又摸摸怀里的“密诏”。

宋启云和刘兆鸣各拔出刀来，那三人并不应答，冷冷逼近。宋启云转头对刘兆鸣说：“你赶紧护谭爷走，这里交给我！”大吼一声，身子从马背上弹出去，人在空中，挥刀唰唰两下，直劈前面那人。双刀相交，激起一长串火花。宋启云手狠劲猛，那人被逼退两步。马上又有一人上来夹攻，第三个却绕个圈子又扑向马车。

宋启云唰唰几刀，跟着向后蹿去：“你是我的，哪里走！”挥刀直劈那人后心，迫得他转身应对。转眼四个人就混战一团，刘兆鸣瞧得清楚，这铁螳螂果然是个敢拼命的主儿，一对三犹自是攻多守少。当务之急，确是应该先护着谭先生冲出去，不可在这里逗留。当下催促车夫驱车快走，他在马上挥刀虚砍了几下，轰轰隆隆地冲出去。往前拐过一条街，一道银蛇样的闪电划过夜空，兆鸣看得清楚，有一个独眼汉子正一手叉腰，一手拄着一杆大枪拦在街心。这人不就是那个“秋水”的武恶吗？兆鸣脑子里不觉闪过小时在黑鱼庵发生的事，万瞎子杀了悟清师父，独眼龙却半途冒出来，跟万瞎子争夺兆龙……

他知道自己不是武恶的对手，可这当口，也只有上前拼命了。兆鸣冲着车夫吼一声："尽管往前冲，这里交给我！"一夹马肚子，挥刀冲上去。马蹄践踏下，泥水高高溅起。兆鸣高高举起单刀，策马快冲。眼看着扑到跟前，武恶突然身子一矮，双手抡枪杆子贴地抽过来。快马的前蹄正好落下来，被他打个正着，嘶叫一声，前蹄跪倒，把兆鸣甩了出去。

他在泥水接连滚了好几下，才翻身跳起来，伸手一摸脸上的泥水，把刀横在胸前。趁着这当口，马车噗啦啦冲过去。独眼龙却并不追赶，指着兆鸣道："就凭你这身手，还敢挡老子的道？我看你是活腻歪了！"

兆鸣冷笑："独眼龙，你拿大话吓唬谁？八年前，我就领教过你的手段了。"

武恶听他这一说，有些狐疑，夜雨下个不停，彼此也看不清面目："小崽子，快快报上名来！"

"武恶，你忘了八年前在黑鱼庵干过什么勾当了？"

"你是那个小沙弥？"

"没错，小爷叫刘兆鸣，你好好记着！"

"嘿嘿，我想起来了，你小子是杨云鹏的干儿子。"武恶嘿嘿冷笑，"来吧，让我见识见识你在杨家都学到了什么功夫！"

兆鸣随手舞个刀花，慢慢逼近，突然大叫："好啊，你原来还有帮手，叫他一起上吧！"

武恶一怔："胡说，我哪有帮手？"

"那你背后站的是谁？"

武恶不禁往后一瞄，兆鸣已趁机冲过来，唰地就是一刀。武恶瞧到身后没人，便知道中计，想也不想，挥动枪杆子砸过去。兆鸣的刀锋顺着枪杆子削下来。独眼龙呀地大叫一声，枪杆子就势一转，把他刀锋旋开。兆鸣忽又一脚踹过来，事先毫无征兆，武恶想躲时已是来不及了。他一发狠，非但不躲，反倒迎上去，噗的一下，兆鸣如同踢在一个大球上，被武恶顺势一鼓，人就弹出去。枪杆子随后又砸下来，兆鸣啪啪挡了两下，第三下怎么也扎不住步了，呼地向后跌飞，重重地摔在泥水里。

马车早就去远了，兆鸣心想，事到如今，也唯有跟独眼龙拼命了。一咬牙，抓着单刀跳起来，吼叫着朝武恶扑去……

风雨依旧肆虐，马车颠簸得厉害，谭嗣同一手抓住车篷，一手撩起布帘往外张望。车夫眼见两次遭人劫杀，吓得全身筛糠，拼命地挥鞭抽打马匹，一路狂奔。所幸夜深雨大，街面不见人迹，马车可以撒开欢儿跑。却不提防前面早拉了一根软绳在路当中，离地面有两尺高，快马拖着车子径直撞过去。那马一只前蹄从绳子上跨过去，另一只却给绊个正着，登时向前跪倒，那车篷却是刹不住，继续往前冲。车夫哇呀惨叫着，跌飞出老远。

谭嗣同到底是跟王五练过的，身子灵便，不待马车翻颠，人早蹿了出去，稳稳地落地后，手里已多了一把短刀，那也是王五送他防身用的，削铁如泥。四个黑衣人几乎同时从角落里蹦出来，也不言语，持兵刃逼来。谭嗣同左右扫了几眼，马上向后急急退去。

啪啪，前头两人先发动攻击，谭嗣同挥舞手里的短刀，接连挡了两下。两个黑衣人的刀头皆被削去一截，他们吃了一惊。谭嗣同伺机插上，短刀过去，如同削豆腐一般，那两柄刀又各断去一截。后面一人突然吹起口哨，黑暗中又蹦出了两人，手里拿了枪棍。他们倒不一起围攻，而是相继蹦到墙上，居高临下来戳谭嗣同。加上下边数人的夹击，谭嗣同很快就乱了阵脚，肩头被砸了一棍，手臂酸麻得握不住短刀，赶忙交到左手，刀锋过处，枪头和棍头都齐齐削断。

猛听得急湍的马蹄声越来越近，一骑如箭，转眼间就冲到跟前。马上人一声暴喝，手里的大刀跟着泼洒出去，那四个围攻的人齐声惨叫，丢了家什，抱臂后退。来人丝毫不怠慢，一个高从马背上蹦起来，人在空中，大刀就唰地往墙头削去，只一下，那两人的枪棍齐折，往后栽倒。

那人这才落地，如同半截子铁塔一般，威风凛凛。谭嗣同看清是王五赶到，叫声："五爷！"这才发觉全身酸软，居然已经使脱了力。

秋雨还在哗哗地下着，王五怒目圆睁，看着眼前的偷袭者，黑影里又陆陆续续走出十几个人，长短兵器都有，慢慢逼过来。

"五爷，你怎么会来？"

"眼皮直跳，心里不踏实，就过来接你们了！"一顿，又问，"启云和兆鸣呢？"

“前头碰到拦道的，他们替我挡了！”

眼看着那些人逼近，王五一抱拳：“诸位好汉，在下王子斌，武林朋友抬举，人送外号大刀王五。祖师爷留下了饭，朋友你能吃几遍？我王五今天既然支杆在此，还望各位好汉重义气，大家交个朋友，大伙儿都上得了梁山！”他这“春点”一亮，如果是道上混的，知道了他的底细，多半是要给几分面子的。谁知，眼前这些黑衣人却像聋了一般，还在进逼。王五明白，今天的事难了了。猛地大吼一声，如同霹雳砸地。

那些围攻的人心旌慌乱，不觉又退后两步。但他们随即又嗷嗷叫着扑过来。王五身子突然一矮，就地来了个“扫堂腿”，当场就撂倒三个，他们腿骨齐齐折断，哎哟惨叫着在泥水里翻滚。王五一旦下手，绝不留情，一柄大刀舞成一团，挡者披靡。杀了一圈后，又有七八个人挂了彩。可角落里随后又涌出十来个拿枪棍的。

夜黑雨大，王五也不敢恋战，万一这些人拿暗青子来招呼，他自家能防了，谭嗣同只怕会遭殃。他双手举刀往前扑去，那股子力劈华山的气势惊得众人慌忙后退。王五连砍两刀，人却倏地往后退去，一把抓住谭嗣同的手，叫声：“走！”脚尖一点，两人便上了墙头。

谭嗣同没练过轻功，乍上到这么高，有些慌乱，但王五的大手如同铁钩子一样，牢牢地拿住他，脚不沾地，恍惚间已从墙头跳上了房顶。

街上那些黑衣人待回过神，要发暗器招呼他们时，为时已晚，王五拖着谭嗣同早翻过屋顶，跑到背面去了。

哪怕是在内膳房，杨兆龙照旧能感受到帝党与后党之争的剑拔弩张。自从皇上发布定国是诏后，维新和守旧的话题也常常在膳房里被热议。

他发现，这些御厨们对“维新”多不看好，还极力贬低，他为此跟他们起过争执，闹得脸红脖子粗，却是谁也说服不了谁。兆龙也不得不承认，新政是有些过于冒进，让多数人难以接受。

身为一名御厨，他更多的是从饮食上去关注光绪帝的境况。变法这几个月以来，皇上吃的东西很少，也没再传兆龙为他单独烧制菜品。听说，皇上为了变法的事，常常是彻夜不眠，如此操劳，再加上饮食不济，只怕会把身子骨熬垮了。

但在八月四日这天下午，尚膳正却过来传旨，要内膳房明天中午准备丰盛的国宴，并特别点名，要兆龙用竹刀切新鲜的鱼肉，学做东洋人最喜欢吃的生鱼片。

一问才知道，明天光绪帝要接见日本的前首相伊藤博文，询问明治维新的一些事宜，听说还有意聘请伊藤当顾问。菜单拿到手一瞧，除了生鱼片外，还有寿司，内膳房尽多烹饪高手，倒是也能做得地道。只是听说皇上这样礼遇东洋人，大家心里都觉得不是滋味。当着尚膳正的面，御厨们还克制着，待他走了后，众人便开始当着黄知临的面发起了牢骚。要知道，皇宫里的御厨多是胶东福山那边来的，他们对日本人最是仇恨，当年中日甲午海战，就发生在威海。

这伊藤博文呢，既是海战的主要谋划者，战后和谈时又任日方全权代表，签订《马关条约》，让中方谈判代表李鸿章颜面扫地，也使大清帝国受尽屈辱。这样的人居然要来中国襄助新政？怎能不叫人愤慨！

大家越说越气愤，有的甚至拿菜刀在比画，恨不得伊藤博文就在跟前，好给他当头来上一刀。兆龙心里也一样不舒服，皇上这么做，不是更会刺激老佛爷吗？黄知临身为总厨，见手下人这么发牢骚，还是头一回见。却也并不急着搭腔，待他们发泄得差不多了，才开口道：“说得好，咱们是堂堂正正的御厨，岂能为这东洋鬼子烧菜！”

兆龙没想到黄知临居然也这样附和，大感意外。其他御厨则更为兴奋，你一嘴，我一舌地又骂开了。黄知临却突然冷笑：“既然大家以为那伊藤不配吃咱皇家膳食，那明儿个都不用来内膳房了，都歇着吧！”

众人听了这句狠话，面面相觑。兆龙马上明白了黄知临的意思，顺着他的话头说下去：“黄头，这只怕不成，大家伙可不是都犯了欺君之罪吗？”

“着啊，皇上养着咱们干什么，都说说——”黄知临目光在众人脸上溜了一圈，“不吭气，那好，都给我把心思收收，好好想想，明天怎么把国宴置办好才是正经！”

兆龙见他几句话就把众人给镇住了，也觉得信服。自从去年的除夕晚宴上，黄知临当众露了几手绝活后，兆龙对他的印象就大为改观。

年后，炉灶和苏拉终于给配上了，兆龙在内膳房总算有了一席之地，他实心实意地干好自己分内的差事，一旦得了闲，便跟其他御厨学艺，尽管每人的绝活都不会外传，但对他来说，瞧在眼里，心里也就有了数。

黄知临虽然不常动手，可一旦皇上钦点他烧菜，兆龙必定会细心地观摩领会，果然从中学到了不少东西。卫璜师父说得没错，蜀中黄家果然身怀绝技，不可小觑。

这天傍晚，大家忙着为明日的国宴做准备，早早开出单子，好交给内务府去采办，尤其那些新鲜的鱼，定要明上午刚刚捕捞出水的，切成鱼片才最鲜嫩。宴席的菜品虽然不少，但每个御厨分上个三四样，三十几个炉灶一起烧制，干起来也算轻松。兆龙只分到一样，居然是要他学做一道生鱼片。

当时他便有些傻眼："黄头，这东瀛人吃的玩意儿，我可不会办弄！"

黄知临笑道："你不会，谁又能担当？你杨兆龙不是最喜欢玩新花样吗？好了，眼眉前机会来了，千万别叫皇上失望！"

兆龙这才知道，之所以选他做生鱼片，主要是考虑到竹刀切出来的鱼肉没有异味，更为鲜嫩。他明白光绪帝的心思，明天在招待伊藤博文的宴席上推出这道生鱼片，一来是显示待客之诚，二来也是为了展示中华饮食之道的博大精深。这可是为皇上争脸面的事。黄知临叹道："如今呢，咱大清国也就在厨艺上还拔着高！"

兆龙心里又给堵了一下，脱口道："中国功夫也不差！可这生鱼片究竟怎么做？"

黄知临笑道："内务府早有安排，过会儿便有人来教你，可得给我用点心！"兆龙眼珠子一亮，搓搓手："您就瞧好吧！"

内务府总管为了这生鱼片能做得地道，特地去日本领事馆一趟，把那里的日本厨师山本鸠请来了。果然，一炷香后，那日本厨子就来到内膳房，被安排在东头两间静室里。这男子四十来岁，个子不高，四方脸，留着小胡子，穿一身干净的青布衣衫，居然说一口流利的汉话，还略带了些京腔。兆龙见了不禁稀奇。

山本大厨听尚膳介绍黄知临和兆龙，又点头又哈腰，之后进入正题，说起生鱼片的做法。

时间紧，山本大厨马上开始展示，他先是把头发扎紧，完完全全地塞入帽子里，才戴上套袖，把一双手在清水里洗了又洗。案板也是自己带来的，干净如新，然后把刀具一溜儿摆开。

兆龙只一眼就看明白了，这六把刀都是各有各的用场。可用于去鳞、横剖、纵剖、切骨，以及处理贝类的、甲壳类的。此外还有一些刺身筷，细而长，一端尖细，专用于把切好排好的片状料摆放于盘中。

内膳房给准备的是两条活的花鲢。山本从水里捞出一条后，先用刀唰唰几下刮干净了鳞片，又飞快地用剪子在两旁鱼鳃各剪了下，把它重新放入清水里。“鱼要先活着放血，这样子，切出的鱼片才更白嫩。”山本跟众人解说。趁着这空儿，他又拿出三个盘子来，分别是半圆形、扇形和船形。上面先放上碎冰，之后摆上新摘的紫苏叶两片当点缀，又将生姜切成薄薄的片，萝卜切成细细的丝，盛在小碟里。

芥末粉加少量的水，制成泥状的山葵酱，其独特的香味和充满刺激的辣呛味，能除去鱼的腥味。山本把它调和成秋叶形、心形等，放在浅盘里。这样子除了调味外，还增加了美感。兆龙只一眼，便瞧出粉和水的量是一对二。至于那些形状，对他来说是小儿科，随便摆弄几下都比这花样好看。山葵酱在使用时，总是与酱油为伴的。日本的黄酱油又叫味噌，黑又亮，兆龙就是不用凑到鼻前，也能闻见它独特的鲜香味儿。

待这些配料准备好后，清水里的鱼差不多也放完了血。山本把鱼从水里捞出来，那鱼还在扭动，他掉转刀背朝头重重敲了下，它就“老实”了。

清除了内脏后，腮两旁竖着各切两刀，深入骨头，然后拽着尾巴，顺着排骨刺把两大块鱼肉片下来，其他的弃之不用。较为有难度的是扒鱼皮，山本干这活儿几十年了，又想在大清御厨面前卖弄，于是手法越发利落。先在尾部削了一个小口，伸指头捏着，只一拉，整块鱼皮就扒下来了，看着他那得意的样子，兆龙忍不住想笑，心说：这点手段有什么可卖弄的，待会儿叫你见识见识真功夫！

扒去皮的鱼肉先清洗下，却并不急着切片，而是先用干净的白毛巾包起来。山本解释说，这样子，鱼肉里的血和水便会被吸干净，肉质更鲜嫩。

“切的时候，切记不能顺刀，那样的话，切筋纹太长，口感也不好。”山本的手法果然有可取之处，推刀法中的顶刀，一下下地来，片得鱼肉薄如纸，呈透明状。六片为一组，搁在紫苏叶上，旁边用细萝卜丝、香菜等错落有致地进行点缀，给人一种清爽的感觉。

“好了，请各位品尝‘杀西米’（生鱼片）！”山本伸手做个请的姿势。尚膳正等人以前也不曾吃过这东西，又是生吃，都有些难为。黄知临说声我来，用筷子夹一片生鱼片放在空盘里，再夹取适量的山葵酱放在鱼片上，然后将鱼片折叠，盖住山葵酱，蘸上酱油，拈起来慢慢送入口中，轻轻咀嚼。山本见他这模样，便知道是个行家，赔着笑问：“如何？”

“好，这瓦沙比（即芥末）够味！”

山本听黄知临居然能说出山葵酱的日语，更是高兴，伸手请他人食用。兆龙把鱼片放入口中后，闭上眼睛，细细地品咂其中的味道。鱼片的本味、酱油的鲜味、山葵酱富有刺激性的辣呛味，随着不断地咀嚼，鱼肉越嚼越烂，越嚼越碎，慢慢觉得满口生津。很快芥末气味冲鼻，像吃沙瓤西瓜一样，有“沙”的感觉，既辣又香。鱼肉鲜嫩，酱油咸甜，它们混为一体，自然十分美妙。末了，再吃一口萝卜丝，嚼一小片生姜，便更觉得鱼片的味道绵长了。那山本见众人吃后，都赞个好，脸上乐开了花，正要再吹嘘几句，便听黄知临道：“山本君果然是做刺身的妙手，不过，在下有一事想请教，这生鱼片的来历？”

“这可年代久远了！”山本说起本国最负盛名的料理，双眼炯炯放光：“早在室町时代（公元1392—1573年）便开始有了，那时还叫鱼脍，或叫鱼生。”

“这就对了！”黄知临郑重其事地道，“中华早在周朝时，就开始吃生鱼片了！”此话一出，众人都是一怔。兆龙又惊又喜：“真的黄头？”

“那还有假？我曾经查过，最早可追溯至周宣王五年（公元前823年）。至于食用生鱼片的高峰期，却是唐朝，有不少诗句，就能从中看出鱼脍在当时的风行！”接着，黄知临便滔滔不绝地背出李白、王维、白居易、王昌龄的诗句，分别是李白的《鲁中都有小吏逢七朗以斗酒双鱼赠余於逆旅因鲙鱼饮酒留诗而去》；王维在《洛阳女儿行》诗中写道“侍女金盘脍鲤鱼”；王昌龄的《送程六》诗道“青鱼雪落鲙橙虀”；白居易的《轻肥》诗就写道：“脍切天池鳞”，又有《松江亭携乐观渔宴宿》写道“朝盘鲙红鲤”。

兆龙越听越兴奋：“这岂不是说，生鱼片是从我中华传到日本的？”

“没错，当是在唐代时传过去的！”

山本听到这话，脸色变得僵硬，却也自得地说：“大唐风物，确是我扶桑国最为盛叹的。”

“只可惜，鱼脍在我中华的菜谱上，已经很少见了。”黄知临叹了声，“到头来，还要反过来跟你们学艺！”

山本鞠躬道：“谈不上学，贵在交流！”转头看向兆龙，“这位年轻人想是已学到手了，水里还有一条活鱼，何不试上一试？”

兆龙也不推辞，还礼道：“正要献丑！”

“你可以用我的刀！”

“不必，我随身带着家伙！”兆龙说着，解开包袱，把竹刀一把把亮出来。山本吃了一惊，拿出其中一把端详：“这是竹子做的？”

“正是！”

“也能用来切菜？”

兆龙微微一笑：“还可以用来切鱼片！”

山本难以置信地摇摇头：“果真这样，我今天可得好好开开眼！”

兆龙早把剩下的那条花鲢捞出来，飞快地用大号竹刀在它腮帮子上各切一刀，然后唰唰唰刮起了鳞，手法一点儿不逊于山本。

山葵酱调制好后，那鱼的血也放得差不多了，他居然也不扒皮，左一刀，右一刀，两侧的鱼肉就削下来。毛巾一包，弄出残剩下的血水，之后摆放在案板上。这次换了一把更细薄的竹刀，兆龙深吸一口气，在鱼身上轻轻地削下一片透明的“纸”来，放在铺了碎冰的浅盘上。然后冲着山本一笑：“请用！”山本此时傲态全无，恭恭敬敬地拿筷子夹了，蘸上山葵酱和酱油，轻轻放嘴里嚼动。好一会儿才发出一声惬意的叹息，向后退了一步，深深鞠躬：“先生真乃天厨也！”

伊藤博文觐见光绪皇帝这天，慈禧太后一反常规，也从颐和园回宫，垂帘在一旁监听。在这之前，新升为兵部侍郎的袁世凯得到了第三次接见。四日晚上在法华寺的遭遇让他至今犹惊，所幸第二天得到的消息，谭嗣同安然无恙，说明那份“密诏”未曾有失，那颗悬着的心才慢慢落了地。

经历这事后，袁世凯越发看清朝中局势，单凭康、梁等人，维新非但不得成功，反倒会酿成祸患。因而跪奏光绪的时候，很婉转地讲，变法应该由老成的大臣出来主持，比如张之洞，并把矛头指向康、梁等人。

可光绪反应冷淡，随便安抚几句，便打发袁世凯走了。太后就在屏风后面盯着，他如坐针毡，哪里还敢多谈什么维新。

临近中午，伊藤博文来到西苑的勤政殿上。大清历史上，勤政殿的大门这是第二次为外国人开放，上次则是接见德国亨利亲王。这是清朝规格最高的接待。非但如此，光绪还待之以亲王之礼，赐坐御座之侧。在见到这个日本前首相的那一刻起，皇帝的心里面突然涌出一股勇气来。正是眼前这人，1885年12月，日本据他的建议废除太政官制，实行内阁制，出任首届内阁总理大臣兼宫内大臣，并开始起草宪法的任务。被誉为“明治宪法之父”。也正是眼前这人，四年前，参与策划了日本对李氏朝鲜王国的侵略和清日甲午海战，战后与大清签订了《马关条约》。应该说，见到这个昔日的敌手，光绪的心情是复杂的。可是，这个“明治维新之父”的到来，毕竟也给自己带来了一丝精神上的麻醉。面对他，背后那坐在屏风后面的“皇爸爸”似乎没那么可怕了。所以，光绪皇帝开始热心地询问起日本维新的经验，伊藤一一回答。不过，通过自己一周来亲眼对中国政局的观察，这位精明的日本前总理大臣已看透了，维新派虽然嗓门大，但手中并无实权，又急功冒进，甚至于盲目乐观，居然叫嚷要在三年之内完成改革复兴大业。

这让伊藤博文对于戊戌维新并不抱什么希望，即便面对年轻的光绪皇帝，也仅是敷衍，甚至于心生怜悯。他深知大清朝到底是谁在掌权。虽然他并不知道，太后此时就在屏风后面盯着自己。

一番交谈之后，光绪像吸足了鸦片烟，越发精神了。他可不知道，伊藤博文既是天平上的最后一颗砝码，又成了戊戌惨案的引信。慈禧太后已决定第三次出面训政了。

午宴的时候，光绪甚至还让传膳太监将御厨杨兆龙叫到殿上，现场演示用竹刀削割生鱼片，伊藤博文为中国御厨惊人的手艺所折服，加上用“神仙石”泡过的水调制山葵酱，吃起来更加美味，连连夸赞。活到了这个岁数，这鲤鱼刺身居然是他吃过的最可口的生鱼片。光绪帝也一连进了三片。这个时候，他绝对不会想到，这是自己亲政的最后一天，也是维新变法的最后一天。

为伊藤博文料理完“刺身”后，兆龙不免添了几分得意，回内膳房的路上，走起路轻飘飘的，自觉帮皇上在日本人面前争回了点面子。回到内膳房，一眼就瞧见了十一指，他正在给黄知临当下手，算着，他们已经有两个月没见着了，赶忙过去拍他肩膀一下，笑问：“你怎么来了？”

十一指憨笑着：“黄师叔让我过来帮忙。”

就见黄知临头也不抬地说：“不是帮忙，颐和园那边以后就不用再去了！”

“太好了！以后我可有伴了！”兆龙高兴地说，猛地想起什么，又问黄知临，“黄头，那赶明儿是不是又要加个炉灶？”

“加什么加，凑合一阵子再说。”

兆龙转过身，朝十一指吐吐舌头：“那您也不问问，我今天那生鱼片做得咋样？”

“有啥好显摆的，”黄知临依旧眼皮不抬，“本来就不是难做的玩意儿！”兆龙昨天听他说了一长串有关生鱼片的古诗，心里面很是服气，附和道：“可不是，咱们都不喜欢吃的玩意儿，才会传到他们东瀛去！”

吃罢饭后，他便约着十一指去外面逛逛。路上，不免说起绿娘和武云来。

三月的一天，有一回皇后传懿旨，让兆龙去坤宁宫，在上膳房为她烧了四道菜。当时，绿娘和武云也在场帮忙，大家干得不亦乐乎。事后，他还领了赏。十一指也说，有几次皇后去颐和园陪老佛爷，绿娘也跟了去，但没见着武云。有一回，他还在园子里见过白云观主高铭远，是进来给太后敬献药膳的。逛着逛着，二人便走到人迹渐少的寂静处，一处石台子上，竖着一座八节的石塔，风吹动铁马发出叮叮当当的响声。兆龙指着那塔问："这地方你上去过没有？"

"上过！"十一指脱口而出，马上又连连摇头，"没，没……"

兆龙嘿嘿笑着："你呀，谎都不会撒！"大摇大摆地跨上去，十一指呆了会儿，也闷着头跟着上去。两人在台子上转了几圈，兆龙突然又问："有个问题我说你答，好不好？""先天八卦，乾一，兑二，离三，震四，下面是什么？"

十一指张口就来："巽五，坎六，艮七，坤八。"

"再说后天八卦，坎一、坤二、震三、巽四，"

"下面是乾六、兑七、艮八、离九。"

兆龙一个箭步蹿到他跟前："就知道你对八卦明明白白的，怎么样，现在打一套八卦掌我瞧瞧吧！"

十一指眨眨眼："什么八卦掌？"

"还给我装！"兆龙用指头点着他的额头说，"咱们当面锣，对面鼓，省得你每次还要蒙着脸，跟我打马虎眼！比武就比武，堂堂正正的多好！"

十一指傻了眼："原来你都知道了……"

"废话，你当我真傻啊！"兆龙凶巴巴地道，"你也不好好想想，咱们总共比过两次武吧，每次都是你来内膳房帮忙，晚上就蒙着面来找我比拳，我能不起疑心？再说了，你就算八卦步走得再好，能蹲下一截子，可看起来还是像根竹竿子！"

十一指挠着头皮，上不来话了。兆龙斜着眼打量他："还有，你害怕我瞧出你长了六指，所以才戴上手套是不是。对了，你那舌头是怎么回事，口音真是变味了！"

"我嘴巴里园了个核桃仁！"

"他娘的，真有你的！"兆龙气乐了，"快点给我招供，跟谁学的八卦掌？"

"当然是黄鹞子师父了！"

"哦，敢情他非但传你厨艺，还传你拳脚。那他又是跟谁学的？"

"跟一个叫孙菩的传膳太监学的。当年黄师父在宫里当御厨，有缘结识孙师爷，就得传了八卦掌！”

“那……”兆龙皱着眉头，觉得还是没抠出自己想要的由头，“这老孙又是跟谁学的？”

“跟董海川太师父学的！”

兆龙打个激灵，心说终于对上号了。当年太爷爷杨东魁曾经跟董海川交手，据说不分胜负，此后太极门和八卦门一直交好，彼此照应。据他所知，董海川的高徒有尹福、马维棋、史继栋、程廷华几个，都跟爷爷杨慕侠有旧，交情不浅，没想到宫里面还藏着一个孙菩。

可是，这一支的人为何还要找杨家比武？他们多生活在宫里面，并不跟外面的八卦门人接触，反倒偷偷摸摸地找杨家人比太极拳，里面到底有什么玄机？想到这里，兆龙打个哈哈：“怪不得那天你自称叫小川子呢，原来是为了念着你太师父董海川啊！那你跟我说说，你这一支为啥不跟八卦门走动？”

“我们练的功夫跟他们不太一样，再说，从来都是单传，不愿意到外头去招惹是非。”

兆龙听他这一说，眼睛亮了，这么说，当年董海川在宫里面留下了一套独特的练法。关于这位八卦掌创始人的事，他多少也知道些，其技从雄县开口的翻子门拳到南方道教的转天尊，都有涉猎。直到在安徽九华山得遇云盘老祖，传授了八易寒暑掌法，董海川才真正脱胎换骨。据说，他曾经独自在山洞里住过整整八年，参悟了天地风雷水火山泽的妙义，终于创出神奇的八卦掌。试想一下，一人独居深山洞里，风暖风寒，昼夜交替，花开花落，像达摩面壁，又像作茧自缚。董海川很可能参悟到很多奇妙的东西。他成名后，并没把功夫全部传给八卦门的尹福和程廷华他们，而是留了一手，传给了宫里的太监孙菩？兆龙越想越觉得心痒痒，赶忙问：“那说说看，你练的这门八卦掌，跟外面的有什么不同？”

“具体有啥不同，我也说不上来。反正我师爷学的是另一路。你想想，太师父是太监，师爷是太监，总会有一些古怪法门吧！”

“啊，我明白了！”兆龙诡异地笑了笑，“难不成，你也是个小太监？”

“不是！”十一指红着脸，赶忙否认，“可我听师父说，这功夫练到高层，会有些古怪……所以他就不传我那些！”

兆龙听了这话，隐约明白了，定是那黄鹂子练了高层，吃了“亏”，才不敢教十一指，免得误了他终身。这也同时解开了另一个谜团，何以黄鹂子不敢领受绿娘的痴情，把她推给黄知临，原来他已经不能人道，就算跟绿娘在一起，也享受不到天伦之乐。原来，这套功法最适合太监来练，真有些邪门。这就不奇怪了，董海川何以只让它在宫里流传。可是，十一指为何要找杨家人比拳呢？他再三追问，十一指只好吐露了实情。原来，当年董海川跟杨东魁比武打成平手后，曾经对传膳太监孙菩说过，有一种内功心法他还没练成，要是修上了身，便可能赢了杨东魁。

这心法练到高层有点邪门，最适合太监练，董海川就把它传给了孙菩。这位传膳太监一直揣摩多年，待真的练成了，年岁已大，又没机会出宫，也就不便找杨家人去比试。但这个念头一直是存在心里的，他极想看看是不是真如师父董海川所说，这套拳具有神奇的威力，可以压制杨家。

终于，孙菩老太监碰到了一个机会，十二年前的一天，他奉命去英王府送东西，得遇杨慕侠，他抽空子上去领教几招。谁知，杨慕侠那时武功早入臻境。孙菩又不像他经年在武林走动，实战多多，自然败北。

这一输，竟让老太监闹出一场大病来，折腾了几个月，身子骨好了，心却冷了。因跟黄鹂子素日能说得上话，后来就把那话头说了出来。

黄鹂子在蜀中时，除了学厨外，也爱习武，懂一些拳脚功夫。使出来跟孙菩一试，全不顶用，便缠着老太监要拜师学这八卦掌。

孙菩被缠得无法，便胡乱传了些，谁想这一教便收不住了。黄鹂子练上了瘾，老太监也起了兴，竟一股脑儿都传了。在他临终前，黄鹂子发下誓愿，功成后定要去找杨家太极拳比试一场，完成祖师爷当年的心愿。

黄鹂子离开御膳房后，还没等去到永年，便遇到了杨家的二先生杨云鹏。黄鹂子虽然武功不错，但毕竟不是武林中人，哪像杨云鹏心硬，出手狠辣，刚刚拉开架势，没转上几个圈子，便被打趴在地上。

杨云鹏素来气傲，一招得手，便扬长而去。黄鹂子则气得直翻白眼，可怜他一身功夫竟然还没来得及施展，就倒栽了葱。一气之下，多半年没再练这功夫，只教徒弟厨艺。慢慢地，他便想明白了，自己毕竟跟杨家不一样，不算武林中人，实战经验不足，对阵时难免心怯手软，倒不是祖师爷传下的功夫不行。他又不愿看着这心法就此断在自己手里，先传了三金几手，后来又收了十一指。不过，那套心法的高层功夫却是没敢传，只怕会误了这孩子下半生。

兆龙听十一指从头细说，终于闹明白了其中的脉络。他又想起那年跟卫璜去一条胡同里吃蛇肉羹。当厨的三金便是黄鹞子的传人。怪不得当时便觉得那家伙有煞气，把一伙去闹事的混混都给镇住了呢，原来也是八卦掌的传人。这么看来，黄鹞子之所以又叫厨霸，不单单是指他做菜敢下手，敢用料，其中有几分霸气倒是借他那身功夫显出来的。

黄鹞子自从败在杨云鹏手下后，那颗想替师门争口气的心也冷了。之后传了三金和十一指，也不过是应应景，在他们学厨艺的暇余，捎带着学了几手功夫。不过，当那晚上在李莲英府邸，见到卫璜新收的关门弟子居然是杨慕侠的嫡孙，黄鹞子那颗心又开始活动了。他做梦也没想到，堂堂的太极杨家，居然还会蹦出一个喜欢当厨子的后人。

他黄鹞子烹调为主，练武为辅，比不上他杨云鹏这样的练家子，也算情有可原。可如今，杨家也出了这么个后辈，一面学厨一面习武，自己的徒弟十一指要是再比不过他，那可真是丢人丢到家了。

这心思一活动，可就歇不下来了。黄鹞子越想越兴奋，觉得此事大有可为，在把十一指费心调教了些时日后，终于将他送进皇宫当了御厨。厨霸交代十一指两件事：一是，在厨艺方面不能弱于卫璜的这个关门弟子；其二，在武功方面，也不能输于太极杨家的这个正宗传人。

十一指是个孤儿，自从被黄鹞子收留后，才活得像个样，自然对师父之命言听计从。可让他觉得沮丧的是，在入宫的那天斗菜时，自己的表现不及杨兆龙。结果是，人家分到了内膳房，他却去了园庭膳房那样的偏冷地方。有两回，十一指蒙面挑战杨兆龙，结果也一点儿没占到便宜，还险些败在对方的手里，这不免让他颓丧。谁想到，今天居然还叫人家把面目给揭穿了，一时间，十一指羞愧难当，觉得既对不住朋友，又辜负了师父。心灰意冷之下，他说出这样一句话：“我看啊，俺们这支功夫是永远比不上你杨家了。”

“为啥这么说？”

“因为你杨家又得了武当的《授密歌》呗！”十一指没精打采地道，“回过头再看看我，师父根本就没把八卦掌那一路的高层心法传我！”

“传了你就敢练吗，不怕当太监？”兆龙嘻嘻一笑，“我看，黄师父是为你着想，才不妄传的。”十一指讪讪地道：“所以我才说了嘛，怎么练也比不上杨家。俺以后再也不跟你打了，没意思！”

兆龙好不容易在宫里面找到一个能够一起切磋的伙伴，哪里肯让他轻易抛去“远大志向”，赶忙道：“你说这话，就太没有骨头了！”

他围着十一指转了个圈子，嘴里啧啧有声：“亏你个头比我高，手比我长，志气却还不如一颗米粒大！我打败你，不是因为《授密歌》，而是用了别家功夫！”

“什么功夫？”

“兆龙厨艺大法！”

十一指眼睛直了：“这是什么，乱七八糟的！”

兆龙嘿嘿一笑：“我可真不是瞎掰，”伸手重重拍了下胸脯，“我当真是从厨艺中悟出了真功夫！”当下便把自己从《庄子》的庖丁解牛篇里悟到的拳理说了，包括双锅合璧等，十一指听得津津有味。

经兆龙这么一点拨，他确实觉得厨艺中的刀法以及掂瓢的手法，有不少跟武术相通的地方，可以相互借鉴。十一指开始兴奋起来，跃跃欲试，也琢磨着如何把厨艺中的刀工，融入八卦掌的手法里面。

兆龙说：“干脆这样好了，我教你太极拳，你教我八卦掌，咱们来个大杂烩，把它一锅炖了如何？”十一指眨眨眼：“这样成吗？”

“有什么成不成的？在皇宫里头，咱们说了算，才不管那些老古板的门规条律呢！”

“对呀，咱们本来都成兄弟了！”十一指来了兴头，把袖子也卷起来，“我先来，八卦掌法的要领，滚钻争裹，奇正相生，走转拧翻，身随步走，掌随身变，行走如龙，回转若猴，换势似鹰，威猛如虎……”

在石塔下，两个少年绕圈走步，如行云流水。转了十几圈后，个个觉得身轻体灵，便相视哈哈大笑起来。在这禁宫里面的日子，总算又添了作料，变得更加有味了。仅仅只是一天工夫，天地间就换了颜色。八月初六，慈禧太后重新训政，光绪帝被囚禁瀛台，珍妃被打入冷宫。步军统领崇礼奉命带兵直扑米市胡同的南海会馆，缉拿康有为和康广仁。但康有为前一天就去了上海，故只拿了一个康广仁。其后几天，谭嗣同等人并未被缉捕，梁启超和王五都曾劝他逃逸，谭嗣同却宁做维新变法第一个流血的人，也不愿意偷生。这是要以死明志。于是初九日，他与林旭、杨深秀、刘光第、杨锐先后被捕，最终六君子血染菜市口。

大风大浪间，大凡挂着边的，没有不湿鞋的。拿太极杨家的三个孙子辈的人来说，戊戌风云也让他们的命运发生改变。先说兆鸣，在谭嗣同夜访袁世凯，归途数次遭人劫杀。第一轮由铁螳螂宋启云拦挡，第二阵碰上的竟是“秋水”的武恶，兆鸣自然要挺身而出，他自知武功不及对手，但那种情形下，唯有跟那个心狠手辣的独眼龙拼命。所幸，那晚上虽然风大雨急，武恶倒是并没陪人玩命的意思，跟刘兆鸣打过十几回合，只给他留下几道轻伤，也就撒手走了。

兆鸣猛然醒悟，这些人暗中埋伏，目标只有一个，那就是谭嗣同。可以肯定，前头必然还有埋伏。当下便咬牙忍着痛，冒雨往前赶去。不多会儿，宋启云也追上来了。果然，围攻他的那些人见谭嗣同跑远后，便没了斗志，迅速散了。等两人赶到马车翻倒处，找到昏迷的车夫，正怀疑谭嗣同有失，源顺镖局的人已奉王五之命赶来，告诉他俩，谭先生已被五爷护送回南海会馆，两人压在心口的石头方才落了地。

待回到镖局，包扎好了伤口，已过子时，兆鸣不便回去打搅，就在局子里胡乱歇了。第二天回到杨家，把事情的前后经过跟杨慕侠一说，老头子因他彻夜不归，还受了伤，本有些不喜，一直沉着脸，听罢了话居然又展颜道：“也好，你挂了花，也算找到一个好由头！”

兆鸣一时间摸不清杨慕侠此话的用意。

“借着养伤，你今后别去香厂了，在家里待几天看看风向再说。”

兆鸣知道老头子常和溥伦贝子在一起，有些秘闻往往先他人一步知晓，便试着问了句：“爷爷，您是不是听见了什么风声？”

杨慕侠扫了他一眼，淡淡地道：“这你还看不出来？维新变法搞得人心惶惶，鸡蛋没拿好，鸡窝都快拆了，早晚得出大事。我看呢，也就这一两天了！”

“可维新变法是皇上带的头，谁敢不从？”

杨慕侠摇摇头：“如今的大清国，还是老佛爷一个人说了算。皇上嘛，还是嫩了些。”眼皮一抬，反问，“我问你，太极拳讲什么？”

“阴阳！”

“没错，阳不离阴，阴不离阳；阴阳相济，方为懂劲。”

兆鸣也是绝顶聪明之人，见老头子突然从维新变法说到了太极拳论上，便知道此话有用意。仔细一揣摩，可不是吗，谭先生他们行事确实冒进，有冲劲，极可能走偏。赶忙道：“爷爷，我明白了，拳论里说，无过不及，随曲就伸，便是这个道理。”

“嗯，伦贝子说得好啊，若是谭先生学了咱杨家的太极拳，必不至于这样行事偏颇。他跟王子斌学剑术，好用霹雳手段，有时候难免会伤人伤己。一句话，他忘了守中！”听了这话，兆鸣心头一震，果然是溥伦贝子。他这些日子多跟谭嗣同接触，每每为他的热血豪义所感染，如饮烈酒，当得“痛快”二字。此时听杨慕侠这么评价他，自然有些抵触，却也只能转变话题：“爷爷，您说昨晚的事，秋水的人怎么也会卷进来？”

“不奇怪，他们向来藏在皇宫里。据我所知，秋水的老祖宗跟李莲英和皇后都走得很近，暗中受他们差遣，也是有的。”兆鸣却突然想到另一件事上：“爷爷，照这样说，兆龙在皇宫里面岂不是有凶险？”

“凶险是有，可目前还不当紧，他能应付得来。”老头子叹了声，“你兄弟俩，一个去皇宫当厨，一个去天津当兵，眼里都没我这把老骨头了！”

“爷爷，我听您的，从今天起哪儿也不去，留家里陪您！”

兆鸣说到做到，日后果然不再出门。源顺镖局的人来请过一次，他以伤病为由推了。果然，隔后一天，时局就发生恶变。后来，他还依稀听到传言，王五受谭嗣同所托，暗中联络武林好手，要将光绪帝从瀛台救出来。干爹杨云鹏便在健锐营任职，杨慕侠又受溥伦贝子荫庇，兆鸣自然更不好参与这些了。又过几天，包括谭嗣同在内的六人被捕，下到刑部大牢，又风传王五要劫法场。这等掉脑袋的事，兆鸣避犹不及，更别说掺和了。在杨家，他虽然也被称一声二少爷，可始终是外姓，过着寄人篱下的日子。他可不能给杨家带来一丝麻烦，万一有差池，他此后便无从立足了。

兆鸣那晚受的轻伤很快愈合了，但心头始终不得平静。好几次，他想到了兆鹰。自己去香厂义学那边帮忙，还是受了他鼓动。论起交情来，兆鹰跟王五、谭先生更走得近。他要碰上了，会不会像自己一样袖手旁观呢？兆鹰是在八月初五那天离京的。上午，袁世凯在勤政殿受到光绪帝的第三次接见。出宫后，因为有荣禄的调令在先，一行人不敢耽搁，即刻坐上火车，赶往天津。一路上，兆鹰和袁海担任他的侍卫，一直守在车厢周围，寸步不离。自从在法华寺那晚上发生黑衣人潜入的事后，他们便加强了警戒。就连原本要在京城逗留一段的陈家大先生陈岩耕也随同袁世凯一起上了火车，肩负起保镖的重担。

在来京的这些天，陈岩耕曾跟杨慕侠见过两面，除了叙叙两家的交情外，话题的焦点自然便是秋水。尤其是那个神秘的车夫，操着一口河南腔，身手有陈家拳刚柔相济的影子，更是两人一直在揣摩的对象。可是，陈岩耕的记忆中却并没这样一个人，再说了，不是陈家嫡系子孙，也难能学得陈氏太极拳的精密之术。

陈大先生可没想到，前天晚上，那个神秘人物会突然出现在法华寺。陈岩耕跟他一交手，便试出水的深浅，对手的功力居然还稍稍胜他一筹，以拳法而论，那人外形看上去刚猛，其实是杨家拳的底子。这人到底是谁呢？在路上，陈岩耕不止一次跟兆鹰谈起过这个人，却是一丝毛毫也抓不起来。现今太极门的好手，尤其是习练杨氏太极拳的好手，没一个像他。

火车咣当咣当地往前爬行，车厢不住地颤晃，像人的心事一样沉浮不定。尤其是袁世凯，自从上车后，脸色就没放过晴，在位子上一坐竟半个时辰没动弹。午饭也是在车上吃的，这位二品侍郎一点儿胃口没有，只喝了一杯清茶，便算了事。之后，“智囊”尹铭绶进车厢，两人关门密谈了一个多时辰。兆鹰再次看到袁世凯时，他的脸色好看了些。

兆鹰心想，袁大人夹在帝党和后党中间，这官可真是当得不美气。自从那晚上“车夫”蹦出来抢夺“密诏”，他便觉得事情要糟，如此机密的事都走漏了风声，可见大业难成。直觉告诉他，这位新晋的兵部侍郎只怕也要向老佛爷告密，以求自保了。在京城走过一趟，连他这样的身份都能感受到维新派日益维艰，袁世凯这样的大员如何能不心知肚明？私底下，兆鹰曾经跟袁海嘀咕过，大人会不会改弦易辙？

袁海叹了声，说此时他叔父不管告不告密，都是欺君之罪。可不是吗？有人公然来抢“密诏”，说明事情败露，袁公要是不揭发维新党人，对于西太后便是犯了欺君之罪；但揭发吧，自己同样是光绪帝的亲信，也曾参与过“强学会”，犯的也是欺君之罪。

当日傍晚，他们一行在老龙头火车站下车时，天津的文武百官早已备好盛大的欢迎仪式，迎接这个从皇帝身边归来的新贵。袁世凯只得端起架子应付周旋，不显山不露水。兆鹰和袁海在一旁护卫着，直待晚宴结束。但袁世凯之后并没有回小站，轿也不坐，上了马，带着护卫直奔金刚桥北洋大臣衙门，这是要去见荣禄。可是到达荣禄府宅后，刚刚坐下说了光绪皇帝召见的情景，叶祖邽、达佑文等幕僚纷纷来找荣相谈事，犹疑不决间将至二更，袁世凯见状，也只好约以明早再来造访详谈。兆鹰发现，从荣禄府邸出来后，这位袁大人神情一直不曾舒展。也就是说，那件事并没得到解决。次日早上，兆鹰留在营中休息，没有继续跟着当差。吃罢早饭，他正在歇处整理东西，猛听得脚步声急响，袁海一头闯进来，脸色煞白，连声嚷：“坏了坏了！”

“怎么了？”

“你看看这个！”袁海把手里的公文往兆鹰手里一塞，展开一瞧，却是朝廷明发了太后再出训政和捉拿康有为的公文。兆鹰的心立时也抖成了一团：“这么说，谭先生也危险了？”

“只怕五爷也会牵连进去！”

兆鹰想起兆鸣代替自己在香厂义学做事，也不禁替他捏把汗。只见袁海重重地捶了门板一下：“这一回，我叔父也凶险了！刚才一看到这公文，他魂儿都吓没了，长这么大，我还是头一遭见他这么失态！”

兆鹰深知“密诏”事发，袁世凯定然受到牵累，极有可能被划进维新党的圈子遭致捕杀。他这棵大树一倒，袁海和自己失去了荫庇，只怕在新军营里也混不久了。

“慰帅呢？”

“还能去哪儿？唯有去求荣大人保全了！”

言下之意，袁世凯去上司那里负荆请罪，其实是要将维新党围园的计划全盘托出了。尽管早有这种预感，兆鹰还是心头一颤，转头看向袁海，两人目光一碰，随即转开。袁世凯此次进京，皇上三次召见，还升了他的官，如今却要去告密。虽然说事出无奈，可毕竟叫人齿冷。两个年轻人心里确实不是滋味。尤其是当日后他们听说，谭嗣同不愿逃逸，甘为变法而流血，并在狱中留下“我自横刀向天笑，去留肝胆两昆仑”的诗句。怎能不为之震撼和惭愧！

据传，在菜市口就义当天，刑场上观看者上万人。谭嗣同神色不变，临终时犹自大呼：“有心杀贼，无力回天，死得其所，快哉快哉！”

兆鹰还听说，又是大刀王五冒着附逆的风险为谭收尸。入殓后，在自己的居所密设灵堂，祭奠了七天，然后才把棺材送往浏阳安葬……戊戌变法的志士，便这样像流星一样划过天际，消散无踪，只在天地间留下了浩然名声。

在天津小站的新建陆军营地，维新的风波平息得更快。由荣禄保着，已升任兵部侍郎的袁世凯侥幸躲过一劫，继续当他的官，练他的兵。变法变法，有人断掉了头颅，有人染红了顶子，这便是世事造化。之后的一段日子，兆鹰好几次梦里见到谭嗣同的音容笑貌，还有他的霹雳琴。每次醒来，枕头都是湿漉漉的，可以这么说，这是他认识的第一个好男儿，顶天立地。可就是这样一位可敬可赞的先生和兄长，却已血洒菜市口，而论起他的死因，又跟兆鹰所效忠的“慰帅”脱不了干系。没错，东窗事发后，袁世凯若不告密，只怕自身难保，可毕竟是污了“忠义”二字。

头顶上的天还是蓝的，太阳还是红的，脚下的土地还是黄的。小站军营里的号声、操练声还是那样响亮，可兆鹰的血却慢慢变冷了。兆鹰的心态开始发生变化，原先，他以为家门是牢笼，羁绊束缚，来到陆建新军才算伸展了抱负。可如今觉得吃“慰帅”的饭，替“慰帅”卖命，竟是顶可笑的事。他不禁又想起上次护送袁世凯进京，期间曾回家一趟，爷爷曾经跟他推心置腹地谈了一次，谈得深，谈得透，让兆鹰终有所悟。

他原本心里一直有个疑惑，那些老辈子的人，穷一生之力修习拳术，朝夕不断，月月如此，岁岁如此，究竟有什么意义？左右不过是跟一个人搏斗的本领。好男儿立志，要学就当学项羽，能学万人敌的本事。

十五岁时，兆鹰有回壮着胆子说出这个疑问，结果被他爹杨云鹏扇了一记耳光，怒骂他这是要败坏祖辈留下来的基业。他挨了打，嘴上不敢顶撞，其实心里一千个不服气。可上回在京城，杨慕侠头一次把兆鹰当成大人，跟他说了些掏心窝子的话。老头子说，杨家几辈人修炼太极拳，并广收门徒，成立太极门，目的并非想用它跟人争强好胜，而是为了护身；不单单是靠它谋生，更要借它来救国！杨慕侠还特别拿维新党人来说事。他语重心长地对兆鹰说：“你嘴里的谭先生、梁先生，一个个都是君子，老实说，我也挺敬佩。可他们的眼界也自有狭窄处，光看到咱大清国弱，是因为贫穷所致，却不知根子上的病，是因为子民体弱。他们光想着筹划如何使国家强大，却没想着怎么才能让国人体健！什么叫国富民强，两者是缺一不可的！西洋人咱先不去说，拿东瀛人来比较一下就明白了，那些人虽矮了些，可短小而精壮。再看咱这边，个个像大烟鬼东亚病夫，跟人家较量，胜负不是一眼就能看清了吗？救国兴邦不能光靠谭先生他们那样改变国体，也要靠我们这些懂武的人，一步步去把好的拳术推广开，什么是强国强种？这就是强国强种！你尽可以笑话爷爷迂腐，可我偏偏就愿当个愚公，这一辈不成，有下一辈，我就不信，移山不成！再看看你，放着这样利国利民的事不做，还鄙视这救国的好法门，无怪你爹要骂你败坏祖业了！”

那席话，听得兆鹰直冒汗，当真如惊雷贯耳。从那天起，他心里的那堵墙就有了裂缝。可直到发生了“慰帅”告密这件事，它才切切实实地坍塌了。兆鹰知道，他是该离去了。这次从戎，让他终于明白了一件事：“万人敌”不是任谁都能做的，至少自己没这个造化。所谓浪子回头金不换，杨兆鹰毅然做出决定，重回太极门，好好跟桂芳过日子，孝敬长辈，把家传武学继承下来，并推广出去，借以强国强种，才不失为一个好男儿应尽的本分。

慈禧太后重新训政，光绪帝被囚于瀛台，也让内膳房的地位一落千丈。主子失了势，内务府的人也不把这里的御厨看在眼里了，食材和用料不按从前的用度供给，就算给了，也是些残次烂货。事实上，自从皇上被关在瀛台，以黄知临为首的御厨们便没捞着为他正儿八经地做上几次膳食。听传膳太监说，光绪所用膳食多是太后撤下不食的，大盘大碗的看上去种类不少，其实能吃的没几样。甚至于有几样菜懒得换，上顿撤下来，下顿还送上去凑数，都散发出了臭味。

黄知临几个老御厨听了这话，当场就掉下眼泪。一时间，内膳房笼罩在愁云悲雾之中。兆龙自然也心下凄凉，毕竟皇上对自己有知遇之恩，可又有什么法子，他毕竟只是一个小小的御厨。后来，又风传要废了皇上，重新立君。又因洋人干涉，重臣劝谏，才算罢了此议。但很快又有新旨下，立载漪之子溥俊为大阿哥，这又等于变相立储了。此等家国大事，兆龙无法理会，他只关心皇上每顿能不能吃上可口些的饭菜。这事比起“废立”“立储”来，小得可怜，可关乎到“龙体”，又算得上天大的事，毕竟斗升小民也都要“以食为天”嘛。为此，兆龙抽空去找了崔玉贵一趟，在练拳之余，侧面询问了皇上的膳食。崔玉贵脸上也有难色，说老佛爷还在气头上，总要徐徐图之。

兆龙知道“小罗成”为人最讲义气，他既然答应帮忙，就一定会尽力。果然，没过几天尚膳正就来传旨了，调兆龙去瀛台那边当值，帮着料理皇上的膳食。黄知临知道他这一去，也等于是变相的充军发配。因为瀛台那边没有膳房，只能推着炉灶过去。好处在于，皇上终于能吃上一两口想吃的膳食了。还有一样，过去当值的人，日后想再回内膳房就难了。不管是光绪帝被废立，还是大阿哥溥俊即位，兆龙的前途都不见光明。

黄知临不觉用怜惜的目光看着这个年轻厨子：“你可肯去？”

没想到兆龙答应得很痛快：“我愿意！要是不能给皇上做膳，养我们这些御厨在这里做什么？”这句话，让一干御厨们听后脸皮发烫，有气量窄的，听了未免不悦，暗骂：“杨家小子不知天高地厚，有你叫苦的时候！”到这步田地，黄知临又能说什么，只能强笑着夸句：“好，总算皇上当初没看错你！”

听他这么一说，有御厨便上来话了：“可不是，皇上平日里最喜欢吃杨兆龙的菜，派他过去最合适不过！”其他人也纷纷称善。

只有十一指不舍，两人在内膳房年纪相仿，如今又是拳友，正处得亲近，没想到说分开就分开了。兆龙却笑着搂住他的肩膀，说：“我走了，只会对你有好处！”

“啥好处？”

“不给你腾地方，你能有炉灶用？”

“我情愿你不走，咱们合用一个炉子！”

十一指说得动情，兆龙也心生感慨。外面已是深秋，树叶变得金黄灿烂，簌簌如同雨下。他们走出内膳房，到外面转转，风吹到身上已有些凉飕飕的。天上湛蓝一片，一丝云也不见。兆龙手搭凉棚，斜看了会儿，才转头问十一指：你说，咱们练就一身好厨艺，图个什么？”

“图名？”十一指说着，又摇头否定，“左右就是一个厨子，名头再大又能怎样？”

“你这话讲得透彻！”兆龙叹道，“我觉得吧，一个好厨子就该去做一手好菜给人吃。不然的话，再好的手艺也白瞎了！”

“我明白了，你愿意去瀛台不为别的，就想好好做菜给皇上吃。”

“那是自然，既然当了皇上的御厨，他就是我杨兆龙最好的食客，我定要烧出最好的菜来，才不负了这身厨艺！”

看着兆龙眼睛里闪着光，十一指热血上涌，猛地一跺脚：“好了，就这么干！”

他冷不丁说出这么一句，倒叫兆龙打个愣怔：“你想干什么？”

“自然是要跟你一起去瀛台了！”十一指一拍胸脯说，“我也想把最好的菜烧给皇上吃！”

兆龙一呆，喃喃道：“好兄弟，你有这句话就够了！”两个年轻人紧紧拥抱在一起，秋风虽凉，心间却自有烈火燃烧。

第二章　瀛台落日

如果不是因为光绪帝囚禁在这里，兆龙会以为瀛台是皇宫里风光最宜人的地方，三面临水，长满了红蓼白萍，绿波盈盈。这小岛驮着些金碧辉煌的殿阁，漂浮在水中央，当真有几分传说中的蓬莱、瀛洲的仙境味道。

这天上午，天气尚好，秋风吹走了最后一丝暑热，阳光落在红砖碧瓦上，灿然闪亮。尚膳副在前，兆龙在后，另外一名下手和一名苏拉则推了一辆炉灶车，远远跟着。他们要去的地方是皇城上的宝月楼，站在这里，北望正好便是瀛台。与瀛台北面相对的是勤政殿，如今成为慈禧太后训政的“正衙”。岛上倒有一座桥相通，但在老佛爷眼皮子底下，防卫森严，不奉旨没人敢踏上此桥半步。主子被囚禁岛上，内膳房的人也一下子失宠了，就算派个厨子过去伺候，也不敢明目张胆的。宝月楼那边虽然隔着瀛台有一段路，但因为荒凉些，也不惹人眼目，弄好几样可口饭菜后，使人送进去，也算是尽了臣子之心。

宝月楼是座面阔七间，重檐琉璃瓦卷的两层楼房。据说是当年乾隆皇帝为慰香妃思乡之情而建的。工成后，因是临水赏月的佳处，颇有月中广寒宫的意境，便命名为宝月楼。比起中南海其他地方，这里因贴近皇城根，建筑不多，故而站在宝月楼上，可以清清楚楚地看到水中央的瀛台。它静静地泊在那里，像条卧龙。

也不知道怎么的，每每遥望瀛台，兆龙总是会想起老家永年的水丘子。当年的黑鱼庵，可不就是孤零零建在那上面，四面环水，要靠小木船来回摆渡。他曾经在那里住过一段时间，不管白天黑夜，都是静悄悄的，唯有虫鸣和鱼在水里的噗啦声。人在那上面生活，会感觉时间停止了，什么都是慢慢的。

宝月楼后面的两间闲屋已经收拾出来，作为他们的灶间，尚膳副交代了几句后，就先行离开。兆龙他们便忙活着整理东西，准备食材。所幸什么东西都用车子推了来，包括玉泉山的水。兆龙想到，光绪帝经受这次打击后，定是心灰意冷，只怕吃什么也没有胃口，膳食方面只能清淡些，忌油腻。又考虑到，菜品弄好后，要乘小船送过去，这路上一耽搁，味道就变差，所以更不能上那些冷后就难以入口的菜。最后，到底是弄出虾子芹心、桂花糖藕、芙蓉豆腐、鸡丝菠菜四样菜，又熬了一罐浓香的八宝粥。整治得差不多时，猛听外面一声咳嗽，脚步急响，兆龙回头瞧时，却是崔玉贵带两个太监进来了，赶忙行礼："见过二总管！"崔玉贵四下看看，点头道："这里比内膳房是差了些，可也将就着用。"

兆龙知道自己能来这里给皇上私自开小灶，多亏这二总管在那边疏通，便又道了谢。谁知崔玉贵并不领情，一瞪眼，说："别以为光你们知道心疼皇上，咱家也一样！"说着话，便把四盘菜上面扣着的海碗一一揭了去。瞄了两眼，又张嘴巴笑了，"杨兆龙，早就听说你手艺不赖，今儿个得让我尝尝鲜！"他说着话，早有太监把筷子递上来，崔玉贵毫不客气地拿了，先夹了一筷子鸡丝菠菜，大嚼几下，连连点头，"不错，不错！"

兆龙见他先尝了给皇上烧制的菜，为之不悦。崔玉贵却每盘菜都尝了一筷子才作罢，咂吧咂吧嘴，看着兆龙说："你别心里犯嘀咕，老佛爷的菜呢，每样都是我先尝的！"

兆龙这才想起来，太后和皇上用膳，每次都是要先让太监尝一口，谓之试毒。赶忙笑道："二总管想吃什么，尽管点，我可以现炒现卖！"

"你把这里当成饭庄子了！"崔玉贵哈哈大笑，挥挥手，吩咐那两个太监，"赶紧送过去吧！日后这事儿就交给你两个了，好好给我当差，出了岔子，看咱家不剥你们的皮！"他说末了一句时，眼露凶光，吓得小太监打个哆嗦，连忙应着，手脚麻利地把菜和粥放进食盒，包上黄包袱，快步跨出了门。

他们一走，跟兆龙一起来的下手和苏拉也赶紧告罪，退了出去，好腾出地方让两人说话。眼前一没外人，崔玉贵便改了称呼："杨家小哥，快把围裙解了，坐下来说话。"

"二爷，你不是还想尝尝我的手艺吗？"

"今天就算了，"崔玉贵摆摆手，"再说，你这里也没什么正经好料！"

"也是，现在内务府对我们内膳房也不正眼看了，什么料都克扣！"

"甭理他们，要什么料，你列个单子给我，一样不缺地送来！"

兆龙便笑嘻嘻地冲他一抱拳："谢过二爷！"接触日久，他越发地喜欢跟这位二总管交往，别看人家尘根没了，仗义豪爽却是一点儿不含糊。

崔玉贵呢，也觉得兆龙对脾气，一来在他面前敢说真话，二来就是敢真的动手。通常，两人碰到一起，少不得要打一场，慢慢地都摸了对方的底，倒是谁也奈何不了谁。今天这场合，照样少不了这道"菜"，依旧要在手上见高低。兆龙把围裙解了，笑道："正巧，我还真有一味好料要送二爷你尝尝！"崔玉贵一个高蹦起来，眼睛放光："什么好料啊！"

"八卦掌，你该听说过吧？"

"那不是董海川的绝学吗？莫不成你也会？"

"马马虎虎！"

崔玉贵又惊又喜。当年他一入宫，便到处寻摸董海川的传人，想他是个太监，定然会有传人在宫里头，谁知寻了好些年也没个毛毫，只好作罢。谁想，今天兆龙居然主动提出来了。

"我明白了，当年你曾祖父杨东魁跟董海川交过手，打个平局，惺惺惜惺惺，便成了至交。既然是至交，相互传艺也就不算什么稀奇！"崔玉贵边猜想边点头。他既然这么说，兆龙便不去纠正，反正十一指也不愿意让师门外露，还是替他打着掩护吧。他说："那咱们就搭手遛遛？"

"屋里面太窄，外头去试试手！"崔玉贵转身便走。

"用不着！"兆龙早踩着八卦步，唰地转到他一边去，抬手扫来，"这里才显出真功夫来！"崔玉贵见他步法如此灵活，好胜心大增，伸手来接，抬脚侧踹。但兆龙步子一滑，早闪到一边去，反手打来。

"好小子，挺滑溜啊！说，怎么个比法？"

“谁倒下谁算输！”

“哼，我还能被你打趴下？”

“碰坏了家什也算输！”

两人便在锅灶和桌椅中动起了手。兆龙这段时间一直跟十一指泡在一起，每到晚上，他们便去石塔下面练功，如今八卦步已经走得似模似样了。

崔玉贵哪里适应他这打法，力一旦用猛了，眼看就要撞到炉灶上，赶忙刹住，身子往后仰，又叫兆龙顺势牵了“羊”，一头又跌向桌上。好在他变招快，伸出蒲扇似的大巴掌撑住了桌面。不提防兆龙在他脚下一勾，崔玉贵再也支撑不住了，身子便要塌倒，早被兆龙一把抓住，轻轻往前一送，屁股坐在椅子上了。嘿，这仗打得窝囊，崔玉贵还从没在人手里桌面㞞过，脸上有些挂不住了。“再来，再来！”他吼道。

兆龙却原地打个旋子，就势一抬屁股，坐在桌子边上，嘻嘻笑道：“二爷，想知道为何今天这么吃瘪吗？”

“当然了！”崔玉贵一瞪眼，“你小子贼滑溜，我是一千个不服！”

“没错！我今天在屋里打，是占了你的便宜了！”兆龙双手比画着，“你想啊，你那功夫大刀阔马的，如何能在这里施展开？俺太极门的功夫，讲究近身战，再加上八卦步，灵活多变，我这是以己之长，攻他人之短，你可不是吃大亏了嘛！”

“嘿嘿，还真是这个理啊！”崔玉贵摸着头皮，笑道，“我就说嘛，咱家这身功夫，也不是白给的！”

“那咱们再到外面的开阔地儿遛两趟？”

“用——不——着！”崔玉贵呼地站起来，一拳砸过来，“这地方也蛮够味！”两人又一次缠在一块儿。这回，崔玉贵熟悉了兆龙的路数，应付起来已不像刚才那么吃力了。

每天遥望瀛台，上面山石花草，楼阁亭台，秀美宜人。按理说，在那里拥水而居，应该是神仙过的日子。可对光绪帝来说，它差不多就是一座水牢。日落星起，水面变幻不定，他眼前看不到景美，嘴舌也尝不出膳食的美味。所以，尽管这些天兆龙费尽心思去烹饪，崔玉贵也尽心供应了好食材，但听传膳太监说，皇上依旧没什么食欲。变法败了，六君子死了，这是志灭；珍妃被打入冷宫，他被囚水岛，咫尺也变成天涯，这是情苦。皇上如何能食而甘味？可是，尽管光绪帝进膳不香，兆龙还是要变着花样去做，好歹也算是尽心了。这日，他和下手、苏拉刚到宝月楼不久，正在做着准备，苏拉突然叫起来："有人来了！"如果是传膳太监，苏拉不会这么惊慌，兆龙凑到窗口一瞧，果然，前面是三个女人，后面跟着几个杂役，他心里不觉跳得急了："她们怎么来了？"

头前一个丫头，蹦蹦跳跳的，满脸精怪气，正是让兆龙都觉得头大的武蕾。中间是风姿绰约的绿娘，紧跟她身后的则是一声浅色衣衫的武云。她们边走边说笑，像是沿着水边来游玩，可后边又有苏拉推着炉灶车。兆龙联想到绿娘是隆裕皇后的厨娘，脑子里灵光一闪，原来，皇后也记挂着皇上的饮馔，听说自己在这里设小灶，便叫绿娘她们过来尽下心意了。

一行人越来越近，兆龙目光落在武云脸上便挪不开了。她的笑容还是那么含蓄，浅浅的，一点儿不张扬。也不知道怎么的，每次见到她，他的心都会跟着静下来。她像秋天的水，秋天的云，总是清清静静的。可是，这段时间她好像在躲着自己，不常跟他见面了。有几回，兆龙还特意去陈记成衣铺打听过，并留了话，但武云一直没露面。

他自觉丢了脸面，一气之下，也就不再去打听她的音信。时间一长，心思却又活动了，猜测是不是"老祖宗"从中作梗？哎，终归她是"秋水"的人，交往起来难免有羁绊。所幸十一指后来也进内膳房了，兆龙多了个伴儿，对武云的情愫便渐渐淡了。但今天一瞧见她面，心里的那把火又呼啦烧起来。他对下手和苏拉说："这些人我认识，是皇后那边的厨娘，咱们出去迎一下！"跨出门，兆龙堆出了笑脸，远远地招呼，"绿姨，你们今天怎么有空跑这边来了？"

那回在白云观时，他们便相处得不坏。后来兆龙进到内膳房，有一回，隆裕皇后召他过去烧了些菜肴，绿娘当时也在场，他们相处得更是融洽。也正是从那天起，兆龙改了称呼，叫绿娘为姨了。

"听说你在这里给皇上开小灶，我们便过来凑个热闹了！"绿娘听兆龙叫得亲切，心里也觉得暖烘烘的。武蕾本来跑在前边，见了兆龙，却翻个白眼，把脑袋转到一边去。兆龙故意装作没看见她，目光转向武云，轻声道："你也来了！"

武云只是浅浅一笑。武蕾哼了声，大摇大摆地先一步跨进屋，这边瞧瞧，那边瞅瞅，发现兆龙准备的食材着实不坏，好像都是内务府库房里紧俏的东西。屋里只有一把椅子，兆龙用袖子在上面擦了擦，请绿娘坐下，苏拉去烧水，好泡茶上来。绿娘问："我听说，皇上进膳还是不香？"

"是啊！"兆龙皱起眉头，"我都有些黔驴技穷了！"武蕾在旁边听了，哈地笑出声来，有些幸灾乐祸。武云赶忙扯了扯她袖子。

"这也不怨你！"绿娘叹道，"这节骨眼上，皇上的胃口好不到哪儿去！"

兆龙知道，绿娘能来这里，心里面肯定有了计较，赶忙问："绿姨，你有什么好法子？"这时，茶泡上来了，居然是上好的碧螺春。绿娘看着那绿盈盈的汤汁，笑道："你倒是挺会享受，喝这么好的茶！"

兆龙笑道："这玩意儿我哪里喝得起，是为了给皇上烧菜用，二总管特别赏的。"

绿娘持杯在手，轻轻吮了一口，目光犹自在茶汤上飘忽着："皇上现在是心苦，再好的膳食，到嘴里也尝不出香来。这时节，你就是把天底下最好的山珍海味搬过去，他的胃口也好不到哪儿去。"

"那依你这意思，我这小灶是白开了？"

"没那话，你这小灶要开得好，首先得弄明白皇上的心思。所以这关键处不在嘴舌，在心。"

"在心？"兆龙咀嚼着这句话。

武云一旁搭腔："师父说得没错，人只要心结不开，吃什么也不对味。"兆龙转头看她，武云却不接他目光，移开了。听绿娘叹道："整个皇宫里，皇上是最孤独的，他现在身边就缺个人陪呢！"兆龙眼睛一亮，光绪帝最爱的是珍妃，如果有她陪同，这瀛台便会是洞天福地，人间仙境。可没了她，皇上在瀛台只会更加孤独，天堂也成了地狱。

"绿姨，我明白了，珍妃虽然人在冷宫，不能来陪皇上，但可以借光啊！"

"怎么个借法？"

“我去给珍妃烹制过膳食，知道她的口味，照样子烧上几道菜，咱们皇上睹物思人，心结岂不就打开了？”

“好孩子，你果然灵性，一点就透！”绿娘笑道，“我们今儿个来，便是准备烧几道珍妃喜欢吃的菜，进献给皇上。”

“绿姨，你也给珍妃进过膳吗？”

“没做过，还没听过？”绿娘说着，从袖口里掏出一张单子，“看看，她中意的，可是这几样？”

兆龙接过一瞧，见上面列着六道菜，外加一道点心，分别是：龙井虾仁、蜜汁火方、莲藕炝腰花、干炸响铃、西湖醋鱼、鸡火莼菜汤。点心是“幸福双”。听武云在旁边说：“珍妃入宫前，曾蒙伯父长善抚养，长善做过杭州将军，珍妃和瑾妃从那时候起，便最喜欢杭州菜了。”

武蕾也得意地说：“我们都打听得真真的，一准儿错不了。”

其时，绿娘带来的杂役已把他们带来的食材一一摆起来，好家伙，果然无愧“诗菜”的名号，单单只是制备这些用料，便费尽了心思。像龙井虾仁这道菜，是杭州厨师受苏东坡词《望江南》“且将新火试新茶，诗酒趁年华”的启发，烹制而成。所以选用的茶叶和虾仁是关键。

茶，必须是清明前后的龙井新茶烹制的；虾，则是刚刚打捞出水不久的河虾，只只活蹦乱跳。这样子烧出来的成菜，虾仁玉白、鲜嫩，茶叶碧绿、清香，色香味俱全。武云和武蕾一个打开茶罐，一个打开篓子，让兆龙瞧一眼茶和河虾的成色。这不免让他叹息，不用心，哪能弄来这么好的食材？光指望内务府那帮家伙，如何能置办得到？

莲藕炝腰花这道菜，让人联想起“接天莲叶无穷碧”的夏日江南，藕要嫩，色要白，切成薄薄的片儿，与腰花炝炒，最能保持它口感的脆嫩。

绿娘说：“这道菜，我取它的口味清鲜，色泽淡雅，像散曲中的小令。”兆龙喜道：“这藕片呢，待会儿我用竹刀来切，口感会更好些。”

“自然要你来搭把手了。”绿娘笑道，“今天这膳食，是咱两家合着做的，凡是刀工的活儿都归你！”

武蕾插口说：“对啦，不能叫他闲着！”杂役打开一个木桶，里面哗啦有声，兆龙一瞧，原来是条二斤左右的草鱼，知道这是用来做“西湖醋鱼”用的。武云小声说：“已经饿养了两天了。”兆龙自然明白，饿养是为了让鱼排泄掉肠内的杂物，除去泥土味，同时，鱼肉也更结实。这道菜烹制时最讲究火候，为了保持鱼肉鲜嫩，仅能用三四分钟烧得恰到好处。绿娘问：“这西湖醋鱼又叫叔嫂传珍，可曾听说过？”

“我光知道它的另一个名字，宋嫂鱼。”

“说是古时西子湖畔，住着宋氏兄弟，以捕鱼为生。当地恶棍赵大官人见宋嫂姿色动人，杀害其兄，又欲加害小叔子。宋嫂呢，便劝小叔外逃，用糖醋烧鱼为他饯行，要他‘苦甜毋忘百姓辛酸之处’。后来小叔得了功名，除暴安良，偶然的一次宴会，又尝到这一酸甜味的鱼菜，终于找到隐名遁逃的嫂嫂。”兆龙点头：“原来是这个传珍啊！”

“传珍可不是指这道鱼的做法！”绿娘轻轻叹了声，“嫂嫂为小叔子做鱼送行时，曾经有过一番话，‘鱼有甜有酸，我是想让你这次外出，千万不要忘记你哥哥是怎么死的，你的生活若甜，不要忘记老百姓受欺凌的辛酸之外，不要忘记你嫂嫂饮恨的辛酸。’”

“说得好！”兆龙大声赞叹，心里却暗自思索，绿娘为何对这个嫂子和小叔子的故事这么在意？联想到她跟黄家兄弟之间的私情，不免浮想联翩。

接下来的菜有鸡火莼菜汤、干炸响铃、蜜汁火方，都是杭州传统名菜。

再看最后那道甜点“幸福双”，却是一种甜馅包子，相传源于梁祝的故事，一般成双成对供应，寓意天下有情人能心心相印。兆龙听绿娘指着食材说了一遍，当真是叹为观止：“太好了，这么好看的菜，皇上一眼瞧上去，就拔不出来，非吃个肚圆不可！”绿娘听罢乐了，武云也是忍俊不禁。武蕾哼了声，小声道：“马屁精！”

“那咱们赶紧动手吧！”兆龙跃跃欲试，“今天让诗菜走进瀛台，算是大功一件！”

“不能叫诗菜，就说是你做的！”

兆龙一怔：“为什么，我哪能冒领军功啊？”

“皇后不想让皇上知道！”绿娘说到这里，又苦笑，“话说回来了，要是皇上知道真相，这些菜只怕连筷子也不会动了！”

对于皇上跟皇后不睦，兆龙早有耳闻，却没想到会这么生分。他搓搓手，颇有些难为：“可是绿姨你辛辛苦苦地弄这些好菜，到头来却让我拣了天大便宜！这，这未免太说不过去……”

绿娘笑道：“也没什么，左右咱们是为了皇上着想不是？”

“这倒也是！”

武蕾脸上又露出不屑，小声吐出三个字：“假惺惺！”

兆龙心里早就有些烦她了，瞪了一眼说：“什么假不假，菜好吃就是真的，不过呢，也有一样麻烦！”绿娘见他不像说笑，随口问：“什么麻烦？”

“万一皇上见了这些好菜，想珍妃想得不行，非要去见她一面，那可就有些麻烦了。”

那天“诗菜”送上去后，司膳太监传回的信让兆龙既高兴又惭愧。高兴的是，光绪帝胃口大开，吃了不少。惭愧的是，这些菜不是出自他手，他最多算个打杂的。据说，皇上见到这些菜品后，呆呆地注目了好一阵子，眼圈也红了。后来，他做了一件很怪异的事，让太监另外备了一份餐具放在面前，他每动一样，也会往空盘里弄一些。想象中，他应该是在与珍妃一起用膳。虽然光绪自始至终一句话没说，但那神情透着的痴与一丝丝的悲凉，却叫人不忍心多看。兆龙听罢，心里很不是滋味，这几样“诗菜”倒是传递了相思。他不觉又想起武云来。做完膳食，交由司膳太监送去后，依绿娘的意思，便要跟着离开。兆龙哪里肯让，坚持要留她们用饭。原本准备给皇上做膳食用的食材不少，其中有不少紧俏货，是崔玉贵特别吩咐库房送来的，这回都被他们享用了。

做菜时，武云当他的下手，两人虽然不怎么说话，但眼神却脉脉含情，有时候手指和身子不经意地碰一下，心头都会荡漾起些微甜蜜来。那鬼精灵样的武蕾早就盯住了他们，夹在中间碍手碍脚，这让兆龙很是着恼，觉得这死丫头真是无比讨厌。除此之外，别事都是顺当的。这餐饭兆龙施出全身解数，把八个菜烧得色香味俱全，连连博得了绿娘的夸赞。吃的时候，武蕾那小丫头的嘴巴总算给堵上了，兴许是每天总吃“诗菜”也有些腻了，她吃起兆龙的菜肴很起劲儿，话也顾不上说一句，只知道埋头狂吃，兆龙见了不觉惊异，她那小小的肚皮如何能装得下这么多美味？

吃罢饭，他们一道回去，沿着水边慢慢走，秋风徐徐吹来，水面生出圈圈涟漪，红蓼绿萍随波起伏，像光滑的绣花绸缎。回去的路上，兆龙虽然一直没机会再跟武云说话，但彼此的目光却一直牵着。他只要知道她心里还有他，这就足够了。

皇上吃“诗菜”胃口大开，可也不能就此每顿都烧杭州菜，当天晚上兆龙就犯了思量，明日该调弄什么膳食好呢？以前皇上不思饮食，是因为心情郁闷所致，故而没什么胃口。绿娘的“诗菜”是一步好棋，他是不是也来上一步呢？要想引起皇上的注意，看来是要玩点新鲜的。兆龙夜里翻来覆去地想招儿，后来眼睛一亮，居然还真给他“挤”出一计。他决定明天只给光绪做一汤一菜一饭。汤是鸡汤，菜是青椒炒肉丝，饭是蛋炒饭。当初，他那一班十名厨子新入宫时，曾经举行过斗菜。这三样菜饭便是光绪出的题目，看似简单，其实是考了厨师的文火功夫、武火功夫，以及厨艺。

正是凭借这三样功夫，兆龙脱颖而出，从此被皇上重看。明天，这三样膳食一上，虽然普通又家常，却能勾起光绪对往事的回忆。同时也会想到，这是他特意敬献的，以后进膳时，口里就有味了。兆龙越想越兴奋，险些失眠。第二天，他果然照此办理，内膳房管供应的总管见他只要这么一点儿食材，还以为看错了。

来到宝月楼的灶房里，把鸡洗干净，用文火慢慢炖着。剩下的那道青菜和蛋炒饭对他来说举手之劳，便不忙着办弄。没想到，崔玉贵却带着那两名司膳太监匆匆赶来了。兆龙迎出去，正要自我夸几句，瞧见崔二总管脸色严肃，又把到嘴的话咽下去。有外人在跟前时，他还是称呼对方为二总管，不是什么二爷：“二总管，什么事又劳您大驾？”

崔玉贵瞥了他一眼：“有件麻烦事，我不得不来。”

兆龙心里一动，难道说出了什么岔子？马上问：“不是说，皇上昨天胃口大开吗？”

“何止是大开？”崔玉贵晃晃脑袋，“皇上指名要你上瀛台见他。”

“见我？”兆龙吃了一惊。

“这事要传出去，那可是要掉脑袋的！”崔玉贵说着，用手掌在脖子上比画了一下，“老佛爷下过懿旨，除了几个传膳太监外，外人谁也不得踏上那岛半步！”

“可是，皇上金口玉牙，说出的话咱们也不能不听啊！”

“所以这才麻烦！”崔玉贵道，“思来想去，只有一个法子，”他的目光唰地落到兆龙的脸上，“你要扮回太监！”

兆龙马上明白了：“你是要我借着传膳，混进岛去？”

“没错，过会儿你跟他换了衣，伺候皇上用完膳，赶紧跟着回来，免得生出意外的祸端。嘿嘿，真要有那么一天，我也救不了你！”

“我知道轻重！”兆龙想到今天既烹饪，又传膳，还能面见光绪，不禁兴奋起来。整完一汤一菜一饭后，他跟一名传膳太监换了衣服，抱着食盒，跟另一人匆匆去到湖边，坐上小船，飞快地划向瀛台。船划得很快，不多时就到了可以泊船的石阶，上面有个亭子，叫作迎熏亭。那里已经有些太监在候着了，每人手里都端一个用黄包袱包着的食盒。

带头的是一个腰背弓得像虾米的老太监，满脸皱纹，眉毛长长地垂下，瞧见船到了岸，伸出只见骨头不见肉的手指点着兆龙两个，尖着嗓子说：“你俩走前头！”兆龙知道，这是要把他们带来的膳食放在最前头，好让皇上吃个新鲜。他两个往前一走，后面的传膳太监便依次在身后排好，老太监拖长了嗓门吆喝一声：“进膳！”一行人鱼贯走入涵元门。

门内便是瀛台主体建筑涵元殿，大殿东西两侧分别是藻韵楼、绮思楼。兆龙在来之前，已经从崔玉贵口里略略知道了些，皇上如今就在藻韵楼里住着，平时在补桐书屋看书，进膳则是在随安室。

兆龙初次到这地方，不敢随便乱看，学司膳太监们垂着脸，拿着小快步，沙沙地往前走。穿过游廊，早见光绪帝的贴身太监王商带着两名年轻太监守在随安室门口，待他们走到跟前，王商前后扫了几眼，才挥挥手：“进去吧！”兆龙隐约看到光绪坐在桌后，却不能冒失去打量，把手里的食盒放下后，解开包袱，拿出海碗，又得赶紧收走食盒和包袱，往门口走，好让其他人依次进来。很快，膳食就摆满了桌子，他们悄没声地在外头候着。

兆龙暗道：“瞧这光景，皇上见我要等在膳后，可那样的话，时间就紧了！”正想着，忽见王商冲他招招手：“你过来！”兆龙赶忙上前，王商说，“走，跟咱家一起伺候皇上进膳去！”这回再进去，兆龙便放眼去看了，恰好跟光绪的目光碰上。皇上真是瘦多了，脸色苍白，不见血色，鱼尾纹也添了不少，神情虽然委顿，一对眸子却闪烁着炽烈的光芒。至于穿着，倒和平时没什么两样，一件玫瑰紫黄缎的皮袍，罩黑缎的巴图鲁背心，头上一顶镶了红宝石的缎帽，下面是一双轻便的缎靴。他目光在兆龙脸上落了下，温和地问道：“你今天给朕准备了什么？”

兆龙赶忙道：“禀皇上，小的头一天进宫时，曾做过一汤一菜一饭，今天照样弄了一份。”光绪马上记起了，当日内膳房那边极为热闹，虽然不过一锅鸡汤、一道青椒炒肉丝、一碗蛋炒饭的比试，却是斗得有声有色。他嘴角不觉流露出一丝笑意：“朕还记得，你是我当天钦点的斗菜‘状元’！”

“正是，小的也算是天子门生呢！”这回，光绪终于笑出了声。王商在旁边看着，不免惊异，因为他已经很长时间没瞧见皇上笑面了。

兆龙走到桌前，先从罐里舀了半碗鸡汤：“皇上先喝点汤，暖暖胃！”王商接过，先用羹匙舀了些尝了，方才送到光绪桌前。

这一回，光绪用不着遵照古训，食不过三匙了，竟然一口气将那半碗鸡汤喝尽了，惬意地点头：“很好，还是原先的味儿！”

兆龙见他进得香，大为高兴，又把那菜和蛋炒饭送上。光绪竟然把那碗饭吃完了。其他海碗则一样也没揭开，它们摆在那里只不过是充样子，有些淡而无味，有些早就馊了。食罢，小太监又送上茶水，光绪漱过口，便从椅子上站起，转身进了侧门。王商马上朝兆龙使个眼色：“去吧！”

兆龙想起临来时崔玉贵交代的话，问道：“公公，待会儿我怎么回去？”

“自然有法子，你就别挂着了！”

兆龙便也从侧门进去，光绪在廊道里慢慢踱着，很快来到补桐书屋。进门后，见墙上挂着一幅山水，光绪立在画前，端详着，若有所思。兆龙不敢打搅，候在门口。过了会儿，听他说：“真没想到，你如此心细，能做出地道的杭州菜来。”兆龙知道，这次可是贪了绿娘的功勋，低声回道：“小的只是尽了自己的本分。”

“除了本分，还得有心。”光绪转过头来，赞许地看着兆龙，“昨天朕用那些膳时，竟觉得珍妃就陪在身前，每布一下菜，她都跟着尝尝。朕从没去过江南，杭州的景致和风物，是从珍妃那里略略听了些，故而只能放脑子里想一下。可昨天不一样，朕居然从那些菜里面嚼出了江南的风味来。所以朕知道，你为做那些菜品是花费了大心思的。”

如果昨天的“诗菜”真出自兆龙的手，皇上这番夸赞定会叫他心花怒放，可是，那些明明是绿娘的杰作，他却冒名认领，心里面自然很不自在，只能应付说：“皇上您喜欢就好。”

“嗯，在这瀛台上面，朕又能喜欢什么呢？”光绪苦笑，“不是你们有心，私下开了这小灶，朕只怕连一口对心思的膳食也吃不上。”

听了这话，兆龙鼻子一酸，眼圈登时便红了。可不是吗，自古来的皇上哪还有比光绪更可怜的？

“你定是会想，朕怎么会找你说这些？实在是……”光绪说着，身子轻轻抽搐，语声有些哽咽了，“朕已是找不到什么可以说话的人了。”

“皇——上！”兆龙的热泪夺眶而出，双膝一软，便要跪倒在地，却被光绪拦住。

“翁师傅是朕最敬重的人，他曾给你杨家题过词。珍妃是朕最钟情的人，她也夸你菜做得好，这么一来，朕自觉跟你杨兆龙有些缘分。今天一照面，果不其然，觉得离着他们更近了些！”

这席话传到兆龙耳朵里，很是惊心，没想到光绪竟是寂寞如斯。热血一阵上涌，脱口而出：“皇上，您要是愿意，小的每天都可以过来！”

“这倒不必。”光绪走到窗口，看着外面的水泽，久久不语。他不说话，兆龙只能在旁边候着，心想，崔二爷只怕是在宝月楼那里等急了。

“杨兆龙，你知道朕现在最恨谁吗？”

“这……小的不知。”

“头一个就是袁世凯！”光绪脸上的肌肉痉挛着，咬着牙说，“不是那贼子告密，维新何至于此？”

这些人事不是兆龙该胡乱议的，所以他只有沉默不语。又听光绪道：“这第二个人，便是那康有为！”

兆龙听了一惊，脱口道：“皇上，康有为不是您这边的人吗？”

“朕看错了他！”光绪眼睛里喷出怒火来，“翁师傅临走时，几次说康南海居心叵测，可朕就是没听进去。他背着朕，假传什么密诏，以朕的名义图谋政变，着实可恨……”他气急之下，竟剧烈地咳嗽起来。

“皇上息怒，保重龙体为宜。”兆龙再也顾不上什么规矩了，上前扶了一把，让光绪在椅子上坐了。然后把手掌按在他的后背，使出内劲慢慢揉了几下。光绪顿时觉得胸口敞亮了好些，咳出一口痰，就此缓过劲来。兆龙看着他那弱不禁风的身子骨，心里很不是滋味。光绪轻轻一展眉：“倒忘了你还是个武学好手了！”

“好手谈不上，这家传的功夫小的也没练精，拿不出手。”

“朕记得，那次召见你，翁师傅也在场，谈起你杨家的太极拳来，说是最能体现道家养生的精髓，果真？”

“禀皇上，太极拳确是道家传下的功夫，最能养气。俗话不是说嘛，药补不如食补，食补不如气补，这太极拳修炼起来，可是比我这厨师的美食强多了！”

光绪听了这话，越发欢喜：“那你觉得朕练这拳成吗？”

“皇上要是有心练太极，那是最好不过了！”

虽然之前翁同龢和杨慕侠对于皇上练拳都表示异议，但兆龙想，皇上如今囚在这里近乎生不如死，孤单单的，还不如腾出些时间来修炼太极拳，一来利于养生，二来也能消遣时光，排解心情，何乐而不为呢！

光绪听兆龙这么一说，眼睛有了神采，又从椅子上站起：“那你看朕该从哪儿入手？”

“皇上，恕小的无礼。大凡武学功夫，不管是外家内家，莫于要把那基本功先练扎实了。太极拳讲究养练同修，这头一步，您只要练一个桩，走一步就行了！”

“这么简单？”

兆龙摇摇头：“听着简单，练起来可不易。桩是无极桩，步呢便是太极步。皇上要是能每天练上一练，勿要间断，一个月后，龙体定会有所改观。”当下，便把站无极桩和走太极步的要领一一说了。光绪本是个极聪慧的人，一点就透，再经兆龙搭手调整，很快就练得似模似样了。

光绪正练得入巷，兆龙耳尖，便听得走廊传来急促的脚步声，却是王商气喘吁吁地赶过来："皇上，大总管来传旨了！"

光绪一听李莲英来了，脸色大变，外头已隐隐听到脚步声，此时叫兆龙出去定会碰个正着。当日斗菜时，兆龙出尽了风头，自然被这位皇宫大总管瞧在眼里，就算现在换了身太监衣服，怕是还会被识破身份。

王商耳听脚步声越来越近，急得直哆嗦。光绪一挥袖子，便要迎出去，借机好把李莲英挡在外头。兆龙赶忙道："皇上，您别出去，小的自有法子！"他深吸一口气，脚尖一点，身子便嗖地从窗口蹿出去。光绪和王商吓了一跳，探头往外瞧时，他早贴着墙根飞快地奔去，像一股青烟，转眼就没了影儿。其后几天，兆龙果然多趁往瀛台送膳的机会，抽空教光绪太极拳的入门功夫，皇帝也极聪慧，很快掌握了要领，站桩走步已守住规矩。

那天李莲英突然上岛传旨，兆龙险些被堵在补桐书屋，情急之下，他凭借轻功钻出窗外。岛上楼阁不少，尽够他躲藏的了。等李莲英离开后，王商早就买通了奉宸苑中管船的人，用一只小船把兆龙送回宝月楼。崔玉贵在那边早就等得心急火燎，见他这么晚才回来自然不喜。兆龙便把光绪留自己叙话，并要学太极拳的事一一说了。

崔玉贵听后，呆了半晌："杨家小哥，这事可就有些麻烦了。纸包不住火，你早晚得惹祸上身！"

兆龙笑道："二爷，您多虑了。皇上学太极拳，没别的想法，不过是闲困在那里，一来找个消遣，二来强身健体，仅此而已！"

崔玉贵见他笑容清澈，想法还透着天真，只得叹口气："这事要是传到西宫那边，老佛爷岂能容你？"

"太后怎会知道？"兆龙嘻嘻笑道，"除非二爷您去'通风报信'！"

崔玉贵却没心思跟他开玩笑："你呀，好自为之吧！"说完这句话就走了。此后几天，二总管一直没再露脸，兆龙有王商在瀛台接应，则多次过去跟光绪碰面。经过这段时间的接触，他对这位落魄的皇上更添了好感。除了说拳外，光绪对于兆龙说的那些北方城乡的轶闻也很感兴趣，因为这些风俗民情是他之前从未听说过的，故而听得津津有味。光绪身上似乎缺少帝王的威严，温文尔雅，加上眉宇间常常流露着一丝忧郁，让兆龙觉得，他就是一介书生，文文弱弱，但身上散发着一种高贵气息，又不同于那些寒门子弟。大多时间，他的神情是忧伤的，即便是看书，也是无法完全排解，因为词句中总是会有一两个字眼，触及到他内心的痛处。唯有在练太极拳的时候，讲究身心都要放松，兆龙甚至要求光绪的眉头和皱纹都得舒展，呼吸尽量做到平缓，举手投足不能用一丝拙力。由此进入另一个世界。

在皇宫里面，只怕再也难找出一个比瀛台更幽静的地方，整个岛上，常常只有风声在响，风吹来水的气息、木叶的气息。深秋了，白天听不到虫鸣，即便到了夜里，也是寥寥。站桩入了静，光绪觉得灵魂似乎飞出躯壳，慢慢上升，进入了云端。世间的一切人事都抛开了，仇怨恨苦也暂时忘却，他感受到极度的放松，竟体验到从未有过的快乐。光绪入静后，脸上就会散发出一种圣洁的光辉，兆龙每每见了，心里都涌出一种感动。但愿皇上多在这松静中忘忧。

不过，也有例外的时候。不知何故，瀛台上面的鸟雀很稀见，深秋之后，更是难得瞧见这些长翅膀的精灵。偶尔也会有几只鸟雀飞来，在枝头叽叽喳喳地叫几下，每当这个时候，光绪哪怕是入了静，也会立刻醒来，快步走到窗口瞭望。有时候来的是乌鸫，叫声婉转，光绪痴痴地看着听着，久久不动。即便是一两只黄雀，他也会贪婪地盯着看上半天。兆龙一开始还不清楚他怎么这般喜欢鸟，后来才回过味儿来，光绪其实是羡慕它们能够自由自在地飞来飞去，不像他是被关在笼子里。当然，并不是所有的鸟都讨人喜欢，有几次来的是乌鸦，嘎嘎叫得阴森恐怖，光绪觉得很晦气，便叫来王商，让他指使太监把这些黑老鸹子统统赶走。

经过一段时间太极拳入门功夫的修炼，光绪精神明显旺盛了，胃口也是大开。兆龙知道他尽管修炼的是筑基功夫，却也消耗不少，膳食便添加了些羊肉和海参之类的东西。这天，光绪进膳完毕，他们去到书屋先说些拳理，准备过上半个时辰，再练拳站桩。聊了没几句，便听到外边传来鸟雀喳喳叫声，虽然跟乌鸦的嘎嘎有些像，却没那么刺耳。光绪走到窗前，寻声望去，原来是两只喜鹊在枝头上嬉闹，它们的脑袋一会紧贴着，一会儿又相互啄对方脖子，看上去很是亲昵。

兆龙说：“喜鹊枝头闹，好运快来到，好兆头啊！”

光绪目光又变得痴痴的，好一会儿才叹了声：“朕想到的可不是这个。”

“那皇上想的是什么？”

“七月七，牛郎织女的银河会。”

“对了，那天桥就是喜鹊们搭成的。”

那对喜鹊在枝头上缠绵了阵儿，终于飞去了，光绪的目光不舍，一直追着它们飞过水面，直待瞧不见了，眼光还是迟迟不收回来，脸上满是怅惘。兆龙担心他又苦痛起来，便小声道：“皇上，该练拳了。”

光绪方才转过身，目光落到兆龙身上，像是有话要说，一时间却又不知道该怎么开口。迟疑了会儿，咬咬嘴唇，终于说出来：“杨兆龙，朕有件事想让你去做。”

兆龙见他神情间有哀求之意，不禁惶恐：“皇上，您有事尽管吩咐！”

“朕要写封信给珍妃，烦你给送去。”

兆龙一惊：“这……”

光绪的眼光炽热：“你武功那么好，定能把这事办好！”

他话都说到这分儿上了，兆龙又岂能拒绝，他脑子里飞速地转了几个圈子，便一挺胸脯：“既然皇上开了金口，小的甘愿当这个信使。”

光绪点点头，目光含着感激，转身走去书桌，铺开纸张，提笔唰唰唰唰写起来。一开始写得飞快，却是越来越慢，到后来竟然驻笔不动。

兆龙在旁边瞧着，见他的眼圈红了，手也跟着不停地颤抖，竟然拿不住笔来。光绪颓然坐下，看着那纸上的墨迹，好一会儿才恢复过来，又一笔笔地写下去。但几颗泪珠子也先后砸到纸上，洇开了。兆龙不忍心再看，默默退到门口，靠在走廊上，心想，皇上当到这分儿上，还真抵不上个平头百姓，这老佛爷也未免忒心狠了。

这天，揣着信离开瀛台，兆龙脑子里始终在翻腾，虽然珍妃被慈禧太后打入冷宫不是什么秘闻，可具体关在何处，还真没几个人知道。即便有几个太监宫女们知道，也不敢随便往外说。让兆龙更觉得为难的是，他的身份是御厨，要去后宫极为不便。起先，他还想过是不是去找武云帮忙，可这样一来，自己教皇上练拳的事就保不了密。再说，武云心善，“秋水”其他人可藏着祸心，不可不防。这么看来，唯有找崔玉贵商量了。他是老佛爷的心腹，在宫里面权势熏天，求他替皇上送封信还不是小事一桩。打定主意后，他便直奔崔玉贵常歇身的地方，找了好几处，才总算在三座桥附近的一间名叫太和顺的太监茶店找着了。原来，凡是靠近宫掖之处的地方，多是这种酒馆茶铺，以供太监和苏拉们闲时小聚，故而叫太监茶店和太监酒馆。崔玉贵这天来太和顺，是与人约着有事谈，茶喝了半壶，事才刚刚谈拢，兆龙就打听着找来了。往常，他们见面全是崔玉贵派太监去邀他，今天兆龙破天荒来找他，二总管便知道肯定有事，还是大事。

找个没人的角落，兆龙附耳小声这么一说，崔玉贵的眉头就锁紧了，跺跺脚埋怨道：“看看，看看，咱家当初怎么说来着，这事情一开了头，往后就没个尾巴了。”

“二爷，您现在抱怨有什么用，皇上已把这事塞给我了，我总不能丢开手吧！”

“咱这个主子也真会打蛇顺竿上，先开小灶，后要传拳，现在又把这棘手的差事派下来。”崔玉贵摇晃着脑袋，“保不齐啊，赶明儿还会叫你救他出瀛台！”

“二爷，您说这话还叫小罗成吗？”兆龙知道对付崔玉贵，最管用的便是激将法，话不免就说得狠些。果然，崔玉贵一瞪眼：“咱家怎么当不起这个外号了？”

“你想啊，我练太极拳，二爷您也练太极拳，皇上呢，现在也练太极拳，不用扳指头，咱们也是同道了。武林中最讲同门之谊，更何况他还是咱们的主子呢！”

听了这话，崔玉贵乐了：“杨家小哥，你可真敢说话，把皇宫当成武林了！那一套，在这里可兴不开。”

“二爷，您是不是怕走漏风声？”

“不怕是假的。”崔玉贵压低声腔，“这要是让老佛爷知道了，那可是要掉脑袋的！”

“二爷，您想想看。这事就四个人知道，你知我知，皇上知。信送去了，珍妃才知，哪能走漏风声？”

崔玉贵看着兆龙，轻轻摇头：“杨家小哥，你到底还是嫩了些。事情要是真如你想的这么简单，就好办了。”一拍巴掌，“好吧，咱家就揽一回小差，谁叫你老拿武林同道的帽子压我呢！”

兆龙见他答应，喜笑颜开，连连作揖。崔玉贵笑骂：“你少给我来这一套，真有那心，好好传我几手你杨家的绝活是正经！”

“那是自然！”兆龙眨眨眼，“说到这里，二爷您给透露透露，珍妃到底给关在哪儿了？”崔玉贵知道他这是在替光绪打听的，说：“就在景祺阁的西小院。”摇头叹息，“那地方偏，没什么人去，靠着后宫东北角，里面十几年没人用了，草都长得半人多高。珍妃活得苦啊，穿得破，吃得差，跟皇上在瀛台的日子没法比。”他说到这里，顿了顿，与兆龙的目光相对，“这些话，你最好别跟皇上实说，徒惹得他伤心。”

“我记下了！”

据说，关押珍妃的冷宫，窗户装着铁栅栏，门上有三把锁，还缠着一条大铁链。每日饮食，都是从门槛底下递进去，芜杂不堪。如今这天日渐冷了，那里非但没有火炉，窗户纸也都残破，日夜冷风刺骨，当真是生不如死的日子。更何况，她与困居在瀛台上的光绪，还咫尺天涯。

兆龙听了，心里也不免悲戚，想起去年去景仁宫给珍妃烹饪膳食时，她扮作男子装束，说不出的风流妩媚，跟光绪无疑是一对神仙眷侣。这么一比较，倒是激发心里的意气，他很清楚，这绝对不会是最后一封信。

隔天，崔玉贵再到宝月楼见兆龙时，便交给他一样东西，却是一方黄手帕。“这是啥东西？”

“你打开来瞧瞧不就知道了！”

兆龙便真的打开来，里面竟是一枚指甲和一缕头发。登时便明白，这是珍妃转给光绪的。她被关押的地方自然没有笔墨纸砚，也就没法子回信，唯有这两样最能寄寓相思的。

“珍妃活得怎样？”

“惨，太惨了！”崔玉贵叹息着，“不过，咱家这回也真看走了眼。”

“怎么说？”

“那种苦日子，任谁都难熬下来，咱家没想到，珍妃那么娇贵的身子居然硬生生地撑住了，好，真是个有骨头的！”

崔玉贵大凡赞一个人，多会奉上“骨头”二字。兆龙听他这样说，心里一喜，“小罗成”只要心里面认可一个人，日后定然也会愿意施以援手。

当天，趁着往岛上送膳食的空儿，他把那手帕交给了光绪。看到这两样东西，光绪当场就落了泪，哪里还有心思练拳，提笔又写了一封信。

当兆龙又把它交给崔玉贵时，这位二总管竟也没多话，只是点点头，把信贴身收了，显然也默认充当信使的身份。有兆龙开小灶，并传授太极拳；有大内二总管亲自传递鱼雁，光绪囚居孤岛的日子渐渐有了声色。不过，宫里宫外的形势还是风起云涌。到年底时，更是风声日紧，让光绪感受到阵阵肃杀的寒意。最惹人眼目的，便是端郡王载漪的次子溥俊被慈禧相中，有意传其龙位。一时间，“废立”的传言四处飘飞，如同那漫天旋舞的雪片。

自从被囚禁瀛台那日起，光绪便料到会有这么一天，可没想到慈禧选的竟然是这么个粗鲁的东西。溥俊今年十四岁，长得五大三粗，一脸横肉，不喜读书，专好习武，身体倒是长得极壮实。他的母亲是皇后的胞妹，算起来，溥俊就是慈禧太后的内侄，再加上有个亲贵中最有实权的父亲，暗中替他布局运营，一时间倒也弄得风生水起。幸好，各国公使都明确表示不赞同“废立”，朝中重臣像荣禄、李鸿章等人也多进言相劝，慈禧太后才打消了罢黜光绪帝的念头。至于溥俊，到头来还是被封为“大阿哥”，也就是皇长子。

在戊戌年关靠近的日子：“废立”变成“建储”，光绪凭空多了个“儿子”，他在大殿上像木偶一般，给溥俊戴上红绒结顶貂帽，以示有后。可以想见，被送回瀛台后，经受此辱的光绪心情会是如何的灰暗。但有人比他更沮丧、更气愤。到口的肉突然飞了，端王父子失望之余，更是心生恨意，恨朝中荣禄、李鸿章等大臣，更恨洋人多事，庇护光绪。如此，打着“扶清灭洋”旗号的义和拳，便进入了端王的眼底。

来年，朱红灯带领义和拳众在德州附近闹事，袁世凯派军队围剿，打得一干人溃不成军，落花流水。袁世凯此后接任山东巡抚，更是雷厉风行，先是捕获朱红灯，将其斩首示众，跟着四下缉捕拳匪，逼得义和拳偃旗息鼓，悄然北遁。很快，为首的李来中、张德成跟端王府的护卫德同搭上了线，要在“扶清灭洋”这四个字上面热热闹闹地做篇大文章。

这篇文章果然做得大了，自四月十四开设“天下第一坛”后，张德成已聚集了一万多人。“黄莲圣母”的“红灯照”更是形势惊人，很快在京津直隶铺开来。不久，端王在京城带头设坛，此后庄王府、澜公府等也跟着设坛。“大阿哥”溥俊甚至把坛直接设到皇宫里面，居然就开在瀛台对面的空地上。这显然是有意做给光绪看的。

溥俊打扮成“二师兄”模样，头扎红巾，腰系红带，手持钢叉跟小太监们捉对开打，像在台上演戏，锣鼓齐鸣。据说，老佛爷瞧见了，还夸赞了两句。原来，老太后最是要强，每每不忘当年英法联军火烧圆明园，视为奇耻大辱，眼见义和拳如此“神通”，便萌生了借“神兵”对抗“洋兵”的念头，于是在端王、刚毅等人的怂恿下，便渐渐松了口，纵容义和拳在京城横行。如此一来，“神拳”便以星火燎原之势席卷了京津，甚至于对武林各大门派构成了冲击。任何一门武术，习练者少不得要从筑基入手，慢慢打熬筋骨气血，这般至少要磨到十年以上，才成气候。可义和拳就不一样了，此拳非比寻常拳术，不讲掌法，不费时力，最重要的是可以“降神附体”，可以请玉帝派下天兵天将来护法。除此之外，义和拳的大师兄还每日勤练独门秘术。据说他们的神功分两种：一种是浑功，一种是清功。浑功是低级别的，一百天就可以出师；而清功则需要练习四百天。据义和拳的老徒弟宣扬说，神功练好后便可以不畏枪炮，刀枪不入。不难想象，这对平头百姓来说，“神拳”具有非凡的魔力。因为它根本不需要像传统练家子那样，经年累月地打磨，只要学会念咒“降神”，就能做到刀枪不入。再加上朝廷的默许，端王等人亮出旗号来支持，京城的老小纷纷加入，鱼龙混杂，皇城根下从未这么热闹过，简直像在天天赶庙会，唱大戏。

人一多，师兄们就忙不过来，哪里能一一传授神拳。故而大多数人连浑功都没练成。但这并不妨碍众弟子练成“刀枪不入”的神功，只要在心口下贴上符咒，像什么“云凉佛前心，玄火神后心”，或““左青龙，右白虎，云凉佛前心，玄火神后心，先请天王将，后请黑煞神”等，据说只要心中默念这些符咒，神功便会立现。

这么一来，传统门派的那些拳家自然受到挤压，义和拳短时间内就能让拳众练成神功，入会还不需要交钱，又能混吃混喝，有不少门派的弟子受不了诱惑，也纷纷投过去，甚至连太极门也有不少弟子入了会。

连日来，八卦门、形意门等诸多门派的拳师纷纷造访杨慕侠，商量的也是这个事。大家明里暗里都曾经试过，义和拳所谓的“神拳”，其实就是唬人的一套江湖耍把戏的玩意儿，非但抵不住洋人的枪炮，也挡不住寻常的刀剑。当然，拳众里面也不乏武林好手，他们夹在里面或是展露走刀山类的硬气功，或是耍练十八般武艺，也起到了推波助澜的作用。让杨慕侠等人忧心的是，义和拳人多势众，如今触角正慢慢伸到他们的门口，便是想避也避不开了。

此时，京城里大多数店铺的门前，也纷纷挂起了义和团的旗帜，贴上符咒。有些混混出身的拳众，白吃白拿，巧取豪夺，甚至杀人越货的事也时有发生。大栅栏一带的镖局近来生意倒是火爆，镖师们并非接了生意，去外地走镖，而是被一些大户人家重金请去“护院”，免得遭受义和团肆掠。义和团把京城变成了一个大火炉，什么破铜烂铁都往里塞，虽不见得能炼出一锅好钢来。火势大了，却可能把好材料给毁了。

京城武林的几个头面人物这天齐聚杨府，便是要跟杨慕侠商量，准备将京城大大小小的武林人士召集起来，结成联盟，倒不是想要跟义和团对着干，只求能拧成一股绳，寻求联保。杨慕侠自然赞同。大火眼瞧着要烧到了，联保至少可以壮声气，让义和团不敢妄动。当下跟众位拳师约定，大发英雄帖，选在后日上午，在会贤堂办几桌酒席，请各大门派的当家人商议联盟事宜。

把客人送走后，杨慕侠吩咐家仆，去后院把兆鹰和兆鸣叫过来。老头子则点上旱烟锅子，吧嗒吧嗒抽起来，很快，他的脑袋便罩在烟气里。

兆鹰自从由天津小站的兵营回来后，便像换了个人，大门不出二门不迈，一心锁在后院苦练拳术。兆鸣自打经历了戊戌维新的一些风云激变后，心也冷了，正好兆鹰回来，两人又像从前那样结伴练武。每天也会到拳场帮着授徒。经过大半年的苦修，两人的功力有了长足的进步，特别是抖起太极十三杆来，虎虎生风，极具威力。

这大杆子，广府人昵称“杆儿”，它是脱自枪的另一种器械，练它非持械而斗，更不是用于战场的生死搏杀，而是作为太极拳功力训练的一种。要旨还是在体验手臂加长下，训练混元劲力，突出的还是太极拳中“沾连黏随”“不丢不顶”“引进落空”“借力打人”的技法。大杆子抖好了不易，功力不够，硬来练它极可能伤了身子。杨慕侠在传他两个抖大杆时，再三告诫说，一定要做到心静、气敛、神聚、劲整。

在兆鹰看来，这大杆子虽然是个死物，到了练家子手里，却变成活了的。一开始，你要慢慢养它，顺着它，好好摸透它的脾气。待把它驯服了，指挥如一，那时候才算真正做到通体。

老头子和杨云鹏都是抖大杆子的好手，但动起手来，风姿却截然不同，但每一次都让兆鹰和兆鸣为之震撼。一根大杆子在手，杨云鹏几乎不抖，多是伸着双臂，让大杆子平放在上面，也不见他如何动弹，那杆子就呜呜地蹦起来，剧烈地抖一下，又落下来，然后再弹再落。即使隔得远，他们还是能感受到劲风裂面，火辣辣地疼。怪不得杨云鹏只要在人胸口随手摸一下，便会叫人吐血呢，那股劲力委实可怖。但杨慕侠的表现又是另一个样，抖大杆子时，要求抓着粗的那头，老头子则恰恰相反，拿的是杆子的细头，并且是两根手指轻轻把它“夹”起的。那轻松的模样，便似捏着一根干草。他的腰杆挺得笔直，腿脚也不见弯，肩膀和手臂也是不见怎么动弹，那杆子却像一条大蟒般灵活地抖起来。叫兆鹰和兆鸣看得眼睛发直。这一手，自然比他们父亲还要高上一层，在老头子身上，他们切实地看得什么叫举重若轻。不是亲眼所见，很难想象一个精瘦老人身上居然蕴藏着如此巨大的能量。

经过两个月的习练，兆鹰和兆鸣已经能够把杆子摆弄得自如，手臂借此“延长”，有些招法的技击要点也随之明白了。更重要的一点，他们体会到了“穿透力”。大杆子近两丈长，一抖之下，意和劲力都会放远，直达杆尖。如此抖得熟了，再跟人推手时，不等粘着，意早穿透了对手。

这天，两人正各自手持一根大杆子，进行对练，并把推手的诸般技巧一一融于其中，越练越带劲，半个时辰下来，已是大汗淋漓。坐下来刚歇口气，喝些水，家仆就过来请了。两人赶忙转到前面，见老头子叼着烟袋，吧嗒吧嗒抽着，正低头看台阶旁边摆着的盆栽。兆鹰正要开口，却被兆鸣拉了一把。他努努嘴，果然看到杨慕侠伸出手去，从繁密的叶子里头掏出一条虫子来，看也不看，随手轻轻一弹，那小东西就嗖地飞进旁边挂着的鸟笼里头，正好被八哥叼住。

听老头子说："长了虫子，便该早早除去，免得成了大祸害。"

兆鹰和兆鸣赶紧围过去，要帮着抓虫，却被杨慕侠拦住："这里用不上你们，还有别的事呢！"

"爷爷，您说！"

"你两个马上去健锐营，把你们老子给叫回来。"

两人不禁一怔。兆鹰知道，老头子素来心思缜密，哪怕是随口吐出的一句话，也一样有深意，譬如刚才那句"除虫"的话。他既然让他们去找杨云鹏，说明定有大事发生。当下，两人不敢耽搁，火速赶往西山健锐营，去寻杨云鹏了。

他们赶回时，天色已经晚了。杨云鹏身穿官服，脸上晒得黝黑，他为人肃穆，不苟言笑，即使见了杨慕侠也是紧绷着脸皮，只叫了声爹！

杨慕侠笑道："你们先去洗洗，换身衣服，我叫厨下备了菜，咱们好好喝一杯！"三人便匆匆回屋了。少时回转，厅堂上已经摆好饭菜，兆鹰和兆鸣不敢就座，忙着替爷爷和父亲斟酒布菜，站着伺候。杨慕侠跟儿子喝过一杯后，笑道："别拘礼了，你们也坐下吧。"两人这才诺诺就座。

又吃了些，杨慕侠才问杨云鹏："我听伦贝子说，端王有意招你去虎神营？"

"正要禀告父亲大人，虎神营新建，端王从各营招收精锐，更缺教习，故而想拔我过去！"

"何谓虎神，你知道吗？"

"取'神驱鬼，虎吃羊（洋）之意，其实就是冲着洋鬼子去的。"

"说是冲着洋人，其实还不是为了保大阿哥的王位？"杨慕侠叹道，

“端王此人，颇有心计，拉拢义和拳，也是为了私利，只怕此举会酿成大患，祸国殃民！”

兆鹰和兆鸣听了这话，不由得相视一眼，他们同时想到老头子今天抓虫时说的那句话：“长了虫子，便该早早除去，免得成了大祸害！”莫不成，太极门要对义和拳动手，不然的话，怎么会这么急着把父亲找回来？

便听杨云鹏道：“人家是朝廷显贵，出入军机，想干啥还不是由着性子来，咱们平头百姓焦急有什么用，也只能干瞪眼看着！”

“话也不能这么说！”杨慕侠正色道，“要是他们要挖太极门的根呢？”

杨云鹏一怔：“他敢！”

“他们就敢了！”杨慕侠冷笑，“不止太极门，形意门、八卦门都在此列。”老头子说着从袖子里掏出一张黄纸，轻轻铺在桌上。

兆鹰一瞧，上面除了花花绿绿的图符外，还有一副对子：九月清秋，乃九转丹成之日；一天恶风，想一灯红照之时。

杨云鹏一皱眉：“这是什么鬼东西？”

“是红灯照！”兆鸣脱口道，“我出去买东西时，看到有些店铺门上就贴着这图符，店主人惹不起，便乖乖交钱，把红灯挂起来。”

兆鹰忙问：“爷爷，这东西哪儿来的？”

“今儿下午，有人贴在咱家门上的。”

杨云鹏眼中冷光一闪，哼了声：“我倒要看看，他们怎么把这红灯挂起来。”杨慕侠目光转去厅外，漆黑的夜幕中，庭院里沉寂无声，甚至连一丝风也不见吹拂。老头子摸摸鼻子：“我人虽老了，鼻子却还灵光，早闻出怪味了！”

兆鹰试着问：“爷爷，您的意思是说，今晚上红灯照会来闹事？”

“岂止今晚，今后也没什么清静日子过了！”

兆鹰和兆鸣听了，脸色大变。杨云鹏哼了声，目光如电，在他们脸上扫了扫：“怎么，怕了？”

“杨家子孙，不识怕字！”

“好！”杨云鹏说着，抓起酒壶给他们各倒了一杯，“喝了，别负了你爷爷准备的这桌好菜！”

兆鹰、兆鸣仰头干尽，热血登时涌上来，全身都烧起来。四人便不再言语，埋头狂吃，不多时便将一桌子饭菜扫个精光。之后泡上茶来喝，杨云鹏道：“爹，我怎么觉得事情有蹊跷。京城那么多显贵大户，红灯照如何偏偏盯上咱们？”

“你也闻出味儿来了？”

“那股味儿，咱们杨家这些年还闻得少吗？”

兆鹰心中一动，登时明白他们说的是谁。没错，这件事背后指不定便是“秋水”操纵的，听说红灯照都是女的，老祖宗也是个老妖婆，只怕跟那“黄莲圣母”早有勾结，想趁着义和拳进京，势力如荼，对太极门不利。这么说，今晚注定是太平不了了。“秋水”的势力不小，几次跟杨家斗虽然没得到便宜，却也不遑多让。再加上这红灯照相助，今后杨家只怕要凶险了。想到这里，兆鹰便有些坐不住了：“爷爷，要是今晚红灯照来犯，咱们是不是该多找些人手来助阵？”

杨云鹏冷笑：“一帮乌合之众，用得着这么费劲吗？”起身大步走出厅堂，站在院里，背手而立。杨慕侠神情如旧，朝兆鸣和兆鹰点点头：“你俩千万不可大意，前面的事不用插手，只要去后院照顾好你娘和媳妇就成！”

兆鹰还是觉得这样做有些不稳妥，正要开口，杨慕侠却早转身去了，也不见他身子怎么晃动，身影一下子就到了庭院。

“走吧！”兆鸣拉了兆鹰一把。

“可是……”

“你想，爷爷那么精细的人，会没有妥善安排？我猜，他老人家趁我们去西山请爹回来的空儿，早就筹划好了！”两人随后走出去。五月的天已有些热了，偏偏今晚不见风，树梢一丝不动，甚至连往日里叫得欢的蛐虫也不见响了。这确实有些诡异。兆鹰和兆鸣还想留下来查看会儿，被杨云鹏瞪了一眼：“还不快去？”两人忙不迭地朝后院走去。

兆鹰的母亲郝氏和媳妇陈桂芳事先也听到了些风声，知道今晚不会太平，都躲在房里不出来。管家杨奉带着几个学过拳脚的杂役都拿了兵刃，护在周围。郝氏一见儿子回来，倒埋怨他们不该把老头子和杨云鹏两个人丢在前头。后来大家一合计，索性都到前厅去，这般聚在一起心也安顿。众人赶到前面时，敌踪未显，兆鹰让母亲、媳妇陪老头子进屋里坐了，他和兆鸣则手持大杆子靠在杨云鹏身后，杨奉等人却守在石阶下面。

今晚星辰稀落，月亮倒是滚圆，墙边的槐树撑起黑黝黝的“伞”，月光如水一般倾泻而下，又从“伞”面滑下来，淌在地面上。兆鹰心里面倒也并无什么惧意，只是有些好奇，听说“红灯照”清一色是年轻女子，名头竟然比义和拳里的那些师兄们还大些，每当现身出行，拳众碰到她们，反要让路请她们先走。他还听说，接任山东巡抚的袁世凯对义和拳坚决清剿，让这伙拳匪不敢再在德州闹事，才一窝蜂流窜到京津直隶。自己当初要是不离开小站，只怕现在也跟着去了山东，更有可能先跟义和拳干上了。正想着，忽然看到墙角那一小片竹林轻轻晃动起来，原来是起风了。竹影摇曳间，又有星星点点的萤火虫从里面飘出来。它们先是四处乱飞，飞着飞着，一会像佛珠一样连成一串，一会又像一群鱼一样游动，显得诡异无常。杨奉等人见了，都不免惊诧，有的还忍不住叫出了声：“鬼火，鬼火……”

刚说起鬼火，墙外面便呼啦一下，亮起了无数的火把，照得院内院外如同白昼，又听许多女子朗声唱道：“红灯照，红灯到，仙姑飘飘上天了……”果然，一盏盏红灯飘起来，若有数十盏，在杨府上空组成了一朵巨大的莲花状。兆鹰见了，也不免为之目眩，把孔明灯放起来不稀奇，奇的是让它们一盏盏地定在空中，不乱动，还能组成图案。巨大的莲花在上空慢慢旋转着，猛听得笛声响起，呼啦呼啦几下，先后有四个红衣女子飞上了天，她们手里各持一把红扇，呼呼扇着，人便越飞越高，在屋顶和墙头上飞来飞去。

“红灯照仙姑驾到，凡夫俗子还不跪拜！”

兆鹰不觉手心汗湿，心说，这几个“仙姑”的轻功倒是了得。又听兆鸣道：“邪门，邪门！”

“怎么了？”

“她们怎么只会在墙头，房顶后面飞，不到咱们头上来？”

“只怕是在那里玩花样呢，我猜，她们要么是被人用杆子在外边挑着晃荡，要么是用绳子吊着飞！”正说着，一个仙姑袖子一甩，噗啦甩下一条四尺来长的布条，上面画着花花绿绿的符号。它像活物一样忽闪着，径直朝杨云鹏飘来。

兆鹰怕里面有机关，不待它飘下就抬手一杆子扎去，将那符从中穿裂，一个圆孔出现。他正准备将符条甩掉，唰的一下，一道晶光划过，符条从中被劈成两半。不知何时，符条后面竟然多了一个红衣红巾红鞋的蒙面人，她双手抡着短剑，嗖地扑上来，直扎兆鹰的心口。还没等他动弹，兆鸣早大喝一声：“让我来！”大杆子猛地一抖，啪地砸向那人。红衣人没想到他出手这么快，赶忙往旁边一纵，闪开去。

兆鸣跟着进招，杆子又长，只一挑便把那人甩出老远。红衣人在地上滚了两下，随手抓起地上的两片符条，一手一半，将它们拼合起来挡住自己。兆鸣的大杆子再次扎到，噗啦一下，又将符条刺了个窟窿。满以为也能同时把那人戳倒，谁知居然捅了个空。随着两片符条像死蛇一样堆到地上，那红衣蒙面人居然凭空消失了。

兆鸣吓了一跳，拖着杆子蹿回来，还以为碰到鬼了。兆鹰也是一凛，四下寻摸，难道来人会隐身不成？便听杨云鹏笑道：“傻孩子，天桥变戏法的也会弄这玩意儿！”猛地舌绽春雷，喝道，“下来吧！”手指一弹，一粒黄豆射向槐树顶。

只听哎哟一声惨叫，有人扑通跌下来。可不是那个红衣人是谁？两人始才恍然，原来那人刚才玩的是障眼法。见他趴在地上，双手胡乱撑着地，偏偏就是站不起来，双腿好像残废了一般，显然是给杨云鹏打中腿部的穴道。这人一遭难，上空飞舞的红衣仙姑便急了，接连吹响口哨，马上便有六个红衣人齐刷刷地从墙头跳进来，四人手持短剑，扑向兆鹰和兆鸣，两人则奔向槐树底下，去救那人。

兆鹰朝兆鸣使个眼色，兆鸣便把大杆子的头甩向兆鹰。他一把抓住，两人一头一尾，向中间圈起来，那大杆子的弹性甚好，登时成了半圆，兆鹰一松手，它便砰地弹直了。四个红衣人正好扑到跟前，当下被抽得飞起来，他们稀里哗啦地倒了一地。树底下那人则被趁机救走了，可这边却又躺下四个。杨云鹏摇摇头，心说，早知道红灯照这么不济事，他根本就不用站出来。猛见头顶上那四个红衣仙姑齐声念道：“红莲朵朵金光咒，圣母神通指北斗。万盏明灯大愿船，指向南方千千柳……”她们边唱边落，手里的红扇子慢慢舞动，轻轻落了地。看那年纪，个个二十出头，脸上化了浓妆，像戏子一般。“有请红莲圣母！”

兆鹰心中一动，听说红灯照的黄莲圣母真名叫林黑儿，神通广大，所到之处，都会惹得万千民众焚香跪拜，甚至于直隶总督见她，也要用八抬大轿把“圣母”迎到督署，自己则穿上朝服跪拜。这个“红莲圣母”既然跟她名号相仿，只怕有些门道。只见墙外噗地射进一匹红绸缎来，笔直地射到院中，眼前一花，一个身穿火红长袍的女子踩着绸缎飞快地飘来。

那四名红衣仙姑也从袖子里各甩出一匹红缎子，跟那条宽的缠在一起，四下一拉，结成一张“网”。红莲圣母轻轻一撩腿，盘坐在中间，那绸缎颤巍巍的，她看上去像坐在水面上。这身轻功确然不赖，杨云鹏也不由得刮目，便听那圣母道：“太极门的老先生可在？”

杨云鹏傲然道：“打发你们红灯照还用不着老先生，有二先生就足够了！”底下的仙姑见他对圣母如此不敬，怒道：“大胆！”

那圣母头上戴着一顶高冠，四面垂着红纱，也看不清面目和表情：“杨云鹏？”

“正是，太极门跟红灯照从无过节儿，各位今晚来这里闹腾，所为何来？”

“从无过节儿？”圣母冷笑，“既然敢下手，仇便结下了！”

杨云鹏却比她更干脆：“那就不废话，拳脚上见高低吧！”

“那你就上来吧！”

杨云鹏便要拿步，兆鹰叫道：“爹，小心些！”

“放心，她圣母玩的那些把戏还伤不了我！”杨云鹏说完，深吸一口气，腿脚不见动，身子居然凭空提了起来。他在空中停留片刻，才轻轻落在一根红绸上。像蜻蜓点了下水皮，水纹倏地扩散开来，这轻功已经令人刮目了。

杨奉等人不觉高声叫起好来。他们虽然跟随杨家多年，还是头一次瞧见二先生展露轻功，竟如此神奇，热血都沸腾起来。

那红莲圣母已从绸子上站起来：“早就听说杨家老二最能打，今儿个可得好好见识下，到底什么成色！”杨云鹏并不答话，微微冷笑，身形一晃，像股烟儿似的蹿过去。圣母没想到他说打就打，身法快如电闪，吃了一惊，身子倏地飞去。

她这一动，便成了一股红烟，跟杨云鹏的“黑烟”你追我赶，嗖嗖嗖嗖在绸缎上闪晃不停，底下观战的人哪里能分辨得出他们的身形，只看了几眼，便觉得头晕目眩。几个闪晃后，两人终于贴身撞在一起，却又像燕子掠水一样，一沾马上又各自跃开。杨云鹏的脚踏在绸缎上，微微起伏，脸上露出惊诧，喝问：“你怎么会太极拳，也是太极门的？”下方观战的兆鹰等人听他这一说，都是一愣，做梦也想不到这红莲圣母竟然会使太极拳。只见那圣母发出一长串笑声：“我会太极拳不假，可跟你们太极门没关系！要是非得叫本圣母承认，也不是不行，有一个条件。”

“条件？”

“从今日起，红灯照在太极门设坛，收你等入会！”

“狂妄！”杨云鹏闪身再上，两人四只手臂缠在一起，柔化激打，只是因为脚下太松，无法发出混元劲，因而只能靠轻功和柔化功夫来寻找对手的破绽，伺机取胜。

兆鹰见两人在这么软的绸子上还能稳立如山，不禁惊叹，耳畔忽然觉得一凉，似有风儿吹过，转头瞧时，发现老头子已立在台阶上，双目炯炯地盯着绸缎结成的“网”上的两个人。显然，红莲圣母精通太极拳一事，也惊动了他。盘旋几个回合，杨云鹏已能断定自己在网上讨不了什么便宜，圣母平常肯定多在这绸缎上面下功夫，他何苦跟她在上面缠斗。当下使了个虚招，突然用双脚勾住绸缎，身子往下一悬，猛力绞动。那股子巨大的缠丝劲儿登时将四个仙姑拖到一起，圣母没了站处，身子呼地往下栽去，杨云鹏的双手已撑住了地，顺势一弹，双脚齐齐朝那圣母踹去。这招好不毒辣，圣母尖叫一声，变招也是快捷，顾不得斯文了，双手在杨云鹏的脚底上一按，身子再次腾空而起。她避过这一记杀着，那四名仙姑可就遭了殃，吃杨云鹏顺势一拽，又都被绸缎缠住手臂，便哗啦倒下，还都绊在一起。

杨云鹏一招得手，马上又蹿过去，要对那圣母利下杀手。他生平跟人交手不下百次，从无败绩，便是因为抓到战机就毫不手软，这点像极了太极拳的技击特点，连绵不绝，不将对手击溃是不会停的。但他刚一蹿出去，杨慕侠就高声喝道："住手！"

杨云鹏身子已弹在半空中，闻声居然能够凌空转身，又轻飘飘地落下来，拳头猛地攥紧了，扭头瞧向杨慕侠，低吼道："爹——"

杨慕侠却并不看他，端端正正地朝红莲圣母一抱拳："秋水的朋友，既然来了，何不进屋一叙？"

那圣母打量着他："杨掌门好眼力，居然瞧出了我的来历！"

"老朽只是没想到，秋水会和红灯照扯在一起，可惜！"

"你可惜什么？"

"我原本还觉得秋水的老祖宗是个人物，可以跟她好好下盘棋，决个胜负，今天看来……"杨慕侠说着，轻轻摇头，"原来是我高看她了！"

圣母盯着杨慕侠，咬牙吐出几个字："此话怎讲？"

"她要是真的高明，也就用不着借红莲圣母的名头来混世了！"

此话一出，杨云鹏的眼眸登时收紧，兆鹰和兆鸣则惊得瞪大眼珠子，原来眼前这个圣母就是秋水的"老祖宗"啊，他们杨家跟秋水斗了好几年，这还是头一回见到她现身。只见红莲圣母仰头哈哈一笑："杨家老先生果然老辣，什么也瞒不过你这只老狐狸！"

她笑出了声，杨慕侠也慢慢露出笑容："好歹也算是老熟人了，犯不着遮遮掩掩，清水一碗，一眼到底最好！"

"话是这么说，可我怀疑老先生年事已高，眼神不济了！"

"再人老眼花，也知道你是什么变的！"

"哦，这我倒要见识见识了！"

杨慕侠一笑，吐出两句话："你燕子，一只红燕子！"

红灯映照下，兆鹰看得清清楚楚，在老头子说出"红燕子"三字时，红莲圣母的身子抖了一下，显然，她的身份给杨慕侠说中了。但这个外号对兆鹰来说，却又是陌生的，头一回听说。

杨云鹏可就不同了。他当然知道红燕子的来历，当年这女人可是有名的黑道煞星，是打人王的左膀右臂。打人王后来剃度出家，法号悟清，所住持的黑鱼庵便坐落在永年县城西面的水丘子上。这时，四个红衣仙姑们好歹是解开缠在身上的红绸子，站到红莲圣母的身后，气呼呼地瞪着杨云鹏，手里的短剑颤个不停，恨不得上前撕碎了他。

只见圣母叹了声，抬起手来，轻轻摘掉头上的高冠，那红纱一去，灯下便瞧得见她的真面目了。虽然名号是“老祖宗”，她的模样看上去也就四十来岁，脸盘白皙，眼眉间流动着一丝妩媚。可事实上，她已是知天命的年纪了。别人见到圣母的“庐山真面目”，多是就此满足了好奇心，兆鸣却不同，心头巨震，手脚忍不住哆嗦起来。

最初，他听到圣母的口音时，便有些耳熟，心头就翻腾起过浪头，如今一见真容，头轰地一下像被闪电击中了。这个妇人自己小时候便曾经见过，还不止一面。她每次都是深夜来黑鱼庵，记得有一次，她还跟悟清师傅发生了争执。只是，兆鸣一直不知道她是红燕子，还曾经怀疑他们是一对情侣……

这个时候，夜风突然吹起，竹叶发出沙沙沙沙声，槐树梢也微微晃动。头顶上的红灯被风一吹，起伏不定，组成的那个巨大莲花看去有些变形。听杨慕侠叹道：“事过境迁，有些结儿还是早早解开的好！”

“那成，”红燕子的目光在杨慕侠脸上转了转，慢吞吞地道，“你知道我想要什么！”

“你要的那东西，我现在不能给！”

“那我们还有什么好谈的！”红燕子将高冠重新戴上，袖子一甩，转身就走。“站住！”杨云鹏喝道，“想来就来，想走就走，你们把太极杨家当成什么地方了？”

“你以为你能拦得住我？”

“不信你就试试！”听杨云鹏这么一说，兆鹰和兆鸣也持着大杆子凑过去。老头子此时也没再吱声，显然默许了。

红燕子冷笑道：“杨慕侠，我知道你在暗处还埋伏了人，可要是你以为这样就能留得住我，那你真小看秋水和红灯照了！”

杨慕侠淡淡地道：“活了这么大岁数，我从没小看过一个人！”

院子里一下子静下来，唯有夜风吹动竹叶沙沙作响。兆鹰觉得心跳陡然加速，汗毛根根竖起，空气中充溢着浓浓的杀气。并且，这杀气是从四面八方涌过来的。他的脸颊像遭了针刺，又疼又痒，眼球也觉得刺痛，竟然迎风流泪了。蓦地，红燕子喊了声："去灯！"

"领命！"四个红衣仙姑手里的扇子一起挥动，她们像是被绳子拽起来一样，腿不见弯，人嗖地就腾空而起，很快钻进了红灯群。她们晃晃悠悠地向中间聚拢，如同莲花的花蕊慢慢闭合，嘴里念念有词："红灯照，穿得俏，红裤红鞋大红袄，练了红灯照，鬼也吓一跳。红灯一灭，蓝灯照，黑灯照，沙锅照……"兆鹰仰头看着，便见那四个仙姑高高举起红扇子，一起扇下，噗啦，红灯一起灭了。四下一片漆黑。

好像被关进伸手不见五指的地窖，月光不见了，星光不见，庭院里面一点儿光也瞧不到，只能听到人的呼吸，有的粗混，有的轻细，有的绵长，有的短促。兆鹰心怦怦跳着，怎么回事，没可能一点儿光也不见啊！他知道，这个时候如果对手趁机偷袭，只怕便会得逞。想到兆鸣就站在他旁边，便伸手试着去摸，谁知竟抓了个空。冷不丁，一道寒风削来，兆鹰下意识地用大杆子一拦，将兵器挡开，不防后面早中人一脚，一个踉跄抢出去，正好撞到一人怀里。

兆鹰一惊，反手使出一招"海底针"，谁知那人变招更快，手腕一翻，像铁钳子一样把他手掌攥得死死的。他还要反抗，便听对方沉声道："是我！"原来是杨云鹏。兆鹰松了一口气，正要开口，猛听杨云鹏哼了声，身子一颤，黑暗中响起一连串哎哟声，显然有敌手偷袭，被他伤了。

眼前猛地一亮，如同一颗星星闪烁，原来是杨慕侠抽起了烟袋锅子。借着这微光，兆鹰已瞧得清了，周围黑压压地涌过不少人，有的穿深蓝色衣衫，拿蓝色灯笼；有的穿黑色衣衫，拿黑色灯笼；还有的手里拎着一口大锅。

原来，这便是什么蓝灯照、黑灯照、沙锅照。再闪目看时，见到兆鸣正手持大杆子，护在杨慕侠身侧，但院子里已经不见了红燕子的身影。眼看着那些人逼过来，他正准备迎上去，手腕一麻，大杆子早被杨云鹏抢了去。

兆鹰平日里很少见到父亲用武器对敌，如今动了杆子，显然是被对手激怒，要下杀手了。谁知，杨云鹏抢杆在手后，并不去攻击那些蓝灯照、黑灯照，而是大吼一声，双手举着杆子往头顶戳去。嗤啦一声，上面裂开一道大口子，微光登时透下来。杨云鹏挥动大杆子，在上面又猛力搅动，嗤啦嗤啦，那块巨大的黑布成了碎片，天上明晃晃的月亮又重新露面。老天，敢情这些家伙为了装神弄鬼，居然把杨家整个前院都用黑布遮死了。那些拎黑灯和蓝灯的拳众见状，都有些慌，听到房顶上有人喊：“亮灯！”

他们齐声喊了声“开”！一盏盏灯果然次第亮了，只是有的用黑纸糊着，有的用蓝纸糊着，发出的光芒阴森森的。

杨云鹏冷笑一声，攥着杆子就迎上去，杨慕侠知道，老二一旦动手，这些人非死即伤，那么仇恨便结得更深了，赶忙出声招呼。杨云鹏今晚是第二次被老头子喝止，颇有些怒气，转头问：“爹，莫不成您真老了？”

杨慕侠脸上居然露出一丝笑容，却让一旁的兆鹰看得毛骨悚然：“我老没老，待会儿自然见了分晓！”指着兆鹰、兆鸣，“你们都给我撤回来！”爷爷既然发话，他们怎敢不听，乖乖地退回台阶下。杨云鹏瞪着四周密密麻麻的黑灯照、蓝灯照，这才看清，这些用纱布罩着脸的居然都是些女子，登时那股杀气消去大半，转身拖着杆子往回走。但他也真有威，杆子在地面上划过，发出嗤嗤的响声，传到那些人的耳朵里面，不免心惊肉跳。杨云鹏来到厅前，把杆子抛给兆鹰，也不再挡敌，竟大步跨进厅堂去。

这煞星一走，台阶下剩下杨家一老二小，还有几个杂役，蓝灯照的人都暗中松口气，又慢慢逼过来。兆鹰和兆鸣自然不肯让她们围攻，正要活动，听杨慕侠道：“你们都站到我身后去！”

看来，老头子要施展绝活了，两人不觉兴奋起来，招呼杨奉等人都撤回大厅门口。只见杨慕侠吧嗒吧嗒地抽着烟锅，眼皮也不抬。那些人越来越近，却没有一个敢动手的，忽见老头子身子一抖，居然是从小腹中发出一声沉吼，如同老龙长吟，滚滚而来。那些人登时觉得脚下没了根，身子簌簌发抖，拿灯笼的手也跟着哆嗦，正惶恐间，猛听墙外有人喊：“夜黑风高，灭灯洗澡！”

蓝灯照们登时松了口气，便要开溜。噗的一下，就好像有个巨大的气罩爆裂，那些蓝灯照、黑灯照、沙锅照的人身子哪里还撑得住，像被龙卷风刮着一样，跌跌撞撞地往后跑。很多人将手里的蓝灯笼、黑灯笼、沙锅丢下，地上一片狼藉。这些人似乎一下子没了神功附体，连墙头也爬不上去，样子甚是狼狈。后来，还是杨奉去开了院门，她们才像没头苍蝇般跑了。

杨府所在的内城南沟沿，紧邻着大都城墙，又有一条金水河，与护城河以及三海相通。这座院子虽然环境不错，但所处的胡同却僻静，从胡同口往里探望，很不起眼，唯有走进去才能看到它别有天地。

这天上午，日头才升到一竿子高，便有人啪啪在外面敲门。昨晚经红灯照闹了一场，管家杨奉不免有所警觉，从门缝往外一瞧，见是熟客，方才拉开门闩，笑着抱拳："原来是五爷，您可真来得早！"

来人正是大刀王五，身后跟着铁螳螂宋启云。杨云鹏已闻声带着兆鹰、兆鸣迎出来："五哥，没想到你头一个来，快里边请！"

王五一笑："我是不请自到，未必能出上力，只想做个和事佬！"

杨云鹏听了，心中一动。王五自从去年戊戌维新失败后，弟子谭嗣同血洒菜市口，他冒险去认尸殓葬。此事让他伤透了心，一度闭门谢客，谁也不见。今年，听说王五护送谭嗣同的灵柩去了湖南浏阳，造墓于城外的一处石山下。之后又在外面游荡了些时日，杨云鹏也不知道他何时回京的。各门派要联保，也没跟他通声气，没想到今天一早，王五倒是先上门了。

杨云鹏知王五在黑白两道都吃得开，义和拳鱼龙混杂，什么人都有，进京开坛少不得要跟王五来往，极可能是经过昨晚上那么一闹，对方也有些怯了，这才把王五请出来圆场子。当下道："原来五哥跟义和拳也有交情！"

"大家都在江湖上闯荡，能说上话而已。"王五笑着说，又问起杨慕侠，杨云鹏便叫兆鹰赶紧去请，自己则请王五和宋启云去客厅坐了。兆鸣赶紧张罗茶水。茶碗一一端上，最后一碗送到宋启云跟前。兆鸣因为去年夜里护送谭嗣同去法华寺见袁世凯，回途遇袭受伤，之后便借故再也没去义学那边帮忙，颇有些难为情。宋启云倒是没什么芥蒂，笑着朝他点下头。不大会儿，兆鹰转回来，脸上的表情怪异："爹，爷爷不在屋里！"

杨云鹏一皱眉，这可是件稀罕事，老头子每天吃罢了早饭，多会去后院溜达，之后便会回房泡上一壶茶，边抽烟边喝茶，两个时辰便就耗过去了。这已是多年的习惯。

“没到别处找找？”

“找过了，他不在家里。”

这可就奇怪了，明明约好今天上午跟形意门、八卦门等武林朋友结盟，老头子怎么会突然出门呢？杨云鹏正思量着，便听到外面脚步急响，杨奉闪身进来：“二爷，义和拳的人来了！”兆鹰和兆鸣心中一凛，杨云鹏眼光闪烁：“多少人？”

“老多，瞧那样儿，他们想在咱们胡同口设坛。”

杨云鹏不禁冷笑：“他们这坛要是立起来，杨家的门就倒了！”呼地起身，“走，出去看看！”

“二先生等下！”宋启云突然插口，“五爷就是得了这信儿特地赶来的，你先听他怎么说。”

大家的目光都看向王五，后者也起了身：“我这信也来得偶然，昨晚跟一位武林朋友见面，听他说起义和拳的‘老师父’有意压太极门一头，要看看是神拳无敌，还是杨家无敌，借此抖擞义和拳的威风！我仔细一问，才知道内情，敢情太极门要跟其他门派联保的事传到义和拳‘大帅’耳朵里，他们便想着先行下手了，赶在今天在杨家胡同前设下神坛！”

杨云鹏听了这话，并没生气，反而笑了：“五哥可能还不知道，他们昨晚就开始动手了。”这次，轮到王五和宋启云吃惊了。杨云鹏把红灯照的事略略一说，也并没有隐瞒红燕子是红灯照“红莲圣母”。义和拳背后既然有“秋水”的影子，那么他们干出什么勾当都不足为奇了。

当下，众人出门去看个究竟。胡同口那边已传来响动，锣鼓齐鸣，兆鹰不禁热血沸腾，跟兆鸣各拿了杆大枪在手，看来，今天是少不得要有一场恶战。只是，他心里不免猜疑，这当口爷爷又会去了哪里呢？

今天吃罢了早饭，杨慕侠便独自在后院溜达，摆弄下花草，但心思却并不在这上面，老是想着昨晚发生的事。老头子心头沉重，嗅出了危险的气味：“秋水”既然跟义和拳混到一块儿，太极门往后的日子只怕不好过了。

红燕子昨晚突然露相，明目张胆地跟他叫阵，让杨慕侠不免替身在皇宫里的兆龙担起心来。“老祖宗”有义和拳给撑腰，只怕便没耐心再跟他下一盘慢棋了，而是要快刀斩乱麻。那样的话，兆龙居中充当联络人的身份就没什么价值了。所谓关心则乱，杨慕侠越想越觉得事情麻烦，也就无心溜达，正要回转屋去，蓦然，他觉得一股浓烈的杀气逼来。

杨慕侠一转头，便瞧见墙根的花圃前蹲着一人，头戴金灿灿的高冠，身穿道袍，背心绣着阴阳鱼。老头子不禁倒吸口凉气，以自己的功力，居然不曾发觉此人潜近，真是恐怖。

那人虽然背对着他，蹲在那里，杀气却像利刃一样劈过来。杨慕侠身上也随即起了反应，两人虽然隔着几丈远，衣衫却噗噗作响。

“你这花草养得不好！”那人开口了，声音沙哑，有些刺耳。

“我非老农！”杨慕侠淡淡地说。

“有些杂草未除，这花怎能开得旺？”

“闲草未必没用！”

“炼得神通三尺剑，誓斩邪魔五行中！”那人霍地转过头，脸上化着浓妆，眉毛和胡子雪白，模样像似太上老君。他手里果然捏着一根狗尾巴草，说声：“杂草是不得生的！”看似轻轻一扔，却像利箭般射出去。

但杨慕侠却动也未动，那射出的草越来越慢，距他还有两步时便飘飘落下。好像他周围有个无形的气罩，箭矢穿不透，弄不破。

那人慢慢起身，点点头：“杨家老先生果然没让我失望，有些门道！”

“门道不是用来装神弄鬼的，是吗，老师父？”

“你叫谁老师父？”

“阁下不正是义和拳的‘老师父’吗？你在坛里的身份仅此于大帅，一人之上，万人之下，却不声不响地来我这小院，我确是没想到！”

那人见杨慕侠认出了他的身份，吃惊不浅，接着，竟背着双手在后院溜达起来，溜达了两圈，突然道：“时候差不多了，你这就随我去吧！”

杨慕侠听罢哈哈大笑。老师父问：“你笑什么？”

“你来自来，去自去，与我何干？”

“话别说得太满了，”那人冷笑道，“见识一下我的武功，你可能就改主意了！”

杨慕侠正色道：“正要领教！”将衣襟撩起，掖在腰带里，静目以待。

老师父隔着他还有几丈远，突然一蹿，竟是一步跨到，探手击来。杨慕侠不假思索，随手来一招“如封似闭”。两人的双手一缠一绕，身子一进一退，瞬间又像对掠水的燕子，嗖嗖各自向后退去。

杨慕侠惊得两眼圆睁：“你怎么也会杨家的太极拳！”

“笑话，此拳乃武当三丰祖师所创，我义和拳弟子有神法附体，上天入地，通灵如意，什么拳术学不会！”

“你这一套糊弄那些个没脑子的还成，在我这里吹号，只怕瞎子点灯白费了蜡！”

“老先生还是跟我走吧。”那人叹道，“再过会儿，怕你这里也清静不了！”

“何意？”

“我的儿郎们很快就要在你门前设坛，你家儿孙自然不让，碰碰撞撞的免不了。这里不妨便交给小辈们去玩闹，咱们还是另寻清静地儿吧。”

“你们来得倒快！”

“有胆的就跟我来吧！”老师父说着，身子嗖地弹起来，已上了墙头，脚尖轻轻一点，翻过去。杨慕侠叹了声，也只得追下去。他不止一次听兆鹰和兆龙说起过，有个操河南腔的“车夫”，太极拳功力极其深厚，不弱于云鹏。这人跟那车夫是同一人？还是一伙儿的？

胡同口此时已经被围得水泄不通，挤满了黑压压的人群。所谓的拳坛却是用苇席搭成的一个大敞篷，正面摆着一张大供桌，铺着红布，高烧香烛，供奉五个神像。居中的是元始天尊，两旁分别是托印的关平，捧灵旗的杨宗保，以及杀嫂的武松和拜山的黄天霸。再看那些拳众，个个头扎红巾，腰系红带，头巾上写着“协天大帝”，有的只穿一件红肚兜，上面画个圆圈，写着“护心宝镜”。脸上都涂着重墨油彩，像极了戏台上各式人物的扮相。

手里的兵器也是五花八门，除了刀枪剑戟之外，甚至还有猪八戒用的九齿钉耙、哪吒用的乾坤圈。看着他们一个个的癫狂样儿，兆鹰和兆鸣都瞪大了眼珠子，心说这不就是赶香会嘛！忽见一个手持宝剑，身穿道袍的人赤脚蹦出来，披散着长发，嘴里面念念有词：“天灵灵，地灵灵，奉请祖师来显灵。一请唐僧猪八戒，二请沙僧孙悟空，三请二郎来显圣，四请马超黄汉升，五请济癫我佛祖，六请江湖柳树精，七请飞标黄三太，八请前朝冷于冰，九请华佗来治病，十请托塔李天王，金吒木吒哪吒三太子，率领天上十万神兵。”

杨云鹏跟王五在前，宋启云、兆鹰、兆鸣在后。一行人出了胡同，近了前，瞧见这般情形，杨云鹏哼了声：“装神弄鬼！”

不过瞧着义和拳这形势，也暗自心惊，对手一下子就来上千人，一旦闹将起来，己方势单力孤，只怕会吃亏。放到从前，这么多人聚集早就惊动官府，可如今义和拳打着扶清灭洋的旗号，朝廷有意招抚，故而他们行事便肆无忌惮了。

那施法的道人念完咒语后，从腰间解下葫芦，往嘴里灌了一口水，噗地喷出去，高喊：“降龙伏虎，神通无边！”面前的那些拳众呼啦一下尽数跪倒，齐声道：“有请大师兄！”

嗖嗖，两匹红绸子射了过来，长长地展开，两头啪啪缠在供桌两边的杆子上。它们抻得笔直，另一头长长地在空中向后铺出二十几丈远，从黑压压的拳众头顶上拉开。眼前一花，一条人影踏着红绸闪电般冲来，直似御风而行。是一个穿紫衣的汉子，他冲到跟前，身子再次拔空而起，像螺旋一样转着，下来时却要缓慢多了，轻轻飘落，端坐在蒲团上。他落下后，两根红绸子也唰唰撤回来，垂在供桌两旁。马上又有四名打扮得像门神样的汉子从人群里走出，分列大师兄左右，显然，这是本坛的四大金刚了。

杨云鹏先前一直对他们蔑视，待瞧见大师兄如此轻功，也不禁点头，无怪他们能圈拢住这么多人，确是有两下子。兆鹰心里不免敲鼓，对手人多势众，偏偏爷爷又不知去了哪里，今天这一仗可不好打了。便听王五和杨云鹏小声嘀咕起来，却是辨识这帮子义和拳众是真团还是假团。原来，义和团内部又可分为官团、私团与假团。所谓官团是指接受朝廷的招抚，挂了号，接受官员的统率，领取其粮饷，听其调遣。私团呢，则大多系团民自发组织，带有很大的独立性。自行设坛或从事“灭洋”斗争。

至于那假团就复杂多了，因它是一个几乎人人可以加入的松散的组织，故而有不良之徒，宵小之辈假扮义和拳会，横行不法，借机寻仇杀戮，此种事也不鲜见。又听杨云鹏道：“五哥，您看今天来的是真团还是假团？”

“这些人我碰巧还说得上话，他们是归拨到端王麾下的官团！”王五道，“今天这事是有些棘手，要是老先生在场，自然由他做主。如今只有你我，我可要提醒贤弟，最好能大事化小，小事化了！”

杨云鹏嘿嘿冷笑：“我也想化来着，可眼眉前这事，明明是它义和拳想压我杨家一头，今天要是让它把这坛在此地立起来，往后我杨家也没脸在京城混了。”

“这个我自然明白，杨无敌的金字招牌绝不能倒！”

“五哥，你两边都有交情，要是觉得为难，还是趁早别蹚这浑水的好！”

王五听杨云鹏这话的意思，有点忌讳他跟义和拳的关系，赶忙道：“贤弟这是什么话，我王五长这么大，还从没怕过事。今天这桥，我是搭定了！”杨云鹏听他话里头又提到“搭桥”，便知道他还是想做个和事佬。自己当然也不想把事情闹大，可眼前这场面、这声势，只怕王五想和也和不了。义和拳仗着人多，岂能让步，今天不斗上一斗，让他们知道杨家的分量，事情只怕是不好收场的。身后，兆鹰和兆鸣小声跟宋启云嘀咕，问他义和团的底细，所谓的“刀枪不入”是不是骗人的把戏？

宋启云却是挺认可义和团的，说那里面有几条好汉子，值得结交，显然跟他们有些交情。这时，前面的人群突然乱了，像有一股激浪涌过来，中间迅速地裂开一条缝儿，一队人马冲过来。杨云鹏和王五一瞧，带头的是形意门的李存义、八卦门的程廷华以及太极门的全佑、张策、富周等。这几十人一闯进来，义和拳众登时大乱。

兆鹰和兆鸣忍不住叫起来：“好了，救兵到了！”杨云鹏的心气立马也壮了，他虽然号称太极门第一能打的人，却绝非鲁莽之辈，识得轻重。

当下笑着对王五说："五哥，如今你可以去搭搭桥了！"话说着，李存义等人已冲到供桌前，拳众害怕被冲了神坛，层层围上来挡着。王五朝杨云鹏一点头："贤弟，咱们这就去吧！"他一马当先，噗地从篷子穿过去，那里恰好露出个人形。杨云鹏等人随后跟上。李存义等人瞧见他们现身，说道："好了，有五哥在场，今天这事就好办了！"

再说杨慕侠，他随着那个道士翻墙出去，像刮风一般冲出胡同，尽管路上行人不少，却也顾不得了，尽管提着一口气紧随其后。此举不免吓到了路人，因他俩的身法太快，形如鬼魅。转眼，已跑到金水河边上，钻进了一片槐树林。五月的天已有些热，一闯进这阴凉地儿，顿时爽然。那道人也就不跑了，转身施施然面对随后赶来的杨慕侠，笑道："这地儿清静，可容我跟老先生好好聊聊！"

杨慕侠观其言，察其神，猜他的年岁跟云鹏差不多，但武功竟是仅次于老二。他也敢断定，这人虽然脸上有浓妆，却绝非太极门的旧人，何以又能练出这身好武功？要知道，太极拳这样的内家拳术，不在其形，拳理和内功心法最重要，外人即便是想偷学也偷不去。没有名师带着，别说成手了，连门也摸不到，跨不进。

秋水的人上至红燕子，下至武恶，都精通太极拳，追其根源，当是从胡玉斋那边流传下来的。可是，胡已死去多年，而红燕子和眼前这人在太极拳上的造诣竟不在胡玉斋之下，这就值得思量了。

只有一个可能，那个隐身幕后的神秘大哥才是传授他们太极拳的人。

眼前这个道人会是他吗？杨慕侠又有些拿不准，这人年岁有些小，怎么去做红燕子等老辈人的"大哥"？不过，有一事可以断定，今日之前，自己从未见过此人。杨慕侠环视周围，瞬间已探清周围并没有埋伏，他全身放松后，毛孔尽皆张开，能感受到正面滚滚而来的杀气，正是道人所发。当下沉声道："清静是清静，可惜有杀气！"

道人舔舔舌头："不瞒老先生，我等这一天很久了！"

"修道讲究无为，你这是为哪桩？"

"想见识一下你那《授密歌》的功夫到底什么样？"

杨慕侠知道，对方既然处心积虑地引自己来这里，不亮出点真本事，他是不会善罢甘休的，便也不啰唆："来吧！"

道人见他依旧双手垂立，连架势也不拉开一个，知道这是自恃宗师身份，当下嘿嘿一笑，说声得罪了，潜身而进，先是使出一记"玉女穿梭"，攻其左边，使到一半儿，马上又变成"扇通背"，攻其右边。但杨慕侠竟然没动，道人连出两式全是虚招，都是距他尚有两拳之隔就撤回去。道人没想到老先生这么大胆，惊异之下，一记"白鹤亮翅"击出去，这次却是真的了。眼看拳到，杨慕侠轻轻抬手，看似缓慢，却恰好封住，也不知是什么式子，却将道人的攻势尽皆封住。他越来越快。但老头子依旧不慌不忙，像跟孩子玩耍似的，见招拆招，应对自如。道士急了，屡屡使出太极拳中的暗劲，但每次击出后，都化为无形。最后一式他出招有些猛了，反倒自家先踉跄了几步，不禁有些懊恼："这难道就是《授密歌》？"

"你以为它是什么？"

"总得有些新花样吧？"

杨慕侠摇摇头："武学不是变戏法，枉你还是一个修道的！"

"老先生，你骗不了我！"道士嘻嘻一笑，"武当视为无上绝技的《授密歌》，绝对不会这么简单。我也知道，你杨家从来单传此艺，当然不会轻易施展，可是，今天您老既然到了这里……"

他的话还没等说完，杨慕侠眼光一盛，劈口截断："今天你既然到了这里，还想走吗？"不等道士反应过来，杨慕侠早闪身而上，道士不假思索，随手就来一式"揽雀尾"。但他击了个空，脚下一软，像是平地陷出一个大洞，人要被吸进去。心一慌，手脚便乱，杨慕侠双手已经紧紧黏住了道人的手臂，他整个人软塌塌的，竟然像没了骨头，想挣扎时，偏偏就是使不出一丝力气。

他很快放弃了挣扎，但似乎并不惊惧，又是嘻嘻一笑："老先生果然了得，贫道竟然接不住两招！"杨慕侠既然存有想拿下对方的念头，适才便使出生平所学，速战速决，待见道人并无惊慌之意，反倒侃侃而谈，倒也觉得稀奇："我说修道的，如今你该亮出真身了吧？"

"真身？"道士故作惊奇，"适才在府上，您老人家不是说我乃义和拳的老师父吗？”

“那不过是猜测，我想亲耳听你说说。”

“鱼在砧板上，贫道不说也不成了！”道士叹口气，“老先生猜对了，我确是义和拳的老师父！”

“原来是个假道士！”

“这您就错了，我确是修道之人。”

“在哪个道观修行！”

“白云观！”

杨慕侠一怔，盯着他的眼睛，好一会儿才问：“可认识一个叫弱用的道长？”

“当然，他本名金远，你的长孙杨兆龙不是还尊他一声师父吗？”

杨慕侠见他连这事也知道，皱起眉头：“道长，亮亮名号吧？”

“贫道高铭远！”杨慕侠听罢倒吸口凉气，这道人居然便是白云观观主。

杨家府邸所在的这条胡同从未像今天这般热闹，给穿红戴绿的义和拳众围得水泄不通。再加上唢呐的吹奏、锣鼓的敲打，震得几里外都听得见。那带头的大师兄显然早习惯了这场面，管它周围闹翻了天，照旧能坐在蒲团上闭目打坐，似乎已入静安眠。四大金刚巍然而立，怒目圆睁。

手持木剑，在那里念咒语的道士原本还在晃晃悠悠地走圈子，瞧见王五几个从大敞篷后面迈出来，先是一呆，马上泛出笑脸迎过去：“五爷，您老几时到的？”因旁边锣鼓喧闹，他提着嗓门喊。

“刚到！”王五笑着抱拳，“烦请通报大师兄，就说王五有事相托！”其实，这道人眼见几大门派的好手赶来了，早慌了手脚，无奈大师兄正闭目打坐，聆听上天的神旨，他也不敢打搅，只得胡乱念着咒语装场面。如今听王五这一说，如蒙大赦，赶紧闪到大师兄跟前，凑耳旁说了几句。但大师兄听罢，并没反应，道人只得退后几步，朝王五摊摊手，做个无可奈何状。李存义等见了，越发恼火，有人想叫嚷着要上去揪弄，却见大师兄的身子同时晃了两晃，双手轻轻举起，又缓缓压下，如此重复了数次，张开嘴巴缓缓吐出了一口白气。这白气很浓，像烟雾般，被风一吹才慢慢散开，兆鹰等人处在上风口，还没什么感觉。那些下风口的拳众见了，都贪婪地耸着鼻子，嗅来嗅去，模样甚是滑稽。不过，大凡嗅过的人，眼眸里都暴射出光亮来，兴奋得直哆嗦。

大师兄的眼睛这才慢慢睁开，在这一瞬间，兆鹰瞧得清清楚楚，他的眸子居然蓝幽幽的，但很快就恢复了原状。这人面容枯瘦，腮帮子上有颗黑痣，年纪在四十上下。他左右扫了几眼，目光落到王五身上，像是才见到，哎呀叫着跳起来："五哥，你也来了！"

王五笑着点头："贤弟，让我来给你们介绍几位朋友！"说着，依次介绍各门派的人。众人不免又客套一番，相互抱拳说着久仰大名。

兆鹰和兆鸣相互交换了一个眼色，心想，今天这仗只怕打不起来了。

只见大师兄的眼光直勾勾地盯在杨云鹏脸上："二先生，你太极门加入我神坛的弟子不在少数，他们多次说起过杨无敌，让我这心好生痒痒，早就想着过来拜会了。"

没想到，杨云鹏一点儿不跟他客气，张嘴吐出两个字："败类！"

大师兄脸色一变，眼眸登时收紧。王五瞧在眼里，心说要糟！便听到李存义朗声道："云鹏兄说得没错，我形意门也出过几个这样的败类！"

"八卦门也是！"程廷华话里有些窝火，"寻着他们，定当按门规处置，绝不轻饶！"

"绝不轻饶？"大师兄嘿嘿冷笑，"既然拜了神坛，便成了我等手足，就算诸位想惩处他们，也要问神灵答不答应！"

"你少拿鬼神吓唬人！"李存义喝道，"未经师父点头，就另投他门的，便得把功夫交回来！"

大师兄一翻眼皮："诸位这账本翻得勤，算盘打得响，可我只当它是耳旁风，为什么这么说呢？我把这理儿跟各位摆一摆！"

太极门的张策在旁边听了大怒："肏，他还有理了！"

全佑道："歪理歪着说，咱们总不能堵上他的嘴吧！"

那些拳众在旁边听了，哪里肯让，跟他们吵骂起来。大师兄强压着火气，道："何谓义和神拳，便是拳乃神授，不是从凡夫俗子那里得来的！你们抢什么功啊！"

“很好！”杨云鹏沉声道，“我今天就想见识见识你这神功到底有几分成色！”他的嗓音虽不高，却透亮，饶得四周杂闹，还是被他压下去。

“还是先瞧瞧你杨家这块无敌招牌是什么成色吧！”大师兄冷笑。

王五见状，知道今天这事很棘手，双方互不相让，保不齐就会血溅当场，赶忙道：“诸位，且听我王五一言！”他的嗓门高，嗷地一嗓子吼出去，老远站着的都震得耳朵嗡嗡响。乱哄哄的场子登时静下来。王五又道：“今天我眼瞅着，今天这场仗免不了要开打了！”此言一出，便有人应声道：“可不是吗五爷，要不俺们大老远地赶来做什么？”

“就是，不打不热闹，不打不熨帖，还是痛痛快快地来吧！”

“要打，也可以！”王五目光往两边扫了扫，“得按江湖规矩来！”

“好，我们听五哥的！”李存义马上响应，程廷华和杨云鹏也没意见。大师兄心知这些拳师个个都是好手，自己这边的拳众虽然多，其实多是乱起哄的角色，真要混战起来，十个不抵人家一个，王五这句按江湖规矩来正合他的心意，马上接口：“江湖上谁不知五爷急公好义，有他出面主持公道，那是再好不过。”

“诸位这么给王某面子，先谢过了！”当下，王五当中间人，定下了比武的规矩，一共比三场，分别由义和拳派出高手迎战太极门、形意门、八卦门的弟子。三大门派代表的联盟要是赢了，则义和拳不能在其门户所在地附近设坛，也不得再接收该门弟子入会；反之，义和拳赢了，则不论在何处开坛收徒，联盟也不得再干涉。

第一场出战的是形意门，李存义派得意弟子尚福上场。兆鹰和兆鸣见那人矮胖的身子，上下都成筒状，年龄看上去也有四十多，比李存义大不了多少。他们对此人的来历不怎么知晓，宋启云却是一清二楚，当下小声告诉他们，这人是带艺投师，以前学得杂，炮捶、迷踪、洪拳、五祖拳都学过些年头。有一年去找李存义比武，在他面前比画了一趟拳，自以为了得。不承想，李存义手都没用，只用胯碰了他一下，尚福就翻个筋斗。当下拜师，李存义嫌他年纪大，跟自己差不多，不肯收。再三恳求，才传了三体式的桩功，就让他回老家了。

直到三年后，尚福又去李存义家中拜访，被他当场抓起来扔出两丈多远，落下后依旧站得稳稳的，还是三体式，李存义才喜出望外，说自己捡到宝了。此后师徒朝夕相处，日夜揣摩，尚福的武功突飞猛进，成了形意门首屈一指的人物。那大师兄见尚福走起来步步扎根，便知道是个劲敌，伸手往四大金刚中的第三个一指："老三，你出来领教领教吧！"

那人脸上抹了厚厚的白粉，眉毛画得粗黑，嘴唇抹得血红，跨出来后，行个礼道："大师兄慈悲！"

大师兄围着他慢慢转个圈子，伸出两根手指比画着，嘴里念道："铁眉铁眼铁肩胸，一毫口角不通风！去！"二根指头狠狠地戳在那人的背上。

老三的身子一阵抽搐，先是像蛇一样扭动，而后吐气开声，发出吼吼的狂叫。双臂慢慢伸展开，全身筋骨像爆栗子一样，噼里啪啦地乱响。

他深吸一口气，慢慢咽下去，脸皮涨得紫红，猛地又喷出去，吼道："来来去去，无影无踪！"之后，身子直挺挺地往后倒去，咣当一下跌倒在地上。兆鹰等人眼瞧着他动作，无不觉得诡异，全场都静下来，甚至连一声咳嗽也没有。过了片刻，见地上那人长长吐出了一口气，也不见他的手动，腿弯，身子居然便直挺挺地竖起来。这手功夫可不多见，兆鹰不禁暗自惊叹，看来这家伙有些门道。

只见他慢慢拉开个架势，居然便是形意门的三体式，跟着，劈拳、横拳、炮拳、崩拳、钻拳，拳拳生风，如追风掣电，五拳打完后，又迅速地收回，恰如风雨乍歇。看这架势，没个二十来年的功力，是打不出这气候的。

这老三打五行拳的时候，尚福眼不眨地紧盯着，待他收势，才冷不丁问："你是唐铁犁？"

"什么唐铁犁，不认识！"

"姓唐的，同门这么多年，你就是烧成了灰儿我也认得！"尚福冷笑着，"你要不是唐铁犁，那这形意拳是何处学的？"

"当然是神仙传授！"

便听大师兄喝道："何方神圣驾临？"

那老三拖长了调子："某乃大力金刚是也！"

兆鹰等人忍不住哈哈大笑起来。这家伙活脱脱一副唱戏的模样，那模样、那腔调，无一不像。尚福却一脸冷峻，转头看向李存义，师徒二人相视点下头，杨云鹏瞧在眼里，知道他们已动了杀心。这老三明明就是唐铁犁，明明是在形意门学的拳术，偏偏在这里装神弄鬼，说是靠那句咒语跟神仙学的，还冒充什么大力金刚，无怪李存义下了狠心。

场中，尚福慢慢踩着步子，并不急于进攻。那“大力金刚”比他高一个头，胳膊也长一截子，得了“神力”后，双臂一拧，身上全是肌肉疙瘩，抖一抖，还能像小老鼠一般四处乱跑。尚福并不觉得那符咒有什么用，倒怀疑他是不是暗中吃了药物，块头比从前壮，眼劲也比从前狠辣。

蓦然，“大力金刚”大吼一声，脚步贴地一蹭，眨眼间人拳便冲到跟前，速度忒快，尚福居然没能躲得开，给他一拳打在膀子上，打个趔趄。可就在错身的一刹那，尚福的中食二指也“啄”在他的肋下。“不招不架，就是一下！”形意拳对敌讲的就是这个。

尚福一招得手后，侧身往旁边一蹿，早跃出一丈多远，站到李存义身旁。那“大力金刚”摸摸右肋，隐隐作痛，却并无大碍，吆喝着：“再来，你跑什么，咱们还没分出胜负呢！”

尚福眼里面露出一丝怜惜：“姓唐的，实在受不了，回形意门讨五行丹吧！”

“你什么意思，老子又没病，吃什么药？”那人说话声音已有些颤抖了。大师兄见状不妙，一把将他拖过来：“什么灵丹妙药，也比不上我们的神丹。”果然从怀里掏出个小葫芦，倒出一粒红丸，塞进他嘴里，拍拍他肩膀，“你先坐下来运气养着，有神仙护体，他伤不着你！”

说是伤不着时，那唐铁犁却已开始牛喘，强撑着说句谢谢大师兄，身子摇摇晃晃的，腿肚子发软，已是有些站立不稳了。大师兄一招手，其他两名金刚赶紧过来搀扶他到一边去。

八卦门门主程廷华在旁早就盯住另一名金刚了，那人细高身子，弄个光头，脸上涂成靛青，耳朵上还挂两个偌大的耳环，手里还攥着一枚金刚圈，活脱脱的戏台人物打扮。程廷华瞪着他时，他的目光游移，却不敢对接。

形意门的战事一结束，程廷华便冷笑一声，指着那个细高个儿：“下面是不是该轮到你应战我们八卦门了？”

那人见程廷华矛头直接指向他，竟打个哆嗦，大师兄见状不禁气恼，吆喝："老四，八卦门再能耐能大过天？看你这个熊样，有神拳护体，你怕个鸟儿！出来，跟他们放对！"那老四只得硬着头皮出列，大师兄照样念了番咒语，给他施法。老四也乖乖配合发功，开始在场中走了八卦步。

程廷华冷眼看着，轻轻摇头，他外号眼镜程，专以制镜为业，因而博得这个外号。这个老四名叫马翔，从小在天桥一带长大，自幼喜欢拳脚，只是家境贫寒，父亲又死得早，因而只能摆个水果摊子维持生计，养活母亲。还是眼镜程见他是块练武的好苗子，收入门下，非但不要钱，反倒时常接济马家。岂料，义和拳一流荡进京城，闹得最红火的便是天桥一带，十家倒是有六家入会的。这马翔因为身手不凡，便也被人撮弄着拜了神坛，位列四大金刚之一，受到万千拳众拥戴恭维，自然得意。

他从小因家境贫寒，六亲无靠，颇吃了些人世间的寒苦，如今受人逢迎，又见朝廷对义和拳非但不禁止，还发饷扶持，更幻想着能有一日混个功名，因而眼镜程那边也不去了，一心帮着义和拳大师兄设坛，扩展势力。却不曾想，今天师父跟各派大佬群集于此，要跟义和拳火拼。刚才唐铁犁不认师门，被尚福击伤，如今轮到自己出战，哪能不心惊肉跳。

程廷华一摆手，他身后便闪出一人，却是门下第一能手刘凤兵。他习练八卦掌二十余年，功力深厚，能一掌击毙犍牛，轻身功夫也是了得，最得眼镜程的喜爱。派他出战还有一个原因，那马翔的功夫多半是由刘凤兵代师教的，故而他一出列，马翔更是慌了神，八卦步走起来也显得轻飘了。

刘凤兵不动声色地看着他，突然喝道："脚是心之点，心随意领脚！小翔子，几天不见，你脚下的功夫松散了！"

马翔听他这一说，便跟平常教他练拳的语气一般无异，越发觉得没有底气。刘凤兵早闪身过去，两人面对着走起了八卦步，以胯带膝，以膝带足，两足摆扣分明，两膝相合相开。围观的人见他们相互转了十几个圈子，哪里像是要拼斗，倒是在相互配合习练。大师兄铁青着脸，喝道："老四，赶紧出招！"但马翔已经收不住步了，不经意间，刘凤兵的手掌跟他的手掌相抵，好似产生了一股吸力，紧紧地黏住。他们平日练八卦步练得熟了，早已做到心意相通。刘凤兵此时非但手上抢了先，步子也抢了先。他步步跟进，马翔只能步步后退。两人在场中游走，飘忽不定，越来越快，直欲叫观者眼花缭乱。一口气走了二十几圈，马翔非但没有出手的机会，连换气也觉得艰难了。

走步最讲究节奏，如今他被刘凤兵撵着跑，渐渐就有些乱了。眼看着要被他一步步地“吃”进去，马翔本就羞愧，如今更是胆怯，叫起来：“师父，俺知道错了！”刘凤兵却并不放松，依旧紧逼，沉声喝道：“马翔，把话说清楚，你哪里错了？”

“俺，俺不该瞒着师父……”马翔话声里透出哭音，上身开始晃荡。周围的义和拳众听了都聒噪起来。

“傻小子，你这是背叛师门，知道吗？”刘凤兵猛地加快步子抢上去，双手一锁，便将马翔制住，随即一抖，他便呼地腾空而起。还好，马翔身子在空中翻了跟头，落下来还能稳稳站住。刘凤兵这一抛，正好把他扔到程廷华的跟前。马翔便趁势双膝跪下说：“师父，我错了，甘愿受罚！”

义和拳的大师兄见了，气得七窍生烟：“马老四，你他娘的是不是昏头了？”刘凤兵嘿嘿冷笑：“他这是迷途知返！”

“放屁！”大师兄身子一晃，便要蹿过去。刘凤兵不假思索，脚下步子一碾，一个单换掌朝对手的肋下击去。眼看着要命中，谁想那人的身子蓦然加速，箭矢般射出去，刘凤兵这一掌竟然击空了，倒是虚闪了他一下。程廷华本来还想教训马翔几句，瞧见义和团大师兄来势太急，话也不顾得说，抓小鸡一样将马翔拎起来，甩到自己身后。

大师兄气马翔当众反水，便想上去一掌将他毙了。大刀王五在旁边早瞧出他的心思，正要上前拦住，眼前一花，早有人半道截了去。程廷华反倒靠了后。

大师兄身法快如风雷，那人也似闪电，眼看着便要撞到一块儿。啪，两人各出一掌，击个正着，却各自借势向后跃开了去。众人这才瞧清，出迎的便是太极门的杨云鹏。只见他目光如电，咄咄逼人：“听着，轮到太极门跟你算账了。”他伸出一根手指，点着义和拳大师兄说，“到底是太极拳厉害，还是你神拳厉害？最后一场，就由咱俩见个分晓！”

金水河边的槐树林里，杨慕侠听那道士报出了名号，竟然是白云观的住持，着实吃了一惊，不觉便松开了手：“原来是高观主，得罪了！”

高铭远打个哈哈：“老先生何出此言，是我唐突了。”

一面是受过朝廷御封的“总道教司”，一面是义和拳的“老师父”，高铭远这两层身份交叠起来，让杨慕侠感到无比的压力。不过，一些疑惑也随之而解了。为何弱用要在白云观修行？因为他们都跟秋水的红燕子走得近，是一路人。

红燕子是义和拳的“红莲圣母”，高铭远是义和拳的“老师父”，弱用会不会也是义和拳的厉害角色？义和拳之所以能在京城站得住脚，闹得轰轰烈烈，除了有端王等人暗中支持外，只怕高铭远也没少在慈禧太后面前吹风。外界风传：“高大哥”跟李莲英是拜把子兄弟，两人都最得老佛爷宠信。想到这里，杨慕侠不禁暗自叹息，杨家如今真是碰到坎了，所碰上的对手个个根硬枝壮，难以对付。但他毕竟是老江湖了，虽然心事翻腾不止，面上却依旧沉静，水平如镜。

高铭远察言观色，笑道：“老先生难道就不担心府上会出事？”

“你指的是，义和拳要在我门口设坛？”杨慕侠一笑，“杨家子孙要是连这点脸面都保不住，也就不必在京城待了。”

“话是这么说，可两虎相斗，必有一伤，何苦来哉？”

“这话可就得问你了，我杨家祖传薄技，以此安身立命，自问并没冒犯义和拳的地方。贵会虎视眈眈，不是欺负我太极门无人吗？”

“老先生言重了，我虽不是你太极门的人，可毕竟也学了太极拳，饮水思源，我也得尊您声师父！”

“这可就不敢当了！我杨慕侠虽然年过花甲，可还没有老糊涂，你已经是老师父了，我又能摆到哪里去？”杨慕侠说着，眼光闪烁，“高观主，咱们打开天窗说亮话吧，我知道你是为了《授密歌》而来，可惜你没这个缘分，还是死了心吧！”

“好，痛快！”高铭远一拍巴掌，竖起大拇指，那副浪荡相一点儿不像个修道之人。事实上，他虽然住持白云观，却从来不把修道那一套放心上，“不过，有件事老先生您猜错了。”

“哦，我哪儿错了？”

“姓高的虽然粗鄙，却也不是没有见识。我这次约老先生单独会面，并没想着能从您老嘴里掏出什么东西来，只想给您交个底儿，好好谈谈！”

“你想谈什么？”

“说说老先生的两个孙子！”高铭远说着，脸上露出怪异的笑容。

杨慕侠心咯噔一下子。兆鹰在自己身边还好说，兆龙深处皇宫，在“秋水”的觊觎下可就危险了。

“兆龙是您的长孙，这孩子我见过，聪明机灵，是棵好苗子。只可惜大先生故去了，缺少管束，他又反叛，好跟人对着干，一来二去，在杨家的地位可就不妙了。可他也真胡闹，竟会去当个厨子，这不是给太极门抹黑吗？更有一样，经他这么一闹，您老人家那《授密歌》是不会传给他了。再看兆鹰，有二先生护着，情形就不同了！虽然他也有些少爷脾气，执拗起来，也会干些撞南墙的事，可去年在小站兵营里那么一历练，再重回太极门，说话办事可就稳妥多了！”高铭远自顾侃侃而谈，杨慕侠却背起手，慢慢闭上眼睛，看都不看他一眼。但从紧锁的眉头、微颤的嘴唇不难瞧出，他心里在翻江倒海。

“故而，贫道以为这《授密歌》嘛，老先生迟迟不传给杨二先生，并非他不可学，不能学，而是另有打算。”道士说到这里，停了一下，才又继续说下去，“老爷子您要把这宝贝直接传给孙子，传给杨兆鹰！”这句话一吐出去，高铭远跟着轻轻舒了一口气，脸上再次泛起笑容，就那样笑眯眯地盯着杨慕侠。他自觉刚才那话击中了对方的要害，想好看看老头子是怎样表情。但杨慕侠并没反应，倒是头顶上沙沙作响，槐树叶子簌簌落下，高铭远不禁惊奇，才刚入夏，叶子怎么就落了？继而，脚下觉得颤动，依稀像有个声音在嗡嗡震响。他的耳朵眼发麻，全身也跟着打起颤来。高铭远突然起了一身的鸡皮疙瘩，饿虎就在近前，正要扑噬……只见老头子眼皮一合，轻叹了声，随后张开，目光竟然像刀锋一样劈过来。高铭远一个激灵，下意识地向后蹦了一步。只见老头子脸上泛出一个狰狞的笑容：“我跟你说话，你好好听着！”这话字正腔圆，字字如同千斤，高铭远不觉点点头。

“要是兆龙和兆鹰有个三长两短，太极门只要还有一个人活着，就必当追杀秋水，以血还血，以牙还牙！听懂了吗？”这话说得辣狠，吞钢咽铁，高铭远再次点头。眼前这老头子便是饿虎，便是老龙。他不禁抬起手来，擦了擦额头上冒出的冷汗，费劲地咽口唾沫，想说几句圆场的话，一时间竟不知道该怎么开口。

只见杨慕侠朝他点点头，转身慢慢往树林外面走，他每一步都踏得均匀而缓慢，却是半点声息也无。高铭远吃惊地看到，随着老头子的走动，周围的落叶居然都飘浮起来，离地有一指多高，就那样悬在空中。他的心再次拎起来，直待杨慕侠走出丈外，那些叶子才又重新落到地上。高铭远摸摸腹前衣襟，那颗心也悠悠落下了。他终于见识到《授密歌》的威力。

第一场较量，义和拳输，形意门赢。第二场，八卦门的马翔迷途知返，放弃比武，重回八卦门，这两边算是打和。第三场，杨云鹏直接挑战义和拳的大师兄。王五身为中间人，知道这场恶战才是最可怕的。杨云鹏自出道以来，从无败绩，又向来出手狠辣，不留余地。今天义和拳来他家门捣乱，心里面早窝着把火，一旦出手势必要拼个你死我活。这边的义和团大师兄呢，头一场输了，第二场没比成，都让他丢了大脸面，故而第三局是非赢不可。王五知道，他两人今天一旦交手，非死即伤，这样一来，今天的梁子算是结下了。此后太极门和义和拳之间少不得又要血拼。可瞧这情形，硬拦是拦不开的，他们铁定要打。王五不敢怠慢，马上上前挡在他们中间，笑道：“两位，开战之前且听我一言！”

“五哥请说！”

“老话说刀剑无眼，我看呢，应该说拳脚无眼。为何，因为你们这拳脚一旦使出来，那便是杀人的家伙，比刀剑还狠！”王五说着，一拍胸膛，“要是就这么眼睁睁看着两位你死我伤，还要我这个和事佬做啥？”

杨云鹏一笑：“那以五哥的意思，不比了？”话里颇有些讥讽意味。

“不比的话，传出去于两位的名声不利。所以王五这里有个计较，想跟你们说道说道。”

大师兄是个聪明人，如何看不出王五是在和稀泥，己方人手虽多，却是一群乌合之众。反倒是几个门派的好手都在这里，不用打，义和拳已落了下风，事到如今也只能忍着些了，马上接口说：“五爷有话尽管说，我听你安排！”王五见他表了态，心落下一半儿，转头看向杨云鹏：“贤弟，你太极拳上的功夫是没的说，不知道轻功如何？”

杨云鹏心想：“我的轻功是好是坏，你岂能不清楚？”却也知道王五这是用了激将法，想激他跟对手比试轻功，如此一来，便伤不了人。当下笑道，“五哥，你是想考较兄弟逃的功夫呢，还是跑的功夫？”

此话一出，听到的都乐了。王五也笑道：“你非要分个逃和跑，那也使得，抓个阄不就成了！”

那大师兄听杨云鹏如此说，不免心里动气，这明明是在讥讽他想逃。正要豁出去跟对手血拼，便听杨云鹏道：“用不着费那劲，我跑他追好了，只要能抓到我的辫子，就算他赢！”

大师兄对自己的轻功十分自负，听他这么狂妄，叫起来：“姓杨的，你等着认输吧！”兆鹰和兆鸣自然了解父亲的实力，他轻功十分了得，直追鬼神，虽然那大师兄出场时，也曾显露了一手，轻功也够惊人的，但想跟杨云鹏较量，还是差了那么一点点儿。高手过招，只要差之毫厘，便足以分出胜负了。他们不得不承认，王五这稀泥和得好，明着是帮义和拳，暗中其实是照顾太极门，不偏不倚，左右逢源，委实是合了太极拳的精义。

岂料，杨云鹏还有下文，只见这位太极门的二先生挺起胸膛，斜着眼对义和拳大师兄说：“光你一个人追，那怎能显出我的本事？”

大师兄的脸登时沉下来：“那你想怎样？”

杨云鹏转头对兆鹰道：“把杆子拿来！”

兆鹰赶忙把大杆子递上，杨云鹏单手抓着，叫声：“借光借光！”待众人闪开后，以自身为轴，唰地用大杆子画了一个四丈多宽的大圈子。

大师兄叫道：“我明白了，你想在这圈子里比轻功！”

兆鹰和兆鸣一听，不禁替父亲捏着把汗，如果是撒开欢跑的话，义和拳这位只怕很难追得上，可要是待在这圈子里一个跑一个追，胜负可就不好说了。王五也觉得杨云鹏有些托大，正要开口，谁想，他却哈哈笑起来：“没错，是在圈子里比，可你只说对了一半儿！”

这么一捣鼓，众人的胃口都被他吊起来。只见杨云鹏将杆子丢给兆鹰，伸手把衣襟撩起来，扎进腰带：“来到我家门口，别说我欺负你！你另外再点上五个人，也站进这圈子里面，十个数内，谁要是能抓住我的辫子，便算你们赢！”此话一出，众人都呆了，几乎不相信自己的耳朵。程廷华甚至怀疑杨云鹏是不是疯了，他练八卦掌最重脚下功夫，也不敢这么狂妄，杨家老二岂可这等轻率？哎，要是老先生在场就好了，那样杨云鹏兴许会庄重些。那义和拳大师兄见杨云鹏如此羞辱他，气得脸皮都涨紫了：“姓杨的，你敢这般小看我，我……”

“怎么，你不敢？”就这一句话，便把大师兄的话给憋回去。他恨恨地跺跺脚：“好，我倒要看看你是什么变的，能够躲得过！”

王五做梦也没想到事情会演变到这地步，杨云鹏虽然狂傲，但一向处事冷静，今天怎么会如此大路？赶忙问：“贤弟，你不是在说笑吧？”

杨云鹏正色道：“我从不拿杨家的名头当儿戏！”

“好！”宋启云大声喊道，转头对兆鹰和兆鸣说，“你爹是条汉子！”两人只能笑笑，暗地里都替他爹捏把汗。听了杨云鹏这话，王五便知道他肯定有取胜的把握才会这么狂放，也不禁心血上涌，英气勃发：“好，我来给你喊数！”

当下，杨云鹏站在圈中心，大师兄与他相隔四步，其余五个人则站在圈边沿，将他团团围住。李存义等见了，都不禁窃窃私语，暗自揣度，如果换作是自己被围，该怎么闪避？王五举起右手，拉长嗓门：“准备好——1！”

话音才落，大师兄就一个饿虎扑食蹿上去。杨云鹏身子一闪，往后退去。在身后盯着他的那名拳众伸手就抓。谁知，他忽然没了影儿，竟是矮身从下方穿过去。那人收不住脚，一头扎向扑过来的大师兄，反倒碍了他的手脚。场中一乱，杨云鹏则见缝插针一般，蹿来蹦去。

那五个拳众非但捞不住对手的边角，反倒你撞我，我推你，乱作一团。看到这情形，李存义、程廷华等人眼睛一亮，暗暗叫好。杨云鹏果然精明透顶，他那份“托大”看似吃亏，其实是暗中占了大便宜。那五个人挤在一起，反倒是帮了倒忙。兆鹰和兆鸣此时才松了一口气，大声喊起好来。宋启云哈哈大笑："真他娘的够劲！"

"5！"王五喊道，他瞧得热血沸腾，喊声也越来越大。

圈里，大师兄气得嗷嗷叫，杨云鹏却是游刃有余，往前跑时，碰到要抓他的人，便使一招云手，将那人旋成个陀螺，朝身后的大师兄撞去。很快，五个人都被旋得团团转，大师兄一边接着一边咒骂。但才接完最后一个，杨云鹏早转到另一边去，又将人弹过来。

大师兄一气之下，将几个拳众尽数扔出圈外，免得他们碍事。可此时王五已经喊到九了。他心里一急，再四下寻找杨云鹏时，却已看不到他的影子。怎么回事？难道那家伙也跑出圈外了？大师兄经历适才的混乱，心浮气躁，急切间哪里能平定下来，待意识到对手在哪儿时，已经晚了。王五喊出十，杨云鹏的手也轻轻拍了他的肩膀，原来，他早躲去了身后。

大师兄觉得输得太窝囊，呼地转身，但杨云鹏更快，倏地又转去他的身后，并一把捞住他的辫子："他奶奶的，你输不起吗？"到这步田地，还有什么好说的。大师兄已试出杨云鹏的轻功在他之上，就算换种比法，自己照样没有胜算。气一泄，人便咬不了牙，心想无怪乎昨夜里红莲圣母去杨家也铩羽而归，这太极门果然是京城里最难啃的一块骨头。

第三章　乱

入夏以来，即便是处在四面环水的瀛台，光绪照样不得消停。外头义和团闹得正凶，四处放火，先是大栅栏以东的珠宝市，二十几家老店被一把火烧个干净。其后，董福祥的甘军跟义和拳联合起来攻打洋人使馆，每天枪炮声不断，却是一直拿不下来，倒是又将翰林院毁于火中。一时间，京官是逃的逃，躲的躲，一切公务无形废弛。光绪此时哪还有心思练拳，连膳食也进不香了，接连对兆龙说，这是亡国之兆！很快，九国公使联名的照会也到了，慈禧太后勃然大怒，竟要在勤政殿上逼着皇上亲口向九国宣战。这是明知不可为而强为，只为逞一时意气，要断送大清二百多年的天下，并且此奇祸大罪还要强加在完全违心的光绪头上，他如何能够接受？悲愤之下，光绪竟当场拉着吏部侍郎许景澄的手号啕大哭。一时间朝堂之上哀声阵阵，慈禧气得拂袖而去。但宣战的旨意毕竟是以德宗的名义发出去了。

回到瀛台，光绪几欲癫狂，甚至质问来传拳的杨兆龙，总是说太极拳以柔克刚，以弱胜强，人都弱到这分儿上了，怎么去逞强？再者，要面对的是九个野蛮的强盗，拳脚如何取胜？对此，杨兆龙无法回答，也不能解答。他只知道一点，光绪已无学拳的心，他今后也不该冒险登岛了。

趁着这空儿，他回去看了杨慕侠一趟，路上所见，甘军和义和拳闹得厉害，鸡飞狗跳。到了家，才知道杨慕侠已搬去伦贝子府上住，兆鹰和兆鸣则护着家眷回永年了。

再回到宫里，恰好碰到崔玉贵到御膳房来巡视，便示意跟他走。两人也有段时间没一起切磋拳脚了，便一起去了崔玉贵那边。

期间听说兆龙不再上岛，崔玉贵也松了口气，却又偷偷告诉他一件事。昨天早上（五月廿九），端王载漪邀集庄王载勋、贝勒载滢，以及他的一兄一弟，领着六十多名义和拳，居然闯进了宁寿宫，还手持利刃。

兆龙惊道："怎么，他们想造反？"

"造反他们还没这个胆子，说是要来抓二毛子！"

"二毛子是谁？"

崔玉贵叹了口气："是皇上！"

"他们要动皇上？反天了！"

"可不是，老佛爷也震怒了，那几个王爷从轻发落，每人罚俸一年。倒是那六十来个义和拳的都被咔嚓了！"

"杀得好！"兆龙一拍巴掌，猛地想起光绪遭受了这等惊吓，指不定心里有多糟糕，神色又黯淡下来。可自己不过是一个厨子，只因适逢其会，才得以跟皇上走得近了，其实又能尽多少心力呢！他本来不想再登岛，可听了崔玉贵的话后，心思又活动了。当日送膳食时，终于忍不住又跟传膳太监换了衣衫。小船还没等靠岸，太监王商隔远瞧见是兆龙，脸上马上露出了喜色。天有些酷热，上到瀛台后却明显多了几分凉意。兆龙跟太监们端着食盒依次进去，见光绪神色木然，呆呆地坐在桌前，太监们把膳食一一摆放好，他眼也没眨一下，魂魄像是飞出体外。

王商赶忙凑上去，提醒一句："皇上，请用膳吧。"光绪的眼珠子这才动弹了，还是没抬头，王商小声道："皇上，今天有好菜，您往那边瞧！"光绪方才抬了头，终于瞧见了兆龙，呆了呆，激动之下气息不畅，竟咳嗽起来。王商赶忙为他捶打，好一会儿才缓过劲来。兆龙瞧他那憔悴的模样，不免也觉得伤感。这一餐草草吃完，光绪眼神里迸射着欣喜，很快回到书房。兆龙一进来，他就急问："你这两天去哪儿了？"

兆龙支吾着还没等回答，光绪就搓着手说："朕有事要跟珍妃说，信早写好了！"说着，伸出一只苍白、瘦得皮包骨头的手，颤巍巍地从书本里取出来。兆龙恭敬地接过："那小的这就去送！"

"等等！"光绪唤住了他。兆龙与他目光相接，等他下文，但光绪没有继续说，而是把头转向窗口，看向外面的湖水。那里面，莲叶田田，开出了不少粉红的荷花。好一会儿，他才说："这地方，朕也不知道能住多久了！"

"皇上……"

"聂士成战死了，天津不保，下一个就轮到京城了！"光绪说这话时已有了哭音。见他这样心伤，兆龙也不知该怎么劝解，只得硬着头皮道："小的听崔玉贵说，勤王之师正纷纷赶到，想来应该没事！"

光绪突然像清醒了，叹口气："朕也真是糊涂了，怎么跟你说这些话了！"抬抬手，"你还是去送信吧！"

听了这话，兆龙感到一阵轻松，赶忙退出去。以往来见光绪，蒙见圣颜，多少还有些惊宠和欣喜，今天却觉得涩苦。皇上也真是命苦呢！囚禁在这里本就落魄，谁想又被推到这等境地，真是上苍无眼！

离开瀛台，外面的酷热滚滚涌来。兆龙站在一棵柳树底下，出了会儿神。上午跟崔玉贵见面时，知道他午后会陪太后去颐和园，今天是不回禁城了。这信可怎么送？本来耽搁了几天，皇上就有些亟不可待了……

看看上空的烈日，天上的白云，以及层层殿阁，兆龙突然间产生了错觉，心说："在这里头混日子，也真是没什么趣味。我当初是不是就不该进宫里来？"他从未像现在这样疲倦，是从心里面觉着累。想想以前的日子，爱哭就哭，爱笑就笑，武林里也尽多些热血贲张的轶事，那真叫一个痛快！哪像这里头，干什么事都绑手绑脚的，说话不能高声，哭笑都要节制，真他娘的不是人待的地方。

兆龙一面胡思乱想，一面漫无目标地往前走，不觉，便来到一堵墙边，站在一个小红门前。他一怔，心说，怎么跑这儿来了？这地方武云曾带他来过两次，她有门上的钥匙，开了锁，便可以进到御花园里去。看着墙头伸出的花枝，兆龙突然一阵激动，他迫切地想见到她，从来没有这么强烈过。他长长地吐着气，转头瞧瞧四周没人，轻轻一蹿，就跳上墙头，翻了进去。夏日里的御花园枝叶繁茂，各种花木竞相开放，浓郁的香气弥漫四处。从花叶缝里看去，能看到零星的几个匠人在修剪花枝，或是除草施肥。以兆龙的机警，穿行在花园里面，很难让人察觉。他依稀还记得去养性斋的路。虽然上次见"老祖宗"便在那里，这回去并不一定碰上，却也顾不得了，铁了心要见到她。养性斋门前没人，四周静悄悄的，兆龙站在假山旁边张望，突然感到异常的沮丧，心说，我怎么这等没出息，非要赶来见她？

来时的冲动一下子消失得无影无踪，他觉得身上全无力气，索性一屁股在石阶上坐下。“我今天这是怎么了？”兆龙双手抓着额头，摇晃着脑壳，他自觉有个念头从心里面长出来，是幼苗，刚露头。

天热，他心里又烦躁，汗水很快就湿透了衣衫。兆龙伸手慢慢擦着汗，终于敢去想那个念头了——他不想在宫里头待了。他想着离开了。几乎是一刹那间，汗水又奔涌如浆，兆龙正要起身，猛听到吱呀一声响，回头一瞧，居然是武云走出来。她穿着宫女衫子，脸蛋红扑扑的，像朵会走路的花。他呆呆地看着她走近前，嘴巴张合两下，没发出音来。武云伸出手，拿手帕轻轻给他擦着汗，兆龙突然一把抓住她的手，紧紧握住。武云慌地四下瞧瞧，小声说：“小心叫人瞧见！”转过身，牵他走进养性斋，顿时便觉得凉爽了好些。

“老祖宗不在？”

“没在！”

“那你这些天在哪儿，跟绿娘一起，还是……”

武云咬咬嘴唇：“我不在宫里！”兆龙叹了口气：“是啊，哪儿也比这地方强！”一顿，又说，“我也想离开了！”

武云有些诧异，但随即又说：“也好，回杨家去，你能更出息些。”

“可往后咱们见面就难了！”这话里的意思不难理解。太极门和秋水敌对，他们夹在中间，就算不作为，身上也少不了会沾上血点子。

兆龙见武云垂着头，双手捏着衣角，矜持中还轻透着几分青涩，心里面泛出丝丝柔情来：“外面义和拳闹得厉害，宫里头还算安稳，你一个女人家，趁早别往外面跑。”

武云脸色绯红，小声说：“你别担心我，我不会有事。”

“也是啊，你们秋水来头那么大！”兆龙不禁又讪笑起来。真是造化弄人，自己好不容易碰到个可心的人，偏偏竟是对头那阵营里的。

武云沉吟着：“你还没告诉我，你怎么来这里了？”

兆龙岂能跟她说，自己是想见她才特意溜进来的，那显得自己多没面子！只能装出一副大大咧咧的样子说：“我就是闲着没事，到处逛逛！”

“我是回来拿点东西的……”武云犹豫着，言下之意，这地方也不能久待。兆龙突然间心下空落落的，一咬牙，蹦出一句话：“那我走了。”才转身，又被武云握住了手。他转身，见她眼里流露出哀求的神色，心登时软了。没来由地，鼻子有些酸楚，眼眶觉得湿湿的，不觉就张开怀抱。

武云迟疑了下，终是慢慢靠过去，被他揽住了。天本来就热，两人靠在一起更像火炭，汗水又开始扑扑地淌了。很快，身上便觉得黏糊糊的，兆龙低头去看武云，不防一颗黄豆大小的汗珠子啪地滴在她脸上，惊得她叫起来，两人唰地分开，之后便笑起来。这一来，彼此的心情爽朗多了。兆龙突然想到一事，脱口问：“你宫里地形熟，知道景祺阁怎么走？”

武云疑惑地看着他：“那是后宫一带，你去那儿做什么？”

“这个……我去那边的西小院办点事儿。”

武云想了想，说：“我带你去吧。”兆龙从瀛台出来后，就没换过衣服，还是那身传膳太监的打扮，出入后宫倒也不难。有武云前头带路，他们很轻松地就出了御花园，往宁寿宫后面走去。兆龙看着她在前面轻步走着，腰肢微微地晃动，觉得再瞒着她未免太没人情味了，悄声说：“我是要去见珍妃的。”

谁知，武云头也不回，依旧往前走，转过一道墙，才说：“我知道。”

从符望阁到倦勤斋一带，久无人住，已近荒芜。囚禁珍妃的景祺阁西小院，邻近宫女住处的一间破败小房，门已被拆掉，装了一道栅门，上面挂着三道锁。原先听崔玉贵说，这里还不时地会有太监看管，但今天却一个人影没瞧见。也不奇怪，如今京城里义和拳闹得沸沸扬扬，八国联军又打到了天津，宫里的人心也散了，谁还来干这等冷差！

隔远了瞧，房檐下长满杂草，竟有半人高，还拉着几道蜘蛛网。各种虫叫声连成了片，更显得这地方荒凉。武云停下来，转身对兆龙说：“我在这里把风，你快去快回！”兆龙赶忙答应着，正要拔步，武云又道：“这个你拿去！”说着，递过一个纸包。

“什么？”

“如今珍妃最缺这个！”

兆龙打开纸包一瞧，里面是几块豌豆黄，心说，这女人就是细心。朝她点下头，快步走过去，他不敢太靠近，离着栅门有三步远，轻声叫：“珍主子。”草草瞥了一眼，那屋子里头灰泥剥落，四壁皆空，窗户纸也是破破烂烂的，蚊子、蛾子到处乱飞。一阵窸窣声后，一身半旧衣衫的珍妃出现在栅门前。让兆龙感到吃惊的是，她居然还收拾得蛮干净，头发梳得一丝不乱，脸上也没有灰渍，虽然消瘦得厉害，精神头儿还算健旺。换了其他人，陷入此等境地，人早就垮了。兆龙不禁暗自钦佩，珍妃果然是个要强的人。通过这段跟光绪的接触，他深切了解两人的情感。可以说，珍妃是光绪在这世间唯一的希望，她要是有个三长两短，他的心也就死了。也正因为如此，珍妃之所以经受这样的折磨，还挺了下来，不是为自己，而是为了光绪活着。这对苦命的鸳鸯，便是这样相互牵挂着、缅怀着，慢慢地熬着日子。珍妃镇静地打量着兆龙，那股子气派还是没变：“你是哪房的公公？”

“回珍主子，我是御膳房的！”

珍妃眼睛一亮，认出了他：“你不就是那个会使唤竹刀的杨兆龙吗？”

光绪在信中曾提到过他，说有他给开小灶，每日的膳食进得很香。又是这个杨家人，说服了二总管，让她和皇上之间终于通了信；还是这个杨家人，近来又教皇上学拳，强身健体。这怎能不叫珍妃感激！

兆龙往外面瞧了瞧，武云正站在远处瞭望，心知不能久待，赶紧把藏在怀里的信拿出来，塞给珍妃。她迫不及待地撕开，贪婪地看着，慢慢地，眼圈就红了，泪水吧嗒吧嗒滴在信纸上。

兆龙强忍着辛酸，问：“珍主子，你有什么话要捎给皇上？”

珍妃也知道他偷着来这里，是冒着杀头的危险，赶紧伸手擦干了泪，可是，心里要说的话千千万，急切间倒是不知该怎么说好了。

信里面，光绪说了内忧外患危机重重，大有江山难保的意思。珍妃心里也清楚，一旦洋人杀进京城，大清三百年的基业就算葬送了。其实，这一天也差不多快到了，虽然囚禁在这里，差不多与世隔绝，但她从听到的断断续续的炮声中也能猜中八九分。大清国何时出现过这等事，京城每天还会枪炮不断？虽然说，那是甘军和义和拳在合伙打洋人使馆，可叮当了这么多天，还没见平静，亡国乱象已经显现。珍妃竭力地按捺下内心的激动，咬咬嘴唇："麻烦你回去跟皇上说，我终是会替他守住贞节的！"这话传到兆龙耳朵里，让他不由得心惊，珍妃竟有"以死明志"的意思。他也不便多问，朝这个倔强的王妃施了一礼，匆匆走了。

他径直走到武云身旁，竟是不忍心再回头看。两人又默默地往前走了好长一段路，直待出了后宫，才在一个偏静的地方住了脚。

兆龙看着武云，问："你今后是怎么打算的？我看，京城是不能待了，你得赶紧走。"

"那你呢？"

"我还要等段日子，皇上这边儿我有些事要做，不能说他娘的撒手就撒手。"宫里头规矩多，兆龙很久没说粗话，一句"他娘的"脱口而出，顿时觉得痛快爽利。一冲动，便抓住武云的手："丫头，你听我说，别再跟老祖宗四处跑了，干脆，咱们一起回永年去！"

武云没想到他会突然这么粗鲁，还说出这些火辣的话，惊羞之下，一把推开他，转身就往外跑去。兆龙呆了呆，追上两步："嘿，你听我说……"但武云早转过墙角不见了。兆龙这才觉出自己的冒失来，朝自己头上狠狠捶了一下："死小子，你怎么能说出这混账话！"

局势像夏天腐烂的臭肉，越来越溃坏。日俄英美法意奥七国联军，共一万八千人，在天津编组完后，七月初十开始向京城开拔。在北仓，勤王之师与义和拳仗着人多，上去阻击，结果一触即溃。

七月十四，蔡村失守。十五日，勤王之师张春发、夏辛酉所部，在河西大败，血流成河。很快，联军便打到通州了。天道也怪，阴沉沉的，不时地还飘着细雨。鬼节到底不同平常，四处飘散着愁云惨雾，那气息倒有点像深秋的凋零和萧瑟。京城里面乱成了一锅粥，比当年英法联军进犯还要凄惨，义和团和溃兵到处流窜，四下抢劫，一些大宅门纷纷遭到洗劫。有钱有势的人家早就举家离开了。九城各门日夜关闭，由神机营把守各处关隘，粮店米店早被抢劫一空，歇业的歇业，关门的关门，械斗不止，死伤无数，往日繁华的京城竟成了人间地狱。兆龙在宫里面还好些，杨慕侠住在贝子府，二叔在军营，又都是身上有功夫的人，家眷早由兆鹰和兆鸣送回老家，没什么好担心的。倒是卫璜和会贤堂那边挂着心。

御膳房本是集天下美味的地方，谁也不曾想到，有一天它也会缺肉少菜。京城各大肉店关门，外面的供应中断，宫里面居然也吃紧了。其实，身为御厨的兆龙和十一指，早就从食材的供奉上察觉到了，原本大大小小的膳房一天就能耗上三五十头猪，可进入七月后，数量日日递减，终于到了连猪肉都见不到的分儿上了。没办法，只能用鸡鸭来替代。幸好这些宫里的广丰司都有圈养，一时间还接济得上。可怎么说，这也算得上是御膳房的奇闻了。放眼历朝历代，这事也算少见。

到这步田地，谁都要替自己留条后路，兆龙问起十一指的打算，他说，出宫后会去找师父黄鹂子。其时，皇宫里面也有几分树倒猢狲散的味道，不少太监和宫女逃离了，以至于内城关闭大门后，进进出出都要有手令。但对于十一指这样的人来说，潜出九城并不困难。故而，在鬼节那晚上，他便果真离去了。可兆龙却不能像他这样一走了之。这段时间，他还充当着光绪和珍妃的信使，宫里乱腾，也没人盯着那西小院，倒也没什么风险。再者，御膳房的供应一差，呈给皇上的膳食更是克扣得厉害。光绪的一日两餐，还多亏了他暗中料理。故而，四周虽然人心浮动，鸡飞狗跳，兆龙却依旧保持平静。刘一手和卫璜教导他的话每每浮上心头，一饮一食是天大的事，要时刻在心。

如果光绪处境不是这么糟，兆龙也许早就离开了。毕竟出身武林世家，那股子侠气早就长进骨头里，皇上对他如此倚重，他如何能弃之不顾？“信义”二字，价值千金，祖辈传下来的德行，兆龙是不会丢舍的。

又挨了几天，宫里便传开太后和皇上将要西迁的消息，本就浮动的人心更是成了散沙。就连御膳房头头的黄知临也吃不住劲了。本来，师侄十一指的不告而别就像在他脸上扇了一耳光，而今更是备受煎熬。

手底下的那些大小厨子，个个以食材不全为由，消极怠工，整治起膳食来也一味子地凑合。只有兆龙对此不闻不问，外面风声紧，供应不进新鲜的菜蔬来，他就自己去宫里的一些荒地、花圃寻摸，将一些野菜用开水焯过后，拌进肉类里充数，倒也挺惹人食欲。

这天，他刚在膳房里忙活完，崔玉贵便使人来叫了。去到平日里他们见面的地方一瞧，厅堂上居然开出了一桌酒菜，还有不少稀罕物。崔玉贵招呼他坐下，非要兆龙同饮，他实在推却不过，只得干了一杯。崔玉贵却是用大碗来喝，一仰脖子就咕咚灌下去，甚是豪气。

“二爷，宫里上上下下都离不了您，您怎么倒有闲心躲在这里喝酒了？”

“现在不喝，哪天喝？”崔玉贵摇下头，“我告诉你杨家小哥，以后这样的日子怕是不多喽！”

“二爷这是说哪里的话？”

“今天唤你来，便是想给你透个实底儿，你耳朵进，耳朵出，千万别乱传！”崔玉贵凑过来，小声道，“老佛爷就要离宫了！”

兆龙笑了：“我当什么新鲜事呢，原来是这个，宫里头早传开了！”

“他们知道个屁啊！”崔玉贵一瞪眼，“咱家实话告诉你，那洋人一旦进京，什么都完了，宫里头也不安生，赶紧走，能走多远是多远，你犯不着把命搭上。”

“那皇上呢？”

“自然也要跟着走了！”

“时间有个准头吗？”

“便在今晚！”崔玉贵字字如钉，“所以喝了这顿酒，咱爷们儿就要各奔各路了，上天若是有眼，兴许日后咱们还有见面的一天。不佑的话，嘿嘿，相识一场也他娘的没啥遗憾！”

兆龙听他这么一说，也伤感了，主动斟了酒：“二爷，我敬您！”

两人干了后，崔玉贵把一个小袋子啪地丢到桌上：“给你的！”

“什么东西？”

“盘缠！拿上它赶紧走，里面还有道手谕，拿着它在九城里头畅通无阻，可到了外头，就要看你自己了！”

“多谢二爷！”兆龙一抱拳，“可是眼下我还不能走！”

“为何？”

“皇上身子弱，西狩的话，一路劳顿，如果没个御厨跟着，只怕吃不消。再说，外面这么乱腾，以我的身手，也可替皇上遮护着些！”

崔玉贵听了这话，肃然起敬：“杨家小哥，老实说，你武功虽然不赖，可我并不怎么服气。今儿个倒是叫我敬重了！”又倒上了酒，“来，咱哥俩再喝一碗！”酒下肚后，更觉热血喷涌：“杨老弟，既然你铁了心要跟随皇上，那便听我安排。傍黑那会儿，皮硝李帮太后换衣服，咱家就会到瀛台去接皇上，然后坐马车走。你呢，要早早赶去那里候着！”

“我知道了！那珍妃呢？她不跟着走吗？”

崔玉贵一皱眉：“这就不好说了，老佛爷的心思谁能摸得透？”

两人又喝了会儿酒，因宫里情形不比从前，也不便久待，各自散了。初秋的阳光照射瀛台周围的碧水中，斑驳耀眼，像洒下无数的金粒子。黄昏的时候，外面的枪炮声突然停下来，一时间，周围出奇地静谧，叫人有些不适应。兆龙背着一个大包袱，坐在岸边遥望岛上，沐浴着西边最后一丝残照，秋风习习，吹到脸上不觉得凉，反倒挺舒适的。成群的鱼在水里游晃，犁起一道道波纹。他突然意识到，自己已很久没在水边这般静静地坐了，留在记忆深处的，唯有在水丘子上的那一幕。黑鱼庵的门前有棵老垂柳，根泡在水里，须发飘摇。他和禾谷各守着一支竿在那里钓鱼。

禾谷虽然是个小沙弥，但脑子里却没装不杀生的告诫，钓上来的鱼，照样跟他生火烤来吃。那时，他们活得单纯，再没有如今这些没完没了的烦恼。就说禾谷吧，自从成了刘兆鸣后，似乎笑容也不多见了……想到这里，兆龙不禁轻声叹口气。在来瀛台前，他曾转道又去了一次西小院，想跟珍妃说一声。谁知，那里的栅门竟然大开，他吃了一惊，远远地叫了两声，里面也不见人应，便大着胆子凑近瞧瞧，里面居然什么也没有。就连珍妃往常睡的床榻和蚊帐、被褥也不见一样。兆龙慢慢踏进去，四下瞧瞧，见墙壁上用黑灰写了一句诗：“海风起天末，君子意如何？”

难道这是留给皇上的？兆龙赶紧又读了遍，背熟了，方才匆匆走出去。很显然，珍妃被挪窝了。说来也是，太后既然打定主意要西迁，珍妃自然是不能置之于不顾。西小院荒凉僻静，那条通往外头的穿堂也被高高的殿阁遮挡，经年遮在阴影里，墙根生着厚厚的青苔。兆龙默默地往外走，也不知怎么的，没见到珍妃心里面空落落的。有一种不好的预感，像周围那阴森的乌鸦叫，老是盘旋不去。直到站在水边，看着夕阳灿烂，兆龙心情才慢慢平定下来。最后一缕光在水面上慢慢变淡了，像女人的脸色，慢慢由红润变得苍青。夜色一层层地把紫禁城染黑，灯火却又一点点地透出来。终于，兆龙瞧见一连串红灯笼从宁寿宫那边飘过来。来了！他赶紧起身，在一旁候着。不多时，七八个太监拥着崔玉贵快步而来。头前带路的瞧见有人站在通往瀛台的道上，喝道："什么人？"

"小的是御膳房的杨兆龙，参见二总管！"

灯笼高举，红光照在兆龙的脸上，听崔玉贵道："你就跟在咱家后边吧！"一行人便又匆匆前行，之后搭乘两条小船上岛。

靠岸后，崔玉贵叫那些太监都在涵元殿前候着，他则带着兆龙去长春书屋见光绪，王商早瞧见有船上岛，迎了出来，见是崔玉贵，赶忙施礼。

"皇上都收拾妥了？"

"是！就等着二总管来了！"王商显然事先早就得到信儿，一拍巴掌，四五个太监便簇拥着光绪从屋里出来，每人身上都背着包袱。崔玉贵行礼后，请皇上即刻登船。光绪瞧见兆龙同来，自然惊喜。一行人匆匆来到岸边，末了却只有王商一个人搀着跟皇上登船，那几个随行的太监都被抛下了。经这么一闹腾，光绪不由得仓皇起来，红灯照映下，身子颤晃不定。兆龙跟他同舟，赶紧和王商搀扶一把，光绪看着另一条船上的崔玉贵，小声问："珍妃现在何处？"

兆龙迟疑了下："小的今天赶去那里，没见上，已挪地方了。"

光绪一怔，王商赶忙道："皇上别急，想是太后开恩，要珍妃跟您一起西迁呢！"

"但愿吧！"

兆龙突然记起那两句诗，便背出来听。光绪听后摇头："这不是她的诗！"

"那是谁的？"

"她的师父文廷式写的！"光绪咀嚼着这两句诗，心头涌出不祥的预感。抬头看着紫禁城黑黝黝的夜空，几欲号啕大哭一场。

兆龙见他那凄然的表情，心里很不是滋味。下了船后，便凑到崔玉贵跟前，小声说："二爷，我白天去过西小院，珍妃不在那里了！"

没想到，崔玉贵当场就发作了，厉声吼道：“这事是你该管的吗？”他怒目倒竖，狰狞恐怖，兆龙还从来没见过他如此恶相，不禁呆了。再想说话时，他已拂袖而去，只把兆龙气得发昏，可眼眉前大家忙着外逃，乱成一锅粥，也就不好计较什么了。到了寿皇殿，大家瞧见慈禧太后穿着一身汉人的布衣布裙，还梳着一个汉妆的“坠马髻”，活像个乡下老嬷嬷，都呆住了。光绪怔怔地看着，一时间竟然忘了行礼。卸去皇太后服饰的慈禧，似乎也等于丢掉了皇太后的威严，俨然成了另外一个人。

慈禧已朝他走过来，脚下没了“花盆底”，着一双汉人的平底布鞋，也不再一步三摆：“皇上这身打扮怎么成，英儿、贵儿，赶紧给他换喽！”

李莲英和崔玉贵赶紧上去，摆弄木偶似的，给光绪摘了红缨帽，脱去御袍，给换上一件黑色的薄棉袍，因衣衫过肥，光绪穿起来咣当当的，却也只好将就了。慈禧叹口气，摆摆手：“那就赶紧走吧！”

光绪四下瞧瞧，见除了皇后、大阿哥、瑾妃外，其余的尽是宫女和太监，颤声问：“珍妃呢？”

但慈禧视若罔闻，李莲英、崔玉贵等人也像是耳聋了，簇拥着太后、皇上急火火地朝外走去。见此情形，兆龙便知道珍妃只怕已经殁了，无怪崔玉贵竟朝自己发那么大的火，是因为戳到了他的痛处，还是悲愤难禁，这就难说了。一群人打着灯笼，呼呼啦啦地穿过蹈和门，去到西华门。那里已黑压压地聚了不少人，候驾扈从的有庆王、肃亲王、庄亲王、镇国公载英、贝子溥伦等。

兆龙瞧见溥伦，不禁一呆，下意识地往旁边找寻，果真在人堆里瞧见了杨慕侠。热血倏地冲上脑门，他赶紧挤过去，叫声爷爷，也不管旁边那么多人看眼，扑通跪下。杨慕侠做梦没想到会碰到孙子，惊喜交集，一把将他捞起来，上下打量着：“好，总算又在一块儿了！”

兆龙方才知道，爷爷这是要一路护着伦贝子西行的。这跟他不忍心离光绪而去一样。原本都为了“信义”二字，谁想临到头祖孙却在此相逢，不免祷谢老天爷开眼。这时，大阿哥跟慈禧同一辆车，溥伦贝子跟光绪一辆车，不管是王爷还是宫女太监，都换上了平民的装束，雍容肃穆的皇家气派一扫而光，大家都扮成难民，一窝蜂朝德胜门方向赶去。

东边噼里啪啦响着枪炮声，洋人已经在攻打东华门了，众人都悬着心，争先恐后地往前涌。可越往前走，难民越多，很快就融进里面去，不少太监宫女就此逃走了。兆龙和杨慕侠祖孙俩心情却很是坦然，便随着大流一点点地往前挪，大半个时辰才出了德胜门，仓皇朝颐和园方向而去。

杨慕侠祖孙随太后、皇上西狩，还没出得城门时，杨云鹏却早随西山健锐营在地安门一带与进城的日军展开激战。他们接到的命令是，不惜血本跟联军拼，旨在为皇室的逃亡争取时间。健锐营原是大清八旗禁卫军中“特种部队”，算得上精锐中的精锐，可随着“懒惰骄奢之风弥漫，军事训练荒废”，已逐渐失去最初的战斗力，归于平庸。又加上数月前端王组建“神虎营”时，又从健锐营挑走了精干士兵，它越发显得孱弱了。再者，健锐营士兵的装备也差，派这样的队伍去阻挡联军，结果可想而知。事实上，这是健锐营最后一次执行战斗任务。

据城门而守，抵挡不了洋人的大炮，不到一个时辰箭楼便被破了。兵丁死伤过百，只能化整为零，跟联军进行巷战，一步步地抵挡，一寸寸地啃咬。杨云鹏在健锐营当教习期间，最钟爱其中四人，把他们当徒弟待，私下里传了不少硬活儿。他听从杨慕侠的主意，没去神虎营，这四人也执意要跟着他，不愿意挪窝。如今，城门一失守，杨云鹏便带着他们钻进一条小巷，巷子里的几户人家早把街门插得死死的，他们只得躲在一棵大槐树后面。杨云鹏见徒弟们个个脸上沾满黑灰，眼珠子泛着血丝，有的单刀的刃也卷了，不禁叹口气：“我杨云鹏要强半辈子，从来没后悔过，如今可真有些恨处了，要是早点教你们些暗器功夫，今天也不至于被洋鬼子这般压着打！”一个叫那斌的旗人说：“杨师父，打，咱们是打不过了，事到如今只能拼老命了！”

“对，杀一个够本，宰两个赚了！”

“父母生养你们，可不是让你们上去送死！”杨云鹏眼光凌厉，“你们要是信我，便听我来安排！”

“那是自然！”

“这条巷子，要是有洋人过，咱们就得杀，能杀多少算多少！”

“要是他们不从这儿过呢？”

杨云鹏目光从四人脸上一一扫过："那算是上天对咱们开眼了！"

四人面面相觑，杨云鹏道："我不是要你们贪生怕死，瞧瞧外头，多少王公大臣家里竖起了白旗，老佛爷和皇上也要离京了，打不赢的仗，何苦去打？好歹你们活下来，我也多下几个徒弟，将来大家功夫练好了，强国强种，不比现在去送死强？"

"好的杨师父，我们听你的！"

"那你们赶紧找地方躲起来！"杨云鹏说完，一跺脚，早跳到槐树枝上。这下子，他居高望远，外面情形瞧得更清楚了。

那四人则分头散开，各寻避处。四周枪声爆豆子一般响个不停，不时夹杂着惨叫声。杨云鹏骑在树干上，小心探望，外面不少洋兵叽里呱啦叫着，到处追逐，却并没往这条小巷里来。杨云鹏心想，兴许今天这几个孩子能躲过一劫！突然旁边的树干爆裂，居然是给一颗流弹射中。他不禁感到悲哀，哪怕一身功夫练得再好，也挡不住火器的一轰。哎，除非是真的练成传说中的"刀枪不入"，可那只是义和团骗人的把戏。

心里这么想着，不觉把手伸进腰间的革囊中，那里装了些铁丸，他从小喜欢练弹弓，百发百中，功力深了后，也用不着家什了，直接用手指来弹，就能把弹丸射出二十几丈远。既然洋人有火枪，不好近身，危急时便只有用这东西去招呼了。这时，忽听几声凄厉的惨叫，杨云鹏寻声看去，见三四个身穿红袄、头戴红巾、脚穿红鞋的"红灯照"正往这边跑来，后面有一伙洋人在追赶。

"红灯照"很快就被围起来，其中一个身手敏捷，手持双刀反迎上去劈杀，当场被一排乱枪打死在地。剩下几个女的尖叫着，被围了起来。

杨云鹏的手猛地攥紧了，牙齿咬得咯吱响，即便隔得远，他也明白洋兵正要对那些女子施暴。一股热血倏地冲上脑门，他嗖地蹦下来。

"杨师父，你要去哪儿？"那斌从一堵墙后面钻出来。

杨云鹏回头扫了一眼："这里待不住了，你赶紧带他们走！"

"那你呢？"

杨云鹏早闪身冲出巷子，像一支离弦的箭，几个闪晃就蹿到近前。人未到，手指一弹，两枚铁丸飞出，正射进两个洋人的脑壳里。他们登时像面条一样倒下了。剩下的洋兵见杨云鹏像鬼魅一样扑来，顿时炸了锅，想开枪已晚了。他像旋风一样钻进来，噗噗，两个洋人先后跌出去，口喷鲜血。砰砰，枪响了。杨云鹏早闪身躲开，有几个“红灯照”却倒在血泊里。剩下一个吓呆了，木头一样立在那里。杨云鹏一个箭步蹿过去，捞起她就跑，刚闪到一棵树后，子弹就噗噗噗噗地射来。正寻思着怎么脱身，便听几声惨叫，都是洋鬼子发出的。他闪目一瞧，好家伙，却是那斌他们四个冲出来，挥刀劈杀。洋兵猝不及防，又隔得太近，竟被稀里哗啦地剁翻在地。

杨云鹏心里一喜，这些小子果然有血性，竟没舍他而去，正要把那个“红灯照”放下，便听她颤声说：“二先生，谢谢你救了我！”

杨云鹏一怔：“你认得我？”

“我，我是杨兆龙的朋友……”

“你叫什么名字？”

“我叫武云。”

杨云鹏点点头：“好，你跟我走！”

那斌几个朝这边跑过来，有一个喜滋滋地喊：“杨师父，我砍死两个，够本了！”却在这时，旁边街道转弯处突然冒出一小队洋兵，后面还有一匹高头大马。杨云鹏大惊失色：“快点闪开！”啪啪啪啪，一排子枪声炸响，当场便有两人被打成蜂窝。那斌和另外一人惊怒之下，也不知道害怕，嗷嗷叫着扑上去。但人还没到，便身中数弹。

那斌临死前吼叫一声，将手里的单刀狠狠地扔出去，正好插进一个洋人的胸膛，而后，他的身子才直挺挺地往后跌倒。这一瞬，杨云鹏热泪盈眶。他把武云放下，身子贴着地蹿出去。转眼间，他已从死去的兵丁手里抓过了两柄刀，孩子们死了，他也要用他们的刀来报仇。砰砰，枪响了，但杨云鹏擦地而过，枪弹都打了空。洋兵惊惧地叫唤着，再装弹已经晚了。他一头撞过去，双刀并举，割喉劈头，穿肋捅腹。眨眼间，四名洋兵竟然身中几十刀，鲜血喷了杨云鹏一身一脸。他像个魔鬼一样，径直朝骑马的那洋人军官走去。身后的那四人方才像面条一样软软地倒下去。洋人军官吓得直哆嗦，急切间拔出了枪，却拉不开栓，嘴里连声叫着

“魔鬼，魔鬼”。好容易拉开了栓，不待开枪，杨云鹏早腾身跳起来，跨在马背上，随手抓住那人的枪，反过来把枪管塞进他的嘴里。

“畜生！”杨云鹏狠狠地叫了声。

武云被适才的杀戮吓呆了，站在那里动也不动。杨云鹏骑马擦身而过时，伸手一把将她捞起来，放在鞍前，打马狂奔而去。

到处有逃兵和义和团，烟火滚滚，枪声震耳。他辨认了下方向，想到此时唯有大栅栏那边可去，王子斌等人的镖局在那里，都是些厉害角色，等闲人也不敢去冒犯，还是去那里避避再说。天色昏暗，前头不知谁的房子给点上了，大火熊熊燃起。杨云鹏拉住马缰绳，低头瞧了武云一眼，她的身子还在不停地哆嗦。他问：“兆龙可还在宫里？”

“应该在……”

“你可有什么去处？”

“我，我也不知道……”

“那你先跟我去大栅栏吧！”话才出口，脑后风声响起，杨云鹏下意识地往旁边一偏身，抬手一接，竟是一只飞镖。不假思索，反手就射出去，把另一枚射来的镖挡飞。这才看清，一个黑影像老鹰一般从屋顶上扑下来，手中一杆大枪直刺下来。杨云鹏竟然不躲，只待那枪头要刺到衣衫，才在间不容发的情况下一滑而过。

那人招法也多变，不待招数使老，又横着抡枪扫来。杨云鹏碍着武云在前面，不便躲闪，刁手抓住那人的枪头，就势一转，他的身子从鞍子上弹起。那人也打个趔趄，大枪虽没有脱手，人却踉跄了好几步才稳住。

火光下，杨云鹏瞧得清楚，那人是个独眼龙，原来是“秋水”的武恶。他骂：“杨云鹏，你好卑鄙！”

杨云鹏眼眸收紧：“武恶，你还真是阴魂不散！”

独眼龙指着他说：“本以为你是条汉子，谁知竟看走了眼，你掳走武云干什么，奶奶的！”

杨云鹏扭头一扫武云，猛然冷笑：“原来我救的是秋水的人！”

武云赶紧喊：“恶伯伯，你误会了，刚才是二先生救的我！”

“胡说，他是秋水的死对头，怎会救你？”

杨云鹏冷笑一声，抬手把武云抓起来：“给你！”便扔了出去。

武恶赶忙伸手接住，待将武云放下时，杨云鹏早打马泼剌剌往前冲去。独眼龙朝他的背影呸了声，骂道：“便宜了你！”

武云跺跺脚，埋怨说：“恶伯伯，你怎么就是听不进人家的话去呢，当真是二先生救下我的！”

“是他救的又怎样？”武恶把大枪往地上一纵，“都说杨家老二最能打，我早想跟他较量较量了！”

武云知道独眼龙素来阴狠，行事没有底线，十足一个翻脸不认人的主儿，当下也不敢多分辩。听武恶又问：“老祖宗呢？”

“我跟她走散了。”

“他奶奶的，端王他们也尽是些扯鸡巴蛋的玩意儿！”武恶面向熊熊大火又骂开了，“用着义和拳时，当菩萨供着，现在可倒好，卸磨杀驴，又指使虎神营肃匪了，光地坛那边的就杀了好几百人！亏得俺见机早，让大风他们先一步溜了！”

“那武蕾呢？”

“她没事，躲白云观去了！”武恶说着，怒气犹自未消，“俺武恶眼瞎了一只，心可不瞎，那杨云鹏穿一身官衣，你当他是什么好鸟……”话未完，又听得马蹄声嗒嗒地响，如同急雨鞭地。转头看时，却是杨云鹏又策马返回了，武恶嚷：“看清楚了没有，我就知道杨家老二没安什么好心！”挺枪就刺。杨云鹏见他一枪使得阴损，不扎人，只扎马，手一抬，手里的单刀一挡一撩，武恶用力过猛，竟被他牵得打个趔趄。

独眼龙怒道：“姓杨的，有本事下来咱们好好打一场，你杨家只会溜兔子的功夫吗？”

杨云鹏眼光一盛，却又转向武云：“此路不通，你要赶紧走！”

不等武云说话，武恶又扑上来，大枪朝马腿上扫去。杨云鹏大怒，也不见他怎么动的，嗖地人就到了地上，一脚踏住枪头，手中的刀唰地劈下去。

武恶尖叫一声，手腕一翻，已多了柄匕首，挡住单刀。身子一侧，袖口又嗖嗖射出两枚短箭。杨云鹏没想到他出招这么阴毒，只得闪身躲避。他的脚才一拿开，独眼龙那杆枪跟着就弹起来，枪头像蛇一样狠狠地咬下。杨云鹏身经百战，还是头一回碰上这般刁狠的对手，虽被逼退了一步，却也激起了好胜心，双目炯炯放光，抬手指着武恶：“有两下子！”独眼龙傲然说：“你知道就好！”

杨云鹏一抱拳，正色道：“那我便要好好领教了！”

“少他娘的废话，来吧！”

武云早就听说过杨家二先生出手见红，他一旦真跟人过招，便要以性命相搏，慌忙冲过去，拦在他们中间，喊道：“不要打！”

杨云鹏眼中精光一闪，抬手一刀，闪电般朝她脑门劈下。武云吓傻了，尖叫着闭上眼睛，武恶也万万没想到杨云鹏会朝武云下手，救已不及，下意识地抬枪擦着少女的衣衫，直刺杨的小腹。杨云鹏早有准备，顺势一勾手，使一招“单鞭”，左手勾住枪杆子往前一拉，右手的单刀也擦着武云的脖子刺过去。

武恶大惊，没想到杨云鹏用的手段比自己还阴狠，赶忙抬起手中的匕首挡住单刀。只可怜武云夹在中间，吓得魂不附体，眼睛也不敢睁，只觉得耳旁冷风嗖嗖，刀枪撞击声震得她脑门发麻。

哧啦一声，肌肤一凉，腋下的衣衫已被武恶的匕首扎个洞，杨云鹏不得不服，这个独眼龙心更狠，为了取胜他是不惜伤了自己人的。手中单刀架住匕首，却抬起右脚，用脚尖轻轻一点武云的腿弯，她不觉就抬腿踢出去。武恶哪里想到她会突然踢脚，给踹个正着，丢了枪，抱着小腹连退几步：“死丫头，你……”

武云这才敢睁开眼，瞧见武恶龇牙咧嘴，也不知出了什么事。正想问时，远处又响起爆豆般的枪声。杨云鹏脚尖一挑，早把那杆大枪拿到手，像抓小鸡一般把武云抓起来。她惊叫着，像断了线的风筝飞起来，正好跨到马背上。还没稳住神，杨云鹏早一枪头戳在马屁股上，那马嘘地嘶叫一声，驮着她朝右边的街道跑下去。

武恶咬着牙，举着匕首逼过来，骂道：“姓杨的，你他娘的够狠，想要老子的命根子！”枪声越来越近，杨云鹏道：“独眼龙，洋兵转眼就到，今天不陪你玩了，告辞！”

“想得美！”武恶狞笑道，“亏你还自称什么无敌，这么怕死，太极门的脸面都给你丢光了！”

杨云鹏哪里会中他的激将法，一抬手把单刀掷到地上，大枪往地上一撑，人嗖地就飞上了房顶。“哪里走！”武恶吆喝着，也飞身上房。

高处一站，便可以看到洋兵正到处杀人放火。杨云鹏用枪一指武恶：“真想了断，咱们就找个清静地方！”

“好，今晚上老子跟定你了！”

杨云鹏踩着房顶就往前纵跳。武恶把匕首往嘴里一叼，施展轻功随后追赶。虽是黑夜，但到处有火光，京城唯有在元宵灯会时才会有这等不夜的光景。他们在屋顶行飞驰，虽然快如奔马，但还是惊动了联军，不断朝他们开枪。子弹嗖嗖地从身边飞过，幸得他们蹿得快，无一打中。

杨云鹏去的是大栅栏方向，想去顺源镖局跟王五等人会合，但越往前跑，枪声越密集，大栅栏方向火光冲天，显然也陷入激战。杨云鹏的步子不觉就慢下来，武恶几次被他甩下，正自气恼，抬脚就踢，被杨云鹏顺势一撩，倒险些跌下房去。杨云鹏看着大栅栏那边，叹口气：“哎，我原本指望那边能幸免……”

“姓杨的，你少来这一套，打就打，废什么话？”

“那里已成了阎罗殿，你还敢跟去吗？”

“怎么不敢？”杨云鹏终究也放不下王五、宋启云等人，虽见大栅栏枪炮轰鸣，还是决定前去探探。这一次，为了不被洋兵盯上，他们从屋顶跃下，专拣偏僻胡同钻。外人乍见了，定会以为他们是同伙。

一前一后奔出几条街，瞧见地上横七竖八地躺着不少尸体，有头扎红布的义和拳众，也有平民百姓。拐过墙角，眼瞧着离那镖局子不远了，猛瞧见前头有几个人影飞快地跑来，后面枪声乱响。

杨云鹏嗖地上了一棵大树，探头观望。那武恶也随后上了另一棵树。待那几个人跑近了，火光下瞧得分明，居然是程廷华几个，宋启云背上还扛着一个人。杨云鹏脚尖一点飘下来。程廷华何等机警，脚下一转，挥掌拍去。杨云鹏沉声道：“是我！”程廷华随即收手，惊喜道：“你怎么来了？”

杨云鹏朝他一抱拳，转头问宋启云：“五哥呢？”

宋启云伸胳膊擦了把汗水，把背上的人放下来，杨云鹏一瞧，可不是王五是谁，身上血淋淋的。他又惊又怒，上前抱住王五，见他呼吸已是微弱：“五哥这是怎么了？”

“中了洋鬼子的枪了！”宋启云眼中喷出泪来。

程廷华叹道：“可惜了一条好汉！”

原来，天抹黑时，那个曾去杨家设坛闹事的义和拳大师兄，被洋鬼子追杀，带着二十来个拳众逃进了顺源镖局，王五便将他们藏在局子里。他和程廷华几个武林朋友正议着事，洋兵就赶到了，把大栅栏围个严实，也不知是谁走漏了风声，跟在联军前头的翻译口口声声说，王五窝藏拳匪，让他交人。以宋启云的意思，事到如今只能杀出一条血路，冲出去。程廷华也说不能坐以待毙。但王五考虑到镖局上上下下几十口人的性命，还有这么多朋友在，不能莽撞，决定一个人出去跟他们交涉。

宋启云让他带上刀防身。王五不肯，那样子洋鬼子会生戒心。再说，有刀在手也挡不住洋枪洋炮。便空手一人开门出迎。距离洋兵还有十来步，他们突然射击，一排枪打过来，王五已是躲避不及，当场身中十几弹，他硬撑着一口气冲回来，大叫一声可恨，便疼死过去。这“可恨”二字，不知是骂洋人狠毒呢，还是恨自己没动刀……

杨云鹏看着王五没了气息，一缕英魂飘走，想起以往他那豪气冲天的气魄，不禁虎目含泪：“五哥，你死得好冤呢！”

程廷华已拉他起来：“杨二哥，咱们得快走，洋人还在后头撵呢！”

猛听头顶上有人喊：“走不了！”武恶从树上跳下来，用手指着前后几个方向，“那边，那边，还有那边，都有洋鬼子！”

“走不了就跟他们拼了！”宋启云把辫子咬在嘴里，亮出双刀来。

程廷华四下瞧瞧：“留得青山在，不愁没柴烧，能走还得走，没必要跟他们死拼！”

杨云鹏一横大枪，看向武恶：“你怎么样，还要跟我继续比下去？”

“又他娘地说废话，不跟你拼个死活，我巴巴地跟来这里干吗？”

程廷华等人听了这话，都是一愣，他们原以为这个独眼龙跟杨云鹏一起来，是相好的朋友呢，谁知竟然是对头。

“那好，咱们就比谁杀的洋鬼子多！”杨云鹏杀气腾腾地道，“敢不敢？”

“怎么不敢？老子怕过谁？”啪啪，几颗子弹飞过来，众人呼啦一下散开。宋启云却径直迎上去，脚尖踩着墙壁跑，洋兵们瞧见了，一排枪打过来，他早一个筋斗翻到地上。洋兵们见他像陀螺一样从地上旋过来，不知道这是地躺拳，喊叫着用枪托子来砸，但宋启云手里的双刀卷地砍来，顿时有几人被剁翻了。转眼间，四面八方都有洋鬼子叽里呱啦叫着扑过来。杨云鹏大枪一挥，扫到好几个，子弹随即嗖嗖打过来。他把枪杆子往墙上一撑，身子斜着飞出去。程廷华围着那棵树转了几个圈子，拍倒两个洋兵，皆中后心，他们摇摇晃晃地倒下去，血水汩汩地往外流。

跟在他身旁的徒弟便是马翔，以前加入义和拳，成了四大金刚中的老三，后被程廷华追回来，留在跟前悔过。如今见深陷重围，程廷华叹了声：“咱们师徒俩可不能都死在一块儿！你躲在我身后，抽冷子冲出去！”马翔见这危急关口，师父竟要以死相护，不禁虎目含泪，非但不往后溜，反倒挺身迎上去，嘴里还在大喊：“铁眉铁眼铁肩胸，一毫口角不通风！去！”程廷华见他如今还迷信义和拳这句唬人的符咒，气得笑了：“你小子真他娘的斜歪！”

“管他斜歪不斜歪，能救师父就是好法门！”马翔踩着八卦门，灵活地冲过去，居然接连躲过几个洋人的射击，兜头将一人劈翻。

可惜，还没等再举刀，身上就连中两枪，他踉跄两步，知道那咒语真的不管用，回头喊：“师父快跑！”咬牙又冲上去，却被洋兵刺翻在地。

程廷华哪里肯走：“也罢，拼了这条老命！”如游龙狂舞，人嗖地就飞出去了。

八卦门的门主往常开家眼镜店，有点半商半武的味道。平常里看上去和和气气的，不似那些专吃武饭的人出手煞实，如今心一铁，那股狠劲就抖擞出来了。所谓八卦步，太极腰。程廷华步子一碾，人就变成一股黑烟，嗖嗖嗖嗖飞蹿，洋鬼子根本来不及举枪，他早一头钻进圈里，雷惊电闪。啪啪，转眼间便将四名杀他徒弟的洋兵打翻在地，掌掌用的是重手法，震碎了五脏，断裂了筋骨，不死也是重残。可紧跟着，他自己也身中数弹，一口气提不上来，人便倒下去，跟马翔死在一块儿。

最先冲上去拼命的宋启云，因曾经在老家莱阳水口那里学过地躺拳，此时与洋人混战占了便宜，再加上螳螂拳特有的凶狠，一时间闹得洋鬼子手忙脚乱。只是毕竟对手的火器犀利，他腿上中枪后，拳脚就难以施展了，急乱中翻进一户人家的院子，洋兵适才吃了他大亏，哪里肯舍，撞开街门冲进去。宋启云踉跄地跑出几步，又中了一枪，不愿落到鬼子手里受辱，竟一头撞进院中的水井里去。几个洋鬼子哇啦哇啦喊叫着，又冲井口啪啪啪开了数枪，方才离去。

激战一开始，杨云鹏便仗着身法轻灵，一边躲闪一边用弹丸射人，频频得手。武恶可就不成了，尽管出手更阴狠，但中枪后身法就慢了，待暗器用光后，更是被洋鬼子的枪火压得抬不起头来，只能龟缩在一道破墙后面。

眼瞧着洋鬼子越逼越近，独眼龙大叫道："他奶奶的，杨云鹏，我武恶比不过你，认栽了！"他向来行事最横最毒，眼见今天逃不过这一劫了，也不肯当缩头乌龟，嗷嗷叫着冲出去，还没等扑到，胸前就中了数枪。

独眼龙全身血淋淋的，拼尽最后的力气，把手里的单刀扔出去，可惜失去了准头，跟洋兵擦身而过。他摇摇晃晃要倒，杨云鹏已飞身赶到，一把扶住武恶的后背。

当头的洋兵已经冲到近前，杨云鹏手里的大枪一抬，从他胸口戳进去。独眼龙艰难地转头瞧他一眼，嘴里吐出几个字："他娘的，你快走……"便咽了气。

杨云鹏转头看看四周，到处是洋鬼子，正往这边蜂拥而来，子弹像啾啾的鸟叫，噗噗地打在那名被戳死的洋鬼子和武恶身上。

太极门最能打的二先生知道，今天自己武功再高也是走不掉了。他一手抓着武恶的尸身，一手用大枪串着那名洋人，居然朝着东南方向跪下了。夜空上突然飘起了细雨，秋风吹着，到处闪着亮，像上苍流下的泪。

洋兵们慢慢围上来，小心地端量，不明白这个中国人在做什么，难道是临死前向主忏悔吗？还是学义和拳做法，装神扮鬼？他们不可能知道，杨云鹏所跪的方向，是他老家永年。他在朝列祖列宗的坟茔下跪，经历此难，也不知死后能否被埋进祖坟？

冷雨中，他背靠着墙，慢慢站起身，抬头看看远处京城中的熊熊火光，和那不绝于耳的枪炮声，大清国就被这些洋鬼子任意蹂躏，强盗杀进家门，他们这些人空有一身武功却抵挡不住，杨云鹏感到莫大的屈辱。他脸上的肌肉抽搐着，牙关咬得咯吱响，眼珠子直勾勾地瞪着，居然渗出了血泪，跟雨水混合一处，缓缓滑下。他左手一松，武恶的尸身就咣地倒地。二先生提一口丹田气，张开嘴巴，发出一声长长的咆哮，然后，他便用大枪挑着那名洋兵的尸体，朝前方冲去……

再说兆龙跟杨慕侠随同两宫出了禁城，从德胜门赶去颐和园，夜里突然下起细雨。不管是骑在马背上的王公大臣，还是踉踉跄跄的扈从，事先谁也没有想到还要携带雨具，他们很快就被淋透了，踯躅路上，瑟缩悲苦难当。回想昔日，每逢老佛爷出行，一路上全用黄土铺道，仪仗整齐，御香缥缈，与今天的仓皇情形相比，恍如隔世。

兆龙因为能和爷爷在一起，心里面并没怎么凄凄。他可想不到，雨落下来时，正是二叔杨云鹏与洋兵拼死之际。此后，他们天人永隔了。但因仓皇出行，别说食具了，好多人连干粮也没带。当地的村落，因为受到败兵散勇的骚扰抢掠，早就远走他乡，十室九空。

侍卫和太监们到处寻觅，才搜罗到些许小米。庄稼地里倒是一派丰收景象，遍地杂粮熟透，瓜菜累累，众兵丁一哄而散，纷纷进去捡拾，用村里人家的锅灶熬煮，没有碗筷，就用手抓，狼吞虎咽起来。走了大半夜，人早就又饿又乏，肚子一有了食，精神头儿便上来，大家伙儿纷纷说，这是老天爷开了眼，命不该绝。

这期间，兆龙这个唯一跟随圣驾西狩的御厨，成了最出风头的。崔玉贵派了十名太监让他使唤，虽然缺少食材好料，用的是土灶大锅，但他还是下了一番气力，熬了南瓜小米粥。青椒切丝、菠菜焯过后，凉拌一份，算是两样小菜了。只是缺少荤食，他随身背着的大包袱打开，里面取出一些肉干和点心以及盐巴，崔玉贵见了忍不住欢呼，竖起大拇指："你小子有心，活该把头功抢了去！"一路上，他总绷着张脸，这还是兆龙头一回瞧见他的笑面。其时，一些风言风语也在太监和宫女之间传开了，说是老佛爷临走前，在颐和轩处置了珍妃，逼她投井殉节。珍妃不肯，慈禧便指使崔玉贵硬生生地将她推下去。

事传得有眉有眼，让人不得不信，从光绪帝那凄然的神态看，只怕珍妃果真去了。可兆龙还是不敢相信是崔玉贵下的毒手，再怎么说，他也充当过帝后之间的信使，有些情分在里面。虽然菜肴里少了配料，但兆龙有“神仙石”这宝贝在身，拿碗水一泡，那汤就变得鲜美，拌菜做羹，尽够使的了。这些再家常不过的“膳食”整治好后，由太监们端去送给太后、皇上食用。兆龙忙活完后，也觉出饿了，却顾不上先填自己的肚子，揣着偷偷留下的两块点心和肉干，去外头找杨慕侠了。

外头到处挤满了人，一堆一簇的，都在分抢煮熟的地瓜、土豆等物。溥伦贝子由几个包衣奴才伺候，也分到些粥，正拉了杨慕侠过去食用。

兆龙凑上去一瞧，粥盛在几个破了口的粗瓷碗里面，旁边还摆着几个煮熟的土豆。他赶紧把肉干和点心捧过去：“贝子爷、爷爷，东西不多，凑合着吃吧。”溥伦一瞧，喜道：“这些是从哪儿找到的？”

“是小的随身带的，先紧着太后和皇上那边用，剩下的便拿过来了。”

“难得你有心呢！”溥伦跟杨慕侠谦让了下，便各取点心来用。溥伦早饿得狠了，几口吞下去，连说好吃。

杨慕侠却不舍得将自己的那一份都用了，非要兆龙把肉干吃了，祖孙俩让来让去，惹得溥伦笑起来。兆龙无奈，只好把肉干吃了。

溥伦又喝了一碗粥，肚子里总算有了底，又对杨慕侠道：“老先生，谁能想着到头来，你这个长孙能拔尖呢！瞧着吧，一路上太后皇上都离不开他这把菜刀，定会弄件黄马褂穿穿！”

杨慕侠道：“不过是尽了他的本分，也不贪什么赏赐！”

正胡乱说着话，猛听得有个大嗓门喊：“杨兆龙哪儿去了？”

一听便是崔玉贵的嗓音，兆龙赶紧寻过去：“二总管，找我何事？”

“快跟我走，上边叫起呢！”

兆龙边随他走，边小声问：“二爷，可是太后、皇上嫌膳食不好？”

崔玉贵也压低声说：“你小子，这回走狗屎运了！”

兆龙听了这话，便知道太后吃中意了。其实，到了这步田地，肚子里面空落，吃什么都觉得香甜，跟厨艺没多大关系。慈禧和皇上歇脚的地方，算是这村落里最大的房子了，院落被太监草草收拾了下。正屋挂起了黄布帘子，崔玉贵照规矩先掀帘子进去通报，然后兆龙进去跪下磕头。只听慈禧说：“不应那些虚礼了，你抬起头来回话吧！”

“是！”兆龙这才瞧清太后布衣汉髻，活像一个乡下老太太。光绪则木呆呆地坐在旁边，桌上的那碗粥没动，点心和肉干也剩下了。慈禧前面的碗却空了，凉菜也吃了大半。她转头对光绪说：“皇上，粥可要凉了！”光绪也只是“嗯”了一声，并不去动碗筷。慈禧瞪了他一眼：“不吃，那也由得你！”

兆龙不敢多看，赶忙又垂下头。只听太后说：“难得你这份忠心，跟着主子来了，往后这膳食，可要费些心了！”

“是，太后！”

“玉贵已跟我说了，缺油少盐，办起膳来很难为。俗话说，巧妇还难为无米之炊呢！你尽力去办，这份功劳总少不了的！”

这样说了几句，便打发兆龙下去。崔玉贵却随后追上来：“杨家小哥，眼前有件大事，咱们可得赶紧办了！”

“啥事？”

“太后很想吃鸡子，你看从哪儿弄点来？”

“我的二爷，你这不是难为人吗？”兆龙摊摊手，“这村里面连个鸡影子都见不着，到哪里弄蛋去？”

“容易办就不找你了！”崔玉贵道，“太后已经下了旨意，让我啥事不做，只管带着人跟你去置办吃食，还得头前开道，提前把膳食准备好喽！”兆龙挠挠头，心说，往后的日子长着呢，谁能想得那么远？还是先顾着眼前吧！猛地想起小时候去树上掏鸟窝，在田野里找野鸡蛋的事来，一拍巴掌，说：“也只能这么干了！”便跟崔玉贵说了。

二总管马上吩咐大大小小的太监忙活起来，屋檐下、树杈上都不放过，果然，大大小小的居然弄来十来个。因为个头太小，煮熟了呈上去也不好看，他便将蛋一个个打碎，加水搅拌均匀，蒸了两碗蛋羹送上去。

慈禧果然进得高兴，竟赏了兆龙一件黄马褂穿。只不过，仅是口头上赏的，崔玉贵也嘴上答应着拿“赏”，手头委实没有，只能等到回了京后再补上。对付了这顿，午膳还没着落呢，兆龙于是跟崔玉贵带着十来名虎神营的兵士前行，搜罗食物，这边慢慢走进了西北旺。

瞧着后头的人马不见影了，兆龙终是忍耐不住，拉着崔玉贵到一边去：“二爷，珍主子是不是归天了？”崔玉贵这次倒没发作，只是点点头。虽然早知道了答案，兆龙还是心里酸楚，又问：“到底是怎么死的？”

崔玉贵冷笑：“我说珍主子是自己投井的，你信吗？”

兆龙一怔：“你说出来，我就信！”

崔玉贵叹了口气，这才把事情原原本本地说出来。太后确实是在颐和轩召见的珍妃。那时，她已决定西狩，临走前必要将这个心头祸患给处置了。慈禧先让崔玉贵去带珍妃来，自己则不带一名宫女太监，来到颐和轩，就坐在南面的石头台阶上，如此不顾凤仪，真是前所未闻。故而崔玉贵带着珍妃进来后，瞧到这般情形，都是一怔。来之前，崔玉贵已偷偷跟珍妃递过话，说了太后要带皇上走，其他妃子宫眷，只怕是一个也不会带，嫌拖累。他这是在提醒珍妃，她是不可能跟着皇上走的。珍妃听后，居然没什么反应，表情如旧，直到快到颐和轩时，才幽幽地冒出一句：“就是没能再跟皇上见上一面，怪遗憾的！”

崔玉贵听了这话，心头也自是一酸，引着她进到颐和轩，瞧见慈禧蹲坐在台阶上，两人都愣了。太后一脸的憔悴，像在闭目打盹儿。

院子里很荒凉，有乌鸦在枝头上嘎嘎叫着。珍妃走近前，跪下说：“老佛爷吉祥！”慈禧这才慢慢睁开眼，目光在珍妃脸上落了会儿，又移开，落到对面墙角的那口井上。那是宁寿宫除了膳房外唯一的一口井。崔玉贵瞧见老佛爷的目光落到井上，心里不觉抖了下，一股寒意倏地蹿上脊梁。外面隐约传来枪炮声，这些日子一直响不停，先是义和团和甘军攻打使馆，砰砰不断，现在是联军攻打京城，噼啪不断，大家居然都习以为常了。

太后叹口气，道：“你好好听听，外头的响声是不是越来越近了？”

“是，想必是洋人从东面打进来了。”

太后哼了声：“你倒什么都知道！”一顿，又说，“这宫里是待不得了，我要带皇上西狩，至于你嘛……”

珍妃马上匍匐在地：“求老佛爷带奴才一起走！”

“带你？”太后轻声道，“我嫌你拖累！”

“那老佛爷准备如何处置奴才？”

“洋人进京后，定会胡作非为，我是不想看着你遭罪，要给你好好安排个去处！”珍妃听她这么一说，心便彻底凉了，抬起头来，直勾勾地看过去：“老佛爷安排的地儿，想必是极好的。但奴才临走前，还想请太后开恩。”

“哦……”慈禧只冷冷地发出这个音儿。

珍妃眼光一直不曾移开：“请老佛爷开恩，让奴才再去见皇上一面！”

“你休想！”慈禧勃然大怒，指着珍妃，“这辈子你甭想再见到他！”

珍妃脸色变得煞白，嘴唇哆嗦着：“不见皇上，奴才哪儿都不去！”

“那也由不得你！”

珍妃突然哈哈大笑起来，声儿奇大，居然把树上的乌鸦也吓得飞走了。慈禧喝道：“你放肆！”

珍妃猛地止住笑声：“老佛爷给奴才安排的好去处在哪儿？”

慈禧惨厉厉地指着对面的那口井：“那不就是！”

珍妃转身一瞧，旋即回身，一字字地说：“倒是能把身子洗干净了，谢过老佛爷！”

“那你还等什么！”慈禧转头喊，“崔玉贵！”

“奴才在！”

“伺候你珍主子下去！”

“是……”崔玉贵慢吞吞地往前挪了半步，并不敢看珍妃，“珍主子，请吧！”珍妃目光还是盯着慈禧，神情慢慢淡定了：“也好，我人下去，魂儿就可以去陪着皇上了！”慈禧气得全身哆嗦，却也不再多话。珍妃慢慢转身，一步步走向那井。井口不大，她双手扶着井沿，先把腿放进去。最后转头瞧瞧天色，树木，楼阁，眼一闭，松了手。扑通一声响，震得崔玉贵的心差点蹦出了嗓子眼……

即便是现在，跟兆龙讲述珍妃投井的那一幕，那一声扑通依旧在耳畔震响，他的冷汗再次冒出来。算起来，他也是胆大的，发起飙来，天不怕地不怕，偏偏珍妃那瘦弱的身影在眼前闪晃，却让他惊颤了。

珍妃真是死得太惨了，怪不得皇上饮食不思！兆龙暗叹着，心里面不免腾地冒出一股火来，去他娘的，老子懒得伺候了！

吃罢了饭，祖孙二人漫步于外，走到小山坡上坐定。入秋有些微凉，半圆的月亮跟璀璨的星星像是伸手可掬，周围的虫鸣此起彼伏，灌两耳满盈盈的。兆龙喜道："爷爷，有些像回到老家的模样！"

可不是怎的，在京城里看不到这样的星月，也听不到这山野的虫叫。在永年那会儿，尤其是晚上在外场练武，休憩时常常能听到这密集的虫唱，抬身也能看到星月临头。

杨慕侠拍拍孙子的后背，温声道："是不是想家了？"

"我是很久没回过了……"

"鸟大了，还要离窝呢！想当年，你太爷爷带我出去闯荡时，比你年岁还小！"杨慕侠道，"忍忍吧，等这趟走完了，跟爷爷回去好好住上几天。"

"嗯，兆鹰和兆鸣他们也回永年了。我还听说，前段时间到处闹义和拳，兆虎、兆麟他们也不走镖了，想必也回老家了。"

"京城不太平，是我让他们避避的！如今只担心云鹏一个，让他还留在健锐营是我的失策！"

"二叔没事儿，他武功那么好，又在西山那边驻扎，出不了岔子！"

"也不好说！"杨慕侠叹了声，"你在宫里不知情，半月前，义和拳还上咱家门闹过！"兆龙一惊："他们好大的胆子！"

"有太后在后面给他们撑腰，那些拳匪什么事做不出来？"杨慕侠道，"我跟你说，那段时间太极门确是凶险了。你再也不会想到，红灯照的红莲圣母会是谁，义和拳的老师父是谁？"

他突然报出这两个名号，兆龙确实有些愣怔，不过，他也立刻能想到，要是这两人他不熟悉的话，爷爷也就不会这么说了。

果然，杨慕侠说："红莲圣母便是秋水的那个老祖宗红燕子！"

兆龙倒抽口凉气，他做梦也没想到"老祖宗"还有这层身份，义和拳当时在京城差不多有十万之众，怪不得爷爷说太极门很凶险呢！

"那个老师父又是谁？"

“这个人你也认得，白云观主高铭远！”

兆龙又冒出了冷汗，他知道高铭远很得慈禧的宠信，太后之所以信那义和团，只怕跟他的游说有关。马上又想到了弱用道长，不知道他有没有掺和进去？转念一想，应该不会，弱用师父一心修道，应该不会受他们蛊惑。

不过，其他人就不好说了。兆龙想起那段时间，武蕾不在宫里露面，武云也很少见到，想必都在红灯照那边闹腾。还好，如今朝廷终于识破义和拳的那套虚假把戏，开始着手剿匪，义和团一散，“秋水”自然也跟着风雨飘摇了。老太后这回吃了义和团这么大的亏，自不会再信他们那一套。连带着高铭远和红燕子也自身难保，他们在宫里的势力也会被连根拔起，再无容身之地。兆龙激动之下，把这想法跟杨慕侠一说，老头子也深以为然。总算上苍对杨家和太极门不薄，有拨云见日的兆头。可兆龙的心思又转去了武云身上。联军一打进京城，那里头就凶险了，平头百姓还好说，武云既然是红灯照的，便命悬一线。想起她带自己去偷着见珍妃那一幕，心下不免凄凄，那个时候她虽然没跟他挑明“红灯照”的身份，但神情毕竟不同。这个时候，他绝想不到杨云鹏会跟秋水的武恶一同战死，而且最初便是因为出手救了武云一命。

第二天下午，大队人马往延庆州赶时，先是碰上一伙从天津败下来的兵勇。这些溃丁数月来到处掠杀，委实跟暴匪没什么两样，乍见一伙鲜衣良马的人缓缓而来，轰然来抢掠，被神机营和虎神营一阵厮杀，砍翻一地，吓得四散逃了。又往前走了数里，慈禧和光绪实在渴得受不了，但却找不到干净的水源，其他人还可以凑合，太后和皇上如何能饮那些污浊的水，偏偏树上藤上连一颗果子也不曾留下，都被难民和溃勇抢着吃了。

李莲英心急火燎，指使崔玉贵跟兆龙四处寻找，哪里能办到？后来看到田地里那些玉米秸，兆龙眼睛才一亮，上面的苞谷穗儿虽然早被饥民抢食一空，秸秆还在，透着青绿。

小时候，他和兆鹰、兆虎贪嘴，没少嚼这秸秆，那里面的浆汁甜丝丝的，跟甘蔗比起来也不差呢！当下用竹刀劈下一些，削去硬皮，露出嫩芯，一段段地放入盘里进上去。慈禧和光绪从未尝过此物，居然嚼得起劲，便也解了渴。随后，又叫兆龙多弄了些带着，以备不时之需。

当晚在一处荒村里胡乱歇了一晚。虽然找不到粮食，因有贯市奉送的点心干粮，众人还都能填饱肚子。只是苦于没有菜蔬，又亏了兆龙去挖了几种野菜，方才把太后和皇上的“膳食”给料理好了。

还好，小时候他曾多跟母亲刘氏去田里劳作，知道哪些野菜可以食用。临离开贯市时，还以皇家御厨的身份，跟李家要了一口锅、一些作料、羊油。有这些东西调味，几种小菜弄得甚是可口，又打发了太后的满意。

第二天早上，在大队人马出发前，慈禧便叫大内总管桂祥带着三十名神机营的士兵，头前去延庆州传旨，让知州秦奎良给两宫置办满汉全席一桌，王公大臣每人一只“一品锅”，并准备军兵口粮等。岂料，延庆州那里早为数千义和团所占，为了抵挡溃勇来杀掠，东北南三城门都用石块沙包封堵，唯有西门才能出入。那里也设了重卡，出入都要搜身，就连公文的传递也要经过义和团的大师兄审查后，才能到得秦奎良的手中。

义和团对于慈禧的反复无常早就怀恨在心，更何况她带皇上仓皇逃离京城，已落了威，秦奎良受他们胁迫，哪里还敢迎驾，只得另写一份手谕给怀来县知县吴永，让他去榆林堡驿站接驾。

桂祥身为大内总管，几曾被人这般小瞧，连城门也不得入，就被一纸空文打发了。可城里的义和团势众，又奈何不了他们，只得含恨而去。

他回去跟太后以及王公大臣禀报，气愤者有之，沮丧者有之，却也只能听秦奎良的，转道去榆林堡驿站。虽说神机营和虎神营的精锐都在，可总不成为了延庆州不接驾，便派他们前去围剿那里的拳匪吧。

一行人马栖栖遑遑地赶到榆林堡时，天色已大黑。这才发现，一条长街竟然人影不见半个，除了几条野狗在出溜外，这里便再没半点活气。

原本还奢想着能有“满汉全席”和“一品锅”享用，到头来竟是这般荒弃之象，所有人都痴傻了。好歹是寻了一家干净点的骡马店，把太后和皇上迎进去。桌子、凳子都被劈成柴火烧了，炕上连张席子都没剩下。李莲英赶紧拿了黄缎子坐垫，伺候太后和皇上在炕边坐下，娘儿俩背对着靠了会儿，悲从中来，那泪可就哗哗地下来了：“莲英啊，咱大清是不是真要亡国了？走上百里地，连个人影不见，官员也没个迎驾的，大局都坏到这分儿上了，可叫我如何去面对列祖列宗啊！”说毕，慈禧就号啕大哭起来。她这一哭，外面的太监宫女也都呜呜咽咽，李莲英赶紧抚慰几句，便叫崔玉贵招呼快快“进膳”。可带来的干粮早就吃尽了，榆林堡偌大一个驿站居然一粒粮食也没找见。兆龙带人几乎搜遍了每一处角落，还是没找见什么可下肚的东西。最后还是崔玉贵发了狠，招呼虎神营的兵士把驿站团团围住，打死了三条野狗，一条煮了，两条烤了。烟火一起，香气溢出，这条死市才算“活”过来。慈禧和光绪一路饥寒，又乏又困，只待喝过兆龙调过味儿的狗肉汤后，身上才算有了些热气。可能吃的东西太少，饿肚子的人太多，尽管有头目约束，兵丁们还是吵嚷不断，李莲英还怕太后听见气恼，谁想，老太太早累得靠墙眯过去了。

近二更天时，外面突然传来喧闹声，却是怀来县的知县吴永带着十来个马勇赶到了。于是慈禧和光绪赶紧传他觐见，询问了些事宜，知道驿站离怀来县还有近三十里路程，连夜赶去不易，莫如在此先歇息了，天亮再起程。吴永说，县城里面的供应倒是预备了，只因得信晚，来得仓促，只带了些点心米粮，还特别准备了一个火锅。慈禧闻听大喜，当下又叫兆龙拿到厨下整治。同时，神虎营也派出四百人，飞骑赶往怀来县，去弄米粮，一行人的吃食总算有了着落。

因为珍妃的死，兆龙如今越发觉得慈禧可憎，光绪可怜，烹饪起来自没从前那样用心。再说，食材有限，油盐俱缺，再好的厨艺也白搭。在贯市那晚上，他就跟爷爷透露过，不愿再伺候慈禧这心毒的老太婆。杨慕侠当场就训斥了他，既然顶着御厨的帽子，便要做好分内的事。更何况，西太后如今也落了威，现在不尽心力，往后还有脸讲什么忠义。

兆龙给爷爷一顿话训得张不了嘴，只有勉强做下去。别看慈禧落了难，胃口倒好，喝完了粥，想吃蛋，吃完了蛋，还想抽水烟，如今又馋得想吃火锅。相比下，光绪则越来越像尊木偶，吃不多，话也不说，只管木呆呆地坐着那里。他有些天没刮胡子了，头发也脏乱，两颊瘦得陷下去，加上那身棉袍肥大，穿着咣当咣当的，人看去像个大烟鬼。维新失败，他灭了一半的生机。珍妃之死，把他另一半的命似乎也带走了。

兆龙每每隔远瞧见他，都觉得酸涩。故而，李莲英招呼他备膳时，他心里只为皇上一个人做，太后抛到一边去。可惜光绪吃得不多，大半还是落进太后的肠胃里。等把火锅的汤料准备好，羊肉切片、粉丝豆腐等也一一放入小碟后，差不多已是亥时。因缺衣少被，数千露宿街头的人都冻得直哆嗦。为了御寒，街上、院子里生起篝火，大家围着火堆凑成一圈，相互挤着取暖。士兵和太监们多累得七荤八素，蹲在墙根就打起了盹儿。

崔玉贵头前引路，兆龙端着木炭火锅，后面几个太监拿了数种食材，走进正房。吴永和李莲英守在门口，见火锅到了，便撩开帘子。热气腾腾的火锅一放到炕头上，慈禧脸上就乐开了花，兆龙熟练地替太后和皇上调和麻汁，娘儿俩很快就吃上了。按例，厨子此时便可以下去了，但慈禧吃得口滑，需要不断加料，便让兆龙留在屋里伺候。忽然听得外面人声鼎沸，马鸣阵阵。守在门口李莲英脸色变了，忙问怎么回事。吴永道："该不是神机营带粮食回来了？"正说着，一只利箭噗地穿过窗户射进来，钉在墙上，慈禧吓得尖叫起来，筷子掉地。兆龙则赶紧挡在光绪前面。外面响起密集的枪声、喊杀声。长街上轰轰隆隆，似有千军万马在厮杀，震得四壁晃荡，泥沙尘土哗啦哗啦往下掉。

慈禧尖着嗓音："莲英，快去看看，是不是洋人追上来了？"

李莲英赶紧往外跑，很快就闪进来："老佛爷莫慌，不是洋人，是拳匪！"只要不是洋鬼子，慈禧的气就壮了："他们想干什么，要造反？"

事到如今，李莲英不敢不说实话。原来，这些夜里攻过来的义和团，正是把持延庆州的那三千多人，只因那带头的大师兄恨慈禧下令剿匪，害他在京城的师兄弟死了不少，故而便摸黑前来偷袭。恰好，神机营派出四百人去怀来县取粮草，官军这边便显得势弱，竟被义和团一下子压缩进驿站里，打个难解难分。

慈禧听罢，脸色挂霜，连说了两句："该杀，该杀！"

猛听得崔玉贵在外面喊："保护太后皇上！"院子里呼啦一声，有几道火焰冲天而起。兆龙踮起脚尖一瞧，好家伙，院子里已多了十几个头扎红巾的人，手里拿着怪模怪样的武器。

慈禧这还是头一回真正见到义和拳，见他们身上穿得花花绿绿，像戏台上的人物，脸上也勾勾画画，透着邪气，不免气急，真真的是养虎为患，如今报应到自家头上了。

“大胆拳匪，”大内总管桂祥喝道，“太后和皇上御驾在此，尔等竟敢冲撞，想造反吗？”

“什么太后皇上？”带头的大师兄喝道，“见了洋鬼子就跑，还有脸称什么御驾，我们今天偏要揪他们出来，瞧瞧是不是真货！”

“放肆！”不等桂祥开口，崔玉贵早气得忍耐不住，嗷嗷叫着扑上去，马上便有一个拳匪截住，两人啪啪打起来。眼看着，其他人也要接上手。唯有大师兄嘴里念念有词，脚下踏着八卦步，猛地叫声太上老君急急如律令，疾！

登时，那些拳众像抽足了鸦片烟一样，全身哆嗦，眼珠子灼灼闪烁。他们先是一个个地匍匐倒地，有的像蛇在爬行，有的像猴子在跳跃，还有的像老虎在猛扑。片刻之后，又转回人形，发声喊，一起朝着侍卫扑去。

刀花一片闪晃，侍卫们出手不谓不快，但拳众们居然不躲不闪，任凭刀劈斧剁，居然丝毫不伤。侍卫们的武功都不弱，哪会轻易被吓倒，再动手劈砍，依旧不避，他们才觉得心头胆寒，手也软了。

崔玉贵不信邪，蹿上去跟一人交手，连连击中对方胸口，这一拳下去，能打死一头疯牛，常人也早吐血倒下了。那人却瞪着眼硬往前进。

桂祥盯住的是大师兄，他的无极拳极为煞实，中者立毙。待见侍卫们跟人交手都处于下风，心头巨震，不待那人上前，先霍地蹿上去，膝踹肘击，转眼间对手已中了两下狠的。

谁想，大师兄浑然不觉，如中铁石，反倒震得他两眼发黑。急速想后退时，却是慢了一步，被大师兄斜着打飞，饶得是桂祥身子收得快，还是单膝跪地。嗓子眼里一阵发痒，硬生生地把口血吞进去。

慈禧和光绪眼瞧着义和拳众施法后，大内侍卫尽皆落了下风，惊得遍体生寒。兆龙却是心生疑窦，他的鼻子最为灵光，隐约嗅到一股奇异的香气。联想到白云观主高铭远曾经玩的把戏，他心头雪亮，指着外头的那几股火焰叫起来：“小心，那火里有毒！”赶忙用手捂住了鼻子。

可是已经迟了，义和拳大师兄带人一进院后，便往火堆里撒了药粉，它们很快撒播在空气里，侍卫们不知不觉中吸进后，功力登时减弱。相反，那些拳众却像打了鸡血。驿站四周，喊杀声不绝于耳，虎神营的兵丁正跟义和团拼斗，一拨儿退下去，另一拨儿又上。院子里，大师兄带着拳众一步步逼近，慈禧和光绪此时早吓得下了炕，缩到墙角。李莲英和怀来县的县令吴永挡在他们前面，个个也都吓得筛糠。兆龙瞧着慈禧那副惊恐的模样，心早软了。光绪虽然一度也慌乱，如今眼里却闪射出奇异的神采，脸颊也变得绯红，兴许他心里还盼着能就此解脱了。

兆龙心想，今晚无论如何也要把皇上救出去！正盘算着如何脱身，猛听远处一声绵长的呼啸传来，虽然并不高亢，却是久久不绝，如同老龙长吟。他心头一喜，爷爷到了。义和团大师兄等人正一步步逼着侍卫们后退，忽见桂祥和崔玉贵的目光有异，都看向他的身后，心中一动，赶忙转身瞧去，见一个身穿粗布棉袄，戴着毡帽的老头已站在院中央，手里持着一杆水烟袋，正在那里吧嗒吧嗒地抽不停。

大师兄眼眸倏地收紧，这老头子悄没声地来到身后，他居然不曾察觉，真是可怕。当下一抱拳："敢问前辈高姓大名？"

"杨——慕——侠！"

大师兄一惊："原来是太极门的杨老掌门，久仰大名！"

杨慕侠一扬烟袋："不敢当，老朽来这里，不过是想请诸位仁兄借一步，好歹让人在驿站里过上一晚！"

"以前辈的威名，这事本该答应，只是我们一班弟兄兴师动众地来了，总不成就这样空着手回去吧！"

杨慕侠嘿嘿一笑："看来，还是'杨慕侠'三个字不够分量啊！"

"单单我一个，当然压得住，可是架不住弟兄们人多！"

"那太极门呢？"

"这三个字自然更沉实，可我这里也有三个字送给前辈。"

"哦，说说看！"

"义和团！"

杨慕侠一笑，噗地喷出一股浓浓的烟柱，这口气很长，烟气滚滚涌去，崔玉贵和桂祥首当其冲，忍不住各打了一个响亮的喷嚏，头脑登时为之清醒。原来，杨慕侠喷的烟雾里面也另有玄机。

崔玉贵活动活动手脚，觉得身上慢慢长了力气，嘿嘿笑道："他娘的，再打一仗！”弹身蹿上去，一掌劈去，那拳众刚要去接，他却顺势下蹲，伸腿呼地一扫，那人惨叫一声，双腿立时便折了。众侍卫闻到杨慕侠喷来的烟后，都为之一振，手持兵器反逼了回来。大师兄心里暗自心焦，忽听远处响起爆豆子般的枪响，有马队如狂风卷浪般冲过来。

“好了，神机营赶回来了！”崔玉贵叫道。

大师兄一听，更是慌了神，赶紧带人向外撤，但为时已晚，早被外面赶来的虎神营兵丁困住。慈禧在屋里瞧得分明，也松了口气，忍不住念了声佛。兆龙眼见爷爷一招没出，就把这危机化解了，更是欣喜。李莲英擦了下额头的冷汗，对县令吴永道：“走，出去瞧瞧吧！”

吴永点头道：“多亏了那位杨老爷子！”蓦然回身，一把扣住光绪的手臂，另一只手腕翻过来，明晃晃的一把匕首抵在他的喉咙上。

慈禧哪想到还有这一手，吃了一吓，竟然一屁股蹲到地上。兆龙和李莲英做梦也没想到这县令突然会干出这事，都愣在当场。

“都别动！”那人拖着光绪往门口挪。李莲英赶紧扶太后起来，兆龙叫起来：“你不是吴知县，你是假冒的！”

“吴永”狞笑道：“厨子，你倒不傻啊！”

“快放下皇上，饶你不死！”李莲英尖声叫着。

“少他娘的骗我，放下他我才死定了！”

谁想，光绪这时候却突然咯咯笑了，竟说道：“你杀了朕最好！”

“皇上，没人敢碰你！”兆龙往前踏上一步，“可还记得白鹤亮翅？”

光绪一怔，目光跟兆龙一接，兆龙点点头。光绪的眼睛眨了眨。“吴永”喝道：“厨子，你搞什么鬼？”

兆龙嘻嘻一笑，亮出自己的武器：“我把切菜的刀给你瞧瞧？”

“吴永”一呆：“竹子做的？”

趁这个当口，兆龙吼道：“亮翅！”光绪果然顺势来了一招“白鹤亮翅”，虽然没有多少力气，却还是将“吴永”的刀给扒拉开。

光绪一动，兆龙已闪电般冲上去，也是一式“白鹤亮翅”。噗啦一下，“吴永”被打得飞起来，穿过窗户，一头摔到院子里去。

永年也闹过义和拳，可是没京津那边的动静大，太极门的势力又遍及直隶每个角落，没人敢惹到杨家头上。因而，兆鹰和兆鸣护送家眷回到老家后，一直相安无事。他们倒是更牵挂着留在京城里的爷爷和父亲，还有身在宫中的兆龙。随着从京津那边逃来的难民越来越多，这种担心也越发加重。可是碍于当初老头子的吩咐，没他的口信，不得擅自回京，两人只能干着急。

杨慕侠在广平府的老徒弟不少，也有干镖局子的，在京城当护院的。有些人返回时，间接着也带来了消息，唯一可以确定的是，溥伦贝子已跟随两宫西狩，杨慕侠随身护侍，也一同出了居庸关。杨云鹏则没有确讯，他们只知道健锐营在拱卫京门时，已经被打散了。至于兆龙，因为人在御膳厨房，没人能探听他们的下落。皇宫已完全落在洋鬼子手里。

兆虎和兆麟跟随着父亲杨云雕也早回到了永年，京城局势吃紧，镖局不便再接生意，他们护了几家富商出京，完结了后，恰好跟兆鹰相隔一天回到故里。几个兄弟聚在一起，自然欢喜，少不得要切磋下武功，喝醉几场。这天，他们约着一同徐家村走一遭，去拜见太极门的一个老人。他便是杨慕侠的师弟、兆虎和兆麟的外公徐雁北。

在杨东魁众多弟子中，杨慕侠、徐雁北、胡玉斋号称三杰，当年都是响当当的人物。三人中，胡玉斋去世最早，徐雁北因中年得过一场怪病，腿瘸了，不能习武，便留在徐家村务农了，一晃便过去了这么多年，名头早不为外界所知。徐家村跟永年那一带的风光又自不同，背靠着一座紫荆山，虽不甚高，却也苍翠秀美。村子的家户不多，便背靠这山势，三三两两地散落在山岭树木之间。

永年离徐家村有四十来里路程，四个兄弟昨晚就商定，此去不得骑马，只能步行，他们这是要比比脚下的功夫。吃罢早饭，在城西门碰头后，兆鹰一声喊，四人便像箭一样射出去，刮风一般地往前跑。来往的路人一瞧这身法，便知道这几个不是老杨家的子弟，便是武家的子弟。永年这地面上唯有这两家功夫最了得，还都是练太极拳的。

此番比试，路程不短，所以兆鹰并不准备上去就急跑，务求匀速，兆鸣也是这个想法，故而两人一开始就处在后头。兆虎、兆麟兄弟可就不同了，他们一口气便奔出五里地去，两人保镖路子没少走，也有他们的打算。跑得有些乏了时，便慢慢减速，溜达起来，然后找个地方坐下稍作休息，喝点水透透气。

待兆鹰、兆鸣赶上来时，他们的汗早消了，也恢复了脚力，哈地蹦起来，又腾腾地赶在前头跑。几个照面过后，倒是他们兄弟一直压着风头。

秋后的田地里长满了高粱、玉米等作物，还没到收成的时候，绿油油的像大块大块的屏障。这一次，兆虎兄弟就躲在这些作物里面，啃着玉米秸秆，用土话说叫“榨甜儿”，只待兆鹰和兆鸣赶上来，他们才哄然从里面蹦出来，朝两人嘻哈一番，又噔噔往前跑去。

兆鹰瞧着他们的欢实劲儿，忍不住道：“他两个倒是不嫌累啊！”

兆鸣说：“保镖的每天都要走百来里路，他们早练出来了。”

“那也不该这么急赶！”

“所以说，后二十里路他们就很难熬了！”

两人说话的时候，依旧快步前行，用胯骨带动双腿，正正当当的“太极步”，不是跑，只是走，看上去没兆虎兄弟快，却最为省力。果然，越到后面兆虎兄弟就越见吃力了，衣衫早湿透了，坐下歇脚时，更显得累乏，瞧见兆鸣和兆鹰从容地赶上来，赶紧咬牙站起身，又要往前奔。兆鹰赶紧喊：“等等！不能叫我们一起歇歇再走？”

兆虎笑道：“怎么，草鸡了！”

“又没紧要的事，赶那么急干啥？”

兆虎和兆麟听他这话，知道不用再比，他们也真有些累了，便也见好就收。兆鹰却暗自朝兆鸣使个眼色，喝了些水，便一起往前赶。

这次走得从容，才有闲暇看四周的光景。可兆鹰的心思却不在那上面，他想起了徐雁北这个人。在他印象中，爷爷和徐雁北不常走动，似有隔阂，也就是逢年过节吧，他们才会在一起碰碰头，或是祭祖上坟的日子才聚在一起。但徐雁北从来不在永年过夜，当天去，当天回，显得有些生分。以至于外面人根本不知道杨慕侠还有这么个师弟。

到底这里面藏着什么秘密？相信不单是兆鹰，兆虎和兆麟兄弟同样也有这个疑问。曾经有一回，兆鹰偷偷地问过杨云天，大伯脾气好，小一辈的人有什么话都敢跟他说。但杨云天对二老间的恩怨也不甚清楚。这个秘密只埋在两个老头子的心窝里，怕是会一直带着它进坟墓的。

快到徐家村时，人烟就更少了，紫荆山披着墨绿的袍子，像个老头子蹲坐那里，兆虎指着山头对兆麟说：“瞧，像不像姥爷在抽烟？”

兆麟哈哈笑起来：“是有些像！”

兆鹰不觉跟兆鸣递个眼色。它岂止像徐雁北在抽烟，也像杨慕侠在那里蹲着。如果这山峰像两个老头子背靠着背抽烟，那更有意思了。

兆鸣同样对徐雁北感到好奇，自从被杨家收留了后，他也曾见过那老人几面，给他感觉是，徐雁北要比杨慕侠还显老，一条左腿还是瘸的，眼神也没甚光彩，总是一副没睡醒的模样。他跟杨慕侠唯一相同的地方，便是两人都好抽烟，所用的烟袋锅子一个样，拈纸媒、按烟丝的动作和神态也是一个样。可是杨慕侠抽烟，显露出一派宗师的风范。徐雁北抽烟，只是一个乡下老汉在闲歇。这位徐姥爷还有个怪癖，只喜欢一个人活在山村里，不爱受人打搅。跟杨慕侠一样，老伴儿也早过了世，他便独自过活。哪怕兆虎、兆麟两个外甥大了，想孝敬他，徐雁北照旧不肯搬去永年过三世同堂的日子。这可真是有些古怪。

到山脚后，一股凉意就罩下来，树叶泛出了红黄，阳光一照，斑斓夺目。柿子树上挂满了红色的“小灯笼”，能看出里面的甜浆在晃动，惹得几个人流口水，伸手摘下几个尝尝，果然蜜甜。

徐家的老宅有几间倒塌了，长满荒草，临河的那栋房子还好，小院也收拾得干净。远远地，兆鹰就看到徐雁北在那里钓鱼，却并没拿杆子，只放在脚底下，手里拿着烟袋锅子，一股烟柱正袅袅从头顶升起。

兆虎转身把指头按在嘴唇上，做出个“嘘”的动作。跟着，他和兆麟就轻手轻脚地凑过去，猛地一起上前，叫声：“姥爷！”想给徐雁北一个惊喜。岂料，眼前一空，人影不见，两人惊慌之下，险些栽进河里去。再细看时，徐雁北竟移身到了一旁，依旧坐在地上。兆鹰和兆鸣远远看着，吃惊不少，老头子身子不见动弹，却凭空移开，这份功夫着实了得。

“小兔崽子，是你俩啊！”老头子胡子一翘一翘的，用烟袋锅子去敲外孙的大腿。兆虎和兆麟一边躲闪，一边问：“姥爷，原来你会武功？”

“谁会武功了？”

“那你刚才怎么一下子就把我们闪出去了？”

“你们问我，我问谁去？”徐雁北抽着烟，转头瞧向兆鹰和兆鸣，神色有些怪异。两人一起施礼：“姥爷好！”

徐雁北慢慢起身，拍打下屁股，一瘸一拐地往回走，竟没搭理兆鹰和兆鸣。两人知道他脾气怪，也不为忤，默默地跟在他身后。去年兆鹰成婚时，也曾亲自来请老头子回城喝喜酒，徐雁北硬是没到场，红包却让兆麟带去了。走了一段，徐雁北突然问：“你爷爷回来了？”

兆鹰赶忙说：“没呢，洋鬼子打进京城了，皇上和老佛爷西狩，他护着溥伦贝子一起走了！我爹还在健锐营，没音信儿！”

徐雁北听后也没什么反应，走进院门，自管坐在马扎上抽烟，满院子没别的坐处，兆鹰四个只能站着。山村里一片静寂，除了鸡鸭偶尔叫几声，竟然听不到什么响动。

徐雁北又吧嗒吧嗒地抽了会儿烟，才把烟锅子在鞋底上打了打，收起来：“原来是没主心骨了！”叹了声，“可我这把老骨头也不顶事啊！”

“姥爷，您老别藏着了，就凭刚才那手功夫，武林中便寻不出几个来！”

“是啊，姥爷！”兆虎也兴奋地说，“你有这么好的玩意儿，就该早点教教我们，也好显显太极门的威风！”

“住嘴！”徐雁北猛地一瞪眼，把几个人吓了一跳，“少提太极门，我担当不起！”四人没想到他说发火就发火，都呆住了，兆虎还想驳一句，老头子又喝道：“也别提太极拳，我不稀罕练！”

他眼珠瞪着，胡子翘着，身上抖着，看来是动了真怒，四个孙子哪里还敢多话，只能乖乖地闭上嘴巴。

从小起，兆鹰就觉得这位姥爷身上透着神秘，如今更觉得有些猜不透。他曾经拐弯抹角地询问过不少太极门的老人，都说徐雁北从前武功十分了得，不逊于杨慕侠，只是不知道怎么突然就瘸了一条腿，以后再也没见过他舞弄拳脚，就此隐居在这小山村里头，一住就是二十来年。他还听说，三杰中的胡玉斋最精明伶俐，是练武的奇才。系当年太极门中公认天资最高的人。可惜天妒英才，中年便撒手人寰。

也就在胡玉斋死去的那一年，徐雁北瘸了腿，从此退出武林，再不过问太极门的事，一个人留在徐家村务农了。

当年到底发生了什么事，让胡玉斋丢了命，徐雁北变成瘸子，还从此禁武？没有人能给小辈们一个答案，在太极门里，这话题似乎是个禁忌，没人敢在杨慕侠和杨云鹏面前提起。久而久之，大家也就习惯了，杨慕侠坐镇太极门，授徒立派，徐雁北却独自隐居山村，不问世事。

发过火后，徐雁北也自觉有些过分，外孙们大老远地来看他，哪能这般不待见？当下清清嗓子，说：“你们几个果真想见识见识姥爷的功夫？”四人见老头子突然松了口，又惊又喜，连连点头。徐雁北便站起身，走到墙根，把挂在上面的镰刀摘了，又指着旁边的箩筐和绳子说，“拿上它，跟我走！”四人赶紧抢着拿，徐雁北早瘸着腿走出院门，绕过池塘，朝向阳的山坡走去。不多时，便来到一块豆地前，黄豆的秸和叶经霜打后，变得黄黑，豆荚个个饱满，已是熟得透了。

徐雁北朝手心吐了口唾沫，搓了下手，说声：“看好了！”便蹲下身去，一手挽着豆秸，一手挥动镰刀噌噌地割起来，很快就割下一大捆，反手搁到地上。

兆虎和兆麟哪能让姥爷干，赶忙上去接手，徐雁北却不让，一口气割完一垄，方才歇了手，转身对孙子们说：“瞧见了没有，这就是我的功夫！”

“割豆子谁不会？”兆虎撇撇嘴，从徐雁北手里接过镰刀，也不蹲下，拱着腰吭哧吭哧割起来，一会儿就撂倒一大片。自然，他的豆秸割得高低不一，还有不少豆荚爆了，撒掉不少豆粒。徐雁北哼了声：“瞧你弄的，跟狗咬一样！”又指使兆麟、兆鹰和兆鸣轮流割了一垄。最后对比一下，便瞧得清清楚楚，兆麟他们三个尽管比兆虎割得细，豆茬子还是有高有低，不像徐雁北弄的，一垄下来，便如同一刀切的。

四人中，数兆鸣说话最少，多是在旁察言观色。他能感受到徐雁北心里面的复杂：不便显露武功，却又想在外孙们面前显摆一下。由此可见，他这隐居也并不会是心甘情愿的，只是，这一过就二十多年，也着实难为他了。联想到自己在杨家寄食的这些年，哪怕是被杨云鹏认作义子，但还是改变不了这身份上的疏浅，并不能算作真正的杨家人。这岂不是跟徐雁北一样，老头子虽然也是杨东魁的弟子，却只能待在这徐家村，而不是太极门。豆子割完后，用绳子扎紧，好大一捆。徐雁北拍拍身上的泥土和烂叶，笑道："你们也不想问问我，这割豆子到底有什么秘诀？"

豆子割得再齐整，也不能当饭吃，兆虎和兆麟自然没兴趣，兆鹰恭敬地道："姥爷请说。"

"你们割不好，没别的，就是干得少了。这农活吧，多摆弄多出力，就一准能找到窍门。练武也是一样！"这便是徐雁北当日传给四人的"秘诀"。在小一辈心里，这就是一句废话，说了也等于没说。

第四章　事有无常

八国联军打进北京城后，两宫西狩，辗转出了居庸关，到了大同。其后，庆王被派回京去，维持市面，只等着李鸿章进京，跟洋人和谈了。

眼看着战火停息，身在永年的兆鹰和兆鸣心思又活动了，寻思着要赶回京城，探听下杨云鹏和杨兆龙的下落。家里有老小，不能都去，最后只能让兆鸣一个人回了。他走后的第三天上午，兆鹰正在后院练拳，杨奉急火火地跑来，老远就喊："少爷，宋大爷来了！"

"哪个宋大爷？"

"铁螳螂宋启云啊！"兆鹰心头一喜，宋启云从京城过来，定然是带来了他爹的信儿，大步流星地赶去前厅："云叔，稀客啊！"

他笑着抱拳，却见宋启云脸色灰暗，臂上还绑着一块黑布，桌上放着两个包袱。心里登时涌出一丝不祥来，竟然不敢问他是为谁戴孝。

宋启云的脸上慢慢露出一丝笑来："兆鹰，我们总算又见着了！"

兆鹰涩声问："五爷呢，怎没一起来永年走走？"

宋启云脸上登时闪过痛意："五爷他……殁了……"

听了这话，兆鹰的身子颤晃了下，强自镇定："那我爹有信儿吗？"

宋启云迟疑了下，问："令堂呢？"

兆鹰何等聪明，听他这样说，便知道他爹只怕出了事。眼光落到桌上的那两个包袱上，其中一个明显包着一个罐子模样的东西。他抢过去，紧紧抱住，却并不急于解开，泪花已在眼眶里打起转转。

"兆鹰，你是个爷儿们，可要挺住！"

兆鹰的眼睛一闭，两道泪水就挂下来。他颤晃着手，好容易才解开了包袱，睁眼一瞧，里面是个黄泥坛子，旁边放着杨云鹏在健锐营任职的腰牌。他慢慢抓起腰牌，摸着上面的字样，哽咽道："云叔，我爹是怎么死的？"

"他跟五爷一样，是死在洋鬼子的枪下！"

原来，宋启云当日跟洋鬼子混战，腿被枪火击中，危急中被逼得跳下井去。他本以为必死，谁想下方水不深，洋兵朝下面打的枪弹也没打中要害，他咬牙硬撑了会儿，听到上面没了动静，才发起狠来，抓着井壁慢慢爬上去。他那时全凭一口气顶着，一旦上去，人就散了架，昏死过去。

再次醒来，才知道被人救了，竟是形意门的李存义把他弄到秘处养伤。又过了几天，宋启云能下地了，李存义才告诉他，那晚上杨云鹏也被洋兵射杀，跟王五和程廷华的尸首都被悬挂在城头示众。

第三天头上，李存义跟天津来的霍元甲等好汉一起，趁着夜黑，摸到城头上，将几个人的尸体盗走入殓，其中包括那个独眼龙武恶。

经此一役，北方武林的豪杰损伤过半，京城这是非之地已不能久待，他们葬了大刀王五后，便趁乱离开了。宋启云先随着众人去到天津，在那里把伤养得差不多后，这才启程赶来永年。

杨云鹏身为太极门的二先生，一生与人交战从不曾落于下风，最终却死于洋鬼子的枪弹下，此信传出，一时间，震惊了整个太极门。

只因老门主杨慕侠尚在追随两宫在西狩的路上，他不回来，兆鹰岂敢随便把父亲的骨灰入葬。母亲郝氏已哭得死过去好几回，状如痴呆，桂芳此时怀有身孕，不便碰这些白事，只有先送回娘家住去。

宋启云是在第三天头上离开永年的。王五一死，他的志向和闯劲也消磨了大半，如今只盘算着回老家莱阳过点平实日子。因与杨家人交游过厚，对于太极拳的一些技法也习练了些，更有意回乡后，将它融合进螳螂拳中，创出一门新拳法来。

兆鹰悲痛之余，强打起精神来料理家事。随着杨家的第三代——杨云天和杨云鹏都过了世，太极门的重担也压在了小一辈人的肩上。几乎在一夜之间，兆鹰便出脱了，成为一家之主。但母亲郝氏的病却日益堪忧，一连几天夜里惊叫起来，说是梦见杨云鹏赤身在外面吹风淋雨，抱怨她不给他房子住。

兆鹰起先还以为这是郝氏病里说胡话，后来连自己也开始梦见他爹，赤条条地在外头晃荡……便知道不能再拖了，应该尽早将父亲的骨灰葬入祖坟。爷爷不在家，他只有去找叔叔杨云雕商议，二爷爷徐雁北向来不愿意为这些事走动，也就不去打搅他了。

一连几天迎来送往，出丧入土，险些把兆鹰累垮了，一下子竟然瘦掉七八斤。等事了后，他终于支撑不住，呼呼大睡了一天一宿。等醒来后，老半天人还迷瞪着，像陷在混沌里，直到见供桌上没了那个骨灰坛子，只有牌位，兆鹰才切实地认识到，爹真的离他而去了。

外面的秋风簌簌地刮着窗户纸，卷着落叶飘摇不定。天倒是挺晴朗的，万里不见一丝云飘，有大雁正排成一字形徐徐飞向南国。

房间里还荡溢着香火味儿、纸钱味儿，兆鹰从炕头上起来，走到桌前，默默地看着那供奉在桌中央的牌位，心想，父亲的英灵走远了吗?

应该说，杨云鹏留给兆鹰的尽是严厉和煞威，作为一个父亲该有的温慈却几乎没有。在他的印象中，父亲似乎从来没对自己笑过，哪怕是逢年过节，甚至于他大婚之日，杨云鹏也没露什么笑面。而他呢，几乎每时每刻都保持着对父亲的敬畏之情。如今，兆鹰终于可以静下心来好好想想父亲这个人了，以前他是从来不想也不敢跟杨云鹏接近，父亲就像一座大山，始终高高在上，压得他喘不过气来。提到杨云鹏，武林人士都尊称他为二先生。太极门里面数他最能打，最好斗，也最难惹。没错，父亲简直就是为了练武而生的，除了吃饭睡觉，他几乎是把剩余时间全用在练功上。

兆鹰发现，父亲几乎没什么别的嗜好，不像大伯杨云天，还好读闲书、练练书法。他也不喜欢交游应酬，寡言慎行，他真是有一种从骨子里透出来的冷傲，叫人不好接近。兆鹰又想到，自己竟是从未在杨云鹏面前尽过一天孝。当初在老家永年时，他也多是躲着他爹，而是跟大伯走得近。不止一次，他跟兆龙说，他恨不得也是杨云天的儿子，为的就是不想每次见了杨云鹏，都像老鼠见了猫。

后来进京，爹去了西山健锐营当教习，他们见面更少了。兆鹰结识的人越多，越不想被杨云鹏管束着，因而父子间不免更为生疏。因为小九和桂芳，他甚至一度跟家里反目，他那时甚至痛恨父亲的霸道和专制。之后，便有了他离家出走，去天津小站参军一事。只待戊戌六君子被杀后，自己才重新回到京城。兆鹰原本以为，他爹定饶不了他，谁知，跟杨云鹏见面后，他只淡淡地说了一句吃饭吧！正是这句话，让兆鹰当场就落了泪。他才明白，杨云鹏虽然持家严，却从来是给他留着门的，只要他肯回来。可惜的是，爹没能见到孙子面世，就撒手而去了。兆鹰想到这里，鼻子酸楚，眼圈又红了。没几天就是中秋了，可是爷爷不在，爹又过了世，这该是杨家过的最凄惶的一个“团圆节”了。国都破了，家也残了，何谈什么团圆？

虽然是无心过这团圆节，可月饼总归还要买。吃这种应节的点心为的是讨个吉利，团圆又和睦，且是要留待晚上一边赏月一边吃。郝氏却对兆鹰说，他爹才入土没几天，月饼还是要送到坟头前供着，不能光在牌位前摆着。于是，这天他便收拾了一个篮子，外加一刀纸钱，去了城西外的祖坟。杨云鹏的碑紧挨着杨云天的碑，两兄弟有伴了。兆鹰把供品给太爷爷、伯伯和他爹分分，便开始烧纸钱，此时心里已不再难过。杨云鹏素来最要强，自然也不喜见儿子蔫得像个娘儿们。

火光缭绕中，兆鹰在心里头默默祷告，此后定会有所担当，不堕太极门的威名，让爹含笑九泉之下。眼看着一刀纸钱化为灰烬，正要跪下磕头，猛听身后传来脚步声，转头一瞧，便呆住了，居然是徐雁北一瘸一拐地走来。

兆鹰赶紧起身迎上去：“姥爷，您怎么来了？”

徐雁北不说话，走到祖坟前，目光一一从墓碑上滑过，重重地叹了口气：“没想到，老二也走到我这老东西的前头去了！”

嘴上这么说着，便走到杨东魁的碑前跪下来，头盖着地，一动不动。兆鹰不好站着，也跪下去陪着。好一会儿，徐雁北也没抬起头，身子却簌簌乱抖，像在抽搐。兆鹰不禁担了心，叫声：“姥爷……”

猛地，徐雁北发出一声怪叫，不像人声，倒似夜猫子在“咕咕喵”，把兆鹰吓了一跳。又听二爷爷嘴里嘟囔不停，话声含混不清，隐约是在抱怨杨东魁不该那么心狠，压他这么厉害，却把杨慕侠抬得那么高，叫他出不了头……他像喝醉了一般，话声越说越小，咕噜不清，身子也跟着痉挛。

兆鹰实在看不过眼了，使劲把他拽起来，在耳畔喊了声："姥爷，醒醒！"

徐雁北这才打个愣神，眨巴眨巴眼皮，一脸茫然："我，我刚才睡着了？"兆鹰有些哭笑不得："您老人家怎么得着信的？"

"云雕说的！"

兆鹰这才想到，定是叔叔去徐家村接他来过中秋节的。嗯，今年过节他们一家是三世同堂，自己这边可只就凄惶了。

徐雁北定了定神，从杨东魁坟前走开，又来到杨云鹏的坟前，面对石碑，徐雁北那张老脸上皱纹更见深了："老二，没想到你死得比我还早啊！"嘴上这么说，心里却暗道，真是他娘的，杨慕侠这边折了两儿子，反倒是自家女婿这支都好好的，没住进这里头去。这是什么路数？想想，倒好像自己占了什么便宜去。一张老脸都有些烫了。徐雁北咳嗽了声，清清嗓子问："你爷爷啥时回来？"

"还没个准信！"

"你爹这一走，太极门的担子可就落到他一人肩上了，要好好挑着啊！"兆鹰听二爷爷这话的腔调，心里有些不舒服，接口道："没事，不是还有我和兆龙吗？"徐雁北斜了他一眼："嗯，口气不小。"

"再说，云雕叔也在，兆虎和兆麟也能帮忙，姥爷别担心，俺们杨家兴旺着呢！"

徐雁北听他提到自己子孙，脸色稍霁："我听说，兆龙如今当了厨子？"

"是，他进宫当了御厨！"

"胡闹！他这不是败坏杨家的名声吗？"徐雁北胡子翘起来，"也就仗着你爷爷宠着，换了我，早打断了他的腿！"

兆鹰没想到徐雁北的反应这么强烈、这么反常，居然一改二十多年的做派，要过问家门中事了。可就在半月前，他们四个小辈去徐家村见他时，老头子还倔强地不许在当面提太极门，今天怎么竟破例说了这么多？难道说，老人家有意重新出山？还是因为父亲一死，自家这支显出衰落的迹象，徐雁北的心思就此活动了？虽然对于二十多年前的事，老一辈的人绝口不提，但从种种蛛丝马迹上不难看出，当年二爷爷只怕是迫于无奈才不再习武，也不再过问太极门的事。

看他刚才在杨东魁碑前那神态，难道说，当年他犯了门规吗？再者，打记事起，兆鹰便看得出来，徐雁北跟爷爷很疏远，他从没见过这俩老头儿坐到一起喝喝酒、谈谈天。这实在反常。兆鹰心想，爷爷跟徐雁北之间的不睦，应该牵扯着太极门的一件机密要事，并且，这隐秘已经过去二十多年了。他正自在心里头翻江倒海，便听徐雁北叹道："我和你爷爷是老了，打不动了，也拼不动了，太极门早晚得交给你们去守着！"

"是的，姥爷！"

徐雁北转头瞧着兆鹰："听说你爷爷自得了《授密歌》后，武功更精进了？"兆鹰听他冷不丁提到这话头，不禁一呆："这个，我也不太清楚……"

徐雁北眨眨眼："告诉你，姥爷也有法宝！也有歌！"兆鹰心中一动："您老人家的意思是说，当年太爷爷也传您宝贝了？"

徐雁北突然哈哈一笑："好好听着！"大声唱起来，"面朝黄土背对天，汗珠滚滚，湿透衣衫。一把锄头一把镰，瓜果米粮，日子苦咸……"

他这样嗷嗷唱着，一瘸一拐地慢慢走出祖坟。秋风簌簌吹着，荒草起伏，白幡沙沙作响，荒野上流荡着一丝悲凉。

兆龙和杨慕侠的中秋节是在太原过的。两宫驻跸此处，召见军机大臣，议定下派庆王奕劻回京主事，督促李鸿章到京城跟洋人议和。自然，这个"团圆节"也都过得没滋没味。但兆龙毕竟是升了。因为在榆林堡驿站，出手打倒假"吴永"，救下皇上，慈禧方才得知这个年轻御厨的另一个身份——太极杨家的后人。当下召见了掌门杨慕侠，赞勉几句。兆龙因功受赏，竟被封了从五品，从进宫当厨子到升任御膳房的副厨长，仅用了一年。再加上前几天赏下的那件黄马褂，兆龙已经成为随驾人员中最耀眼的人物，用崔玉贵的话说："杨家小哥命好，赶上块下雨的云彩，想不湿身都不行！"当然，这系非常之期才有的非常之举，两宫在西狩路上，颇受了些饥寒之苦，偏偏有这么个既通厨艺又通武艺的武林世家子弟跟随，忠心耿耿，如何能不为之感动，并把他推出来当作表率。

自从进了大同，大队人马的供应已不成问题，慈禧也开始在饮食上有所挑剔，地方官吏所用的厨子，往往做不出最合太后口味的菜品。兆龙则不一样了，人虽年轻，但在御膳房时也曾挑过大梁，夺得过“斗菜”状元。

如今少了膳食正、总厨等人的掣肘，一个人说了算，更是如鱼得水，尽情地将他的厨艺展现出来。他的记性也特别好，不管是黄知临拿手的爆肚、王金山的“四大抓”，还是谢二的烧卖，都能做得出来，并且味道还不遑相让，如何能不讨慈禧的欢喜。一个御厨等于四个大厨使唤，兆龙似乎是上天特地派下来眷顾她的。

这段时间，光绪的精神头儿也明显好转。在榆林堡驿站时，他被假“吴永”一吓，明晃晃的刀子架在脖子上，魂也飞了，魄也散了。历来君王遭遇此等凶险者，为数寥寥，他这个落魄的“孤王”居然摊上了。不过，惊吓之余，他却也泛出一个念头，暗想就此死了也好，一了百了，也能与珍妃在九泉下聚头。那一刻，光绪竟然莫名其妙地涌出一股幸福的眩晕，惧怕也没了踪影。

光绪自小性子弱，又被强势的慈禧左右，几成傀儡。好容易熬到亲政之后，本想做出一番事业，可惜到头来终是功亏一篑。但那天在驿站，他确实是凭自身之力化解了危难。这让光绪重新燃起了火苗。从那以后，只要有独处的空儿，他便站桩。没人的时候，也比画下几式太极拳。他还要兆龙传信给杨慕侠，邀他跟溥伦一起来谈过几次。皇上对太极拳所显露出的莫大兴趣，让老头子着实感到高兴，这可算是太极门的无上荣耀。

到了西安后，两宫驻驾，让军机督促京城留守大臣与各国使臣议和。十月十日，慈禧在西安迎来六十六“万寿”，当此国难艰深之际，自然也不能过分操办。上下倒是盼着京城那边早一天能和议功成，可惜总难成愿。直到庚子年最后一天，此事还是悬着。

这一年的年味不浓，谁也过得不舒心。大清开国至今二百六十年，从没像这天过得凄惨。眼看着要在西安过年，杨慕侠早早就写好了家书，请认识的镖局朋友送去永年，跟家里报声平安。老头子知道兆鹰和兆鸣在老家护持，不至于有什么险难，他最担心的是云鹏，人在京城，危机重重，直到如今也不曾听得老二的一点儿音信，杨慕侠怎能不悬着心？

幸好过了年后，有人送了兆鹰的亲笔信来，报了平安，说杨云鹏中秋便从京城返回永年。杨慕侠心里才算落下了一块石头，如今，太后和皇上对兆龙重看，溥伦贝子跟前也少不了他，便只能安心地等着两宫回銮。

谁知，议和一波三折，直到四月底才算议定。因而下旨择于七月十九回銮。预定回去路线是出潼关，过函谷，到开封。然后再到保定，坐火车回京。岂料，两宫回銮的日期虽然定下了，成行却颇为不易，先是陕西巡抚上折子，奏报天时炎热，道路泥泞，请展缓行期。其后河南巡抚松寿又上奏说，今夏积雨连绵，黄河大水泛滥，再加上“秋老虎”厉害，圣母高年，不宜跋涉。于是，行期便改到中秋以后了。如此一来，杨慕侠祖孙俩倒是在外地连过了两个中秋，不得与家人团圆了。幸好，这期间还曾经接过一封家书，兆鹰说，杨慕侠当太爷爷了，媳妇陈桂芳给他生了一个大胖小子，七斤八两，让他给取个名字。下一辈泛个振字，杨慕侠便给没见面的孙子取名为杨振英。嗯，这个中秋要是回到永年，赏月时便是四世同堂了，可惜又耽搁下来。老头子和兆龙很是遗憾。

杨慕侠祖孙哪里还能把持得住，托崔玉贵跟慈禧和光绪说了情，要先一步赶回老家去看看，次日再赶到邢台那边伺候圣驾。

自打进西安后，文武大员便纷纷荐引当地名厨入行宫料理膳食，慈禧已不像从前那样依赖兆龙的厨艺，闻听他要跟祖父回老家一趟，便赏了一千两银子，并给了一个月的假。兆龙大喜，拜别光绪、崔玉贵等人，一刻也不耽搁，跟杨慕侠雇了马车便赶往永年。在外面辗转了一年多，两人早就归心似箭。只是，杨慕侠万万没想到，回到老家等待他的竟是一件噩耗，二子杨云鹏，居然早在去年京师城破之日便罹难了。

六年前，长子杨云天去世，就让老头子经受过一次白发人送黑发人的苦痛，没想到，如今又让他蒙受打击。失去了云天和云鹏，等于是斩断了杨慕侠的左膀右臂，杨家气衰，太极门也随之凋零，老头子真有些承受不住了。这一天，他终于走出家门，独自骑头毛驴下乡了。算起来，他已有些年头没回徐家村了。但少时在那里生活的情景还是历历在目，虽然如今他已是个六旬多的老人了。杨慕侠如今回想起往事，留给他印象中最深的，还是在河里抓鱼的那一幕。那时，他十三岁，徐雁北十二岁，胡玉斋跟徐雁北同年，但生日小些。那时，三人在水里扑腾，打水仗，摸鱼，弄得满脸泥污，像个泥猴似的……

河里摸鱼，那是夏天干的事儿，如今寒冬腊月的，刚下过一场大雪，把荒野遮得茫茫的一片白，小河呢，也早就结上厚厚的一层冰，又被积雪掩盖了。杨慕侠独自骑在驴背上，走在无声的荒野中，前方的路早看不见了，徐家村所处的地方偏僻，如今就更看不到别的行人。天地间，什么响动没有，除了驴子偶尔会打声喷嚏。这么多年不曾走这路，如今也只有凭印象乱闯了。他心想，老二定是想不到我会去见他。

杨慕侠抬起头，鼻子里喷出一股白汽，瞧瞧前方那无涯无际的白，其实就是连他也想不到，自己会主动去见徐雁北。为何以前从来没这个念头，偏偏在云鹏去世后的今天，他情难自禁，有一种迫切想见到徐雁北的冲动呢？

回到永年老家后，一连过去五天，杨慕侠才慢慢从失去二子的苦痛中缓过劲来。仅熬了几天，老头子便突然老去十多岁，更显得沧桑，甚至连往日挺得笔直的腰杆子，也有些往前佝偻了。

这段时间，杨慕侠谢绝外客来访，兆鹰和兆龙担心他的身子，便轮流在旁边守着，兆鸣有时也过来看看，却是不知该说什么话，只能默默地陪着。一连几天，杨慕侠不思茶饭，哪怕兆龙再用心烹调，他还是食不甘味。到第六天头上，杨慕侠突然走出房间，用冷水洗了把脸，居然敞开肚子大吃一番。兆龙几个方才暗暗松了口气，爷爷总算是挺过来了。

饭罢，杨慕侠便吩咐杨奉去准备一头驴子，他要出去走走。兆龙和兆鹰哪里肯舍，但老头子执意不让他们随行，让几个人好生在家里待着，他傍黑便回。老头子一旦决定下的事，便没人能劝得住，孙子们只得听从吩咐，在家里练拳等着。杨慕侠自行出了广平府西门，先去祖坟那边走了一趟，随后才赶往徐家村见徐雁北。

因村是依山坡而建，下雪更不好走，杨慕侠到山根后，便牵了驴深一脚浅一脚地往前跋涉，到徐雁北住的院子时，已近晌午了。远远地，便看到院子里一个穿羊皮袄的瘸子正在那里搬弄柴火。

听到驴子打喷嚏声，他转头瞧来，见杨慕侠站在篱笆墙外，不禁一呆。两人隔着篱笆相望了会儿，杨慕侠把围巾解开，吐出一口热气，伸手推开柴门，牵了驴进来。徐雁北手里拿的木棍儿呼啦掉了一地。杨慕侠只管把驴子找地方系了，拍拍手上的雪，对他说：“要煮饭了？多弄点儿！”从驴背上解下个口袋，走过去。徐雁北方才回过神来：“你怎么来了？”一顿，又道，“你都二十多年没过来了……”

杨慕侠转头瞥了他一眼：“怎么，不想让我进门？”

徐雁北跺跺脚：“我敢吗？”蹲下身去，只管拾掇地上的柴火。

杨慕侠早一步跨进屋去，里面光线暗弱，木梁和墙壁都被灶火熏得发乌，灶王爷年画透着黄旧，墙根上堆着的坛坛罐罐上面也沾满油渍和灰尘。锅里咕咕烧着开水，旁边的瓢里盛着些小米。徐雁北进来后，又往灶膛里添了几根柴火，方才去多淘了些小米下锅。杨慕侠把布袋解开，拿出一大块猪头肉和一挂腊肠来，交给他去整治，自己则转去里间。

炕上还铺着一床破棉被，枕头上也油渍斑斑，发出阵阵刺鼻的酸臭味儿，一个孤老头子生活不讲究，什么都凑合。杨慕侠不禁皱皱眉头，正要帮他收拾，徐雁北早钻进来，把破棉被和枕头卷成一团儿，说：“还是在灶口坐吧，那里暖和！”果然在灶间摆开一张小饭桌，屋门一关，屋里头就黑了，幸好灶膛里火烧得旺旺的，光透出来可以照明。徐雁北家里多少年也没有蜡烛，一到晚上就黑里摸，早习惯了。

猪头肉和腊肠切好，胡乱盛了一个大海碗里，杨慕侠还带来了一壶酒，没有杯子，哥俩就你一口、我一口地轮着喝。却是谁也不说话，直到酒喝光，肉吃净，锅里的小米饭也焖好了，每人又各弄了一大海碗，热腾腾地就着咸菜吃起来。饭罢，碗也不洗，丢锅台上放着，灶膛里面还有余火，他们各自从腰带上抽出烟袋锅子，按些烟叶进去，凑着火吧嗒吧嗒地抽起来。饭后一顿烟，赛似活神仙。两人默默相对，两个烟锅子却不时地能碰碰头，相互“问候”一下。烟气缭绕中，两个锅里的那团微火一明一暗，相映成趣，倒好像先对起了话。

一袋烟抽完，过足了瘾，两人的皱纹也舒展了。杨慕侠先开了口：“老二，这些年你总算是守信，一直在这里待着，不问闲事，师父泉下有知，也会欣慰的。”

“谁叫我当年在他老人家跟前发过誓呢！他给我念了紧箍咒，我好歹都得受着！”

杨慕侠冷笑：“听你这话，倒还是有些怨气！”

“怨气？”徐雁北斜了他一眼，“换你来住上几年试试？”

“我爹罚你在这里闭门思过，是因为你当年造了孽。可不是偏向我，这点得搞得清清爽爽的！”

徐雁北嘟囔着：“再大的罪，这些年也总该抵消了吧！再说，师父还打断我一条腿。”杨慕侠看着老二满脸的皱纹，比自己还少一岁，却更老相，不觉心也软了。是啊，那事都过去这么多年了，雁北该受的罚也受了，是得给他念念“松箍咒”了。

当年老二虽然性子有急躁，办事尚属得力，再加上功夫好，在太极门里面也算响当当的人物。他唯一的毛病就是好赌，杨东魁为此责打过他几次，杨慕侠也多次劝解，总归无用。那时，他们三个已经跟着杨东魁在京城站稳了脚跟，英王对杨家人十分赏识，除了让家里的子侄拜在杨东魁门下，还给他们三杰安排了差事。

记得那一年在西山庙会上，有一次大比武，北地的武林好手差不多都到齐了，他们三杰轮番上阵，竟然无人能敌，于是第二代杨无敌的名头传遍了江湖。成名后，徐雁北背着同门赌得更厉害，很快就欠了一屁股债，整天被人追着讨要。眼看着要遮掩不住，突然间，那些债主都不登门了，这让杨慕侠感到很意外。

不久，英王府就失窃了一批珠宝，那些东西藏得很隐秘，却被贼盗轻易得手，让人怀疑是不是府中有暗线。杨慕侠清楚地记得，第二天杨东魁便私下交代他去山东跑一趟。原来那笔珠宝是一个外号叫打人王的大盗弄走的，让他去那山寨把东西收回来。

此去山东距离不近，杨慕侠想让徐雁北陪着去走一遭，谁知，杨东魁脸色铁青，喝道：“快别提这畜生，他断腿了！”杨慕侠吃了一惊，更有甚者，老二的腿还是杨东魁亲手打断的。他马上明白了，定是徐雁北跟那个什么打人王里应外合，才把英王的珠宝给盗了去。这也就好解释了，为何老二的那些债主会突然消失，因为他分到赃了。

等他去山东找到“打人王”，把珠宝拿回京时，徐雁北已被送回老家，就住在这徐家村里。一个人过活。杨东魁这是叫他“画地为牢”。

杨慕侠原本以为，过几年后，杨东魁消了气，便会把老二叫回来。谁想，一直到死，杨东魁也没原谅他，以至于老爷子临终前，胡玉斋等那些老徒弟都到了场，还是没徐雁北的分儿。

杨慕侠不忍心，派儿子偷偷去接了老二，可老爷子没等徐雁北来到，就闭目过去了。倒是没忘给他留一句话："老二造孽太深，以后你掌了门，也别放他出来，省得惹出是非。叫他在村里面度过余生，也算一福！"这样，徐雁北赶来奔丧，本以为老爷子死后，自己也就跟着解脱，谁知杨慕侠又将杨东魁的临终遗言转告了。徐雁北自然心中不忿，此后把大哥也恨上了，大有老死不相往来的决绝。

事后，杨慕侠经常揣想，何以父亲会如此不满老二，果真是做了一回窝里盗，断了一条腿也算抵消了，再说珠宝不是也追回了？难道说，他还暗中做过别的事？因而才得不到父亲的原谅？

应该说，那件事对杨东魁的打击很大，以他的身子骨和深厚功力，居然一病不起，一直熬了近半个月，才慢慢好起来。可头发却变白了。

杨东魁的豪情逸致消耗殆尽，病好后，就跟英王告别，带着杨慕侠回到了永年，直到死也没再踏进京城半步。在杨慕侠印象中，老二的天资不错，如果不是因为出了这岔子，如今在武林中的名声不弱于自己。当然，获传了《授密歌》后，他的太极拳化入臻境，再也不是徐雁北和胡玉斋可比的。但也从此被武林人士盯上，以至于多年后还冒出一个什么秋水，无所不用其极，捎带着把他的子孙也卷进来。

今天来徐家村的路上，他先去了城西的祖坟瞧了瞧。两个儿子的碑矗在那里很是惹眼，想想自己这一支如今只剩下孙子辈了，杨慕侠怎么能不为之心酸！算起来，而今倒是唯有徐雁北这支最为兴旺，这倒是真应了老爷子杨东魁当年说的那句话，让老二在村里面度过余生，便是一福……

想到这里，杨慕侠转头瞧瞧徐雁北，灶膛里的火弱了，他的脸也显得模糊，阴晴不定。他打量着老二，徐雁北也没闲着，一直在揣摩老大的心思，两个烟锅差不多同时抽完，两人又同时在地上磕磕烟灰。这便要言归正传了。

"咱们打开天窗说亮话吧！"徐雁北开口道，"你几十年了都没过来看看，怎么今天呼啦地跑来，就为了在我这里吃碗小米饭？”

杨慕侠盯着他，问了句：“这些年里，你另收过徒弟吗？”

徐雁北一怔，眼珠子瞪得老大：“你老糊涂是不是？自从师父给我下了禁武令，我就再没在太极门露过头，武林中早没我这号人了！”

“你人虽然不出世，可挡不住他人来找你。”杨慕侠道，“至少胡玉斋是来过吧，还不止一次。”徐雁北听他提起这个名字，脸色微变，讪讪道：“同门一场，他来看看我这个师兄也理当应分。”

“他来时，不会只是一个人！”杨慕侠淡淡地道，“应该还有一个打人王，有一个红燕子！”徐雁北眼眸收紧，目光变得阴森起来：“你什么都知道，还来问我？”

“我知道他们想请你出山，你没答应？”

“答应我就不会在这了！”

“人是用不着出去，不过……”杨慕侠拖长了话音，“你的家传武学说不定会长了腿！”

徐雁北见他一味地紧逼，有剥皮剜肉之感，恼道：“杨慕侠，你是用什么身份跟我说话？”

“是兄弟，就用交情说话！”

“你眼里哪有我这个师弟？”

“那我就以掌门身份，用规矩说话！”

这话有分量，徐雁北鼓起的一口气当时就泄了：“好，算你狠！谁叫你现在是掌门，还把持着《授密歌》呢！”

杨慕侠又问：“你听说过秋水吗？”这回，徐雁北头摇得很干脆。杨慕侠便跟他简单说了下太极门跟秋水之间的过节儿，除了红燕子是其中的头头“老祖宗”外，还有一个神秘人物，武功极高，身份不明，曾经装成车夫到过永年，兆鹰、兆虎兄弟四个联手，竟也接不住他一招。而杨云鹏生前在京城大酒缸处跟他交过手，也没占着什么便宜。杨慕侠讲叙完后，又补上一句：“老二，这人跟你有无瓜葛？”

“没瓜葛！”徐雁北苦笑道，“那样的高手，只怕也不是我这块材料能教出来的！”他说话时，杨慕侠目光一直盯着，老二虽然碍于老爷子当年的“禁武令”，自囚在徐家村，可不是一盏省油的灯。不然的话，杨东魁临终前也不至于告诫自己，要小心“放虎出笼”。可是，从徐雁北的表情语气，却也瞧不出什么破绽来。杨慕侠淡淡一笑，说：“我有些年没去胡老三坟前拜拜了，想来，那上面的草，也长得老高。”

“也没什么好赖，谁最后不得埋里头去？”徐雁北道，“老三没家累，死了倒也干净！我觉得他比我强！”

杨慕侠眼光一盛：“老二，你实话告诉我，胡老三当年是怎么死的？”

“不是得急病殁的吗？”

“他那身子骨，哪能轻易染上病？我看里面有道道儿！”

“有道道儿你还能看不出来？”

杨慕侠摇摇头。虽然说，胡玉斋跟打人王、红燕子勾搭一起，密谋想夺《授密歌》时被他发觉，但杨慕侠总觉得他死得有些蹊跷。徐雁北脸色流露出诡异的笑容：“他连你都瞒着，我又哪里得信儿去？”

听这话头，可断定他是知道些内情的，却不会轻易吐露，杨慕侠也就不愿讨那个嫌，慢慢站起身。徐雁北咂吧咂吧嘴儿：“怎么，要走了？”

“该走了！”杨慕侠低头看着他，“这趟来，就是要看看你这把刀的锋刃怎么样？”徐雁北扶着瘸腿，慢吞吞地起身：“我这把刀早老得生锈了！”

“刀虽然老了，可终究还是利器！”杨慕侠淡淡地说，“还是收在鞘里的好！”这话从太极门门主嘴里道出来，等于是说从杨东魁那辈传下的“禁武令”还有效。徐雁北不免失望，但几十年都熬过去了，心也不容易起波澜，只是冷冷地瞥了他大哥一眼，没言语。杨慕侠又道：“还要跟你说件事。隔几天回京城，我要云雕过去帮忙！”徐雁北一呆：“不让他开镖局子了？”

“洋鬼子打进京城后，听说大栅栏一带的镖局都毁了，吃那碗刀头舔血的饭，还不如叫他带着兆虎、兆麟去我那里帮忙，还落个安稳。”

但徐雁北却懒得说个谢字，只是点点头。怎么说，云雕也算杨东魁的亲孙子，可这些年却只能在外面开镖局，太极门的事少有插手，还不是因为他这个当岳父的被踩在脚底下，连带着女婿也腰杆子挺不直？如今，云天、云鹏都不在世了，云字辈可不就剩下云雕一个，怎么轮也该轮到他出头了！

想着想着，心头一震，徐雁北猛然想到一事，难道说，老大会把《授密歌》传给云雕？很快又哑然失笑，哪里会有这等好事，不过是太极门现在缺人手，才让云雕过去帮着装门面。最终那武当的玩意儿，只会传他两个孙子中的一个，不是兆龙就是兆鹰！

开了房门，哥儿俩走到院中。眼前的紫荆山也被积雪盖住，白皑皑的一片，如同白发老翁跪坐那里，无语对天。杨慕侠解开了缰绳，牵着驴子往外走，徐雁北默默在后，一瘸一拐地送出门。之后，相视一眼，一个在门口目送，一个转头就走。看着杨慕侠的背影，徐雁北心头突然泛出一阵冲动，手脚哆嗦起来，猛然喊了声："师哥，你就这么走了？"

杨慕侠一下子立住了，自从成为太极门的"老先生"，就再也没人喊过他"师哥"。原来在这个世上，能这么叫他的只有徐雁北一个了。一股热流登时涌遍全身。听徐雁北悲声道："都过去这么多年了，你就忍心还让我待在这儿，你好好睁眼瞅瞅，我都快半截子入土的人了，还能给太极门惹什么祸？"说罢，竟号啕大哭起来。

一席话，听得杨慕侠酸楚不已："老二，没人逼你在这里待着，你想清楚了，便去永年找我，我等着！"说罢，也不转身，拉着驴子就走。

徐雁北抹了会儿眼泪，瞧着杨慕侠的身影转过山坡不见了，神情再次变得冷漠，心说，不就想知道胡老三是怎么死的吗，我偏不告诉你！

兆龙在永年老家住了八天，便启程回京了。从随两宫西狩，跟爷爷一路相依为命，在外头飘荡了一年之久，祖孙俩的感情日益深厚，已不是兆鹰他们几个可比的了。有好几回，老头子在兆龙面前提起过杨云天，说他稳重大气，本是接任掌门的最好人选，只可惜造化弄人，他染上烟瘾，好端端把身子给毁了。

如今，跟孙儿这一路上，老头子惊喜地发现，兆龙虽说离家几年，疏于练武，只一味地去学厨艺，但功夫竟然没落下，内力之深厚比兆鹰和兆鸣都超出一大截子。细问之下，才知道这里面还有弱用道长的功劳，一些道家打坐的法门，不知不觉间让这孩子炼精化气了。还有，兆龙把太极功夫融入日常烹饪中，每天辛苦劳作十来个辰点，等于是一直在盘拳架子。

那双锅合璧以及庖丁解牛的刀法，都是这孩子的创举，无不让杨慕侠为之惊喜。再加上兆龙蒙得太后和皇上的宠信，连带着他这个当爷爷的也有光彩，老头子那舐犊之情自然更深长了。兆龙听爷爷透露出的意思，将来光大太极门的重担又要压到他肩头上。他倒也不排斥，事实上，西狩这一路上虽然颇受太后和皇上的倚重，并挣下了五品顶戴和一件黄马褂，但兆龙对于厨艺的喜好竟然越来越淡了。

自从得知慈禧害死珍妃，他心里面就有了疙瘩，一路所经之处，满目疮痍，这些都是“老佛爷”造的孽，但她每到一处，总不忘满足她的贪欲。兆龙每每烧起菜来，眼前老是晃动着那一路的难民和尸首。反倒是跟老头子这一道上谈武论道，更勾起他对太极拳的浓厚兴趣。更有一点，跟爷爷在一起，填补了他欠缺的父爱。正如弱用道长给他剖析过的，厨艺最初是母亲传给他的，武艺最初是父亲传给他的，这一阴一阳不可或缺，相济才能长久。

他对太极拳重新燃起习练的欲望，也跟光绪的喜好分不开。皇上自从在榆林堡驿站仗着一式“白鹤亮翅”解了困，习练太极拳的兴趣越发浓厚了，正好有杨慕侠这样的宗师随行，自然少不得要时时请教。兆龙每日陪着，自然也以家传武学能得到天子的垂青而感到荣光。他还想到，皇上是个有父不能见、有母不能见的可怜人，其实跟他这个孤儿差不多。被囚禁在瀛台那段日子，光绪爷其实过得比一般平头百姓还惨些。

在外面飘荡的这一年多时间，兆龙从爷爷那里得到了很多太极拳修炼法门，想必兆鹰和兆鸣十年里也学不到这些。因为在西狩路上，爷爷是他一个人的，而回到太极门后，他就成大家眼中的宗师了。

回到永年，没想到劈头而来的噩耗竟然是二叔的死讯。见到兆鹰和兆鸣号啕恸哭的惨状，兆龙似乎一下子又看到了当年自己的惨相。爹死后，他不也成了小可怜！

正因为有了二叔的死，他跟爷爷的距离一下子又拉远了。杨慕侠再次靠贴在兆鹰和兆鸣身边。兆龙哀痛之余，又替老头子揪心。杨云鹏是太极门最能打的一个，他的故去，使得杨家那块金字招牌有些风雨飘摇了。

没过多久，二爷爷那支的杨云雕便频繁出入杨家了。不少事情，杨慕侠都交由他出头办理。听兆虎和兆麟说，今后镖局子的生意会交给杨慕侠的老徒弟去打理，他爹要腾出手来做些太极门的事。

在永年住了段时间，兆龙便去到保定，刘一手夫妇见他冷不丁来到，大喜过望。自打京城被洋人攻陷，他们就悬着心，直到外甥安然无恙地站到面前，才算放下了石头，却也忍不住老泪纵横。刘一手听说西狩途中，兆龙深得太后、皇上重用，竟被封了五品顶戴，自然又是异常惊喜。赶忙在祖宗牌位前烧香磕头，保佑外甥此后平步青云。

临近腊八，兆龙终于回到京城，大劫之后，虽然已过一年多，还是能零星地看到残破迹象。他第一站，便赶去卫璜家问安。

老御厨这么长时间没有徒弟的消息，一度以为他在洋兵攻击紫禁城时殉难。月前两宫回銮，他派儿子去打听过，才知道兆龙一路西狩有功，深得太后、皇上垂青，已被封为五品。卫璜自然得意，这个关门弟子确实给他长脸，进御膳房不过两年，就挣下这样的品阶，以后自是前程似锦。

兆龙可没想到，一年半不见，师父竟然老成这般模样，走路颤巍巍的，需要人在旁边扶着，说话时，喉咙里也拉风，有些压不住气息，像个痨病鬼。

“师父，您老人家怎么病成这样子？可曾找过郎中瞧了？”

“哎，再也休提它。太医院也去过了，治病治不了命！”

原来，卫璜这身病还是在去年逃难时落下的病根，到处闹兵痞拳匪，活生生地将一把老骨头给熬踢蹬了。今年勉强挣扎着回了京，药草也不知吃过几百服，终是恢复不了元气。老御厨便知道自己没多少日子好活了。

如今瞧见最小的徒弟混得最出息，一张老脸上稀罕地泛出了红光。兆龙此次登门，除了四色点心外，还给了一张二百两的银票，对于遭受兵乱的卫家来说，确是及时雨。

“我也没想到……还能见你一面！”卫璜拉着兆龙的手，老泪婆娑，虽然每说几句话，就呼哧呼哧地喘上几口才能缓过劲来，却是有满肚子的苦水要倾倒。

兆龙只能耐心听着，一直等他说累了，才起身告辞，说要顺道去会贤堂看看。卫璜连连摆手：“再也休提会贤堂了！”

“咋了？”

“洋鬼子打进来，一把火给烧了！”

听了这话，兆龙的心像给毒蛇咬了一口，疼得一哆嗦。要知道，会贤堂是他厨艺生涯中最要紧的地方，在那里，他从小伙计做起，一直干到大厨。竹刀、双锅合璧等技法也都是在那里创练出来的。

虽然说，他一度跟后厨的几个师傅闹得不痛快，但更多是受到老秤砣、来宝、肥四等人的拥戴。还有总厨吕良以及大掌柜王乘武，都明里暗里对他的成长有过帮衬。试想，一个武林世家的子弟化身为一名厨子，在会贤堂一步步做起，最终走进了皇宫，成为今天五品顶戴的御厨，这是一段多么富有传奇色彩的经历。可是如今卫璜却告诉兆龙，会贤堂居然不复存在了。这怎能不让他惊愕和失落！

“师父，那么吕良师兄去哪儿了？老秤砣和来宝他们呢？”

卫璜想开口，嗓子眼堵得慌，又剧烈地咳嗽起来，兆龙赶忙帮他敲打后背，好容易缓过来，才吐出几个字来：“老秤砣……死了！”

兆龙的眼圈登时红了。当年他隐姓埋名进会贤堂，正是有老秤砣罩着，才慢慢站住了脚。其后，管着备料的他总是暗中偏向兆龙，把最好的食材送到二厨房。不管是腊八斗菜、中秋聚餐，他都旗帜鲜明地站在自己这边助威，从不忌讳。老秤砣没有子息，孤身一人，不免脾气有些怪僻，又加上好喝两口，整日里醉醺醺的，会贤堂里面对他有怨言的不在少数。但兆龙和他一向贴心，尤其是被杨慕侠不待见那段日子，老秤砣简直便成了爷爷的化身。如今他才知道，这个“爷爷”一年半前就不在人世了。

卫璜自然知道兆龙和老秤砣的感情，见他不声不响地直咬嘴唇，怕他难过，便劝道：“人死不能复生，你也别太难过了……”

“他是怎么死的？”

“洋鬼子要烧会贤堂，他不让，给一枪打死了！”

“畜生！”兆龙一拳砸在桌子上，“我二叔也死在洋鬼子的枪下，这笔血债终有一天要讨回来！”

“国弱任人欺啊，有什么办法？”

“那吕良师兄他们呢？现在在哪里营生？”

“他倒还好，跟肥四几个一起在宣武门那边弄个门脸，干起了饭庄子，好像叫作小味轩，听说生意还不坏。”

这总算是一个喜信儿，兆龙道：“那我回头去捧捧场。”

卫璜眼瞧着快晌午了，便吩咐家里人去巷口叫辆马车，他要跟着一道走。兆龙奇道：“师父，师兄那边开业您也没去？”

卫璜摇摇手，艰难地说：“身子不利落，哪里也懒得去，便拖到了今天，正好你来了，就一道去瞧瞧吧！”苦笑一下，又说，“今天再不去，估摸着以后也就去不成了！”

“师父，您这是说哪里话来！”兆龙劝慰着，搀扶卫璜慢吞吞地走出家门，上了马车，便往宣武门那边去了。

马车还没停下，兆龙便听到了一个熟悉的吆喝声：“这位爷里边请，小味轩菜好酒美，您不醉不归。”

兆龙一把撩开布帘，可不是来宝是谁，唯有他才有这样脆亮的嗓子。“来宝！”他不待马车停住就一个高蹦下去。

来宝转头一瞧，见是兆龙，喜得嗷嗷叫起来，两人紧紧抱在一块儿。“阿木，这两年你都跑哪儿去了？我还以为你……”来宝说着，眼圈就红了。

兆龙轻轻捶他一拳：“咒我呢！”来宝破涕而笑：“我这是高兴傻了！”两人又叽咕了几句，来宝朝马车一撇嘴，“车里还有谁？”

“赶紧的，卫老爷子来了！”

“哎哟我的娘！”两人赶紧围过去，一人一只胳膊，小心翼翼地把卫璜搀扶下来。来宝又是打千又是作揖，一张嘴巴像涂了香油和蜂蜜，把老御厨逗弄得乐呵呵的。

站在小味轩门口一瞧，上下两层楼，地势还算不错，虽然不临主街道，因处在繁华地带，如果回头客多的话，每顿对付个十几桌应该不成问题。

来宝引着他们进去走走看看，见二十几桌差不多都满了。卫璜本意还要去后厨看看，但兆龙瞧他喘气艰难，哪里还敢闻油烟，便叫来宝引他去间清静的包间伺候，自己则穿过庭院，去了后厨。上菜的小伙计有几个是会贤堂出来的，认出了兆龙，惊喜想招呼，他嘘了声，走到门口往里一瞧。灶间正忙得热火朝天，除了吕良外，他的徒弟小强和肥四都在当灶，忙着啪啪掂勺，个个满头大汗，丝毫没注意到兆龙的出现。

看着这忙碌而热闹的一幕，他心里不觉漾起了一股暖意，还是这里的后厨带劲儿，大厨们个个都是将军，指东打西，江山尽皆掌握手中。御膳房可就不成了，规矩太多，还有那么多司膳太监盯着，料也不敢乱加，味儿也不敢乱调，等于是戴着枷锁在干活，如何能把手艺发挥得淋漓尽致？

怪不得吕良师兄不喜欢进宫呢，顶着御厨的帽子又有什么好，不过是个虚名而已，还真不如在这样的后厨舞刀弄瓢过瘾。想到这里，拉住一个伙计跟他咬了几句耳朵，很快，那人就找来白帽子和白围裙，兆龙换过装束后，悄没声地走到肥四身后。胖子额头上尽是汗珠子，兆龙待他炒完一份“宫保鸡丁”后，拿起毛巾给他擦擦，将一杯茶塞进他手里：“先歇歇！”肥四喝过两口，这才看清是兆龙笑嘻嘻地站在一旁，哎呀叫起来：“你，你怎么来了？”

兆龙一把接过炒瓢，就开始帮着炒下个菜。那边的吕良和小强见了，也都喜形于色，但因为都在忙活手里的菜，只得隔远地用眼神和笑容说话。

这种无声的交流更让兆龙觉得舒服，手里忙活着，偶尔交换下个眼色，有时是赞许，有时是挑战，有时是惊叹，非常刺激。

这才叫厨艺，这才叫斗菜。你炒一个好的，我也不甘示弱，必得整出一个好菜来“还以颜色”。一时间，后厨叮叮当当响个不停，各种香味钻来舞去，强烈地刺激着人的口鼻。

期间，来宝也到后厨遛了一圈，吕良他们很快知道卫璜来到的消息，各自腾出点空来，炒出几个菜让来宝先送上去。有了兆龙替换，后厨这边用不着肥四，他便跑去前面陪老御厨说话了。

这样子又忙活了一个时辰，总算是把中午的菜品给料理完。余下的饭食点心则交给小强去做，吕良赶紧换过衣衫，跟兆龙匆匆去见卫璜了。

老御厨虽然身子骨大不如以往，胃口却好，肥四陪着他一口酒一筷子菜的，吃得不亦乐乎。瞧见他俩进来，卫璜笑着拍拍左右，示意他们一边坐一个。吕良却不就座，朝着师父恭恭敬敬地鞠了一躬：“师父，您老人家一向安好？”卫璜坦然受了，说：“也就是一天天地挨日子罢了！”

吕良听老御厨说话时气息不畅，脸色透着苍黄，知道所言不虚，心下不禁黯然。兆龙却笑道：“我看师父您吃东西时两眼放光，简直就是个老饕，倍儿精神。嘴上说什么挨日子，一准是骗我们的，你看你哪里是在挨了，分明是在狂吞嘛！”卫璜被他逗乐，哈哈一笑，笑到一半儿，就岔了气，又抽搐起来，慌得兆龙和吕良赶忙给他捶背。待一口热茶送下去，老御厨才缓过劲来，瞅瞅这个，又瞅瞅那个，眼睛里流露出悲哀。

兆龙再也不敢开他玩笑了，只能小心地赔着笑。肥四起身道：“卫老爷子，我下去给您煮碗面吧。”

“好，好，算着，我也有两年没尝你手艺了。再不嚼两口，日后可就没机会了。”吕良听卫璜老说些丧气的话，有些不喜，眼瞧着肥四出了门，道：“师父，您平日里要想吃什么，派人告诉我一声，我弄好了让伙计送府上去！”

“你这心意我领了！”卫璜摆摆手，“肥四走后，想吃正宗的山东打卤面就不大容易喽。”兆龙一怔：“肥四师傅要走，去哪里？”

吕良道：“回福山去。他在京城待够了，想落叶归根！”

房间里静下来，到处流溢着悲凉。原本大家伙重新聚首是件大喜事，可临到头却有些强颜欢笑的意思了。自从京城一破，会贤堂一烧，人心似乎也散了，成一堆沙子，任你用双手怎么聚拢，总又会从手指缝里撒出来。又听卫璜叹道：“我这把老骨头能活到现在，总算是上苍可怜。你两个都是我看重的徒弟，日后不管谁有难处，都得相互帮衬着些，才不枉我教你们一场。”

两人赶忙答应着，一个忙着给卫璜布菜，一个忙着斟酒。看着老御厨颤巍巍的，上气不接下气的模样，他们心里头忍不住伤感起来。眼瞅着，师父真是没多少日子熬了。

兆龙想起跟卫璜学艺那两年，当真是生平最快乐的时光。老御厨为人和善，有时候还挺幽默。为了提高他的厨艺，每隔一段时间就会带兆龙去外面吃一顿，以至于两年下来，他们差不多把京城大大小小的饭庄子转遍了。在爷爷恨自己不听话，不让他回太极门那段日子，卫璜其实代替了杨慕侠的身份，把他当孙子看待的。对父母双亡的兆龙来说，那份温情不啻于在久旱的沙漠上洒落甘泉。还有，没有老御厨在背后撑腰，他年纪轻轻的如何能在会贤堂立得住脚，还单独设了一个二厨房。没有老御厨在背后打点，他也难能那么顺利地就进了御膳房。可是，在他还没来得及报答老爷子的恩情时，卫璜的日子却快要走到头了。

这么想着，兆龙不觉眼圈就红了，还是吕良偷偷在桌底下踢了他一脚，才强颜笑着，引逗卫璜说话。不多时，肥四已经端了四碗打卤面进来，兆龙赶紧起身帮忙，道声辛苦，辛苦。待卫璜拿起筷子，夹了几根面条放入嘴里，兆龙才凑上去喝了口汤，叹道："好，还是那个味儿！"

卫璜笑道："老四就凭这一手，走到哪里也能把饭碗端稳了！"吕良也在旁点头称是。肥四摸摸红通通的鼻子，有些不好意思，支吾了会儿才说："其实，这面好吃就在于一口汤上面。"

"说的是！"吕良端起碗来，对着光瞧瞧汤色，"老四这面汤里有一种特别的鲜香，我寻思好几年，就是调不出来。"

兆龙自然知道肥四汤头里面的秘密，转头瞧着他，嘻嘻地笑。胖子挠挠头皮："其实这汤也不难调，只要加上一味料就得！"

卫璜眯着眼睛："什么料？"

"是这个东西！"肥四说着，从怀里掏出一个纸包，打开来看时里面是一包褐色的粉末，"每次只要捏上一点儿就够了！"

这粉末兆龙也是头一遭看到，三人都把头探出去，细细打量。肥四脸上的表情很复杂，终于一咬牙，把纸包推到吕良面前："你靠手艺吃饭，这东西就交给你吧，它是用海……"

"慢着！"吕良一把将纸包推回去，"这东西老四你还是自己留着吧！"

"可……"

胖子还要再让，兆龙就笑道："胖师傅，你那谜底只怕早就被人晓得了！"

"真的？"

卫璜慢慢睁开眼皮，淡淡道："不就是海肠子晒干后，再磨成粉吗？"

肥四听了，嘴巴差点掉下来："卫，卫老爷子，您是啥时知道的？"

"早知道了！"卫璜笑着拍拍肥四的肩膀，"老四，你够实诚，临走前还想着把秘招留下来，不容易啊！"

“可，可你们早就知道它是什么货，我还当成宝贝一样瞒着人，真是叫人笑掉大牙。”

“老四你听我说！”吕良笑着给他解释，“第一回尝了你的汤面后，我确实佩服，背地里侍弄了好几回，可就是调不出你那汤味儿来。实在不行，我就去问卫师父了。师父毕竟见多识广，说汤里面透出一股海鲜味儿，又想到你老家离着海近，便觉得应该是这东西了。”

肥四闹了个大红脸，想到自己每天偷偷摸摸的，人家却早是心知肚明，真觉得臊得慌。兆龙赶忙拉他坐下，劝他喝了一盅，问他回山东老家有什么打算。肥四说，这些年在会贤堂里面，也积攒了些钱，回去后开个小面馆也可度日了。这时，来宝忙活完外头的事进来，一眼瞧到桌上的那个纸包，不明所以，问：“咦，那是什么玩意儿？”兆龙笑道：“你猜猜？”来宝把鼻子凑过去，嗅了嗅，然后转头瞧向肥四，嘻嘻一笑：“胖师傅，你怎么舍得把你的宝贝拿出来亮亮了？”

肥四又吃了一惊：“你也知道？”

兆龙和吕良也觉得稀奇，来宝又不像他们这样知味，怎么也会洞察玄机？只见少年眼珠子骨碌转着，叫道：“有什么稀奇的，胖师傅每天都神神秘秘地用它往汤里调味，我当然就想瞧个仔细了。后来，你老家那边总给你寄干货，好几次都有晒干的海肠子，我又不傻，自然能猜得出了！”

兆龙哈哈大笑起来：“来宝，你要是傻的话，我们都成二彪子了。”

有了这么一个插曲，原本有些悲凉的聚首才充满了喜气。虽然外面天寒地冻，西北风刮到脸上像小刀割肉，他们心里面却暖烘烘的。兆龙心想，在宫里面哪有这般融洽的气氛，那里的膳食也许更贵重些，可从来吃不出外面的这股子味儿来。这么想着，越发厌倦去宫里当差。可是当着卫璜的面，他又不能发牢骚，老御厨还以他为荣呢，毕竟才去了两年，就挣得五品顶戴，这真是给老人家长脸。只有兆龙自己心里清楚，他是多么羡慕吕良和肥四炒菜时的自由自在，真他娘的洒脱！

回紫禁城的路上，兆龙的心里一直沉压着，怎么也轻松不起来。他发现，那股子疲倦已经钻进了骨头里。依旧还是红砖碧瓦，依旧还是护卫森严，眼前的宫殿给他的印象却再也不像从前那样辉煌庄重。

如果仔细瞧，一些被枪火攻破的痕迹还能辨得出来。就算再装又能如何，强盗毕竟明目张胆地闯进去过，且不说枪杀了你的子民，洗劫了你的财物，末了还要你赔上两万万两白银，算是辛苦费。不用走进宫里，只在外面隔远瞧着，兆龙就感到一种莫大的屈辱。他相信，皇上待在瀛台依旧是食不甘味，可是慈禧呢，她还会继续过那奢华无度的日子。还需要像他这样的数百个御厨花费心思，去烹制各种美味佳肴供其享用。可是，她能吃得下，他却干不下去了……

一走进御膳房，不少厨子就围过来，纷纷道贺，都说他这般岁数就挣到五品顶戴，以前从无此例。兆龙虽然打心眼里烦倦这套，可又不能不应酬，强笑着谢了。只待听到黄知临一声咳嗽，众人才赶忙散了。

兆龙一瞧，这位黄总厨还是往日气色，跟他头一回见半点没变。变的却是兆龙本人，眼神有些懒懒的，再也没初到时露出的那分机灵，觉得宫里头处处新鲜。两人见过礼后，黄知临说："借一步说话！"

他这样客气，让兆龙有些吃不消，心说，这老黄向来骨头硬，不至于因为我在西狩路上受了赏，就改性子了吧。出了膳房，走到墙角没人处，黄知临转头打量他几眼，道："看不出，你年纪轻轻的，倒挺会钻营！"

这话有些刺耳，不过倒显出老黄的本色来。兆龙白了他一眼："黄头，我不属老鼠，不会钻。"

"不是老鼠最好了，什么账都摆在明处，是非曲直自有公论，这样子的话，咱们日后搭伙还有些干头！"

兆龙有些不明白他的话意："黄头，什么日后咱们搭伙？"

"原来你还不知道！"黄知临脸上闪过一丝嘲弄的神色，"恭喜高升，你如今是御膳房的副总厨了！"

兆龙一呆，怪不得那些厨子刚才那般热络呢，原来是在拍自己的马屁呢！虽然说，他早就知道自己升任了这个缺，却从来没当回事。今天被他们这么一闹腾，心里却痒痒起来，乖乖，怪不得都喜欢当官呢！是有些众人抬轿的意思。可随即又想，这个副总厨算个屁，还不照旧是伺候人的奴才！黄知临的目光一直在兆龙脸上转悠，见他无动于衷，忍不住问："怎么，嫌官儿小了？"

“是不大！”兆龙嘻嘻一笑。

黄知临脸一沉：“那是不是想叫我把总厨的位子也让出来？”

“天地良心！”兆龙正色道，“黄头，你是跟我师父同一辈的人，手艺我是顶佩服的，在御膳房里面，你是大拇指，我是无名指，谁也别挡谁的道。”黄知临脸色稍霁：“你倒也知道些轻重。”一顿，又说，“不是我多嘴，你在宫里头的靠山倒了，以后做事还真得瞪起眼来。”

“黄头，这话我就不明白了，什么靠山倒了？”

黄知临见他表情不似作伪，摇摇头：“你不是跟崔玉贵走得挺热乎嘛，他出事了！”兆龙一惊：“他怎么了？”

“太后说他逼死了珍主子，撵他出宫了！”

“哪是这回事……”兆龙脱口而出，猛然觉得不妥，又把下半截子话硬生生地吞下去。他马上领会过来，定是慈禧觉得害死珍妃不光彩，回来后脸皮上挂不住，便把过错推到崔玉贵身上，让他替自己喝脏水了。

“能拣条活命已经不错了。”黄知临因崔玉贵往常总管着御膳房，从不曾难为过他们，心存感激，对他受驱逐也报以同情，“临走那天，我们几个倒是烧了一桌好菜，替他送过行。小罗成到底是小罗成，没亏了这个外号，一口气喝了两坛子酒，菜肉也吃得不少！”

“他的酒量和饭量是没得比！”

“我老黄倒是更佩服他的气度，居然瞧不出半分丧气来。吃饭倒是比平时还开心。你猜最后他怎么说的？”

“喝多了，说醉话了？”

“他说，以前虽然当御膳房的总管，可吃饭揪心。如今才吃得舒心，他奶奶的，可惜吃了这顿就没下顿了！”

黄知临说罢，两人都笑起来。兆龙听说崔玉贵临走时也风和日丽的，心里直赞他是条汉子。又想到自己也厌倦了在宫里待，倒觉得这位二爷走得好，走得对，日后他真可以正儿八经地当个武林人物了。便这么相对一笑，两人间的距离又拉近了些。黄知临眼光往远处扫了扫，压低声音说：“我告诉你，初三那天珍主子就出井了！”

兆龙心想，在那井里头泡了一年多，只怕尸首早不成模样了。谁知，黄知临又说："听太监说，那天珍主子一上来，大家伙都惊呆了，跟生前没什么两样。宫女太监们都传说，闹神了！"

说是闹神，其实是"闹鬼"，总之谣言满宫里飞。幸好那天慈禧早早地就避去了长春宫。光绪倒想去见爱妃一面，却是李莲英怕他见了伤心，委婉劝止了。再说，他人要是去了，更会惹得老佛爷猜忌，反倒不妙。

十二月四日下过两道上谕：一道是扈陛有功的直隶总督袁世凯，加恩赏了"宫衔"与"朝马"；另外一道便是下给珍妃的，说上年京师惊变，仓促之中，珍妃扈从不及，自于宫中殉难，节烈可嘉，加恩着追赠贵妃号以示褒恤。兆龙听说这话，不禁替光绪难过，这两道谕旨，一道是下给他最痛恨的人，一道是下给他最宠爱的人，简直是要把他的心绞碎了再扔到地上踩几脚。想到这里，不免问一句："那皇上现在在哪儿？"

"还能在哪儿？老地方！"

还在四面环水的瀛台，兆龙心里又是一紧，想到太监们给皇上胡乱送去的膳食有些都馊了臭了，还是照样摆过去装样子，不免又心中凄然。没有了崔玉贵居中安排，日后他就是想给光绪开小灶，只怕也难。幸好自己还升了官，特别烧几个好菜奉上，总归能办得到。

那天的午膳，兆龙强打起精神整治，却发现怎么也提不起那股子劲头来。幸好他如今也是总管了，膳食并不需要他亲手做，只要盯着那些御厨各显神通，不出差错就成。

下午时，他便上街买了些点心和肉干之类的东西，赶去钟楼边的关帝庙去了。据黄知临说，崔玉贵自被撵出宫后，既不去投靠他的干爹桂公爷（桂祥），也不去求李莲英，径直去那庙里跟一些老太监住在一块儿。

庙后又叫恩济庄，是雍正帝赐给太监的公墓，据说已在那里葬了两千多名太监。兆龙一路寻过去，知道崔玉贵投这里容身，显然是在等死了，不禁为他难过。远远地，便看到山门口蹲着不少老太监，一个个形容猥琐，虽然穿着厚棉袄，还是冻得缩头缩脑，个个眯缝着眼儿。兆龙鼻子灵，老远就嗅到一股臊臭味儿，不禁一阵恶心，脚便扎住了。他不敢设想崔玉贵在这里待久了，是不是也会腐烂掉。

看看头顶，阳光浑浊，寒风吹动屋檐下的铁马发出当当声响。兆龙晃晃脑袋，心说既然来了，哪能嫌这嫌那，岂不等于把崔玉贵也看贱了？

仗着一口气，大步走向前，朝门口的老太监打个千儿：“老公公，我来找崔玉贵，烦你告诉一声，他在哪个屋？”一听是来找崔玉贵的，老太监们都旺神了：“你找二总管呢，他一大早就出去。”

“对，连中午饭都没回来吃，兴许是去奶子房刘家那边去了。”

兆龙便问刘家怎么走，老太监告诉他，崔玉贵跟那老刘太监是河间同乡，一个笼子里爬出来的，如今最好坐一起说话。还有的用手指蘸了口水，给兆龙在地上画了地图，教他怎么走。

太监们都阴狠，崔玉贵失势后，还敢跟这些人住在一起，可见在宫里时人缘不错。不然的话，舌头底下压死人，这些阉人光吐唾沫也能把他淹死。

兆龙问清了路，道过谢，便急匆匆走出关帝庙。谁想，迎头一个壮汉大步流星地奔过来，身穿紫貂皮衣，头戴海龙拔针的软胎帽子，下身是玄色春绸棉裤，裤脚往后一抿，用两根蓝飘带一系，脚底下一双两道梁的满帮云头的粉底大缎子棉鞋。可不是崔玉贵是谁。兆龙忍不住乐了，这二爷如此打扮，往上身一看很神气，往下身一看很匪气，当下高声喊：“二爷，您这是去哪里赶场子？神气着呢！”

崔玉贵平日里傲气惯了，眼珠子长在脑门上，难得瞧人脸面，猛听兆龙喊这一嗓子，才垂下眼睑，喜道：“杨家小哥，原来是你！”

“刚才去过关帝庙，说您去了奶子房那边，正想过去找呢，可巧就碰上了。”

“嗯，倒是没想到你还能走一趟，足见重情义！”崔玉贵说着，冲兆龙竖起大拇指，“姓崔的如今是倒了架，只能住这关帝庙了。”

“住关帝庙也没什么不好。关帝爷重情义，正好配你这身骨肉！”

崔玉贵听了大喜，上去一拍兆龙的肩膀：“我个娘啊，你几时说话这么中听了！”情喜之下，居然把兆龙抱起来拎了两个圈子。

兆龙瞧到他本色如初，也打心眼高兴：“二爷，您这身穿戴可够惹眼的，怎么瞧怎么像个王爷！”

“还真叫你猜对了！”崔玉贵乐呵呵地解开皮袍，让他瞧里面的黑缎团龙暗花的马褂，前胸后背各是一幅团龙。俗话说“金顶朝珠挂紫貂”，不是入过翰林院的人，是不许穿紫貂的。如今崔玉贵非但外面穿了紫貂袍子，里面还穿着王爷才能穿的马褂，可谓够胆大的。用他的话来说，在北京城这是独一份儿。兆龙嘴上虽然应和着，心里却不免替他担忧，崔玉贵这么穿戴，明摆着是心里有气，冲着慈禧去的。

当街站着不成话，他们就近找了个茶馆叙旧，两碗茶汤上来，把门一关，脚下的炉子一烤，热气便涌上来。崔玉贵这才把紫貂皮袍脱了，随手搭在椅子上，眼光直勾勾地射到兆龙脸上："杨家小哥，说起来你也算是混得好了，可宫里头的那些人个个心毒，没度量，嫉心最强，又心眼多，还尽是些歪心眼。你呢，年纪轻，性子又直，给个棒槌就当针使唤，早晚得给人祸害了。我老崔今天可得给你提个醒儿，日后睡觉也得多睁只眼，办什么事、说什么话，要多学学太极拳里面讲的随屈就伸！"

"我记下了！"兆龙嘻嘻一笑，"可我瞧二爷您，也是风风火火的，不搞曲里拐弯的那一套！"

"你能跟我比？"崔玉贵一瞪眼，"我多大岁数，你多大岁数？老子吃的盐都比你吃的米多！再说，我在宫里头待了几十年，一步步熬，才熬出头来的。哪像你，一步登天，少人扶，根儿扎得不稳，小心一头栽下来！"拿起茶碗咕咕喝光，还不解气，又说，"你别以为老佛爷现在挺宠你，哪一天你碍着眼了，她说翻脸就翻脸了。"兆龙知道这才是崔玉贵情急的原因，当下道："我也不稀罕她的宠信，不过是凭良心做事。"

"就算凭良心也不见得讨了好去！"崔玉贵气咻咻地道，"老太后亏心，那时候累得我脚不沾地，外头闹二毛子，护卫内宫的事、御膳房的事都压在我头上，忙得黑夜白天睡不好，万一有了疏忽，那可是掉脑袋的罪。这还不算，我又是内廷回事的头儿，外头乱糟糟，一天叫起（召见大臣）不知有多少遍。外头军机处的事我要奏上去，里头的话我要传出去。我既是老太后的耳朵，又是老太后的嘴，里里外外地跑。一件事砸了锅，脑袋就得搬家，越忙越得沉住气，一个人能有多大的精气神！"

兆龙见他越说越气恼，赶忙把茶水续满，送到他手里："二爷，慢慢说，不急，现在您老可不是闲下来了吗？"崔玉贵被他逗弄一下，只得苦笑，喝了两口茶，把杯子重重地往下一顿："当牛做马，到头来还是没得好啊，被一脚踹了！”摇摇头，又补上一句，“活该！”

兆龙知道他从那么高的位置跌下来，心里定是不平衡，却也不知该如何劝解，看来，还是转个话题让他分心的好：“二爷，您知道珍主子入殓了？”这事应该是最让崔玉贵心痛的，再多的窝囊气被这话头一冲，也就消于无形。他长长叹口气：“葬在西直门那边了，我去祭奠过，头也磕了，香也烧了，也不知道珍主子九泉之下能不能原谅我。”说着，嗓门又抬高了，“老太后亏心，把脏水泼我身上，叫我至死洗不净，一直得替她背着黑锅！”

“总有真相大白的一天！”兆龙压低了声音，“不瞒二爷，在从西安回来的路上，我就偷偷把那事跟皇上说了！”

崔玉贵一瞪眼，却并不说话，呼哧呼哧喘着粗气，猛地一仰脖子，把杯里的茶水灌进嘴里，居然呛住了。他连声咳嗽，兆龙站起来要帮他捶背。他赶紧摆手制止，好容易顺了气，脸红脖子粗：“皇上他……”

“他也知道您委屈！”

崔玉贵一回味，确实不假，在回京的路上，皇上看他的眼神是温和了好些。原来是兆龙在暗地里替自己疏通啊。不觉心头一暖，他却不会把个谢字挂嘴边上，反倒说：“你呀，以后少来找我，不吉利！”

“这是什么话？”兆龙一皱眉，“真亏你还想正儿八经地做个武林中人，就凭这份心胸，我看就不够格！”一句话噎住了崔玉贵，讪笑道：“这不是为你着想吗，不识好歹！”兆龙伸胳膊打个哈欠：“放心吧，我心里有数！说不准哪天，俺也撂挑子不干了！”

“那怎么对得起你刚到手的五品顶戴？”

“可不是怎的，屁股还没坐热就拔脚离开，是有些亏啊！”

两人说着，哈哈大笑起来。他们知道，在宫里头可不能笑得这么畅快、这么放肆！那天，两人少不得又一起切磋了下太极拳，并约定待杨慕侠回了京，兆龙便带崔玉贵去认认门，指不定老头子一高兴，还能把这位二爷收入太极门下呢！

第五章　狱中日月

杨慕侠举家重回京城，已是第二年春天的事了。只因义和团假托神拳之名以伪乱真，排拒洋教而导祸入门。像太极门的杨云鹏、八卦门的程廷华以及顺源镖局的大刀王五，都在八国联军攻入北京那日殉难。

此后义和团被镇压，拳界各派也遭受牵连，门人均多星散。唯有太极杨家，因为得到贝子溥伦等官贵名流庇护，故而还能在京城占着一席之地。

杨慕侠今番进京，果然依照对师弟徐雁北所说，将其女婿杨云雕以及外孙兆麟、兆虎也一并带走。因火器逐步代替刀枪弓箭，镖路的生意也日益艰难，他们的镖局子就不再承办下去，而是专心收徒传艺，发展太极门的势力。二月二，龙抬头，吃过炒糖豆后，天气变得暖洋洋了。脚下的土已是酥软，还往外透着湿气，草儿冒出了尖芽儿，柳条抽出了嫩叶。

这个时节最适宜练武，憋了一冬天的汗水也可以出个通透。进京安顿好之后，杨慕侠便闭门悉心地调教杨云雕拳术，大凡拳架子，差不多只有那么几路，盘来盘去也没什么可多调整的，关键是里面的“东西”。

唯有把“内”练好练顺，那股子特有的气才能透出来。用老头子的话说，拳好不在花哨，在味道。一种从里透外的特别味道。

太极拳练到高层时，已不能把它简单地当成一种拳来练，而是入了道的武术。这个时候的杨慕侠变得像个老学究，每天捧着水烟袋，在旁边瞅着看着，不时地指点杨云雕，要把拳架子往里收。要内敛，不要张牙舞爪，杀气外露。太极拳走圆，便要将一些棱角磨光滑了，无阻无碍。就好像墙角那棵老梅，如今花叶不见，只余秃枝，外看老拙无姿，也不秀美，可里面却自有一副铁骨。所以，在兆虎和兆麟看来，如今他们的爹盘起的拳架子，是越来越“丑”了。到后来，胳膊甚至都懒得伸出去，只是微微在动，显得老气横秋。一度，他们怀疑这样的拳能打人吗？结果一上手，人便弹出去，杨云雕显然要比从前厉害得多。至此，两兄弟方才信了“丑功夫，俊把式”这句江湖俗语了。可不知怎么的，天桥上那些走江湖卖艺的，打起的花拳绣腿比谁都漂亮。可那只能用来糊弄普通老百姓，真待动了杀手，就成纸糊的金刚倒了架子。只是，小一辈的拳架子还是要往外舒展，不能往里收。这倒是正好应了季节，万物复苏，他们的身子骨也要像树条一样，往外抻拉，以便更富有弹性。

叫杨慕侠心喜的是，兆鹰如今练拳最是下大力气，简直变成了从前的兆鸣。天不亮就开始在后院练功，白天去教场子，晚上回来也会练到夜深人静。好几次，都是老头子催着他回去歇息，方才罢手。

应该说，正是杨云鹏的死彻底唤醒了兆鹰的心志，他知道，失去了那把保护伞，家族的重担也就落在自己的肩上。更何况，他如今也是当爹的人了，再也不能像以前那样疏懒，要学会担当。四个人中，有两个练功玩命，剩下的自然也就被牵拉着往前赶。更何况，兆虎和兆麟知道他们习练的功夫跟兆鹰和兆鸣有差距，如今能凑到一块儿了，哪有不肯下气力的，故而一门老少越发精进了。这倒叫杨慕侠悠然又似回到从前，他那时带领云天、云鹏练拳，也是不舍昼夜，却要比孙儿们还玩命。如此辛苦，云天和云鹏方才能早早地就打出名堂来。可惜，往事如烟，不可追溯了。

二月六这天上午，杨慕侠收拾停当，正准备去贝子府给溥伦讲拳。杨奉突然来报：“老爷，有个叫崔玉贵的前来拜访！”

杨慕侠还不知道崔玉贵如今已不是内廷的二总管了，他们在西狩的路上，倒是挺谈得来，尤其是说到拳术上面，更是对路数。如今听说他突然造访，不免有些惊异，要知道太监不奉旨是难能出禁城的。

“他一行几人？”

“就他一位！”

“那赶紧请到前厅奉茶！”

杨慕侠走去前厅，看到杨奉引着崔玉贵进来，好家伙，那人身上没半点太监影子，活脱脱一个武林人物，气派威武，朝着他就兴起了抱拳礼：

"老先生，别来无恙！"

"二总管，什么风把你给吹来了，请里面坐！"

杨慕侠还要客套，崔玉贵却是直截了当："哎呀，老先生，敢情您还不知道，姓崔的早就不是什么内廷二总管了，我年前就被扫地出门了。"

杨慕侠一怔，随即笑道："那也好，难得清闲！"心里不禁猜起他的来意。崔玉贵嘿嘿笑道："正是这话。"脸色一端，又急声道，"老先生，我今天冒昧前来，是给您府上传个信的，令孙兆龙只怕有难！"

"什么？"

"我也是刚刚得到消息，有个相熟的早上告诉我，昨晚上，老佛爷手下的四大金刚连夜提审令孙和我当初的几个手下，估计瀛台那边的事败露了。"杨慕侠乍听这话，虽然心惊，面上却沉得住气，把崔玉贵让到客厅，仔细问起来。这才知道，所谓的四大金刚是慈禧太后很倚重的四名老太监，平日里只负责给她传膳。至于瀛台那边的事，却是指兆龙私下给光绪开的小灶，并冒充传膳太监上岛，暗暗地传了皇上太极拳等秘事。杨慕侠越听越心惊，原先兆龙有次跟他说起过传拳的事，他自觉不妥，等后来在西狩路上，皇上被假"吴永"挟持，在兆龙的提醒下，光绪突然使出一招"白鹤亮翅"，化险为夷，他才知道孙子还是瞒着自己传拳于光绪。只不过，后来慈禧重重嘉赏，一路上对兆龙很是宠信，杨慕侠一颗心才放下来。却没承想，才进二月，却要来"秋后算账"了。

在西狩的路上，兆龙跟他谈起了不少深宫秘闻，杨慕侠对于慈禧狠辣的手段自然了解，如何能不揪心，赶忙道："崔壮士，多谢你前来传讯，此恩此德我杨家铭记心内。"

"老先生，您这是说哪里话来！"崔玉贵慌道，"您也别壮士壮士的了，干脆叫我声玉贵就得！"

杨慕侠本也不是什么拘礼之人，当下也不啰唆："玉贵，依你看，兆龙此事犯了，会落到个什么处置？"

"只怕是死罪！"

杨慕侠心一沉。崔玉贵道："瀛台那边是老太后最大的心病，谁碰了那雷池半步，她都是不会容忍的。您也别奢想她会念及兆龙西狩路上立下的功劳，网开一面，嘿嘿，老太后要是有那份好心，我也不会被她一脚踢出来了。”

“那依你这意思，人是没得救了？”

“老先生，可恨我不在宫里头，无法照应。所以这事儿，还得去找伦贝子商量，一道拿个主意！”

杨慕侠正要去贝子府，闻听哪里还敢拖拉，跟崔玉贵同车赶过去。见了溥伦，三人一合计，觉得这事让贝子爷出面求情，只怕更会惹得老太后猜忌，保不齐她还会以为兆龙去瀛台传拳，还是溥伦等人特意安排的。那样子，兆龙更是没活命的机会了。崔玉贵听罢一咬牙，当场拍了胸脯，虽然说他人已离开了皇宫，但在里面几十年的经营，徒弟和故旧也不老少，以往爱面子，不愿去求他们，如今为了杨家小哥，也只得把这张脸皮豁上去了。

他有个徒弟叫小德张，天津静海县南吕官屯人，前两年被提升为后宫太监回事。庚子事变中，随慈禧太后西狩，回京后升任御膳房掌案，三品顶戴，算是顶了崔玉贵的缺。如今，也只有找他去暗通款曲了。

不过，崔玉贵说，宫里面说话最有分量的还要算李莲英。他也做了四十多年的太平总管了，慈禧几乎对他言听计从，只要能打通“皮硝李”的门路，这人就死不了。只是，崔玉贵跟李莲英虽然是小同乡，说起来还沾亲挂故，但他并不愿意去求他，只能让溥伦去想法子了。

在贝子府商议时，杨慕侠一直保持镇定，虽然心里早就滴血，却只能强自镇定。云天只有兆龙这一个骨血，无论如何也得帮他保全下来。

唯有等到回了家，老头子才觉得天地已变了颜色，那春光早染上肃杀之气。看着厅堂上挂着那副楹联：“手捧太极震寰宇，胸怀绝技压群英。”不觉悲酸上涌，你即便拳术练得再好，再能打，当此关头，又能如何？

杨慕侠越想越悔，实不该当初让兆龙进宫里去。记得这孩子曾跟他说过，他之所以进那御膳房，还想着去摸摸“秋水”的底细，因为那些人就隐藏在内务府。红灯照被驱逐后：“秋水”也在宫廷立不住脚，老头子本来还为孙子庆幸，以后在里头少了险难，谁知，他这么快就惹上祸。万一兆龙有个三长两短，他如何跟地下的云天交代。想到此，杨慕侠再也憋不住，老泪涌出眼眶……

直到被下进位于天安门西南角的大牢，兆龙还是有些恍惚，人像是在梦里头一直未醒。那天，他被传到内务府问话，瞧见的是平日里给慈禧传膳的四个老太监。他们个个面无表情，佝偻着身子，脸色不是蜡黄就是苍白，看上去像鬼。跟他一起被传讯的，还有几个小太监，却也认识，其中有几个是崔玉贵的亲信，当年他就是穿他们的衣衫，装作太监上瀛台的。

审讯很残酷，也很利落，一开始并没冲他来，四个老太监轮番询问那些小太监，怎么在宝月楼下开的小灶，怎么偷着往岛上传膳的。那些小太监稍有支吾，耳光和皮鞭就抽下去，很快便招供了。

眼看这情形，兆龙知道抵赖无用，索性站出去把过错一并承担了。自从崔玉贵被踹出皇宫后，他隐隐就有一种预感，没了这把保护伞，以后在皇宫里面的日子就不会好过了。可是没想到，这一天来得这么快、这么突然。进膳的事还小，可是擅自向光绪传授太极拳的罪名就大了。但这事也不容得兆龙否认。因为光绪的贴身太监王商已先一步被拎了来，早把事情的前后都吐露了。

那一张张供词往兆龙面前一摆，老太监们阴冷的眼神和怪异的腔调，让他想到那些最毒的蛇——滑腻腻的，阴森森的，让人作呕。有什么好抵赖的，他确实教了皇上太极拳。正是凭着那几招拳，光绪才能得以在被匪人挟持时，化险为夷。可现在，这却成了他的罪责。兆龙突然想笑，但当着那些阉人的面儿，又强忍着。很快，一股浓厚的怨气就冲满胸间。娘的，老子也在这里憋屈够了！一咬牙，豁出去了，签字画押，做了就不后悔。

当晚，他便被下进大牢。兆龙那只鼻子最是灵敏，往常在御膳房，什么香味甜味鲜味都能辨得出，如今可好了，闻到的尽是臊臭和腐烂味儿。他这才明白，拥有一个异常灵敏的鼻子原来还有这样的祸处。那些强烈的气味刺激得他全身哆嗦，脑门子一个劲地发涨，即便是用手掌捂着也是不成，呼吸间照样能感受到那种难闻的气味。可是，不光是气味的折磨，还有囚犯像野兽样的吼叫、用刑时的惨叫以及狱卒阴毒的斥骂，都像锥子一样往他耳眼里扎。兆龙不想听，可是他只有一双手，堵住鼻子和嘴巴，就顾不了两个耳朵。

他龟缩在墙角，手脚上的镣铐冰冷沉重，哪怕是轻轻动下，它们都会哗啦哗啦地响。牢房里潮湿而昏暗，唯有巴掌大的后窗缝儿有时会透进一缕两缕的光。可这也无济于事，光落不到他身上，只是斜映在高墙一角。夜里黑乌乌的，白天昏沉沉的，兆龙觉得变成了一条虫子，缠在硬茧子里，不思不想，不言不动，慢慢变得麻木了。可即便是条虫，不再是龙，他照样免不了饥饿。对一个经年面对珍馐美食的御厨来说，那碗牢饭如何能下咽？那简直就是些猪食。头一顿看到它，兆龙险些吐了，自然不会去吃。狱卒回来收碗筷时，见丝毫没动，冷笑说好小子，有种！

第二顿还是没动。但兆龙已是饿得眼冒金星，觉得肠胃被缠成一团，全身都簌簌乱抖。他开始后悔前两顿没吃，黑暗中瞪大眼珠子瞅着外头，盼着狱卒的脚步声响，可偏偏这段时间极其漫长，没边没沿的，熬得兆龙张嘴直喘息。好容易牢饭送来了，在狱卒的嘲弄声中，兆龙筷子也不使，用手抓，把头伸进饭碗里。什么鲜香、味美全不顾了，只想着如何把空落落的肠胃添满。食罢，饭碗一丢，人就趴在那里呜呜哭起来，流下屈辱的泪水。这样子又熬了几天，兆龙受不了牢房里的闷压，开始像野兽一样号叫挣扎，身子砰砰地往墙上、栅栏上撞，不管狱卒如何斥骂，也是停不下来。于是，水和饭都停了，他剩下的一丝丝火气便在这种煎熬中慢慢消尽。半个月后，他已变得不愿意再站和坐，只想躺着了，果真“变”成一条没有骨头的虫子。

忽有一天，兆龙听见狱卒在外面喊自己的名字。连喊了几声，他也没反应，直到狱卒敲打着牢门，指着他吼，他才意识到原来在叫自己。

不大一会儿，又来了两个差人，牢门打开后，架着他出去。兆龙这才清醒了些，嘴巴张了张，终于发出了音儿：“这……是要去哪儿？”

“给你换个地方！”

一出狱门，阳光就刺下来。兆龙赶紧用手挡住了眼睛，过了好一会儿才慢慢适应了。看到眼前的楼阁，还有天上的白云以及飘在空中的风筝，恍如隔世。空气很清新，再也不是牢狱里的那股臊臭味儿，他贪婪地吮吸着，依稀能嗅到花草木叶的清香，这让他禁不住打起了幸福的颤颤儿。

原来，能看到阳光白云蓝天，能闻到花的芬芳、草木的清香，竟是一种无上的福气。兆龙的眼角很快变得湿漉漉的。

刑部大院坐西朝东，西北角和西南角各有一处监狱，如今，他们是从西北角的大牢出来，前往的是西南角的牢狱。两狱相隔不远，两名官差押着他往前走了百来步便到了，走进一道大铁门，其中一个官差跟把门的守卫嘀咕了几句，那人就吆喝："刘九，验货了！"

里面便出来一个五十来岁的狱卒，脸皮蜡黄，像个痨病鬼，边打着哈欠边打量兆龙："你就是杨兆龙？"

"是！"

"我姓刘名九，以后在这里头，你就归我管。好好待着，别给我找不自在，那咱们都好过！"训过几句后，拉人进去，穿过长长的廊道，走进第二道铁门。兆龙惊奇地发现，这里面的牢房要干净好多，甚至有的房间里还有书桌、椅子，犯人们有的甚至还不穿囚服，不戴镣铐，就在里面读书品茶。他不禁有些迷糊了。刘九嘿嘿两声："怎么，瞧不明白了？这是官监，不比其他地方。你要是有白花花的银子使唤，在里头照样过得滋润！"在里面转了几个弯儿，见到另一名狱卒站在一间牢房前，跟刘九差不多年纪，满脸横肉，瞧得兆龙进来，上下打量几眼，问刘九："就是这主儿？"

"杠子，这主儿是崔二总管交代下来要照应的，你得担我几分面子。"

"哪个崔二总管？"

"崔玉贵啊！"

杠子嗤之以鼻："哪年的老皇历了，姓崔的去年不是就被踢出宫门了！"

"好歹他与我有恩，求到门上，哪好意思推。放心，好处少不了你的！"

杠子这才一脚把门踢开，晃晃悠悠地走了。兆龙听说是崔玉贵出面打点的，心头一热，赶忙对刘九说："多谢九公。"

"别谢我，要谢他日你去谢崔二总管！"刘九说着推他进去，锁上牢门走了。兆龙一瞧，官监果然不同，不像原先那地方只铺了稻草，里面居然还有一张床。铁窗也开得大，光线此时尚算充足，因而看上去没那么昏暗。乍从“人间地狱”出来，住进这等地方，兆龙竟然有些不适应，脚下不停地在屋里转圈子，摸摸这，碰碰那，老半天才安顿下来。他随时带的包袱里面只有几件换洗衣服，和三本书，那些竹刀早被扣下了。兆龙把书一一摆开，《道德经》《南华经》《本味》，不觉痴然。

今后，这菜刀和炒瓢是不想碰了，卫璜师父把《本味》交给自己，他也没让他失望，如愿进了御膳房，还曾一举升到副总厨的位置。可现在看来，这些都无关紧要了，就像梦了一场。当下，便把《本味》收进包袱，手掌却在另外两本书上摸索。尤其是父亲交给他的《南华经》，里面的逍遥游一章此时对他具有无上的诱惑。兆龙心想，就算身子被囚在这里，心总能够去逍遥吧！从这天起，他开始细读“庄子”了。换到官监的第二天上午，杨慕侠便来探望了。兆龙一瞧见爷爷的面，泪水便夺眶而出，他从没这般想见到亲人，十来天的隔离，把他这些年积压在心底的亲情一股脑激发出来。

杨慕侠用两张银票把刘九和杠子打发了后，此处便能容得他祖孙俩清清静静地说话了。兆龙从铁栅栏里伸出手去，紧紧握住杨慕侠的手：“爷爷，您快把我弄出去，我受不了了……”看到孙子泪如雨下，杨慕侠也心疼欲绝：“兆龙，你放心，爷爷但凡有一口气在，就不能眼看着你在里头受苦！”兆龙知道爷爷从来不打诳语，心底顿时觉得踏实了，含泪点头。杨慕侠又道：“孩子，你听我说，人在这个世上，最要紧的就是能活着！你一定要把这句话牢牢地给我记住！”

“我懂，人只有活着才有机会说别的、做别的！”

“就是这个理儿！”杨慕侠道，“你是犯了太后的忌讳才被下牢的，在大清国，她就是天老爷，没人能抗得了。不过还好，崔玉贵给我报信后，我和伦贝子上下找人通融，总算是先把你这条命给保下来了。”

“崔二爷还托人把我弄到官监这边，这次我欠他大恩情了！”

“帮你的可不止他一个。还有一个人，他在里边活动得最得力。”

“谁？”

“你那个叫弱用的师父。”

兆龙一怔，做梦也没想到弱用会帮他。自从那年跟道士闹翻，他就再没去过白云观，还以为此生再也不会来往了呢！

“他如今是白云观的住持了。这事幸得他出面，搭上了李莲英的门道，你这条小命才被保下来。”

兆龙这才知道，高铭远因为是义和团的“老师父”，八国联军杀进京后，就此下落不明，弱用便取代他的位子，主持白云观了。而老佛爷钟情于白云观，从来就不是个秘密。原来，慈禧的母亲去世后，需要找一个寺庙停灵，当时尚未独揽大权的她，派大太监刘诚印到北京贤良寺等佛寺寻访。这些寺院的住持僧大都不热情。慈禧甚为恼火，后转往北京白云观，受到白云观道士的热情接待。此后，慈禧与白云观来往日益密切，取道号为广仁子，大太监刘诚印亦在白云观皈依了道教。

正因为有这么一层关系，弱用疏通了李莲英，这事才缓下来。兆龙人是不能放，还得在监牢里押着，但小命暂时保全了。兆龙听罢杨慕侠讲述，心里头升起的希望又一点点落下来。显然，自己短时间是出不了这牢门了。即便是为了保下这条命，爷爷他们已费了很大的周折。

“爷爷，今后我怎么办？”兆龙想到今后要长久地囚禁于此，心底就直冒寒气，身子也跟着打哆嗦。一年，还是两年，甚至是……眼看着人生最好的光阴，却要在这牢房里耗掉，兆龙想想都觉得害怕。

“兆龙，别慌！”杨慕侠觉得孙子的手扣得很紧，简直要抓进自己的皮肉里，知道他心里很是惶恐，“你跟我说，太极拳讲究什么？”

“讲，讲什么？”兆龙此时脑子里一片空白，根本不知道该怎么说。

“讲究以静制动对不对？”杨慕侠殷切地道，“这个静字诀是最难练的，你爹，还有你二叔，武功不谓不高，可在静字上面还是没有拔上去！”兆龙心里乱糟糟的，这都什么时候了，爷爷还有闲心思跟他讲拳？却也只得附和道：“想来那静字诀不是人人都能练的！”

“眼前，你就有这样一个机会，能把静字诀练好。”

兆龙听了这话一呆：“爷爷，您在说笑吧？我都到这分儿上了，哪还有闲心思去练什么功夫？”说罢，苦恼地用头砰砰在栅栏上撞了两下。猛地手心一热，十指不觉就松开了。杨慕侠把双手缩回去，眼神变得冷澈，喝道：“你给我住嘴，这是杨家人该说的话吗？”

“我……”

“不管是练拳，还是做人，最重要的便是修心。你懂吗？”

“我懂，可是……”

“人这身子，就是一副臭皮囊，骨肉可坏，心可不能烂掉！一个人要是连心都给锁死，那还有什么指望？”

兆龙还想辩解，又被杨慕侠一把拽住衣领子，脸颊和脖子都紧紧挤到铁杆上。老头子瞪大眼珠子，沉声道：“你给我听好了，杨家人没有孬种，你要是还想姓杨，就拿出杨家风骨来给我瞧瞧！”

兆龙从没见过爷爷这么“喜怒形之于色”，眼珠子瞪得滚圆，眉毛飞挑，气息都粗混了：“当初生下你，你爹让我起名，我就叫你龙了。这个名字起得有些大，不着地，风来雨去，能大也能小，能显也能隐。现在你告诉我，你到底是杨家的一条龙呢，还是一条虫？！”

兆龙一咬牙，喊道：“我当然是龙！”

“好，有种！”杨慕侠这才松开了手，脸上慢慢泛出笑容，“我就知道，你不会让爷爷失望！”兆龙觉得体内像点起了一根火把，滋啦滋啦地烧着。没错，就算被囚在牢里，他也不能烂成一团泥。不说爷爷他们在外头挂着心，就是地下的爹娘也不想自己沉沦，一咬牙：“爷爷您放心，就算把这牢底坐穿了，我也是个有骨头的！”

“好，这才是未来太极掌门该说的话！”

兆龙一惊，叫声：“爷爷……”

“你没有听错！”杨慕侠笑道，“掌门的位子是该由你接任。”

“可是兆鹰呢？”

“这孩子也不错，可比起你这悟性来，还是差了点儿。”杨慕侠说着，又皱起眉头，“再说，他好搞些乱七八糟的事，叫人不省心！”

兆龙闻听不以为然。什么是乱七八糟，自己还当厨子呢！老头子明摆着是被兆鹰寻花问柳的事伤透了心，才会想着把掌门传自己。他说：“爷爷，我上次回去后，看到兆鹰练武很下气力了！”

“那小子是长进不少，可你是长孙，武功又高过他，岂不是更胜任接这掌门？”其实杨慕侠这么急着告诉兆龙他的想法，还有更深一层的用意。通过这些天的奔走，老头子知道孙子这次能保住一条命，已是万幸，等待他的将是长年的牢狱之灾。兆龙年轻气盛，如何能够熬得太久，今天孙子如此沮丧，便叫杨慕侠悬着心，往后的日子还长着呢，他又不能三天两头来探监，所以兆龙只能靠自己来救自己。所以，老头子要提前给他点甜头，方才有了掌门位子的许诺。可这话传到兆龙耳朵里，他自有另一番想法。这摆明了又是老头子在玩一言堂。要是二叔还健在的话，他还会不会打自己主意？那可不一定。

兆龙向来反感长辈们强按着人低头喝水。好像小辈们都是他们手里的棋子，喜欢怎么走就怎么走，路子一步步都先弄好了，棋子本身反倒一点儿主动权没有。不过，虽然对掌门位子并没多么看重，他却对那《授密歌》很有想法。自从跟爷爷一起西狩，路上日夜练的是拳，谈的也是拳。兆龙对太极拳的兴趣早就被撩拨起来，厨艺反倒没什么兴头搞了。

他还知道，唯有掌门人才能接触到《授密歌》，因为爷爷只能把它传给一个人。在太极门里，还有比下一任掌门更合适的人选吗？没有！也就是说，今天杨慕侠当他面说那句话，其实等于侧面告诉他，将来也会把《授密歌》传给他。兆龙强压着内心的激动，说："爷爷，我有个想法，不知道该不该讲？"这才是兆龙的本色，他从来就不是一个乖孩子，喜欢另外搞出些花花名堂。杨慕侠笑了，孙子能"讨价还价"，证明他心思活动了，说明自己抛出的那个甜枣，让他觉得有奔头，有冲劲了。

"说来听听？"

"您呢，也别忙着定下由我来接那掌门。是骡子是马，得多遛几圈才成。"

"那照你的意思，该遛多少圈啊？"

"也说不准，"兆龙苦笑道，"您总得等我出狱吧。"

"好，就这么定了，你出狱那天，便是你和兆鹰比武的日子！"

老头子还真是干脆。兆龙转头打量牢房这巴掌大的地方，要器械没器械，要场地没场地，忽然觉得自己有些把话说大头了。这种地方练拳，如何能出功夫？兆鹰在外头就不一样了，非但有老头子可随时请教，还有兆鸣、兆麟、兆虎他们当陪练，场地什么的都没得比，那功夫还不噌噌地往上长啊？！杨慕侠瞧他神色，心里有数，笑问："你是不是觉得，待在这里头不宜练功，定会输掉？"

兆龙咂吧咂吧嘴："这是明摆着的事！"

"依我看，那可不一定！"杨慕侠道，"刚才跟你说了，太极拳的高层功夫便是静定。你待在这里，倒像是找了一处少人打搅的地儿，权当是个人修行吧！"

"就怕下次爷爷您再见到我时，龙没化出来，人倒变成虫了！"兆龙还是觉得这牢房憋闷难受，无法让心静下来。

"龙不龙的不要紧，哪怕变成了虫，又能怎样？"杨慕侠语重心长地道，"看你愿不愿意作茧自缚了！"

在兆龙印象里，"作茧自缚"这不是个什么好词，但今天从爷爷嘴里说出来，倒好像有了另一层意思。他不觉想起老家养蚕，那些蚕宝宝不住嘴地吃桑叶，然后吐出丝，化为蛹，把自己裹成一个茧子。如果不是为了缫丝，把茧子放入开水里煮，那么终有一天，蛹会变成蛾子，抽出翅膀，飞到天上去。兆龙有些明白爷爷的意思了。他要他静下心来修炼，等到化蝶的那一天。

那天，杨慕侠走了后，兆龙又呆坐会儿，才开始盘算今后的日子怎么打发。听爷爷的意思，他这条命是保住了，却不知道会在牢里关几年。想早点出去，除了老太后开恩，便是要看运气，万一朝廷大赦天下，他就有望重见天日。这么一想，不免有些心灰意冷。谁知那一天要等多久，可怜自己年轻轻的，也没成个家，就这样白白耗在牢房里了。自然而然地，便想到了武云，顿时觉得心头一热。

在西狩的路上，他便从爷爷嘴里知道了"秋水"跟义和团的瓜葛。"老祖宗"红燕子是"红灯照"的红莲圣母。高铭远呢，是义和团的"老师父"。西狩后，不管是朝廷还是洋兵，都开始剿匪。义和团早就被打散了，不少头头被正法，剩下的潜逃他乡，也被官府发文缉拿。可以说，如今"秋水"的日子不好过了。这样的话，武云定是早就离开了京城，躲藏起来。她当然不会想到自己已身陷囹圄。万一熬到那一天，他被放出来，却已暮气苍苍。武云呢，想必那时早成了家，当了妈，他们要是碰见，只怕也是相互认不出对方了。

兆龙越想越心酸，以至于觉得自己便是天底下最可怜的人。早些年没了娘，前几年爹也过了世，他辛辛苦苦学好厨艺，有幸选进御膳房，谁想没蹦跶几天，又被打进大狱。他可真是倒霉！不想了不想了！兆龙使劲地摇晃脑袋，深吸一口气，站起身来。身上的镣铐登时就哗啦作响。尽管别扭，他还是竭力使自己放松下来，慢慢来了一个起势。

手上多了锁链，双臂难以放松，脚下挪步的时候，脚镣哗啦又响，听起来格外刺耳。兆龙心说，戴着这玩意儿，太极拳也成了“累赘拳”。

强忍着走了十几式，身子松不下来，人倒是憋出满头大汗，猛听得外面一声怒骂：“死杂种，你他娘的在那里哗啦什么，还要不要老子清静了！”那个外号杠子的狱卒冲过来，冲着兆龙破口大骂，句句诛心，他再也没想到这辈子会给人骂得这么惨，脑门震得嗡嗡乱响，热血倒灌下，脸皮火辣辣地烫。还好，刘九及时跟过来，好歹是把杠子劝走了。兆龙早被骂得一佛出世二佛升天，连发怒的劲头都没有了，颓然坐到床板上，只知大口大口地喘息。

这一骂，倒是把他给骂清醒了。这是在监牢，不是在外头。他是囚犯，不是杨家的少爷，更不是什么御厨。在这里头，你厨艺再好、武功再高也是白搭。狱卒捏住了你的命根子。爷爷说得对，进到这里面，他便不再是龙，只能当一条虫子。只要能活下去，哪怕是卑微的，也得咬紧牙关去熬。

兆龙在床上慢慢躺下来，手链和脚镣像冰冷的铁蛇，紧紧“咬”着他，哪怕在他入睡了后，也不会松口。从戴上它们的那天起，它们此后便不会轻易跟他分离，甚至于在熬过几年后，会长成他身体的一部分。是他囚犯的标记。而且这记号以后再也不能磨去了。想到这里，兆龙慢慢合上眼皮，一颗豆大的泪珠子慢慢渗出来，在脸颊上缓缓滑过。闭上眼睛，一片黑暗，是阴；睁开眼睛，一片光明，是阳。明与暗，阴与阳，转换起来这么容易。可是，变不了的是他的遭遇。他的天地只有这么大小。横着走，一共五步；竖着量，一共七步。不知道有多少个时辰，多少个日夜，多少月，多少年，他都得待在这笼子里，慢慢地变成一块朽烂的木头……

木头烂掉后，又慢慢生出了芽，渐渐长高，长粗，抽枝出杈，开花结果。兆龙惊喜地看到，爹和娘相依站在树下，朝自己微笑。他要冲过去，但中间隔着一条河，看上去深不见底，又没有桥、没有船，没法子渡过去。只能和爹娘隔岸相望。他大声地喊，泪水涌出来。但杨云天和刘氏只是微笑地看着，并不言语。他急得不行，一狠心，便一头扎下去，登时冰凉入骨……

一个激灵，人便醒过来了。兆龙摸摸脸皮，湿漉漉的，刚才还真在梦里哭过。隐隐地，听到狱卒在喊："开饭了，开饭了！"

那些牢房里哗啦响成一片，饭菜的气味涌过来。兆龙耸起鼻子嗅了嗅，好家伙，有的人居然还能吃到烤鸭，可见有钱能使鬼推磨。不多时，刘九转了过来，从食盒里端出两个大海碗，另外有两个白馒头。碗盖揭开，里面是半只鸡，另一样是红烧肉。兆龙见了，不觉咕咚咽了一口涎水。刘九把东西从铁栏底下推进去："这是你爷爷临走前嘱咐我买的。"

兆龙心头一热："多谢九公！"

"算是打打牙祭，平日的牢饭可没这油水旺！"

兆龙在那边牢房里早饿得狠了，等不及刘九走远，就抓起那半只鸡来狂吞。他甚至连嚼的工夫都没有，就那样硬咽下去。转眼间，两个海碗便空了。他这才抓起馒头，撕下一块儿抹着碗里的油，这会儿吃起来就慢多了。一口口嚼着，突然冷笑，什么厨艺高明？都扯淡。人要是饿了，粗茶淡饭也是美味佳肴。吃完后，看着空空如也的盘碗，兆龙不由得发呆。真的以后就是这样了？像头猪一样圈养在这里，一天天地变肥，或等着大赦，或等着被宰杀？

监牢里吃饭这段时间是最热闹的，各种声响不断，各种气味发散。直到狱卒一一把食具收了去，各个牢房才会平静下来。兆龙却是毫无睡意。在牢里头，他最不缺少的就是睡眠，没人管你时，大可以白天躺到黑，从黑再睡到亮。这种寂静无疑会叫人发疯。他也不知再耗多久，自己才会适应下来。他试着盘腿在床上打坐，竭力使自己入静，但那颗心却像水上的皮球，总是在晃晃荡荡的。试着去数息吧，数着数着，就忘掉数到了多少，反倒搞得他气息粗混，险些岔了气。一连几天，兆龙活得挺累，一直无法让自己的心安分下来。因为潜意识里，他还是不能认命！

来到官监的第三天，崔玉贵就来探望他了，自然，两人有不少话头可聊。狱卒刘九因为从前担着崔玉贵的人情，也格外巴结，让他多待了一个时辰。好武的人凑到一起，当然多说拳脚方面的事。更何况崔玉贵还是个武痴，说到兴奋处，手脚就不由自主地舞动起来。兆龙却只能苦笑，他们现在就算想一起推手也办不到了。那道铁栅栏一挡，啥事也干不成了。

天气渐渐变得燠热，狱中的蚊子也多起来，苍蝇成天围着人脑门嗡嗡乱叫。但几个月下来，他倒是有些适应，火气早没从前那么旺了。

五月间，兆鹰和兆鸣结伴过来探监，兄弟们碰头，拉起家长里短来，自然不胜唏嘘。兆龙发现兆鹰真是大变了，更加沉稳有度。据说，他每天要练拳十个时辰以上，大杆子一口气就抖五百以上。这还不算，兆鹰为了提高实战技巧，还特别请示过杨慕侠，以每月五两银子为价，雇用一名身强力壮的大汉进府当“桩子”。原来，练拳者用木柱或石碑作为打击日标，试验劲力，称为“打桩”。像练大捋之靠劲，杨家老辈都是要练靠打九宫桩或树桩，来提高技能。此外，练白腊杆之黏劲，也要每日在树桩上前后左右地反复刷劲，才能运用自如。

然而桩是死的，草木无情，唯有活人方能跳跃、躲闪、反击。故而以人为目标试劲，谓之打“活桩”。大凡找上门来跟你切磋技艺的人，只会用他最擅长的手段来打，绝不会按太极门之规格出手。

因此要想练出真功夫，还须打“活桩”。在各种不规范状况下，以身躯之任意部位接劲，将人桩腾空放出。杨式太极之长劲，一触就能把人弹放老远，但人桩绝无内伤之虞，所以花钱雇来的壮汉虽然成天被打，却是挨得舒服。兆鹰告诉兆龙，他如今很少出门，一根白蜡杆、一个人桩相伴，上手一练就是好几个时辰。他曾经在父亲杨云鹏坟前发过誓，悟不透杨家太极的内功心法，使得内劲通灵，他是不会轻易出关的。

兆龙听后不禁黯然，自己是没有这条件、这待遇来练拳的。在这暗无天日的地方，别说撒欢来练拳了，就算大声嚷嚷都不成。同样是闭门修炼，性质却是两样。他是被关的，兆鹰却是自己把自己关起来的。

天气越来越闷热，牢房的墙壁厚，窗口又小得可怜，根本透不进风，只把犯人们蒸得七荤八素。兆龙索性脱得赤条条，只穿一件裤衩。

有几回，天空雷闪电鸣，尽管震得屋梁直唰唰往下掉泥，他还是兴奋得像烧了屁股的猴子。雨水从小窗口喷溅下来时，他贪婪着伸开双臂去接，任它们打洗了全身。

大雨过后，天空出奇地蓝。兆龙歪着脑袋，费好大劲才能瞧见外面天空的一角。它像蓝宝石一样璀璨迷人。偶尔飘过一缕白云，他喜得全身哆嗦，像意外拾得了宝贝。他痴痴地看着，直到它慢慢飘走了，目光还是黏在那里收不回来。算算，他已是半年多没见到云彩了。

经过半年的磨合，兆龙此时心境已有些平和。如今他是切实地明白了老人们常挂在嘴边的话："人只有享不了的福，没有吃不来的苦！"

在牢房里时间一长，他真的觉不出苦来，因为从前的日子离他越来越远，他只能从现今的生活里咂摸味道。下意识地，兆龙也自我拘禁，不再拿从前的好，对比眼前的坏。如今，他已经能够自如在这巴掌大的地方盘架子，脚微微地动，手微微地动，上面的镣铐竟然也不再发出声响。

太极拳本来就是慢练，他如今做到了更慢更轻，以至于手脚上的这副玩意儿也成不了阻碍。它们好像跟他的肢体融为一体。当然，他的步子很小，动作很小，真正做到了膝不过脚尖，手不过足尖。他发现，这样子练拳还有个好处，便是合得更好。非但六合做得更到位，八面支撑也浑圆如一。兆龙觉得自己盘架子时，简直就像一个大球在轻轻缓缓地转动。不管转到哪里，处处守中无缺，肢体躯干却又是轻渺的，没有沉重。

在长夏那天，杨慕侠又来了一次，兆龙特地盘了几式给他瞧。老头子看后大加赞赏。孙子能在这等囚地练功，还练到这程度，确实让他觉得欣慰。但牢房毕竟是牢房，杨氏太极有些功法非得腾挪闪跳才成，在这里便练不了。老头子只能多传他些静功的法门。但这确是高层功夫，类似于修内丹。这些口诀不容易记，而且，修炼过程中也常会走偏，杨慕侠只得先让兆龙将它死死地记住，却并不让他忙着习练，而只是入静打坐，一味地去练那筑基功夫。

他可不知道，对于内丹修炼，兆龙其实早就打下了深厚的底子。那得益于弱用道长的传法。在会贤堂时，兆龙之所以能够用竹刀切肉，跟他拥有较强的内力是分不开的。而弱用传他的功法正是修炼内气的。

探监的时间不长，祖孙俩只能嘴不歇气，但还是不免遗忘些要紧的。原来，就在月前，他收到来自保定的信，自己的亲家公刘一手过世了。半个月后，兆龙的姥姥也伤心过度，追随老伴也去了。

杨慕侠自然知道兆龙跟他外公、外婆间的感情。当年，在跟自己闹翻后，他有两年的中秋和春节都是在保定过的。杨慕侠多少能掂量得出，自己和刘一手谁在兆龙心里面的分量重。可正因为这一老一小感情深，杨慕侠才害怕兆龙到头来承受不了。所以跟孙子谈到最后，老头子又改了主意，决定把这事儿隐瞒下来。

刘一手夫妇泉下有知，应该也能理解他这番苦心吧！虽然日后兆龙出来时会怨恨他，但杨慕侠心下坦然，他这是为了孙子好。

在兆龙感受中，牢房周围开始变得越来越静了。委实是他的心已能定下来，那些杂音便很难再钻进耳朵。即便入了耳，也难以入心。

为了能减少干扰，兆龙在起卧上做了调整，打坐尽量是从夜里子时起，常常一盘就入了定，醒来时已是天亮。

早饭后，会躺床上睡一觉，到午时又再次打坐。他现在已能够让身体彻底放松下来，直到变空变静。每到这时候，老头子让他背熟的那些口诀就“活”了过来，一个个字像蝌蚪一样在游动。兆龙任凭它们在脑海里徜徉，并细细品咂其中的含义。很快，他就发觉爷爷教的口诀跟弱用教的有相通之处，理儿都是一个理儿。因此，虽然杨慕侠告诫他别急着习练，只要先牢牢地记在心里就行。但兆龙既然发现它如此容易消化，哪有不吃的道理。这样一层层地练下去，渐渐食髓知味，就此入了臻境。

对于一个能很快入定的人来说，暑热已失去了它的虐威。兆龙每当松静下来后，身上的燥热便跟着一丝丝地散尽，代之而来的是丝丝的凉意。

他合上眼皮，想听的时候，耳朵便会变得异常灵敏，甚至是远在牢门外的声音也依稀能听见。有一天晚上，他闭眼细细聆听时，居然听到外面百步远的草丛的虫鸣。这让兆龙惊喜不已。但要是不想听的话，眼观鼻，鼻观心，两耳便似跟着封闭了。“心眼”却打开了。人好像跟周围融化一处，混混沌沌，似回到了母体。

日子一天天地流走，风渐渐凉了，秋意一天比一天深。偶尔从窗口的一角能瞧到天上徐徐飞过的雁阵，兆龙心头还是会泛起一阵阵伤感。

秋天的雨还特别多，半天不放晴。秋风秋雨愁煞人这句话真是半点不假，连带着人的心境也是一片潮湿阴暗。

话说这一天，那雨从昨晚后半夜下起，直到第二天上午还不见停歇，牢房里潮乎乎的，空气又湿又冷。早上的牢饭本就清汤寡水的，不耐饥，兆龙练了几趟拳后，更觉得肚子里空落落的，索性往床上一倒，等着吃午饭了。可是不知怎么的，今天心里面却觉得乱糟糟的，耳畔听着铁窗外哗啦哗啦的雨声，越发觉得暴躁。躺不住，只有盘腿打坐，但照样无法入定。兆龙心里也自纳闷，今天这是怎么了？

自从进到官监后，每过一天，他就会在墙上划一道，算是记日子。今天过去一算，发现是九月二十五。脑子里火花一闪，他猛地想起来，今天竟然是自己的生日。兆龙长长吐了一口气，苦笑起来。其实按老习俗，人不到六十是不庆生的。但母亲刘氏活着的时候，每到这天，早上那顿寿面是少不了的。想来，天底下也唯有娘亲才永远记得住儿子的生日吧。

兆龙不觉鼻子发酸，眼瞧着窗口外面阴暗的天空，秋雨兀自淅沥不停。他的泪花居然夺眶而出。原来，自己今年已是二十有三了。

再也没想到，今年这个生日会是在牢房里度过。娘死了后，他就再没在生日那天吃过寿面，往往是等九月二十五这天过去了，才记起那是自己的生日。可今天，他偏偏自己想起来了。

外面的秋雨依旧淅沥下个不停，像个受了委屈的怨妇在那里呜咽哭诉。兆龙收回视线，慢慢躺下去，正准备合上眼皮眯一会儿，忽听外面想起狱卒杠子的尖锐嗓音："杨兆龙，有客探监！"他马上坐起来，心说："谁会在下雨天来看我？"顿觉惊喜如同桃花绽放。

来的人看上去瘦小，一顶黑帽子，脸盘白皙，戴副眼镜，唇上留着两撇老鼠胡子，手里提一个食盒，不管是长相还是打扮都透出几分滑稽。兆龙不禁狐疑，怎么会有生人来见自己？

杠子这人半年来多得了杨家人的好处，总算没怎么难为兆龙，今天看到有这么个生人来探望，虽然说在门口就被塞了银子，还是跟过来："你认识他？”兆龙正要说不认识，便见那人朝自己使劲眨下眼睛，心中一动，脱口说：“当然认识，我拜把子弟兄嘛！”

那小个儿暗出了口气，转身朝杠子鞠了一躬：“多谢这位大哥！”

尽管他故意粗着嗓门，兆龙还是听出些熟悉的韵味，浑身一震，眼珠子直勾勾地落到那人身上。杠子走后，小个子慢慢把食盒放下，慢慢起身，却并不去看兆龙，而是垂着头只看脚下，也不说话。兆龙的心在敲鼓，但是嗓子眼却像被什么堵住了，一时间居然发不出声来，只知道呼哧呼哧地大喘气。

他看到小个子把眼镜摘了，伸手去抹眼泪，然后才慢慢抬起头，目光幽幽地落到兆龙的脸上。就这样默默相对，目光像是黏在一块儿。

牢房里一片静默，唯有窗外的雨声还在绕耳。兆龙痴痴地看着对方，嗓子眼一阵发痒，终于忍不住咳嗽起来。

那人扑过来，抓住铁杆子，急声问：“你怎么样了？”这会儿没再变声，透出了柔媚。兆龙听她露出真音，心里面顿时觉得舒坦，嗓子眼也通了：“我没事！”

武云听了，扑哧一乐，但马上泪水又夺眶而出。隔着铁栅栏，他们的手紧紧握在一起，兆龙看着她笑着，但眼眶也是湿湿的。

“你怎么知道我在这儿？”

“崔二总管告诉我的！”

兆龙不禁一笑，说：“这位二爷还真是我的福星。”

“我回京城半个多月了，去御膳房那边打听过，才知道你下了狱，可我不知道该去哪里见你，心里急得不行……”武云说着，泪水又淌下来。

“好丫头，别哭了，你都快成水做的了！”

“不，你让我哭，”武云抽泣着，“我不是为你一个人哭的！”

兆龙一惊：“那还有谁？”心想，莫不成是“秋水”的老妖婆归西了，她也觉得难过？武云泪水盈盈的，看上去楚楚可怜：“我见了你，是高兴的哭，可是，我想起杨二侠来，是难受的哭！”

兆龙脱口问：“你认识我二叔？”

武云点点头：“你知道吗，那晚上便是杨二侠救的我，也可以说，他是为我而死！”兆龙惊呆了，他只知道杨云鹏是死在洋兵的乱枪之下，却没想到这里面还如此曲折。他没想到平日看上去冷漠孤傲的二叔，竟也这般热血干云。父亲当年因为体弱，留在永年时，二叔曾反对他们父子对外传杨家拳术的真东西，那时起，兆龙对杨云鹏就有些成见。没想到，到头来二叔却救了他爱的人。冥冥之中，莫非天定？兆龙想到从前对杨云鹏怀有的种种偏见，不禁感到羞愧。

“等哪天我出去了，定要带你回老家走一趟，到二叔坟前拜一拜！”

武云点点头：“你受苦了！”她腾出一只手来，慢慢抚摸他的脸颊，柔柔凉凉的。

“你看起来也瘦了！这两年你都去了哪里？”

“洋兵攻进北京城后，我就跟老祖宗走散了，红灯照的那些姐妹也死的死，伤的伤。我幸好还有个藏身处，那就是潭柘寺，里面有一个叫了因的师父，以前便相熟，她挺喜欢我，我便在她那里躲了半年。”

“阿弥陀佛，”兆龙笑道，“了因师父总算有情，没让你剃度出家，不然的话，你我也……嘿嘿！”武云娇嗔道：“瞧把你美的！”一顿又道，“对了，你知道了因师父是谁吗？”

“我认识？”

“那当然！她是邢台人，俗家名叫胡玉清！”

兆龙听了脸色不由得一变，这个胡玉清可是差点成为他奶奶的。虽然从来不曾见过她，但传闻还是知道一些。胡玉清原本跟爷爷有婚约，只是因为她兄长胡玉斋的死，便悔了婚，之后下落不明。

“秋水”冒出来后，大人们一度还以为会不会是胡玉清在暗中报复，尤其是对手竟然也精通太极拳，让人很难不把那“老祖宗”跟胡玉清联系到一起。直到后来，查实了“老祖宗”是红燕子，胡玉清才洗清了嫌疑。不过，红燕子的太极拳却是胡玉斋私下传授的。如此一来，“秋水”还是跟邢台胡家脱不了干系。

“胡家的这位前辈，我以前从没见过，她怎么会出了家？”

“她入空门有些年了。”武云叹息着，“了因师父修行很苦，却从不以为苦。可是，上天并不眷顾她，那次我见到她，发现她的双目也失明了！”兆龙听了这话，心头不禁一颤，爷爷从来没在他们这些小辈面前提过胡玉清，也不晓得他知不知道她就隐身在潭柘寺？打定主意，下次杨慕侠再来探视时，要把这事说一说。

“我在潭柘寺躲着，半年后，老祖宗终于寻来了。了因师父劝她把从前的事放下，安心度日。老祖宗哪里听得进去，第二天就带我走了。后来便去到山西。”兆龙叫起来：“那时候我也在太原！”

“我知道太后和皇上一行逃难到了那里，可没想到你也会在里面。”

“真是造化弄人，那时我们明明就同住一城，却两眼一抹黑。”

“再后来，我们就在华山上面隐居下来，大风、小蕾他们也随后来了。这一住就一年多，直到半年前我才跟着大伙儿从山上下来，回了京。可没想到，你又给下了狱！”武云说到这儿，眼圈又红了。

兆龙这时也从最初的喜悦中慢慢醒过来，可不是嘛，今天好容易见了面，只是自己此后还要被关在这里，继续过得暗无天日。并且，这条小命还攥在别人手里，说不定哪天就要去见阎王。即便不死，也不知道会被关多少年？眼前这如花美眷，你忍心让她在外面苦等？可是，要她别等自己，这话又说不出口。毕竟外头有人等着自己，心里便多了一分念想；再说，不让她等了，让她去另外找男人，他想想心里就嫉妒得不行。

一时间，兆龙心里乱糟糟的，竟然不知道说些什么了。武云这时却突然记起来：“哎呀，光顾着说话，倒把它忘了！”赶紧抽出手去，把食盒打开。兆龙登时闻到一股浓香扑鼻而来，心一下子就抽紧了。

盒子的第一层是只烧鸡，不等武云动手，兆龙早一把夺过来，双手捧着就大啃起来，眼珠子亮得像头狼。

“可怜的人！”武云在旁边看了，又好笑又难过。

兆龙直待啃完大半只鸡，才松开嘴巴，长长吐出一口气，觉得魂儿又重新回来了：“我忘了告诉你，今天是我的生日。”

他本以为武云定然不知，谁知，她微微一笑，说：“你以为我今天冒雨进来，是为了哪般？”

“你知道？”兆龙很惊奇，因为印象中他不曾告诉过她。

“我去见过卫璜师父了，他告诉我的！”

兆龙急了："你告诉他我被打进大牢了？"他深知师父身子不好，是在拖日子了，便不想再叫他窝心。

"他早就知道了。你想，出了这等大事，怎可能瞒住他？"

兆龙叹口气："他老人家身体不好，也不知道能不能熬过今年？"

武云害怕兆龙听了实话，心里难受，撒谎道："我去见卫师父时，他的气色挺好的，听说找太医给开了药，那病就大好了。他可是记挂着你生日的，嘱咐我，怎么着也要赶在今天来瞧瞧你！"

兆龙听卫璜这样记挂自己，叹息道："总是我这个当徒弟的没出息，临头来，还要他老人家牵挂着。"武云不想再往这话题上靠，指着他手里的鸡说："你猜，这鸡是从哪里买的？"兆龙乐了："你忘了我是干什么的？"张嘴狠狠地咬了一口，"醉仙楼的烧鸡，只可惜冷了，味道有失！"

"这是卫师父特别嘱咐我去那里买的，也知道趁热吃最好，可由不得人呢，你就凑合着点吧。"武云说着，又从下一格里拿出点心等食物，让他慢慢享用。吃着看着，两人的目光又缠到一起。要是能够在外面找个温暖的小窝，他烧饭给她吃，或是她煮粥给他喝，那该是多旖旎幸福的日子！可是，这却又是遥遥无期的……

武云来探监之后，兆龙心情大好，很长一段时间，他沉浸在想念的痴情中。尤其是武云临别时，跟他表态，这辈子跟定了他，会在外头等他出狱，不管等多少年。她还说，因为这条命是杨云鹏救的，日后她不会再替"秋水"做对不起杨家的事。但"老祖宗"现在落魄，她也不能舍身而去，还是要追随左右的。这番话由矜持文静的武云嘴里说出来，自然惊魄，那一刻，兆龙被感动得一塌糊涂。只不过，狱中岁月太过漫长，光靠咀嚼这份柔情是支撑不了的，还需要靠杨慕侠和弱用传他的静功去消磨。日子一天天地过去，萧瑟的秋风慢慢变成北风的呼啸，有时候下起了雪，兆龙会守在窗口下，伸手接些雪片子放进嘴里，也算是尝到了外面冬日的味道。

寻常日子还好过些，最难熬的却是春节和元宵节，耳听着外面的鞭炮声和烟花的呼啸，兆龙心里面真是酸楚难耐。尽管那几天的牢饭也会多些油水，但如何能跟香喷喷的年夜饭比、跟又甜又糯的汤圆比？那身子冷、心也冷的滋味确实不好受。好在熬过正月十五，春风便开始暖暖地吹了。即便是关在监狱里面，兆龙也能嗅到远处飘来的花叶香气。春意春情全在里头。

三月的时候，吕良有一天来探监，带给兆龙一个噩耗，师父卫璜终究没拖过年来，死去已经百日了。兆龙听罢不禁失声痛哭，自觉老御厨的死也跟他入狱有关。自己作为关门弟子身陷囹圄，卫璜如何能不焦心上火？更有甚者，师父死时，他竟也不能披麻戴孝，去坟前痛哭一场，只能在牢里插草当香，这样遥祭一番。当然，如今的兆龙再也不是从前的那个阿木，经风历雨之后，情志已经坚熟。卫璜师父活过了八十有七，也算善终，上次见他时，已是大病满身，如今这一去，也算解脱了。

春天的风吹得勤，脚步也跑得快，夏日很快便风风火火地追上来。但兆龙此时越发能坐得住了，每当入定，心头就一泓清水，可以见底。

他终于尝受到静定的滋味，全身毛孔张开，大有羽化登仙之势。每次入定，整个人便似跟大千世界融成一团，恍恍惚惚，混混沌沌。不见思想，呼吸也忘，人的躯壳也跟着消失了。

每次清醒后，他都有些恋恋不舍。身为御厨，兆龙也算是尝过天下至味了，但如今一品咂，居然没有能胜得过静定的享受。他有些上瘾了。

杨慕侠再次来探望时，发现孙子长进如斯，惊喜交加。他非但把自己那时让背熟的口诀练完了，还自行悟到不少东西。一问才知道，这得益于当年弱用道长的传授。老头子不禁感叹，天意，天意。他还发现，兆龙戴着镣铐打起拳架子来，步子小，圈子也小，往里面紧收，便如枯树没了枝叶，进入老境。通常，能把拳架子盘得没有一点儿烟火气，唯有到他这个岁数才能办到，但如今兆龙被圈拢在这里，居然“歪打误撞”，成就了他。

因为来往不易，故而老头子抓紧时间传孙子高层内功心法，兆龙此时根基已厚，当真是一点就透，这叫杨慕侠越发欣喜。

从爷爷嘴里得知，兆鹰如今武功也非常了得，但他走的路子跟兆龙不一样，更近于实战，大有杨云鹏之风。

兆龙对于兄弟的变化并不意外，每个当儿子的就算再跟自己的爹闹别扭，最终还是逃不开父辈的影子。更何况，兆鹰如今处处学二叔呢！

兆龙在狱中再见到兆鹰，已是第二年的二月二了。本是龙抬头的日子，他这条龙还是像虫子一样被关在黑牢里。兆鹰看上去却高大英武，有一飞冲天的气势。果然，他喜滋滋地告诉兆龙，过几天，他便要随同溥伦贝子出国了。原来，早在去年，当美国确定在圣路易斯举办世博会之后，便特派专使来中国宣传世博会并向清廷发出了参展邀请。慈禧太后还特别召见美国专使，询问了世博会的有关情况。

美国驻华公使康格邀请太后出席世博会，慈禧以老迈不能远行为由婉拒，但却接受了美国对清政府的邀请，最终任命溥伦贝子为清政府世博会参展团的正监督，负责“一切赴会事宜”，以示与美国的亲睦。

此次西行，为期较长，故而兆鹰和兆鸣都当作亲随，跟着溥伦贝子，不离左右，以护卫他的安全。

兆龙想到弟兄们竟然有机会出国去开开眼，哪能不羡慕，尤其是对于他这样的“困兽”，那种刺激更是强烈。一度，甚至生出了反感。

兆鹰自然也有所察觉，赶忙转移话题，却为时已晚，兆龙已接连打了两个哈欠，表露出轻蔑。幸好他对兆鹰带来的卤肉抱有更大的兴趣，一口气狂吞下两大块后，心里脸上都乐开了花，那点不快也就此烟消云散了。

武云自从那次探监后，几年就没再来过。但兆龙信她的话，会一直在外头等着，哪怕是女扮男装进来探监，也是危险。所以武云临别前，他逼她发了誓，别再来这种地方。

狱中四年过去后，兆龙差不多已变了个人，平日里没人说话，他也就不言语，大部分在打坐，练静功，拳架子自然每天也会盘上几遍。

他发现自己的身子越来越轻，如今哪怕是快步走，手脚上的镣铐发出的声响也很小。有一天，他贴着墙壁站着，无意中伸开双臂轻轻往上面一贴，居然就像年画一样挂上去。

兆龙又惊又喜，自己不知不觉中，居然练成了墙上挂画的本事。这种功夫，他以前见过二叔和爷爷施展过，他爹杨云天也不曾练成这功夫。

有了这一手功夫，兆龙此后的日子就好过多了。趁着狱卒不注意，他便会像壁虎一样轻轻游上墙，紧紧贴在那里，脑袋恰好能从铁窗看出去。

那一天，他贪婪地看着外面的蓝天白云、太阳底下的楼阁宫殿，不禁痴了。偶尔飞过一两只鸟雀，他都会惊喜地想学它们叫唤。当晚，他没像往常那样打坐，而是再次“游”上去，看铁窗外的月亮和星星。月光如水，星光如眼，忽而划过天际的一抹流星，看得他心境摇晃。他没想过许愿，却想从月光那里看见武云白皙的脸盘，从星星那里看到她乌黑的眸子。

他隔壁的牢房，四年中也曾监押过几个人，唯有他一直在此待下了。如今，那里又空了。兆龙却是很少跟隔壁的犯人交谈。那些人多是官员，说话老气横秋，不会把他这个厨子放眼里，反倒觉得跟他关在一座牢里，有失身份。所以说，兆龙几年中在牢里面尝尽了孤独的滋味。幸好他有内功可练，否则不发疯才怪。

天气越来越暖和了，暮春时节，从铁窗外看到的风光也极多艳丽，随风传来的花香和叶香，闻起来也着实舒服。

这一天，兆龙正试图双手黏着墙壁，把身子慢慢倾斜过来，这样的话，头就可以转动大些，能够望得更远。平常这时候，狱卒多在通道口那边打瞌睡，不会轻易进来查看。所以他才会“为所欲为”。谁知，正看得入神，通道那边就哗啦哗啦传来脚步声，听着人数还不少。

兆龙一慌，气息便乱了，双臂再也黏不住墙壁，又因身子斜着贴在那儿，掌握不好平衡，啪地摔下来。还好，他百忙中一个折腰腾翻，才没跌个仰面八叉。斜着眼一瞧，除了狱卒刘九和杠子外，另外还有两个官差模样的人，手里抱着新被褥等物，甚至连茶具也有。他们开了隔壁的门后，便开始在里面拾掇。兆龙心想，只怕这次住进的家伙是个大官，不然的话，杠子他们怎会这么巴结？等收拾停当后，听刘九朝通道那边喊了声：“翁公子，请吧！”

便听一声咳嗽，有人迈着步子进来，一听便知道没戴脚镣，但手上还挂着锁链，他把它当成稀罕玩意儿，当当地敲打着。

兆龙听到那人鼻子抽动着，抱怨道：“哎呀，还是有股子味儿！”

杠子嘿嘿冷笑：“您老就将就着点吧，当这里是皇宫呢！”

兆龙正寻思那活宝什么样时，忽见人影一闪，一个穿青布长衫的公子哥已探头往他这边张望：“哎，有邻居呢！”

刘九也转过来笑道：“人家可是比翁公子你多来了好几年呢！”

“原来还是个老客！”

兆龙瞧清那人一副花花大少的模样，帽子上嵌的玉，指头戴着戒指，样样是好货。他人也长得细皮白肉，尽管戴着手铐，还是不忘拿把折扇在手摇啊摇的。兆龙跟他的目光一接，立时觉得那眼光湛亮，不似常人的混浊，心中一动，便知道此人也是有功夫在身，还不浅呢！当下不动声色，却暗中留了意。只见那人伸手从怀里掏出一张银票，塞到刘九手里：“辛苦各位，拿去买酒喝！”

几个狱卒自然大喜，请这翁公子进牢房后，牢门一锁，乐颠颠地跑出去分钱了。兆龙竖起耳朵，听隔壁那人在里面溜达，用扇子不时地敲打墙壁。过会儿，那人便吆喝起来：“隔壁的兄台，敢问高姓大名啊？”

兆龙想了想，觉得远亲确实不如近邻，难得有这么个跟自己年纪相仿的狱友，又难得他先来搭理自己，便接了口：“在下姓杨名兆龙，兄台呢？”

“我姓翁，单名一个杰字！”

“听翁兄这口音，倒像是从山西那边过来的？”兆龙因为跟皇上西狩，在太原住过一年，对那里的口音很是熟悉。

果然，翁杰笑了：“杨兄好耳力，我正是来自太原。你倒是一口好京片子！”

“我是永年人氏。”

“也算缘分。杨兄，你往门边上站站！”

兆龙依言凑过去，只见一把打开的扇子慢慢伸过来，上面放着两块豌豆黄。他伸出手去，不客气地取了过来：“多谢翁兄！”

“说谢就见外了，有句话叫在家靠父母，出门靠朋友。谁叫咱们在牢房里头做邻居呢，往后的日子寡淡，少不得要相互照应着点儿！”

“说是照应，也不过是能一起说说话！”兆龙叹道，“在这里头，还是钱那玩意儿最管用！”

“这倒是实话！”翁杰在那头啪的一拍折扇，“杨兄，你进来有些日子了吧？”

“四年多了！”

翁杰咂咂舌头："冒昧问一句，老兄是犯啥事进来的？据我所知，这可是官监，平头百姓就算想住进来，那也不容易！"

兆龙便把事情本末简略说了说，翁杰听了很是兴奋："原来杨兄是皇上跟前一等一的御厨啊！失敬失敬，那你知道我是谁？"

"正要请教！"

"我就是天底下一等一的老饕！"翁杰说着，咕咚一下吞了一大口涎水，"不瞒杨兄，我平生最大的癖好就是吃。天南地北的美味佳肴，很少有没经过我口儿的。嘿嘿，要不是为了这口腹之欲，我也不会进这地方来！"

"此话怎讲？"

"两天前，听说有人得了一块太岁肉，我就想方设法要弄些来尝尝鲜。谁想，半道有个王八蛋撬我杠子。结果肉没捞着吃，还差点闹出人命，我也被他们一张状子弄进来，少不得要住上些日子了！"

兆龙倒是头一回听说有"太岁肉"这东西，细问之下，才知道它就是一种肉灵芝，如牛肉丝般，肉质结实弹性，不易扯断，半透明的倒像是牛筋。在这方面，翁杰懂的倒比他还多。当下滔滔不绝地说起了"太岁"的由来。古时候，它被认为是太岁长生不老的仙药。在《山海经》中，太岁也被称为"视肉""聚肉"。具有"食之尽，寻复更生如故"，也就是说吃一片，它自己可以再次生长。

那天，他们谈的话题多是围绕着美食，越说越投机，竟然一口气聊了两个多时辰。就知味而言，兆龙多侧重于厨艺，翁杰只专于品尝，两人正好相互补充。虽然只能过过嘴瘾，多咽些口水，却也是消磨时光的好法门。

中午的牢饭送来后，尽管翁杰拿到的是天河楼送来的食盒，但他还是觉得不对心思，抱怨说，他使了那么多的钱，还是吃不出什么好来。

兆龙劝他凑合着些吧，除非是把那些大饭庄的厨子请到狱里头现做现吃，才会合了口味。好菜好汤都讲究个新鲜和火候，一个菜品从炒出来，到送进监狱，一个多时辰早过去了。任他是山珍海味也打了折扣。

翁杰嘴上嘟囔着，好歹是动了碗筷。兆龙不禁暗自摇头，这公子哥是平时享受惯了，不知道饥寒，其实这毛病好治，饿他两天后，他吃什么都会觉得香甜。饭后歇了一个时辰，兆龙便开始轻手轻脚地盘拳架子。其时，他的拳式往里尽收，看上去不过是在微微而动。外形动得越来越小，相对来说，里面的神意则动得越来越大。到后来，他甚至把眼睛也闭上了，如同站桩。隔壁的翁杰却是一觉睡了两个多时辰，起时打个大大的哈欠，喊道："杨兄，你还在睡吗？"

兆龙听见他喊，马上从混沌状态中恢复，应道："早就起了！"

"你在干吗？"

"活动活动！"

"好吧，本少爷也起来抻抻筋骨！"

兆龙听他腾的一声从床上蹦到地上，呼呼地打起拳来，侧耳细听，他的步履沉重，似步步扎根。拳头打出去时，衣袖发出呼呼的声响，威力不小，不觉脱口道："你使的是通背拳！"

"呀，你居然能听得出来！"翁杰吃惊不小，要知道，他练的是洪洞通背拳，京津之地流传不广。一个厨子，怎么能够有这等见识？

他马上又改变了拳路，噗噗地炸响——开门炮、劈山炮、连环炮、转角炮、十字炮、脑后炮、泻肚炮、冲天炮、撩阴炮、扎地炮、窝心炮和七星炮，十二炮法一一施展出来，手上的镣铐哗啦哗啦作响。

打完最后一式，他叫道："杨兄，这拳是什么路数？"兆龙却是早就听出来了："翁兄，你这三皇炮捶可是童子功，着实下了番苦功夫！"翁杰听罢，一拍铁栅栏："杨兄，真人不露相啊！原来你也是武学的大行家！"

"不敢，跟翁兄一样，也是从小练过！"

"你练的哪门拳法？"

"太极拳！"

翁杰联想到他姓杨，不觉又叫起来："莫不成，你是太极门的人，你跟杨慕侠什么关系？"

"那是我爷爷！"

翁杰在那边呆了半晌："那，那我就有些不明白了……你既然是老杨家的人，怎么又会进皇宫当厨子？"

兆龙听了，也不由得苦笑，这事谁听了都会觉得荒唐。果然，翁杰在那头叫道："不对头，杨兄啊杨兄，你该不会是在故意消遣我吧！"

兆龙叹了口气："没错，我是在说笑，你不必当真！"

他这么一说，翁杰倒是更吃不准了，只得嘿嘿一乐："杨兄，麻烦你再打一趟太极拳我瞧瞧？"

"那又如何，你又瞧不着？"

"要是我能瞧得见呢？"

兆龙不禁冷笑，知道翁杰又要叫狱卒前来开门，反正他有大把的银子使唤，当下没好气地道："你以为我天桥卖艺的？"

"杨兄你误会了！"翁杰叫起来，"我跟你打个赌怎么样，不让人帮忙开牢门，我便能看到你打拳？"

这话倒透着新鲜，兆龙心想，他关在那边，怎么可能瞧得到？除非是把墙壁撞出个大洞？可这墙壁他也不知道摸过多少遍了，用青石垒就，极其牢固，想徒手弄破它难以做到。那么，翁杰又会使出什么奇招呢？

好奇心一上来，嘴上便答应了："好呀，我倒要看看你有什么手段，能穿墙而过？"

听翁杰在那边笑道："嘿嘿，你就睁大眼睛好好瞧着吧！"

兆龙果然靠过去，贴着铁栅栏，竖起耳朵来细听。先是听翁杰深吸了一口气，很快，他的骨关节就像爆豆子一样噼里啪啦响开了。兆龙不觉讶然，难道说，这人果真要施展硬气功把墙壁撞开？不对，他要把这铁栅栏掰弯，然后从里面钻出来。但那一根根铁杆子手臂粗细，没有千斤气力只怕也难以办到。兆龙不敢想象，翁杰十足一个纨绔子弟，会有这等神力？正胡思乱想着，又听到衣衫在铁栅栏上摩擦，发出哧啦哧啦的响。忽觉一股冷风吹来，兆龙一惊，登时打个愣神，那翁杰竟然已笑嘻嘻地站到他牢房门前。

兆龙眼珠子瞪得老大："你是怎么做到的？"

翁杰嘿嘿一笑："我会孙悟空的七十二般变化，叫声小小小，便一股脑从栏杆缝儿里钻出来了。"这番戏话兆龙自然不会当真，他点点头："我明白了，你精通缩骨术！"

"这你也知道？"翁杰摊摊手，"武林世家子弟，眼光果然不同。杨兄，我现在信你是太极门的人了！”

“你这信字未免太容易出口了！”兆龙伸手使出一招“白鹤亮翅”，既然刚才有过口约，对方出来后，他定要打趟拳给翁杰瞧瞧。

不过，兆龙如今的拳架子尽数往里收，又加上戴着手铐脚镣，身法步法都弄得小，几乎不像是在打拳，倒像个八十岁的老头子，在颤巍巍地晃动。尽管不像是拳，但翁杰还是看出兆龙功力不浅，能够戴着手铐脚镣活动，却发不出什么声响，这本身就够惊世骇俗的了。

兆龙放松下来，闭上眼睛，慢吞吞地挪动，这跟翁杰印象中的太极拳过于迥异，难道说，老杨家的功夫竟然会是这样？怎么看怎么不像武功，更看不出有什么威力？翁杰这么想着，不觉就抬手从铁栅栏伸进去，轻轻一碰兆龙的肩头。登时，他手臂酥麻，一股巨大的弹力滚滚涌来，他想扎稳马步时已是来不及了，噔噔噔向后连退，砰地撞到通道的墙壁上。

响声惊动了狱卒，一阵脚步乱响，刘九和杠子先后冲进来，他们乍见翁杰站在牢门外，都惊呆了。这可是他们看押犯人以来，从未见过的诡异事。

翁杰却并没见慌乱，伸手从袖子里掏出两张银票，朝上面吹了口气，嘻嘻一笑：“这口仙气吹上去后，上面的符咒就显灵了。你们压根儿就瞧不见我，对不对？”说着，一手一张银票，在他们面前晃了晃。

刘九和杠子相视一眼，一个叫：“谁丢的银票？”

“管他呢，先捡了再说！”

他们各取一张，却还是不肯离去。毕竟法度摆在那里，他们胆子再大，也不敢任犯人在牢房外头任意出入。翁杰也不让他们为难，深吸一口气，先是把头颅一点点地“挤”进栅栏，然后是肩膀，是腰胯，是屁股。

刘九和杠子只看得目瞪口呆，敢情这个有钱的公子哥竟然是个身怀绝技的武林高手，也就是说，即便监牢修得再坚固，也是挡不住他走路的。可是，他为何还赖着不走，反倒一个劲地贿赂他们银子？

翁杰进去后，衣衫不免有些皱褶，他伸手抚弄了几下，冲着两个狱卒笑笑：“两位差爷，晚上我想吃张大碗的馄饨，能不能弄来？”

杠子一皱眉，他根本就没听说过哪里有卖什么张大碗馄饨的。正要开口，刘九笑道：“您尽管放心，一准送过来！”说完，拉着杠子走开。

其实，他心里明镜似的，翁杰哪里是要吃什么馄饨，只不过是借这个馄饨的名字，让他两个对今天的事视而不见，混混沌沌。真想吃时，随便弄份馄饨来对付就行。不过，见识了姓翁的手段后，两个狱卒深知这人的银子不好拿。他们走了后，牢房里陷入了沉寂，老半天，兆龙和翁杰都没再说话，各有各的心思在打转。初夏，监狱里倒是觉得凉爽些，不少小虫子在头顶上嗡嗡飞着，就好像人纷杂的念头。

兆龙此时已对翁杰起了怀疑，这人住到自己隔壁，既好美食，又懂武功，未免也太凑巧了。凭他那身可怕的缩骨功，监牢的门岂能锁得住他，为何还要待在这种不是人活的地方？难道说，他进来就是为了靠近自己？

兆龙狐疑着，自己身上又有什么值得翁杰这么费心思？不可能是厨艺，除此之外，唯有杨家的武学了。眼前一亮，他登时明白了。这小子是为了《授密歌》而来！爷爷每年都来探监两次，传授他太极拳的高层心法。极可能让外面的人生了疑心，以为偷着传了《授密歌》。

这么说，翁杰也是秋水的人？！想到这里，兆龙不禁冷笑。好几年不见“老祖宗”他们动弹了，如今居然追到监狱来了！

第六章　穿越囹圄

傍晚时，杠子和刘九果然给翁杰送来了馄饨，另外配上六必居的酱菜和惠丰堂的水晶肘子。兆龙拿到的还是两个馒头和一块咸菜疙瘩，他一点儿不觉得寒酸，吭哧吭哧地吃起来。

狱卒走了后，翁杰又故技重施，从铁栅栏钻出来，把他的那份饭食摆到兆龙牢门前，自己也毫不客气盘腿而坐，笑道："一块儿来散散福吧。"

兆龙在狱中这几年，吃饭像吞咽，麻利得很，转眼就把最后一角馒头扔进嘴巴里，然后拍拍手："我吃好了！"

"怎么，还嫌弃？"

"我害怕里面有毒！"兆龙嘴上说着，眼光直勾勾地盯着翁杰，脸上流露出异样的笑容。

"有毒？"翁杰有些气愤，伸手抓起一个肘子，狠狠咬了一口；又舀了半碗馄饨，筷子也不用，就那样咕嘟咕嘟往嘴里倒；末了，捏块咸菜放嘴里咯嘣咯嘣嚼着，"现在呢？"

"我还是没胃口！"

看着兆龙一副冷淡的表情，翁杰很憋气，把肘子往海碗里一扔："姓杨的，你好大的架子，你不吃，我还不给了呢！"舀了一大碗馄饨，故意喝得咕噜响。

但兆龙浑然不觉，坐回床上，盘腿打坐，如同老僧入定。翁杰吃了会儿，觉得没趣味，只得把东西收了，自回牢里去倒头大睡。半个时辰后，自有狱卒来收走了饭碗。

他可是个闲不住的人，蒙头睡了个把时辰，起来后周遭黑压压的，唯有通道上点着油灯还发出暗弱的光。红红黄黄的，透不过三尺，牢狱里面还是浓黑的天下。

这是翁杰在牢房里住的第一晚，自然有些不适应。总算狱卒巴结他，还准备了蜡烛，他摸黑翻腾出来，却又没有火石可以点着它。心里一急，索性再次“挤”出铁门，去通道那边的油灯接了火。想到自己从小苦练这“缩骨功”，最后居然用来干这等事，不免自嘲一番。

兆龙那边也是黑漆漆一团，什么声响也没有。翁杰本想掌灯过去瞧瞧，想到傍晚他那副不冷不热的神态，又觉得憋气，还是回了自己的牢房。

初夏已有些闷热，翁杰不住手地挥动扇子，驱赶那些围着自己打转的蚊虫，心里越发地烦躁。终于，他忍耐不住了，叫起来：“杨兄，睡了没，说说话吧。”

连叫两声，不见答应，翁杰有些气不过，这姓杨的真他娘的不识抬举！反正他出入牢房便宜，索性闹他个厉害，拿着蜡烛挤出来，往那间牢房一照，床上空空如也，兆龙居然没影了。

翁杰吃了一惊，哎呀叫起来，再瞪眼细瞧时，才发现兆龙正像个大壁虎一般，贴在后窗口上。好家伙，这手功夫确实不赖。

“你在那上边干啥？”

兆龙轻轻滑落下来，懒洋洋地说：“看星星！”

“星星有什么好看的？”翁杰嗤之以鼻。

“那是因为你还没生锈。不信，在这里关两年你试试？”

翁杰眨巴着眼睛：“杨兄，你多久没出去透透气了？”

“四年多了！”

“怪不得看见星星也觉得稀罕！”翁杰暗叹了声，“杨兄，要不要我进你房里，咱们秉烛夜谈？”

“省省吧！”兆龙一摆手，“咱们井水不犯河水！”

“嗨，这话说得干脆！”翁杰有些恼怒，他自觉也是有头脸的人，竟被人连续扫了面子，哪里受得了，不觉脱口骂起来，“姓杨的，你别给脸不要脸，本少爷跟你搭话，那是抬举你，你他娘的倒大起架子来了！”

兆龙却并不接口，任他发泄就是不理不顾。倒是闹得翁杰没了脾气，语气又软下来：“喂杨兄，我自问没什么地方得罪你，你怎么突然翻脸了呢？”

兆龙冷冷地道：“问你自己？”

“我要是知道，还用巴巴地问你？”

“那就问你的老祖宗去？”

翁杰被这话问得有些摸不清头脑：“我爷爷早过世了，我爹去年走了，没听说他们跟你太极门有过节儿啊！”

兆龙不耐他的胡搅，索性摊牌：“姓翁的，你少给我打马虎眼，我说的是秋水的老祖宗！”

他吐出这话，目光就像刀子一样刺过去。但翁杰看上去莫名其妙，眨巴着眼睛问：“什么秋水？”

“你没听说过？”

“头一回听说！”

兆龙瞧翁杰的表情不像在说谎，心里也犯了嘀咕，莫不成是看错了？

“那你总该听说过《授密歌》吧？”

“这个可真是听说过！”翁杰兴奋起来，“那不是你老杨家的绝学吗？”

兆龙眼光一盛：“这么说，你也是为了它而来的？”

“我可没那心思！”

兆龙冷笑：“你翁少爷有钱有势，还会缩骨功，区区一座官监岂能困得住你？就算摊上点官司，凭你的本事也早就摆平了，何苦还要来坐牢？这官监里头有的是好歇处，你怎么偏偏选在我的隔壁，有何居心，有何用意？”

兆龙一连串发问逼得翁杰有些撑不住，讪笑道：“杨兄果然精明，什么也瞒不过你！”深吸一口气，“没错，我住在你隔壁，确然是有些私心的。一来是听说你厨艺了得，还把那竹刀传得神乎其神，我心里就痒痒，盼着能早日见识一番；二来呢，又艳羡你老杨家的太极拳，想跟着你结交……”

“恐怕没有这么简单吧！”兆龙依旧冷笑，“那也不至于劳动你入狱，心甘情愿地当囚犯！”

翁杰表情有些尴尬，支吾道：“杨兄，我确实有些难言之隐。”

“见不得人的事，当然不好说！”兆龙摆摆手，“请吧，我要歇着了！”

翁杰一咬牙，毅然道：“杨兄，我就跟你说实话吧！”说这话时，他拿蜡烛的手臂颤晃了几下，显然内心很激动。

翁杰紧皱着眉头，表情沉重：“我进这官监也实属无奈，这里面虽不得自由，可至少能保得住一条命！”

这话让兆龙听得一头雾水，隐约觉得这姓翁的进监狱来，只怕另有隐情。果然，翁杰说：“实话告诉你杨兄，我委实是被仇家逼急了，无处可去，才只好躲进这官监里面来。”

兆龙听了大奇：“你是说，你进牢房是为了避祸？”

“正是，我有一个死对头，武功绝高，还有一帮子杀手跟着！他们一路从太原追杀到京城。我的弟兄死的死，伤的伤，再耗下去定然性命不保！没奈何，才想到了这主意，本来就是一条丧家犬，为了活命，也就什么体面不顾了！”

“这主意好啊！”兆龙赞道，“换我是你那仇家，打破脑袋也想不出你会躲这里面来！”

“不被逼到这一步，谁愿进这地方！”翁杰苦笑道，“那仇家对我的底细摸得倍儿清，知道我好吃、好享乐，决计受不了苦的，所以躲这地方，一时间倒也可以无忧！”

“也算是难为你了！”兆龙笑道，“不过，照你今天这闹的动静，大手大脚地花钱，迟早还是会传到仇家耳朵里。”

翁杰听了，一拍脑门：“可不是怎的，有些臭显摆了！”他拍拍肚皮，表情有些苦涩，“可我是老饕，如何能咽得下那牢饭去？”

“有嘴吃饭，总比没嘴喘气强吧！”

经过这番交谈，两人解开心里的疙瘩，有些同病相怜。兆龙被关在这里，不知道哪天被赦；翁杰关在这里，不知哪天能脱困，倒成一对难兄难弟了。

这一夜，两人聊了好久才各自歇了。兆龙今天讲的话，加起来居然比前四年的还多。翁杰呢，头一回在监牢过夜，心里惶惶不安，不困乏到极点也是难以合眼。兆龙只得陪着他，有一句无一句地聊着。

从他口里得知，翁家的通臂拳和炮捶在山西地面上名头极响。翁杰和大哥翁豪继承家传武学，在武林中也闯出了一番名头。他们祖上都是漕帮的头头，在江湖中势力不少，虽说近些年漕运衰落，连累着漕帮也走下坡路。

光绪二十七年民运改为官运，不再行运江河，昔日千船万旗大江漂的景象，更是成为历史，因而近些年的漕帮弟子，均在陆上行走四方，又称为旱码头入会。

翁杰说，如今的漕帮势衰，从极盛时的一百二十八帮半（其中半帮为香火船），减少到六帮，分别是：江淮泗、兴武泗、兴武六、嘉白、嘉海卫、杭三。

兆龙听他这番说道，隐隐猜出翁杰的仇家只怕便是帮中的人，极有可能是两帮火并，他才惹上了杀身之祸。

第二天，翁杰果然听从了兆龙的话，不敢再那么张扬。可他那样的老饕，如何能消受得起粗劣的牢饭，勉强吃了两顿，实在是受不住了，又花钱请狱卒从外面买。

兆龙笑话他没志气。翁杰却道，叫他每天吃那些清汤寡水的东西，还不如死了好。就算死，也要做个饱鬼。再说，他在这里只为避祸，又不打算长住，只要风声小了，自己的心腹来接应，他便会远走高飞了。于是，他们又开始大吃大喝起来，兆龙跟着吃了几天小灶，肠胃也娇弱起来，牢饭也入不得口了。他只能暗中祈求翁杰别囊中金尽，能多撑上些时日。

闲着时，他们也常在一起探讨武学，兆龙甚至把他从“庖丁解牛”中悟到的心得相告。翁杰一激动，竟然要把家传绝学缩骨功相传。只不过，练这功夫需要每天用药水浸泡身子，要一口气泡上七七四十九天，很是麻烦。一来是，翁杰身边没带那特制的药散；二来，狱中也不方便浸泡。于是这种绝技只得作罢。不过，基本功法兆龙还是掌握了，他发现缩骨功和太极拳在松筋骨上面，拳理有相通的地方。

所谓的缩骨功，也并非真的将骨头缩小了，是运用内气缩小了骨骼的间隙，让全身的骨头有顺序地叠排紧密。这样子，人的身体自然就小了，所以称为缩身法更确切。

很快，兆龙就把缩骨功的外练法和内练法跟太极拳的松功融在了一起，并且收到奇效，尤其是他的身子贴到墙壁上时，更像多了吸盘，贴附得紧紧的。

翁杰从兆龙所悟的拳理里面，同样也受了启发。从前练拳多重了外形，如今在狱中同样面临施展不开的问题，只能一点点地往里收，倒是把那鞭杆子劲练出来了。全身只要轻轻一抖，就爆发出一弹即松的脆快劲。

自从有了伴儿，狱中的日子就过得轻快，半个月一晃而逝。如今，狱卒对于翁杰施展"缩骨功"已经见怪不怪了。除了睡觉外，练武时他便会从自己牢房里钻出来，然后再钻进兆龙那边，往往一练就是几个时辰。

到后来，他索性把茶器也搬进兆龙那边，吃饭的时候，也在他这边食用。杠子和刘九每次一买就是双份，早习惯翁杰在兆龙牢房里搭伙了。

不过，翁大少爷却对这些从外头买来的饭食越来越挑剔了。夏天本就闷热，关在监牢里头更是难熬难耐。人一憋闷，胃口就差，再加上外面的饭食弄进牢后，便有了异味，翁杰吃得很是不美气，便经常抱怨。

杠子和刘九素来在官监里头作威作福惯了，虽然拿了翁杰不少钱，却也不会顺着他这少爷脾气，脸皮一翻，下顿只拿来牢饭凑合了。

翁杰被他们连折腾了两顿，清了肠胃，日后果然不敢再多加抱怨了。兆龙在旁瞧了，暗自好笑。不过，翁杰肚子里的馋虫一旦露出了头，就不是那么容易能按下去的。寻思几天，他终于有了新章程，便找兆龙商议："杨兄，你知道我现在最想吃什么？"

兆龙笑道："我又不是你肚子里的蛔虫，哪能知道？"

"远在天边，近在眼前！"翁杰嘻嘻一笑，"我最想尝尝你的手艺！"

"说这些没影子的事作甚，消遣我啊？"

"怎么是没影子了！"翁杰兴奋地道，"你说，咱们在这里弄个炉灶，炒大菜吃怎么样？"

兆龙没想到他竟然冒出这样的想法，一怔："你疯了？"

"对，馋疯了！"翁杰兴奋得两眼放光，"你说我有多笨蛋，放着大名鼎鼎的御厨在身旁，却花钱叫人出去买吃食，可不是傻到家了吗？"

兆龙冷冷地瞪了他一眼：“你趁早死了这条心吧！”

“怎么，你以为我在胡掰掰？”翁杰大咧咧地说，“最多扔些银子给他们，睁一只眼闭一只眼，就把这事给办了！”

“大少爷，你有钱可以叫小鬼来推磨，我杨兆龙可不稀罕挣你的银子。”

翁杰瞧见兆龙面色不善，呆了呆：“杨兄，我可没低看你的意思！”

兆龙冷笑道：“我下了牢狱，本就够晦气的，你还想变着法子来使唤我，还不是低看！”

翁杰赶忙赌誓，但兆龙心里不痛快，就是不愿理他。翁杰心想，这真是没吃到羊肉，反倒惹了一身臊。说起来也真怨自己，光顾着口腹之欲，却没替人家着想。

一连冷战了数日，翁杰赔尽了小心，总算才缓和下来。不过，那份贪吃的心思虽然暂时压下去了，另一番心思却又翻上来了。想了一晚上，终于有了主意。

这天一早，轮到杠子过来送牢饭。翁杰主动招呼道：“杠爷，我昨晚做了个怪梦，你要不要听听？”

杠子一翻眼皮：“翁少爷，你做梦又关我什么事？”

“话可不能这么说，若是这梦能叫你发财呢？”

杠子眼睛一亮：“那我倒要听听，怎么就能梦里头发财了？”

“箭楼那边的关帝庙你知道吧？”

“去过！”

“我昨晚梦见，周仓右脚下面的方砖松了，只要揭开它，就会找出银子来。”

“会有这等好事？”杠子的眼珠子骨碌乱转。

“谁知道呢，”翁杰嘻嘻一笑，“你就当我是在说梦话吧！”

杠子不再言语，又打量了翁杰几眼，才慢慢离去，几步的路，却又接连回了两次头。翁杰始终笑嘻嘻的，看不出是在说笑，还是煞有其事。兆龙见了，也搞不懂他葫芦里卖的什么药。

杠子是晚上当值，早上发完牢饭就走了。夜里再来的时候，给翁杰带来一个食盒，里面装着萃华楼的“山东烧鸡”“油爆双脆”“酱爆鸡丁”等菜肴。他一面往外拿东西，一面说：“翁少爷，你以后要是还有这等好梦，千万别忘了告我一声！”

“怎么，那梦可准？”翁杰笑得怪模怪样。

杠子那张刮刀脸看上去比往常顺眼多了，还泛出一丝笑来，虽然说，笑起来比哭还难看。

“准不准，还不是你一句话吗？”

“那成，日后还有这样的好梦，我第一个告诉你！”

杠子轻轻一抱拳：“先谢过了！”

兆龙至此也明白了，翁杰肯定是让外头的人事先在那周仓脚下埋了银子，不过，这跟当面给杠子使钱又有什么不同，反正都是贿赂。不过，像翁杰这么聪明的家伙，费周章干这些勾当，定然有他的道理，姑且拭目以待吧。

果然，又等了两天，轮到杠子夜里当值。看着天暗下来，翁杰大声叫唤：“杠爷，杠爷！”

杠子在外头听见，三步并作两步走，急火火地跑进来：“怎么了翁少爷？”

翁杰嘻嘻一笑：“刚才打了个盹儿，我又做梦了！”

杠子听了心头暗喜：“梦见啥了？”

“这个梦嘛，倒是有些蹊跷！”翁杰慢吞吞地说，“我居然梦见我自个儿了。”

杠子眼珠子瞪得快要蹦出来：“还有呢……”

“我从狱中出去，到致美斋好好吃了一顿，然后又神不知鬼不觉地回到这里。”

杠子脸上不免露出失望：“这就完了？”

翁杰脸上露出坏笑：“哦，忘了一件事，半道我还去了关帝庙一趟，看到关平的右脚下有机关，里面藏着一张银票嘿嘿！”

杠子听罢，长长吐了口气，看上去有些作难。翁杰笑嘻嘻地说：“杠爷，我不过是在说梦话，您不必为难！”

“梦话，梦话……”杠子敲敲脑门，“你容我想想，想想……”转身出去了。

兆龙在旁听了，不禁好笑，这小子看来是真的在牢里憋坏了，想趁夜黑出去寻点好吃食。他断定，杠子为了银子定然会放翁杰出去，这位少爷秧子进来本就罪名不大，再说，他精通“缩骨功”，真要脱身时，他们关也关不住。

果然，杠子过了会儿便转回来，二话没说，便把牢门打开，放翁杰出来了。他凑到后者的耳边小声嘀咕好一会儿，翁杰不住声地答应，之后转到兆龙这边，朝他做个鬼脸，便施施然往外走去。

杠子终究还是放心不下，跟在翁杰的屁股后边嘱咐：“祖宗，二更前你可一定得回来，不然我这吃饭的家伙就要搬家了！”

“放一万个心吧，权当是在做梦！”

脚步声远了，少了一个人，牢房登时就沉静许多。兆龙这才发觉，自从翁杰进来后，他的心也跟着浮漂了，就算是深夜里打坐也不易入静。如今正好趁他外出，好好练下静功，于是上床盘腿打起坐来。

既然知道了翁杰的底细，便不担心他不回来。别人视监狱为牢笼，他却当成安乐窝。兆龙深吸一口气，竭力清除杂念，让全身慢慢放松下来。每一丝肌肉每一根筋骨每一条经络都松下来。意识松下来，神经松下来，不思不想，混混沌沌……

这一坐，也不知过了多久，直到跟前有了响动，他才猛地清醒。睁开眼皮，就看到翁杰举着蜡烛站在牢门前，满脸红光，看上去甚是滋润。

“这么快就回来了？”兆龙有些意外。

“快？”翁杰笑道，“大哥，都快三更了！”

兆龙这才知道，自己刚才那一入静，居然便过去四个多时辰。当下活动活动手脚，从床上跳下来：“如何，出去过瘾了？”

翁杰笑着拍拍肚皮：“不瞒你，我一口气跑了三家店，吃了个欢实！”说着，把一大包东西从铁栏杆底下塞进去，“凑合着尝尝吧！”

“谢了！”兆龙自从被关进牢房后，胃口就大得出奇，总也吃不饱。打开包袱，取出卤肉和点心就大嚼起来。

翁杰看着他那副吃相，突然说："杨兄，下回咱们一起出去吃他个痛快！"

兆龙一呆，险些噎住，费劲地把嘴里的肉咽下去，终于明白翁杰为何要这么费周折，编造做梦的鬼话了。原来是想带着他出去透透风。不觉，一股热流涌上心头。

可他在这官监里也算是重刑犯，不像翁杰是自愿撞进来的，多一个少一个，都不会惹出麻烦来。当下苦笑："只怕你这如意算盘打不响了，就算花再多的银子，他们也不敢私下放我出去！"

"那可不一定，"翁杰郑重地道，"不试试，怎么知道不成？"

"翁兄，你这份好意我心领了！"兆龙抱抱拳，"请勿要再费心思！"

翁杰打量着他，过了会儿才道："也好！"

当晚，兆龙一直睡不踏实，翁杰的话把他的心搅乱了。像是播下一颗种子，它很快就抽芽吐蕊，恍惚间已长成参天大树。

四年多了，他没再好好地看看蓝天白云，闻闻花香，摸摸树干，甚至于在市井里走走转转，享受下人烟繁闹的滋味。

他像一只圈养在笼子的猴子，远离了人间的风月，每日里只求有三餐饱肚，此外不敢有什么奢望。可如今，翁杰说要带他出去转一圈，笼门就要打开……

一连几天，太平无事，翁杰也好像忘了那晚上说的话，再也没提起带兆龙出去的事，他们每天一起吃喝练拳，一切如旧。

这个季节，牢房里的蚊子特别多，还都口恶，叮咬上去就没命地吸血。翁杰少不得又使钱叫狱卒每天傍晚烧艾草熏蚊子，蚊帐却是早早就挂起来了。

话说六月初二这天傍晚，杠子拿艾草进来，帮他两个熏完蚊子，忙活完后，斜眼去瞥翁杰，迟疑了会儿，终于开口："翁少爷，最近怎么不见你做梦了？"

"好梦谁不想做？"翁杰懒洋洋地道，"可这回不一样，我要等一个人过来，他不来，这梦就做不成。"

"原来你是在等人探监，今天可不成了！"

“那也不一定，兴许已经来了！”

杠子眼睛一亮，正要说话，便听到刘九在外面喊：“翁杰，有客来访！”

兆龙听到这话，不免好奇，这人选酉时来探监，当真古怪。这事也就发生在翁杰身上，才能屡屡犯禁，换作他人，狱卒是绝对不会通融的。

他的好奇心被勾起，不觉步到栅栏前端量，只见刘九引了一个锦衣汉子进来，长相猥琐，身子有些佝偻，居然还是个独眼龙。兆龙顿时觉得心头一震，随即又想到“秋水”的独眼龙武恶早就死了，再说这人也没他那么高大，左边脸腮上还贴了一剂膏药。他不禁感到诧异，翁杰自从进这官监来，还是头一回来人探访，以他的身份背景，怎么会冒出这么个泼皮来亲近？

兆龙不解，翁杰却像见了宝似的，喜道：“老六，到底是把你盼来了！”

老六面无表情地微微躬身：“少爷，你在这里受苦了！”

“放你娘的臭屁！”翁杰笑骂，“知道我受苦，你还拖拉到今天才来！”转身朝着杠子大叫，“杠爷，我今晚要做梦！”

杠子一呆，叫起苦来：“祖宗，你倒是早说啊，打我个措手不及！”

“那您赶紧去打点啊！过会儿我就跟这位弟兄一起走！”

“是，是！”杠子转身走出两步，又想到什么，忙回身问，“翁少爷，您今晚的梦是怎么做的？”

“还是照旧，不过嘛，关帝爷右脚下面的银子可能是双份！”

杠子眼睛亮了，说声好嘞，屁颠屁颠地去了。

他的背影一消失，老六的神情也变得郑重起来。翁杰朝他点点头，说声动手吧！老六一个箭步冲到兆龙牢门前，左手一把抓起门上的锁头，右手一亮，却是一根细细的铁条，他捅进去轻轻拨弄了两下，吧嗒一声响，锁便开了。

兆龙头轰地炸一下，他们这是要劫狱吗？翁杰早闪身进来，急声道：“杨兄，咱们该走了！”

兆龙脑子里顿时闪过无数个念头，他若走了，身在京城的杨家定要受到牵累，一咬牙，回绝了："你走得，我却走不得！"

"怎么走不得？"翁杰急了。

"我的罪是太后定的，人走了，太极门定要跟着遭殃！"他说着一抱拳，"翁兄，咱们后会有期吧！"

翁杰听了，不禁哑然失笑："杨兄，你想到哪儿去了？"往身后瞧瞧，压低声音说，"我们不过是要趁天黑出去逛逛，二更前还得回来！"

兆龙呆了呆，也乐了："原来是这事儿啊！"一皱眉，"我这个样子，可走不出这里。"

"嘿嘿，我早安排好了！"翁杰一指老六，"有他在这里顶着，绝对出不了岔子！"

老六早蹲下身去，手里的铁条轻轻捅了两下，兆龙脚镣就解除了。不等他开口，手铐也拿下了。翁杰道："你们两个快点把衣服换了！"

到这步田地，兆龙已不及考虑，果真脱了外衣。老六更干脆，除了那套有些花哨的长袍外，连眼罩都扒下来，原来，他这个独眼龙是假冒的。

很快，这些行头都到了兆龙身上。末了，老六把脸上的膏药揭了，又贴到兆龙脸上，他登时便换了模样。因为时间仓促，他们不敢耽搁，赶忙出了牢门，反身锁上。兆龙只来得及悄声说了声谢，老六早抱着手铐脚镣跳上床去，侧对着牢门盘腿打起坐来，黄昏时本就光线暗弱，隔远根本就瞧不出人已掉了包。

外边光线暗弱，兆龙学着老六的模样，佝偻着身子，翁杰却钻进牢房里，简单收拾。耳听得通道上脚步声响，杠子和刘九双双来到，他们站在兆龙身旁时，浑然不知，杠子张口就发起牢骚："我说翁少爷，你不知道我们去外面疏通费了多大的劲……"

翁杰却不等他说完，早亮出一张银票，直接贴到他嘴巴上。杠子一喜，下半截话咕咚咽下去，乖乖地开了牢门。

刘九却又问了一句："翁少爷，什么时辰能回来？"

"哎呀，我今天想喝花酒，兴许能晚点儿！"翁杰笑着对他们说，"两位千万给我留着门，就算喝得烂醉，我也会叫这位弟兄送回来的。"

"那成，我们就在外面守着！"

他们都围着翁杰，没人理会假冒老六的兆龙，便这样过了一道道铁门。那些狱卒早就得到了好处，朝着翁杰点头哈腰，简直像是送财神。兆龙眼看着离监牢正门越来越近，走在院里，都能看到星眼迷离，心跳得厉害，大有从嗓子眼儿蹦出来的意思。

他觉得双腿轻飘飘的，喉咙发干发涩，周围的空气少了臊臭味儿，闻起来舒服多了，还有丝丝的凉风吹在身上，很是惬意。

在这一刻，兆龙突然想到了光绪，皇上囚禁在瀛台，每当看到有鸟雀飞到窗前时，都会盯着痴痴地看。如今，兆龙切实地体会到了那种想插翅飞起来的感受。在杠子和刘九的打点下，那两扇沉重的铁门终于缓缓拉开了。兆龙恍恍惚惚地随着翁杰走出去，跟做梦一样。当切切实实地站在外面的街道上，回头瞧着大门在身后关闭，身上少了手铐和脚镣，他居然很不适应，身子轻得像羽毛，微微一阵风就会把人吹起来。看着远处闪闪亮亮的万家灯火，兆龙突然间热泪盈眶，身子簌簌颤抖起来。四年多了，他终于又嗅到了人间的生活气息了。

若说监牢像地狱，人间便好比天堂。他今夜终于一步跨进人间天堂了。翁杰自然明白他的感受，并不多言，只是拍拍他的肩膀几下。好一会儿，兆龙才恢复了平静，转头说："翁兄，多谢！"

"又跟我客气！"翁杰笑道，"你要是真的知我情的话，今晚就让我吃点好的！"

"成！"兆龙道，"我今晚就露两手给你瞧瞧！"略一思索，便知道该去哪里，一甩辫子，"跟我来吧！"

翁杰见他答应下厨，高兴地蹦起来："早等你这句话了！"

两人嘴上说着，脚下快步往前，几乎是一路小跑。兆龙的眼睛却不时地往路边的店铺人家瞧，目光有些贪婪，他可是有一千五百多天没闻见市井的味道了，看什么都觉得新鲜。尤其是那些小摊贩的叫卖声，而今听到耳朵里，居然比听戏还觉得好听。

走过几条街道，翁杰已有些气喘，兆龙这么多年没捞着施展轻功，却越发来了兴致，越来越快。只苦了翁杰，很快就累得上气不接下气："我说杨兄，你今晚还要不要我吃东西了，我他娘的都快累趴下了！"

兆龙这才一笑停步，任翁杰雇了辆车，两人坐上后，便直奔宣武门而去。到吕良的小味轩时，正是晚上生意火爆的时候，外面停满了车，几个迎客的小伙计正忙得团团转。

兆龙寻摸了两眼，并没看到来宝。心想，都过去四年多了，这家伙也二十好几，怕是早就成家了。被迎进门后，翁杰订了个包间，跟着点菜，兆龙一摆手："让我来！"随口点了四道菜，分别是神仙汤、酱爆肉丝、凤凰蛋、太极护国菜羹。

那伙计脸上不禁露出难色："这位爷，小店可没神仙汤这道菜，凤凰蛋只怕也做不得。"

翁杰深知兆龙点这些菜，定然有他的用意，一瞪眼："点了四道菜，两道不能做，你们这店还开不开了？"

兆龙却笑笑道："你尽管把菜名报给吕良师傅听，他自有办法。"

兆龙扮作老六，又是个独眼龙，模样猥琐，看上去像个泼皮。伙计知道他不是善类，听他指名道姓，要把菜名报给吕良听，便认定是来找碴子的。他不敢怠慢，赶紧去后厨传信了。

吕良一听这四道菜，心头便是一跳，赶紧问点菜人的模样，听说是个独眼龙，长相凶恶，不禁有迷惑了。原来，这四道菜都是藏着玄机的。

第一道神仙汤，那是卫璜的拿手菜，别的厨子很难做出来，因为他们没有煮羹石。第二道酱爆肉丝是刘一手的拿手绝活，吕良当年曾入他门下，学得了这手酱爆绝技。第三道菜呢，则是他当年跟兆龙斗菜时做的。第四道太极护国菜羹，便是师弟拿手活儿，他因为出身太极世家，又创出"竹刀"，制作这道菜羹无人能及。故而吕良一听这四道菜名，第一个反应便是师弟到了。但转念一想，又觉得不对，兆龙明明还关在刑部大牢里。再一听那人的形容，更是对不上碴口，却也不敢大意，把手头的活儿交给徒弟，跟随伙计去了翁杰的包间。

进去一照面，果然两人都不认识，奇怪的是，那独眼龙的身上依稀却能看到兆龙的影子，当下施礼："两位爷，想是头一回来小店吧。"

翁杰和兆龙同时回答，一个说是，一个说不是。兆龙随后又补上一句："师兄，你忘记了，我是第二趟来。"

吕良立时就傻了，眼前这人明明就是兆龙，很快，师兄弟就紧紧抱在一起。翁杰看着他们又是哭又是笑的，像一对孩子般真情流露，也不禁感动。

“师弟，你怎么出来了？”

兆龙便简单地把事情说了一遍，吕良瞥了翁杰一眼，心说，这少爷未免胆子忒大了，居然敢在刑部大牢里胡闹，万一败露，掉脑袋尚在其次，只怕还要连累不少人。

翁杰何等聪明，一瞧吕良神色，便知道他心有所忌，微微一笑：“放心吕师傅，我们就是来吃饭的。”

吕良不觉脸一热，讪笑道：“我看，你们也用不着点菜了，我这就下去张罗，把小味轩的招牌菜都送来尝尝！”

“师兄，我跟你一起去！”

“怎么，你也想露两手？”

翁杰笑道：“吕师傅，我这么辛苦地把杨兄弄出来，就是想叫他一试身手。”说着，他长长吐了一口气，“今晚上能尝到厨神两大弟子的手艺，真是造化不浅啊！”

“也好，我也很久没跟师弟同厨了！”

兆龙脸上却突然闪过一丝悲凉，原来，他想到师父卫璜已故去多年，他却还是一次没有去坟前祭拜：“师兄，我想先拜拜师父的灵位！”

吕良听他这一说，神情也自凄然：“你跟我来！”

哥儿俩出了包间，转到后院，在靠墙的一处静室里，果然摆着卫璜的灵位。吕良上去点燃蜡烛，弄了三根香交给兆龙。

拜了三拜后，兆龙把香插进香炉里，之后跪倒在蒲团上。他想起从前跟卫璜一起的时光，又想起自己身陷囹圄之后，以至于再没捞着见上师父一面，当真是悲从中来，趴在地上就号啕大哭起来。

这一哭可就按不下水闸，吕良怎么劝也劝不住。其实兆龙除了在哭卫璜外，也在感怀自己的苦命，虽说自己今晚暂时能偷着溜出来透两口气，可将来的路子还是两眼抹黑，看不到一点儿光亮。

谁知道他还要关押多久？眼看着胡子一茬茬地长，沧桑一遍遍染透身心，兆龙心里岂能不觉得凄然悲凉？尽管爷爷一直传他静功，让他从虚空静定中讨消息，可他这年岁本该像那个火热的长夏，如何能轻易走进老境，像冬天一般萧冷沉寂？

哭了好一会儿，把这几年憋屈在心头的怨气发泄得差不多了，兆龙才渐渐停下，果然觉得心胸爽然。吕良将一条干净毛巾递过来，他拿着擦了把脸，讪笑道："师兄，让你见笑了！"

吕良也不多话，拍拍他的肩膀，拉兆龙起来。他已找出一身厨行的行头，递给兆龙："凑合一下，反正咱俩身高差不离。"

兆龙这才把眼罩等物都去了，边换边问："肥四师傅有信吗？"

"他回福山后，倒是来过一封信，说开了一家小店，买卖挺不错！"

"来宝呢，怎么没见到他？"

"他呀，如今可是出息了，人称赵头儿！"

兆龙当然知道来宝本姓赵，却想象不出他怎么能叫人称他为头儿。原来，来宝三年前就离开小味轩独撑门面了。他却不是也开饭馆子，而是干上专门训练堂倌的"勤行"。

凡是给他磕过头的徒弟，教是真教，管是真管，故而经他的手调教出来的徒弟，个个都能给老师增光露脸，拉住主顾。

据吕良说，这赵来宝如今不管在馆子里，或是应外烩，头脸总是刮得锃光瓦亮，冬夏总是半长不短的蓝布大褂、白布袜子、青皂鞋，三九天外加一件黑市布面老羊皮的大坎肩。不但他如此打扮，他教出来的徒弟穿着打扮，也跟他像一个模子刻出来的。

客人们只要一瞧这装扮，就知道是出自"赵头儿"的门下，知道这堂口的本事差不了，故而也都爱捧他的场，倒是将赵来宝的名头越传越响了。

兆龙想到今晚上来小味轩门口时，果然瞧见几个在外面迎客都是一色的蓝布大褂、白布袜子、青皂鞋，那自然便是来宝的徒弟。心里不禁替他高兴："师兄，能不能去把来宝叫来聚一聚，我真是有些年头没见着他了。"

"中啊，回头我就叫伙计去他家跑一趟，这小子也够卖力气，如今膝下有两儿一女了！"

他们转到后厨时，只见七八个锅灶都忙得热火朝天，翁杰因为想看兆龙的手艺，也不愿意在包间里坐等，非要伙计带他来这里瞧瞧热闹。吕良却不想暴露兆龙的身份，免得惹出麻烦来，便带他们进了最里面的小间。

“师弟，你看需要什么料，我叫人去备齐喽！”

兆龙笑道：“我就随便做两道，意思意思，剩下的都交给师兄，我这肚子里可是缺大油水了！”当下报出菜名，一道是仿罗汉菜心，一道是汤爆双脆。

这两道菜都是在西狩那段时间，他在太原瞧见当地名厨做的，吃头甚好，后来也试着做了两次，慢慢掌握了其中的诀窍，今天把它们捧出来，也可以让师兄多学两手，使得“小味轩”多添两道菜。

不多时，外面已经把料备齐了，兆龙伸手拿起吕良的刀具，使了使，笑道：“很久没用菜刀了，有些手生。”

吕良猛然想到什么，说声：“你等等！”转身跑出去，不多会儿回转时，手里居然捧着数把竹刀。

兆龙奇道：“师兄，你怎么也有这玩意儿？”

吕良笑道：“不瞒你说，当年你发明出这东西后，我觉得新鲜，也试着弄了几把，可惜我没你那腕力，用不来，就收着了。”

翁杰在狱中早就听兆龙说起过竹刀的事，赶忙凑过来，拿起一把竹刀细瞧：“这玩意儿是有些意思！”

第一道“仿罗汉菜心”，此菜白绿相映、清雅大方、半荤半素、咸鲜可口，清淡而不寡味。主料是油菜心、鸡脯肉，辅料是鸡蛋清、火腿和豌豆苗。将油菜心洗净后，兆龙要做的第一道工序就是在每棵菜心根部劈一个十字花刀。可是，在抓起竹刀要切下时，他的手臂突然痉挛起来，那竹刀居然握不稳，吧嗒掉在菜板上。

翁杰和吕良正饶有兴致地在旁看着，见兆龙如此，都吓了一跳，兆龙咬着牙：“师兄，你弄点热水给我！”

他把僵硬的手掌放进热水里烫着，好一会儿，脸色才恢复过来。翁杰和吕良面面相觑，隐隐能够猜到缘由。兆龙被关在牢房里四年多了，一直没机会再拿刀切菜，如今站在后厨里，心里面竟然有了压力。

终于，他们看到兆龙把双手从热水里捞出来。大热的天，他居然还用开水烫手，这多少有些吓人。兆龙把双手凑到眼前，心说，难道戴上镣铐后，你们也不听话了？

他深吸一口气，竭力使心情平定下来，想起太极无手的说法，脚底轻轻一反弹，那劲力就从脚根传到腰胯，又转到肩窝，上了手臂。

这次，他稳稳地伸出手去，轻轻抓住了竹刀。只一下，菜心根部就划出一个十字。吕良和翁杰见了，都暗暗松了口气。

第一刀使出后，下面就成流水行云了，那竹刀像活了一般，在他的手中轻灵地挥动，转眼间，菜心都弄好了。

接着，兆龙换了一把宽些的竹刀，先将鸡脯肉切成丁，之后弄成鸡茸，加入蛋清、盐、料酒调成糊状。渐渐地，他便沉浸其中，脸上闪出光彩，每一个动作看上去都是那么自然舒服，一点儿不见多余。

翁杰不禁叹服，看这高手烧菜，别说吃了，光看他如何料理便是一种难得的享受。今晚为了接兆龙出来，他花费不少人力财力，如今看来，这些花得值。

当菜心弄好，上屉旺火蒸时，兆龙又开始弄第二道“汤爆双脆”了。这菜质地脆嫩，汤清质淡，味道香醇，主料是猪肚头和鸭肫。它们都要被切成十字花刀。

兆龙此时已变得极其自信，手握竹刀在那里一站，如同大将临阵，战场上的变化尽在掌握。翁杰看到他那竹刀轻轻一抹，肚头和鸭肫的外皮便剥落了，在清水洗净后，竹刀在里面轻轻削着，一根根筋杂便挑将出来。

一把竹刀居然使得比菜刀还锋利滑溜，真是不可思议。吕良在旁见了，也只有叹服，自己这辈子甭想追得上师弟的刀工了。

当这些肚头和鸭肫被切成渔网状后，便要放入事先烧火的热汤里爆烫，这却是最考验厨师手艺的绝活儿。烫浅了会生，烫过了会老，唯有火候控制得如意，才能保证成菜脆嫩。

兆龙自从在御膳房见识过黄知临的“爆肚”手艺后，便在这入水一焯上下了番功夫，如今已能够轻松自如地烫好它。

不过，这道菜跟“爆肚”还有差别，因为它需要经过两道“烫”。这边在热水里爆烫时，另一口锅里放鸡清汤；加盐、胡椒粉调成咸鲜味，煮沸后倒在汤盆内，再次把肚头和鸭肫投入，这算是二烫了。故而，在第一烫的时候，肚头和鸭肫要稍稍带些生脆，再入鸡汤后，就恰到好处了。最后再撒上香菜末儿，一道显手艺的“汤爆双脆”便算完成。

这两烫所用的时间极短，兆龙竹刀切的肉片很薄，烫起来手法也快如电闪，噗地投进去，唰唰几下，又飞快地捞出了锅。看也不看，手腕轻轻一点，它们又乖乖地跳进第二道鸡汤里，那样子就像变戏法一般，只把翁杰看得眼花缭乱。

此菜弄好后，不等端上桌，翁杰就凑到海碗边上，深深吸了口气，觉得心魂俱醉。他转头问兆龙：“我可以在这里尝两口？”

兆龙笑道：“别让人看笑话了！亏你还是个大少爷，就这点出息！”

“这有啥？”翁杰摇头不置可否，“那些斯文有个屌用？老饕只关心是否美味！”到底是用勺子舀了些汤喝了，又吃了几块肚片才罢。

吕良只待兆龙弄完这两个菜，便催促他们先去包间吃喝，自己马上就会送上几道拿手的。但兆龙和翁杰执意不去，非要看他亲自把一道“喜沙肉”烹制出来，这才回到包间去。

两人其实早就饥肠辘辘，只是碍于脸面，要捧吕良的场，所以才耗到他弄完一样菜再撤身。他们回到包间后，桌上已经摆上四样凉菜，和一壶好酒，再加上刚才烧制的“罗汉菜心”“汤爆双脆”“喜沙肉”，两人不禁两眼炯炯放光，当下也顾不得斯文，据案大嚼。这一吃，可就刹不住车了，很快就把桌上的盘子都扫清了底。两人期间一直不说话，嘴巴全部用来吃喝，一时间，包间响彻着稀里呼噜的声音。

等伙计端着一盘“灯影牛肉”上来时，瞧到桌上的盘子都亮了底，惊得下巴颏差点掉下来。见他那样，兆龙有些羞愧，翁杰倒是浑然不觉，一双筷子早伸过去满满夹了牛肉，噗地塞进嘴巴里，飞快地嚼几下，又飞快地咽下去，叫道：“好吃，麻辣甘香，味鲜可口！”

兆龙便也不再矜持，夹些牛肉就狂嚼起来。其实，他肚子里比翁杰还缺油水，连吃了几样菜，好像都进了无底洞。真是奇怪了，越美味的菜肴吃起来越不觉得饱肚子。

几年不见，吕良的厨艺又见长不少，像刚才的喜沙肉，肥而不腻，香甜软糯；这灯影牛肉肉质特薄，呈半透明状，用筷子夹起来，在灯光下，牛肉片上的丝丝纹理会在墙壁上反映出清晰的红色影像来，极为有趣。

兆龙边吃边叹服，师兄如今的手艺想必已超过了师父。他从前尝过的美食也不在少数，包括在御膳房里面，也算是将天底下的珍馐尝了个遍，居然都没有今晚上这几样菜好吃。

等一盘“灯影牛肉”也快见了底后，两人总算慢下来，才有暇倒些米酒来喝了。兆龙便把刚才所思所想讲了。翁杰嘿嘿笑起来：“杨兄，你是不是觉得如今在厨艺上面不及令师兄了？”

兆龙点点头，翁杰摇摇头：“我不这么以为。你输是输在身份上，不是菜品上！”

这话听着新鲜，兆龙赶忙问个究竟。翁杰说：“你想想啊，从前你是御厨，什么好菜没尝过。如今呢，关在牢里快五年了，肚子里最缺油水，牢饭吃起来都觉得香，更别说是大厨的手艺了。”

兆龙听后不禁哑然失笑，自己怎么竟然把这茬儿给忘了。这还不是应了“饥不择食，寒不择衣”那句老话。

正哂笑时，两名伙计同时进门，好家伙，一下子就上来四样菜，清一色是荤的——粉蒸肉、九转大肠、宫保鸡丁、贵妃鸡翅。一看就知道，定是伙计下去一说，吕良赶紧叫人准备了这些硬菜。

翁杰啪地一拍桌子：“好，这菜实在！”干脆把袖子一挽，玩命了。

两个伙计强忍着，把菜放好后，掩门出去后才笑出声来。兆龙眼见翁杰这少爷秧子，吃相活脱脱变成了屠夫，也不遑多让，当真是下筷如飞。

当这四道菜落了肚后，两人才觉得腹中瓷实了，稳当了。兆龙叹道：“这好菜啊，就得现炒现吃，像你在狱中叫杠子他们弄来的饭菜，钱没少花，味儿可就差远了！简直是糟蹋美味！”

翁杰把嘴里的粉蒸肉咽下去，嘿嘿笑道：“现在明白了吧，我为何要费这么大气力把你从牢里弄出来，还不就是为了正儿八经地吃上一顿！你说，值不值吧？”

“值！”兆龙喝了两杯酒后，热血沸腾，大叫，“吃饱了这一顿，死了也值！”

“哈哈，这才是老饕的本色！”

正说着，又有两道素菜两道汤上来了，分别是：鼎湖上素、太守豆腐、冰糖莲心羹、吊子藕汤。兆龙一瞧就明白，上这四道菜用意是叫他们缓一缓，歇口气再吃，吕良为此可真是花费了心思。直到又上了一道斑龙烧海参、一条菊花财鱼；末了又上面食，这顿晚饭才告结束。翁杰和兆龙真是吃得饱了，拍着肚皮不想起身。

这时，吕良亲自端了一壶茶水进来，后头还跟着一个蓝布大褂、白布袜子、青皂鞋的汉子，可不是来宝是谁。兆龙啊呀一声跳起来，瞪大眼珠子看来宝，见他成熟稳重，还蓄起了胡子。

两人先是不说话，喘着粗气，突然又叫起来，紧紧抱在一起。再分开时，来宝眼眶已是泪水滚涌，话声也有些哽咽：“兆龙，这些年你可受苦了！”

兆龙强忍着，笑道：“已经习惯了，好歹还留下一条命！”轻轻捶了他肩头一下，“听说你现在都当师父了，人送外号赵头儿，还成了家，生了好几个娃儿！”

来宝嘿嘿笑着，又显露出年少时的精怪气：“我不像你，文的武的都要得，只能吃这碗饭了！”腔门一变，喊道，“您老啊，今晚来咱小味轩，那可真是光彩彩，滑溜溜，甭提多么爽了。”

这一嗓子喊得透亮，听得人毛孔都觉得舒服。翁杰率先喊了声好。兆龙这想起给他们介绍。趁着伙计收拾碗碟的空儿，他又问来宝吃饭了没。来宝说，都这辰点了，哪有不吃的？

吕良在旁笑道：“人家早来了，只是怕耽误二位吃饭，嘿嘿，就在外头候了一袋烟！”

兆龙也跟着笑，自我解嘲：“来宝，亏你没进来，不然的话，非给我们的吃相吓跑不可！活脱脱是饿死鬼投胎了！”

“我看是没看见，却也听说了！”来宝本来脸上浮着笑，却又慢慢变得凄凉，“你说，这种日子啥时才算个头儿啊！”

兆龙心里虽然也难过，面上却依旧微笑着：“能在这里尝到师兄的手艺，还能跟你见上一面，我也就知足了！”

当下，几个人坐下喝着茶，叙着旧。起先因为兆龙还是戴罪之身，二更天的时候还要回到大牢，吕良和来宝两个一直心头压抑，笑也笑得不自在。

倒是翁杰和兆龙好容易出来一趟，有些及时行乐的味道，全无顾忌。在狱中时，他们说话也都低声，行走坐卧都带着几分小心，现在终于可以放浪形骸一番，自然是笑得脆亮，嗓门也高亢，加上还带着几分酒意，便越发地放得开。

但吕良和来宝不一样，他们有家有业，多有顾忌。眼前这俩人又是从牢里面偷着跑出来的，虽然说用钱开道，使了手段，但毕竟担着风险，所以他们一直放不开。

这样子说了一阵子话，兆龙总觉得跟他们隔着一层，不搭调子。翁杰却是外人眼亮，瞧出了其中的微妙，便暗中踢了兆龙几下。他终于也明白了。看时候也差不多了，便起身告辞。吕良和来宝倒也没有挽留，临走前除了给带上一包吃食外，另外还塞给兆龙几张银票，却是他两个凑的份子。

兆龙不想要时，两人死活要他拿着，狱中要打点的地方多，再多的银子也能花出去。兆龙只得受了，打定主意，以后这些钱总是要还给他们的。

出了小味轩后，两人没有雇车，肚子里吃得饱了，在街上溜达溜达最好不过。夜里没什么风，街上多是乘凉的人，个个摇着大蒲扇。兆龙一路走来，看在眼里，心里热辣辣的，以前他从未觉得这些平头百姓的贫贱日子有什么好，如今关在狱中与世隔绝，终于觉出它的金贵来。一粥一饭，一睡一醒，只要人是自由的，那日子就过得舒坦。

小摊贩的叫卖声此起彼伏，旁边茶馆说书声、弹唱声不绝于耳。以前兆龙会觉得喧闹，而今听起来，只觉得亲切。不过听着看着，时间长了，心头又会泛起一丝丝悲凉，因为就算眼前这再平常不过的生活气息，再过几个时辰他也见不到了，日后也很难去感受。

这么一来，他越走步子越重，心头也沉甸甸的，那些温情已尽被悲凉覆盖。终于，他觉得承受不起了，眼泪夺眶而出，一咬牙：“咱们回去吧！”

翁杰早看出他不对劲来：“回去？好容易出来一趟，屁大工夫就回去，你傻啊？”

“我又不像你，说不想待在牢里，随时可以离开！”兆龙叹息着，“我的小命，还牢牢地拴在里头呢！”

“那就更得及时行乐了！”翁杰一拍巴掌，“时间还早，干脆，我带你去八大胡同逛逛吧！”

兆龙一怔，脱口道：“不去！”

翁杰打量着他的神色，笑得有些古怪：“你不会是……从来没去过那种地方吧？”

“那又怎样？”

“亏了呗！”翁杰道，“你当你以后还有机会，能像今天这样溜出来？”一拽他的胳膊，“赶紧走着！”

兆龙当然知道，像今夜这机会有一无二，寻思了下，说：“要是你还愿意活动活动腿儿，我倒想去另外一个地方转转。”

“我知道了！你想去见见你爷爷！”

如果说，兆龙不想见家人那是假的，但杨慕侠住的南沟沿在内城，离着这里远，来回走一遭也多是白浪费在路上。而今他们身在宣武门这边，要见的人自然就在附近。于是对翁杰说：“我不能回家，回去了，对爷爷也没什么好处。”

翁杰想了想：“那好，咱们就近转转！”

兆龙想去的地方是白云观，他跟弱用已有些年头没朝面了，更何况自己刀下脱险，还幸亏他在宫里面打点。可是他一个在押囚犯在这个辰点去白云观，未免唐突，不免又犹豫起来：“算了，还是不去了！”

翁杰摇摇头：“哎呀，你真是不爽利！跟我来吧！”

当下，便引着兆龙去了天桥，专拣小胡同钻。走了半晌，兆龙突然有了相熟的感觉。好像卫璜当年带自己走过这路，那些胡同曲里拐弯，夜里更是难辨，但他还是慢慢想起来了。原来，翁杰带他去的地方，竟是厨霸的弟子三金开的小店。

还是窄小的门面，不挂幌子，一进门就是大土灶，上面的那口大铁锅依旧在咕咕煮着，上面挡着锅盖，兆龙知道，里面煮的蛇肉羹。

六年不见，那个有些傻不拉叽的半大小子已长成大人，穿着打扮依旧，脸黑手粗，棉袄的袖口上油汪汪的。他瞧见两人进来，居然知道点头迎客，却也只是硬硬的一句："来了！"

店里没有客人，眼看着要打烊了，三金正背对着他们收拾东西，听见脚步声，转过身来，他目光一下子就直了。

兆龙知道，自己这身独眼龙打扮，他是决计认不出的，正要亮明身份，却见三金一瘸一拐地迎上来，居然朝着翁杰拜下去："少主，你怎么这时来了？"

翁杰早双手扶住，笑道："我来你这儿是临时起意，没什么大事。"

兆龙在一旁看得眼直，原来这三金竟然也是漕帮的人。他隐居在这小破店里头，十来年没动窝，可能是漕帮在京城的眼线。

他心里这么想着，便看得三金的目光落到自己脸上："少主，要不要到里面说话？"

翁杰说："这位杨兄是自己人，用不着回避。"

兆龙便把眼罩揭了去，笑道："三金兄，还记得我吗？我是厨神的徒弟！"

三金愣了下，马上叫起来："原来是你！卫老爷子的关门弟子。"

"我还认得你的师弟十一指。"

翁杰笑道："居然这么巧，原来大家果真是自己人，有缘有缘！"

当下，他们找个位子坐了，三金泡了茶来。翁杰就用切口问了些漕帮的事，兆龙对于"唇点"不精通，十成只听懂了两成。大意是说，追杀翁杰的仇家还在京城出没，并没有离去。

三金显然对少主的当众露面表示担忧，劝他还是耐心地在牢里多待段时日，等风平浪静了，再谋脱身之计。翁杰听后，不免神色黯淡，却也只能接受三金的劝告，日后不再"胡闹"。

末了，三金亲自驾车，将两人又平平安安地送回刑部大牢。杠子和刘九果然守在门口望眼欲穿。他们自然不会让冒充独眼龙的兆龙再进去。

翁杰便笑嘻嘻地凑在他们耳朵根上说了几句，两人登时像被抽了一耳光，瞪大眼睛瞅着兆龙。不等他们的火气上来，一张银票又塞到手里，杠子尽管嘴上骂咧咧的，却也只能接受现实，他总不能眼睁睁看着真兆龙在跟前，却不让他跟关在里头的那个假货调换过来吧！

刘九也在心里暗骂，这姓翁的真不是他娘好鸟，胆子也忒大了，居然把刑部大牢当成戏台子，乱施“掉包计”。可恨归恨，他们身上也担着干系，又拿了人钱，只能帮着善后，进去将那个假货给调换出来。

一连几天，杠子和刘九都没给翁杰好脸色看，牢饭也上得差。这位大少爷倒也不在意，还真的眉头没皱就吃下去了。兆龙瞧在眼里，心想，他倒也能上能下，是个人物。为了能避祸，不惜躲在监牢里受苦，这份勇气也算难能可贵。

应该说，在牢狱中被囚禁了四年多后，兆龙终于得以在那天晚上出得牢笼，感到极度的放松。他在外面逛了一圈，见了几个老友，吃了些美味佳肴，身上心里一些原本“死”去的东西也慢慢复活了。

那晚上的出行，于他而言便是世间最好的药，一剂下去，耳明眼亮，心怀快畅。自然，他跟翁杰的交情也更加深了一层。其后几天，不管是探讨武学奥义，还是畅谈人生境遇，都毫无阻碍，如同相识多年的兄弟。

外头的暑热越来越重，即便是深牢大狱里面，也烤得人烦闷。外出后的第六天头上，杠子终于变回了原来的脸色，送早饭时有些笑模笑样了。翁杰不免打趣，说他们是不是又开始盼着他“做梦”了。

只不过，这一回的梦来得蹊跷，大大出乎翁杰的意料之外。

上午刚近巳时，兆龙便听到杠子喊：“翁家少爷，有客访！”

紧跟是一阵脚步声，兆龙凑到铁门前一瞧，见杠子引着一个魁伟汉子走进来，那人穿着一身白色凉绸，手里摇一把折扇，脸上漾着微笑，看上去一团和气，只是顾盼之间，眼神十分犀利。

来了访客，翁杰那边居然没什么响动，这多少有些奇怪。兆龙正感到疑惑，便听翁杰涩声道：“哥……”

兆龙心头一震，可不是，这汉子脸面跟翁杰是有几分像。只见他朝杠子一点头，往其手心塞了两颗金瓜子。杠子便又鞠躬又打千，欢天喜地地去了。那人这才转身看着翁杰：“老弟，你在里面受苦了！”

兆龙虽然看不见翁杰的神情，却能听得出他语气的异常：“大哥，我还好……”

这工夫，杠子又搬了一张椅子过来，翁家老大也不客气，屁股往上一坐，挥手打发杠子下去，神情始终是笑眯眯的：“自从听说你被迫躲在这儿，我就想进这刑部大牢里面瞧瞧，在此歇歇脚，吃吃东西。当弟弟的能受得了这苦，我这个做兄长的又岂能落后？”

“大哥你是干大事的人，犯不着为小弟担忧！”

“再大的事，也高不过兄弟之间的情分，不是吗？”

兆龙心里暗叹了声，他依稀觉得，这翁杰跟其大哥间有生疏，不然的话，言语间也用不着这么客套。正自揣想，又听翁老大说：“你不来一口？”

“大哥你自用！”

兆龙早把一块玻璃镜子放到合适位置，这样他就可以依靠折射，来看清翁家兄弟相会的情形。翁老大先是从怀里掏出一个银色的小酒壶，要从铁栏杆处递进去，翁杰不喝，他跟着又掏出一个纸包，打开来，里面是两只烤乳鸽。

“不喝酒，总该吃点啥！”翁老大笑说，“我知道，牢里的日子不好过，你肚子里肯定缺油水！”

但翁杰还是摇头：“大哥又不是不知道，我从不吃鸽子肉！”

翁老大也不勉强，先吮了口酒，才撕下一条烤得黄灿灿的鸽子腿，放嘴里慢慢嚼着。直待喝过第二口酒后，他才说：“你还放不下小时候的那点事儿？”

“你说我能放得下？”

“不放下，窝在心里多难受！不值当啊！”

兆龙从镜子里看到翁老大还是笑呵呵的，但那笑容透出的却是诡异阴森。这兄弟俩可真是反常，一见面说话就不搭调。

又听翁杰道：“哥，你知道我最爱养鸽子，娘也喜欢，她老人家死了后，我更爱那些白鸽了。可九岁那年，你却把我养的鸽子都杀了，还一锅炖了，骗我说那是野鸡肉，让我吃肉喝汤……”

翁老大嘿嘿道：“我那不是看着你身子骨弱，想让你好好补补嘛。”

尽管已预感到他们兄弟不睦，但听了这番答对，兆龙还是觉得后脊梁发冷。镜子里的翁老大，面孔有些扭曲，笑容还是一直挂着。因为角度问题，他看不到翁杰，但能想象得出他的神态也不会好到哪里去。

“放心，外面的事我很快就能料理妥当，尽快接你出去！”翁老大说出这句话时，又仰脖子灌了一口酒，却随手将银酒壶倒过来，把剩下的酒尽数淋洒在地上。

兆龙不觉打个冷战，他这么做，像是在祭奠翁杰一样。跟着，那人就慢慢站起来，把酒壶揣进怀里，笑眯眯地朝翁杰点点头，转身缓缓朝外边走去。即将要转去廊道时，他突然又住了步子，慢慢回头。这回，转身瞧的方位却是兆龙的牢门。正好，兆龙也靠到栅栏前目送，两人的目光一接，又迅速地分开。

但这已经够了。兆龙从那对眸子里感受到浓浓的杀气，如同针刺，双手不觉簌簌而动。翁家老大是典型的笑面虎，他的笑里一直藏着刀。这刀要是伤了人，可是致命的。

即便那背影消失了好一会儿，兆龙依旧能够感受到残留在空气里的杀气。但隔壁的翁杰却一直没什么动静，像是睡着了，兆龙侧耳细听，声息全无。他又等了会儿，担心翁杰出事，伸手在墙壁上嗒嗒敲了几下。终于，隔壁有了窸窣声。兆龙试着问：“你还好吧？”

“我……没事！”

“刚才那人……”

“他是我大哥翁豪！”

“一豪一杰，看来令尊对你们两个寄予厚望。”兆龙故意拔高嗓门，想引导翁杰说谈，借此疏散心头的积郁。

却听到铁栅栏吱嘎两声，抬头瞧时，翁杰已经来到他的牢门前。只见他脸色苍白，两眼泛着血丝，身子不停地哆嗦，像是患了痢疾，一个劲地打摆子。

兆龙一惊，不等开口，翁杰早把双手从栏杆外伸进来，紧紧抓住他：

“你得救我！”

他这副样子，看上去就像溺水的人抓到了救命草。兆龙看着他，慢慢点头：“我明白了，这么说，你的仇家便是你大哥翁豪？”

翁杰痛苦地点点头：“我爹去世时，我不在跟前，他留有遗命，让我接任漕帮帮主的位子，没想到大哥为了抢那把椅子，事先勾结了帮里的一些老人，朝我下毒手。我不想跟他争，就瞅个机会逃了，可他还是不肯放过我……”

兆龙听了，心中暗自叹息，又是一出为了私利、兄弟反目的老戏。不管是皇家争嫡，还是平民夺利，在这种悲剧里面，骨肉亲情往往成了最不值钱的东西。他又想到，幸好自己和兆鹰从来不是这样的人，太极门未来掌门的位子落在谁肩上，另一个都不会为之反目。

“他既然知道你藏在这儿，如今牢里也危险了，你有什么打算？”

“我不知道……”

翁杰身子哆嗦着，可怜得像一头待宰的羊羔。兆龙正要宽慰他几句，又听脚步响，杠子从外面跨进来，瞧见翁杰趴在兆龙牢门前，脸色一变，指着他就骂开了：“你他娘的，怎么又蹦出来了，眼里还有没有法度？”

翁杰还是头一遭被人这样当面辱骂，一怔，喊道：“你少跟我来这一套！”

“嘿，还反了你！”杠子上前伸手去抓，早被翁杰顺势一撩，打个趔趄。这狱卒也是头一次吃瘪，恼羞成怒：“你找死！”

翁杰不理他，深吸一口气，竟硬生生从栅栏外挤进去，跟兆龙同处一室。杠子呆了呆：“好你个姓翁的，这是要造反啊！你等着！”

他转身要走，兆龙喊道：“我说杠爷，你也拿了翁少爷不少好处，何苦在这时候逼他！”

“你他娘的懂个屁！”杠子瞪着眼说，“在这里头，老子的话就是圣旨，哪怕天王老子来了，他也得乖乖地听话！”

“听人的话，还是听钱的话？”

杠子呸了声：“姓翁的，你以为你有几个臭钱，爷们就得听你摆弄，做你的清秋大梦去吧！”

兆龙在旁边察言观色，知道杠子这种人又黑又恶，从前看在钱的分儿上对翁杰有所迁就，如今翻脸不认人，定是暗中得了翁豪的更大好处，不禁脱口道："杠爷，你帮翁豪去圆梦了吧！"

听了这话，杠子的脸皮居然一红，随后又气鼓鼓地道："娘的，你们等着，看我回来怎么拾掇你们！"

看着杠子气急败坏地转进廊道，兆龙对翁杰道："看来，你大哥是想把你困死在这里，得赶紧脱身！"

"现在就是想走也走不了了！"翁杰咬着嘴唇，"我太了解他了，没布置妥当，他是不会轻易露面的。"

"那也不能就坐在这里等死啊！"

翁杰猛地抱住兆龙的肩头，眼里射出炽烈的光："兆龙，有你护着，我脱身就多了一层把握，你可愿助我一臂之力，一起走？"

兆龙一呆，摇摇头："我要能走，何苦还熬这几年？"

翁杰颓然松开手："也是，你走了，太极门就遭殃了！"

"你放心，只要凑一块儿，我就不能让他们祸害了你！"

翁杰感激地点点头："我钻进来，就是为了避祸，还想借你杨家太极拳的威力，帮我压压小鬼儿！"

"小鬼不怕，就怕杠子他暗中使坏！"兆龙忧心忡忡，他深知杠子这些人为了一己之私，什么龌龊的勾当都做得出来。

他们本以为杠子很快就会带人回转，谁想，过了一炷香也不见动静，倒是大大出乎他们的意料。但杠子没露面，刘九却出现了。

他一跨进来，就直奔兆龙这边，脸色郑重，隔着栅栏朝翁杰一抱拳："翁家少爷，今天这事你可闹大了！"

"九爷，比这还荒唐的事我都做过，怎么今天就不成了？"

"不瞒你，有人今天一早就给上上下下使了大钱，弟兄们的脸面已是顾不得了！"刘九叹道，"刚才不是我拦着，杠子就带人来了！"

兆龙听了，赶忙施礼："多谢九爷卫护，先行谢过！"

翁杰突然哈哈大笑起来，震得牢房嗡嗡作响，兆龙和刘九都诧异地盯着他。他边笑边从怀里掏出一卷银票来："很好，我就先跟老大斗斗财吧！”

他毫不犹豫地把银票从栏杆递出去：“九爷，我全部的家底都在这儿，你拿去吧！”

刘九目光闪动，却并不去接：“翁少爷，钱再多，这时也没人敢放你走了！”

翁杰嘿嘿一笑：“九爷，我还没那么不识时务！”一顿，又道，“这些钱，您老拿出大半给弟兄们分分，剩下的，我用它来请九爷帮着办件事！”

常人见了这么多银票落入己手，定会心花怒放，什么事都会应承下来。但刘九却犹自镇定：“翁少爷，你先说说要刘九做什么事？”

“对九爷您来说，举手之劳，请替我去天桥附近传个口信而已！”

兆龙瞧见刘九轻松了口气，说声好，伸手把银票接了。翁杰便把去往何地，找何人细细地说，原来要找的便是厨霸的徒弟三金。交代完后，翁杰又教了刘九几句切口，算是当作证明身份之用。

兆龙待他们交代完，才插口道：“九爷，要是我没记错的话，你是今晚当值？”

“没错，本该是傍黑才来，谁想有个人犯需要我亲自来提，可巧就碰上这事了。”

“那是翁杰他造化，碰上你这菩萨！”兆龙奉承了一句后，马上又转入正题，让刘九仔细想想，牢狱外头可有什么异常？

刘九皱眉想了想，说：“还真有扎眼的人，一看就是练家子，总在街两旁晃悠。”

“听听，我刚才是怎么说的！”翁杰懊恼道，“老大早派人把这里给盯死了！”

“他们待在外面不可怕，”兆龙道，“我是怕他们把手伸进来！”

刘九往旁边飞快地瞥了瞥，凑近前，压低嗓音说：“翁少爷，别怨我多嘴，下面两顿饭就别吃了！”

两人一怔，还没等回话，刘九早转身走了。兆龙知道，他肯定是晓得了些隐情，翁豪为了除掉兄弟，是什么手段都会使出的，而下毒一招无疑是最快的。

那些银票一撒出去，果然立竿见影，接下来两个时辰，没人来找麻烦。中午时，杠子还亲自送来牢饭，脸上居然笑嘻嘻的，似乎把上午闹腾的事都抛到九霄云外了。两份饭食都送到兆龙这边，还假惺惺地说，晚上要给他们弄点大油水的补补。

翁杰懒得理他，兆龙却知道小人难缠，强自给了他个笑脸。看看那馒头和粥、咸菜，两人不觉肚子咕咕作响，翁杰冲兆龙苦笑："连累你也吃不着饭了！"

兆龙一笑："就算你不跑到我这里，你哥也会在我的饭里下毒！"

翁杰点点头："没错，他算准了，我不敢吃自己这份，却可能跟你讨要！"

兆龙把馒头拿起来，掰开，凑到鼻前闻了闻，又端起粥来嗅了嗅，还用舌尖舔了下。翁杰瞪大眼珠子，问："如何，真的有毒？"

"馒头里面有异味，粥应该没事！"

翁杰一呆："怎么回事？粥里面不是更容易下毒吗？"

"正因为容易下，他才不往里面放，这样才好迷惑我们。"

"这老大，心思可真够毒的！"转念一想，翁杰又笑了，"不过，咱们好歹还能喝上点粥，总算是不幸中的大幸！"

兆龙笑着端起碗来："那还等什么？"

翁杰却道："我先来！"端起碗咕咕喝下去，一抹嘴巴，"这就叫以身试毒！"

兆龙不理他，尽管也喝下去，他相信自己的鼻子。不过，喝完这粥之后，两人的饥火更被挑起来了，咕咕叫得山响。

两人背靠着背，坐在床上有一句无一句地闲聊，渐渐地，一种彻骨的凄凉溢满开来，分手在即，也不知道今后还有没有相见的一天。

翁杰告诉兆龙，他通过那几句切口，已经通知了外头的亲信，今晚便会潜进牢里来接应他。不过，翁豪的人也不会坐等，只怕今晚也会闯进来下手。所以说，他在牢里的最后一晚等于是在鬼门关转悠，能不能闯得过，要看运气了。

躲来避去，不承想到头来还要血拼。翁杰说，要早知道是这个结果，他当初就不逃了，直截了当跟他大哥干一场，也不失男儿本色。说到热血荡漾处，又从怀里掏出一块古玉交给兆龙，并教了他几句唇点，说要是侥幸过得今晚，日后若有借重处，便以此玉为信物，漕帮弟子定会为之赴汤蹈火。

傍黑的时候，杠子又送了晚饭过来，但这一回，他们连粥也不能喝了，所有的食物都不干净。

晚上轮到刘九当值，他跟杠子交接完后，便来到兆龙牢门前，翁杰赶忙凑过去问："九爷，如何？"

"口信倒是送到了，接下来就看你的造化了！"

兆龙见刘九脸色有异，赶忙问："九爷，你听到什么风声了？"

"风声没听见，倒是见到几个怪人在外头转悠！"

翁杰听他描叙了那些人的外貌，道："是翁豪手下的四大金刚！"不禁冷笑，"看来，他们今晚要动手了！"

刘九脸色露出为难，支吾道："翁家少爷，到这节骨眼上，我也帮不上忙了……"

翁杰朗声一笑："九爷客气了，你已帮了我大忙！"一顿又道，"我也送您一句话，二更以后，能溜号就溜号，要不就装死！"

刘九脸色一变，点下头，匆匆转身走了，跨进廊道后才想起什么来，从怀里掏出一个纸包，回来递给翁杰："这东西你们留着垫垫吧！"

翁杰打开纸包一瞧，见是四个烧饼，正要道谢，见刘九已匆匆转进廊道不见了。兆龙道："他总算是个有良心的！"

翁杰随手把两个烧饼递给他："尝尝吧，二万两银票买的烧饼，皇上都没这口福！"

兆龙拿过来凑到鼻子前闻了闻："可不是吗，那些钱都能置办满汉全席了！"

翁杰早饿得狠了，一口就咬下去半块，正要大嚼，兆龙突然喝道："快吐出来！"

翁杰打个愣神，嘴巴撑住，烧饼堵得口腔满满的，哪能说得出话来，眼里充满疑惑。兆龙把手里的烧饼晃了晃，吐出两个字："有毒！"

翁杰这才赶忙吐到地上，还不死心："真的假的？"

兆龙把烧饼扔到墙根："我相信我的鼻子！"

翁杰忿忿地也把烧饼扔了："他娘的，还当他受了那么大的财，能有点良心，谁知比杠子还毒！"

兆龙想到适才刘九的神情举止，不禁感到悚然，这人不动声色地把钱财收了，暗中却与翁豪沆瀣一气，更可怕的是，他还摆出一副仗义豪侠的姿态，真是没了人性。

牢房里一下子静下来，翁杰颓然靠在墙上，呆呆地瞅着窗外，觉得身上的热情瞬间都被浇灭了。刘九既然把他给卖了，三金他们自然也不会接到口信前来搭救。说不定，他们现在已被翁豪的人剿杀了。

躲来躲去，满以为躲在这里会置于死地而后生，谁知道，倒是自己把自己逼到绝境。翁杰想到这里，突然哈哈大笑起来，震得四壁嗡嗡作响。

兆龙吃了一惊："你怎么了？"

翁杰笑着笑着，笑声就变成了哭音："我笑我自己，他娘的就是个傻瓜蛋！"

兆龙拍拍他肩膀："不是你傻，是他们太无耻了！"

翁杰转过脸时，眼里闪动着泪光："你也够傻的，到这步田地了，还跟我绑在一起，是不是脑子里也缺根筋儿？"

兆龙微微一笑："对啊，要不咱们能成为兄弟！"

翁杰听他说到"兄弟"二字，眼睛一亮，这当口兆龙非但没躲着他，还认他是兄弟，摆明这是要生死与共了。他心头顿时觉得暖烘烘的，还有些眩晕："你这是何苦呢？"

"你怎么就知道他们能动得了咱们！我已很久没施展太极拳了，正好趁这机会活动活动筋骨！"

翁杰看着他手上的镣铐，脚下的锁镣，轻轻摇头："就怕明枪易躲，暗箭难防啊！"

眼看着天色暗下来，他们的脸色已模糊不清，牢房里静得有些诡异，兆龙听到墙角传来老鼠的唧唧声，它们已开始分食那几个烧饼了。

兆龙没动，翁杰也没动，心跳却急了，他们都不由自主地屏住呼吸，留意那些老鼠的动静。两人心头还存有一丝幻想，但愿老鼠吃了没事，说明烧饼没毒，那么刘九便是将口信给送到了，事情还有一线转机……

可是，不多会儿，耗子一个个都死去了！尽管长夏酷热，两人还是接连打了几个寒战。

至此，翁杰那颗心算是凉到了底。兆龙伸出手去，跟他紧紧地一握，没说话，此言自明，管它前头有多少危难，他们都将一起面对。

廊道上传来脚步声，有灯火闪动，转头瞧时，却是杠子掌灯走进来，他径直来到兆龙这边，把灯高举，晃了两晃，嘿嘿笑道：“哥儿俩倒是挺热乎，黑灯瞎火的，我给你们送点亮来！”说完，把灯放下，退后两步。

翁杰此时已懒得说话，兆龙却不免好奇：“夜里不是刘九当值吗？”

“老九家里有急事，让我替他一晚。”

兆龙听了这话，心中一动，不禁与翁杰交换个眼色，这刘九真是只老狐狸，知道今晚凶险，索性早早避开了。

灯光映照下，杠子笑得很阴森：“两位想必都晓得了，夜里会有些风吹草动？”

“那又怎样？”

“能避就避呀！”杠子道，“眼看着大祸临头，还硬撑着干啥，还不赶紧弄条后路出来？”

兆龙没好气地道：“你有话直说！”

翁杰跟上一句：“有屁快放！”

杠子脸色一变，便要发作，转念一想，何苦跟一个将死的人置气：“姓翁的，你也是个聪明的，到这步田地了，还抱着那些家底干什么，莫不成真要带给阎王爷花去？”

翁杰嘻嘻一笑：“那依你的意思呢？”

杠子见他换了脸色，觉得有门，赶忙道：“很简单，你只要把身上的票子拿出来，我给外边的兄弟分分，说不定就能给你买条活路出来！”

兆龙听了，不觉怒火上涌，翁杰的家底早被刘九搜刮净了，如今这杠子还恬不知耻地过来讨要，真是能气炸了肺。

他刚要发作，却被翁杰暗中拽了一把，又硬生生地憋回去。杠子热切地催问：“如何，这事还挺急的，拖延不得！”

翁杰大声叹了口气："您老这是逼着我做梦呢！"

杠子想到以前只要这姓翁的"做梦"，他就有钱拿，喜道："对，做梦最好了！"

翁杰脸色一端："我是说，日后你杠子要每晚都做噩梦了！"

"什么意思？"

"因为我做鬼也不会放过你！"

杠子见翁杰尖声吼这一嗓子，人也像只野兽一样扑过来，撞得铁栅栏哗啦响，吓得连连退后几步，知道再也榨不出什么油水来了，便呸了声，一脚把油灯踹翻踩灭，又叽叽歪歪地骂了几句，方才离去。

浓浓的黑暗浸满了牢房，唯有窗口外还有几丝光亮。兆龙听翁杰粗重的呼吸慢慢变得浅了，才道："上半夜应该没事，咱们不能光这么耗着，还是打坐吧！"

"我心静不下来！"翁杰道，"你先去入静，我在这里长眼！"

"也好，咱们轮流盯着！"

眼看着危难当头，兆龙反倒异常镇定，并没觉得慌乱。他盘腿在床上坐定后，很快就入了静。在监狱这些年月里，他早就习惯了放松去冥想，眼观鼻，鼻观心，人像水一样融合，进入另一个清明世界，无挂无碍。

也不知过了多久，他下意识地悠悠醒来，慢慢睁开眼睛，眼前一片漆黑，跟往常一样，他要适应一会儿才能回到牢狱中来。可今夜不同，有翁杰在旁边守着，应该多些响动才对。但兆龙随即发现这间牢房里面除了他之外，再没别人。他激灵打个冷战，怎么回事，翁杰去哪里了？

他顾不得手铐脚镣会发出巨响，一个高蹦到地上，扑到牢门前，摸了摸，那上面的锁头好好的。再说，如果有人闯入劫杀翁杰，他一准就会醒来。

兆龙只觉热血冲上脑门，他抓住铁杆子，哗哗地摇晃，喊道："翁杰，翁杰！"

喊声震荡四壁，外头应声传来杠子的喝骂："大半夜的，你他娘的嚷嚷什么，找死不成？"

兆龙喊了一嗓子，头脑马上也清醒了。锁头既然没坏，只能有一种可能，翁杰是自己走的，他可不是会缩骨功吗？难道说，他偷偷溜出去了？不对，外头有翁豪的四大金刚等人张网，他要出去还不是白白送死？

眼前一亮，他猜到了原因，伸手在墙壁上敲打两下，压低嗓音说：“翁杰，我知道你在，还喘气的话，就出两声！”

果然，那边传来了响动：“杨兆龙，三更半夜的，你嚷什么，还叫不叫人睡了？”

兆龙没想到翁杰会这腔调，倒是一呆：“都这节骨眼了，你还能睡得着？”

“怎么不能？反正出去是个死，留下也是个死，还不如舒舒服服地等他们上门！”

兆龙听他这话，明摆着是要豁上一条命，免得连累自己，不禁暗叹：“你想让我眼睁睁看着他们把你劈了，不管不顾，做缩头乌龟吗？”

“那有什么不好，至少还能有一条命可活！”

兆龙冷笑：“那你可把我杨兆龙看扁了，也把太极杨家看低了！”

但翁杰不为所动，淡淡地道：“不想被我看扁，兆龙你就得活着出去，我没走出这门儿，日后你得带我的魂儿出去！”

兆龙见他把话说得这么决绝，暗自心惊：“还没到那步田地，你说这些丧气话干吗！”

“不说了，不说了！”翁杰在那边故意打个哈欠，嘟囔着，“睡了！”此后再无声息。

兆龙又试着唤了两声，见他真的不应答，也就放弃。黑暗中瞧着从廊道那边映来的淡黄的灯光，心想：“差不多也快到半夜了，估摸着那些人也该动手了！”

他慢慢挪到牢门前，靠着墙站起了无极桩。翁杰是决定以身赴死，但他不能袖手不顾，实在不行，就撞开牢门过去营救。

黑暗中，他轻轻合上眼皮，让全身放松下来，听觉登时变得异常灵敏，他能清晰地听见外头狱卒的鼾睡，甚至能听得到他磨牙声。偶尔，灯火会噗啦爆一下，这也逃不过他的耳朵。

兆龙继续松沉松静，意识像水一样慢慢地往外漫，听觉也随之飘浮而去。很快，他又听到别的囚徒在睡梦中哼吟，耗子在墙根飞快地蹿动，不知名的夜虫在吱呀鸣叫……

这样子恍恍惚惚过了会儿，猛听得梆子声当当当当敲起。兆龙心头一凛，已是三更天了。长夏本来酷热，但他站桩后身体却泛出一股凉意，所发散出的“气息”在周围旋成一个场，使得蚊虫近身不得，只能隔远嗡嗡乱叫。

蓦然，他的神经一跳，像被细针刺了一下。先是外面的铁门有响动，跟着，轻微的脚步声便唰唰从廊道那边传来，杀气随之弥漫。

来了！兆龙猛地睁开眼，盯住廊道口。紧接着便是半声惨叫，却又戛然而止。他听得清楚，那是杠子所发出的声音，却如同鸡被拧断了脖子。随后闻到一股血腥味儿，兆龙不禁摇头叹息，这杠子以后再也不能敲犯人“竹杠”了。

一个黑衣人出现在廊道口，他个子不矮，一手持刀，一手拿着火把，探头往里面瞧了瞧，又冲后面招招手，又有三人涌进来。四大金刚果然到了。

兆龙暗中运气，准备等他们冲进翁杰那边时，便开始营救。谁想，那四人居然直接冲过来，唰地一刀就劈开他的牢门。

好家伙，这些人居然是他的仇家，不是冲着翁杰来的。兆龙不假思索，一抬手，锁链子飞出去，早把当先那人手里的火把打灭。

四下一黑，那四个黑衣人就不敢妄动。兆龙早习惯这黑灯瞎火的日子，在此处住了近五年，他闭着眼都能走得无阻无碍。当下悄悄蹲下身，慢慢往旁边移动，别看他戴着手铐脚镣，行走起来却没半点声息。

黑衣人害怕伤着自己人，都不敢轻易妄动。其中一个蹲下去摸索火把，另外两个护卫，剩下那个则拿出火折子，正要点燃。兆龙猛地蹿起，探手把火折子夺了去。他身法飞快，一得手马上闪避，而那些刀则唰唰劈来，因为眼前一团黑，慌乱中两刀相互砍中，火花四溅。他们赶紧背靠着背，一边抡刀劈砍，一边左右移动。牢房本来狭窄，几步就逼到兆龙跟前。他也不想再戏弄他们，锁链弹出去，将两柄刀荡开，闪身撞进四人中间，正面一个云手，跟着是一个闪通背。

他在狱中演练的拳架子又低又紧，出手全是寸劲，如同惊雷激打，四个人瞬间都中了招，纷纷跌倒。

翁杰在那屋的床上躺着，满以为冲进的人会直奔他而来，谁知居然跟兆龙打起来了，一急之下，从床上蹦到地上，叫道："他娘的，你们是不是杀错人了！"

兆龙一招得手后，身子飞速地退出牢门，咣的一下把它关上。那四人爬起身后也察觉出异常。原来，他们买通了杠子，得知翁杰躲进隔壁的囚房，故而一冲进来就直奔兆龙这边，却没想到翁杰已回到原处。

四人自然熟悉翁家老二的武功，动起手根本接不住他们联手的一招。谁知，黑暗中竟被人打个落花流水，他们中了拳后，居然还没弄清此人的路数。

待听到翁杰在隔壁喊叫，四大金刚才恍然大悟，他们中掉包计了，赶忙掏出火折子点起来，瞧见兆龙拦在铁门口，尽管手脚都有镣铐，却大有一夫当关万夫莫开的气势，都倒吸口凉气。

翁杰眼见兆龙反过来把四大金刚关在牢里，又惊又喜，赶忙从栏杆缝里钻出来："兆龙，你这是要瓮中捉鳖啊！"

话才出口，那四人已经扑上来，手里寒光闪烁，从栏杆插出来。兆龙大喝一声，锁链闪出，啪啪，两截刀头飞出去。

另两人刺的是他下盘，兆龙闪过一刀，脚镣一缠，早将一把刀卷了过来，扔给了翁杰："接着！"

翁杰抓在手，舞出个刀花，笑道："早知道他们四个打不过你一个，我也就不那么焦心了！"

"你不是在那边坦然高卧吗，焦哪门子心？"

那四人又扑上来，再次被兆龙和翁杰打退，正僵持间，猛听身后有响动，转头一瞧，只见翁豪带着一个矮个的老头儿冲进来，瞧见这情形，他们都是一怔。翁豪脸上还浮着笑容："老二还真是命大！"

兆龙却被那个红脸老头儿所吸引，此老的步法气势都非同小可，一对眼珠子精光四射。他一盯上兆龙，目光就挪不开了。兆龙眼前也没别的对手，只剩下他一个，两人相互迎着走近，彼此打量，并不妄动。

趁这工夫，那四大金刚终于从牢房里钻出来，翁杰遭他们围困，情形甚是危急，不禁喊起来："兆龙！"

兆龙凭着眼角的余光已看到了，但苦于老者气势所逼，竟是不敢轻举妄动。红脸老头嘿嘿笑道："你还是先顾着你自己吧！"

话一出口，兆龙身形一晃，已闪出去。老者没想到自己一开口，稍稍分心，就为对手所趁，不禁气急，可是他碍于身份，又不便从后面扑袭，只能眼看着兆龙逼退四大金刚，把翁杰救出。

翁豪笑容变冷，转身瞧向红脸老者："朱老，我花了大价钱相请，可不是叫您来看热闹的！"

老者哼了声："你请我来时，只说来拿一条命，现在冒出两个来，这活儿还怎么干？"

"好干！"翁豪一指兆龙，"您老只要对付他就成，剩下的由我摆平！"

老者的目光又落到兆龙脸上，见他虽然头发杂乱，胡子拉碴的，但依稀还是能看得出年轻模样，不禁惊疑，看他那份身手，总得有四十年以上的功力，如何能这般脸嫩？当下拱拱手："你娃身手不坏，敢问高姓大名？"

"在下杨兆龙，老爷子您呢？"

朱老眼睛一亮："原来是太极杨家的人，这就怪不得了！"

翁豪听说兆龙的身份，也是一怔，没想到今晚碰上这么个硬茬子，暗道，这老二真他娘的命大，狱里头也能靠上大树。

"朱老爷子，您是形意门的老人吧？"兆龙适才从老者的步法身形，已瞧出些端倪。他知道形意门跟太极门素来交好，今晚这一战或可避免。

"你说得没错！"朱老头叹息声，"碍着辈分，这仗可就没法打了！"

翁豪听了这话，脸上又浮现出笑容："朱老说这话我就不明白了，您老人家素来守信，江湖名头可是响当当的，既然接了活儿，哪有半道撂挑子的道理，难不成老爷子您想要赖？"

朱老转头瞪了他一眼："你放一万个心，既然拿了钱，我自会有所交代！"

他转身看着兆龙，对方比自己小两辈不说，还戴着手铐脚镣，这仗即便打了也没面子。翁杰在旁瞧着，知道这老头子武功深不可测，兆龙跟他打只怕讨不到便宜，忍不住叫道：“朱老爷子，您知道拿钱买凶的这人是谁？”

朱老一翻眼皮：“这碍不着事，我老朱只知道拿人钱财就得替人消灾！”

翁杰凄然一笑，“可眼前这位是我同父异母的哥哥，却使钱杀我这个当弟弟的，老爷子您也下得去手吗？”

朱老转头瞥了翁豪一眼，一咬牙：“那也顾不得了！”慢慢逼近兆龙，相隔着一步才停下，之后目光对接，空气登时便凝固了。

翁杰翁豪兄弟以及四大金刚同时觉得头皮发麻，闷热中突然像扫起一阵冷风，眼前一花，竟是没看到他们怎么动弹的，两人便唰地各自向后跳出三步，站稳后依旧不动。

没人能看得出胜负来，两人的脸色凝重，眼光相互绞着，片刻难移。过了好一会儿，那股子杀气才慢慢变淡了。

只见老头子慢慢挺直胸膛，开口道：“这仗没法打了，再打下去，我这张老脸就拾不起来了！”

兆龙轻轻抱拳：“多谢老爷子手下留情！”

“留情？”朱老哼了声，“你娃是给我老脸上贴金呢！”转身就走。

翁豪急了：“朱老爷子，您还真撂挑子？”

“老胳膊老腿儿，打不动了！”

“那您这江湖脸面也不要了？”

红脸老者跨到廊道上，方才转头：“没什么江湖招牌了，从今天起，我老朱金盆洗手！”果然甩手而去。

翁豪没想到他真的撒手不顾，有些傻眼，他脸上的笑容慢慢变成狰狞，朝四大金刚使个眼色：“还等什么，快刀斩乱麻！”

兆龙却早抢先一步，拉着翁杰钻进牢房里，守在牢门口。四大金刚很费思量，知道凭他们几个人的本事，奈何不了对手。

翁豪眼光一盛，吐出两个字：“火攻！”四大金刚去廊道那边找来火把，准备往里面投掷。

兆龙冷笑道：“你这是瞎子点灯白费蜡！”

“那这玩意儿呢？”翁豪说着，居然从怀里掏出一柄火枪，对准了兆龙胸膛。

翁杰知道这火器的厉害，任你武功盖世，也是挡不住它的一轰，赶忙闪身拦在兆龙跟前：“有种冲我来！”

翁豪一咬牙：“本来就是给你准备的！”

兆龙早又挡在翁杰前面：“你这破烂对我没用！”

翁杰赶忙推他：“你闪开！”

两人你争我抢，倒是让翁豪的枪口左右乱晃：“够了！”他吼叫一声，“你俩一起见阎王吧！”正要扣动扳机，不想身后有人拦腰一撞，枪口转向墙角轰了一下，震得四壁颤悠。

枪声一响，翁杰下意识地一缩脑袋，再看时，却是三金跟那个擅长开锁的老六赶到了。他们瞧见翁豪要用火器，来不及阻拦，纷纷撞上四大金刚。那四人背对着廊道，没有提防，被撞个正着，连带着把翁豪也弄个趔趄。自然，火枪跟着打歪了。

他倒也真是个人物，一见对方来了救兵，火枪又来不及填装弹药，马上哈哈一笑，指指翁杰道：“老二，你就是命大！”

三金和老六早冲到牢门前护卫，翁豪挥挥手：“那我先走一步了，你好好跟属下叙叙旧吧！”

翁杰居然也还了一句：“大哥走好，不送不送！”

翁豪早一阵风般去远了。翁杰原以为刘九没替他送到信，不会有救兵，自己难以逃过此劫，谁想三金和老六还是及时赶到了，惊喜之下竟有一种幸福的眩晕。

三金提醒他要赶紧离开这里。翁杰也知道他大哥的手段，亲手杀不了自己，定会安排别的手段，劫狱的罪名是逃不过的，就算现在往外冲，少不得也要费一番周折。谁知他已经买通了多少官差？

翁杰转身抱住兆龙，急声道：“兆龙，你得跟我一块儿走！”

兆龙冷静地推开他：“看今天这情形，你是非走不可，我是非留不可！”

翁杰从他眼神里看出了坚定，知道说服不了他，一咬嘴唇：“那好，大恩不言谢，咱们后会有期！”

“你今后有什么打算？”

“不躲了！”翁杰叹道，“我也逃够了，这便杀回去，夺回本该是我的东西！”

三金和老六听少主这样说，脸上都露出喜色。为了不连累兆龙，老六把这牢门那把被砍坏的锁头摘下，挂在翁杰牢门上，又将那上面的好锁头开了，拿回来重新锁上。这样子看起来，劫狱发生时，兆龙还被关在里头，不至于受到牵连。

临别时，翁杰跟兆龙一个在牢门外，一个在牢门里，有再多的话也来不及说了，只能从栏杆里伸出手，使劲握了握。就连拐进廊道时那最后的一眼，也是匆匆一掠，背影随即消失。兆龙不觉也松掉一口气，四周又恢复了原先的沉寂，想起跟翁杰交往的这段日子，波涛汹涌，简直像做梦似的。

他慢慢走回床铺，脱了鞋子，躺下去。扭头看着后窗，夏日的月光从外面漏进来，淡淡的。今后，狱中的日子又要单调苦闷了。兆龙慢慢合上眼皮，等着外面传来动静。果然，一炷香不到，嘈杂声就响起了……

再见到刘九时，已是第二天的上午。杠子在昨晚身首异处，他则侥幸躲过一劫，还拿了那么多钱财。兆龙心想，这位九爷不愧是只老狐狸，杠子一死，翁杰一逃，什么过失差池都可以推到他们身上，把自己漂洗干净。故而，当刘九进来时，他就盯着他脸看，但人家表情如旧，竟是看不出什么异常来。

“九爷，昨晚你没当值，错过大热闹了！”

兆龙说这话时，隐含着讥讽。但刘九并不以为忤，淡淡地道：“那样的热闹，还是不瞧的好！”

他走近牢门，伸手把锁头拿起来瞧了瞧，又摸摸砍在铁栏杆上的刀刃，转头朝兆龙瞥了一眼：“这锁本是那屋的吧，谁换过来的？”

兆龙不免惊叹，这刘九的眼神真是够尖的，居然连这都能看得出来。只见他左右瞧了瞧，点点头：“这样也好，省得节外生枝！”

这个情，兆龙不能不领，更何况日后在这牢房里，他还要受对方节制，便也说了句：“是最好不过！”说完，与刘九眼神一接，两人间就此算是完成了交易，此事再也不提。

“九爷，没想到你还真把信送到了！”

“我答应过的事，从不食言！”刘九摸着脖子说，“人有时候活着，也真他娘的为难，拿人好处，帮人家办事，这个那个的，两边都不好得罪。没办法，只能都照应着些，好歹能糊弄过去就算上上大吉！”

兆龙自然明白他话里的意思，刘九受了翁杰的钱财，答应送信。另一面，翁豪的银子也拿了，那几个有毒的烧饼便是按对方的意思送进的。这叫两面通吃。

虽说最终没有酿成什么祸患，但兆龙终是看不惯刘九这副嘴脸，好像他还挺委屈，便道：“那几个烧饼可是够毒，弄死了好几只耗子！”

刘九瞥了他一眼，脸上闪过一丝笑意：“有你这个御厨在，也没什么好担心的！”说完，便慢吞吞地背着手走了。

第七章　活死人

末代的大清国像一只在风雨中飘摇不定的破船，也不知还能耗多久便会哗啦一下散了架子。对兆龙来说，深牢大狱像另外一个世界，他差不多已变成一个被遗忘的人，外头尽管风云变幻无常，他却享受到少有的平静。

在翁杰离开监狱的八个月后，有一天，三金突然来探访，兆龙才知道，那位好吃的老饕已联络父亲的旧部亲信，成功地击败了大哥翁豪，成了漕帮的新当家人。

杠子死后，刘九在狱中的权势也进一步增大，托他的荫庇，兆龙在牢里过得一直还算舒坦。三金去后，他所受的待遇更是水涨船高，竟比一般殷实人家过得还好。

冬去春来，季节变更，一晃，他入狱已是第七个年头了。又是一年的春天，外头万物复苏，兆龙在里头也能感受到体内的种种萌动。

当然，家人探望时，他还是能或多或少地知道些外界的事，只不过，像什么日俄在中国领土上开战等，也不是他一个囚徒能干涉和过问的。他更关心的是家人亲友的事：像兆鹰又有了一女一儿，兆虎、兆麟都成了家，生了娃。兆鸣却还是孤身一个，杨慕侠做主给他几次提亲，都找借口推掉了。真的逼急了，他就用一句话来抵挡："除非是兆龙先成家！"

对兆鸣这举动，兆龙又是感激又是愧疚，瞧这情形，他也不知道何时才能脱去这牢狱之灾。甭说囚在瀛台的皇上顾不上他，还在当朝摄政的慈禧太后定是也早忘了还有他这么个人被押。

算算，他也快近而立之年了，虽然没有镜子可照，但手掌滑过脸颊时，胡茬子硬硬地扎手，摸摸眼角，鱼尾纹也有了。

这些年的牢狱生涯，已使得兆龙的心变成一口老井，轻易难以激起波澜来。就连当初他跟武云之间的约定，似乎也没那么重的分量了。

期间，她虽然没再进来探视，却也曾请崔玉贵、吕良师兄带过信，起先他还捎给她两句话，到后来觉得这样拖下去，人家姑娘青春也要耽误了，便不再回信，叫她赶紧找人嫁了吧！

武云也有烈性，以后果真没再来信儿。兆龙自然也为此怅惘了好些日子，当然偶尔想起，心头还是会浮起淡淡的忧伤。

这些年的静功修炼下来，他已能自如地进入一个清静世界，往往一打坐就过去四五个时辰。在那里面，他羽化了一般，享受着祥和宁静，无忧无思。他发现，不知什么时候起，自己居然喜欢这里了。如果说，乍然要他离开此地，重新进入喧闹的人间，他反而有些不适应了。难道说，这就是所谓的久居鲍鱼之肆，不知其臭？或是他变成了庄子笔下的蛙虫，坐井观天，自满处境？

这一天上午，外头春雨连绵，从昨晚起一直下到现在，竟没半点停歇的迹象。兆龙待在牢房里，犹自能感受到潮湿湿的气息，外头的杏花想必已开了，花瓣浴着雨露，自然别有一番妩媚处。却没想到，这样的天道居然还有人来探监。兆龙乍听到狱卒吆喝时，心头竟是一震，他记得武云那次来探的时候，也是个雨天，秋雨萧冷，还恰好是他的生日。伊人的来到让他喜出望外，那么今天会是谁？

那人的身影慢慢从廊道口出现，兆龙呆住了，再也没想到他会出现在这里。算着，他们已有八年多不曾相见了。兆龙心头一热，鼻子一酸，叫得声师父，泪水就夺眶而出。来者正是弱用道长——白云观的住持。

那一年，他因弱用跟秋水的“老祖宗”走近，与之反目，日后便再也没去过白云观。八年前，他获罪下狱，爷爷杨慕侠四方奔走，为他打点，听说最后多亏弱用走了李莲英的门路，他才没被杀头，之后囚禁于此。

八年没见，弱用竟然不显老，依旧面白如玉，风姿脱俗。他来到牢门前，微笑着冲兆龙一点头，说：“你气色看来挺好，竟有些富态了！”

兆龙朝他深深一礼：“师父，您还是八年前的样子，一点儿没变！”

“变没变，心里有数！”弱用轻叹了声，“看来，你的性子倒磨合得好了！”

“多亏师父以前传我的那些静功法门，这里面清静，有大把的时间来修行，几年下来，自觉是长进不少！”

“看气色，便知道你精进了！”弱用笑问，“想必你爷爷也传了你杨家太极拳的高层心法！”

“是！”

“那好，我今天来也是为了传你一样功法。”

兆龙闻听大喜，赶忙作揖：“多谢师父！”

“这兴许是我这个当师父的最后一回教你。”弱用叹息着，“日后咱们相见的机会怕是没有了！”

兆龙惊讶弱用会这么说，难道他要被处决了？尽管每天都囚在这里，但兆龙早就从处斩的恐惧中摆脱，从没想过自己还会死，因而一听这话，便愣在那里。

弱用瞧见他变了脸色，有些不忍，忙道：“你也别乱心，事情还没到那步田地呢！”

话是这么说，兆龙还是感到一股浓浓的恐惧正缓缓从心底升腾上来，他嗓子眼干涩，费劲地咽了口唾沫：“师父，您听到了什么风声？”

“我昨天进宫了！”弱用道，“外头早就风传太后身子欠安，四处招名医进宫请脉，可是终不见效。那天，李莲英突然去白云观宣我，原来，老佛爷想让我进些道家炼制的丹药医病。

“丹药我不敢乱进，倒是可以从饮食上面加些方子，促进食补。那天见了老太后，发现她气色果然不妙，精神也有些恍惚，我便隔帘发功，帮她补下元气。一炷香后，老佛爷精神为之大振，也有了胃口，吃过我调制的药膳后，更是神采炯炯，她大喜之余，便要重重赏我！”

兆龙听到这里，点头道：“师父这等于是救了老太后的命，受多大的赏也不为过！”

“话是这么说，出家人却不贪图这个，不过……”弱用目光在兆龙脸上扫了下，又垂下眼睑，“我谢绝了太后赏的珠宝钱财，却又另外向她讨了赏！”

兆龙突然心跳加速，深知弱用说这些话怕是别有用意，果然，听道长说：“太后见我不要赏赐，就问我还有什么未了的心愿？我便说了你的事，盼她开恩，赦你无罪！”

这话一钻进兆龙的耳朵，他全身登时变得软塌塌的，像散了架子。他挣扎着抓住铁栏杆，免得蹲到地上：“师父，多谢您救我……”

“你这话说早了！”弱用长叹了声。

“怎么早了？”

“太后昨天并没称了我的愿！”弱用无奈地看着兆龙，“过去了八年，她本早就把你给忘了，经我这一提醒，才记起狱中还关着你这么个人！”

兆龙心跳还是急湍，他咬咬嘴唇，又问道：“后来呢？”

“太后只是说，这事她会上心的，总会给你安排一个好去处！”

兆龙眼睛登时亮了，笑容迅速在脸上绽放：“这不是很好吗师父，太后担了您的人情，我这条命算是结结实实地保全了！”

弱用看着兆龙，目光透露着怜惜，好一会儿才叹了声：“傻孩子，你还不知道吗，明明是师父害了你！”

兆龙一怔：“您怎么会害我？”

“师父这一回啊，是好心办了坏事。要是我不在老佛爷面前提起你，她升天之后，新帝登基，你自然会被赦免。可这么一来，她大限到来之前是不会放过你的，就好像她不会放过囚在瀛台的皇上一样。”

兆龙这才明白慈禧嘴里说的“好去处”是指什么，心底登时一凉，寒意蹿上脊梁骨。可不是嘛，她要是愿意放过自己，当场就会应了师父的请，何必还要拖拉？！但虽然心里面凄惶，却并不愿意表露出来，赶忙寻别的话题：“师父，那皇上如今怎么样了？”

弱用摇摇头：“他也大病缠身，在熬日子了！”

兆龙皱眉道：“皇上虽然身子骨弱，可毕竟年轻，再说他也一直在练太极拳，不该像太后一样老弱……”

弱用眼光往左右扫了扫，压低嗓音说：“皇上不死在前头，太后是不会走的。”

兆龙不禁打个寒战，眼眸子收紧。光绪囚在瀛台，他囚在大牢，原来都是要陪着慈禧去死。而且还一定得死在她的前头。想到这里，他突然嘿嘿笑了。

这笑声甚是突兀，弱用不免为之惊心。他看到兆龙笑得凄凉无力，抓着栏杆，身子却像乱泥一样瘫软了。

“兆龙！”弱用一把抓着他的手，那手心冰冷。

“师父，没事儿，无非一死，脑袋掉了碗口大的疤！”他嘴上越这样说，其实反倒暴露了内心的脆弱。

兆龙的表情也古怪，拼命地咧开大嘴哈哈笑，但笑着笑着，眼圈又红了：“其实我八年前就该死了，活了这些年，还不是赚了。”

他越假装轻松，弱用越觉得他可怜：“孩子，你别难过，也不用去死，你今后的日子还长着呢？”

“真的？”

“当然，要不我今天也就不来了！”

“没错师父，我不想死！”兆龙眼睛又闪烁出了狂热，他死死地反抓住弱用的手，嘴里嘟囔着，“我还没成家，我还没留下一男半女，我还没尽孝道，我……”他说着说着，又变得语无伦次，身子簌簌乱抖，脸皮也涨红了。弱用知道他的心乱了，隔着铁栏杆一把就将他揪起来：“听好了，没人叫你去死，你会活得好好的！”

兆龙被他摇晃得有些犯晕：“我，我……”

“你给我好好听着！”弱用凑到他耳根说，“我现在就传你一种保命的功法，你务必潜心修炼，有了它，当可躲过一劫！”

听了这话，兆龙心头燃起了火苗，马上竖起耳朵。弱用说：“死是一定要死，你不死，老太后也不会放过太极门，反倒会惹来更大的祸患！”

“那我该怎么个死法？”

“装死！”

兆龙其实已猜到了这一点，心头豁亮：“师父，您准备教我什么法门？”

“龟息功！”弱用一顿，又道，“你练太极拳高层心法，其实已能做到体呼吸，再升一层，就可以完全纳气久闭！”

当下让兆龙盘腿坐下，他一一传授口诀。原来，这龟息功又名“玄武定”“龟息真定功”，是道家特有的一种修炼内功的法门，以模仿龟的呼吸方法来修炼内气以达到延年益寿的目的，由潜心、潜息、真定、出定四部分组成。潜心，即调心，此为预备功法。潜息即为龟息，始入正功。上面二法修成，始参入定。当功夫达到“定境”时，收功之法便靠按时出定来掌握。

从这天起，兆龙便全力修炼起“龟息功”来。他从练太极拳的头一天起，便被要求舌头抵住上颚，用“逆呼吸”。慢慢地，做到了胎息，之后又练成了体呼吸。口鼻的呼吸已是若有若无，若存若止了。

不过，此时体表还有温热感，也可见到微微汗出。这用于装死可不成，会被人瞧出破绽来。

经过一段时间的修炼，他渐渐进入佳境，心跳越来越慢，体温也慢慢降下来。两个月过后，暑热降临，但兆龙却能保持全身冰凉，一点儿不受酷热所扰。

这期间，杨慕侠也来探过监，兆龙害怕他知道内情会担心，便想瞒着爷爷。谁知，老头子早就跟弱用通过声气，知道他在修炼“龟息功”。

杨慕侠告诉兆龙，外头的一切都安排好了，只等他“死”后，他便会跟着告老还乡，带他回永年老家去隐居。至于宫里头，他们也没少打点，应该不会出什么差池。

老头子还告诉兆龙，此时光绪的日子越发难过了。所请的御医给开的药方都在应景儿，一味地敷衍。听太监说，久病成医，光绪也常常读些医书，也粗通医道了。有时御医给开的方子，跟自己的脉案一对，全然不是一回事，便不敢服用。又有些虎狼之药，也多亏皇上自己调减，才没酿成大祸。故而光绪如今的身子骨差不多已经垮了，而随后来的慈禧太后的万寿，他还要硬撑着去应付那些繁文缛节，光是侍膳听戏，一站就得一整天，如何能熬得起？

杨慕侠还告诉兆龙，李莲英和大公主荣寿暗中是护着皇上的，但慈禧如今更重用小德张，李大总管的势力已不如从前了。言下之意，光绪随时都有驾崩的可能。

兆龙听后，不禁凄然。囚禁在瀛台的皇上，虽生于皇家，其实活得比常人还惨淡，与其生不如死，倒不如一了百了，就此解脱掉。

这么一想，自己竟是比光绪幸运得多，因为还有这么多亲友在外面替他谋划、奔走。可皇上身边却少有人为之挡风遮雨。

对兆龙来说，死，有时候也可以用来做一篇好文章。唯有一死，他才可以重生，才可以化蝶，重新飞舞，翩跹于艳阳天下。

日子一天天地流走。暑热渐渐被吹尽，凉意已开始渗入肌骨。这天，兆龙在狱中迎来了他三十岁的生日。

从后窗看向天际，湛蓝欲滴，他痴痴地看着大雁排成人字形，徐徐飞过，心想，用不着多久，我也能回归故里了。不觉眼眶一热，已是泪流满面。

那一天终于来到了。也不知道怎么的，十月二十日这天早上一起来，兆龙就有种预感，心头毛糙糙的，七上八下，果然，刘九早上送来的饭菜居然有肥鸡美酒。以往，他虽然蒙受照顾，却没奢侈到早饭也如此破费。

兆龙长长吐了一口气，笑问："九爷，今天是不是该我上路了？"

刘九点点头："是的，杨家少爷！"

兆龙瞅瞅眼前的美味，咂吧咂吧嘴："那这最后一顿饭，我可得吃好了，死也要做个饱鬼！"

"杨少爷能这么看得开，足见胸襟伟岸！"刘九冲他竖起大拇指，"来，我敬你一碗！"他端起酒坛子，倒了一碗酒。兆龙也不多说，一仰脖子干了。

之后，刘九就退下去，好让他慢慢享用。兆龙知道这是在牢里的最后一顿饭，吃过后，便会有人送他归西，虽然说事先早有安排，还是不敢大意。吃完后，试着调息了一阵儿，觉得能够自如运用，心里自然更加镇定。

巳时左右，听到廊道上响起密集的脚步声，兆龙从床上站起来，只见刘九引着四名老太监鱼贯而入，后面还跟着两个狱卒。

那四个老太监个个背弓得像虾米，脸像风干的橘子皮，瘦得皮包骨头，目光却无比阴冷，看人如同小刀割肉。他们走到牢门前，便一字排开，眼光直勾勾地瞅着兆龙。

刘九在旁边赔着笑："公公，这就是钦犯杨兆龙。光绪二十七年入狱，如今已历七载！"

老太监们脸色却并不见晴朗，还透出重重疑惑，因为犯人头发散乱，还留着胡子，形貌自然有异。他们有些拿不准，兆龙却是一眼就认出这四人的身份。他们是慈禧的"四大金刚"，平日里只负责伺候太后的进膳，可以说是心腹中的心腹。当年兆龙在御膳房当差，红极一时，跟他们也碰过面。

但过去了七年，兆龙如今又是这副形容，老太监们不免有些疑惑，头碰头嘀咕了两句，其中一个用尖厉的嗓子喊："净面！"

刘九赶忙开了锁，一名剃头匠便端了水盆进来，兆龙漱洗过后，那人便拿起剃刀唰唰帮他刮胡子修面，辫子也扎起来。一张英武的脸庞重新露出来。

四个老太监这才点头，算是验明正身。刘九一挥手，两名狱卒便上前架起兆龙，跟着太监们走出去，在廊道里绕了会儿，进到一间偏静的屋子，正中放着一张特制的刑床，兆龙仰面朝天被按上去后，手脚用牛筋绳捆得结结实实，这才把镣铐去了。

刘九和狱卒随后出去，把屋子门关上。兆龙用眼睛的余光看到，旁边的小桌上放着一叠高丽纸，还有一坛烧刀子。他登时明白了，太监们要用"贴加官"将他闷毙。

这种死法正好能用得上龟息功。要是灌他毒酒，今天这一劫就逃不过了。看来，弱用师父和爷爷事先没少费心思。

"好了，干活吧！"

一个老太监说着，便拿起酒坛子。另一名太监早把一张高丽纸盖到兆龙脸上，他马上入定，进行调息。噗，太监使劲一喷，噀出一阵细雾，那纸受潮发软，立即贴伏在脸上。

兆龙却早就行功进到"潜心"一段。第二张纸又糊下来，酒水再喷时，他已开始潜息，等第三张高丽纸贴到脸上时，他已入了"真定"。

身子融入一个混沌境地，没了思想，没了呼吸，像是一粒尘埃，在恍恍惚惚地游荡。

等贴了五张高丽纸后，老太监们才停下来歇口气，兆龙躺在上面一动不动。按照常规，行刑到此便算结束了，犯人已然毙命，那五张叠在一起快已干燥的高丽纸揭起来，凹凸分明，犹如戏台上"跳加官"的面具。这就是"贴加官"名称的由来。

但老太监事先已经被嘱咐过了，此犯人非比寻常，身上有武功底子，故而他们之后又连着在兆龙脸上糊了五张纸，厚厚的如同一层硬壳，待过了一炷香后，方才慢慢揭下。

一名老太监把一根羽毛放到兆龙鼻上，几双眼睛死盯着，也没看到它动一下。另一名老太监还不死心，又掏出一根银针扎了他的人中，见还是没有反应，这才作罢。犯人确实死透了。

这才开门让刘九等人进来，叫他们去通知钦犯家人来领尸，在刑部的卷宗上，杨兆龙的名字被红笔勾掉，此后世间便没这么个人了。

好像做了一场无边无际的梦，又好似重新回到了娘胎里面，兆龙恍恍惚惚地游荡着，眼前所见的景象光怪陆离，皆是从前没有见识过的。

他也不知道倦累，就那样轻飘飘地走，漫无边际地走，没有喜悦，也不见悲愁，人干净得像一片雪白的羽毛，轻轻浮游。

时间好像停止了，他的脑海也平静无波，甚至于心跳也是轻轻微微的，一点儿波澜不起。也不知过了多久，直到前方的云层分开，射下一片金光，跟着，有一个声音轰轰响起，在唤他的名字："兆龙，兆龙……"

这一叫，便把他的心智唤醒了，周围登时风云变幻，旋起了一个巨大的旋涡。他身子飞速地转着，身心俱裂，不禁发出一声尖叫。但那叫声并没发出来，就被塞回去了。兆龙眼皮猛地睁开，眼前一片耀眼，隐约看到一个黑影在他头顶上。那人的手掌捂住了他的嘴巴。

他想反抗，无奈手脚酸软无力，才抬起头，又颓然瘫软了。慢慢地，他眼睛适应了眼前的光亮，方才发觉捂住他嘴的居然是爷爷杨慕侠。

老头子眼里透着欣喜，根根皱纹都舒展开来。兆龙又惊又喜，叫了声爷爷，才发觉声音干涩无力，喉咙里像塞了沙子。

杨慕侠把手伸下来，轻轻抓住他的两肩，将兆龙扶起来，他这才发现，自己原来是躺在一具棺木里头。转动脑袋往四周瞧瞧，桌上油灯闪晃，床上帐幔挂起，是个陌生地方。

杨慕侠说：“这是客栈，我们在回老家的路上了！”

兆龙拍拍脑瓜子，慢慢想起闭息前发生的事。杨慕侠拿过碗来，喂他喝水，兆龙这才发觉自己饥渴得要命，几口就把水喝光了。这么一来，肚子里更是咕噜响，但老头子并不让他吃硬食，只让他喝了满满两大碗小米粥。

肚子里有了食，兆龙精神大振，能够慢慢下地走动了。他看到外头有人影晃动，问爷爷，那是谁。杨慕侠说：“是杨奉，他这次要跟咱们回永年。兆鸣本来也嚷着要一起回去，我没答应，兆鹰在京城里那摊子事也不少，需要人手！”

兆龙这才想到，自己此后已成了“活死人”，再也见不得天日。日后，兆鹰便算是太极门的门主了。

在监狱里关了七年多，与人事世事已经隔阂，他觉得自己就像一只坐在井底下的青蛙，真的不能跟展翅在飞的兆鹰比了。

想到这里，兆龙歉然地笑笑：“爷爷，是我拖累您了！”

“快别这么说！”杨慕侠按着孙子的肩膀说，“爷爷老了，早盼着这一天能退下来，就是你今后得陪着我这糟老头子，日子可寡味得紧呢！”

兆龙苦笑了下：“能捡条命回来，已经烧了高香，我还有什么奢求呢！”

杨慕侠看着他脸色，如何能不知道孙子心里的苦楚：“你是不是觉得爷爷把掌门的位子给了兆鹰，心里面怪不是滋味的？”

“没有！”兆龙慌忙摇头，“兆鹰比我适合接任掌门！爷爷选得没错，再公正不过！”

“你能这样想最好了！”杨慕侠道，“孩子，你要记得一句话，有所失，必有所得！明白爷爷的话吗？”

“不太明白！”

“掌门位子不要了，你可以安心下来好好地修炼《授密歌》，这不是更好吗？”

兆龙一惊，眼珠子瞪大滚圆："可是爷爷，《授密歌》不是只能传一人吗，你要是传了我，兆鹰怎么办，他可是掌门啊？"

"谁说过《授密歌》一定要传给掌门的？"杨慕侠脸上浮着笑意，"实话告诉你，爷爷几年前就盘算好了，兆鹰比你适合当掌门，可《授密歌》唯有你能悟得透！这一点，你爹、你二叔都比不过。"

兆龙听了这番话，不禁热血喷涌。从小起，《授密歌》便是杨家拳术中的最高机密，可惜他爹和二叔都没能获得传授。他还知道，祖上当年跟武当有约，每个习练者，今生只能有一个传人，这无形中更增加了它的神秘。

到底是怎样的一种无上功法？受那句誓言所限，使得它只能像传皇位一样，每次仅能传授一人？也可以这样说，获传《授密歌》，要比当上杨氏太极拳的掌门更难，更不易，也就更有分量。因为此人在提升了武功的同时，却也无形中要承担更多的风险。

兆龙终于明白了爷爷的苦心。他为何要把掌门位子和《授密歌》分开？这样做实在是两利。对于他这样一个见不得光的"活死人"来说，修炼《授密歌》确实适合，七年的监牢生涯，他于静功上面的修炼已达臻境，接下去再习练这种功法，也算是水到渠成了。

"爷爷，您放心，我一定会练好《授密歌》！"

看着孙子的神情，杨慕侠笑了笑："光练好它还不成，你还要多动动脑子，怎生破了它那句誓言才成！"

可不是，杨家自从武当那里得到《授密歌》后，距今已过了近四十年，却只有杨东魁和杨慕侠两人练过。之所以传播不广，便是因为有那一句誓言堵在里面：《授密歌》不落于文字，习练者有生之年，只能传于一人。

如此一来，便只能单传。为了保证所传非人，还要慎之又慎，故而才落到如今这个凋零场面。可是，那句毒誓字字如同铁石，把其他路径都给堵死了，他又如何能另辟蹊径，突围而出呢？

兆龙想到这里，不觉有些沮丧，像太爷爷、爷爷这等聪慧绝顶的奇才尚且不能解决问题，他这个小字辈又如何能抡得起肩膀？

杨慕侠见孙子脸色阴晴不定，忙道：“这事不急，得慢慢来，反正我也退隐了，往后可以跟你一起去细细地斟酌。”

兆龙听了这话，顿觉释然，可不是吗，他和爷爷两颗脑袋加在一起，还怕破解不了它不成？又见杨慕侠长眉一挑：“有件事倒是差点忘了跟你说！昨儿个皇上驾崩了！”

听了这话，兆龙头轰地一下，呆坐在那里，半晌没有言语。原来，自己“死”后的第二天，光绪就去了。要是他真死的话，倒也算是替皇上当前锋、打前哨了。想起从前跟光绪一起的情形，不觉眼圈就红了。

听杨慕侠又道：“昨天离京，今天赶到廊坊，没想到傍黑又听到了另一个消息，老太后今天也归天了！”

“真的？”兆龙惊得跳起来，“会这么巧？”

杨慕侠默默地掏出烟袋锅子，抽起来：“老太后怎么也会叫皇上死在她前头的！”

听了这话，兆龙觉得心头像遭了针刺，半年前，弱用道长去牢里面探望他时，也说过类似的话。这么说，皇上多半是被害死的，故而时间才能拿捏得这么准。他越想越难过，泪水终是夺眶而出。三十八岁的光绪，死得可真是惨呢！

天亮后，用过早饭，杨奉便抡起马鞭，驱车继续赶路。

冬日的官道上一片萧瑟，西北风呼呼地刮着，极目所见，天光暗淡，地表苍黄，竟是看不到一丝生动的绿意。

尽管穿了厚厚的棉袄，戴着厚毡帽，马车上坐久了还是会被冻透。再加上颠簸，屁股和腿早就又酸又麻。不过，杨奉并不觉得辛苦，反倒喜滋滋地一路催赶着两匹马快跑。因为他心里揣着秘密，那就是兆龙没死，唯有早点赶回永年，离得京城越远越好。

“老爷，今晚咱们在保定过夜好吧？”

“那会不会太赶了？”

“没那事，我多抡几下鞭子就成！”

车篷里，杨慕侠把双手揣进袖筒里，背靠棺材坐着，笑道：“你倒是痛快了，我这把老骨头怕要散架了。再说，兆龙躺在里面也受不了啊！”

杨奉听了，吐吐舌头，闹了个脸红，赶忙拉拉缰绳，使得马车慢下来。这时，后面突然响起嗒嗒嗒嗒的马蹄声，杨慕侠不觉一皱眉头，来者骑得好快，应该是个常年在马背上过活的人，因而骑术精湛。

转眼，那马匹就擦着马车冲过去。杨奉转头瞧时，见一匹神骏的枣红马上，坐着一位穿羊皮袄的汉子，头上戴着顶虎皮帽子，嘴里喷着白雾。

只扫了一眼，杨奉就看个仔细，那汉子长相丑恶，三角眼，腮帮子上还生了一颗猪皮痣。更惹眼的是，他腰间挎着刀，显然是个练家子。

两人目光一接，杨奉看得清清楚楚，恶汉脸上划过一丝冷笑，并不耽搁，枣红马像箭矢一样射出去，马蹄子撩起了一路飞尘。

杨奉也算是个老江湖了，自然明白这人不可能无缘无故追上来，想来是个探路的，心里不禁冷笑，敢在路上拦截太极门的老掌门，这对头的胆量可真不小。

正要跟杨慕侠说，老头子已先开口了："刚才那人练的也是内家拳，火候不浅，应该跟咱们太极门有渊源！"

杨奉奇道："老爷，您是如何知道的？"杨慕侠一直坐在车篷里，外面罩着厚厚的布帘子，应该看不清外面。

"我从他的呼吸听出来的！"杨慕侠问，"前头到哪儿了？"

"快到永清了！"

"我记得，老君堂和杨家疙瘩两村之间，有一大片林子，那里的道很不好走，当地人都叫它磨齿地，是不是就在前头不远？"

"是的老爷，磨齿地的路是不好走，外乡人常常会迷路转向。不过我没事，闭眼也能走出去！"

杨慕侠听杨奉语气很自负，笑道："我倒忘了，你老家就是永清的！"一顿，又说，"瞧着吧，那些人就在磨齿地等我们！"

杨奉一挺胸脯，喝道："他们好大的胆子！"

马车又往前奔了一阵，远远地果然看到一大片树林子，冬日叶子都落尽了，光秃秃的树头上伸出黑乌乌的枝条，像枪杆子般刺向天空。

在林子里头，夹杂着无数道斜坡和沙岗，灌木障眼，沙岗阻路，磨盘的齿道纵横交错，因而才被称为磨齿地。

杨奉果然老马识途，在那些弯弯曲曲的齿道里转了几个圈子，上斜坡，绕沙岗，很快就钻进林子中心位置。这时，前面沙岗上猛然出现一个人影，身材矮小，他从沙岗上滑下来后，身法灵活，显然也有武功底子。

稍近，杨奉才看清，那居然是一个女人，不禁感到惊异。她穿着素色棉袍，神情慌乱，斜刺里冲到路上，拦在正当中。杨奉慌忙拉住缰绳，好歹是离着那女子一步之遥刹住了：“我说你这大妞，怎么胡闯啊！”

那女子呼哧呼哧喘息着，拉开斗篷，露出一张苍白娟秀的脸庞：“请问这位爷，车上拉的可是杨兆龙？”

杨奉一呆：“你是谁？”

“我叫武云，是他未过门的媳妇……”

杨奉听了这话，惊得眼珠子差点蹦出来，嘴巴张得老大，哪里还能上得来话。他不觉转向身后的车篷，低声道：“老爷，您看这事……”

身后布帘一撩，杨慕侠探出头来。武云一见他面儿，马上跪下去，叫了声爷爷。

老头子也是头一遭碰到这样的事，犹豫了下才跳下车：“使不得！”但武云还是连磕了三个头。

杨慕侠并不伸手去扶：“孩子快起来，我有话问你！”

“爷爷您说！”

“你说你跟兆龙有婚姻之约，如何我这做长辈的一点儿不知情？”

武云脸上飞过一丝红晕，低声道：“我们是……私订终身的……”

“这可就奇了，兆龙在牢里一关就是七年，上哪儿结这姻缘去？”

“不瞒爷爷，我们很早就认识了，他在会贤堂做大厨、在御膳房当差，我们也时常见面。后来他下了狱，我便跟他约定，会一直等他出来，谁知他……”武云说着，眼泪就哗哗地奔流，哽咽着说不下去了。

杨慕侠见了，不禁动容，从武云的神情看，她不像在撒谎。可现在兆龙已是个“死”人，见不得光。如今突然凭空冒出个“媳妇”来，当真有些棘手。

但老头子毕竟是老江湖，心肠硬，刚才那个恶汉骑马探风，他就有所警觉。这个武云早不来晚不来，偏偏这个时候出来“认亲”，难保不是圈套。当下朗声道：“孩子，难为你还记挂着他，兆龙泉下有知，也心安了。”

事到如今，杨慕侠唯有好言相劝：“可现而今他人也不在了，你们又没有媒妁之言，聘礼之定，也不必拘那个礼了！”

“爷爷，我懂……”武云哽咽着，“我今天来，就是想见他最后一面！”

听了这话，杨慕侠和杨奉面面相觑，人家姑娘提出这个请求并不过分，他们要是硬拦着不让看，那才显得心里有鬼。可要是让她看吧，万一兆龙露了马脚，麻烦也不小。

老头子想到这里，便暗中给杨奉使个眼色，后者马上说：“大姑娘，你是外乡人，可能不知道这里头的规矩。大凡亡人的乔迁，半道上是不能揭棺材盖的！”

武云一呆：“那……我什么时候才能看看他？”

杨奉一打手：“要不说这事儿还真难办，大姑娘你着实是来晚啦。亡人入了棺木，这叫大殓，从此亡人一生功过，就此定论。也就是说，活人和亡人以后终古不得相见了。”

武云听了这话，脸色登时变得煞白，把脑袋摇得像个拨浪鼓：“不，不……”她边说边往后退，不提防脚下被树根一绊，一跤摔倒。

杨奉哎呀一声，便要过去搀扶，杨慕侠却知道不可再拖延，使个眼色：“走！”转身钻进车篷，杨奉赶忙跳上车辕，拿起马鞭子。还不等赶马，前头就哗哗响起了马蹄声。

十来匹快马从沙岗那边蹿上来，撒欢朝这边冲来。武云此时也从地上爬起，转身看着那些快马发呆。杨奉看到冲在最前头的，正是先前在路上碰到的那个恶汉，一对三角眼里闪晃着阴鸷的目光。

眼见对头们赶过来，他也不忙着赶马车了，抱着鞭杆子蹲坐在车辕上，冷眼相望。杨家人从来不怕事，更何况老先生在场，等于太极门的金字招牌竖在这里。

转眼，恶汉就冲到近前，先不去关顾车上的人，勒住马缰绳围着武云转了半个圈子，喝道：“师妹，谁叫你跑来的，想要坏我的好事是不是？”

杨奉听那恶汉管武云叫师妹，气得一瞪眼，敢情他们是一伙的。这娘儿们刚才哭得昏天黑地，原来是在演戏。

武云却看也不看自己的师兄武风，转身朝马车走来。武风见状，又喝道：“我跟你说话呢，听到没有？”

武云扭头看向他：“师兄，我的事你别管！”

“长者为上，我怎么就不能管你了？”

“我不过是想见他最后一面，可没坏什么规矩！”

“只怕你想见，人家也未必搭理！”武风龇牙一笑，“师妹，到头来，你还是得依仗着大伙儿撑腰！”说完，双腿一夹马肚子，掉头朝马车冲去。

那些人随后拥上，把马车团团围住，马蹄子撩起的尘土腾腾飞起老高，马的嘶叫声和人的吆喝声响成一片。但杨奉并不为之所动，依旧抱着鞭杆子蹲在那里，垂着眼皮，他身后车篷的布帘依旧遮得严实。

武风嘘嘘两声，拉住了马匹，斜眼打量着杨奉，突然一抬手，抡起马鞭子去抽拉车的马匹。杨奉一惊，挥手将鞭杆子甩出去，啪的一声，两根鞭子缠到一起。

武风三角眼一瞪，猛劲一拽，杨奉的屁股便离了座：“你给我下去吧！”

杨奉没想到他气力这么大，一咬牙，双腿夹住车杆，拼命往后挣。武风却突然把劲道卸去。杨奉猛拉个空，上身一栽晃，正要往后撞去。后心已被杨慕侠的手掌贴住，登时稳住。

那头的武风不提防，手臂一麻，全身变得酥软，人便像个皮球一样砰地弹起来。他双脚落地后，正欲站稳马步，谁知那股力道居然还像波浪一样澎湃，又歪歪扭扭地退出几步，才总算立住了，登时冷汗就冒出来了。其他人也都看得目瞪口呆。

西北风吹着沙土弥漫，直呛人口鼻。武风慢慢站直身子，眼眸一点点地收紧，没想到杨奉一个赶车的居然也有这等功力，气焰登时低落下去。

武云用手掌抹了把脸上的沙土，凑过来：“师兄，你还是先走吧！”

武风瞪了她一眼："事儿还没办，我往哪里走？"双手朝着杨奉一抱拳，"前辈好身手，敢问高姓大名？"

"我是杨家一个看门的，姓杨名奉！"

一干人听他道出身份，又是心中一凛，一个下人功夫都这等了得，主人可想而知。

"敢问杨老掌门可在车上？"

"没错！"

"烦请他老人家现身一见！"

"就凭你？"杨奉微微冷笑，"只怕还没这个资格！你是哪门哪派的，令师是谁，连点武林规矩都不懂，就敢出来胡闯，我看你们是来作死！"

"我还真不信这个邪！"武风骑着马围着车子又转了一圈，一挥手，"兄弟们，动手！"那些人发声喊，纷纷从腰间掏出飞虎抓，呼呼地抡起来。

杨奉一瞧，他们这是要把车篷给拆了，嗷地蹦起来，站到车辕上："大胆！"他急得直晃脑袋，可恨自己武功不济，身边又没其他帮手，要是这些后辈小子还需要劳动杨慕侠亲自出手，那可真是叫太极门蒙羞。

武云赶紧跳到马车旁，双手一伸，拦在武风的前面："师兄，你不能胡来！"

"你给我让开！"

"我偏不！"武云咬着牙道。

"我就不明白了，那个杨兆龙有什么好，值得你这样做。同门不顾了，师父也不要了？你傻了是不是，他早死了！"武风说着说着，脸部便有些变形、扭曲："武云，枉为这些年我心里一直记挂你，你却一直忘不了那姓杨的，我……"

武云没想到他突然说出这等话，呆住了。武风也是一时激愤，才吐露了心思，话既然出口就收不回去，登时觉得臊得慌，激怒之下吼道："弟兄们，还等什么，上啊！"

噗噗噗噗，十来条飞虎抓飞出去。杨奉大叫一声，挥动鞭杆子，却只荡开两条，不禁气得嗷嗷乱叫。这时，远处传来惊雷般的马蹄声。

武风转头一瞧，一匹白马箭矢般射来，距离着还有十几丈远，马上的青衣汉子腾身而起，双手握着一柄长枪，往地下只一撑，人复又弹起，转眼就扑到跟前，大枪一挥抽了过来。

武风没想到他来得这么快，怪叫一声，身子向后躺成了铁板桥。那枪杆子一旦走空，青衣汉子并不撤招，顺势又撩向那些使飞虎抓的人，只一下，四条链子就飞上了天。

他脚尖在车篷上一点，又蹿到另一旁，大枪挥处，又有几条飞虎抓被挑飞。跟着，汉子身子在空中旋了两下，轻飘飘地落到马车旁。

杨奉见了，忍不住喊了声彩："兆鸣，来得正好！"

武风见来人居然便是杨云鹏的义子刘兆鸣，不禁倒吸一口凉气。十几年前，他们就较量过几次，那时他还能略占上风，没想到这家伙如今的武功竟然高到这等程度。

兆鸣目光在武风和武云脸上一一扫过，冷冷地道："我当是谁呢，原来是秋水的风云，咱们有些年头没见着了，原以为你们会有什么长进，谁知还这么无耻，真叫人心寒呢！"

杨奉这才知道眼前这些人的身份，原来就是太极门的死对头"秋水"，气得一瞪眼，狠狠地往地上吐了口唾沫。

武风见兆鸣如此轻看他，不禁懊恼，吼道："接招！"左手在鞍子上一按，身子腾空而起，右手顺势从腰间抽出刀来，寒光一闪，当头劈下。

兆鸣左脚一踢枪杆子，它嗖地就弹出去，顺势往旁边一撩刀锋，连带着把武风的身子往旁边拽动两步。这一招用上了太极拳八法中的"采"。

武风也不含糊，转动刀刃，顺着枪杆子滑下。他们一个削砍，一个挡磕，一个是长中强，一个短中险，瞬间就交手数招，却是谁也没有占到便宜。

但毕竟还是兆鸣功力胜上一筹，近身格斗时，他双手握住枪杆，发出了一股弹抖劲。武风刀锋一碰上，人就噔噔噔往后退去。刚想扎稳步子，兆鸣又一枪刺到，他赶忙用刀锋去挡，但那大枪耍个枪花，一下刺中刀面。

武风大叫一声，伸出左手抓住刀尖，拼命抵住那枪头。兆鸣双手握枪往前催逼。武风嗷嗷叫着，竟是抵挡不住，两人眨眼间就滑出十几丈远。

兆鸣大吼一声，大枪往下弹压，武风实在抵挡不住，单腿跪地，正要拼命，不想对方却把大枪收了回去。他猝不及防，险些晃倒。

“怎么，胜负已分，还要再打下去吗？”

武风呼哧呼哧地喘息着，狠狠地瞪着他，心知再打下去也讨不到好，更何况，车篷里还有个杨慕侠没出手呢！原本，他奉命只是探查一下虚实，杨兆龙是否真的毙命，并没想过要跟杨家人正面冲突。

谁想，武云半道冲出来，他远远在沙岗上瞧见，她又是给杨慕侠下跪，又是痛哭，不禁妒火上涌，头脑也发起了昏，于是就带人围上去，要捋老虎的胡须了。如今，杨慕侠还没等出手，他就栽在刘兆鸣手里，哪里还敢用强，只得转身离开。上马后，见武云还站在原地，不觉有气：“怎么，你不走？”

武云咬咬嘴唇：“我要见他最后一面！”

这女人真是疯了！武风瞪了她一眼，啪地抽了马一鞭子，带人呼啦啦冲出去，绕上沙岗，拐个弯儿就不见了。

兆鸣这才走回车篷前，杨奉笑着冲他竖竖大拇指：“好小子，有你的！”

但兆鸣脸上一点儿喜色没有，规规矩矩地走到车前，叫声爷爷。毕竟老头子临走前，留他在京城帮兆鹰忙，他却撂挑子尾随而来，有些抗命的意思。

但车篷前垂下的布帘没见动静，里面也没见应答。杨奉在旁边瞅着别扭，想开口，又不敢造次，只能强忍着。武云也慢慢凑过来，好奇地打量刘兆鸣。

西北风呼啸着，沙砾子砸在脸上火辣辣地疼。兆鸣把大枪往地上一搁，双膝一软，往前跪倒在地。杨奉再也忍不住了，凑到车篷前唤了声老爷。

布帘终于挑开了，杨慕侠猫腰钻出来，也不见他的腿动，人已轻飘飘地落在地上，他目光在兆鸣脸上溜了一圈，问：“你怎么来了？”

兆鸣垂着手：“我想送兆龙一程！”

“送一程？”老头子沉吟着，“从京城到永清，路可不近呢！”

兆鸣低着头：“我还想一直送到永年！”

杨奉忍不住再次插嘴：“老爷，兆鸣他也是好心，咱们路上多个帮手，不是也便利嘛。”

杨慕侠叹了声：“难为你有心，那就跟着吧。”

兆鸣见他答应，如释重负：“是，爷爷！”一下子从地上蹦起来。

武云见机会难得，赶忙抢到杨慕侠跟前，正要开口，老头子已抬手制止，说：“人死，情断！姑娘，你就别让我们杨家为难了！”

不待她回话，早抬脚上车，杨奉帮他把布帘放下后，一骗腿儿坐到车辕上，鞭子一响，喊道：“让路，让路！”

但武云却还是挡在道中，瞧见马车过来，索性把眼睛闭上了。她是铁了心要跟了去。但兆鸣却不跟她客气，只用枪杆子一扒拉，就将她轻飘飘地送出一丈多远。

待武云站稳了，再想追时，一车一马已经冲出老远，尘雾腾腾而起，遮住了视线。她咬着牙赶上几步，眼见他们转过沙岗不见了，才颓然地住脚，两道泪水又滑下来。

老家总是有一种熟悉的味道，会叫人魂牵梦绕。即便是躺在棺材里，见不到光，兆龙还是能够嗅到这股熟悉的气味。

棺木抬进后院，安顿好后，他总算可以出来透透气了。几天来在路上颠簸，兆龙委实憋坏了，再加上饮食不方便，他消瘦不少，加上胡子拉碴的，确有几分鬼样儿。

他假死的内情，只有五个人知道，老头子和弱用道长是谋划者，再就是兆鹰、兆鸣和杨奉。一回到永年老家，他便住进后院的厢房里头，房门从外面反锁着，大家知道此事一旦泄露出去，便会祸及杨家一门，故而大家都小心谨慎。

之后两天，杨慕侠简单地为长孙料理完丧事，把那具装了石头的棺木送到祖坟处，挨着杨云天下了葬，并树了碑，上面还栽上两棵小松树。

老头子还担心“秋水”的人不死心，会偷偷地去掘坟，便叫杨奉暗中去盯几天。不久，他就回来禀告，祖坟那边没啥异常，倒是那个叫武云的女子去“兆龙”坟前哭过，烧了纸钱，之后就离开了。

杨慕侠听后想，这武云倒是个痴情种。原来，那日回到老家后，他便跟兆龙提起过这姑娘，晓得了他们俩之间的那些情事。兆龙说，武云因为受了杨云鹏的救命恩情，有意脱离“老祖宗”，向太极门靠拢，老头子听了甚是高兴。

难得兆龙有情，武云有意，能摊上这么个孙媳妇也算不坏。如今他一听杨奉说，武云去给兆龙上坟了，心更软了，赶紧让杨奉去找她回来，既然心里面已认可这个未来的孙媳妇，他可不放心武云还在外头漂着。

谁想，杨奉把周边百来里都寻遍了，竟没找着武云的影子。想来她祭拜过后，心灰意冷，即刻便离开了广府。

哎，这也是缘分不到吧！老头子只能这样想。因为此事落空，他便瞒着兆龙，没告诉他武云曾去上过坟的事。而兆龙此时心头挂念着的，也是一宗去上坟祭奠的事。

对于外公、外婆的亡故，他几年前就知道了。当时虽然难过了一阵儿，但很快又释然了。毕竟刘一手得了善终，死时没有病痛。让他唯一遗憾的是，自己那时身陷囹圄，不能外出，更别说去保定外公外婆的坟前哭两声，哀悼一下。可是，即便回到永年，因为“见不得光”，他还是无法去保定走一趟，只能暂时在屋里立两个牌位，烧香祭拜。唯有到了晚上，兆龙才能从屋里出来，虽然外面寒风呼啸，有时还会飘着雪沫子，但他心里还是感到极为舒畅。比起那些年在监狱的生涯，他已经很知足了。

有时候是杨慕侠，有时候是兆鸣，他们会陪他在后院里走走遛遛，或者推推手，盘盘拳架子。兆龙发现，经过这些年的分隔，他和爷爷之间的感情反倒更深了，甚至于养成了一种默契，往往说话时只提个头，下面的意思便都领会了。

直觉告诉他，爷爷早不再把他当孙子看，倒有些顶替父亲杨云天的意思，说话时那语气、那眼神都有些异样。兆龙倒并没觉得别扭，心里反倒暖融融的。自父亲死去后，相隔了这么多年，祖孙俩终于把他们心头的隔阂清除干净，满心满意地相互亲善了。

可是，跟兆鸣在一起感觉却不同。兆龙觉得他们之间更显得生分了。也不知为何，兆鸣看自己的眼神有些怯怯的，甚至于不敢跟他目光相接。他们在一起时，往往并不怎么说话，多是默默地溜达。

兆鸣也不肯跟他并肩，只跟在身后。大多时候，兆龙先提起个话头，他才回应两句，语气也只是淡淡的。其实早在多年前，在他身上便看不到从前那个叫禾谷的小沙弥的影子了。

兆龙想，兴许是兆鸣觉得有些愧对自己吧！那一年，他和父亲留在老家守业时，兆鸣却毅然跟着二叔他们去了京城，之后，他便跟兆鹰走近了，并如愿被杨云鹏收为义子。应该说，从那时候起，他俩之间就隔着条深沟了。

为何这一次，兆鸣却放着在京城的舒适日子不过，偏偏要跟着来广府老家呢？果真是他有些愧疚，才千里迢迢地护送自己回来吗？

在回到永年的当天夜里，杨慕侠私下曾跟兆龙说起过兆鸣。要知道，临离京时，兆鸣就提出要随杨慕侠回老家，被老头子拒绝了，让他继续留在兆鹰身边帮忙，一起振兴太极门。应该说，于公于私他都应该留下，谁想，他还是尾随着离开京城。

这事说大也大，说小也小。往大里说，兆鸣违命是对老头子的大不敬，舍兆鹰而去是对兄弟的不忠。尽管他嘴上说，这么做是为了兆龙，但杨慕侠当时极为不快，即便是他及时现身，赶走了秋水那帮人，老头子还是不喜。

“你想想看，兆鸣为啥一定要跟着回来？”那天晚上，祖孙俩灯下叙话，杨慕侠不禁就提起了这个话头。

兆龙想了想，脱口而出：“为了《授密歌》？”

祖孙俩的目光一接，杨慕侠笑了：“留在京城给兆鹰帮忙，他能风光些，但跟我回老家来，说不定就能多学上两手，所以说，兆鸣可是个聪明人！”

“我只怕他聪明过头了！”兆龙叹息着，脑海里不禁又闪过小沙弥禾谷的影子，那时候，他们是多么单纯朴实啊！

十多年前，兆龙便也无父无母了，故而他很懂得兆鸣的心性。在杨家过活，等于寄人篱下，要看人家眼色，久而久之便养成他这要强的性子。他平日里话又不多，跟人也不怎么交往，便更显得孤僻。

“《授密歌》的传闻，他也听说过这么多年了，动心一点儿不奇怪！”杨慕侠目光猛地透出几分杀气，“只要不动邪念就好！”

“不会的，爷爷！”兆龙赶忙道，“要说兆鸣想学更高深的功夫不稀奇，但对咱杨家有歪歪心思，却是决计不会！”

“这也倒是！”杨慕侠点着头，“我看呢，他顶多也就是想跟在你身后捡点零碎吃！”

“捡零碎？”

“傻小子，兆鸣可是个聪明人，他一准是看出来了，我会把《授密歌》传给你！”

兆龙恍然大悟：“爷爷的意思是，兆鸣想从我嘴里掏出点东西来？”

“没错，”杨慕侠盯着他，目光灼灼如炬，“你会怎么做？”

“不是有誓言吗？不立誓，爷爷也不会轻易传我心法！”

“这话说到要害了！”杨慕侠慢慢起身，“杨兆龙，对着列祖列宗的牌位，你现在给我起誓，《授密歌》不落入文字，你今生今世只传一人！”

兆龙没想到老头子说来就来，心头一阵急跳，慌忙起身，朝着摆放祖宗牌位的桌前跪下，按杨慕侠说的发起誓来。一待说完，心里就涌出了异样的感受，有些高兴，有些激动，也有迷茫。自己这么容易就被缰绳套上了？

杨慕侠笑眯眯地将孙子拉起来：“听好了，我现在就传你口诀。”凑近兆龙耳根，小声说：“无形无相，全体透空；应物自然，西山悬磬。虎吼猿鸣，泉清河静；翻江搅海，尽性立命！”

之后，杨慕侠就闭上了嘴巴，兆龙有些动容：“所谓的《授密歌》，不会只是这短短的几句话吧？”

“你还想要多少？”

兆龙咂摸咂摸滋味，似懂非懂，但很快点了点头：“不过也够了，大道至简嘛！”

杨慕侠问：“听明白了？”

“不明白！”

“我也不够明白！太极拳的真意要是那么容易就弄明白，遍地都是高手了！”说完，老头子笑眯眯地瞧着他。

尽管在牢里这些年，兆龙已修炼有成，颇能沉得住气，但此时心头还是翻江倒海。在武林中传得如此神乎的《授密歌》，居然简单得只有几句口诀，这果真是“秋水”那些人处心积虑想得到的无上内功心法吗？但这些年的苦修，他无论在境界和功力、心志上都有了绝大的提高，自然不会轻易被外象晃过，再次地咀嚼这八句口诀，兆龙便明白了，这《授密歌》要么里面藏着隐语，要么是在修炼的每一个层次中，所理解的真意都有所不同，会是层层递进。

他把想法跟杨慕侠一说，老头子乐得直点头，又像小时候那样，伸手摸摸兆龙的脑门，表示赞许。虽然自己已是三十好几的人了，但在老人眼里，还是个孩子。

接下来，祖孙俩便细细地探讨起《授密歌》里面所讲的含义，烛光下，两个身影时而贴在一起，时而分开。

外头，杨奉穿着厚厚的棉袍，跟兆鸣远远地站在那棵掉光叶子的大槐树下，他们默默地站着浑圆桩，任凭冷风在耳畔呼啸，就是巍然不动。

看着窗户上映出的人影，尤其是兆龙不时地还会“手舞足蹈”一番。杨奉脸上也会跟着闪露出笑容。但兆鸣却始终冷静，表情如初。在杨奉脸色如春花夏日秋月不断变化时，他始终只是冬天的肃冷。

在“兆龙”下葬的第三天，徐雁北突然上了门。杨慕侠倒是没怎么惊讶，他算计着，这个师弟也该来了。自从上回去徐家庄找过他，聊起了往事，他的心思便活动开了。

果然一照面，杨慕侠便觉得新鲜，徐雁北居然讲究起穿着来，再也不像上次见的那样一副老农模样，身上一件八成新的羊皮袄，头上的帽子，脚下的鞋子，居然跟杨慕侠的一模一样，再加上抽一样的烟锅子，走起路来也是神似。

无怪杨奉一瞧见，便看得眼直，隔远了一瞧，这徐二爷活脱脱跟老爷一个模子刻出来的。杨慕侠眼瞧着徐老二慢腾腾地走来，脸上不禁露出了几丝笑意。雁北的那条腿要是不瘸，走路再快当些，就跟自己更像了。

“师哥，师哥……”徐雁北快走近时，步法突然踉跄起来，一把抓住杨慕侠的手，居然低头哀号起来，“兆龙的事儿我听说了，你可一定要挺住，咱杨家谁都能倒，就你这棵大树倒不得……”

杨慕侠手心吐出一股柔劲，将他轻轻弹起：“劳你挂心，我没事！”

“那就好！”徐雁北用袖子擦着眼角，他居然还真的挤出两滴泪来，“可怜云天这一支，居然断了根儿，我听后心里头真像刀绞了一般，你说咱杨家向来仁义，咋就会飞来这样的横祸呢！”

杨慕侠冷冷地道：“想来是我作了孽吧！”

徐雁北抬眼看他，眼珠子转了两转，叫起来：“怎么会呢？谁不知师哥你人品一流，在江湖上最有威望。”说到这里，又觍着脸道，“倒是我不长进，惹得咱师父他不喜见，让我一禁武就是三十来年，算是活该报应！”

“你能这么想，总算没白熬这三十年！”

之后，两人进屋奉茶，徐雁北不觉又夸起了女婿杨云雕和外孙兆麟、兆虎孝顺来，他身上的羊皮袄以及日常花用，都是他们从京城给捎来的。

杨慕侠倒没什么反应，在旁照应的杨奉可听得浑身不舒服，徐二爷这么显摆，不是在故意刺激老爷嘛。两个少爷先后谢世，兆龙小少爷又是新近“遭难”，当杨慕侠的面儿夸儿孙孝顺，其心可诛。

还好，接下来杨慕侠的一句话，就让徐老二蔫了：“是啊，儿孙孝顺，你以后在山那边就活得更滋润了。我看师弟你这把身子骨，便是再待上个二十年也不成问题！”

徐雁北当场就有些傻眼，听老大这意思，禁武令还要再用上二十年，那他这辈子可就真没什么盼头了。那气一泄，顿时人就没了神气。杨奉在旁边瞧了，心里甭提多痛快了。

一壶茶喝了两泡，多半都落进徐雁北肚子里，他不但口渴，心里面也在冒火，埋怨自己何苦在这当口挤对老大，这不是自讨苦吃吗？

转念一想，又有了主意，记得上次见面时，老大对老三当年的死因有兴趣，莫不如在那上面做做文章，跟他做笔交易，还自己一个自由。

茶喝过后，杨奉退下去，两人又不约而同地抽出烟袋锅子，开始吧嗒吧嗒地抽起来，一时间，前厅里烟气腾腾，冲人鼻子。

“老大，上回你跟我说，想知道老三的死因？”

“不想了！”

徐雁北没想到他会一口回绝，怔了怔：“为啥？”

“他人都死了这么多年，那些陈年老账再翻腾出来，也没什么意思了！”杨慕侠徐徐地吐出一口烟雾，径直喷到徐雁北面前，“他都安安分分地在下面躺了这么多年，何苦还去打搅？多一事不如少一事！”

徐雁北见自己手头的“金子”眼看着要变成土坷垃，急了：“话也不能这么说，当年那些个事要是不抖搂清楚，日后咱太极门就不清爽！”

杨慕侠从烟雾中抬起头，目光落到徐老二脸上：“你有话直说！”

徐雁北嘿嘿两声：“我不就是觉得自己老了嘛，儿孙也都成家立业，师哥你好歹体谅些，放我回来享几天福吧！”

杨慕侠垂下头，继续吧嗒吧嗒地抽着烟，过了会儿才吐出两个字：“说吧！”

徐雁北精神一振：“老大，你说实话，师父当年是不是挺宠胡老三的？”

“当然！”杨慕侠道：“老三人聪明，长得也好，嘴巴也甜，自然讨人喜欢！”

还记得在京城英王府时，太极三杰中，胡玉斋也最得英王的欢心，经常带他出入各种场合，一时间，胡老三的名头响彻整个京津武林，甚至还博得了个“小白龙”的外号。

“师哥，我再问你，你可知道在英王府时，胡老三还留下一笔风流账？”

杨慕侠一皱眉：“真的？”

徐雁北嘿嘿笑道：“师哥，你做梦也想不到，老三的姘头会是谁，他居然钓上了英王的侧福晋——孟幽兰！”

杨慕侠听罢，不禁倒吸一口凉气，他自然知道那位孟福晋，人长得明丽不说，还拥有一对金嗓子。她原本是戏班名角，唱旦角在京城也是叫得响，后来被英王娶回家，有时候还会唱上一两出。

他依稀记得，孟幽兰还曾跟胡玉斋讨教过一些拳术，并把太极拳的一些步法和身法融到京剧的跑圆场上，很受英王等人的赞赏。

杨慕侠心想，若说他们之间有私情，也就是从那时候开始的。传授这些东西，不免会接触得多些，胡老三又长得英武，那戏子出身的福晋也有一颗风流心，日子久了，难保不生出事来！

又听徐雁北诡秘地说："师哥，你现在明白了吧，为啥我会兔子吃起了窝边草，还不是有老三和那个孟幽兰里应外合，不然，凭我这身份，如何能知道珠宝藏在哪里！"

"这么说，他也分了你的赃？"

"那还用说，没有钱，他能风流得起来？"

杨慕侠听后漠然。徐雁北等了好一会儿，没见杨慕侠搭腔，有些急了："师哥，胡玉斋他早就不知冷热了，可我这把老骨头还煎熬着呢！"

杨慕侠目光落到徐雁北的脸上，老二嘿嘿一乐，连带着胡子也翘起来，神情里透出一丝丝奸猾："听你这话，是胡老三先找你帮忙喽？"

"那当然！"徐雁北瞪大了眼珠子，"他要是不先露头，我干翘尾巴有什么用？"

杨慕侠淡淡地笑了下："你以为上次跟我提起那些事，我回京后会不去打听打听？"

徐雁北听他这样说，脸色微变，闭紧嘴巴不言语。杨慕侠道："当年，英王府上有个叫桑万泉的侍卫，你还记得吗？"

徐雁北歪头想想："有点印象！"

"那次回京，我就去见他了！"杨慕侠的目光猛地变得凌厉，"他告诉我一些不为人知的事……"

徐雁北目光滑开，左右飘摇。杨慕侠拖长了话音，力争让每一个字都像錾子一样戳进老二的心里："我后来才明白，为何爹日后那么待你，至死也不原谅你，原来都是你作孽太深！"

"不，不是这样的……"

杨慕侠霍地站起身，厉声喝问："难道不是你先猪油蒙心，想打王府财宝的主意，所以才蛊惑胡老三插手的？"

徐雁北吓得哆嗦起来："老大你听我说，我当时就是半开玩笑，跟老三打赌，说他勾不到侧福晋，谁想，胡玉斋他假戏真做了！"

“你到现在还狡辩，这明明都是你和打人王、红燕子他们事先合计好的，老三不过是你们的一枚棋子！”

“才不是！”徐雁北急火上涌，“老三认识打人王、红燕子比我还早。哼哼，瞒得了别人瞒不了我，他早就跟那个红燕子有一腿！”他越说火越大，气呼呼地道，“这姓胡的，死就死了，也不知道积德，愣是把脏水往我身上泼！”

杨慕侠听了这番话，心头涌出一丝凉意，没想到当年英王府的盗案里面竟有这么多曲折。

其实，那个英王府的侍卫桑万泉，十多年前就过世了。不过，这并不妨碍杨慕侠用来诈唬徐雁北，老二在乡下待了三十年，与外界几乎隔绝，如何能料到桑万泉说没说真话。故而，杨慕侠轻易便从他嘴里掏出了实情。只是，他感到心凉倒并不是因为徐老二，而是胡玉斋当年的所作所为叫他心寒。当然，人即便是犯再大的错，一死也就抵消了。

杨慕侠想到此，转头看着满脸沮丧的老二，不禁暗自叹了口气。其实，师弟受了这些年的苦，那笔账也已经还清了。

第八章　真相大白

长到了三十岁，全身上下，他最看重的还是脚下的一双鞋子。身上的衣衫朴素些没什么大不了，帽子戴不戴也无所谓，但鞋子要是穿着不舒服，他便干什么都觉得别扭。也打不起精神来。故而，他在鞋子上面就特别舍得花钱，鞋子除了不丑、结实外，务求穿着舒服，有一句老话说，女人头，男人脚。说的就是男人的鞋子是最最紧要的。

他闲下来时，也没少思量自己的这个癖好，后来渐渐就想明白了。有脚才有根，因为自己从小就是一个没有根的人，所以才这么看重鞋子的好赖。

记得小时候，他是个流浪儿，整天赤着脚没有鞋子，即便大冬天踏着雪，脚底下最多也只是包两块破布片，就这样艰难地熬着生活。

他永远忘不了，自己生平拥有的第一双鞋子。那天，他没有讨着饭，缩在一户人家的门洞里几乎快要冻毙了。后来，一个穿红衣衫的中年女子给了他一碗热饭、一块肉，算是把他的命救回来。那女子长得美，像传说中的菩萨。

那天，她还带他去了鞋铺，买了一双布鞋穿了。他那满是冻疮的脚终于穿上软乎乎的鞋子。那一刻，他幸福得直掉泪。

从那以后，他就没再挨饿。以后，他这条命便也送给了那位娘娘。只要她一句话，他水里火里便都能闯的。

可是他没想到，娘娘不要他冒险犯难，却叫他去跟了一个叫悟清的和尚，做了一个叫禾谷的小沙弥。从那天起，他又穿起了“罗汉鞋”，这种鞋子的鞋面是用三片布条排列缝牢，鞋帮缝缀一些方孔，又称低头看得破。

当小和尚的日子虽然清苦，但与悟清师父相依为命，有衣可穿，有饭可吃，有经可诵，比起当年的流浪生活还要好得多。

可是，这种平静的生活没过几年，一把大火就把小小的庙庵给烧个干净。幸好他又被太极杨家收留，继续有饭可吃，有鞋可穿，重要的还是能捞着习武。

他一天天长大，也不知道穿破了多少双鞋子。练武汗水流得多，也最费鞋子。后来，他随着杨家从永年去了京城，混得风生水起。直到去年冬天，又跟着老先生回乡隐居。武林中也有了微名，虽然这个名号还是跟太极门和杨家挂在一起。

他是杨家二先生杨云鹏的义子，他是太极门第四代传人中的精英。如今，以他的身份地位，配得上穿更多更好的鞋子。但叫他忘不了的，还是平生穿的那第一双鞋子，虽然那只是一双最普通不过的圆口布鞋。

春光在墙头外已有七分，枝头上花朵烂漫，上面还有蜂蝶飞舞。日头早就爬得老高，暖烘烘地照下来，晒到人骨头都觉得痒痒。

兆鸣换好了身干净衣衫，脚下的布鞋前两天才刷过的，有八成新，却加上一双新纳的鞋垫。套上脚后在地上踩两步，觉得软和趁脚，这才满意地笑了，对杨奉说："叔，我要出去一趟，你有啥东西要我带的？"

"没什么买的。"杨奉笑道，"你好容易出去一次，别急着回来，多逛会儿，平日里也不见你出个门！"

"我就是想出去买双鞋……"

"那我跟你说，出门右拐，东关冯记鞋铺那边的手艺最好了，老爷少爷的鞋都是他家做的。"

兆鸣赶紧谢过。但出门后，他却并没去东关，而是在广府镇上转悠着，最后钻进一家小鞋店。那里面光线暗弱，也不见什么客人，掌柜的是个年老的驼子，佝偻着背，用鸡毛掸子打扫灰尘。瞧见他进来，才慢吞吞地问："这位爷要买鞋？"

"我找人！"

驼子翻起眼皮，打量着他："这就怪了，找人怎么找到鞋店了？"

“不是有这句老话嘛，踏破铁鞋无觅处，得来全不费工夫！”

驼子点点头：“那你先坐着等等，我这就给你找双铁鞋去！”果然转到后面去，不多时就拿了一双鞋出来，兆鸣接过来试穿下，居然正合脚，便道了谢，付了钱。

掌柜把鞋子包好后，兆鸣拿着它并不按原路从正门出去，而是从侧门走进天井，又径直去到后院。院墙有后门，虚掩着，他轻轻推开，一步就踏到小巷中。

一个郎中打扮的人正守在那里，见兆鸣出来，咳嗽一声，便转身朝西下去。兆鸣左右扫了一眼，不紧不慢地跟着他往前走。前行百十来步，往右一转，插进另一条胡同。

对面却又来一个穿着时新的少女，手里拎着个菜篮。郎中马上不走了，背靠着墙壁，歪头看天。兆鸣也住了脚，少女经过他跟前时，朝他微微一笑，他就又跟着她走向胡同的另一端。

这条巷子更是僻静，见不得什么人，隐隐只听到几声狗吠。少女前头走，虽不看他，嘴上却说开了话：“你忘了我是谁啦？”

“你是……武蕾？”

武蕾转头朝他一笑：“难为你还记得！”

“我是猜的！”刘兆鸣苦笑道，“这么多年了，咱们名字倒是连在一起，人却难得凑到一块儿！我脑子里只记得你小时候的模样。”

“往后就好了，大家每天都在一起！”

“老祖宗到了？”

“在那边等你呢！”

说着话，便来到一栋宅子前，从门面上看，只能算是中等人家，没什么显眼的。脸上长着猪皮痣的武风正站在门槛前等着，见武蕾带着刘兆鸣来到，脸上露出笑来，朝他伸开双臂，两人紧紧抱在一起。

“武颠，你总算可以回秋水看看了！”

“大哥，我早盼着这一天了！”

武风哈哈笑着，跟刘兆鸣分开，却突然一拳砸向他的小腹。事出突然，刘兆鸣不及躲闪，小腹就势往里一收，那拳头虽然打中，却已没什么力道。

武蕾吃了一惊，尖叫道：“你搞什么鬼？”

刘兆鸣笑道：“没事，老大跟我闹着玩呢！”

武风哈哈一笑：“谁叫你小子在永清时，拿枪杆子一个劲地戳我，恨不得给我留下几个窟窿！”

武蕾白了他一眼：“你也真是，他要不演得像，能瞒得过那杨家老头？”

“甭替他操心！”武风伸手重重地拍着刘兆鸣的肩，“他在杨家都待了这么些年了，早就人戏不分。我看呢，他演刘兆鸣，可要比当武颠顺溜得多！”

听了这话，刘兆鸣表情有些苦涩，任武风拍打肩头也自不躲，竟那样硬硬地承受下来。武风见状，知道玩笑有些过了：“来吧，老祖宗和老师父早等着了！”

他前头带路，引刘兆鸣和武蕾进去。这才发现，里面别有洞天，原来竟然是个两进的宅邸，里面假山回廊、荷池盆栽各有姿彩。

一进厅堂，便看到“老祖宗”红燕子和“老师父”高铭远坐在上头。刘兆鸣上前跪倒，只磕了一个头，早被高铭远一把拉起：“快起快起，你可是大功臣，用不着多礼！”

但刘兆鸣却执意不起来。红燕子道：“你还是叫这孩子跪吧，我知道这些年来，他心里苦着呢！”高铭远这才松了手。

刘兆鸣端端正正地冲红燕子连磕了三个响头，再抬起头来，已是满脸泪光：“娘娘，我总算能守着您了！”

红燕子见他如此动情，也不禁感动，上前拉他起来，把他揽在怀里，轻轻抚慰：“你为了我，这些年可没少吃苦头，娘娘心里都记着呢！”

刘兆鸣哽咽着：“为娘娘吃再多的苦，我也愿意！”

见到此情此景，不光是武蕾，高铭远和武风都有些动容。红燕子牵着刘兆鸣的手，对他们道：“这孩子五岁时被我带回来，可只吃了两年安顿饭，又被我送了出去，去一家小庙里当小沙弥，又过上清苦的日子。

“后面的事儿，你们应该清楚，没有他在杨家长眼，咱们‘秋水’要跟太极门斗可就费力了！武风、武蕾，你们给我数数看，武颠他这些年都立了哪些功绩？”

“我先来！”武风道，“头一件，就是他得了杨云鹏的真传，他会的太极拳，将来我们都能学得会，等于咱秋水是第二个太极门了！哈哈！”

武蕾歪头想了想：“小事太多，咱拣大事来说，没有武颠在杨家盯着，咱们就不知道杨慕侠到底是把《授密歌》传了杨云天还是杨云鹏？杨兆龙还是杨兆鹰？”

“没错，杨老头实在是够鬼的，末了，谁能想到他会将掌门位子传给杨兆鹰，《授密歌》又单独拎出来，传那杨兆龙！”高铭远道，只可惜啊，杨家门规严，武颠难能从杨兆龙嘴里摸出东西来！”

红燕子看向刘兆鸣道：“依你看，杨慕侠何时把《授密歌》传给杨兆龙的？”

“应该是在出狱后的那几天。”

“不会提前吗？”高铭远提出异议，“杨兆龙被关在大牢七年，杨老头要是有心，何必等到他出来才传？早传不是早让他孙子长功夫了？”

“肯定不会！”刘兆鸣毫不迟疑地说，“杨慕侠传《授密歌》，只有一次机会，一个传人。杨兆龙那时身在大狱，生死未卜，他岂肯冒险？”

一席话，听得红燕子和高铭远不住点头。原是白云观观主的高铭远素以精明机警著称，自然不会想不到那一层，他那样说，只是为了考后辈们的智力。

下面又轮到武风说了，他想到一事，嘻嘻笑出了声：“我倒是想起八大胡同的那个叫小九的婊子来。没有武颠通信，咱们也不会借她朝杨兆鹰施压！”

武蕾咦了声：“我怎么不知道这事儿？”

“那时你不是跟着绿娘学厨艺去了吗？”武风得意地道，“我们用小九那娘儿们的一条命，把个杨兆鹰整得生不如死，真他娘的过瘾！”

武蕾一瞪眼：“那个小九死了？是你下的手，还是武颠？”

武风见她眼神狠巴巴的，故意不搭这茬儿，又转到另一个话题上：“咱们武颠可最会演戏了，堪称一代名角。像在法华寺那晚，他护送谭嗣同去夜访袁世凯，背地里却通知我们去劫那封谕旨。好家伙，他当晚跟武恶大叔狠狠干了一仗，还受了伤，有点假戏真做的意思，不过也好，那样就没人怀疑是他暗地里通风报信了！”

刘兆鸣在旁边听了，心头不由得泛起了悲哀，从实说，他打心里钦佩谭嗣同等维新人士。他们的光明磊落更显得他的人品龌龊，他们的凛然大义更显得他的卑鄙猥琐。可是为了娘娘，他还是把他们卖了……

至于这个武风，兆鸣对他一点儿好印象没有。当年红燕子收留的四个孤儿中，以大风的年纪最大，品性也最差，武云和武蕾是女孩子，他也不放过，该抢的抢，该骂的骂。

武颠是最后进去的，自然更受他欺辱。先是一个逼，一个退；后是得寸进尺，再三忍让；直到忍无可忍，无须再忍，两个少年成了死对头，而那时，武云和武蕾旗帜鲜明地站在武颠这边。

如今，虽然都过去二十多年了，可这副嘴脸还是会让刘兆鸣觉得恶心。在他心里头，大风永远是头猪，成不了人。

如今，这头猪还在那里侃侃而谈，说得唾沫四溅：“对了，还有杨兆龙入宫当了御厨那次。那小子不是回了杨家一趟吗？咱们武颠就怀疑上了，他是不是得了《授密歌》，赶紧通风报信，让武恶大叔去半道截着他，掉掉他的斤两！反正啊，类似的事多了，一时也道不尽！一句话，有武颠在杨家，太极门大大小小的事就逃不过咱们的眼睛！”

红燕子听到这里，笑着摇摇头：“说来说去，你们还是没把武颠最大的功劳道出来！”

武风嘿嘿两声：“老祖宗自然是最了解他了！”

“他最大的功劳便是他的忠诚！”红燕子道，“你们想想看，二十多年过去了，这孩子一天不曾忘记身上的担子，始终不曾负了我！今天他回来了，回家了！他认得门，他心里面始终有我这个娘娘！”

武蕾还是头一回见到“老祖宗”说话这样激动，不禁都看向刘兆鸣，见他已合上眼皮，泪水如断了线的珠子，吧嗒吧嗒往下掉。

见他这等模样，武蕾心里蛮不是滋味的。武颠在杨家近二十年，每天和杨慕侠、杨兆龙等人同食同宿，日久哪能不生出情分，泥人还有几分土性呢，何况他是个活生生的人。可是，他受了杨家的恩情，偏偏还要做出对不住杨家的事，此心苦可想而知。

“好了，不说这些了！咱们言归正传！”红燕子拍拍巴掌，“武颠你来跟大家伙说说，杨兆龙得了《授密歌》之后，有什么变化没有？”

“他变得更稳重了！”

“这是什么话？”武风嗤之以鼻，“练他娘的《授密歌》就为了稳重？”

红燕子和高铭远都没说话，目光却同时刺到武风身上，使得他如遭针刺，浑身不自在，只能讪讪地躲到墙角去。

“稳重说明不了什么！”高铭远这才开口，“换了谁在牢里关上七八年，出来后话都不会多。”

“他这个沉稳不一样！有点深不可测。”刘兆鸣说，“我这几个月差不多每天都和他在一块儿，就是摸不到他的底，他太冷静了，像是无欲无求。娘娘你也知道，我小时候在庙里长大，熟悉佛门生活。如今的杨兆龙，确实有几分看破世事红尘的意思！”

“那你没跟他试过手吗？”

“推手自然是少不了。他这个人悟性高，机遇也好，武功本就比我高出一大截子。在一起的这么多年，我不记得有哪次能赢得过他！不过……”刘兆鸣沉吟着，“他现在的功夫叫我猜不透，身形看不出怎么动弹，可偏偏就是摸不着他的中正，不管我怎么快打硬进，他总是轻描淡写地，拿他没一点办法，就好像整个人变成空的。我怀疑，他是在隐藏他的功夫！”

“看来，这个杨兆龙确实是吃透了《授密歌》！”红燕子说着瞧向高铭远，“高大哥是从杨慕侠身上见识过那功夫的，是不是这个境界？”

高铭远道：“杨家老头所显露的，比这个还神乎些！”

武蕾在旁边一直听着，此时却插了句嘴：“我觉得，那个杨兆龙在武颠面前肯定会藏着些，他们不是从小交好嘛，自家学了厉害的武功，又不能私自传给弟兄们，只有悄没声地藏着了！”

刘兆鸣朝她微笑点头：“所以我又变个法儿去试探了！”

“结果呢？”

“如娘娘所料，杨兆龙确实悟到了！”刘兆鸣说，“前两天，山东莱阳的宋启云带着他的儿子宋文鼎来拜访老爷子，我瞧到那小伙子有些门道，就使了些小计谋，引逗他出手。宋文鼎虽然没有从他爹那里继承下螳螂拳来，却使得一手好地躺拳。杨兆龙果然也心动了，当天晚上非但与那小子交过手，还谈了很长时间，颇为投缘。”

“这么说，他们交手时你就在附近？”

“对，那晚上月光很好，我虽然藏得远，还是瞧得清清楚楚。杨兆龙的功夫确实达到了鬼神莫测的地步！”

红燕子跟高铭远相视一眼，对刘兆鸣道：“他要是真那么神乎，会不会你的行迹早落到他的眼里了？”

刘兆鸣皱起了眉头，仔细回想宋氏父子走后的情形，兆龙跟他相处时，表情如一，并没什么异样，便轻轻摇头：“应该不会！毕竟我跟他是二十几年的弟兄了！”说到“弟兄”这字眼时，他不免有些自嘲的意味儿。

缩在一边的武风听了，不由得撇撇嘴，很不屑。武蕾见他这样，不免又狠狠地翻了一记白眼。

“这样的话，事情就简单多了！”红燕子道，“《授密歌》既然有了传人，那么再让杨慕侠像牌位那样摆在那里，就太显得我们秋水无能了！”

刘兆鸣听她这意思要对老头子下手，心头不禁打了个冷战。毕竟二十多年来，杨慕侠一直是他“爷爷”，真把他当成孙子待。虽然说，情分上比不上兆鹰、兆龙那样厚重，但老宗师委实做得不错了。

这笔账不用算，只有他亏欠杨家的分儿。

“武颠，我有一样东西要交给你！”高铭远嘻嘻一笑，从怀里掏出一个小纸包，“把这东西下到杨老头的饭食或是茶水中，你就可以大摇大摆地回来了！”

刘兆鸣暗中深吸了口气，把纸包接过：“这是毒药？”

“我在白云观时特别炼制的，无色无味，吃的时候发觉不了，一旦毒发可就没救了！”

刘兆鸣拿纸包的手不觉颤抖起来，竟是无法开口接话。红燕子的目光一直盯着他：“杨慕侠是非死不可，他不死，杨兆龙就有了依靠，我们照样没有机会！”

“可是，这样一来，咱们跟太极门的仇恨就大了！”

“你以为仇怨现在就少吗？”红燕子冷笑，“这也是老大哥的意思！”

刘兆鸣明白她嘴里的“老大哥”是谁。那是个神秘人物，通常以车夫身份出现。十年前，在杨兆鹰成亲那天，他曾经拉着小九在永年街头出现。一招击溃他和兆鹰、兆麟、兆虎的联手，武功可谓惊世骇俗。

可对大多数秋水的人来说，对方的身世还是个谜，也许只有红燕子和高铭远才知道那人的真实身份。有一点刘兆鸣可以断定，老大哥的武功不在杨慕侠之下，而且他使的也是太极拳。

刘兆鸣还是无法把那个纸包揣进怀里，咬着牙，脸上的青筋像蚯蚓一样耸动着。武风在旁边瞧着，笑了：“喂，武颠，要是你实在下不了手，我可以帮你！”

“你更不行！”武蕾冷笑道，“像你这副尊容，还有那身武功，只怕连杨家的门也摸不进去！”

“臭丫头，少说两句你会死啊！”武风握着拳头恐吓。武蕾反朝他吐吐舌头。

红燕子见刘兆鸣眉宇间显出苦痛，叹了声：“看来，我只有派别人去了！”

听她这样说，刘兆鸣一咬牙，吐出两个字：“不用！”把纸包揣进怀里。

“这事要抓紧，拖延不得！”红燕子叮嘱道，“杨慕侠可是只老狐狸，不会给你太多机会，早干完早利落！”

刘兆鸣点头应着。高铭远却又从怀里掏出一个纸包：“我也不瞒你，药我另外还准备了一份儿，你下不去手的话，会有人接替你去做！”

刘兆鸣咽了口唾沫，再次点头。他心想，谁会是接替他下毒的人呢？武风和武蕾都不成，这个人不能太惹眼。猛地想到，他自从进到这里后就没见到武云，她去了哪里？心中一动，几乎可以断定她就是另一个人选。

凭她跟杨兆龙之间的情分，进到杨家不算难事。更何况，老头子如今也松动了，有点想认武云当孙媳妇的意思。

那个纸包虽然小，但分量却不轻，压在胸前沉甸甸的。告别红娘子、高铭远、武蕾、武风后，刘兆鸣走在巷子中，每踏出一步，都觉得腿脚沉重。

春天的阳光暖融融的，墙根的垂柳如丝，桃李的花朵一簇簇的，开得繁茂。但刘兆鸣却感受不到春光的暖润，因为心头一直是冷冰冰的，冒着寒气。他甚至产生了幻觉，那个揣在怀里的纸包正一点点地融化，慢慢渗进他的心窝里。他中毒了，胸部越来越麻木，还隐隐有针刺样的疼痛。

只待出了小巷，转进大街，融进了人流中，刘兆鸣心头才轻松了些。其时，那些平日觉得嘈杂的叫卖声，听起来反倒觉得亲切了。

他知道，自己这样一副神态回去后肯定会露了马脚，杨慕侠何等机警，稍稍有些差池就会吃他警觉。刘兆鸣深吸了口气，大步走到一个买“驴灌肠”的摊位前，要了两串，就大口大口地吃起来。

说起永年的风味特产来，这灌肠无疑是排在第一位的。但这东西味道好是好，吃多了也觉得犯腻，但刘兆鸣硬是把那些尽数塞进嘴巴里，嚼啊嚼，咽下去。不管是什么，哪怕是苦水，他也只能咽下去。

回到杨家时，还没到晌午，杨奉看到他大包小包地买回不少吃食，笑了：“要知道你回来卷这么多东西，我就少买点了！”

“奉叔你也出去了？”

“过些天不是老先生的七十大寿吗？兆鹰他们几个都会赶回来。兆龙就说，这几天他要下厨练练手，免得厨艺荒疏了！”

兆鸣听说兆龙居然大白天就出来，还下厨烧菜，大感意外：“这太大路了吧，万一被外人瞧见，可就麻烦了！”

“没事！”杨奉笑呵呵地说道，“有我在外头守着，苍蝇也不让飞进来！”

兆鸣点点头：“奉叔，那你赶紧关门吧！”他提着东西大步走向后厨，不觉又用空手摸摸胸前，那个小纸包兀自有些火烫。

远远地，就看到杨慕侠蹲在厨房门口抽烟，里面传出噼里啪啦的炒菜声响，一股奇异的香气钻进鼻孔。兆鸣耸耸鼻头，这是宫保鸡丁的香味，兆龙不愧是御厨出身，随便一样家常菜，也能炒出这样的好味儿来。

“爷爷，您怎么放兆龙出来了？”

“是他憋得受不了了！”杨慕侠笑着把烟袋从嘴里拿开，眼睛一瞥兆鸣手里的东西，“这几个月老吃杨奉做的饭食，嘴里寡淡，权当是打打牙祭了。”

“那我进去帮着打下手。”

拎着东西跨进灶间，瞧见兆龙扎着围裙，正抡起铲子在大锅里哗啦哗啦地炒着，瞧见兆鸣进来，点点头：“回来得正好，帮我往灶膛里添些柴火！”

兆鸣把手里的大包小包往锅台边上一放：“这里还有好料呢！”

兆龙瞥了一眼：“留晚上吧，中午的菜都备好了！”

一个蹲下来烧火，一个炒菜，不多会儿就整治出四菜一汤。杨奉帮着兆龙往前屋端菜，兆鸣依旧往灶膛添柴，慢慢熬煮小米粥。

眼前没人的时候，他又摸摸胸前的药散，心咚咚跳急了。要是真给杨慕侠下毒的话，他有很多机会。可是在饭菜里面下药并不妥，四个人坐一起同食，最容易出岔子。

眼睛猛地一亮，老头子每天都有泡茶的习惯，常常一喝就是两个时辰。那时下药才是最佳时机。但打定主意后，心情却并未见放松，反而更显沉重。

从实说，这些年杨慕侠真把自己当孙子待，虽然比不上兆鹰、兆龙，确是比兆麟和兆虎还胜几分。再者，虽然从一开始当小沙弥，他便是奉“老祖宗”之命，监视悟清师父的一举一动，并捎带着探听杨家的消息。可是，他跟红燕子满打满算，也不过是在一起生活了两年多一点儿。

可他跟悟清师父在黑鱼庵相依为命，达三年之久。在杨门呢，更是待满了二十年。摸摸良心，他欠杨家的，如今不思报答这养育恩情，反要对老先生下毒手，他心里如何能不纠结！

也不知道有多少回了，兆鸣半夜里就会惊醒，吓出一身冷汗。他想，他应该是这世上最卑鄙、也最可悲的家伙。二十年里，每天都戴着好几张面具度日，心神岂能不疲累？

有时想想，这些年竟是不知道怎么熬过来的。应该说，进到杨家的前八年里，“秋水”的人一直很少跟他接触，他活得还算轻松。一度，他甚至忘了自己还有另外一个名字，叫武颠。

但自从跟随杨云鹏入京，并成为他的义子后，他这枚棋子便经常被挪用了。以往的每一年，“老祖宗”会现身一次，抚慰他一番，提醒他一些事。成人后，常常是武恶和武风跟他接头，“秋水”开始向他索取回报，他只能当起了眼线。武颠这层身份渐渐跟刘兆鸣混合，他觉得自己变成了“阴阳人”。

每当看到那个“太极图”时，兆鸣总是比别人多些感慨。别人是从拳术中分阴阳，他还要从做人上分阴阳。

那天中午，他们吃得很热烙，老头子还喝了壶酒，微醺之中还夸了兆鸣几句，说他能挨得住寂寞，明明可以留在京城里干番大事业，却甘愿陪他回来受这份清苦，不枉杨家养育他一场。岂不知，他们越对他好，兆鸣心里越痛苦。相比之下，他真的成了畜牲。

那天午饭吃罢，他和兆龙搀扶着杨慕侠回屋歇着，待老头子睡下后，兆龙又回自己屋里躲避，他则守在院里，守着火炉子。

水很快就咕嘟咕嘟烧开了。茶壶就放在旁边的石凳上。杨奉在前门守着，不会过来打搅。兆龙此时也该打坐入静了。院子里静悄悄的，只有鸟雀还在枝头脆脆地叫两声。杏花早就落光，树条上长满绿油油的嫩叶。

兆鸣呆呆地看着炉火一点点地熄掉，一缕缕白烟袅袅冒出来。他的喘息突然粗混起来，终于一咬牙，把手伸进怀里，纸包一落进手心，他身子就开始战栗哆嗦。

左右飞快地扫了两眼，他站起身，走到石凳前。茶壶旁边是一包茶叶，兆鸣把手掌盖上去，拿起茶叶，跟药包握在一起。

这时，老头子屋里传来咳嗽声，兆鸣打了冷战，应声说：“爷爷，您口渴了吧，我这就沏茶！”

他强自镇定，把茶叶包打开，将其倒进壶里，可手一哆嗦，还是有些撒在外头。尽管高铭远说这药散无色无味，但兆鸣还是不敢大意，要先泡上茶叶冲一会儿，再放药散。这样的话，即便有点药味也会被浓茶的汤汁所掩盖。

杨慕侠这时确实觉得口渴，酒劲正上头，有些晕乎。他扶着墙壁从炕头上坐起身，揉揉干涩的眼睛，心想，到底是有些老了，不胜酒力。

听得脚步声响，兆鸣端着茶壶和茶杯进来："爷爷，茶好了！"把它们放到炕头上的小方桌上后，他拎起壶来倒了一杯，双手端起递给老头子。

杨慕侠接手后，却并不忙着喝，反倒打量起他来。兆鸣心里面本来不踏实，被他这一瞅，更是发毛，想笑笑不出，又不能板着脸，甭提多别扭了。还好，杨慕侠问话："兆鸣，要是我没记错的话，你好像比兆龙还大几个月！"

"是的爷爷，我七月的生日！"

"哎，我像你这岁数时，早就有了老大老二了！"杨慕侠叹道，"你呀，别再死心眼，也该成个家了！"

"我等着兆龙！"

"你看你，又拿这话搪塞我！"杨慕侠把茶杯往桌上一搁，皱起眉头，"他要是一直见不得光，你还要跟着打一辈子光棍？"

兆鸣听了这话，心里又是感激又是羞愧，瞧瞧桌上的茶杯，恨不得给自己两记耳光，却又只能在心底暗骂自己是畜牲！

"你呀，今天得给我一句准话！"

兆鸣叹了口气："好的爷爷，我听您的！"

"这才像话嘛！"老头子乐了，终于端起茶杯，一饮而尽。

兆鸣哪里还敢往他的脸上看，丢下句"爷爷，您慢点儿喝！"就匆匆逃出屋子。老头子还自当他是害臊，难为情，一面嘿嘿地笑，一面又倒了第二杯。

兆鸣几乎是跑着回了自己的屋，关上房门，狠狠地一拳击在墙壁上。他的身子一阵抽搐，像害了痢疾，簌簌打着摆子。好一会儿，他才平静下来，颓然地坐在炕头上呆呆发愣。

以往给"秋水"通风报信，他还没这么大的罪恶感，只因他是"老祖宗”的人，进杨家就是为了充当眼线。可是，如今真的要他朝杨慕侠下毒手，兆鸣便有些吃不住劲了。毕竟自己跟杨慕侠一起生活了这么多年，从来对他敬重有加。

如果说对义父杨云鹏，兆鸣还有些畏惧的话，他对杨慕侠只有景仰敬重。老头子便像一座高山，虽然需要仰视，但走进峰峦间也并不多难，因为他有宽广的胸怀。

想到这里，他又重重地喘了口粗气，伸手入怀，将那包药散摸出来。适才在沏茶时，他最后一刻还是没有下药。兆鸣觉得面对这样一位恩威并重的老者，他真是很难下得了手。过了这个月再看吧！

还有五天，便是杨慕侠七十大寿，兆鸣想，自己欠老头子那么多，无法偿还，总得让他过完这个整寿吧！

他打定了主意后，登时觉得轻松了好些，虽然说到头来还得下手，但毕竟有所延缓。

那天晚上，兆龙果然又下厨做了几样菜肴，街门一关，四人可以好好地吃喝。饭后，兆鸣照旧跟兆龙在后院里推手，不难发现，两人的功力已拉开了很大距离。

兆鸣甚至想，果真兆龙想制住他的话，只怕一抬手就可以做到。《授密歌》竟然有这么大的威力？按理说，他在狱中练拳不易，应该功力比自己弱才是？

月色下，看着兆龙轻描淡写的样子，兆鸣终于忍耐不住了：“这就是《授密歌》的功夫吗？”

兆龙先是一怔，随即笑道：“你也看出来了？”

“我算着，爷爷也该把它传你了！”

“其实，爷爷更应该把它传给兆鹰！依例，掌门才能得传这功法。真没想到，他老人家会一分为二！”

“这正是爷爷的高明之处！”兆鸣笑道，“也算是合了太极的根本，一阴一阳，一显一藏。”

“是啊，《授密歌》自从传进杨家，祸大于福。如今爷爷把它交给我这个不能见光的人，也就是不想再让太极门受牵累！”兆龙淡淡笑着，

“你说，秋水的人要是知道这个秘密，会怎么干？”

兆鸣听他提到“秋水”二字，心头一跳。但瞧兆龙的神色，并没什么异常，才道，“他们当然会来找你！”一顿，又道，“你会怎么做？”

兆龙轻轻摇头：“我现在还没想好，不过……”

“不过什么？”

“这事总得有个了结！”兆龙道，“你也知道，《授密歌》从武当传到咱杨家，是有一条誓言不能破的，便是获传者有生之年，只能传授一人。这便等于是把其他的路子堵死了！”

兆鸣眼睛一亮：“这个誓言江湖上早有传闻，原来是真的！”一拍巴掌，叫声有了，“这誓言里面有漏洞，如果不言传身教，只是书写在墙壁上，或者印成书呢，这不算违背誓言吧？”

兆龙苦笑道：“我还忘了告诉你，那誓言的头一句就是，《授密歌》不落于文字！”

兆鸣颓然道：“我就说嘛，依爷爷的智慧，大凡有漏子，肯定早挑出来了！”

“一个人的功夫再高又能如何，难以包打天下，更何况我还是一个活死人。爷爷之所以把它传给我，最想让我破了那句誓言，以利天下！”

春夜微温，轻风吹在身上有些痒痒的。兆鸣看到兆龙抬起头，看向东方的月亮，身子似乎变得高大了：“前人创拳，哪有不想让它能发扬光大的？心存一己之私，先已经败了，又岂能修炼到至高境界！终有一天，我要把《授密歌》公布于众，让你和兆鹰，以及更多的人都能修习。”

这番话像惊雷一般在兆鸣耳前炸响了。原来，杨慕侠和兆龙对于《授密歌》的传承有这样的安排，如此一来“老祖宗”要毒死爷爷，岂不是大错特错？它只能引发太极门的报复，把事情搞砸！

那晚上，他回去后辗转反侧，直到三更天也不曾睡着。最后打定主意，要尽快去跟“老祖宗”说明此事，劝她先别急着对杨慕侠下手。

第二天上午，他果然又寻到那家小鞋店，可没想到原先的驼子已经不见了，换了新主人。兆鸣不死心，又凭印象找去那栋宅子，却发现大门上了锁。

兆鸣突然觉得异常沮丧，就算他找到老祖宗又能怎样，她早说了，这也是老大哥的意思。那个神秘人物虽然置身幕后，隐隐却控制了整个秋水。还有一点，他对自己也产生了怀疑，一个身份是杨家二先生的义子，一个身份是秋水的卧底。一直以来，他都是作为秋水的眼线在卖力，如今又突然想站出来替杨家人说话。老祖宗会怎么看他，武风他们又会怎么看他？

刘兆鸣，你到底是哪边的人？他步履沉重地往回走，走出弯曲的胡同，拐进大街，喧闹声阵阵入耳，但他心底空落落的，目光也落不到一个实处，总是像被风吹着，飘飘摇摇。

也不知道怎么的，他突然想笑，甚至是狂笑，大笑不止。至于笑过后会不会又放声大哭，也说不准。兆鸣只是觉得自己活得很累，很扭曲，像一个木偶，完全没了自我，细绳牵在别人的手里。

经过一处肉食摊，平常他经常照顾那小贩的生意，因而大家都有些熟了，那人便招呼了兆鸣一声。他这才想到，既然出来，回去该带点吃食。当下便要了些熟肉。

偶然一转头，兆鸣瞧见了一个熟悉的背影。那不是武云吗？尽管她撑着把伞，但他还是能一眼就认出来，赶忙给了钱，远远地跟去。

杨慕侠自从得知武云对兆龙的痴情一片后，倒是有意撮合他们了，还曾经叫杨奉四下里找过。但她那时已离开了永年。今天，她怎么又会在此出现？

兆鸣一边远远跟着，一边想是不是该现身与之相见？眼见武云转进那条小胡同，他暗暗叹息了下，说到底，她还是脱离不了秋水。兴许老祖宗这样放任她，另有安排，有时候软刀子杀人更可怕。

他远远地蹑着，直到看着武云走到那栋宅子，翻墙进去后才离开了。兆鸣此时已经打定主意，不管日后怎样，至少在爷爷七十大寿到来这几天，他应该切切实实地做个杨家人，尽些孝道。

回去后，居然看到杨慕侠换上新做的寿袍，在院子里跟杨奉拉呱。看老爷子那副喜气洋洋的模样，显然早盼着那天的寿宴了。虽然嘴上说不想大办，其实人越老，越贪图热闹，少不得要摆上几天酒，唱上几天大戏。

兆鸣赶忙也泛起笑脸，上去恭维老头子几句。还在京城的时候，兆鹰便跟他、杨云雕等太极门的师兄弟商议过，这回要给爷爷大办一次寿宴。尽管说，杨云天和杨云鹏都过了世，但杨家的金字招牌还好好挂着。杨慕侠呢，更是太极门最大的一把伞，有他在上面撑着，便显得本门昌盛。所以这七十大寿定要办得隆重热闹。

看着阳光照耀下的杨慕侠，斑白的须发在风中飘扬，刘兆鸣突然感到一阵酸楚，眼眶变湿了。爷爷只能过这最后一个寿诞了！

他把手里的熟食拿到灶间，本以为兆龙还会在里面操持，谁知，居然没见他的人影。兆鸣呆了呆，心想，他怎么又躲起来不烧饭了？

平日里，灶间的事多由他和杨奉来做，如今见时候不早了，兆鸣就熟练地刷锅淘米，开始准备午饭。当他整治菜肴时，听到脚步声响，转头一瞧，却是杨慕侠端着他的那把茶壶过来了。

“爷爷，饭还没好呢！”兆鸣笑道。但笑容很快就锈住了，他看到杨慕侠的步子有些踉跄，脸上洇开一团黑气。

“爷爷，您怎么了？”兆鸣赶紧上前搀扶。

杨慕侠的身子颤巍巍的，牙齿咬得咯吱响：“我有些头晕……”

兆鸣赶紧扶他坐到马扎上，把他手里的茶壶接过放到一边：“爷爷，您忍着点，我去找郎中去！”正要大声喊杨奉，却被老头子一把抓住胳膊。

兆鸣只觉那手像铁钳子一样紧紧箍住自己，杨慕侠两眼圆瞪着，眼球已渗出血丝来，脸色愈加紫黑：“你等下……”

老头子艰难地咽了口唾沫，眼珠子直勾勾地瞪着刘兆鸣，看得他心头直发毛：“我问你点事儿，你要跟我说实话！”

刘兆鸣头上好像被铁锤砸了一下，轰的一声，身子不觉簌簌乱抖，结结巴巴地道：“爷爷，您您说……”

“你说，兆龙他是不是很恨我？”

兆鸣一怔，没想到这当口老头子居然问了这么一句，他还以为自己东窗事发呢！

“爷爷，您怎会这么想，兆龙他可是您亲孙子啊！”

“正因为这样，他才恨我，恨我逼死他爹，不然的话，他怎会在茶里下毒……”

兆鸣吃惊地看着杨慕侠的目光一点点涣散，口齿也含糊，有些语无伦次。心说，老头子怎么会认定是兆龙下的毒，没道理啊？转头瞧着那把茶壶，心头咚咚急跳。

杨慕侠身子开始痉挛，手指像铁钩子一样死死地抠进兆鸣的胳膊：“爷爷，爷爷……”兆鸣猛地抱起他，大步冲出灶间，大声喊，“奉叔、兆龙，你们快来，爷爷不好了！”

低头再看杨慕侠，呼吸越发地急促，喉咙里像憋了浓痰，嗡嗡响着。他已经说不出话来了。兆鸣此时心早乱成了一团麻，怎么会这样，还没等他下毒，老头子反倒先中毒了？

杨奉随后赶到，瞧此情形大惊失色：“老爷……”扑到跟前，见杨慕侠一张紫黑的脸皮，登时呆成木头。

兆鸣叫道：“奉叔，你赶紧请郎中去！”

杨奉这才清醒过来，转身就往外跑，心里惶急，一个不留神竟被脚下的杂物绊倒，摔了个嘴啃地，但他马上又爬起来。正好兆龙也急步跑来，问：“咋了？”

“老爷中毒了！”

兆鸣见兆龙脸色大变，眼前一花，明明隔着还有五丈多远，却突然站到跟前。他吃惊地看着杨慕侠，颤声叫道：“爷爷……”

噗的一下，杨慕侠张嘴喷出一股黑血，跟着脑袋往旁边一歪。兆鸣觉得他的身子一下子软下来，像被抽出了骨头。

兆龙慢慢伸出手去，哆嗦着，去摸杨慕侠的脸，眼眶里已闪出泪花来。隐隐听老头子说：“你们好生听我说……”

“爷爷，您说，我们听着呢！”

“要好好活，不可替我报仇……”

兆龙一怔，这怎么成？就算自己答应，太极门上上下下也不会答应。更何况，有仇不报非君子，他岂能眼看着杀害爷爷的仇人横行在世，却不去理会？

他在迟疑中，老头子喉咙里发出咕咕的闷响，身子不停地痉挛。兆鸣在旁看着不忍心，提醒道：“兆龙，快应一声，要不爷爷闭不上眼睛！”

可不是，杨慕侠人已出气多，咽气少了，但眼珠子却鼓得老大。兆龙无奈，只能一咬牙：“爷爷，我听您的话！”

杨慕侠发出一声长长的呻吟，身子慢慢松弛下来。人已出气多，咽气少了。兆龙握着老头子的手，眼中泪花闪动，两人就这样眼巴巴地看着爷爷停止了呼吸。

屋子里一片死寂，兆龙把头轻轻附下去，贴在杨慕侠的胸前。兆鸣此时心乱如麻，也说不出是什么滋味，想起以往老头子对自己的好，也不禁潸然泪下。过了会儿，他看到兆龙抬起头来，红着眼睛问到底怎么回事。

兆鸣便把刚才那一幕说了，兆龙听完，闪身蹿进灶间，转眼就拿了那把茶壶出来。他把鼻子凑上去一闻，脸色大变：“茶水里面果然有毒！”

兆鸣看到兆龙抬起头，迅速地往四周扫了一圈，目光最后落到自己脸上：“爷爷素来机警，谁能在他茶里下毒，谁敢在他茶里下毒？”

兆鸣听他这话，便知道兆龙怀疑上自己了，他暗自叹息，要是果真自己下的毒，这时候早就远走高飞了，还会留在这里等死？

“爷爷刚才倒是有几句话，我漏了说！”

“什么话？”

“他居然问，兆龙他是不是很恨我？”

兆龙一怔。兆鸣又道：“爷爷还说，”他学着杨慕侠的口气道，“兆龙是恨我逼死他爹，才会在茶里下毒的……”

“爷爷怎么能这么想？”兆龙喃喃道，“难道我成畜牲了？”

“是啊，我也不是畜牲！”兆鸣故作痛心状，“我在杨家二十来年，真有异心，何必等到今天？”

兆龙点点头，也不言语，只是拍拍兆鸣的肩膀，之后从他手里接过爷爷的身子，抱着他一步步往前走去。

兆鸣却并没跟着去，转头又看向那把茶壶，抓起来送到鼻前闻了闻，依稀是有些药气。他不觉又摸摸胸口，蓦地脸色大变，那包无色无味的药散居然不见了。

他的冷汗簌簌落下，慌忙伸手进怀里使劲地掏，却哪里还有影子。兆鸣连打几个寒战，暗想怎么回事，药散什么时候不见的？

他清清楚楚地记得，今天临出门时，那药包还好好地揣在怀里。但出门一趟，再回来时，已记不清何时不见了。

也就是说，有高手贴身将药盗去，他却浑然无觉？兆鸣伸手抹了一把额头上的汗珠子，觉得腿肚子一阵发软。会是谁呢？谁能有这样的手段？

猛地想起那天在去跟老祖宗见面时，高铭远说的话。当时，他又从怀里掏出一个纸包：“我也不瞒你，药我另外还准备了一份儿，你下不去手的话，会有人接替你去做！”

这么说，自己拖延几天后，高铭远已经等不及了，故而另外派人潜进杨家来下了毒。

原先，他还怀疑那个人选会是武云。因为她如果以杨家未来的孙媳妇进门，老头子定会失去警觉，便容易着了道。现在看来，这人绝对不是武云，而是一个武功奇高的家伙。唯有如此，他才能潜入杨家下毒，还能全身而退。

想到这里，兆鸣脸色已是煞白，惊怯地四下张望，好像那人还不曾离去，正隐身在暗处窥伺。尽管是阳春三月，又风和日丽，但他还是觉得全身冰冷。

他已想到了那人是谁。除了那个神秘的老大哥，不作第二人之想。那人常常以一个马车夫的模样出现，却始终没曾暴露真容，他使的也是太极拳。

接下来几天，兆鸣过得昏沉。心是真的疼，一起生活了二十几年的“爷爷”死了，心不痛是假的，哭也真的哭，并非为了陪兆龙而流泪。

但这心除了疼外，还压了一块沉甸甸的大石头，那包不翼而飞的药散成了心病。如果凶手真的是那个神秘的老大哥，他又何必从自己怀里悄悄顺走毒药呢？高铭远说得很明白，他另外准备了一份。

难道只是为了给自己一个警告，还是别有用意？这让兆鸣百思不得其解。不过，有一点倒是可以确定，他用不着从杨家逃离了。他可以继续充当杨云鹏的义子，留在太极门给秋水当眼线。想来，老祖宗也一定乐于见到这样的结果。毕竟他卧底二十多年，一走了之未免可惜。

一旦决定留下来，兆鸣就站出来把杂事都揽过来。幸好兆鹰、兆麟、兆虎和杨云雕等人隔天就赶了回来，他们提前两天赶到，原本是为了准备给杨慕侠贺庆七十大寿的，谁想进门看到的竟是老头子的尸骨。

一时间，杨家上面的天似乎塌了一般。讣闻传出去后，几代弟子纷纷从各地往广平府赶来。

兆鸣看到，兆鹰自从接任了掌门之后，确实稳重多了，有大将之风。问明了杨慕侠的死因后，毅然对外掩盖了真实的死因。只说老爷子是到了寿限，无疾而终。

这当然是考虑到杨慕侠和太极门的声誉，谁又愿意背上一个不得善终的包袱？更何况，老门主临终前的遗言是不可替他报仇，老人家定是知道些根底，才会这样交代。由此可见，这里面只怕藏着重重玄机，不能大意，唯有留待日后细细探查，再做道理。

对于兆龙，兆鹰也劝其不用守灵，该躲藏还得躲藏，因为他如今的身份还是个“死人”。朝廷直到他死，也没有消除他的罪名。他一旦露世，定会惹出风波。但兆龙此时已状如疯癫，反驳说，爷爷都去了，他还躲个屁！

兆鸣在旁见了，不觉暗自摇头，原以为兆龙经历七年大狱生涯，又加上获传了《授密歌》，心境会变得更加超脱，谁知还是没有摆脱俗人情怀。爷爷死了又不能复生，他怎可如此任性，要知道当日大家为了救他，可是抱着丢脑袋的危险去做的。

这几个月，兆鸣几乎每天夜里都会跟兆龙交流、推手，发现他变得越来越收敛，心底平定无澜，这种修为他不佩服都不行。谁想，老头子的死竟然如同一块巨石，砸破了他心湖的平静，兆龙再次故态萌发了。

当然，这才是兆龙的真性情，他原先的本色。看来，江山易改本性难移这句话还是没错。杨兆龙骨子里还是一个倔强傲气的家伙。

一喜一丧，是人生两件大事。但“丧”是为人一世的最终归宿，故而看得比“喜”还重。名目也更繁多。

落炕、易箦、衣殓、倒头、入木、接三、首七、成主、伴宿、发引、下葬，再加上葬后诸祭，不下十多个。兆鸣作为杨家人，自然前前后后都跟着忙活。

因为杨慕侠之死非比寻常，为了保密，不敢多拖延时日，所以请阴阳先生来家验看时，兆鹰特别嘱咐他要从快，并请其开具“殃榜”，作为全部丧事、丧礼时刻、方位、禁忌等诸方面的指针。

这样子，杨慕侠很快被装进棺材，加上了大盖，大殓礼成后，停柩于北房中厅，谓之“正寝”。

兆鸣身穿孝服，伴着兆龙、兆鹰兄弟一起跪在两旁守灵，每进来祭奠者，都要哀号跪谢，一天下来，也不知磕了多少头，眼泪倒是早早熬干了。

杨家外头，早早地就搭起了白棚，和尚诵经道士念咒，鼓乐喧天，十分热闹。太极门的弟子又多，远处的还没得了信，单单只是近处的，赶来的也有七八百人，从院落一直排到大街上，场面之大让人看了咋舌。

兆鸣看到除了本门的弟子外，别的门派的大佬也都赶来吊唁，但最让他关注的却是徐雁北。对于这位“姥爷”，他并不陌生，还曾经跟兆鹰、兆虎、兆麟一起去徐家庄看望过他。

兆鸣一直好奇这位老先生何以能够在乡下一待就是三十几年？隐隐听说，太师祖杨东魁曾经对他下过“禁武令”，此后就脱离了武林。

如今杨慕侠一去，他便成为太极门辈分最高的人了，兆鸣便想，他只怕会趁着这个机会重新出山了。毕竟现在他女婿杨云雕和外孙兆虎、兆麟都是太极门的中坚力量。

这位姥爷的出场也很惹眼，拖着一条瘸腿，在两个外孙的搀扶下蹒跚而进，他的目光先是迷茫，待看到停放在中厅的棺木，蓦然身子一震，双手一分，就把两个外孙推开。

那一刻，他腿脚也似变利落了，几步就晃到灵柩跟前，双手一下把住棺材盖儿，大口大口地喘着粗气。

好一会儿他才动弹，抓住棺材盖就要挪开，杨奉赶紧过去说：“二老爷，已经入殓，就让老爷安心地走吧！”

“什么话？”徐雁北朝他一瞪眼，“我这个当师弟还没看他一眼，他能走得安生？”转身指着跪在下面的人，“你们这些不孝的东西，师哥都过去两天了才记起叫我来，臊我是不是，还当不当我是太极门的人了？”

兆鹰赶忙赔着小心，叫杨奉拔下木楔子。兆鸣却知道，事情并非徐雁北说的这样，他们早就使人去徐家庄给徐雁北报丧了。“匿丧不报”那可是最大的违礼和失礼，更何况徐雁北和杨慕侠还是师兄弟。但这“姥爷”却并没有当天就来奔丧，反而一直拖到今天才登门。这显然是心里有积怨，故意冷场呢！

幸好，之前为了给杨慕侠画遗像，兆鹰给爷爷脸上涂过脂粉，借以掩盖中毒的迹象。徐雁北打开棺材盖后，里面光线也暗，自然看不出什么异常来。

盯着看了一会儿，徐雁北突然号啕大哭起来，一面拍打着棺材盖，一面哭诉：“师兄啊，你怎么说走就走了，抛下我一个还待在乡下，孤苦伶仃，也没个照应，你临死前怎么也没放下句话来，就这么一撒手走了……”

他一把鼻涕一把泪地哭诉，好像个乡下老妪在唠叨，竟然没半点男人豪气。兆鸣看到，这期间兆龙一直没什么反应，痴痴呆呆，像魂游天外。他泪水也早哭干了，只是机械地在应付，对于眼前发生的这一幕好似两耳不闻，视而不见。

兆鹰见徐雁北说着说着，居然开始诉起苦来，不外乎是他这些年在乡下所受的委屈，以及遇到的不公，倒有在杨慕侠灵前讨说法的意思，赶紧示意兆虎、兆麟把他姥爷搀走。

而徐雁北哭诉得也差不多了，两个外孙一劝，便也借坡下来。兆鸣发现，他简直像六月天，说变就变，一旦停了哭，脸皮一板，挺起胸脯，便充当起长辈，指手画脚，说这摆设不对，那安置坏风水。兆鹰等人只能笑着敷衍，这个耳朵听，那个耳朵忘。

这位徐老先生胡乱弄了一通，见没人听他的，也觉得没趣，索性搬把椅子到墙角一坐，抽起了旱烟袋。兆鸣见他那神态活脱脱便是另一个杨慕侠，倒是泛起辛酸来。也不知怎么的，他突然心念一动，杨慕侠的死，此时肯定也惊动了“秋水”，老祖宗他们会不会派人过来瞧瞧？

正胡思乱想着，就听院外一片杂乱，像有不少人跌倒。兆鸣不禁转头瞧去，只见一个白影飞快地闯进来，他蹿到灵柩前，唰地立住。

那人个头不高，身上居然也穿着孝服，还是用本色熟麻布做成的“大功”，只不过，孝帽上垂下一块布条，遮住了脸面。兆鸣吃惊不少，从这孝服的样式看，此人跟杨慕侠关系不浅，应该是兄弟堂上的。

兆鹰赶忙凑过去：“这位贵客，您是……”

不待他说完，那人就道：“你爷爷真的走了？”

这话说得很刺耳，兆虎怒气上涌：“你这话什么意思？”

那人已拿步上前，去抓棺材盖子，兆虎喝道：“住手！”伸手来拿那人的肩头，岂料手一贴上，便牢牢地黏住。

兆麟大惊，赶紧上前帮忙，那人身子微微一晃，闪过他的一击，再次把他的手夹住。在墙角抽烟的徐雁北见自己两个孙子瞬间就受制，大吃一惊。

兆鸣不假思索，弹身上去，轻飘飘地一掌拍去，那人转头一瞪他，兆鸣只觉身上莫名地一烫，脚下登时发空了，险些摔倒，还好被兆鹰及时扶住。

没想到杨家老先生一死，便有人敢如此放肆，闹到灵堂之上。兆鹰一咬牙，闪身逼近，那人不敢大意，身子先是一抖，兆麟和兆虎噔噔噔后退几步，好容易才扎稳了步子。

眨眼间，兆鹰已跟那人过了两招，手臂闪电般绞在一起，无声无息。听那人哈哈一笑：“你不错！”

兆鹰觉得全身呼地一热，好像着了火，身子跟着腾空而起，被抛了出去。好在他的武功已跻身一流高手之列，人在半空就调整了呼吸，轻轻落地，眼眸一下子收紧了：“原来是你！”

“你还有点眼力，记起我是谁了！”

兆鸣赶忙凑过来问：“他是谁？”兆麟和兆虎也挡在棺材前。

兆鹰道：“你们忘了我成亲那天，跟谁交过手了？”

马车夫！兄弟几个都瞪大了眼睛，却不明白，这人明明跟“秋水”有瓜葛，怎么竟然还穿着孝服来？而且还是这样的“大功”礼制。

只见那人叹了声：“杨家难道就没人了吗？”

“灵堂之上，你敢说这句话，不怕下地狱拔舌头吗？”兆鸣转头，看到兆龙慢慢走过来，两眼绽射出寒光。

“是你！”那人打量着他，“杨慕侠的长孙，我听说你早死了，怎么又活过来了？”

兆龙凄然一笑，眼前一花，人已紧紧贴到那人身前。兆鸣打个激灵，竟然没看清他是怎么动的。

嗖嗖嗖嗖，像一道白光绕着那人转了几圈，两人闪电般交手，像旋风一样呼呼转着。噗的一声，有如气囊炸开，兆鸣只觉劲风裂面，不觉伸手捂住了眼睛。

再睁眼时，只见兆龙腾腾后退两步，那人还是原地不动，旋了那么多圈子，还是稳稳立在当场。灵堂上瞬间变得鸦雀无声，在场的人都被两人鬼魅般的身法震慑住了。

“好，后生可畏！”那人终于开了口，遮住脸庞的布条轻轻落下，露出了他的真面目。这人年纪也不轻了，须发半白，脸容瘦削，尽管已近老年，但英武之气尚留几分。

“你用的便是《授密歌》的功夫？”

此言一出，堂上的人心中不免为之颤动。很多人原本以为杨慕侠已将它传给了杨兆鹰，没想到却是“死”去的杨兆龙得到了。

怪不得这位当年的御厨，武功高到这等程度。众人的目光看向兆龙时，他眼神里却再次盈满了忧伤，只是盯着供桌上杨慕侠的遗像。

这当口，兆鸣仔细打量那个神秘来客，这人面目陌生，果真是从前没见过的，唯一能确定的是，此人便是红燕子所说的老大哥。兆鹰端详此人相貌，有些诧异，怎么竟然有些似曾相识，却又拿不准：“前辈，敢问高姓大名？”

“我无名！”那人猛然哈哈大笑起来，“杨慕侠死了，我才会活！”

这话透着大不敬，杨门弟子都怒目相视。原本在窝在墙角抽烟的徐雁北此时把烟袋锅子一扔，拖着瘸腿走过来，一直来到那人跟前，上上下下地打量着对方。

兆鸣看到，二爷爷的脸上布满惊愕，似乎有些不相信自己的眼睛，而那“老大哥”呢，脸上则浮着一丝嘲弄的讥笑。

“你是胡老三？”徐雁北颤声问，“可你这个头，怎么矮成这样？”

在他印象中，胡玉斋是那种又高又帅气的男人，不是这样的矬子。

那人道："师哥，多少年不见，你倒是跟老大越来越像了！"他说着，双臂一伸，全身上下发出咯嘣咯嘣的响声，个头瞬间就拔高了，差不多长出一个头。在场的人无不震惊，世上居然还有这样的功夫。

只有兆龙心里有数，这只怕是跟翁杰"缩骨功"一样的路数。

"原来你没死！这，这是怎么回事？"徐雁北激动地伸出双手，抓住那人的胳膊猛劲地摇晃，"这些年你都跑哪儿去了？"

"还能去哪儿？只要老大活着，太极门就没我容身之地！"老三凄然笑道，"二哥，你不也一样，他死了，你才能从笼子里出来！"

兆鹰等人见了，都吃惊不少。兆龙也转头看向那个"老三"，难道说，他居然是死去多年的胡玉斋？！

果然，徐雁北朝他们喊："大家都过来，这是你们太师叔胡玉斋！"

这一刻，兆鸣惊得目瞪口呆，他做梦也没想到，隐在"秋水"背后的老大哥，居然是太极门的人，还是祖师级别的人物。

今天这灵堂之上，可真是玩戏法一样地突变连连，一个老头子死了，两个原本死去的太极门的人却又同一天"复活"了。只不过，一个"死"去二十多年，一个"死"去八个多月而已。

可招呼归招呼，过去的也只是兆虎和兆麟两兄弟，他们不得不听外公的话，上去勉强行个礼。兆鹰等人自然没动弹，对这个失去多年又突然冒出来的太师叔，他们心怀警惕，更何况，这人还跟杨家的对头"秋水"有瓜葛。

兆鹰甚至怀疑，爷爷的死是不是也跟这胡玉斋有关联。但灵堂之上，颇多顾忌，也只能把满腹的疑云暂时先压下了。

兆鹰碍于门主的身份，要顾忌情面。兆龙可不管这一套，坦然面对胡玉斋，冷冷地问了一句："太师叔，您回来得可真及时啊！"

胡玉斋却不应他的话，对徐雁北说："我有些年头没见到老大，怪想的！"转身走到棺材旁，手轻轻贴住盖子，只一吸，那大家伙就徐徐移开。

徐雁北嘿嘿两声："你死了见不着他不稀奇，我活着也总共没见着他儿面！”

这话透着怨气，兆鸣看到兆鹰脸色一变，显然，两位太师叔突然冒出来，有夺他掌门位子的嫌疑。他年纪和阅历名望武功都不足以压制他们，只怕日后会摊上大麻烦。所幸兆龙武功高绝，稍稍挽回一局，他们才没被踩倒。

胡玉斋低头看着躺在棺材里的杨慕侠，脸色阴晴不定，终于伸出手去，轻轻按在他的脖颈上。过了会儿，才缓缓把手缩回来，长长舒了一口气。老大确实死透了。

不觉，一股悲哀涌上心头，两眼跟着潮湿了。积压在心头的怨恨，随着杨慕侠的死突然变淡了，他居然感到有些茫然。

这么多年处心积虑地密谋，最后看到了结果，他竟然不兴奋、不欣喜，反倒觉得空落落的。更可悲的是，老大至死也不知道，他才是“秋水”的幕后推手。师哥更不可能知道，自己恨他，恨得咬牙切齿，唯有装作一死，把一颗心变恶，变狠，变得无情无义，才会在多年后重新“活”过来，咬牙切齿地发誓要夺回他失去的一切。

老大其实是无辜的，可是，当他从师父杨东魁那里得到了《授密歌》，便是匹夫无罪，怀璧其罪！

“老大，你死得冤呢！”胡玉斋重重叹了口气，把盖子慢慢合上。

兆鹰马上还了句：“怎么，太师叔知道我爷爷的死因？”

胡玉斋扫了他一眼：“你说呢！”

“您当然心里有数，我不明白的是，太师叔为何跟太极门的死对头秋水混在一起？”

“你想今天就把那乱麻捣弄清楚？”

“今天不成。天大的事，也大不过我爷爷的丧事，好在日子还长，总有个天亮的时候！”

“嗯，这倒像句掌门人说的话！有分量！”胡玉斋点点头，“那你们放开胆子去干吧！”

“那是自然！”兆鹰道，“只要太师叔你们不挡道，我们这些做小辈的会把日子过好，会把事儿办好！”

这话更是连徐雁北也捎上了。老家伙自然不喜，哼了一声，一拽胡玉斋的手："走老三，咱们找个地方聊聊！"

但兆龙却立在堂上，又硬硬地问了一句："太师叔，看也看过了，你告诉我，我爷爷到底是怎么死的？"

胡玉斋一皱眉，淡淡道："他老了，无疾而终！"

兆龙面无表情，慢慢点下头："是，爷爷他得了善终！"

"你这个孩子呀……"胡玉斋长长叹了声，斜着眼看向屋梁，又慢慢往下瞟，四周扫了扫，目光最后落在兆龙脸上，"我活着没事，你活过来，可就有麻烦了！"

"我知道，说不定缉拿我的捕快已经在路上了！"

"学了《授密歌》，你的麻烦更大了！"胡玉斋怜惜地看着兆龙，"孩子，日后的路艰险，你千万多长只眼！"

"放心太师叔，我心里明镜似的，什么妖孽都能照出他的原形来！"

"嘿，这孩子有骨头，"胡玉斋转头看向徐雁北，"有点老大当年的影子，是不是！"说完哈哈大笑，拉着老二的手走出灵堂。

兆龙看着他们的背影若有所思。兆鸣直到此时，一颗心才慢慢落了地。他看着兆龙脸上的表情，忧伤淡了，取而代之的是愤怒和刚强。

他心想，只怕等不到爷爷出殡，兆龙就得去逃亡了。

兆鸣能够想象得出，追杀他的除了朝廷的人外，还有不少觊觎《授密歌》的武林中人。正如胡玉斋所说，以后兆龙的日子很艰险。

这个时候，他并不会想到再次见到兆龙，将会是在八年以后。那时，他已是一个七岁男孩的父亲，隐身在上海滩，在一家叫齐凤楼的饭馆子里当大厨。

那已经是1920年的春天了。

第九章　人海迷踪

到这年春天，杨兆龙已经失踪了两年多，非但“秋水”，太极门一样无法探定他如今藏身何处。

当年，杨兆龙从永年出走后，武风和武蕾一直在暗中追踪他，最初还有些蛛丝马迹可寻。他果然和武云碰了头，之后两人一起远遁。

这步棋武蕾早就知晓，武云正是受了“老祖宗”之命，才会去跟那人一起亡命天涯的。虽然她也清楚，自己的这位姐姐其实真对那个杨兆龙生出了爱意。

“老祖宗”当然也晓得武云的心思，但她还是继续用了这把“软刀子”，因为《授密歌》藏在杨兆龙的脑袋里，强逼着没用，最好是让他自愿道来。以前这小子就几次跟武云说起过，不愿狭私，更想大公于天下。

最初，武云还按原先定好的不断留下线索，一直到进入山西境地。武风和武蕾一路追踪，发现他们被漕帮的头头翁杰收留。

几年前，杨兆龙尚自关在刑部大牢里，便跟翁杰成了狱友，并帮他化解了一场危难，救了他的性命，因而两人成为生死之交。如今，杨兆龙带着武云前去投奔，他自然会舍命护卫。有漕帮这把保护伞罩着，两人已无忧惧。

武蕾猜测，此后他们便会在此蛰伏下来。不承想，七天后，两人却突然消失得无影无踪。这次武云竟也没有留下任何标记。武蕾和武风即便是通过漕帮的眼线，也没探出一点线索来。好像两人是不告而别的，甚至连翁杰也不知他们的去向。这可真是蹊跷。

到底发生了什么事，他们突然人间蒸发了呢？

在山西逗留了半个月，再也没查到一丝线索，武风和武蕾只好回京城去跟“老祖宗”复命。此时，刘兆鸣因为是杨云鹏的义子，在太极门的地位也日益显赫，已成了门主杨兆鹰的左右手。但武蕾从他那里照样没有得到一丁点儿杨兆龙的消息。

又耐心耗了半年，还是没见一点儿动静：“老祖宗”终于失去了耐心。这天，她对武蕾说，武云这丫头只怕叫杨家小子把心勾走了。

武蕾暗道，这是明摆着的事儿，云姐的心思早写在脸上了。嘴上却说：“老祖宗眉眼清亮，看得真切，可为啥当初还要放他们走？”

红燕子道，云丫头虽然做事心不够硬，可我取她一个真字。她心里有杨兆龙，杨兆龙心里也有她，这个我早知道，她也没瞒我。

武蕾听了很惊奇，她确实没想到，老祖宗私底下居然默许了那两人的事。红燕子告诉她，武云当初离开时，曾在她面前发过誓，就算真嫁了杨兆龙，也定会把《授密歌》拿回娘家来！

她问武蕾：“武云这话可信吗？”

武蕾勉强笑笑说：“我不知道。”

红燕子叹了声，说她从早就看出来，武云这丫头心肠软，不适合在江湖上行走。可有什么办法，谁叫她跟那个杨兆龙看对了眼儿呢！除了她，秋水的其他人也难以跟杨兆龙走近。

武蕾心想，倒也是，那个杨兆龙六精八怪的，着实不好对付。应该说，从很小的时候，她就看那姓杨的不顺眼，其中很大一个由头，便是他跟武云之间不清不楚的。而武蕾自觉跟武云从小相依为命，胜似亲生姐妹，是厌恶兆龙跟武云走近的。

又听红燕子说：“武云为人实诚，从来不曾骗我。可这一回，嫁出去的闺女，泼出去的水，我不敢保证她心思是不是变了。哎，她离着我太远了。”

武蕾听到这里，已明白了“老祖宗”的意思，这是要她想尽一切办法把武云的下落给挖出来。故而，她当场表态，就是挖地三尺，也要把他们找到。

红燕子点点头，最后丢给武蕾一句话：“找到武云，你就跟她说，老祖宗想她了，要她回娘家来看看。”

可是，想从茫茫人海之中找见两个人真不是一件容易事。哪怕是动用了“秋水”所有的眼线，武蕾还是没能建功。一晃，又两年过去了。

眼瞧着“老祖宗”的脸色越来越难看，武蕾每回空手回到“秋水”，都觉得芒刺在背。直到有一天，她突然接到一封武云写的书信，说她已有了儿子，起名叫文定。

快三年了，这还是武蕾头一回有了武云的信儿，她惊喜若狂。她先是报知了“老祖宗”，之后遍撒人手，像筛沙子一样细细寻访。如此同时，太极门门主杨兆鹰也接到杨兆龙的一封信，正好刘兆鸣也看到了，两处线索加在一块儿，武蕾终于挖到正点了。

原来，这几年杨兆龙和武云一直便隐身在京城的天桥附近。就活在“秋水”和“太极门”的眼皮子底下。可是，武蕾和武风明明将杨兆龙昔日的好友都盯了梢，但就是没有发现他们的影子。像住在恩济庄关帝庙的崔玉贵、小味轩的吕良、干厨行的来宝、白云观的弱用道长，甚至御膳房的黄知临和十一指，他们都遭到了监视，但从未发现什么破绽。因为这两年里，杨兆龙从没去找过他们。

什么叫灯下黑，这就叫灯下黑。武蕾不得不佩服杨兆龙的大胆和机警。武风却气得鼻子差点歪了。这对狗男女在他眼皮子底下活得滋润，还把娃儿生下了，不是存心气他嘛！可是，他就算憋了一肚子火气也没处撒去。因为兆龙夫妇的书信分别送去太极门和秋水时，他们早就带着儿子文定远遁了。

他们住的地方隐在一条偏僻小巷里，孤零零的一栋小院落，走后几乎什么也没留下，哪怕是一碗一碟，甚至一针一线。

武风气得发疯，却是想连砸的东西也寻不到一样，只能朝着房门墙壁撒气。武蕾还不死心，细细地在角落里查询，当然一无所获。她又去周围找街坊邻居打听了一番，光听说了那对夫妻一些风光事，对于他们何去何从，照旧一无所获。

唯一有点价值的是，武蕾获知这夫妻俩刚搬来时，之间好像有些生分，从不见他们一起出门溜达。直到第二年，才能从彼此的眼眸里看到些柔情蜜意。那时候，武云已有了身孕，夫妻俩每日里脸上都漾着喜气，一副欢心淘淘的模样。

武蕾心想，看来他们两个一开始并没过得蜜里调油呢！毕竟，一个是秋水的，一个是太极门的，两家死对头，这一阴一阳要调和起来，也是要花费点心思。

那天，她坐在空荡荡的院落里，看着秋风把梧桐叶子哗啦哗啦地吹下来，心想，武云，你现在会去哪儿呢？有了宝宝后，要在哪里过活才能更滋润、更安稳些？

摸摸脸庞，自己正当妙龄，像阳春三月刚刚要绽开的花蕾。前些年年纪小，她每当看到武云跟杨兆龙走得近，心头就会涌出一股怒气，千方百计想阻拦他们，很担心那男的会把云姐姐抢走。可如今，她人大了，武云也真的跟那男人走了。武蕾怅然若失的同时，又不免细细地咂摸起杨兆龙这个人来。原来，那家伙确实不简单，武功和厨艺自不必说，单单说那份硬气就叫人刮目。

直到今天，武蕾才洞察出了自己心里面的小秘密，原来她并不是真的讨厌杨兆龙，而是不知不觉中已被他吸引了，却又不敢承认，只能摆出那样一副恶巴巴的面孔来。

这么想着，她的脸皮一阵发烫。如今这个成为她姐夫的人，他的胆气和机敏更是让她佩服。嗯，在牢狱里面关了七年后，他整个人脱胎换骨了，可惜自己再没机会见着他。

那天，眼看着秋阳的金晖洒在院落里，映得墙角的草木灿灿亮闪。几只鸽子在屋顶上盘旋，叽叽喳喳地叫着。武蕾突然间眼睛一亮，莫不成，这些鸽子会是杨兆龙养的？他用这些小家伙跟外界通音信？正寻思该怎么捕下一只来，突然听人说道："这鸽子不是他们养的！"

武蕾吃了一惊，转身瞧时，却是刘兆鸣从门外跨进来："二哥，你怎么来了？"

"跟你一样，我想瞧瞧兆龙小日子是怎么过的！"刘兆鸣背着手，沿着墙角溜达一圈，之后又进屋子里转了一圈才出来。

武蕾仰头看着那些鸽子在空中盘旋，终于纷纷落在隔壁的屋顶上。她心想，没错，像杨兆龙那么精细的人，要是真养了信鸽，也不会把它们随便丢弃的。

看着刘兆鸣目光不停地游走，武蕾问：“二哥，你最近好吧？”

“不好！”刘兆鸣摇摇头，“太极门的日子难熬了！”

“也是，大清国倒了，杨家的饭碗也砸了！”

原来，自从清廷逊位后，政局混乱纷争，人心不宁。曾经世袭爵位的王公大臣们也荣光褪去，成了遗老遗少。杨家几代授徒于京城王公贵胄的时代也成为过去，不得不走向民间谋生活了。

溥伦贝子此时已自身难保，碍于旧情，推荐杨兆鹰去了京师警察厅消防队教授拳术，但收入微薄，难以维持生计。无奈，只能走其他各门把式街头卖艺的路子，在紫禁城西南角的中央公园设立拳场，公开传授杨家太极拳、剑、刀、枪。当然，只是教架势，像大捋散手、粘剑黏杆却是轻易不传的。

原本，杨兆鹰还有一条门路可走，便是靠着袁海这棵大树，乘些阴凉。此时，袁的叔父已成为民国的大总统，连带着他这个侄儿也成为炙手可热的权贵，以兆鹰和他往日的交情，但有所求，无有不准。

但身为掌门，杨兆鹰如何能够低头去求袁海。更何况，当年自己因为袁世凯出卖谭嗣同等维新人士，还和袁家生了芥蒂。那段交情自从他离开新建陆军后，就一直没得到修补，如今袁海腾达了，他却要前去揩油，岂不被人耻笑？

太极门是有些败落，但杨家人的骨头可没断，兆鹰的腰板一直挺得很直。反观“秋水”这边，却倒是一派兴旺。庚子年间，因在京城设立“红灯照”，先被八国联军杀了一批，后又遭朝廷缉拿，“老祖宗”等人被迫逃离，一度消声匿迹。

直到清廷亡了，这才又重新露头。高铭远有些故旧在北洋政府担任要职，他那些玄虚的本事派上用场，很快成为民国权贵争相结识的“高人”。由此慢慢抽枝吐叶，一点点地渗透，终于让“秋水”的势力再次遍布京师。

对于杨家的几番起落，武蕾自然了如指掌。她原本以为，武颠下药毒死了杨慕侠后，便会果断离开杨家回到“秋水”。谁知，他也不知用了什么法子，洗脱嫌疑，又继续留在太极门。

“二哥，你知不知道，有几次我偷偷去中央公园那边看过你教拳呢。”

刘兆鸣笑道：“是吗？”

“我看你们啊跟天桥卖艺的差不离，脸皮都掉地下了，就不觉得给杨家祖上蒙羞？”

“不偷不抢，蒙啥羞啊！好歹是吃了碗安心的饭！”

“你倒是替杨家说话了！”武蕾笑道，“二哥，杨兆龙藏得严实，一点儿风声不漏，我看你继续留在太极门也没什么意思，还不如回家好了。”

刘兆鸣淡淡一笑：“倒也想过一走了之，老祖宗也有这个意思。”

“那你还磨蹭个啥？”

“小妹，有些事你不懂！”刘兆鸣叹了声，“杨家养我了二十多年，家门要是兴旺，我走还不打紧。如今弃他而去，还不被人戳穿了脊梁骨！”

武蕾睁着一对大眼睛打量着刘兆鸣，点点头：“我明白了，二哥你是个有良心的人！”

“只求心安而已！”

武蕾伸手折了根树枝，轻轻摇着，突然冒出一句：“二哥，你这是日久生情了！”

刘兆鸣一怔：“什么？”

“我敢说，这会儿“秋水”在你心里的分量，一定比不上太极门重，不信的话，你摸着心口窝试试。”

刘兆鸣没想到武蕾会这么说他，呆住了。可不是，他活过这三十几年，倒是二十多年在杨家度过，而在“秋水”那里面，只不过才短短的两年。这里面的情分可想而知。

孰轻孰重，他一直不敢往这上面去想，不敢坐实它。可如今，被武蕾一语道破，不免有些慌乱，下意识地往左右瞧瞧。武蕾见此情形，知道说中了他的心思，笑道：“别慌神，这里没外人！”

“丫头，你是不是想害死我？这话哪是随便说的！”

武蕾嘻嘻一笑："当然不是随便说说，我是正儿八经地跟你谈。"

刘兆鸣强笑道："还谈什么，当初要不是老祖宗救了我，我早死了！"

"这是两笔账！"

"那换了你，你会怎么做？"刘兆鸣眼光有些锐利。

"我呀！"武蕾歪着脑袋想了想，"换了我，当然是跟杨家走一道喽！"嘻嘻一笑，"可惜你不是我！"

刘兆鸣的神色黯淡下来，垂头不语。武蕾瞧了，不免又替他难过。虽然跟这个二哥走得不近，可觉得他挺亲善的，尤其是跟那个武风比起来。

"有时候想想，我挺疑惑的，咱们跟杨家斗了这么多年，值当吗？那是人家的传家宝，凭什么一定要给你？"武蕾小嘴说个不休，"再说了，我们学的拳是太极拳，反过来用它对付杨家，是不是有点太无耻？"

"如果单单只是为了那《授密歌》，确实不值当！"刘兆鸣道，"老祖宗没跟你说，秋水跟太极门还有仇怨没解？"

"当然说了！"武蕾撇撇嘴，"胡先生死而复活，就是为了找杨家的麻烦！"

"老辈子人的恩恩怨怨，有时候说不清也道不明。"刘兆鸣叹息着，"胡先生好歹也是当年太极门的三杰之一，何至于这么恨杨家，都恨了几十年了！"

"我不喜欢这人，太阴了！"

"你最近见过他？"

武蕾摇摇头："二哥，你呢？"

"太极门倒是想找他来着，要给老掌门的死一个说法，可胡玉斋是老狐狸，再也没露过脸！"

"二哥，我有件事一直好奇，老想问问你。"

"你说。"

"杨慕侠真是你毒死的吗？"

"我要说不是我，你信吗？"

武蕾一呆："我不知道！"她还不死心，又问，"那还有谁？"

刘兆鸣苦笑："我也不知道！有可能是……"

两人的目光碰到一起，同时吐出一个人的名字：“胡玉斋！”

这个名字像是也染上了剧毒，说一说，念叨念叨都觉得瘆人。两人不觉心头沉重。脚底下的影子变淡了，抬头看天，才知道日头早为阴云遮住，天色变得阴沉了，像有雨的模样。

“二哥，要是哪天老祖宗叫你对杨兆鹰下手，你会怎么做？”

刘兆鸣皱起了眉头，好一会儿才说：“我不知道……”

两人再也无话，就那么隔着两步站着，各自想着心事，之后就默默转身，一前一后地走出那栋小院。

时光像一把抓在手心里的沙，握得越紧，撒漏得越快。一晃，又是四年过去了，武蕾算着，武云跟杨兆龙的孩子也五岁了，可他们还是不见音信。按理说，清廷亡国后，杨兆龙已没了罪名，已用不着再逃。留在京城跟杨兆鹰一起共撑太极门，也不失为明智之举。可为何他还要继续隐姓埋名呢？

思来想去，原因应该是出在那个神秘的胡先生身上。杨兆龙虽然获传了《授密歌》，但功力毕竟还浅，无法跟胡玉斋抗衡，他只有藏起来，直到某天有把握胜了对手才会重新出山。

武蕾敢断定，这些年胡玉斋一定也没闲着，到处在搜罗杨兆龙的下落。他同样也害怕日子久了，天平会倾斜。问题是，杨、武和他们的儿子杨文定到底藏身何处呢？

四年里，中华大地上政局颠覆，先是袁世凯称帝，龙位只坐了八十三天就一命呜呼。跟着是张勋复辟，黎元洪当上总统，军阀纷争……

袁氏江山一倒，袁海也落了势，领受了世态炎凉。杨兆鹰反倒主动找上门去，重叙旧情。这一切落进刘兆鸣的眼里，自然触动不少。

每隔一两个月，武蕾和刘兆鸣都会约着见一面，相互通些气。算着，武云已有六年没有音信了。“老祖宗”对她已不抱什么希望，只气这丫头有了男人忘了娘家，恨得牙痒痒，可又不知该从什么地方把她挖出来。

其实，自从得知武云和杨兆龙曾在京城里面躲过两年，红燕子就对这丫头大为不满，有怨气。这丫头果真还和她一条心的话，同住一座城里，怎么也会给她通点风，居然就那样不声不响地过了两年，连孩子也养出来了。

这怨恨越积越深，终于爆发，“老祖宗”对武云下了必杀令。

终于，武蕾找出了一丝线索。杨兆龙在永年当“活死人”的那段时间，铁螳螂宋启云曾经带着他儿子宋文鼎前去拜访杨慕侠，住了一夜，第二天才离去。

据刘兆鸣说，当晚杨兆龙还跟那个宋文鼎有过接触，切磋过拳脚。武蕾心里不禁翻起波澜，好像有块石头丢进心湖。

这说明，兆龙夫妇有可能躲去了山东。这个念头越来越强烈，刺激武蕾当夜竟然无法入眠，终于在第二天一大早离开了京城。

半个月后，她终于赶到莱阳城内。六月的天酷热难当，武蕾路上扮作男人，戴着大斗笠，热得满身是汗，进县城寻了一家名叫来福的客栈住下后，要了一盆凉水，关紧门窗擦抹了个遍，这才好受些。

下去吃了饭，顺便跟伙计打听宋启云，才知道这位昔日的螳螂门的高手，现在的生意越做越大，所经营的顺德行栈在烟台、周庄、大连、京津都有分栈。如今，一家大小都搬去了烟台。

可是说起武云、杨兆龙的相貌，伙计连连摇头，说从没见有这样一对夫妇出入宋家，更别说还带着一个孩子。

虽然没有淘到想要的消息，武蕾还是不气馁，又出去多方寻人打听，包括还找到了宋启云次子宋文鼎小时的玩伴，他们照样说没见过这么一对夫妇和孩子。

她倒是听到了不少宋家父子的轶事，尤其是宋文鼎，是当地有名的难缠鬼儿，生事的班头、惹祸的领袖。宋启云害怕这儿子将来会翻天，便不传他武功，只想让他进学堂念书。

可这头骡子如何肯乖乖圈在棚里，父亲不教，他就到处偷着学拳，东一招西一式，居然叫他练就了一身本事。

后来，他竟然嚷着要创出一门新的螳螂拳来，反正螳螂门的武功又叫十八凑，便是把各家各派武功的精华“借来”，为其所用。

宋文鼎先是把地躺拳融进去，近来，又吸取了太极拳的“借力打力”，要创练一门太极螳螂拳出来。

这句话切切实实地击中了武蕾，她不禁长长吐了一口气，自己所料没错，武云和杨兆龙确实隐藏在莱阳。要知道，杨家的太极拳多在京津直隶一带流传，宋文鼎只跟着父亲在永年住过一晚，就算杨家肯传，一夜也学不了什么真东西。如今他年纪轻轻的，竟然敢口出狂言想创“太极螳螂拳”，要不是背后有太极高手撑着，如何能成？

得到了这信儿，武蕾心花怒放，便不急赶去烟台追那宋家父子了，而是耐心地在莱阳地面探寻杨兆龙的下落。直觉告诉她，武云夫妇依旧留在此地，并没跟去烟台。

此后几天，武蕾很快就把整个莱阳城转遍了，可以断定，杨兆龙该是躲在乡野中，而不是在城里。

有了目标后，便能顺藤摸瓜，她终于又挖出一条重要的线索。在这几年里，宋文鼎每个月都要去南面的娘娘山两次，每次还带着不少米粮油盐去供奉。

据他说，这是要去那里的娘娘庙许愿。武蕾听后不禁笑了，这家伙撒谎都没撒到点上。他这样的性子如何肯乖乖地去还愿？还每月两次，并且所带的供品还有肉蛋菜蔬？

这天一大早，武蕾就准备好了两天的干粮和水，骑马出了南城门，往东南方向跑下去。奔波不到百里，就看到那连绵不断的山峰，虽不甚高，却也青翠如带。路上一打听．果然是娘娘山。

相比于莱阳城周边的村镇，山里的人烟显得稀落，路也不好走，她只得下来步行。两边多是槐树和橡树，密密匝匝的，杂草也长得疯，把土路夹挤得又窄又小，牵马走不多会儿，便热得浑身冒汗。好容易看到山窝里有一户人家，男人去山中打柴了，家里只有农妇跟儿子。见到武蕾牵马而来，吃惊不少。她连比画带说，总算把话道明白了。

果不其然，农妇曾经见过这么一对夫妻跟一个小男孩，就住在山顶上的庙里。那里也供奉着妈祖，又叫娘娘观。

武蕾听罢喜不自禁，当下把枣红马寄放在农妇家，留了些钱，便背着干粮上山了。眼看着日头斜向西山，山色浓重，如涂墨绿。山风掠过树枝，发出嗖嗖的响音，混合着虫子的叫声传去远方。

她很快就来到娘娘观附近，却并不马上靠近，而是躲在树影里窥伺。道观右边，有三间泥坯屋子，略显破旧，一个小小的院子拉起一根草绳，上面晾晒着衣衫，可以看出有男人女人的布衫，还有孩子的小衣。旁边开了半亩菜园，旁边还有一处鸡舍。

武蕾点点头，看来这就是武云他们的住处了。虽然是隔远瞧，但那些衣衫的料子都不差，乡野之人如何能穿得起这样的布料，应该是宋文鼎送的。

可接下来该如何呢？以自己的武功，别说对付杨兆龙了，就连武云也未必能敌得过，最好的办法当然是传讯给“老祖宗”，让她派帮手过来。可是，那样的话云姐可就惨了。想到红燕子恼怒的模样，武蕾不禁打个冷战。

树林里非常静，周围除了各种昆虫的鸣叫外，远处还有鸟雀在叽叽喳喳。山里面的蚊子多，常常嗡嗡聚成一团，围住人便死死纠缠。躲在树丛里的武蕾深受其苦，手上脸上被叮出了不少红疙瘩。

这时，她突然看到一个小男孩从屋里跑出来，手里拿着根树条，到处追一只芦花鸡。武蕾心头一跳，这肯定便是文定了。

远远看着孩子那憨态可掬的样子，不觉就心软了，摘下斗笠，慢慢从树影下走出来。踩着菜畦子走进篱笆门，浓厚的乡居生活气息扑面而来。

孩子长得虎头虎脑，圆圆的脸蛋红扑扑的，很惹人爱。武蕾只觉一股柔情慢慢泛上心头，啥事都一股脑抛干净了。她现在只想过去抱抱他。

孩子抬头看到一个陌生女子站在院子里，倒也不怕，一对大眼睛忽闪着，问：“你是谁？”

武蕾鼻子一酸，蹲下身来：“你是文定吧？我是你姑姑！”

文定伸手挠挠头皮，歪头看着她：“你真是姑姑？”

武蕾轻轻地把他揽进怀里，柔声问：“那还有假，你娘呢？”

“我娘去观里帮忙了，我爹去采草药了！”

“那好，咱们去找你娘去！”

还没等武蕾站起身，文定就突然从她臂弯里钻出去，叫声娘，一溜烟跑了。武蕾转身看时，一个穿粗布衣衫的妇人站在门口，呆呆地看着自己。

没错，正是武云，几年不见，她脸色变得圆润了，可见小日子过得不错。倒是六年不见，武蕾变模样了，她愣了愣才认出来，呆在当场。

文定抱着他娘的大腿，嚷道："娘，姑姑来了！"

武蕾朝武云笑笑："云姐，好久不见了！"

武云抓着文定肩头的手微微颤抖，眼眸里闪过一丝惧意，飞快地往四下瞧瞧。武蕾道："别担心，我是一个人来的。"

听了这话，武云的神经才慢慢放松下来，但还是没笑，摸摸文定的脑门："你到屋里玩去，我要跟姑姑说说话。"

文定答应着进屋，武云却引武蕾走出小院，来到树荫下。她们相互打量着，终于相视笑了，伸开胳膊拥抱在一起，好一会儿才分开。

静寂中，像是能听到大山微微的鼻息。听着风声和虫声，心很快也染上了一层绿色，泛起柔柔的薄凉。

武蕾打量着眼前的房舍、菜圃，问武云："你不想知道，我是怎么找到这里的？"

"早晚会有这么一天的！可没想到会是你！"武云叹了声，"不过，幸好是你来，不然今天有大麻烦。"

"我来，照样有麻烦！"武蕾道，"姐，你都离开'秋水'六年了，也该回去看看了！不然的话，老祖宗跟前我没法子交代！"

"我知道，你这么辛苦地跑来，就不能空着手回去！"武云咬着嘴唇，"我呢，也累了，不想躲了！"

"那你准备怎么做？"

"我一个人跟你回去。兆龙和文定，你就权当没看见！"

武蕾一笑："就算看见了又能如何，他一见面，还不吃了我！"

"姐知道你是顾念着旧情，才一个人过来见我。"武云道，"放心吧，我会好好跟他说。"

"怎么说？离开他和孩子，回去送死？"武蕾道，"姐，你醒醒吧，换了谁，也不会让你跟我走的！"

"那就瞒着他！"武云表情很复杂，"当年我亲口答应过老祖宗，会把《授密歌》带回去，事儿没办妥，还一直躲着她老人家，想想也真是愧疚。”

“那你可真得想清楚了，老祖宗的脾气你又不是不知道，恼你不是一天两天了。果真跟我回去，可得打好谱儿！”

“这事儿我不知道想过多少回了。当年要不是老祖宗收留，我早饿死了，还能嫁人生子？她真要拿回这条命去，随她好了！总归我是欠她的！”

“可不是！”武蕾叹道，“我和武颠也是为了这份恩情，才肯留在秋水。”一顿，又道，“其实还有个更好的法子，你不需要回去，只要让我带走一样东西，老祖宗就不会追究了！”

“你说的是《授密歌》吧？”武云苦笑着摇头，“那东西只装在兆龙一个人的脑袋里，我如何能拿得到？”

武蕾不免惊诧：“你们都有孩子了，成一家人了，他还瞒着你？”

“碍于誓言，他哪能随意外传！”武云道，“他倒是很想把《授密歌》公布于世，可被那句毒誓箍着，就是没法子！”

“那他的武功……现在是不是特别厉害？”

“看不出来！”武云摇着头道，“这些年，我很少看到他活动筋骨。”

武蕾瞪大了眼睛，难道说，杨兆龙放弃练武了？虽然难以置信，却也知道武云不会骗自己。转念一想，或许他练功也避着武云呢，毕竟《授密歌》是他杨家的秘传心法。

不知何时，夕阳已落到山头上，洒下一片暮辉。有一撮金光掉进远处的一个湖泊里，映得周遭红灿灿的，活像那里有火山正爆发，喷出了熔浆。

武云猛地想起什么：“武蕾，你得赶紧走，他马上就回来了！”

“那你呢？”

武云凄然一笑：“我总得跟他和孩子告个别吧！”

武蕾想了想：“那好，我在山脚下的那户人家等你。我的马还寄养在他家呢。”她抬起脚，却没迈出去，迟疑了下又问了句，“姐，你会来吧？”

“会的！”武云笑笑，“可能会晚一点儿！”

“我等着！”武蕾重重地点下头，快步钻进树林里。尽管嘴上说得挺好，答应得挺好，可她的心还是悬着，武云到底会不会随她去，实无把握。

眨眼间，夕阳就被远山吞下，天色迅速变黑，整个山野顿时成了昆虫的天下。它们放肆地叫着、唱着，没有任何顾忌。哪怕武蕾从它们身边踩过，也自不惧。

山不高，她很快下到山根，转头看时，东面一轮圆月正明晃晃地挂在那里。如水的银光映得地面雪白一片，树影婆娑，夜风送爽，在这夏日晚上本该是极惬意的，但武蕾心头有事，却是轻松不起来。

回到那户寄养马匹的人家，见屋里脏乱，还散发着一股难闻的气味，她如何能待得下，更别说留下吃饭，匆匆牵了马就告辞出来。

她找了一处草地，把马缰绳拴在树枝上，让它自在地吃草，自己则就水吃些随身带的干粮。山里虽然静寂，但蚊虫很多，武蕾只能挥扇子不停地拍打。因为心里不踏实，便觉得时间很难熬，不时地站起来往山上瞧，稍稍听见什么响动，便会四下打量。更有一样，她心里也一直在翻江倒海，不见停歇。

武蕾想，自己跟武云从小一起长大，便像亲生姊妹，但如今逼她现形，是不是太绝情了？谁心里都清楚，这一回去便后果难料。“老祖宗”恨武云这些年不跟“秋水”联络，想杀她的心都有，万一有个三长两短，自己可真是造大孽了。

越想越觉得身上燥热，武蕾又想到武颠，他何尝不是在“秋水”和太极门之间飘浮不定，因而一直活得痛苦。人家三口在这山里面活得好好的，自己何苦来打搅这平静？就算是带武云回去，她立下大功，又能落得什么好呢？尤其是今天面对文定那双纯净无邪的眸子，武蕾心早软了。如果当时武云求自己放过他们一家三口，她只怕就会答应下来。可是，武云偏偏说自己不想再躲了，要回“秋水”去还债……

蚊子在耳畔嗡嗡乱叫，她心里也乱糟糟的，抬头看那圆晃晃的明月，心说，今晚月亮倒是圆了，他们一家三口却要分离了。这时候，她居然盼着武云不来，而是连夜卷铺盖离开这娘娘山。

正瞅着月亮发呆，山腰上突然传来了哨子声，却是用对叠的树叶吹奏的，虽然单调了些，她还是听出那人吹的是什么，居然是《阳关三叠》。

夜幕下的山野静得有几分沉重，那哨声听来愈显得清亮。武蕾却又从中听出一丝丝悲凉来。那哨子传来的方向，便是道观所在。她痴痴地听着，心里面酸溜溜的，竟有种想哭的冲动。

终于，哨声停了，袅袅的余音像是被山野的沉寂一点点吮吸了。跟着，武蕾就听到上面传来窸窣声，月光下瞧得分明，武云果然沿着小路下来了。

她身上只肩了一个包袱，走几步，就回头望一望。武蕾赶忙迎上去，一把握住武云的手，急声道："你真傻，怎么真来了？"

武云淡淡一笑："长这么大，我骗过你吗？再说老祖宗那里，也该有个交代！"她抬头看天，又问，"今天是十五了吗，月亮这么圆？"

"是十六！"想到月圆了，她一家子却残破了，武蕾不禁叹了口气，问，"刚才那哨子……"

"是他吹的！"

"他看你拿了包袱出门，就没怀疑什么？"

"我没骗他，照实说了！"

武蕾一惊："他居然肯让你跟我走？"

"早先的时候，我们就把话说透了，该回秋水的时候，他不会阻挡。"武云平和地说，"再说，他也答应了我，会尽早破了那誓言，换我回来！"

"破，破，要是能破的话，多年前就破了，还用等到今天？"武蕾皱着眉头，"这个男人的心真够狠的！一百个人中也出不了他这样的，真能豁得去。我看呢，他要不是白痴，就是阴险小人！"

"他不是这样的人！"武云有些不悦，扭头就往山下走。

武蕾赶忙拉了马匹跟上，心里暗道，明明是自己"逼"武云走的，反倒抱怨起人家丈夫来，无怪她不乐意。

浴着晶亮的月光，山路并不难走，两人身上都有武功，也没什么怕处。马蹄声敲碎了四周的静寂。人马过后，各种虫叫复又响起，时而有山风吹过，甚是清爽。

“云姐，那年在京城，你们本来躲得好好的，怎么突然走了？”

“为了躲一个人。”

“谁？”

“胡玉斋！”武云道，“兆龙说，秋水的人统统加起来，也不如他一个人阴毒。再说，武功也胜不了他，只能先避开。”

“我就是不明白了，姓胡的不是杨慕侠的师弟吗，自己人怎么会恨成这样？”

“老辈人的事，哪儿是我们能知晓的？”武云转头看着武蕾，“他跟老祖宗常碰头吗？”

“不知道，我总共见过他一次，话都没搭一句！”

“老祖宗吧，不过就是想要那《授密歌》，可胡玉斋不同，他还要向杨家复仇。杨慕侠爷爷在世的时候，他还有所顾忌，如今可就放开手了。所以，爷爷当初把掌门位子给了兆鹰去坐，另把《授密歌》传给兆龙，那可真是用心良苦。”

武蕾眼睛一亮，叫道：“我明白了，这么一来，杨兆鹰这个掌门人就脱开了身，反倒是你老公把危难一个肩膀挑了！”

武云苦笑：“谁叫他当时是个活死人呢，老人家也没想到几年后，大清朝就亡国了！”

武蕾叹息着：“云姐，你明明知道他的处境，还对他不离不弃，真是不容易。”

“也没什么，我就是心里有他！”

“可是还有小文定呢，孩子一生下来就跟着父母到处奔波，未免忒可怜了！”

“那也没法子，谁叫他一生下来就是杨家人呢！”武云说着，转头看向道观所在的位置。月光下，武蕾看到她脸上滑了一行热泪，晶莹夺目。她从来没见过武云这般端庄娴美。

回京城的路上，她们并没急赶，而是雇了一辆大车慢悠悠地走。到了景致好的地方，就停下来游玩一番；碰上什么特色小吃美食佳肴，便去大快朵颐。

姊妹俩有些年头没在一起，何况以前还都拜在绿娘门下，学过厨艺呢。对于吃食方面，她们都是很讲究的。更何况武云这些年一直跟前清的御厨生活在一起，即便是隐居山野，他们夫妇随便烧制一些饭菜，都是异常可口。再者，回到“秋水”吉凶难料，莫如趁这空儿好好享受一番。这样子，两人倒是盼着路越来越长了。

武蕾不急也是因为她暗中早传信去了“秋水”，待走到直隶地界时，便不时地看到“老祖宗”派来接应的人了。但她并不愿意叫他们亮相，只是暗中照应，自己跟武云依旧悠哉乐哉地慢慢走。

可尽管如此调剂，武云脸上的笑容却越来越淡，毕竟心头记挂着丈夫和儿子，对回到“秋水”后会领受何等的责罚也是没底。故而眼看着京城一天天近了，两人的玩兴也一天天弱了。

这天到了京城后，马车赶到海淀的“治贝子园”，这四顷多的地面上围绕着一百九十多间房舍，长着森森古木，开着繁茂的花卉。

武云吃惊不浅：“这不是伦贝子的私产吗？”

“快别提他了，前两年欠债还不起，被法院封了，辗转落到老祖宗的手里。”

武云不禁感叹，原先杨家进京就是托庇于溥伦门下，如今红燕子和高铭远把这处园子盘下来，当有向太极门挑衅的意思。

进门后，看到不少少年在练拳，武云心想：“老祖宗”又在“养兵”了。她从他们身上看到了自己当年的影子。武蕾悄悄告诉她，这些孩子多是当年“红灯照”拳众留下的后代，都是孤儿。

跨进第二重院落，看到练武的少年更高大些，都在十六七岁上下。领着他们打拳的正是武风，已届中年的他脸上满是横肉，脸颊上的那块猪皮痣上，居然还长出一根粗黑的毛来。

几年不见，他的脾气更见暴躁，武云隔远就能听到他的斥骂声，想避开时，已经来不及了。武风正扇一个少年的耳光，甩得啪啪响，猛瞧见武蕾带着武云经过，登时呆住了。

武云不想跟他搭腔，加快了步子，但武风却嗖嗖几步抢上来，拦住去路。武蕾摇摇头：“老大，你要干啥？”

武风抻着头上下打量着武云，问武蕾：“你从哪里把她挖出来的？”

武蕾斜眼瞥着他：“一个你做梦也想不到的地方！”拽了武云一把，“走！”

但武风还是挡着路不让。武云和武蕾突然一起出手，武风吃了一惊，才接住她们的手时，两脚又从下面踹到。武风嗷的一声，身子翻了出去。正要翻脸，便听武蕾咯咯笑道：“过去这么多年，你还是躲不开我们姊妹的联手，武功没什么长进嘛！”

眼看着两人快步进了内院，武风不舍，紧跟着去到“老祖宗”那屋。红燕子此时早接到了信儿，正坐在那里跟高铭远对弈。武云进去后，便不声不响地跪下去。

武蕾行礼：“老祖宗，高先生，我们回来了！”

两人这才转头，高铭远笑道：“一道辛苦！”武风随后进来，靠在一边，目光直勾勾地盯着武云。

“云儿回来了！抬头，让我好好瞧瞧！”武蕾见红燕子居然没动怒，还和颜悦色的，心里大奇。

武云抬起头时，眼圈已红了。红燕子盯着她看了几眼，嘴里啧啧有声：“看你，成了家，还瘦成这样。这些年，你到底跑哪儿去了？这里好歹还算是你娘家，也不知道回来看看！”

武蕾心说，她就是在回来的路上瘦的。撇夫离子，回来后还怕受罚，岂能不瘦？笑道：“告老祖宗，我是在山东……”

一句话没完，红燕子冷冷的目光就刺过来，武蕾打个寒战，半截子话硬生生地咽下去。

“她没长嘴吗，让她自己说。”

武云终于开了口：“说与老祖宗知，我们一家三口这些年住在莱阳娘娘山里。”

“嗯，一家三口！”红燕子点点头，“那我问你，你跟来了，杨兆龙呢，孩子呢？”

“这……”

红燕子冷冷一笑：“杨兆龙是不是早带着孩子逃得没影了，我就知道，男人没一个能靠得住的！”

武云咬咬嘴唇，壮着胆子：“我男人说……”

“住嘴，他是杨兆龙！”红燕子脸上的肌肉抖动了下，“别说他是你男人，他不配！”

武风听了这话，觉得很是痛快，刚要随声附和，但瞧着红燕子脸色不善，又憋住了。

“兆龙跟我说，他不会丢下我不管的，想到解决的法门后，便会来见您！”

“这话你也信？”红燕子看着武云，轻轻摇头，“云儿，你都是孩子的娘了，还是这么清清爽爽的，真是难得啊！”猛地提高嗓门，“他要是真的心里有你，用不着等，我现在就可以告诉他一个法子，最简单不过，把《授密歌》给我，便万事大吉。”

高铭远眼睛依旧看向棋盘，慢条斯理地道：“当局者迷，旁观者清呢！”

“我看呢，这是还没把他逼到绝路去！在他心里头，你跟儿子加起来也没那《授密歌》值钱！”

“我男人他不是那样的人！”

“你说什么！”红燕子眉头一竖，嗖地从榻上弹起来，啪啪给了武云两记耳光，又闪身飞回去，“他不是你男人！”

武云一头栽倒在地。武蕾想伸手去扶，手才伸出去，又慢慢缩回去。武风却喊了声好：“老祖宗，您老人家教训得好，不能容这丫头翻天！”

武云从地上抬起头来，脸上红肿了一大片，嘴角也渗出了血，又说了一句：“我男人不是那样的人！”

武蕾急了，赶忙捂住她的嘴，一个劲地朝她使眼色。红燕子冷笑道：“你让她说！”

“兆龙说了，他从来就没想着独占《授密歌》，时机到了，定会将它公布于世！”

“听听，听听！”红燕子嘴里啧啧有声，“说的比唱的好听！”

“谁信他这些屁话！”武风叫起来，“杨家要是肯把它亮出来，也用不着霸着《授密歌》几十年了！我看啊，这又是一出缓兵之计！”

高铭远冲着红燕子点点头：“话糙理不糙，我看武风说到点子上了！”

红燕子长长吐了一口气，竭力使自己的心情平定：“不管怎么说，武云是我看着长大的，这孩子有时会糊涂，但良心还不至于坏！我就取她这一点！”说着，目光扫向武风，“风儿，你从小跟武云一起长大，最摸她脾气，从今个儿起，要好好照顾她！”

武风听了大喜：“放心吧老祖宗，我保证看好她！”

“什么看不看的！”红燕子一瞪他，“你当云儿是囚犯吗？告诉你，这里是她的娘家！咱们都是她娘家人！”

武风马上换了个笑脸：“师妹，请吧！”

武云伸手擦净嘴角的血迹，也不多话，只朝红燕子和高铭远福了福，转身跟着武风走了。在来之前，她早把结局想过好多遍了：“老祖宗”没用什么霹雳手段，总算心里还顾念着旧情，挨了那一巴掌后，她心里面竟然如释重负。

武蕾瞧着武风半道插进一杠子来，心里很不是滋味，大风可是个坏到骨子里的家伙，什么恶心人的事做不出来！

“蕾儿，这回你可立了大功了！”红燕子笑眯眯地道，“我看呢，你比大风他们强，那些都是扶不上墙的烂货！”

“老祖宗，您既然相信蕾儿，怎么又叫大风掺和进来？我跟云姐从小一起长大，最摸她的脾气，软泡烂磨，定能套出她的实底来！”

“不急，日子长着呢！”

武蕾还要争，红燕子挥挥手：“过两天再说，先让她在这里收收心！”武蕾只好收口，慢慢退下去。

桌上还剩一盘残棋，高铭远早就洞悉全局，见红燕子回过头来，重新看棋局，便捻起一子，轻轻放下去，然后笑道：“这就结了！”

红燕子一瞧，可不是，从棋局上看她已无力回天，笑笑道：“今天这事儿你看明白了？”

“回老祖宗，水也没那么深！”

“我总觉着，那个杨兆龙放武云回来就没这么简单，像是在给咱们下套！”

“下棋的时候，不能光站在一边看棋盘，换个位置，换个身份，才会看出玄机来。”

红燕子沉吟着：“如果换作我，绝不会把武云交出来。”

“因为老祖宗不是杨兆龙！”高铭远道，“十几年前，我就认识他，杨慕侠和弱用都看重的人，一定不简单！所以我说，他愿跟妻子分离，让孩子没了妈，必然是经过一番深思熟虑。他是在向秋水释放善意！”

“善意？”红燕子叫起来，“他会对我抱有善意？”

“那当然，不然的话，凭武蕾一个岂能把武云带回来？”高铭远说着竖起两根指头，“他这样做有两样好处，一来，安抚了你，算是给秋水一个交代；二来，他担心那个胡先生发飙，会把仇恨从他身上转到杨兆鹰身上，给太极门惹来麻烦！”

红燕子眉头紧锁：“我就知道，杨慕侠当初把《授密歌》传给他，是别有用心！”

“那当然，你想想看，这几年你和老胡是不是一直忙于挖他的下落，太极门反倒太平无事？”高铭远说着，用指头一弹桌子，“说穿了，这个《授密歌》就是个饵！”

“为了这个饵，我们耗的时间不短了！”

“对我来说，《授密歌》不过就是一盘菜！”

红燕子瞄了他一眼：“啥意思？”

“有它下酒更好，没它照样活得滋润！”高铭远笑道，“老祖宗不妨也摸摸看，在心窝里头，它真有那么重要？”

说穿了，“秋水”始终在做没本的买卖，只不过以前大伙儿是跟着“打人王”在山上为匪，如今民国了，他们纷纷进城为盗。

自从“打人王”出家为僧后，红燕子便把山寨的人马接收了，组成“秋水”，当了瓢把子，被尊为老祖宗，但她一生钟情于胡玉斋，为了他，为了《授密歌》，不惜与杨家结仇，一斗就是二十多年。

可高铭远身份不同，他不是“秋水”的人，只是“秋水”的合作者，目的就只有一个，便是想得到杨家的《授密歌》。现在，他居然当面说，《授密歌》对他已没那么重要，红燕子不免警惕。

她咂摸着这话，说："倒也是，没有它，秋水照样干大事！"

"这话对撇了。"高铭远兴致上来后，眉飞色舞，"我这大半辈子，活得最爽利的就是闹义和拳那阵子，一呼百应，不管是朝堂，还是乡野，要风得风，要雨得雨，好不畅快啊！"

"可不是，红灯照一闹起来，咱秋水也水涨船高了。只恨慈禧心毒，把咱们当枪使唤，不称手就扔！"她说着，不免又动了气。

"算了，过眼云烟了，老太后不是还死在咱们前头！"

"那依你看，杨兆龙如今会躲哪里去？"

"山东境内怕是不会待了。"高铭远手抚胡须，"可以反过来推想，最危险的地方，往往又是最安全的。"

红燕子眼睛一亮："我知道了，要么是永年，要么是京城！"

"那也不一定！"高铭远道，"杨兆龙是个狠角色，敢出奇招。你如果用常人心思去猜测，只怕永远抓不住他的尾巴。最疯狂的躲法，虚晃一枪，最后还是躲回莱阳那个娘娘山里去！"

红燕子倒吸口凉气："姓杨的小子确实难对付，我已经约了老胡过来，待会儿咱们好好合计下。"

高铭远哼了声："他来，我可得先避一避了！"说着，果真下了床榻。

红燕子不禁摇头："何苦来？咱们联手也有些年头了，好歹给点脸面吧！"

"各取所需而已，也用不着顾什么情面，再说，我又不是你秋水的人！"他说着，双手往后面一背，"走了！"迈着方步出去。

"治贝子园"原是载治（溥伦父）的别业，不管是房舍的建造，还是花木的栽种都很讲究。武云随着武风出来后，被引去西北角的一处小院里，屋子早就收拾干净，被褥也是新的，桌上的茶具等物一应俱全。

早在接到武蕾传回的信后，这间屋子就准备好了。武云打眼瞧瞧，这可不像是一间囚禁她用的牢房，倒真有些回娘家的待遇。

她把包袱放下，过去将纸窗支开透透气。武风倚着门框，眼不眨地看着她。武云觉得他眼里有刺，浑身不舒服，转头道："我要歇歇，你回避吧！"

武风眼珠子一翻："你就用这口气跟我说话？"

武云不理他，只顾收拾东西。武风气得直哆嗦，踢了门板一脚，转身就走。

"你不把房门锁上？"

"老祖宗说了，你这是回娘家来，俺们得敬着你，宠着你！"武风说完，呸了一声，果然大步走了。

武云呆了会儿，才慢慢过去把门关上，心想，老祖宗怎会这么大方，真的对自己不加看管？透过门缝往外瞧，分明见到院外人影闪晃，登时明白了，说是不看不关，其实暗地里一直有人盯着。

过了会儿，武蕾来了，手里拿些糕点和热茶，两人坐下草草用了些。期间，她们悄悄咬了几下耳朵，果不其然，外头有人在盯梢。

武蕾走后，武云觉得全身疲倦，很快就睡过去。这一觉睡得很深很沉，也不知过了多久，恍恍惚惚地醒过来时，眼前一片漆黑，竟然入夜了。

她又在床上躺了会儿，想着白天发生的事儿，心知日后有日子熬了，想起兆龙和文定，不觉泪水又簌簌滚落。

外头也不见月光，从支开的窗户看出去，天上黑黝黝的，阴云密布。她爬起来，穿上鞋子，开门走到院子里，心想，不知道父子俩现在哪里，会不会也是这样看着天。要是有月亮的话就好了，一家三口都能看见……

想到跟儿子分开这么多天，心不觉隐隐作痛，眼眶又湿漉漉的。就在这时，屋里面突然火光一闪，猛地亮堂了。有人居然不声不响地进了她的屋。

武云吃了一惊，赶忙转回屋前，她不敢贸然进去，站在门口往里一瞧，见一个六十来岁的老者背着手站在桌前，身上穿一件青布长衫，胡子黑白相间。

这不是那个胡先生吗？记得以前见他时，都打扮成车夫模样，如今穿起长袍，人也高了一大截，显得更沉稳了。武云曾听兆龙说过不止一次，他如今最大的对手不是"秋水"，不是"老祖宗"，便是这个胡玉斋。

此人武功奇高，是杨慕侠的师弟，却对太极门、对杨家心存怨恨，为此不惜假死，隐姓埋名了二十多年。所以武云老早就知道胡玉斋的分量，此次回“秋水”，“老祖宗”那一关还好过，反倒是他最不易对付。

却没想到，他会选在夜深人静的时候来，更何况还是进一个妇人的屋子。这表明他行事没任何顾忌，什么男女授受不亲、瓜田李下避嫌之类的规诫全不放在眼里。武云不禁心里生出一股深深的惧意。

屋里的胡玉斋不出来，她也不进去，呼吸变粗了，时刻准备着回身逃走。这样子磨了一阵儿，胡玉斋终于发话了：“你别怕，我只想问你几句话！”

武云觉得嗓子眼一阵发涩，费劲地咽下口唾沫，终究是没有应声。

“兆龙他好吧，孩子还好吧？”

话声虽然温和，但不知怎么的，武云却听得心惊肉跳，好像他每问一句，都在诅咒。尤其是问孩子好否，更像是别有用意。

武云喘息着，竟然不敢跟胡玉斋目光相接，但光听不答也不成，只能勉强挤出几个字：“嗯，挺好的……”

胡玉斋慢慢点下头：“你不进来吗？”

武云不知该怎么说，便闭上嘴巴。听胡玉斋道：“外头黑咕隆咚的，屋里还亮堂些！”她心想，他在暗示自己，打开天窗说亮话吧？

他们就这样一个站在门口，一个站在屋里，有一句没一句地唠起来：“孩子，你跟我说，兆龙他会来接你吗？”

“会的！”

“没说啥时候？”

“没有。”

“那他应该离你不远，不然，哪能这么放心？”

武云没想到他会这么说，倒是一怔。她从来就没往这上面想。以她的意思，兆龙带着文定逃得越远越好，那样子才不会被“秋水”追到。

“要是不出意外的话，他如今可能已在京城了，离你不远！”

武云呆呆地望着胡玉斋，觉得全身发冷，颤声道：“我……我不知道……”

“你不会想到，这一道上，是被他护送着来的。看到你平安无事，他才会离开！”

这句话像惊雷一样在头顶炸响，武云不觉转头往左右瞧瞧，好像兆龙果真潜伏在周围。但夜色黑沉，像她心间一样不见光亮。再回过头时，她吓得尖叫起来，接连往后退了两步。

胡玉斋已悄无声息地出了屋，站到她跟前，脸上挂着怪异的笑容，脸上的每一丝皱纹似乎在笑，却让武云看得骨头发冷。

“兆龙一定跟你提过《授密歌》，也提过我，是吧？”

隔着这么近，胡的目光像有一种魔力，让武云无法抗拒，不觉点起了头。心跳如同敲鼓，越来越响，震得心窝都疼。

“《授密歌》你知道多少？”

武云摇摇头。

“他练的时候，你见过吗？”武云又摇摇头。

胡玉斋叹了声：“他还真是心里有你！你丝毫不知，反倒保全了自己！”

武云不知该说什么，觉得自己在这人面前赤裸裸的，连心里的想法都藏不住，这真是太可怕了。

“那就让我们赌一局！”胡玉斋猛地拔高了嗓门，“要是兆龙听说你被伤到了，关在这里生不如死，他情急之下，会不会找上门来？”

武云看到他眼里凶光一闪，便知道不好，尖叫起来，身子一晃，向旁边蹿去。但胡玉斋早料到她会往哪个方位逃，一伸手，抓个正着。

武云想反抗时，却已经全身酥软无力，只能像待宰的羔羊一般，发出呻吟声。却在这时，墙头上传来一声暴喝：“放手！”

一道寒光早射到跟前，胡玉斋抬手夹住，却是一柄雪亮的飞刀，这人的手劲不少，武功不弱。转头一瞧，一人从墙外翻进来，几个闪晃就蹿到跟前，他不禁恼怒地发出一声低吼，来者不是杨兆龙，竟然是武风。

武云也没想到大风会现身相救，惊得呆了。武风脸庞看起来扭成一团，眼神恶巴巴地说：“胡先生，你深更半夜跑我师妹屋里干啥？你，你也太不知廉耻了！”

话音刚落，噗的一声，墙外又蹿进一人来，老远就喊：“云姐，你咋了？”

武云听出是武蕾的声音，身子登时软得像面条，不是胡玉斋抓住她的手臂，整个人就会倒到地上。

胡玉斋看着赶来的两个人脸色不善，眼光一闪：“这是演的哪一出，英雄救美？”也不见他身形如何闪晃，已从武蕾和武风中间插进去。

两人靠得很近，他居然像纸片一样变“薄”了，轻飘飘地擦身过了。呼的一下，武风和武蕾只觉全身一片火烫，身子嗖地蹦起来，踉踉跄跄地跌出几步，好容易才站稳了。

再看院里，早没了胡玉斋的身影，武云却瘫在地上。武风赶忙去搀扶，却被武蕾一把推开，他恼怒地瞪着眼睛，气急地看着她们。

武蕾把武云扶起来后，笑嘻嘻地道：“大风兄，你献殷勤献得不是时候！”

武风呸了声：“要你多管闲事！”

“不过呢，你今天敢对姓胡的动手，也算一条好汉！”

武风哼了声，胸脯一挺：“老子本来就不差！”

“那好大英雄，深更半夜的你在这里多有不便，请吧！”武风被武蕾这么一逼，嘴上也不好再说什么，只得悻悻地离去了。

“治贝子园”晚上有不少巡夜的，他们听到后院有响动赶来时，恰好碰见胡玉斋飞身纵出来，刚欲拦挡时，那黑影猛地一闪，如离了弦的箭，眨眼就没了影儿。

夜空上阴沉沉的，乌云没有散开，遮蔽了月光，连星星也没见一颗。

胡玉斋跃出园子后，往前又飞奔了一阵儿才停下来。海淀这地方人烟不密，夜里更显得冷清，他凝目张望，突然喝道：“出来吧！”

身左不远是一片桑树地，显然那人就隐身于此，但胡玉斋这一嗓子却并没把人给喊出来。倒是惊出几只野鸟，嘎嘎叫着飞走了。

他冷笑数声，飞身而去，眨眼就不见身影。躲在暗处的人果然冒出头来，一溜烟地跟下去。却没料到胡玉斋再次折回，像只大鸟一样扑过来：“看你往哪里躲！”

眨眼间，两人已黏在一起，噗噗噗噗，他们像两股水浪，激打在一起。胡玉斋其实隔远一瞧此人的身法，便知道他是太极门的人，心中不禁一喜，杨兆龙果然已到京城。

接手数招，却又自惊疑，此人拳法好不老辣，内力极为深厚。两人的劲法自如地运用，倒好像是同门师兄弟在切磋。

胡玉斋越打越心惊，寻个空子嗖地蹿出去，喝道："你不是杨兆龙？"

"你才看出来？"这声音透着苍老。他脸上戴着一个大阿福面具，笑容可掬。

尽管夜色黑沉，但胡玉斋还是看清了，此人形貌活脱脱又是一个杨慕侠，不禁暗中打个哆嗦，冷汗登时簌簌滑落。心想，我早该想到，杨老大不会轻易被下了毒。

"师兄，你这招金蝉脱壳是跟我学的？"

那人突然哈哈大笑起来："老三，你把我当成谁了？"

这一嗓子，让胡玉斋心头豁亮："原来是你！"

"不是我是谁？"那人说着摘了面具，露出一张橘子皮老脸来，竟是徐雁北。

"可你的腿……不是瘸了吗？"

徐雁北嘿嘿两声："那是做给他杨家人看的！"伸手一拍胡玉斋的肩膀，他竟然没躲，任老二的手掌落下，"走，去你住的地方聊聊。这么多年，我可攒了不少话要跟你说。要是早知道你假死，早就找你去了！"

胡玉斋哈哈一笑："我被杨家逼得不敢露头，跟真死又有什么两样！"

"我也是！"徐雁北恨恨地道，"圈在那兔子不拉屎的地方这么多年，比你还惨！"

"咱兄弟这叫同病相怜！"

"好在杨老大死了，你又活过来，我这心思啊，也他娘的开花了！咱兄弟的苦日子，总算是熬到头了！"

两人便并肩往东南下去。眼看天色阴沉，他们害怕有雨，便不在此逗留。胡玉斋边跑边想，怪不得这些日子老觉得心不踏实，原来是徐老二在暗中一直盯着。

他俩上次见面，还是在杨慕侠的灵堂之上，当时徐雁北曾拉着胡玉斋出去，要好好畅谈一番。但他那时心思全在《授密歌》上面，只是敷衍了一下。可没想到这徐老二心并没见老，居然暗地里“重走江湖”了。

胡玉斋暗想，老二这些年只怕也一直惦记着《授密歌》呢。

后来，他们进到一个凉亭，前面有个水塘，蛙声阵阵。而月亮也从乌云里头钻出来，好歹有了些光亮。

“二哥，你几时到京的？”

“有个把日子了。老大一死，那禁武令就废掉，什么也挡不住我了，便跟着外孙他们来京城了！”

胡玉斋笑着摇头：“那玩意儿顶个屁用，杨慕侠就算不死，也挡不了你的路。我才不信你会那么老实，乖乖地待在乡下！”

徐雁北对他的直言也不以为忤，笑道：“不瞒你，杨老大在世时，我确实心存顾忌！好歹人家是掌门呢！”

“幸好他死了，哈哈！”

两人边说笑边往前走，面上嘻嘻哈哈，其实暗地里都戒心重重。

“老三，跟我掏句实底儿，你心里头还有我这个师哥吗？”

“你说呢！”

“出了那事，我心里可没底！”

胡玉斋嘿嘿笑了两声：“都过去这么多年，还提它干什么？”

“因为心里有疙瘩！”徐雁北拍拍肚皮说，“那年英王府事发，我被师父打断腿，本来他还要废了我武功，是我百般哀求，加上跟他杨家还沾亲带故，师父才没下死手，却也不能轻饶我，才下了那个禁武令，等于我是废了武功，不能再用它行走江湖！”

胡玉斋淡淡一笑：“我就说嘛，以前从没听过门规中还有禁武令一说，原来是为你新添的章程！”

“所以说，我心里头对师父还是挺感激的，腿断了能接好。要是武功废了，可就惨了。”

胡玉斋转头盯着他，慢慢展露一个奇怪的笑容：“这样的好处，我就摊上了。”

徐雁北一呆：“你被废武功了？”

"命都丢了，还说什么武功！"

胡玉斋虽然语气平淡，但徐雁北还是能从中听出那深深的恨意："老三，当年你到底出了什么事？师父往日里挺宠你的，就算是跟孟幽兰私奔了，也罪不至死啊！他能下得了狠手？"

"他要是真让我死了，还好了呢！我九泉之下都感激他老人家的恩德！"胡玉斋说着，朝永年的方向抱抱拳，"可他偏偏真废了我武功，因为我让师门蒙羞，更让他在英王跟前抬不起头！"

"我听老大说过，师父曾经跟一个叫桑万泉的侍卫去追过你？"

"没错，他们在五台山那边追到了我。你猜桑万泉为何要跟了去？"

"那指定是要盯着师父呗，他老人家不对你下死手，只怕在王爷面前也交代不过去！"

"才不是！"胡玉斋冷笑道，"桑万泉奉了王爷之命，要成人之美，把孟幽兰许配给我。"

徐雁北呆了呆，叫起来："大好事啊！英王还真是大度。他本来就宠信老三你，这么一来，算是顺水推舟，也保全了师父颜面，上上大吉啊！"

"可师父才不会这么想！在他老人家眼里，师门尊严比咱们的命要值钱，所以他跟我说，英王宽恕我，他可不成，还是要按门规来惩处，让我把他教我的东西还回去！"

胡玉斋说到这里，仰起脖子闭上眼皮，好一会儿才说："师父废了我的武功后，就带着追回的珠宝回去复命，孟幽兰带着我这个废人，就在繁峙县的砂河镇住下。她身上值钱的东西很快就变卖一空，可我还只能躺在客栈不能动弹，每天大碗大碗地喝苦药！

后来，客栈住不起了，她只得去租了民房住。这个女人，她自从进王府后，就没再受那苦累，有时候我故意发脾气，想让她走，但她就是不离不弃，陪着我熬着。

"这样子又过了两个月，眼看着连抓药的钱也拿不出了，她又不会干别的糊口，只能去茶馆卖唱。可在那样的一个镇子，能进得起茶馆喝得起茶、听得起小曲的客人也不多，何况我这身子还虚着，是个无底洞！"

胡玉斋说到这里，转头盯着徐雁北，"你猜，她能被逼到什么地步？"

徐雁北咽口唾沫，不知该怎么回答。胡玉斋眼里写满痛苦："老二，她居然背着我去卖身子！"

尽管徐雁北心里隐约猜到了些毛毫，但亲耳听他说出来，还是心头大震。谁说婊子无情、戏子无义，这个孟幽兰真是个好娘儿们！

胡玉斋长长吐了口气："那些日子她每天强颜欢笑，我尽管心里难受也只能忍着，故意装着不知情，这样子又熬了半年，我终于能下炕活动了。

可是我能下地了，幽兰却病了，得的还是脏病。我就是有钱花在她身上，也救不了她的命。更何况我早就山穷水尽！"胡玉斋痴痴地道，"我不嫌她脏，从来没嫌过，她快不行的时候，让我走开，我就紧紧抱着她，两天没出门半步。就那样看着她在我怀里一点点地咽了气。"

说完，他合上眼皮，两行泪终于滑下来了。徐雁北在旁瞧着，也自无语。

"葬了她之后，我人也死了一半，每天挣点钱就喝酒，灌得酩酊大醉。甚至于被地痞流氓欺负，也不知道还手。那时，我不恨这世上不公，只恨他杨家太绝情，直到有一天，被逼到绝路，我才猛然爆发，才发现自己的武功一点点恢复了。

"可是我那时的武功，别说去跟太极门斗了，随便一个镖师都能把我打趴下。更何况，杨家还有《授密歌》。杨慕侠习练了后，我更不是对手了。那些日子，我像没头的苍蝇，四处乱撞，好容易回到了邢台。

"我妹子见我突然回转，惊喜不已。我才知道，在这期间师兄弟们没一个来探望的，太极门里面再也没我这号人。倒是'打人王'和'红燕子'这几个黑道朋友反倒来过几次，却被玉清骂走。我听了这话，当真是欲哭无泪。在家里养了大半年，身子恢复了些，才赶去山东那边，跟'打人王'和'红燕子'碰了头。"

"就是那回，我传了他们太极拳，并约着一起组建'秋水'，要把这无本的买卖做大，不能只窝在山寨里边当山大王。"胡玉斋说到这儿，问徐雁北，"这些事你应该清楚，他们也没少找过你！"

"他们找是找了，可没说你还活着！"徐雁北摇晃着脑袋，"还是跟我别着心眼呢！"眼珠子直勾勾地瞪着胡玉斋，"老三，是不是你叫他们瞒着我啊！”

胡玉斋不应他的话，继续说：“我就是心不甘呢！难道说，天底下除了他杨家，我就没处学太极拳去？他杨东魁能三下陈家沟子，学得绵掌功夫，我又如何不能也照样混进去？可是，陈家沟的拳真不传外姓，更何况我这么一个被太极门除名的人。明着不行，我就来暗的。他陈家在外地开药铺，我便过去当伙计，帮着赶车拉药材，当起了马车夫，就这样偷着学拳，慢慢揣摩，一晃就过了十年！”

徐雁北这才恍然，怪不得胡玉斋的劲道要比杨家拳更刚猛些，原来是真的学了陈家拳。猛地又想起外孙兆麟他们说起过的事，杨兆鹰在成亲那天，曾经遇到过一个马车夫拦道，一招败了四个杨家小辈。

胡玉斋总爱一身马车夫的扮相，原来里面还有这么一段曲折。

“后面的事你大约也清楚了，十年熬下来，我非但武功恢复，还摸索到了陈家拳的精髓！可是，我还是比不过杨慕侠，因为他得传了《授密歌》。打人王曾经几次拜访过他，也试过手，但根本挡不了他一击，真他娘的丧气！”

徐雁北嘿嘿一乐：“得了吧老三，谁不知你是鬼精儿，既然瞅上了《授密歌》，拿不到手你是不会甘心的！”

“不甘心又能怎样？杨慕侠只把它装在自家脑壳里，我又没那能耐挖出来，只能做两手准备：一是让打人王在永年出家，接近杨慕侠；二来呢，我又跑到武当去，想从那些道士身上摸出点门道来，没想到……”

“没想到打人王当了秃驴以后，真的洗手不干了。你呢，在武当空待了几年，也是一根毛没拔着。可惜啊可惜！”徐雁北摇晃着脑袋说，从神情上看，有些幸灾乐祸的意思，“我听说，那一回老大去武当山，你半道上截他，两人还撕破了脸皮？”

“二哥你知道的还真不少啊！”胡玉斋微微一笑，“那回我确实很惨，被姓杨的逼着露了脸，只得以死谢罪。我算是想明白了，只要我一天不死，他杨家人就一天不安心，索性便成全他们！”

徐雁北叹道：“好一招金蝉脱壳！”

他们四目相对，突然哈哈大笑起来，胡玉斋甚至笑得眼泪都冒出来：

“老二我告诉你，装死好啊，当鬼洒脱自在，无拘无束。这不，我一装就过了好多年，真叫我人模狗样地活，反倒不习惯了！”

“他娘的，早知道这样，我也学你装死去，省得待在乡下，还一直被他杨家人盯着！”

“你也不错了，面上在乡下装老实，背地里坏事可没少做。这点你糊弄不了我！”

“可不是，咱们一个半斤一个八两！”两人又相视大笑起来。

胡玉斋笑着笑着，目光就变得犀利，像是要刺进徐雁北的心窝：“老二，你跟我来句实话！”

“嗨，嗨！我几时不说实话了？”徐雁北叫起了撞天屈。

“你几时起跟踪我的？”

“就这两天！”

“不对！”胡玉斋冷冷地道，“从老大死后的那一年，我就觉得有鬼，每次外出，心里总是不踏实，好像老有人偷偷跟着！”

徐雁北听他这样说，眼珠子鼓起来，猛地一拍大腿：“他奶奶的，我也是一样，老觉得背后有对眼珠子瞪着，原来不是你！”

“不是你我，那会是谁？”胡玉斋沉吟着。两人目光相对，都倒吸口凉气，“难道说，他没死？”

徐雁北不禁打个哆嗦：“老大该不会是学了你的金蝉脱壳吧？”

一时间，两人的呼吸都变粗了。周围夜色黑重，水塘里的蛙声一阵高似一阵儿，天上的乌云倒是薄了些，月亮半露出头来。

胡玉斋和徐雁北都想起来了，杨慕侠下葬时，他们已经双双离开，光是听说葬于祖坟，毕竟没有目睹。

“老二，看来我们得回永年一趟了！你敢不敢去？”

“怎么不敢！”徐雁北一瞪眼，嘴上这么说，目光却往左右巡视，竟害怕杨慕侠会突然站出来。

胡玉斋看在眼里，不免讥笑：“这时候你还怕鬼？就算他杨慕侠没死又能怎样，这世上还有谁能挡得住咱俩的联手一击！”

“是没有人能受得住！”徐雁北咧嘴乐了，“就算他练过《授密歌》，只怕也不顶用！”

两人说着，各出一掌拍在一起，这便算达成所谋。

两天后，他们果然回到永年，按徐雁北的意思，先找个地方歇歇脚再做道理。但胡玉斋不愿耽搁，还找来镢头等家什。

徐雁北见了脸色突变：“你拿镢头干什么？”

“不亲手打开棺材看看，你能安心？”

“那……也不至于挖他的坟吧？！”

胡玉斋冷笑：“我说二哥，你忘了这几十年的日子是怎么熬的？”

徐雁北一咬牙，不言语了。趁着傍黑无人，他们急步来到杨家祖坟处。入土七年，杨慕侠的坟子早长满青草，旁边的松树也高过人头了。

透过朦胧的夜色，两人看着矗立在面前的石碑，以及两侧杨云天和杨云鹏的坟茔，他们倒好像是在护卫着他爹。后头，杨东魁坟前的石碑最高，也像在帮杨慕侠坐镇。徐雁北和胡玉斋尽管胆大，但真的站在这里还是生出阵阵不适来。

挖人坟墓其实最阴毒不过，被视为下三烂的行径。徐雁北心里头尽管对杨家不满，但毕竟还没到挖坟的地步，所以到头来推三阻四，说什么也不肯动手。

胡玉斋可就没这么多顾忌，他一直把孟幽兰的死和自己遭的难算在杨家头上，往日的师门恩情早就被仇恨冲淡，抡起镢头刨下去。

不多时，杨慕侠的棺木就露出来，胡玉斋把镢头往地上一扔，转头道：“老二，现在你该动动手了吧？”

徐雁北故意装糊涂：“干啥？”

胡玉斋没好气地道：“劳您驾，过去把棺材盖弄开！”

“嘿嘿，老三，俗话一客不烦二主，还是您辛苦点吧，师哥我胆儿小！”

胡玉斋斜了他一眼，蹲下身去，用手在棺材盖拍了几下，用两根手指将一根长长的“寿钉”拔出来。之后又将四个销启开，用力一推，棺材盖发出咯吱咯吱闷响，慢慢挪开了。

徐雁北早抻着头查看，天虽然黑下来，但以两人的眼力还是瞧个清楚，里面空空如也，并不见杨慕侠的尸骨。

徐雁北的冷汗簌簌冒出来，这老大果然没死，怪不得这些年自己老觉得背后有双眼睛盯着，原来是他！想到自己跟老三一道前来，只怕早被杨慕侠盯上了，说不定眼眉前他就在暗处猫着呢！

这么想着，身子开始哆嗦起来。胡玉斋却强自镇定，打燃了火折子，光噗啦一闪，倒是把徐雁北吓了一跳。借着火光，两人瞧得清清楚楚，棺材里虽然没有尸骨，倒是有一张对折的纸。

“这是啥玩意儿？”徐雁北心头一跳，跪下身去，伸手就抓，却被胡玉斋一把抓住手腕子，“你抓着我干啥，放开！”

“怎么，师兄想跟我动手？”

“嘿嘿，动手我也打不过你！”徐雁北讪笑着，只得慢慢把手缩回来，他第一眼瞧到那东西，便想到了《授密歌》，姓杨的竟然把它带进棺材里了？便见胡玉斋转头看向自己，火光下，脸上写满嘲弄：“师兄，你想这会不会是《授密歌》？”

徐雁北没想到他会直接挑明，打个愣神：“我，我怎么知道？”

“照我看，肯定不是！”

“这，这可说不准……”

“你以为他会那么蠢？”胡玉斋用鄙夷的眼神看着徐雁北，“你好好想想，他杨慕侠为啥要弄这么张纸放在棺材里头？”

经他这么一敲打，徐雁北才清醒了些：“会不会老大早就料到有这么一天，咱们会来挖他的坟，就事先在里头放这么个玩意儿？”

“嗯，这话说到点上了！”胡玉斋指着那张纸说，“他倒有可能弄个假《授密歌》当诱饵，引咱们自相残杀！”

徐雁北一凛，点头道：“老大有这个狠劲儿！”冲着胡玉斋一笑，“老三，那还是劳烦您拿它出来吧！”

胡玉斋也不客气，伸手把火折子塞到徐雁北手里，一弯腰把那纸张拿出来，借着火光打开一瞧，见上面写着两行字：“太极门里起大风，安身地下学曹公。”

这自然不是《授密歌》，徐雁北大失所望：“这他娘的说的啥意思？”

“其实也不难懂。杨慕侠早料到太极门有一天会生出风波来，故而他死后学了曹操！”

“跟那奸贼学什么？”

“曹阿蛮死后，不是造了七十二座墓嘛，怕的就是被人掘坟。”

徐雁北恍然大悟：“敢情老大不是葬在这里？”一皱眉，“那他到底是真死假死？”

“不好说，照纸面上的话来看，他是该葬身于地下。可是，假死后隐姓埋名，一样算是安身地下。”

“没错，杨老大才不舍得早死，把家业一股脑丢给他孙子呢！”

胡玉斋却突然咦了声，指着棺材的“帮”说：“那上面好像有字！”

徐雁北手里攥着火折子，往前一晃，果真瞧见两边都写有字，心想，只怕这才是真的《授密歌》，赶紧探出身子，用火折子去照，却见上面用朱砂写着一个个“杀”字，除外没有别的，便知道不妙。

可是已经晚了，后心重重挨了一掌，人一头栽进棺材里头。火折子登时也压灭了。徐雁北一口血呛出去，只觉五脏六腑翻了个，又搅在一块儿，疼得全身直哆嗦。

他挣扎着，咬紧牙关好容易才翻过身来。但胡玉斋又一记“击地捶”砸在他胸前，咔嚓一下，锁骨碎裂。

徐雁北一张嘴，又喷出一道血花，再也没动弹的力气，只是瘫在里面呼哧呼哧喘着。胡玉斋缓缓收势，长长吐了一口气，转头看向东天的那弯斜斜的蛾眉月。

坟地四周一片沉寂，唯有徐雁北粗混的喘息在响。胡玉斋看着那月，发出一声长叹，方才转过头来，语气居然有些哽咽：“老二，你早该想到会有这么一天。不是你蛊惑我，打那英王府财宝的主意，我和幽兰也不会私奔，她也不至于受那苦，把命送了！”

徐雁北眼珠子暴突，喉咙里咕咕响着，却是一句话也翻不上来。手指甲抓得棺材板哧啦作响。

“二师哥，我跟你说句实话，老大的坟我两年前就掘了，他真的没死，早躲了。纸和字是我留下的，为的就是今天好腾个窝让你住着！”

徐雁北咕的一声，又吐出一口血来。手指挠木板的声响越来越小了。

“二哥，别恨我，我容你活了这么多年，也够意思了！”

徐雁北终于咽下最后一口气，身子像烂泥一样，慢慢缩进棺材里去。胡玉斋摇摇头，心说，老二从前最爱学老大那副德行，抽水烟袋，穿戴一样，走路也像，没想到末了还睡了人家的寿材，真是造化。

他蹲下身去，把那张“太极门里起大风，安身地下学曹公”的纸轻轻放在徐雁北的身上，心说，杨老大还是毛糙了，要是早在棺材里弄副尸骨在里边，我可就真被瞒过了。

把棺材盖拉上，将“寿钉”一一砸下去。他开始拿起镢头往里填土，临来时，徐老二死也没想到拿这家什是为了埋他。想到这里，胡玉斋忍不住想笑，觉得这一路演戏，演到高明处，自己都觉得真了。

把坟墓填好后，他终于忍耐不住，果真哈哈大笑起来。可是笑着笑着，又呜呜地哭出了声。他把镢头往远处一甩，嘶吼着：“幽兰，幽兰……”

胡玉斋狂啸着，飞快地往前奔去，像幽灵一般很快就融入了黑沉沉的夜幕中。

武云回到“秋水”后，在“治贝子园”里一住就是年半。丈夫没来找过她，她也没试着逃走，“老祖宗”也从不为难她。但两人间还是暗地里赌一口气，红燕子认定杨兆龙抛弃了武云，她却坚定丈夫定会出现，只要他某一天完全解开《授密歌》里的那个“死扣”儿。

只要是在京城，武蕾便会陪在武云身边，怕她想孩子难受。武风时不时也会在门口转悠，他为人虽然阴狠，倒也并不龌龊，武云不请他进来的时候，便只在外面张望。

从莱阳的娘娘山出来时，武云身上除了几身换洗衣服外，只带了一样好东西——香粉。那是她在山里时，采集野花和一些药草晒干后磨成的细粉，沐浴之后，用它抹身子，会经久散发出一股幽幽的花香。听说，这还是杨兆龙在宫里头时得到的秘方，慈禧太后驻颜有术，也多亏了用这玩意儿熏身。

武蕾极喜欢这香粉，两姐妹便分来用。那些从山里带来的很快就用完，之后武蕾就出去采摘了些野花瓣，她们像当年跟绿娘学着调制梨膏桃羹那样，细心地磨制成粉。弄得多了，送些给“老祖宗”，她也很喜见，以后她们就更是常做了。

深秋的一天下午，一个货郎挑着担子来到“治贝子园”外头，高声叫卖。门卫要赶他走时，他分辩说有人叫他来的。门卫问他是谁。货郎说了那人的形貌，还说给了他定钱，让他来庄园找一个叫武云的女人。

货郎很快被拖进了庄园，武风亲自审问，虽然到最后他并没吐露多少有价值的东西，但能确定的是，这人是在替杨兆龙传递口信，因为给他定钱，让他来庄园的正是前朝的二总管崔玉贵。至于这个老太监跟杨兆龙之间的交情，“秋水”早就摸得门儿清。

货郎给武云带来的那句话是：“他烧了一道菜，好看又中吃！”

从这句话里看不出什么玄机来，但武云听了后，却是热泪盈眶，她知道丈夫终于解开了那个套儿，这意味着他们一家三口很快就能团聚了。

可对于杨兆龙的隐身之地，却还是个谜。红燕子找来高铭远商议，那人沉吟片刻，便断定杨兆龙此时还是在干他的老本行——厨子。

“秋水”的人马上将此信传出去，目标定在各大酒楼里。武蕾和别人不同，又去杨兆龙从前在会贤堂认识的人里找线索。可是，这么多年过去了，不管是他的师兄吕良，还是好友来宝，都没他的音信。

崔玉贵那边牙口最硬，武蕾使尽了法子，也没套出什么线索来。倒是武云无意中说的一句话，让她留了心。武云说，在会贤堂时，兆龙跟四个人最要好，可惜卫璜和老秤砣过世了，如今只剩下肥四和来宝。

来宝一直在“秋水”的掌握中，反倒肥四被疏忽了。因为他很早以前就离开京城，回到福山老家了。武蕾探听到他是胶东人时，心头巨震，当初杨兆龙可不就是奔着莱阳的宋家去的吗？他带着儿子文定从莱阳逃走后，离得最近的、可投奔的不正是肥四吗？她把这事儿跟红燕子一说，“老祖宗”也有些情急了，赶紧派她和武风一道火速赶往福山。

谁想，肥四竟然去世了。不过，他生前跟烟台的宋启云和宋文鼎父子也有来往，也就是说，胖厨子跟杨兆龙的联系一直不曾断了。

很快，烟台附近的酒楼都被寻遍了，并无杨家父子的踪迹，但武蕾同时也探听到，肥四有个表兄弟在上海开一家齐凤楼，他们来往尚属密切。

武蕾心里一动，暗道：抓到你了，杨兆龙！

她为何这么断定，也跟刘兆鸣从太极门那边传过的消息有关。如今杨家再也不能像往日那样依附权贵了，杨兆鹰已面向大众公开传授太极拳，使得杨家传人越来越多。

两年前，他还曾受袁海之邀，去保定陆军学校当过一年多的教官，后来因为发生军士互殴事件，他愤然辞职，带着几个得力弟子辗转往南去了江苏一带。

上海那边也有杨家弟子开设拳馆，几次邀请杨兆鹰前去主持大计。这位太极门的现任门主觉得为今之计，杨家徒守着京城一带委实难以施展开拳脚，不如去那享有“东方冒险家乐园”的上海滩闯荡闯荡。故而近日也捎信给留守京城的刘兆鸣，他将于来年春天去上海，盼他到时也前往会合。

武蕾正是从这些消息里不免咂摸出味道来，杨家弟子都准备往上海去，那杨兆龙指不定早先一步过去扎根了。

他不是说过嘛，时机成熟后，会跟“秋水”好好清清账。看来这个擂台不会设在北京，而是会在上海。想通了这一点，武蕾大为激动。

这一回，她没有叫上武风，而是独自一人潜入上海滩。“秋水”在那里也培植了势力，跟当地的青红两帮都有交情。她很快就跟斧头帮帮主谢东云碰了头，请他发动帮众，帮她将杨兆龙从上海挖出来。

她可没想到，事情会进展得如此顺利。武蕾第一站去的地方便是肥四的表兄林掌柜开的齐凤楼，可巧就碰到了文定，如今他已是八岁了。过去了近两年，武蕾又女扮男装，这孩子并没认出她来。

几天下来，她很快就摸清了杨兆龙的情况，也看出林掌柜的女儿林凤对外号阿木的他有好感，很想做杨家的媳妇。但林掌柜和儿子林宝都极力反对，外号小木头的文定也不想他爹跟林凤走得太近。因为他有娘，只是武云出远门，不知道哪天才能回来。

武蕾将消息传回“秋水”后，并不急于接近杨兆龙，怕的是打草惊蛇，而是施展手段，去致柔拳社学太极拳，并如愿跟林宝成了师兄妹。

林宝对她很快产生了好感，认识没几天，便提出带她去齐凤楼吃大餐，并将阿木的厨艺夸上了天。武蕾倒有些担心杨兆龙会不会认出自己来。虽然说，那次她去莱阳娘娘山的时候，没跟他照面，但不敢担保自己跟武云聚头时，他会不会在暗中窥伺。

十几年前，她倒是跟杨兆龙见过几面，但女大十八变，自己如今早不是先前那副稚嫩相了。这位阿木如今怕是难把她跟“秋水”扯在一块儿。更何况，武蕾有一项长处，最善于学方言，虽然来上海没几天，一口软糯的话却说得有模有样了。

果不其然，杨兆龙没有认出武蕾来。这样子，她就放宽了心来谋划布置，一面静待后援赶来。

武风带人手来上海后，他们很快就制订出计划，杨兆龙自修炼了《授密歌》后，自然更难对付，但他有一个致命的弱点，便是儿子文定，只要把孩子弄到手，不怕他不乖乖就范。

计划如期进行。那天早上晴空日照，没任何反常迹象。厨师阿木照旧早起弄好早点，看着小木头吃罢，便送他出门上学堂。

一路上，父子俩说些闲话，期间小木头又问起他娘什么时候会来上海。阿木敷衍说快了快了！到学堂门口，他又叮嘱小木头用心读书，先要学好文，然后再练武。看着孩子一蹦一跳地进去，阿木竟有些不舍。

临近中午时，武风尾随斧头帮的刀疤等人来到齐凤楼，他掏出一封信，让帮众去交给阿木，之后就守在外头，查看动静。

其时，女扮男装的武蕾已守在学堂门口，小木头跟一帮小孩出来后，她便迎上去，谎说要接他去玩，将小木头拐走。

斧头帮的人大闹齐凤楼，阿木起初不想暴露身份，后接到“秋水”的那封信，知道行迹暴露，马上施展出绝世武功，瞬间就将一干人击倒在地。他担心小木头出事，一冲出酒楼，便向学堂附近奔去。

但武风早就候在外头，隔远瞧见阿木过来，起身拦挡，两人在巷子里交起了手。武风向来狂傲，自认武功不弱于对手，岂料竟然没在阿木手下逃过两招。不过，经他这一拦挡，武蕾还是顺利地带着小木头上了一辆黄包车，直奔码头，将小木头交给“秋水”的人，带他火速离开上海。

武蕾却留下继续周旋。她自信能瞒得过杨兆龙，还故意绑架了林凤，想让他顾此失彼。却没料到，武云配制的花粉香气让她暴露了身份。她才知道不该小瞧一个厨师的鼻子。更别说，杨兆龙还是那样一个警觉的隐世高手。

武蕾自悔之余，心头少不得又对他生出几分敬佩之情。云姐果然没看错他，这男人确实要得。他敢约着“老祖宗”在上海当面做一了断，这分豪气便叫人心折。不过，太极门虽然在上海滩有些势力，但“秋水”同样在此地的黑白两道扎得根深，他有什么仰仗，敢这么硬来呢?

仅仅是因为他修炼过了《授密歌》? 不对，要真是那样，当初在莱阳的娘娘山里他就不用避了。武蕾思来想去，就是猜不透杨兆龙的心思。不过，有一点可以肯定，小木头的被掳确是也让他无路可退。

可以想见，他日“秋水”和太极门的对决，必定会在上海滩掀起惊涛骇浪。正如杨兆龙说的那样，相隔了三十多年，这场恩怨也该有个了结了。

1920年的暮春，大上海到处洋溢着浮华气息，使这个华丽的南国大都会从骨子里透出一股沉迷来，这跟北京时时冒出的古朽气息形成鲜明对比。

刘兆鸣在三月二十三这天到了上海。三兄弟见面，自然是百感交集。兆鹰这些年虽然不在京门，但跟兆鸣每年还是能见上一两面，兆龙就不同，一避就是七年之久，这次再聚首，人都过了中年，面目上皆有沧桑之色。

兆鸣跟兆鹰兄弟相称，但他跟兆龙却是从十来岁就玩出的交情，期间有过嫌隙，但早已磨合好了，此次见面便格外透着亲。

在致柔拳社，一壶茶喝得爽心，往昔岁月的那些事由三人口中轮流提起，品咂、咀嚼，最后又在这款款叙谈中慢慢淡下来，像水中的茶叶失了色、沉了底。

之后几天，不断有人造访致柔拳社，除了斧头帮的谢老六派人送来帖子外，其他黑道都有人来，甚至于华人探长也露了一脸。他们来的目的不外乎是一个，受了“秋水”之托，来索要武蕾的。武蕾被识破身份后，一直被关着。

虽然他们言辞客气，但拳社上下人众还是感到无形的压力。太极门这些年在上海滩也经营得不坏，政商两界的名流多有习练杨氏太极拳的，势力也不容小觑，故而双方的接触也带着几分小心。

与此同时，太极门和“秋水”的人马正源源不断地从四面八方赶来。便在刘兆鸣到上海的第二天，兆麟和兆虎兄弟也到了。他们原先也在京津一带授拳为业，只是因为外公徐雁北去年突然下落不明，故而一直在外寻找，但却是一点儿音信也不见。只记得老头子是来京城后失踪的，以他的武功阅历，应该不会轻易出事，更何况他几十年没在江湖走动，也没啥情仇恩怨，但偏偏人就凭空没了影，像是羽化成仙了。

应该说，兆龙和兆鹰对徐雁北还是有些戒心的。这位外公在杨慕侠去世那天，跟突然现身的胡玉斋沆瀣一气，颇有在太极门夺权的意思。而胡玉斋装死多年，暗中一直跟“秋水”勾结，无疑是太极门最难应付的人。

可巧的是，徐雁北一失踪，胡玉斋也再无音信，这不免让兆麟和兆虎怀疑，外公的事是不是跟他有关？但不管是在京城，还是在永年、邢台，他们都没发现什么线索。

得知兆龙在上海现身的消息后，他们同时也接到太极门的召集令，身为杨家嫡系子弟，他们不敢耽搁，火速赶往这个浮华的东方冒险家乐园。

这班从小一起长大的兄弟，相隔这么长时间再见，自然倍感亲善，有说不完的话要唠。加上吴氏太极拳的吴清泉、螳螂门的宋文鼎等人，致柔拳社空前热闹。

自然，跟“秋水”之间的较量是重要话题。现在摆在他们眼前的便是如何处置武蕾，她已被关在这里几天了，外面山风阵阵，大多是冲着她来的。

以兆麟他们的意思，武蕾是现在己方手里仅有的牌，万万不可轻易交出去，那样子非但没了要挟对手的棋子，还落了太极门的威名。

但兆龙却并不这么想，因为他这次现身，不是为了横刀立马地跟“秋水”正面冲突，而是要化消太极门跟“秋水”之间的怨恨，为了和，不是为了裂。身为掌门，杨兆鹰也旗帜鲜明地站在他这边。杨慕侠早在退隐前，便叮嘱过他，阴阳不应对立，而要相济。

武蕾被关在致柔拳社的二楼西头的房间，窗户外面镶着铁栅栏，她也没遭绑，只是外门上了锁。兆龙打定主意后，看到了午饭时间，便亲手端了吃食给她送去。

武蕾原本盘腿在椅子上打坐，听见门响才睁开眼，瞧见是他进来，有些意外，但看到托盘里的饭食，两样精致小菜、一碗汤、一碗白饭，散发着诱人的香气，不觉食欲大动。

待兆龙转身看窗外风景时，她就坐过去大嚼起来，连夸好吃。她对兆龙已无恶感，百忙中还不忘问他一句："喂，是不是你亲自下的厨啊？"

兆龙不答。武蕾吃完后，擦擦嘴巴，又问："门都不关，你不怕我跑了？"

兆龙笑笑，转过身来："不用跑，你可以慢慢走出去，没人拦你！"

武蕾狐疑地盯着他看了会儿："喂，你到底在打什么鬼主意？是不是前头放，后头跟啊？"

"我何必费那劲？这些年一直都是你们秋水在找我！"兆龙淡淡地说，"据我所知，你们的老祖宗已到苏州，武云也陪着来了！"

"你的消息倒是挺灵通啊！"

"为了今天，我都避让七年了。没有安排好，我拿什么跟秋水赌这一局！"

"口气还真不小！"武蕾围着他转个圈子，"实话跟你说，凭太极门在上海这点本钱，想摆平'秋水'只怕还办不到！"

"我知道，在上海滩这地方，青红两帮、工部局都有你们的人。大家一旦斗狠，少不了会有损伤。所以我想请你回去跟'老祖宗'说一声，和而不同，才是君子所为。太极门和秋水犯不着兵戎相见！"

"听你这意思，倒像是在托我说情，服软了？"

"我没说过杨家人要低头。眼眉前，就是请你当回信使！"

"那你未免把我看得太高了！"武蕾笑道，"我这身份，还退不了青帮的兵！"

"这你不用担心，我自有安排。"

"你是指望翁杰从山西赶来替你当和事佬吧？"

兆龙听武蕾一言挑明，大为惊诧。武蕾得意地道："我追了你这么多年，对阁下的底细可是了如指掌。你在刑部大牢时跟他结下换头的交情，凭着这个，翁杰是定会陪你赴汤蹈火的。"

"凡事和为贵，这便是我的真心话！"兆龙一抬手，"请吧。"

"那你就不管小木头了？"

"你不是说他早被带离上海吗？也到苏州了吧，能跟他母亲在一起，也蛮好！"

武蕾饶有兴趣地打量他："你倒是真能看得开！三转两转的，倒叫我恨不起你来了！"她背着手在屋里面走了一圈，突然嘻嘻一笑，"那我还不走了呢！"

兆龙一怔，武蕾懒懒地伸了下胳膊，笑道："好容易盯上了你，哪能说甩手就甩手？再说，这里有吃有喝，我享受着呢！这叫请神容易送神难！"

兆龙被她弄得啼笑皆非："就算看在武云的面子上，你也该走这一趟！"

"好的姐夫，话都说到这分儿上了，我要是还赖着不走，就有点不识相了！"武蕾装模作样地一抱拳，"可我有个条件！"

这声姐夫叫得他心头一热。在兆龙印象中，这武蕾从小就对自己凶巴巴的："你说。"

"找个妥实的人跟我走一趟，"武蕾目光一下变得温柔，"让他亲眼瞧瞧云姐和小木头，你也安心！"

兆龙不觉有些感动，说声谢谢。心里盘算着，到底该叫谁跟去呢？兆鹰身为掌门自然不能去，兆麟和兆虎一个冲动一个口拙，看来，也唯有兆鸣最合适了。

下去找到刘兆鸣一说，他吃惊不小，要武蕾回去不是秘密，可让他一起跟着去见"老祖宗"有些蹊跷。但从兆龙的神情上看不出什么异常。

两人找个僻静处，兆龙小声叮嘱着，此去见"秋水"那人，不为争强，要能忍能装。他心知，武蕾既然开口说了那话，就定会找空让兆鸣跟武云见上一面，这可是千金难得的机会。

兆鸣听他这一说，心头释然，拍拍兆龙肩膀："放心好了，我会见机行事的！”

这样，当天上午兆鸣便陪着武蕾去上海南站坐上火车，赶往苏州。直到火车拉响鸣笛，慢慢开动了，武蕾才低声问他：“怎么会叫你跟我去见老祖宗？”她担心“武颠”的身份被揭穿了。

但刘兆鸣可不这么想，真要是被杨家看穿的话，反而不会做得这么露骨了。所以他笑笑说：“这些弟兄里面，他还是最信任我！”

武蕾听了一笑：“那他是有些可怜！你是有些可恨！”

“什么恨不恨的，”刘兆鸣叹了声，“但愿这次能好好做个了断，日后咱们都不用再偷偷摸摸的！”

武蕾对他很是同情：“武颠，你是不是早受够了？”

刘兆鸣苦笑：“不说了，说多了心更累！”把头往后一仰，合上眼皮养神。

车厢里人声繁杂，不多会儿列车员便过来检票了。武蕾手指一勾，把兆鸣手里的票也拿过来，连同手心里中事先写好的纸条一起递给那人。

列车员撕掉票根后，再交到她手里时，纸条已不见了。这期间，刘兆鸣目光从眼缝里往四周扫了一圈，没看到周围有什么异常。

他知道，“秋水”那边很快就会接到消息，做好安排。果然，车到苏州后，站口已有四个精干的英俊青年在候着了。他们都穿着藏青色的中山装，骑着自行车，待兆鸣和武蕾上了马车后，便紧跟着往沧浪亭方向去了。

兆鸣还是头一回到苏州，一路上见房舍精致，桥多船多，加上有些朦胧雨丝润着，人果然如在古典画卷中游荡。

在街巷里拐了也不知多少个弯儿，终于在一片临河的宅邸前停下。兆鸣跳出车篷，见门口门里照样有不少穿中山装的年轻男子守着。心说，老祖宗这次是把“秋水”的精锐都带过来了。

武蕾一下来，不少人就围上去，一声声姐叫得亲热。但没人识得兆鸣，个个还对他抱有敌意，因为他是太极门的人。武颠的身份没几个人知道。屈指算来，知道底细的，也不过是红燕子、高铭远、武风和武蕾四个，就连武云也一直被瞒着。

这栋大宅院名字就叫“秋水”，前后五进深，各主要院落里都种柳树，假山、荷池和芭蕉各尽其妙，蜿蜒曲折的游廊将所有的房舍连通起来。一方莲池横穿了中间三处院落，里面养着数百尾金鳞鲤鱼。

他们走到第三道门时，武风已在那里候着了，也不多话，只朝他们点点头，转身带他们进到客厅。那是四间朝南的正屋，墙根种了芭蕉和瘦竹，中间是两块形状奇古的太湖石，自有一番不俗的气度。

红燕子身上穿了青白色的绸装，上面还绣着淡淡的竹影，正捧着一杯香茗在品，见武蕾和刘兆鸣进来行礼，笑着抬抬手：“免了吧！”

武风还想进来一起听听，红燕子朝他使个眼色：“你到外面瞅着，谁也不能进来！”他只得转身去了。

红燕子这才笑问两人：“你们知道我刚才在寻思什么？”

武蕾笑了：“老祖宗的心思如海，我们咋能猜得到？”

“滑头！”红燕子嗔骂了句，目光落在刘兆鸣身上，“武颠，你说说看，杨兆龙为何会派你过来？”

“老祖宗放心，我没暴露，这事儿我们在路上早琢磨过了！”当下，两人就把因由说了。

红燕子点点头，又问：“那依你们的意思，他是真的服软了？”

“是，杨兆龙如今也没别的出路了！”

“这可说不准！”红燕子还是不敢掉以轻心，“杨慕侠可是只老狐狸，他挑来选去，末了会弄出这么个㞞包来丢人现眼？”

“杨兆龙可不是㞞包！”武蕾提醒，“老祖宗别忘了，他杨家最拿手的功夫便是以柔克刚！”

“所以我才怀疑这小子在玩阴的，面上示弱，暗地里却另有打算！”

刘兆鸣沉吟着：“他是没闲着，太极门也在召集人手。不过，看杨兆龙和杨兆鹰的意思，他们并不想跟咱们‘秋水’血拼，而是想跟天下人做一个交代。”

“这话怎么说？”

“杨兆龙此次现身，要做的最大一件事便是准备把《授密歌》公布于众！”

红燕子的目光一盛，直勾勾地射进刘兆鸣脸上："这话你也信？"

这件事武蕾从未听杨兆龙当面说过，之前在火车上武颠也不曾透露，是以听了也吃惊不浅。要知道，杨家握有《授密歌》三十多年了，从未传于外人，据说是碍于一句誓言，不得私传，可杨兆龙如何就能敢把它公布于众？难道那句毒誓失效了？

"老祖宗，此事何等机密重大，我要是不确定，也不敢胡乱说出口。"刘兆鸣正色道，"昨晚给杨兆麟兄弟接风，杨兆龙亲口说了这事，应该错不了！当时，我故意提起那誓言。他说，他已经破了那句毒誓，可以不受它的禁忌了！"

"好！"红燕子轻轻一拍巴掌，"不枉从小把你送进杨家，吃了这么多年的苦！武颠啊，此番能拿到《授密歌》，你可是立了首功！"

武蕾歪头想了想："话是这么说，那《授密歌》也不一定是给咱们'秋水'的！"

红燕子冷笑："不给秋水，他放你回来干什么？"

"他是怕老祖宗难为云姐和他的孩子！"

"快也别提他们，我烦着呢！"

武蕾和刘兆鸣没想到老祖宗会当场"翻脸"，都感到意外，只能闭上嘴巴。他们不开口，红燕子倒是忍不住又说了："武云这个死丫头哪都好，就是一根筋，跟我二十来年尽心尽意的。可跟了那个姓杨的以后，也是死心塌地，你们说说，她是不是香臭不分？"

武蕾笑道："云姐本就是个实诚人！"

"这丫头我从小看着长大的，情分不同，她一时糊涂，我咬咬牙也就忍了！可那小木头是杨兆龙的种，我见了本该恨得牙痒痒，谁想，这小东西也不知道从哪里学的乖巧，一见我面儿就哇啦哇啦直叫外婆。骂他几句吧，也不当回事，还嬉皮笑脸地直跟我逗乐，叫我这脸皮怎么也板不下来了。"

兆鸣和武蕾听了都瞪大眼睛，敢情红燕子心里不是恨小木头，而是喜欢这种绕膝承欢的感觉，只不过嘴上不承认罢了。难道说，这就是老话说的隔代亲？

“这不是挺好吗老祖宗，”武蕾笑嘻嘻地道，“我要向您道喜了！”

“什么喜不喜的！”红燕子嘴上这么说，脸上却泛开了笑容，对刘兆鸣道，“你回去跟杨兆龙说，这孩子我看上了，日后就让他留在秋水吧！”

“那《授密歌》的事……”

“过几天，我会叫人去下书的。他太极门跟我们秋水斗了这么多年，就等着最后将军了，不搞出点大动静来怎么成？”

“是！”刘兆鸣答应着，转头看向武蕾。后者立时明白了，道：“老祖宗，杨兆龙临放我来时，特地嘱咐，让武颠来瞧瞧云姐和小木头。”

红燕子目光在刘兆鸣脸上一扫：“想叫你暗中传话啊？”

“不管传什么话，都会先进老祖宗的耳朵！”

红燕子听刘兆鸣这样说，笑了：“快去快回，你现在的身份还是太极门的人，就不多留你了，免得姓杨的起疑心！”

刘兆鸣答应着退出去，武蕾正要跟着一块去看看武云，却被红燕子喊住：“让武风带他去就行了！”

武蕾说声是，问老祖宗还有什么吩咐。红燕子起身，围着她转个圈子，武蕾觉得全身都痒痒起来，脸红耳赤：“老祖宗，您这是干啥？我脸上又没长花儿。”

“丫头，我人老心可不老！”

“老祖宗，我不明白您什么意思？”

“你这趟回来心肠软了，是不是跟武云一样，也叫姓杨的诓骗了？”红燕子说着，眼里露出凶光，“我这心被武云割了一刀，生疼，疤还没好呢，伤不起了！”

武蕾扑通跪倒：“老祖宗，我敢对天发誓，绝没做对不起您的事儿！”

但红燕子依旧面无表情：“话好说，人难做啊！”

武蕾一咬嘴唇：“我知道了，一准是武风在您老面前搬弄是非，自从发现杨兆龙从莱阳到上海，一直都是我在主事，他肯定心里不痛快了！”

“武风是毛病不少，可我只取其忠。”红燕子道，“我们今天只说这个忠字。”

“老祖宗，我真没做出背叛您的事，要不，您把我的心挖出来瞧瞧？”

“但愿你心口如一！”红燕子叹了声，“起来吧！”

武蕾这才委委屈屈地站起身，又听老妇人轻声道：“你说，武颠在杨家生活了二十多年，会不会心肠也软了？”

武蕾又是一惊，至此方才明白，红燕子怀疑自己并非受了武风的蛊惑，而是她突然被杨兆龙放回来，而且是跟刘兆鸣一起回来的。这事说起来确实蹊跷。

武风引着刘兆鸣出了门后，踏着曲桥，走去西北角。快近中午，但天有些阴沉，铅块样的黑云把太阳遮盖了，有血红的光线从云隙里透出来，射在庭院里莲塘里，逗引得金鱼泼剌乱跳。

不远处有八角形凉亭，飞檐下挂着的风铃被风吹得叮咚有声，煞是好听。听武风道：“这人一上年纪，心肠就软，老祖宗这几年真没什么煞气了。”

刘兆鸣故意装作没听见。武风又道：“武颠，我不信姓杨的真想服软，他肚子里到底卖的什么药？”

“服软说不上，他倒是真有意跟老祖宗和解！”

“那小子从小就跟咱们斗，又不是不知道他的底细，最狡猾不过。你和老三可要小心了，别中了他的套儿！”

刘兆鸣淡淡地道：“我都活到这个岁数了，还不曾被人骗到。”

武风听了不禁冷笑：“你敢说，这次太极门的人没跟踪来？”

“怎么没有！”刘兆鸣举起两根手指，“杨兆鹰至少派了两帮人马，光我知道的，便有两人跟在我们后面上了火车；另一路，据说会从南京赶到苏州会合！”

武风呸了声：“我就知道，他杨家不会这么轻易把武蕾给放回来！”

“你也不用太放在心上，他们不派人跟踪才不正常呢！”

“那几个小子的落脚处呢？”

“你要想知道，待会儿暗地里派人盯着我就是。不过，我劝你还是别打草惊蛇的好！”

武风冷笑几声，一指西北角的那个小院：“瞧见没，武云就住在那里。”

刘兆鸣一瞧，见那院落山石垒立，多种了修竹芭蕉，就连门墙也是用竹子扎成的，一派葱碧，少有雕琢之气。

两人在门外站定，见庭轩外面花木扶疏，鸟声啁啾，十分清雅。刘兆鸣左右看看，问："这地方也没有人瞅着？"

"她不会跑的！"武风脸上浮现出奇异的神情，"不管在京城，还是在这里，老二她从没踏出这院门半步！"

猛听得门咯吱一声响，跑出一个小男孩来。他手里擎着一支纸风车，咯咯笑着，在院里转圈圈。刘兆鸣眼睛一亮："这就是小木头？"

武风瞥了他一眼："原来你也没见过他！"

又见一个妙龄少妇从屋里出来："你慢些跑！"可不是武云是谁，乌黑的秀发挽了个髻，身上穿着宽袖的月白绸袍，领子和袖子都滚上两寸宽的湖绿色缎子边儿。

她瞧见刘兆鸣和武风站在门口，不禁一呆，做梦也没想到他们两个会在一起。武风知道她还不知道武颠的底细，便大声道："武云，杨家派人来探望你了！"

武云呆在当场，小木头也停下步子，好奇地看着两个大人。对那个脸上长着猪皮痣的家伙，他一点儿好感没有，因为那人看他的目光透着阴狠，让小木头心里很不舒服。

刘兆鸣跨进门去："嫂子，兆龙让我来看看你们！"

武云乍见到亲人，心头一热，泪水竟是夺眶而出。小木头见了，赶忙跑过来："娘，你怎么哭了？"

武云这才惊觉失态，赶忙擦了下眼角，抓着孩子的手说："快叫叔叔，他是你爹的兄弟！"

小木头依言叫了。刘兆鸣蹲下身，轻轻摸他的头："跟兆龙小时候一个模样，看起来挺皮的。"

武云笑道："可不是……"

武风恶声恶气地道："姓刘的，有话快说，有屁快放！"

刘兆鸣站起身："嫂子，兆龙让我转告你，你们一家三口不久便可团聚，让你和孩子好好保重，就这句话！"

武云咬咬嘴唇："你是怎么找到这里的？"

“武蕾带我来的！”见武云不解，刘兆鸣又道，“她落入我们手里，兆龙想跟秋水和解，就把她放了。”

武云点点头：“那你告诉他……”可怜她满腔的话，此时竟不知该说什么了。

武风又在一旁催了：“姓刘的，你是不是该滚了？”

小木头见娘说不出话，脱口道：“叔叔，你跟爹说，我和娘想他，让他快点来接我们！”武云的泪水哗地流下来了。

刘兆鸣不便再逗留，朝他娘俩点点头，转身走出门去。武云眼瞧着他们要转过照壁，跑了几步，抓着门框：“兆鸣，你跟他说，我会死记着他当初的话的！”

刘兆鸣和武风都转身看去，武云脸上虽然泪影闪动，但表情决绝而坚强。两人心里不由得都泛起了疑问，当初杨兆龙跟武云到底说了什么话呢？

转过照壁，沿着莲池左边往前走了一段，武风道：“武颠，你回去别跟姓杨的说那话，就说，武云早把他忘干净了！”

“恕难从命！”

武风一瞪眼：“怎么，你胳膊肘儿往外拐？”

刘兆鸣冷冷地道：“大哥，咱们都是人吧？！”

武风气得直哆嗦，拂袖而去，也懒得送他出大门了。刘兆鸣也不啰嗦，大步走出去。往西一直走，过了几条街，在一家名叫吴门旧里的酒楼，他要了“碧螺虾仁”和“松鼠桂鱼”两道本帮菜，外加一壶酒和一盘当地传统小吃二面黄。

饭菜还没等上来，外面就淅淅沥沥地下起了雨，两个撑着油纸伞的汉子进来，拣个角落坐了，正是“秋水”派来盯梢的人。刘兆鸣往楼上瞥了一眼，只见太极门的两名弟子正往下望，便朝他们点下头。

他很快就吃完，结账时，跟掌柜的要来纸笔，在上面写了几个字，让伙计送到楼上去。这么一来，便等于是向“秋水”的人指明了对方的身份。

回来的火车上，他心头一直沉甸甸的，车厢里人挤得满满当当，嘈杂喧哗，刘兆鸣起先还留心打量周围的男男女女，老老少少，猜想哪个可能是秋水的眼线，哪个可能是太极门的人。很快他却又厌倦了，从骨子里感到累。

几十年了，自己戴着双重面具活着，时间久了，竟然分不清哪个才是自己的真面目。以阴阳来论，武颠是阴的，刘兆鸣是阳的，想想也真是可悲。幸好这一切马上就要结束了，此番事了，他总算可以堂堂正正地做人了。

回到上海时，已是华灯初上。刘兆鸣没急着赶回致柔拳社，在外面小店里吃了一笼素馅包子、喝了两碗粥后，才叫了辆黄包车赶回去。

兆龙、兆鹰一直在等他。如今，三人脸上都写满中年的沧桑，兆鹰更是发了福，腹大如锅，相比之下，兆龙这个厨师反倒精瘦。

兆鸣的体形则跟十年前没多少变化，又始终没成家，依旧显得精干。他一露面，便把从苏州带回的点心往桌上一搁："来，大家都尝尝！"

兆鹰笑了，指着点心说，"铁定是此行顺利，他才有心思买这些玩意儿回来！"

兆龙问："她和孩子都好？"

"老祖宗没有难为她们母子。"刘兆鸣道，"武云叫我跟你说，她会死记着当初你跟她说的话！"

兆鹰转向兆龙，后者脸色平静，又问："红燕子呢，她怎么答复的？"

"她说，秋水跟太极门斗了几十年了，眼看着要收场，不闹出大动静来，怎么对得起这些年的辛苦！过几天，她会派人来跟你交涉。"

"我就知道，这场纷争免不了！"兆鹰瞥了兆龙一眼，"你把对手想得太善了！"

兆龙不动声色："还有呢？"

刘兆鸣迟疑了下："她还说，她很喜欢小木头，日后想留他在秋水。"他担心这句话会刺痛兆龙，谁知竟是波澜不惊。

兆鹰不禁冷笑："她把杨家人当成什么了？"

兆龙脸上依旧浮着淡淡的笑意："也没什么大不了！"

他太沉稳了！这让刘兆鸣不得不佩服，当初老头子暗中把《授密歌》

传给兆龙，只怕也是看中了他的大气稳重。就眼前这情形看，虽然兆鹰做掌门，可实际上主事的却是兆龙，尽管他才刚刚现身江湖。

兆鸣还知道，兆龙隐退这些年，并不是在逃避，而是在暗中运筹帷幄。如今他要跟“秋水”正面交锋，想必是有了十足把握。

反过来看杨兆鹰，气度就不如兆龙了。这些年，他虽然也被称为太极宗师，在江湖中亦有赫赫威名，但毕竟要为生计奔走，不如当年杨家先祖托庇于清廷显贵门下，活得滋润。

年轻时，兆鹰也曾一腔热血，可如今为了五斗米奔劳，昔日的雄心壮志早就磨耗得差不多了。出头的椽子早烂，藏在鞘里的利剑却锋芒依旧。

刘兆鸣正自胡乱揣想，便听兆鹰问他：“这事儿你怎么看？要是我们先对红燕子下手，有几成胜算？”

刘兆鸣看看兆龙：“不是说……和为贵吗？”

兆鹰有些不耐烦：“你先别管兆龙的意思，想什么说什么，咱们兄弟三个，你最了解秋水！”

兆鸣笑笑：“我想先问兆龙几件事儿，当初武蕾在莱阳娘娘山发现你们，你为何肯让武云跟她回秋水？”

这事儿兆鹰也觉得纳闷，以兆龙的武功，对付十个武蕾也绰绰有余，何至于轻易让她带走武云？

不待兆龙回答，兆鸣又接着说：“我猜你是故意这么安排的，武云重回秋水，老祖宗心里的忿恨自然会减轻，这是第一招以柔克刚。有了武云在秋水，你才会放任武蕾把小木头带回去，这是第二招以柔克刚。这次送武蕾回苏州，我们谈了一路，听她把事情的来龙去脉细细说了，我才明白，为何是她发现你们的藏身之处，而不是武风，或者是别的人。因为她是武云从小一起长大的姐妹，有她在老祖宗面前说话，武云可以无忧。也唯有她，才能一年多后发现你和小木头的行踪，极有可能，这信儿还是武云透露给武蕾的。嫂子不是叫我转告你一句话嘛，她会死记着当初你跟她说的话！这一来二去的，应该是你们早先就安排好的。”

兆鹰听了，眼睛雪亮：“行啊，兆鸣，推敲得头头是道！”

“兆龙应该是悟透了《授密歌》，才把以柔克刚的功夫运用得如此娴熟，每一步看上去都在退让，其实是像水一样在暗中渗透，所以我敢断定，你是真心想跟秋水和解的！”

听兆鸣说完后，兆龙笑着点下头：“太极拳练到至高境界，不用克，用和。没了杀心，没了戾气，也就没有胜负可言。”

兆鹰猛地一拍巴掌：“我明白了，当初你和爷爷定是也用这个‘和’字说服了兆鸣！”

“惭愧！”兆鸣叹道，“我从小被杨家收留，恩同再造，只可惜在改名叫刘兆鸣前，已经是‘秋水’的武颠了，故而才做出好些对不住杨家的事，要不是爷爷仁厚，两位兄弟大度，我早该被打下十八层地狱了！”

原来，十年前跟随杨慕侠护送着兆龙的“尸身”回到永年后，兆鸣当时还没有悔悟之意。但是，当红燕子听从了胡玉斋的意思，要他下毒害死老头子时，兆鸣终于吃不住劲了。要知道，他在杨家活了二十多年，内心早把杨慕侠当成爷爷，把杨云鹏当成爹，把兆龙和兆鹰当成兄弟。

身为“秋水”派进来的卧底，他传送些消息心里尚能承受，可是叫他亲自下毒害死爷爷，兆鸣委实办不到。那几天，他精神恍惚，迟迟不忍下手。

他可不知道，杨慕侠和兆龙早就看穿了他的底细。他们只不过是给他一个机会。当兆鸣发现他藏在身上的毒药不翼而飞时，便知道坏事了。

反过来，他们决定将计就计，杨慕侠毅然服下弱用道长炼制的药物假死，也学胡玉斋玩起了那招“金蝉脱壳”。有趣的是，兆鸣从红燕子那里拿来的毒药，却是出自高铭远之手，它们都是在白云观里炼制的。

知道这件事来龙去脉的，只有杨慕侠、杨兆龙、杨兆鹰和刘兆鸣四人。兆鸣之后还照旧留在太极门中，只不过，从那天起他却充当起太极门的眼线，专门刺探“秋水”的情报。想想也真是可叹，他原先明着是杨家人，暗地里却是秋水的卧底。如今阴阳再次颠倒，他又替杨家做起了卧底。

对兆鸣来说，这些年过得更沉重，因为他蒙的面具又多了一层。他还知道，爷爷和兆龙其实是在下一局大棋，暗中层层布局，他就是其中一枚重要的棋子。只可惜“老祖宗”还蒙在鼓里，一直以为是“秋水”占了上风。

“兆龙，爷爷现在在哪里，你可知道？”

“我也很久没他老人家信了。初到上海时，他倒是找过我一次，嘱咐说，要是安排好了，就尽管放手去做。至于那个胡玉斋，他自会去对付，让我们不用担心！”

兆鹰听他提到胡玉斋，插口道：“说来也怪，这两年徐姥爷失了踪，那姓胡的也再没见人影。太极门倒是少了很多麻烦。”

“瞧着吧，兆龙这一露面，他们定会闻风而动！”

“爷爷还活着的事儿，还是别急着告诉兆麟他们！”兆龙道，“跟东洋人比武的日子快到了，咱们先了结这事儿再说！”

他转头看着外面黑沉的夜色，不禁想起被拘禁在“秋水”里的妻儿，他们现在又在做什么呢？

就在杨家三兄弟秘密议事的这个辰点，远在苏州的“秋水山庄”，武云和小木头也在说着白天发生的事。刘兆鸣的到来，无疑给他们带来惊喜，这预示着一家人团聚有期了。

自从刘兆鸣走了后，武云不止一次想起兆龙对她说起的话。那天黄昏，在娘娘山的道观前面，他们紧紧相拥，她泪如雨下。

“不管发生了什么，你一定信我，用不了多久，咱们一家人就会团聚，到那时，秋水和太极门之间的仇怨也了了，咱们好好找个地方过太平日子！”

这就是武云死记在心头的那句话，她坚信丈夫能说到做到。

真正改变了兆龙这个人的，便是那七年的牢狱之灾，末了他“死”了，另一个杨兆龙却复活了。在武云看来，他不但是躯体的重生，更有心性上的改变。

原先他站在太极门这边，是一直想着如何去打败秋水，而今却是一心想怎样消除怨隙，让两家弥合，而不是形同水火。

太极拳修炼到至高境界，就讲一个“中和”，也是从有到无，再无中生有。这无疑影响了兆龙的心性。

灯下，武云抱着小木头痴痴地回想从前一家人在一起的时光。直到时候不早，该去睡了，她才停止了念想，帮小木头脱衣服，不经意间，居然从他兜里掏出一张纸来。

原来，刘兆鸣白天来看望他们时，曾经蹲下身去，背对着武风跟小木头说话，暗中把这封信塞进孩子的兜里。

它叠成小小的方块，灯下展开，发现竟然是兆龙的笔迹。顿时，热血涌遍武云的全身，虽然只是简单地写了几句话，她却什么都明白了。

看过丈夫的信，武云喜极而泣，把小木头紧紧搂在怀里。尽管已有两年没见到兆龙了，如今却觉得他离着并不远。

太极门跟东洋人的比武，将于三月十日上午九点在张家花园里举行。

这座华人最早拥有的公共场所，集花园、茶馆、饭店、书场、剧院、会堂、照相、展览等多种功能于一体，为当时上海私家花园中的三大名园（另两园为愚园、徐园）之冠，吸引力很大，达官贵人及各方面人士，都常来园游览。

比武地点就选在园内的“海天胜处”，那楼是当时演出“髦儿戏”“京剧”最负盛名的一处场所。多年前，津门大侠霍元甲便曾在戏楼上挑战过英国大力士奥皮音。

给太极门助拳的各路好手，于九日便差不多到齐了，一时间，致柔拳社群雄毕至，热闹非常。更让兆龙宽心的是，漕帮的翁杰也带着几名得力手下从太原赶来，其中便有兆龙认识的瘸一条腿的三金。粗粗一算，两人也有近十年不曾得见，此番碰头自然备觉欣喜。

当年，身为御膳房副总管的杨兆龙遭了慈禧太后的忌，被下到刑部大牢。几年后，他在那里结识了翁杰，并在危急之时出手救了他一命，因而结下过命的交情。

后来，兆龙和武云在逃亡期间，还曾跑到太原依附过翁杰。在那里躲了十天，后来听着风声紧迫，怕给帮中老少带来杀身之祸，便又不告而别。

这次兆龙在上海现身，亮出太极门大旗，准备跟秋水做个了断，自然少不了要劳动翁杰来相助。

漕帮虽然早就没落，民国之后，山西这支改头换面自称兴武会，其实已跟古老的漕帮联系不大。但毕竟是一脉分出来的，翁杰又在陕晋一带经营得不错，各地大佬也都能卖他几分面子。故而，由他从中做和事佬，斧头帮的谢老六等人纷纷跟杨家和解。本来，他们便不想跟太极门反目，更何况“秋水”目的是为了《授密歌》，已无意跟对手火拼。

跟上海滩的黑帮大佬一旦和解，杨兆龙和杨兆鹰便心安不少，可以全力去应对明天跟东洋人的比武了。而谢老六等人也答应下来，明日将一起前去张园助阵。面对外强，各路人马空前地抱团。

十日这天上午，兆龙和兆鹰等一班人赶到张园门口时，那块写着“烟波小筑”的门匾下，螳螂门的宋文鼎、吴氏太极的吴清泉等人已在那里相候了。众人见面后，寒暄了几句，正要进门，林宝突然拽拽兆龙的衣角，小声道：“你看谁来了？”

兆龙转头一瞧，远远地看到了武蕾，她正站在路边朝这边张望，两人目光一接，她微微一笑。兆龙心中一动，朝兆鹰说了声，便大步走过去。

林宝不觉也跟着走去，待跨了几步，觉得不是那回事，又停下了。

兆龙打量着武蕾，微微一笑：“你怎么又回来了？”

“我还以为你头一句话，会问起云姐和小木头呢！”

“有你暗中照顾着，我不担心。”

武蕾正色道：“我这趟来是替老祖宗传口信的！”

“她怎么说？”

武蕾看着张园门口聚集的一干人众：“我好像来得不是时候，跟东洋人比完武后，你便要准备下一场了！”

兆龙一皱眉：“秋水还是想跟太极门拼个你死我活吗？”

“错！比武不一定是在拳脚上分高低。”

“那该比什么？”

“当然是比你最拿手的了！”武蕾脸上泛出笑容，“老祖宗说了，你既然要把《授密歌》公布于众，她也不会过分难为你，秋水会找一个名厨来上海跟你斗菜。”

兆龙确实没想到红燕子会玩这一手，一怔，又问：“赌注呢？”

“自然是云姐和小木头了。你赢了，老祖宗便让你们一家人团聚；输了，此后云姐和小木头就留在秋水了。”

兆龙深吸一口气，转身看向张园门口，兆鹰等人都看向这边，时间差不多了，他朝武蕾点点头：“我答应了！”

“那好，十天后一较高下！二马路上的大浦东酒楼你知道吗？”

“那是谢老六的产业，我去过，还用过他们的后厨！”

“斗菜就在那里举行。”

眼看着时间紧，武蕾也不啰唆：“最后问一句，难道你就不想知道，秋水会找谁来跟你斗菜？”

“想！”

“这个人你认识，厨霸的传人十一指！”

兆龙心头一动，原来是他！朝武蕾一点头，转身朝张园大门走去。十一指是厨霸的关门弟子，又是八卦门的传人，跟他正是对手。

兆龙被关进刑部大牢后，十一指却在御膳房里面混得如鱼得水，有师叔黄知临在里面照应和指点，他的厨艺日益精进，终成后厨里一等一的好手。

慈禧和光绪帝归天后，溥仪即位，黄知临和十一指依旧得到重用，在御膳房的地位越发牢固。只可惜，武昌起义的枪声响起来后，清廷的江山最终易手。但末代皇帝依旧居于紫禁城中，大批太监宫女御厨被辞退，黄知临也告老还乡，十一指却继续留任，当上了“御膳房”的首席御厨。

这些年，厨霸的弟子一直不曾离开过皇家后厨，兆龙心里实无把握赢他。不过，有一点好处是，他跟十一指交情不错，红燕子找他来上海跟自己斗菜，其实已表明了“秋水”的态度。他们也愿意跟太极门和解，故而才会设下这样一场赌局。

美食上面的较量，从来带有一种别样的韵味，厨房里的菜刀总归不能看成是武器。斗菜呢，场面虽然也不乏刺激，但给人带来更多的却是享受。

回到张园门前时，兆龙发现斧头帮的谢老六跟翁杰也到了，看到三金一瘸一拐地跟在后面，他突然想到，三金同样是厨霸的传人。虽然听说早被赶出师门，但毕竟跟十一指有同门之谊，也许他能暗中帮上自己的忙。

园内“海天胜处”下面，此时已经挤满了人，日方代表先一步到场。太极门这边，除了武氏太极的郝为真患病没赶来外，其他好手差不多全到了。杨兆鹰一行赶到时，场中响起如雷般的掌声，众人连连抱拳回敬。

工部局的华人探长项飞是此次比武的裁判之一，同时也害怕发生械斗，不好控制场面，因而派来了一大批军警来维持场内秩序。

第一战，日方出战的是忍者九鬼贺。这人身手不弱，加上忍术神秘莫测，确实不易对付。但有“螳螂王”之称的宋文鼎却是此人的克星，之前，两人曾经在烟台交过手，九鬼败北。相信只要宋文鼎一上台，忍者就会气衰，不敢再战。

前些天，太极门这边人手没到齐时，杨兆鹰确有意让宋文鼎出战，他虽然是螳螂门中数一数二的好手，但也曾跟杨兆龙学过太极拳，并将它融入螳螂拳中，创出一门“太极螳螂拳”。

不过，当兆鸣、兆麟、兆虎等人先后赶到时，宋文鼎便不在出战之列了。有杨家四兄弟在，对付日方四人应该不成问题。

之前，他们曾经细细地探讨过如何应战。四兄弟中兆麟算是功力最弱的一个。不过，早年他随同父亲杨云雕一起走镖，临阵经验颇丰，再加上宋文鼎的陪练，他很快就掌握了九鬼贺的打法。

兆虎对阵的将是山口太郎，此人的“一刀流”很是犀利，据说在日本国少有对手。而兆虎的太极刀在本门中却是数一数二的，他平日里也是练拳少，练器械多，两人正是对手。

杨兆鹰身为掌门，对阵的是“虹口道场”的小津绳艺，此人的那霸手极为了得。杨兆龙应战的是日本全国柔道冠军坂恒一雄，这两阵都是有把握取胜的，故而只要兆虎和兆麟能有一个赢的，太极门便算胜出。

九鬼贺的长相狰狞，他额头纹着花绣，胸口也刺了好多鬼怪，尤其是那对眼睛蓝幽幽的，散发着诡异的光芒。

兆麟事先已得到宋文鼎的指点，上得台去，并不跟九鬼的目光相接，而是眼帘微拢，尽量做到松静，直盯着那人的鼻子下方。宋文鼎再三提醒他，九鬼贺的摄魂术不好破，稍不留心就会着了他的道儿。只要不跟他眼神相接，不随着他的话音，就能够避免被牵了鼻子走。

眼代表着神，是一种能量流，同样声音也是一种能量流。功力达到一定程度，眼神和声音同样能够伤人杀人。

九鬼贺的忍术便是充分利用了神、声、形，三者合一，练就出一种特殊的对抗术。果然，他一上场就朝着兆麟鞠躬："在下九鬼贺！"

"太极门杨兆麟！"

九鬼贺喉咙里发出咴儿咴儿的怪叫，突然变换了声调："可惜你不是杨慕侠嫡孙，所以当不了掌门！"

兆麟本来在内视内听，以防被他声音扰乱神志，但这句话钻进耳朵后，还是心旌摇晃。心说，跟他啰唆什么，上吧！脚下一滑，直逼中宫，眼看着手掌探到对手胸前，忽地一旋，钻到九鬼的右侧，一记"玉女穿梭"击出去。

谁想到，竟然打了一个空，对手居然在瞬间闪出老远，继续用那种怪异的话语干扰。兆麟越听越气，这家伙居然把自己的底细打听得清清楚楚，甚至连外公徐雁北的遭遇也了如指掌。

兆麟连连使招都没打中对方，心底的怒火却被引逗出来，浓眉倒竖，连续使出弹抖劲来。台下，兆龙和兆鹰等人不免担心，宋文鼎见状更是急得不行。兆麟可是向他请教过破敌法门的，两人为此颇费了番心思，若是这么轻易就中了套，败下阵来，他也跟着脸上无光。

九鬼贺连连退化，见兆麟已有些气喘，脚下的步子也有乱象，心头暗喜，喉咙里猛地发出一声怪叫，双手齐举迅速地旋转。

兆麟登时觉得眼花，那忍者飞快地旋转出数个黑影，他不禁伸手擦擦眼睛。便在这一刹那间，一股冷风袭到后背。

九鬼贺这一手毒辣，只要砸中便会叫对手口喷鲜血。谁知，兆麟早有防备，他那一掌的劲力还没等发出，他先斜着用肩背撞上去，用的是太极八法中的"靠"。

原来，他那番姿态是假装的，为的是引对手上钩。果然，九鬼贺的劲力被憋回去后，不免惊慌，火速后退时，兆麟步步跟进，紧紧地黏住对手。

台下太极门的人见了，都大声叫好。兆龙却觉得有些不对劲，因那九鬼贺虽然一直在退，但步法不乱，果然，他被逼到戏楼边沿时，蓦然大吼一声，如同空山撞钟。

兆麟先是觉得耳朵眼嗡嗡震荡，跟着心就拎了起来，气也浮散，惊骇之下终于跟九鬼贺的目光碰上了，身上的筋骨随之酥软。

九鬼贺森森一笑："杨君，你以为跟宋文鼎摸过我的路子，就能取胜？"

兆麟在他的炯炯目光注视下，竟是开不了口。眼看着人家慢慢伸过手来，却是不知该怎么去躲，就那样被抡起来，甩下台去，早有太极门的人拥上去接住。

台下一片哗然，因为这胜负分得蹊跷，竟没多少能看得明白。日方胜了这一场，哇啦哇啦叫个不停。兆虎大怒，拿了单刀就要上台，却被兆鹰一把拉住："别急，要稳住！"

兆龙也道："只要接住他的第一刀，就能赢！"

兆虎点点头："瞧好吧！"大步走上台去。对面的山口太郎身穿和服，脚踏木屐，却慢悠悠地一节节台阶往上，上身不见晃，腿脚拿捏得非常精准，一长一短两把武士刀交叉别在腰间，那角度也恰到好处，竟让人联想到了插花。

两人上得台后，一个鞠躬一个抱拳，然后各自后退两步，兆虎屈臂抱刀，山口太郎则身子往下俯，前腿跪，后腿撑，左手抓住刀鞘，右手握住长柄，却并不拉刀出鞘，只是那样候着。

一刀流据传是江户时代的剑豪伊藤一刀斋所创，后分成数支流派，山口太郎是"小野派一刀流"的传人，精修"拂舍刀"和"无想剑"。他最拿手的是拔刀术，刀一旦出鞘，胜负便分，故而与人对阵三十几次，往往一招制胜。

两人在台上一对峙，便像凝固了，竟是过了两分钟也不曾交手。台下人众等到心焦，骚动起来。兆龙知道，两人已在气势上展开较量。"一刀流"是不会轻易出刀，太极门更是讲究后发制人，不会妄动。

又等了片刻，没有任何征兆，两人一起动了。刀光如急电闪烁，山口太郎的第一刀果真被兆虎闪过，他的刀顺势劈下，饶得对手闪得快，发髻上正中。发一散，山口人看上去如鬼。

兆虎不等他再出刀，一式“上步七星”逼得他连连后退。却在这时，兆虎手腕一麻，单刀险些脱手，心说，糟糕，中了暗算！

山口太郎受他所催逼，一口气始终提不上来，浑没想到这紧要关口兆虎的攻势停滞，他如何肯舍去这机会，武士刀斜着劈出去。

兆虎赶忙用刀背去黏，要顺势荡开它。但山口太郎这一招却是虚的，半道猛然上撩，人随势弹了起来，双手高高举刀劈将下来。

兆虎已来不及变招，只能横刀去架，咣的一声，刀头被削断。山口太郎一招得手后，马上收手，将刀插回了鞘中。

杨家一旦输了第二阵，下面的国人就吃不住劲来，纷纷叫嚷起来，日方则欣喜若狂，帽子手帕胡乱挥动。兆鹰和兆龙也没想到兄弟会接连失利，如今就算胜了下两场，也不过是打个平手。

宋文鼎气得直跺脚，也不管话是不是刺耳，瞧着兆虎跳下来：“真他娘的憋气！”

兆鹰忙问：“怎么回事？你明明能赢啊！”

“遭暗算了！”兆虎忿忿地卷起袖子让他看，果然手腕上面有一个小红点。太极门的人见了，纷纷大骂，有的甚至跟东洋人推搡起来，很快便被警察挡开。

兆龙却心里不免嘀咕，这红点怪异，伤得不重，会是什么暗器呢？兆虎适才跟山口太郎打斗时，分明挤到了戏台这边，离着日方人众远。那人的暗器却能在没人察觉的情形下，一举击中，这分手劲、这分准头真是匪夷所思。

有一次，便会有第二次，下面轮到兆鹰上场了，倒要看看是哪个家伙在暗中捣鬼。他跟吴清泉、宋文鼎等人小声嘀咕了几句，他们便都留了心。

场上，兆鹰已拉开架势，跟小津绳艺对垒。那霸手是琉球手（空手道的原型）的一种流派，流行于那霸港一带。这是一种非常霸气的武道，出招快速干脆，往往有一击必杀之说。

小津绳艺出道以来，曾徒手击毙疯牛，极少碰到对手，今日代表虹口道场对付太极门，势必要拼尽全力，拿下这一场。前面已是两胜，这一场再打赢，支那人今天就算断了脊梁骨了。

转眼两人就斗在一起，小津绳艺每出一拳，都会大喝一声，如同惊涛骇浪。相比之下，杨兆鹰则像巨浪上漂浮着的一叶轻舟，只管顺势化解。

他脚下步子也灵活，五行方位踩得丝毫不乱，尽管只化不进，但小津绳艺想要逼他到戏台边上，却并不容易。因为兆鹰总能及时转出去。

不过，在斗了几个回合后，杨兆鹰太极拳的威力就显出来了，他慢慢在周围弄成一个巨大的旋涡，虽然是无形的，但小津绳艺的那霸手打进来，就好像击打在水面上一样，非但发挥不出威力，还被一次次反弹，震得胸口气血上涌。

兆龙见状，便知道兆鹰赢下这一局只是时间问题。这个时候，那个躲在暗处偷袭的人，只怕该沉不住气了。他的目光扫射过去，日方不少人在呐喊助威，山口太郎和九鬼贺以及坂恒一雄则凑在一起，朝着台上指指点点。

除了他们三个，谁还会有那样的身手能够隔远偷袭？兆龙思索着，心中一动，想让杨家和太极门难堪的可不一定只有东洋人。上一阵，兆虎遭袭时，分明离着这边更近，那个偷袭者极有可能便藏在自己身边。

再看台上，兆鹰的圈子已经开始往里收，先前舒展的招法换成小架子，频频发出冷劲和寸劲。小津绳艺连遭打击，身法和步法已有些乱了。

兆龙却将目光收回来，查看周围，蓦然，离着台下不远的地方，有个驼背人肩膀抬了抬，他依稀看到一粒黄灿灿的东西飞出去。

“小心！”兆龙脱声叫道，双手只一分，挡在他前面的人纷纷向两旁跌去。

翁杰吃惊地看着兆龙冲过来：“怎么了？”

兆龙一指那个驼子：“这人不地道！”那家伙头戴毡帽，看不清面孔，闪身就走。兆龙早探手抓向他的后心，谁知眼前一花，竟然抓了个空，那人已像泥鳅一样滑出去，钻进人堆里。

吴清泉和宋文鼎两人一起蹿过去，一个出拳，一个拍掌。那驼子左右遭到攻击，无法再躲闪，猛地抢攻，居然使的也是太极拳，只是比杨氏的刚猛些。

三人的身子一错，吴清泉和宋文鼎居然同时向后踉跄数步。兆龙吃了一惊，脚尖一点再次扑上去，但那驼子手一扬，黄灿灿的暗器又射到了。

他抬手一接，早把那东西接住，却是三粒黄豆，不禁倒吸口凉气。吴清泉和宋文鼎早分头追上去，但那驼子更快，身如闪电，转眼就没了影子。再看台上，小津绳艺已经手忙脚乱，他拼着最后一口气力扑过来，被杨兆鹰顺势一个侧身捋，人嗖地飞出去，直挺挺地摔下台去。

偏偏他落的地方是太极门这边，人们呼啦散开，他扑通一下跌在地上，模样甚是狼狈。众人哈哈大笑，适才积压心头的那口恶气总算消了大半。

早有日本浪人跑过来，将他抬到那边去。坂恒一雄见状哼了一声，噔噔噔跑上台去，挥动胳膊只一下，竟然把台边上的铁栏杆砸断了。

杨兆鹰下台后，冲着兆龙一点头，小声道："怎么回事？"

"瞧见那家伙了！"

"谁？"

兆龙轻轻吐出三个字："胡玉斋！"

兆鹰一怔，脱口骂了句："这混蛋！"瞥了一眼台上，嘱咐道，"那你小心些！"

饶得兆龙这些年修炼得深，想到胡玉斋居然不顾大义，这当口还使出这等下三烂的手段，还是气得不行。上到台去，见坂恒一雄神色倨傲，他表情也是冷冷的。

坂恒一雄斜眼看着他，问："姓杨的，听说你是名厨子？"

兆龙没想到他会这么问，愣了愣："没错！"

"那你没资格跟我过招，换个人上来！"坂恒一雄说完，转身揣着手，背对着兆龙。

台下一片哗然。还没等兆龙说话，宋文鼎、翁杰等人就骂开了。兆鹰却知道，如果这一场不比，东洋人三战两胜，太极门便算输了。

只见兆龙淡淡一笑："没错，坂恒先生，这样子比武你确实吃亏，我另有一个主意，不知道你肯不肯听？"

“请讲！”

兆龙朝台下的九鬼贺、山口太郎招招手：“那两位不妨一起上台，我跟你们三个一块玩玩！”

此话一出，非但日方，连国人这边都吃惊匪浅。九鬼贺和山口太郎的身手刚才大家都曾目睹，兆虎和兆麟战他们尚且吃力，兆龙居然敢以一敌三，确实有些托大。

坂恒一雄听他这一说，气得嗷嗷乱叫：“支那猪，你放肆！”眼前一花，兆龙已没了影子。他打个愣神，眨着眼，不等清醒过来，忽觉后心被人抓住，竟被兆龙单手举了起来。

他这一抓，拿住对手后心的穴位，坂恒一雄只觉全身酸麻，身子僵硬动弹不得。台下登时一片寂然，众人都看得目瞪口呆。

兆龙又朝九鬼贺和山口太郎招招手：“两位现在愿意上来了？”

那两人见他们四人中武功最高的坂恒一雄居然像小鸡一样被抓起，丝毫没有还手之力，都震惊当场，这厨子到底是人是鬼？

他们知道，今天是碰到劲敌了，与其看着坂恒受辱，不如上去联手一搏，万一赢了他，这场比武则大胜了。他们相互使个眼色，飞身上台。

兆龙这才微笑着把坂恒一雄放下，那家伙身上血脉不通，落地依旧站立不稳，簌簌乱摆。九鬼贺和山口太郎慌忙伸手搀扶。

“好！”杨兆麟在下面吼了一嗓子。其他人跟着纷纷叫好，知道些门道的人，很快就明白过来，杨兆龙之所以武功如此高绝，定是得了《授密歌》的精髓。

九鬼贺见坂恒一雄慢慢恢复正常，才转身凝视杨兆龙：“杨君果然好功夫，佩服佩服！”

兆龙坦然地与他目光相接，九鬼贺见状大喜，眼眸一点点地变色，像两汪泉水般变得湛蓝。但这水光流到对方那边时，却如同落入洞里，有多少，泄多少。

九鬼贺身子痉挛起来，觉得目光被一点点地往那边抽去，居然控制不住。山口太郎见了，赶忙冲上前，伸手要拔刀，却没想到兆龙倏地就到了跟前，一把攥住他的手腕。他身子登时酥麻，触电一般乱颤。

坂恒一雄喘着粗气，虽然心里感到恐惧，还是咬着牙扑上来，用掌刀狠狠劈向兆龙的脖颈。眼看劈中，却不知怎么的竟然砸到山口太郎肩上，那家伙一个趔趄摔倒在地。

坂恒一雄惊恐地喊："你是鬼……"兆龙的身子一晃闪，像青烟一般在他们三人中蹿来飘去。那两人再也吃不住劲了，乱泥一样也倒下去。

第十章　局中局

张家花园的大比武达到沸点时，扮作驼背人的胡玉斋早蹿得没影了，宋文鼎和吴清泉又围着那片园林转了几圈，才悻悻地放弃了。

他们可没料到，那驼子抢先一步钻进魔术场里，转眼间就换过装束，再现身时背挺直了，戴着礼帽，鼻梁上架副金边眼镜，穿着丝绸长衫，拄着文明棍，悠闲地迈出来。他跟宋、吴二人擦身而过时，他们丝毫不曾察觉。

胡玉斋溜达着出了大门，上了一辆黄包车，半个时辰后，便到得白尔路上，在一处石库门停下。

开门后，他穿过一条横长的天井，走进长窗落地的客堂间，踏着木扶梯走上二楼，偌大的房间里竟只住他一个。

屋子里很洁净，没什么家具，只有一床榻、一桌一椅。桌上设一个牌位，一个香炉，那是他用来祭拜孟幽兰的。

点上三炷香，拜了拜，胡玉斋便脱鞋上床，盘腿打起坐来。这一坐就是几个时辰没动。直到午后黄昏，听到下面传来开锁声，有人轻手轻脚地走进天井，他才慢慢睁开眼，收了功。

看到那个戴礼帽、穿长衫的中年汉子进来，他道："你来了！"指指旁边的椅子。

"胡先生！"那人摘下礼帽，躬身一礼，之后才坐下去，礼帽就端放在大腿上。借着昏黄的光线，可以看到他四方脸，细皮白肉，虽然年近四十，眼睛依旧湛亮，正是从太原赶来的翁杰——兴武会的大头脑。

"咱们有多少年没见了？"

翁杰恭敬地道：“十一年了！胡先生您还是这样清健！”

“日子真是不扛混，一晃，我老朽了，你也不再是毛头小子了！”一顿，又道，“你没想到我今天会去张家花园，是吧？”

“是有些意外！”

“我就是看不得他杨家人风光！”胡玉斋眼光一盛，“你这次来上海跟杨兆龙碰头，有没有听到什么风声？”

“您指的是？”

“杨——慕——侠？”

翁杰一呆：“杨老爷子不是早就过世了？”

“他才没那么容易死！”胡玉斋冷笑，“指不定他现在就在暗处瞪着咱们呢！”

翁杰听了这话，目光不禁左右游弋，马上又强作镇定：“胡先生，您有什么打算？”

“我今天去张家花园，就是为了激他出来。”胡玉斋道，“耗了这么多年，也该了结了。杨兆龙既然约秋水在上海这边做了断，我估摸着，杨慕侠应该也到了。你回到致柔拳社那边后，要留点心，一旦发现那老东西的行踪，赶紧捎信过来！”

“是！”

“那你赶紧回吧，免得姓杨的起疑心！”

翁杰起身，微微一躬，转身走了。胡玉斋看着他的背影慢慢在楼梯口消失，心头不禁泛起一阵酸楚，又想起三十多年前的事。第一次见到翁杰时，他还是个娃娃。

那时，他和孟幽兰私奔到五台山下，隐姓埋名，想过美满的小日子。岂料，不久杨东魁就带着英王府的侍卫桑万泉赶到，废了他的武功。之后的那半年，孟幽兰为了救他，不得已去卖身，以致后来重病不治。

她死后，胡玉斋也成了行尸走肉。后来流荡到太原，碰上翁杰的父亲。胡虽然武功被废，但毕竟精通太极拳，被翁家视为上宾，留在府上一住就是两年。

他在那里休养生息，传拳给翁家人，却也把他们祖传的缩骨术学到身。他可没想到，正是得益于这缩骨功夫，他的功力居然又一点点恢复了。

之后，他回到邢台，又隐姓埋名去陈家沟“偷拳”，辗转十几载，却始终没跟翁家断了音信。

他跟红燕子组建“秋水”后，便不断派人混入太极门，其中以刘兆鸣最得力，甚至成了杨云鹏的义子。有他这双眼盯着，杨家老小的所作所为几乎都能掌握。

但是，当杨兆龙犯了事，下了狱后，杨慕侠三番五次去探监，胡玉斋就有些吃不住劲了。他担心老头子趁此机会把《授密歌》偷偷传与杨兆龙，故而便跟翁杰商量，让他演了狱中的那一出戏，从而得以接近兆龙，并取得其信任。

这一番谋划果然管用，杨兆龙因与翁杰有过命的交情，当年逃亡时曾经去太原投靠过翁杰。在此次上海滩太极门跟“秋水”的对决中，也邀他前来助阵。

杨兆龙做梦也不会想到，他请翁杰前来拉拢本地的黑帮势力，只会适得其反。“兴武会”的介入，只不过让“秋水”多了一副好牌，添了赌本。

隐藏在这所石库门老房子里，胡玉斋极少外出，吃的东西也简单，他几乎整夜不睡，偶尔在院内练下拳，更多的时间是盘腿打坐。

有时候，他也会守着孟幽兰的牌位说说话。眼看着跟杨家的仇怨要做最后的了断，胡玉斋跟“她”说的话也简单了。因为他很快就可以去她坟前陪伴余生，以后不再涉足江湖。

在十一日这天下午，老房子的门突然又被打开了，胡玉斋听见脚步声密集，才走到二楼窗前往下观望，好家伙，天井里一下子就涌进十几个人，塞得满满当当。看那装束，都是“秋水”的人，他们每个手里都抱着箱盒和行李，很快，两侧厢房的门窗都被打开了。

跟着，武蕾和武风走进来，指挥那些年轻人收拾东西。不多时，武云也带着一个小男孩进来。胡玉斋眼皮不由得一跳，心说，是杨家的小崽子!

最后进来的是红燕子和高铭远，胡玉斋对那个白云观的前任观主素来没有什么好感，也就没兴趣再看，转身回到床上继续打坐。

外头的响动一直不断，并慢慢波及到楼上。很快，他隔壁的房间也被打开，来来往往地往里抬了不少东西。不时地，还听到红燕子在轻声说话。又过了会儿，楼上才沉静下来，天井里却一直热闹喧杂。

二十日那天，“秋水”将跟太极门在大浦东酒楼做最后的较量，红燕子事先便盘好了这栋房子作为总部。趁之前没人时，胡玉斋先住上几天。眼看着大队人马进来，他便打算另觅安身之所。

当然，临走前他要跟红燕子聊聊，尽管面上如今是“秋水”占上风，但胡玉斋心里并不踏实，杨兆龙此次复出，只怕不是偶然，兴许这里面藏着一个陷阱也未可知。

嗒嗒，外面传来轻轻的敲门声。胡玉斋慢慢下床，踩了鞋子走去，将门拉开。红燕子不是一个人来的，旁边还站着武蕾。她端了一个托盘，上面有两个杯子和一壶茶。

红燕子笑道：“我新沏了一壶香片，想跟你一块尝尝。”

胡玉斋点下头，两人便在床上盘腿坐了，武蕾将茶壶和茶杯放好后，施了一礼，慢慢退出去，并把房门关好。

两人喝了会儿，红燕子道：“有件事要跟你说，我有杨慕侠的下落了！”

尽管生性冷静，胡玉斋心头还是一哆嗦：“他藏在哪儿？”

“京城白云观！”

胡玉斋眼睛一亮：“高铭远说的？”

“他也是才得了信儿！”

胡玉斋心头却随后泛起了疑云，心想：“怎么会这么巧？杨兆龙现身后，杨慕侠也跟着暴露？”

红燕子隐约能猜出他的想法，说：“其实我们早该想到杨慕侠会躲在那里。观主弱用跟高铭远一样，也擅长炼丹，当年从狱中救杨兆龙时，那道士没少出力。”

胡玉斋冷笑：“真有趣，毒杨慕侠的药是高铭远炼的，怎么就没把他毒死？”

“这事我问过武颠了，据他说，毒药是真下到碗里了，可不知道何时被杨慕侠做了手脚。”

“也就是说，杨慕侠喝的是‘假死’的药？”胡玉斋眼里精光一闪，“你怎么敢断定，高铭远给的就是毒药？”

红燕子叹了口气：“老胡，我知道你一向跟高铭远合不来，可也不能这么怀疑人家，老高虽没加入‘秋水’，可这些年来真没少出力……”

“好了！”胡玉斋不待她说完，就抬手制止，眼睛直勾勾地盯着红燕子，“你有何打算？”

“当然不能让杨家老头儿再活着，他早该在七年前就死了。”

他们心里都明白，如果九天后在大浦东酒楼，太极门有两个精通《授密歌》的人在场：“秋水”绝无取胜的把握，所以最好的办法就是赶在杨慕侠到上海前，把他解决掉。

“你准备派谁去？”

“我想叫武风跟高铭远走一趟，明的没把握，只能用暗的！”

“白云观如今可不是姓高的在住持，只怕不好下手。”

红燕子眼露杀气：“要是那弱用敢阻挠的话，那就把他一起做掉！”

“没那么简单，当年武风不是还拜在弱用门下吗？”

“那以你的意思呢？”

“杨慕侠是我师兄，也是我的老对手，没人能比我了解他。除了我，只怕也没人能杀得了他！”胡玉斋傲然道，“看来，我得亲自走一趟了！”

红燕子释然：“你能去当然最好不过。”她心里其实很想高铭远也一同去，那样的话可就有十足把握了。但胡玉斋偏偏跟高铭远又水火不容，故而只能在心底下想想。

谁知，胡玉斋又道：“高铭远要是愿意跟我搭伙，倒是可以一起去白云观！”

红燕子喜道：“你们两个要是联手，那便有十足把握！”她做梦也没想到老胡会突然转向，想是觉得决战当前，要以大局为重吧！

两人都是老江湖了，此去北京虽然仓促，但要是紧着赶的话，回来后还能如期见识十一指跟杨兆龙的斗菜盛况。另一面，红燕子也担心他们会空跑一趟。万一在两人起程后，杨慕侠和弱用却整装从北京出发赶来上海，胡玉斋和高铭远就被动了。

幸好高铭远在白云观住持多年，那里还留有不少自己的亲信，每天都会发封电报过来，好像那弱用没有来上海的意思，杨慕侠也一样深居简出。想想也是，一个“死”去多年的老家伙，确实不宜在大庭广众面前露面。

当日下午，胡玉斋便跟着高铭远坐上了火车，赶往北京。一道上，两人都不曾搭过话，还跟往常一样生分。

好在临行前，在红燕子的张罗下，他们才勉强碰个头。但胡玉斋只硬硬地丢下一句话：“各走各的，你不用管我！”

高铭远马上就回了一句：“成，我就当没你这个人！”

他们说到做到。从南段的沪宁铁路，到中段的津浦铁路，到北段的京山铁路，期间倒过几次车，高铭远果真没见到胡玉斋的影子。

在前门外东火车站下车后，他便有些沉不住气了。明明说好了联手去对付杨慕侠，眼看着到地头了，姓胡的还是不见动静，到底肚子里卖的什么药。

正自恼火，灰灰黑黑的人流中猛地挤出一个胖乎乎的商人模样的家伙，他戴着礼帽，手里拎着个皮箱，低声道：“先找个地方打下尖！”

高铭远这才发现眼前的人便是胡玉斋，这家伙居然变成这副德行，早听说他精于“缩骨术”，今日一见果然骇人。

两人一前一后，随着人流往前去，验了票，出了站口，摆脱拉洋车的纠缠，快步走到东交民巷一带，找了个叫肚儿圆的小饭馆落座。

在火车上颠簸了一道，也没什么好吃食，此时不免有些饥困，因而小店里的馄饨和肉饼吃起来就格外香甜。填饱了肚子后，各弄了碗紫菜蛋花羹喝着，胡玉斋眼光从下往上，开始打量起高铭远来。

他瞄了又瞄，让高铭远浑身不舒服：“你吃饱撑着了，瞪我干什么？”

“有些好奇！”

“奇在哪儿？”

“你跟杨家素无仇怨，跟秋水联手只为了《授密歌》，不像我恨的是杨家的人，尤其是杨慕侠！”

高铭远笑了：“我明白你的意思了。杨兆龙即将在上海献出《授密歌》，我却舍近求远，陪你心急火燎地来北京。这笔账怎么算，怎么都是赔本的买卖！”

“难道不是吗？你高铭远做事向来滴水不漏，如何这次却转了向？所以我才觉得好奇！”

“你真以为杨兆龙会把《授密歌》公布于世？”

“太极门的声誉不容有失，杨兆龙既然说出这话，自然要兑现！”

“我可不这么以为！”高铭远摇头道，“明摆着，杨兆龙这是在下套子，还不如杨慕侠那边来得实在！”

胡玉斋眼光一盛：“原来你还是想在杨慕侠身上打《授密歌》的主意！”

高铭远嘿嘿一笑：“这笔账很好算，你要的是他的人，我要的是秘诀，咱们各取所需。”

“那我倒要听听，你想怎么对付杨慕侠？”

“当然要给他来暗的！”高铭远眼光往左右一瞥，压低了声音，“上次那药不是没毒死他吗，我偏不信这个邪，非再给他用上一回不可！”

他用手指蘸着汤水，在桌子上划拉着，低声给胡玉斋讲说。外头，夕阳正一点点地沉落，天色变得有些阴暗。

高铭远可不知道，胡玉斋在这个肚儿圆小饭馆里也有眼线，那是“兴武会”翁杰的手下。他事先去白云观摸了底，没发现什么异常，便暗中告知了胡玉斋，他这才放心今晚行事。

黄昏的白云观，看上去肃穆庄严。乔装改扮过后的高铭远和胡玉斋很快进到观里，住进客房。暗线是一个叫马真的中年道士。从前高铭远当住持时便为他的心腹，这些年一直替高铭远留意弱用的动静。

据他讲，杨慕侠是十天前到的白云观，住在后院深居简出，弱用每晚都会去跟他一起闭关到深夜，似乎在修炼什么功法。

高铭远和胡玉斋听到这里，不免怀疑弱用已经得到了《授密歌》。虽然说，杨慕侠有誓言在身，不得外传第二个人，可如今他是个“死人”，那句毒誓只怕也挡不得他了。

夜色很快降临，屋里燃起灯火，映得三个脸色阴晴不定。胡玉斋目光透出一股阴狠：“说说吧，该怎么干？”

高铭远便拍拍马真的肩膀：“老马，这事就靠你了！”

“观主，您有何吩咐？”虽然已是时过境迁，但马真还是不忘尊称高铭远一声观主。

“很简单！”高铭远从怀里掏出一包药粉，轻轻按在马真手心里，“你再给杨慕侠送茶水时，便把这东西下进去！”

马真吓得一哆嗦：“这，这……”

“放心，这不是毒药！”高铭远笑道，“死人对我没用，喝了它后，人就变得骨头酥软，任我摆布！”

“可是，弱用观主也在里头，只怕也会跟着遭殃！”

“那有什么不好吗？”高铭远笑吟吟地道，“弱用一去，这白云观观主的位子，怕是轮到你做了吧！”

马真脸色涨红，身子微微颤抖。胡玉斋冷冷地看着他，只等他再说个不字，便要结果了他。但道士很快就镇定下来，一咬牙：“我干！”

高铭远笑着拍拍他的肩膀：“放心，此药无色无味，没人会察觉的！”

马真强笑了下，把药包揣好，告辞去了。高铭远这才舒了口气，走到供桌前，抽了三根香点上，一一插进香炉里。拜过之后，方才用马真送来的开水沏茶，斟了两杯，把其中一杯推到胡玉斋面前：“请用！”

“我可不想喝你碰过的茶水！”

“怎么，怕我在里面下毒？”

胡玉斋冷笑不语。高铭远摇摇头：“那也由得你！”慢条斯理地品着，一杯接着一杯，不多时就喝完一壶。

胡玉斋揣着手，微闭着眼，恍若未闻。外面传来咚咚的鼓声，上晚课的时间到了。客房离着杨慕侠住的后院只是一墙之隔，这个辰点，弱用只怕已过去闭关了。

高铭远坐不住了，起身走到窗前，透过窗缝往外面瞧，观里的殿阁都挂起红灯笼，诵经声阵阵入耳。“来了！”他叫起来。

胡玉斋眼睛一下子张开，果然，随着房门打开，马真慌里慌张地钻进来，大口喘着粗气。“如何，得手了？”

马真使劲点下头：“我刚刚把茶水送进去……”

胡玉斋一皱眉：“没看到他们喝下去？”

“见了，他们拾起杯子，我不敢多待，就出来了……”

“很好！”胡玉斋说着，伸手就朝他脖颈子劈下去，却被高铭远抬手挡住。“手下留情！”他嘴上说着，手指在马真心口窝一按，他便像面条一样瘫软下去，“留着他还有用！”

胡玉斋冷笑一下，转身出门，外面的夜风一吹，全身满是凉意。高铭远在前，两人迅速地穿过月亮门，来到后院。

那里的三间正房里灯光闪亮，高铭远轻步来到门前，伸手轻轻一敲，没人应。胡玉斋抬手一推，门板应声而开。灯影下，看到床榻上有两人靠着墙坐着，果然是杨慕侠和弱用。

胡玉斋一眼就瞧得出两人的坐姿不稳，心头暗喜，鼻子间依稀闻到浓浓的檀香味儿，登时觉得一股热气从小腹慢慢升腾起来，觉得异常舒服，懒洋洋的很是享受。

要是换作以往，他就算见到老对手失去了抵抗力也会谨慎，但今天不知怎么的，胸间豪情喷涌，大大咧咧地就闯进来。在他看来，杨慕侠和弱用都成了待宰的羔羊。

胡玉斋这些年一直像蝙蝠一样活着，阴冷乖戾，从没像现在这样膨胀无羁，指着他们哈哈大笑起来：“杨师兄，你也有今天！”

他看到杨慕侠脸上慢慢泛出一丝嘲弄的笑容：“胡玉斋，你这样做对得起师门吗？”

这句话像蜂子一样钻进他耳朵眼里，有些刺痛，还有些痒痒。胡玉斋吃惊地发现，眼前的床榻不见了，人不见了，甚至连房屋都不见了。

取而代之的，是山脚下的一片松树林。日头毒辣辣地烤着，没有一丝风吹，偶尔有蝉在鸣叫。自己双膝跪倒在地，汗水洗透了衣衫。在他前面，杨东魁垂手而立，旁边站着一位清廷侍卫打扮的人，手里抓着单刀，正是英王的心腹桑万泉。

“胡玉斋，你敢背着我带福晋私奔，怎么没胆量跟我正儿八经地斗一场？”

“徒儿不敢，徒儿甘愿受罚……”

杨东魁嘿嘿笑道：“我哪敢当你师父，太极门哪里容得下你这号人物！”

“师父，求你饶我一回！”胡玉斋说着，双腿跪着往前爬行，要来抱住杨东魁的腿哀求。

“晚了！你学了杨家的拳，却用来作恶，今天你就把它还回来吧！”

胡玉斋听杨东魁说得如此决绝，知道无望，双手抱住他的腿时，便恶向胆边生，猛地就势一抡，想将他扳倒。谁想，却像在扳两根铁柱子，竟是纹丝不动，不由得大骇。

他最机警不过，马上卸去力道，恰好杨东魁就地一记弹抖，那股混元劲如强弓崩射，他稍迟一步就会被伤了五脏六腑，此时却趁势向后弹出老远，尽管狼狈地在地上打了滚儿才化消劲力，但总算是避开了。

但杨东魁哪容得他逃，旋风一般逼过来。胡玉斋知道凭自己这身功夫，根本接不住师父的一招半式，更何况他还修炼过《授密歌》。脚下滑溜，便要朝着一旁的桑万泉下手，准备拿他做挡箭牌。

岂料，杨东魁先一步看穿了他的心思，斜身扑上，一手抓着胡玉斋后心，反手一掌拍在肋下，又像烙饼一般，将他翻个儿，啪啪又在他身上拍了几下，随手将他丢到地上。

胡玉斋只觉全身酸痛难挡，哎哟叫了几声，张口吐了口血，便觉得筋骨一点点地失去力道，身体变成一团烂泥。他惊惧地哆嗦起来，牙齿咬得咯咯响：“师父，您……”

“别叫我师父！”杨东魁痛惜地闭上眼睛，“我拿回了杨家的功夫，日后咱们再无师徒之情！”

胡玉斋猛地号叫一声：“也好，我也不欠您老人家的了……”他瞪着眼，慢慢伸手往前爬，但一双官靴踏到跟前。他挣扎地抬起头，斜眼瞧见是桑万泉杀气腾腾地拦着。

“姓胡的，太极门的人情你还了，可是英王府的债还没了结呢！”

胡玉斋哈哈笑起来：“就知道你会拣这个现成便宜，大不了一死，来吧，给老子一个痛快的！”

“好个胡玉斋，算条汉子，今天我桑万泉就成全你！”桑万泉晃晃雪亮的佩刀便要扑过来。

谁知，孟幽兰偏在这时赶到，扑通跪下，求他们饶过胡玉斋一条命。他强忍疼痛，叫道：“幽兰，别求他……”眼前一黑，就什么也不知道了……

可是，他明明身在白云观，怎么会又见到杨东魁？胡玉斋使劲拍拍脑门，才总算清醒了些。瞪大眼珠子细看，眼前的幻象方才消失了，依旧是杨慕侠和弱用坐在床榻上。

胡玉斋隐约觉出事情有些不对头，无奈脑子里像灌满了糨糊，急切间竟是理不出一个头绪来。房间的供桌上，香炉里的三炷香的烟气袅袅上旋，散发着浓郁的气味。

杨慕侠目光里含着怜惜，像极了当年的杨东魁，胡玉斋的身子不禁又哆嗦起来。那时，桑万泉要用刀割自己的脑袋时，师父也是用这样的眼光看着他，不知道姓桑的刀真剁下来时，杨东魁会不会出手相救？

这个谜底永远不可解了，因为孟幽兰半道冲出来，她一个堂堂的福晋，却毫不犹豫地跪倒在一个侍卫的面前，还将所有的珠宝都献出去，只为留下他一条命……

每当想到这些，胡玉斋心头就丝丝地抽疼。听杨慕侠问：“老三，你能不能告诉我老二的下落？”

老二就是徐雁北。这句话像惊雷一样在耳畔炸响。

恍惚中，眼前又换了时空。胡玉斋发现自己又身处杨家的祖坟，站在旁边的便是徐雁北。杨慕侠的坟茔已被挖开，棺木也打开了，里面空空如也。但棺材的侧壁上却写有字迹，徐雁北抢着下去看，胡玉斋狞笑着抬起手臂，狠狠朝他后心劈下去，一股血花喷溅而出……

胡玉斋像疯了一般，在屋子里胡乱击打：“我杀，杀，那个徐老二，我早就想弄死他了……”

弱用见此情形，不禁摇头叹息。杨慕侠脸上的肌肉却微微痉挛，眉头紧锁。高铭远朝他一抱拳：“杨老先生，事情已经真相大白了，你还不出手除奸吗？”

“那也要等他清醒以后再说！”

高铭远嘿嘿一笑：“他要是清醒了，我就遭殃了！”

原来，为了引胡玉斋入套，他再次用上迷香。适才在马真房间里喝的茶便是解药，但胡玉斋生性多疑，哪里肯去碰。

马真屋里的香气闻了后，也不会立刻发作，只等着进到这里，闻到这种香气，两者一旦混合，便会强烈地发生反应，让人的神智混乱，并出现幻觉。

胡玉斋疯狂了一阵儿后，才慢慢消停了，诧异地打量着床榻上的杨慕侠，后者眼睛炯炯有神，没半点中毒的迹象。他转身问高铭远：“你这是下的什么药，一点儿不见效？”

高铭远道：“怎么不见效？”话声变得柔和，竟然学着徐雁北的口气道：“老三，你忒狠了，活活把我打死！”

胡玉斋一呆，身子僵硬，全身发冷，眼前尽是徐雁北在狞笑。高铭远趁机一拳打中他的后心，那身子呼地飞起来，直撞向床榻上的两人。

杨慕侠叹了口气，翻手一抓，将他当空拦下，随手掷出去。胡玉斋挨了一下重的，反倒清醒了，脚尖一落地，身子随即弹起来，噗啦一下，从窗户钻出去。

高铭远大惊，正要去追，杨慕侠喊道：“别追了，让他去吧！”

高铭远有些气急：“杨先生，你今天不杀他，便是养虎为患！”

“这仇不应我来报，自然有人会找他算账！”

高铭远听了，心里暗骂了声虚伪。弱用一拱手，念了声无量天尊，叹道：“这也是天道承负，因果报应！”

胡玉斋一逃出房间，丝毫不敢耽搁，拧身上了房顶，飞快地逃逸。本以为杨慕侠等人会随后追来，故而强撑着一口气，箭矢般逃出白云观。

高铭远打他那一掌时，他丝毫不曾防备，内脏受了重创。一旦落地，这才觉得全身撕裂般疼痛。夜色黑沉沉的，天上阴云密布，月亮和星星都不见露头。

夜风一吹，头脑更加清醒。“好你个高铭远，竟然给老子使这样的阴招！”胡玉斋回头狠狠地瞥了白云观一眼，却不敢耽搁，又咬着牙关，飞快地往窝风桥跑去。

才踏上桥面，便见一条黑影拦在正中，人长得魁伟，像半截子铁塔。胡玉斋还没等站稳，那人就扑将过来，两人噼里啪啦地击打几招，各自后退几步。

胡玉斋眼眸收紧：“原来是你！”

“还我岳丈的命来！”挡路的正是杨云雕。

胡玉斋登时明白杨慕侠为何不追赶了，原来是要这后辈下手，免得自己身上沾着血迹。倒也是，杨云雕杀他名正言顺。不禁哈哈笑起来，但只笑了数声，伤口就疼得弯下腰去。

原来，徐雁北一直下落不明，多方寻找无果。还是清明节时，杨云雕等人回永年老家祭祖时，才发现杨慕侠的“坟茔”异常，像是被人动过。

当此情形下，杨兆鹰不得不跟叔伯兄弟们透露实情，老头子其实并没死，而是用了“金蝉脱壳”之计，远遁而去。但是，当他们挖开这座空坟时，却发现棺材里居然有一具尸体，虽然已经腐烂，但从装束看，便是失踪日久的徐雁北。

其后，此信辗转传到杨慕侠那里，通过永年的太极门弟子盘查，有人一年前曾见到徐雁北跟人在城西出现，想必之后便遭了害。从那人的形貌看，应该便是胡玉斋。

此人装死这么多年，与秋水沆瀣一气，屡屡与太极门为敌，杨兆鹰和杨云雕早就存有除掉他的念头，可没想到他竟然会朝徐雁北下毒手。

夜色中，胡玉斋的身子摇晃了两下，斜眼看着杨云雕道：“今晚上，太极门来的不止你一个吧！”

因这老胡武功奇高，杨云雕并无胜他的把握，故而确实多带了人手藏在附近。可适才几招下来，发现胡玉斋气息不畅，好似受了重伤，心头大定：“姓胡的，用不着费那劲，我一个人也能杀掉你！”

胡玉斋叹了声：“虎落平川呢！”

杨云雕伸手拔出明晃晃的刀来，马上摆个刀花劈将过来。胡玉斋虽然受伤，身法依然灵动，如同柳条拂飘，总能在间不容发的一刻躲过去。

弓步撩刀、独立劈刀、跳步藏刀、左右分水。杨云雕闪电般地攻击，但急切间还是奈何不得胡玉斋，不禁有些恼火。因为之前杨慕侠再三嘱咐，白云观不是什么荒僻地方，务必速战速决。

随着一声呼哨，黑暗中又跳出四个人来，手里都拿着明晃晃的刀，兜着圈子把胡玉斋围起来。这下子，他无法再躲了，更何况受伤势所累，已气喘吁吁。

胡玉斋叹了声："罢了！"猛地挺身往上一迎，杨云雕的刀噗哧刺进他的胸膛。

杨云雕没想到这么容易得手，倒是一愣，胡玉斋却随即抓住刀锋："你知道吗，老子这些年活得累，早觉得没什么意思了！"把刀往胸前猛地一拉，又刺进几分，狞笑着，"痛快，这才叫痛快！"

噗噗，又有两刀扎中他的后心，胡玉斋身子一哆嗦，还不等回头瞧。太极门的弟子早抽刀回撤。随着杨云雕收刀，他伸开双臂，身子转个圈子，面向西天。在生命最后一刻，他脑海里蓦然划过一道灵光，心想："天呢，要是当初我跟幽兰一起去了，缠绵于地下，何苦拖到今天！"

这位本该死去多年的太极门元老，死时脸上竟然还残留着一丝笑容。

天色阴暗，杨云雕当然看不清胡玉斋的表情，待他倒下后，便有弟子吹声呼哨。马上，一辆马车嗒嗒地从窝风桥驶过来，来到跟前才停下，早有两名弟子利落地把一口棺木拖出来，盖子打开，另外两人则抬起胡玉斋的尸体，放入里面。

当棺木重新被抬进车篷后，两名弟子也跳上了车，车夫抡鞭子"驾"的一声，马车就轰隆隆往外奔去。留下的两名弟子则拿出棉花和布团，擦拭地上的血迹。

杨云雕转头看看天上的阴云，月亮不知什么时候竟然露出一角来。几个残星也在冷冷闪动。他叹了声，把刀丢给弟子，转身往白云观走去。

很快，马真便引他去了杨慕侠和弱用闭关的后院。杨慕侠一瞧他的神色，便知道了结果，只点点头。弱用则轻声念道罪过。

高铭远何等聪明，马上明白杨云雕便是杨慕侠暗布下的藏兵，如今那胡玉斋定是命丧黄泉了，心头登时轻松了好些，笑道：“这下好了，可以谈谈正事了！”

杨慕侠自然知道他话里的意思，朝杨云雕使个眼色，他和马真便告退出去。屋里静下来，高铭远笑眯眯地看着杨慕侠。弱用道：“我是不是也避一避？”

“不用！”杨慕侠道，“我们之间的话都见得光！”

“那是，大家都不是外人，什么话都说得！”高铭远侃侃而谈，“当初我答应跟杨老先生合作是有条件的，虽然没有白纸黑字立下字据，但以老先生这威望和品性，话一说出来就是铁板钉钉的。”

杨慕侠微笑不语，高铭远便一口气说下去：“老先生曾答应过我，事成后会与我分享《授密歌》，这事当不当真？”

“自然当真！”

“那现在姓胡的是不是归西了？”

“是！”

高铭远便冲着杨慕侠抱了抱拳：“那请老先生成全！”

杨慕侠淡淡一笑：“正如高先生所言，老朽大凡所出的话，便是铁板钉钉了。不过，这里还有一个不情之请。”

高铭远脸上的笑容有些变僵：“老先生请讲……”

“请高先生宽限我半个月，到期后，我定会兑现诺言！”

高铭远忽而眼珠一转，笑道：“我明白了，老先生是等着令孙在上海的举动。”

“怎么，高先生还不信他会把《授密歌》公布于世？”

高铭远嘿嘿一笑：“是有些将信将疑。”

“那你何不先去上海瞧瞧，有无结果，都可以再回白云观来。”

高铭远眼珠一转，笑道：“我还是不去凑那热闹吧，跟老先生一起，才旱涝保丰收！”说着，便哈哈大笑起来。

杨慕侠却已转身走到供桌前，把那三根烧了半截子的香掐断，重新拿了三根点上，一一插在香炉内。香炉后面所供奉的黄色牌位是背着放的。

他垂下眼睑，叹息一声，方才伸手把它转过来，上面简单地写着：胡氏玉清之灵位。

半年前，了因在潭柘寺圆寂，杨慕侠闻讯后不免伤感，前去拜祭了后，便给她供奉了这个牌位。尽管她早皈依了佛门，但他供奉的还是她的俗家名姓。

如果了因没死，就算查明徐雁北为胡玉斋所害，他只怕也不会这般决断地下手吧。

总之，胡玉清一去，他跟胡家的那些情分也就此断干净了。杨慕侠知道，为了长孙兆龙的复出，为了太极门的振兴，他必须尽早扫除胡玉斋这个障碍。

胡玉斋的死讯，杨兆龙和杨兆鹰第二天就知道了，杨云雕在电报只说了一句话，两人压在心头的最大一块石头就此搬掉了。

未来跟“秋水”的对决，胜算又添了几分，就算是要“和”，那也得扫清障碍。胡玉斋作为太极门所剩不多的元老之一，所行杀戮太多，杨家已不得不清理门户。但正因为老胡不是外敌，兆龙和兆鹰得到他的死讯后，心头虽然轻松了好些，却并没怎么欣喜。

上海的初夏已有些闷，兆鹰身子发福，圆浑浑的，更是耐不得热，不时要擦擦额头的汗珠子。与其说这是一种闷热，倒不如说是他心里的烦躁。

老头子“死”前玩了一手很绝的把戏，让他接了掌门的位子，却把《授密歌》传给兆龙，之后让他远遁，将杨家的仇敌引开。如此一来，太极门就减却不少压力。

可人算不如天算，谁能想到清廷很快就败亡了，杨家失去前朝权贵的护佑，竟然也跟着衰败了。此后，他为生计所累，进过军校教拳，并南下谋生，好歹是借着祖辈的余荫，把杨家的名号撑下来。自然，青年时的那股子热血早就冷却，他如今的身份说好听点是杨式太极拳的掌门，说赖点就是一名知名拳师。

有几回，他甚至冒出这样的想法。觉得自己和兆龙就像是两个吊线木偶，照旧被藏在幕后的杨慕侠操纵着。

前些日子，兆龙突然在上海现身，并准备让太极门跟“秋水”做一了断。他才寻思过味儿来，原来，不管爷爷在暗处，还是他代表的太极门在明处，到头来都要受兆龙来节制。

这多少让兆鹰有些不舒服。尤其是兆龙对外宣传，要将《授密歌》公布于世。这样做岂不是违背了誓言吗？要是可行的话，早在爷爷那一辈就做了，还要等到今天？

有几次，他拐弯抹角地问过兆龙，想摸摸他的底。但兆龙总是一笑带过，看来是不到那天是不会揭开谜底的。

当然，尽管心里有牢骚，但面上兆鹰是不会显露出来的，毕竟兆龙为太极门牺牲不少，所作所为都为杨家着想。如今胡玉斋一去，高铭远反水，再加上刘兆鸣早就归附，太极门应该是占到了上风，而这些多是由兆龙暗中谋划的。

应该说，爷爷把《授密歌》传给兆龙，其实也就是把最艰危的重担压在他肩上，身为掌门，兆鹰又有什么可抱怨的。想到这里，他也不觉得那么闷了，朝兆龙笑笑：“走，去跟兆麟、兆虎说说。胡玉斋一死，他们外公的仇也报了。”

兆龙把电报折好，揣进衣袖里：“你去吧，我还要见一个人！”

“跟胡玉斋一伙的？”

兆龙一笑：“如今也是我们的人了，可有些话还是要当面说清楚。”他走出致柔拳社后，便折去了翁杰下榻的旅馆，路倒也不远，只隔着两条街。

其实早在七年前，兆龙就查明了翁杰跟胡玉斋有往来，牢狱中上演的那一出，只不过是为了骗取他的信任。杨慕侠“死”后，他跟武云潜逃，很快得到“兴武会”的接应，那段时间翁杰对他俩照顾得无微不至，其实是别有所图。

胡玉斋和红燕子正因为翁杰是他们的人，兆龙和武云在“兴武会”等于被“秋水”间接控制，是以才安下心来，盼着翁杰软磨硬泡，能早日从兆龙嘴里掏出《授密歌》的秘诀来。

却没想到，住过十来天后，两人却突然不辞而别，只留下一封书信，说是不愿意连累翁杰，就此下落不明。

今年三月，兆龙重新在上海滩现身后，翁杰很快就接到他让太极门弟子送来的信，让他启程来上海一晤，并请他帮着调解太极门跟青红两帮的过节。

几年不见，翁杰发现兆龙变得更沉稳了，说话竟不沾什么火气，像深深的潭水，难起波澜。更让他想不到的是，兆龙上去也不藏着掖着，坦承他所知道的事，包括翁杰跟胡玉斋的渊源。但这话由他嘴里说出来却并不刺耳，因为他依旧是向跟朋友倾诉，不带一丝火气。

翁杰当时唯有觉得羞愧，对不住这份情谊。他想说几句内疚的话，也被兆龙阻止了。反过来，他倒是要请翁杰帮一个忙。

翁杰到此地步，哪有不答应的道理。兆龙很真诚地告诉他，自己此次现身上海，确实要将《授密歌》公布于世，并力争与“秋水”化解仇怨。

但胡玉斋是挡在中间的一块巨石，他是铁了心跟太极门作对，无法掉头。所以只有将他暂时引开，诳他去北京白云观，让杨慕侠出头摆平。

这才有了后来胡玉斋在北京东门车站下车后，去肚儿圆饭馆接头的那一幕。他正是因为听信了“兴武会”暗线的话，才打消疑虑，跟着高铭远连夜去闯白云观的。但翁杰愿意这么做，倒并不想着胡玉斋去送死。毕竟那交情是从老辈人就结下了。

兆龙的本意也并不是一定要将胡玉斋置于死地，但高铭远在白云观借助迷香，诱导老胡说出了真相，徐雁北确实死于他手，此人便留不得了。杨云雕定然不会让胡玉斋活着离开。

翁杰自从按兆龙的安排，将计就计诳了胡玉斋后，心里一直不安。今天一见他登门，便知道北京白云观的事有了眉目。

两人寒暄了句，坐下才泡上茶，兆龙犹豫着该如何启齿，翁杰已直接问了：“白云观那边怎么样了？”

“刚接到信儿！”

“怎么说？”

兆龙把那电文掏出来，放到茶几上，翁杰打开一瞧，脸色顿变，电报从指缝滑脱，飘到地上。兆龙俯身捡起：“翁兄，我食言了！”

翁杰脸色慢慢涨红，眼珠子鼓胀："你当初可没说，这一趟会要了胡老爷子的命！"

"翁兄，你可听说过当年的杨门三杰？"

"当然，我记得胡老爷子跟杨老掌门便是其中的两个！"

"还有一位排行老二，便是我的太师叔徐雁北。"兆龙面色郑重，"他去年被人暗杀，凶手已经查明，就是胡玉斋！"言下之意，只能一命抵一命！

翁杰斜着眼看他："也就是说，在他去白云观之前，你们便知道是他杀了徐雁北？"

兆龙摇摇头："还没确定！"

翁杰叹了口气："是我害了胡老爷子！"猛地扭头瞪着兆龙，"你知道吗，老爷子有恩于翁家，我非但没报答，反倒诳他去送死，你说说，我心何安？"

"那也好过为虎作伥吧？"兆龙语气依旧平静，"翁兄，我们都到这岁数，差不多也活明白了，有些事可做，有些事不可做！"

翁杰慢慢站起身，走到窗前，抬眼远望外头，眼神飘忽，其实心底里雷霆震动。好一会儿他才长长吐出一口气，转过身来面对兆龙，后者神情平静。

翁杰抬抬手："杨兄，请吧！"

"这茶还没喝一口，翁兄就下逐客令？"

"我不想跟你太极门为敌，但也不想再与你杨兆龙为友！"

兆龙见翁杰说得如此决绝，心下沉甸甸的，只得慢慢起身："也好！"走到门口，又停下来问，"翁兄，斗菜那天你会到场吗？"

"我明天就回山西！"

兆龙点下头，毅然跨出了门，他心里明镜似的，翁杰有此反应并非为了胡玉斋的死，更多是他自己的底细被揭穿，有所恼怒。

试想，他当初应胡玉斋和红燕子之情，费尽心机打入刑部大牢，跟兆龙结下交情。不承想很快就被兆龙识破，以至于后来兆龙投奔他避难时，又不告而别，等于是将计就计，耍了他们一场。

这次他们重在上海聚首，兆龙因为有意跟“秋水”和解，故而要事先扫清障碍，所以找了一个合适的机会，跟翁杰开诚布公地谈了。

要知道，这位“兴武会”的头头在江湖里也有一定地位，却被人玩弄于股掌之间，心下如何能不恼怒。只是碍于情面，不得不强忍着。如今借着胡玉斋这一事突然发作，不过是找到一个下坡桥而已。他这样做其实对谁都好。

一走出门去，暴露在灿烂的阳光下，兆龙顿觉得心头敞亮，全身毛孔都舒舒服服地张开。前方的拦路石差不多都扫清了，他对二十日那天的斗菜充满了信心。

其后几天，给太极门助拳的武林朋友纷纷到达上海。尤其是吕良师兄和来宝的到来，更是让兆龙觉得惊喜。

他们三个如今也有近十年没得见了，乍一见面，兆龙竟然有些眼直，吕良真是发福了，成个大胖子，油光满面地足足有二百多斤。来宝呢，居然留起了络腮胡子，威猛有味儿，再也不似从前的乖巧精灵。

打量过后，便是相拥而笑，却又不免慨叹岁月不饶人，他们都步入中年，鬓边都生了华发。但当年在会贤堂的那段时光，仿佛就在昨天。

兆龙知道，他们平日里都肩担着一份家业，却在百忙中抽身过来相助，这交情当真是实实地不掺半点水分。感动之余，只能把那些话咽进肚子里。

还是来宝嘴快，从一见面就妙语如珠，最后一拍胸膛，下了结论：“凭咱们这铁三角，这次斗菜赢定了！”

话是这么说，但吕良一点儿不敢大意，因为毕竟对手是有京城厨界第一高手的十一指。他如今已经接替黄鹞子，成为新的厨霸。

可是再看看这边，不管是吕良还是兆龙，都没被厨界承认是新一代的厨神。吕良呢，是菜品的创新上有所欠缺，兆龙则曾被下狱多年，又跟着隐退，以至于厨行里竟然有很多人不知道他的名号。

按照比赛规矩，食材所需费用不能超支，限于五十个大洋内。他们将在一个半时辰内，每人奉献出十道菜。兆龙这边叫功夫宴，十一指那边叫江湖菜。每菜一打分，得分多者胜出。

距离斗菜的日子只剩下三天，摆在他们面前的是赶紧拟出这十道菜品，既然叫功夫宴，须得往这边靠拢，在菜名和立意上多下番功夫。另外，最好是不跟对手的菜肴重合。

吕良问："兆龙，看你这模样，是不是心里早打好谱了？"

兆龙笑笑："我心里是有些计较，但并无十足把握！"

"烧菜也讲个随机应变，哪有十分之说？"

"关键是我并不想赢他！"

两人听他这样一说，都是一怔："不讲输赢，那还叫什么斗菜？"

"当然是中和最好！"

来宝一拍巴掌，笑道："我明白了，你这理论又是从太极里面来的。输是阴，赢是阳，阴阳最好不要对立，而是相济！"

吕良却不耐烦这些玄虚的道理："管它什么阴阳不阴阳，把菜烧好了才是根本。"

"师兄这话实在！"兆龙道，"所以我想请师兄和来宝多费点心思，颠倒出几个新鲜花样来！"

"那你在功夫宴里面，到底想好了几样菜？"

兆龙伸出一根手指。来宝瞪大眼珠子："才一样？"

看着兆龙点头，吕良也沉不住气了："菜名叫啥？"

"太极变！"

"这名倒是有点意思！"来宝眨眨眼，"剩下的名字也照此类推，形意、八卦、披挂、少林、螳螂、八极、通臂、迷踪、咏春！得，十个菜就全了！"

吕良沉吟着："所谓的江湖菜、功夫宴，不过就是往字眼上靠一靠，关键还是要菜烧得好吃。味道有了，剩下的往形上多考虑下，应该能跟这些拳种搭上桥！"

兆龙听师兄这么说，轻舒了口气，却又提醒他们，别忘了钱数不能超过五十块大洋。这里面，还要扣除他"太极变"所需的五块。

吕良和来宝知道兆龙如今处在风口浪尖，妻儿又被仇家羁押，心思自然难以放到做菜上面，故而都愿意帮他多担当些。

来宝甚至想，最好还是能像从前那样，把对方的菜谱打听清楚，知己知彼，百战不殆！可惜这是上海滩，不是北京城。

他们可没想到，不等去刺探对方的“军情”，十一指却主动相邀了。

十八日这天上午，吕良正和来宝扎在致柔拳社的后厨里面炮制新菜，忙得不亦乐乎，兆龙就拿着一份请柬进来了：“师兄，来宝，咱们得去一趟大浦东了！”

因为尚有四样菜没“开发”出来，吕良的心思全扎在这里头，头都顾不上抬，只闷声问了句：“去那儿干啥？”

来宝却一把将请柬接过来，打开一瞧，叫道：“好啊，这是朝我们示威，还是想服软？”

吕良这才把眼睛往请柬上一溜，发现对方不但请了兆龙，他和来宝也一并在相邀之列，不免有些疑惑：“他这是什么意思？”

“用不着费心猜！”兆龙道，“十一指虽说现在是替秋水出头，是我的对头，但同时也是朋友！不瞒你们说，他不来信相邀，我也会去登门拜访的！”

他嘴上这么说，吕良和来宝心里却不这么想。对于这个十一指的底细他们多少也了解：“厨霸”和“厨神”虽然有旧，但在宫里当御厨时，他们之间就没少较量过。

如今，两者的传人只怕更想为这称呼而拼个高低了。因为他们一个是“厨神”，一个是“厨霸”，此番较量，其实就决定将来哪一支会执掌厨界的牛耳。

吕良和来宝只知十一指厨界的身份，却并不晓得他其实还是八卦掌宫廷一脉的传人，这一支因为秘密在宫里的太监里面流传，是以外界极少知道。早些年在宫里碰上时，兆龙和十一指曾经较量过几次，均以十一指败北。

可两人却由此打出更深的交情，并相互交换了内功心法。那时候，他们都还青春年少，不愿受世俗偏见所累，故而能够敞开胸怀。也不知道这么多年过后，再次碰头还能否像从前那样交心。

九点半的时候，他们来到位于二马路上的大浦东，这栋酒楼场面大，由三层楼围成一个四方的天井，旁边不远就是有名的太和园。

十几天前，兆龙曾经单枪匹马闯过这里，并惊动了它的后台老板——斧头帮的谢老六。是以那些厨子杂役都认得他，当日他曾经在后厨施展过手段，结结实实地把他们给镇住了。故而见到三人一到门前，每人都笑脸相迎，引他们径直去到后厨。

十一指听见动静，先一步从灶间迎出来，十多年不见，他也有些发福，哪里还是从前一副瘦竹竿相，加上蓄起胡子，显得有些威武了。他跟兆龙一照面，便紧紧相拥，倒叫吕良和来宝看得眼直，心说，不明底细的，还真以为他们是死党呢！

两人执手寒暄了几句，十一指又朝吕良和来宝点头示意，然后拉着兆龙往里间走："来，带你去见一个人！"

"谁？"

"绿娘！"

吕良和来宝一听"厨仙"也到了，都吃惊不少。要知道，民国以后，这位传奇女厨师便没在厨界露过面。兆龙却是心里一沉，原来十一指请了绿娘来做帮手："厨霸"和"厨仙"这一合璧，他这个"厨神"的传人只怕更少了几分胜算。

进到后厨，果然看见一个优雅的妇人端坐在一把太师椅上抽卷烟，品着茶，虽然芳华已老，但韵味不减。兆龙几个赶忙上前拜见，绿娘抬抬手："都起了，现在是民国了，不兴这个！"

话是这么说，兆龙三个施完大礼后，老妇人还是显得很高兴，别看她也是六十多的人了，却眼不花耳不聋，乍一看顶多四十来岁的模样。

"前辈有些年头没出来活动了，是哪阵好风把您老人家吹到上海来了？"兆龙说这句话，就有些明知故问了。

绿娘笑着一指十一指："还不是为了他！"一顿，又说，"你两个身为厨神和厨霸的关门弟子，难得能在这里同台亮亮手段，为了死去的老哥儿俩，老身呢，别的事做不来，帮着把把关还是行的！"

"这么说，您老人家是来当评委的？"

"那倒也不是，不过是给十一指助下威！"

吕良和来宝乍见绿娘跟十一指在一起，心就悬起来。斗菜时当然用不着厨仙亲自出手，只要她愿意在这两天给十一指指点一二就足够了。谁不知道“厨仙”的诗菜最讲究外形美观。

只听兆龙笑道：“有绿娘坐镇，我相信这次斗菜会做到公平！”

“不但要公平，还要公正！”十一指笑道，“我今天请兆龙你来看看，便是要你熟悉下大浦东的后厨，免得到时候手生……”

兆龙一笑摆手：“你可能还不知道，我曾在这里的后厨当过灶！”

十一指一呆：“那么，你的功夫宴都准备好了？”

“时间太紧，只弄了几样！”

“那我先说说自己的菜吧！”不等兆龙说话，十一指就扳着指头说开了，他要做的江湖菜分别是少林英雄煮、武当仙人跳、峨眉猴头秀、青城一汤幽、唐门红辣肉、天山雪莲盅、丐帮狗肉煲，外加崆峒飞霞、昆仑肝胆，正好十道菜。

吕良和来宝不禁相视一眼，光听这菜名就知道有尝头。兆龙干脆竖起了大拇指，说了声好！

十一指却用异样的眼神看着他：“老伙计，你不会是在糊弄我吧？后天就要斗菜了，你还有菜品没备好，存心想让我赢是不是？”

兆龙苦笑：“你赢了，我就惨了！”

十一指一瞪眼：“那你还不赶紧加把劲，都火烧眉毛了！”

来宝在旁看不过眼了，拱手道：“先生本名可是姓苏？”

“不敢，在下苏翼！”

“好名字，展翅高飞，一飞冲天，前程似锦！”来宝上去夸了两句，随即脸皮一板，“可阁下刚才那番话可就不中听了，真真的是站着说话不腰疼！你想必也清楚，兆龙怎么答应跟你斗菜的？总共十天不到，准备都来不及，再说他老婆孩子还被对头挟持，你说，这斗菜公平吗？公正吗？我看你就算赢了也是胜之不武！”

来宝牙尖嘴利，一席话哇啦哇啦倒出来，呛得十一指半晌犯不上腔来，不免有些气急败坏：“秋水跟他太极门的恩怨，与我何干？”

来宝摊摊手：“那我就没什么好说的了！”

兆龙这才插嘴："十一指，你别多想，后天的斗菜我会全力以赴的，不然也对不起咱们这么多年的交情！"

斗菜还没开始，倒先斗上嘴了，绿娘在旁边瞧着十一指被人挤对，笑道："兆龙，你可不能偷懒呢！斗菜这事儿，说大也大，说小也小。你可能不太在意，你师父的脸面却都押在上面了！"

"您老放心，厨神的名号断然不会折在我手里的！"

"好，有你这句话就成！"十一指为人简单，话一说开，心里面就不装塞它了，伸开双臂咯嘣咯嘣转了几下，笑眯眯地瞧着兆龙，"算着，咱们有些年头没活动下筋骨了！"

兆龙哪能瞧不出他心中所想："怎么，这些年你又练出什么新花样了？"

"新花样谈不上，不过功力是添了些。"十一指目光灼灼，"倒是听说你老早就得了《授密歌》，如何，今天这里也没外人，能不能叫俺开开眼？"

兆龙左右瞥了瞥："就在这后厨？"

"离开这地方，就人多眼杂了！"

绿娘也笑道："《授密歌》我也不知道听过多少回，难得兆龙你得了宝，今天就让我们见识一二吧！"抬眼问来宝和吕良，"你们二位的意思呢？"

来宝虽然看上去中年老成了，但依旧有一副好玩的性子，赶忙鼓掌："那再好不过了，厨艺加武艺，一准顶呱呱！"眼珠子一转，又变了口风，"不过，既然是比武，那是不是也该有个彩头啊？"

十一指倒是没想过这事，打个愣神。来宝道："你们想想看，兆龙此次跟十一指斗菜，彩头也是有的，只不过是被'秋水'抓在手里。我看这次比武的彩头是要好好说说，不能干比啊！是不是吕师兄？"

吕良点头，说："应该的！"

绿娘在旁瞧着，暗叹说兆龙的这两个帮手可真是有心呢，处处维护他。再看十一指，受他们所激，哪能不应承："好了，彩头该有！"一拍兆龙的肩膀，"你说吧，想赌什么？"

来宝和吕良听了，不禁暗自惊喜，没想到十一指会这么“大方”，谁都能料到他们两人比武的结果，苏翼必输无疑，这等于是给了兆龙一个翻盘的机会。直接可以影响到后天的斗菜，只要他列出一条有利于自己的条款，便添了胜算。

谁知，兆龙只是淡淡一笑：“这彩头嘛，说来也简单，不管今天谁输谁赢，后天的斗菜都得竭尽全力，那才算是彼此敬重！”

非但是来宝和吕良，绿娘和十一指听后都大跌眼镜，兆龙这个“彩头”等于没说。十一指不禁朝他竖起了大拇指，心说，杨家子孙果真一身傲骨啊！

灶间可容腾身的地方不多，要是两个人拉开架势激斗的话，非但施展不开，反可能把后厨弄个稀巴烂，故而他们决定进行“文比”。

所谓“文比”，就是照十一指的意思，把一口大锅放到空地上，里面倒入两桶水，差不多半锅的模样。来宝和吕良在一旁看着，觉得很稀奇，虽然他们经年在厨房里忙活，却是头一回瞧见围着铁锅来比武的。

照例，十一指先要演示一番，然后兆龙再照章办理。要是过关便算打和，要是不成便算输了一局，但可以另外在锅上演示一种功夫来考较对手。

十一指待准备完毕，把袖子一挽，袍襟撩起掖在腰带上，朝屋里的四个人一抱拳：“献丑了！”脚尖一点，像只蜻蜓一样轻轻落在锅沿上。

来宝和吕良见他如此高大肥壮的身子，居然轻飘飘地黏在锅边上，惊得目瞪口呆。绿娘像是早见识过十一指的手段，只是微笑着端量。

兆龙则暗自称赞，没想到这些年不见，十一指的武功竟然精进如斯。看来，他非但在厨艺上用心，武艺上也花费很大心血。

十一指开始提气在锅沿上行走，虽然不快，但每一步都踩得稳稳的。走了七八圈后，来宝看出了门道，好家伙，锅里头发出嗡嗡的震响，那水居然也跟着旋转，并慢慢转成一个旋涡。

这种匪夷所思的功夫简直像是在玩魔术一般，把来宝和吕良看傻了。十一指的速度却越来越快，猛地身子往上一蹿，斜着飞出去，眼看着要撞到墙上，却又慢慢滑溜下来。

再看那锅里的水，已经旋起两指多高，而锅体也跟着在地上旋转，如同一个巨大的陀螺。兆龙朝着十一指点头："好功夫！"

来宝凑过身去，看着铁锅转得慢下来，水面也徐徐回落，嘴里啧啧有声："好家伙，变戏法也没这神奇！"

十一指得意地一抬脚，制住了铁锅，朝兆龙一噘嘴巴："该你了兄弟！"

兆龙笑道："那我还得再加点水！"拎起木桶，又往里倒了不少水，直到水面与锅沿差不多齐平。看那样子，只要用嘴轻轻一吹，水花就会溅出来。

十一指见状甚是迷惑，不知道兆龙想怎么做，忍不住问："喂，不是说文比吗，我刚才弄的那玩意儿，你到底能不能学得来？"

兆龙不应答，只微微一笑，也不见他的腿弯、臂动，身子就缓缓升起，毫无声息地落到锅沿上。

众人登时大气不敢多喘。他背着双手，开始踩着锅沿走起步子来，并越来越快。更可怕的是，那水面居然不起涟漪，只是微微颤动。

十一指倒吸口凉气，这难度可是比自己演示的大上好些，不禁冷汗簌簌滑下。"好！"来宝故意凑近他耳旁大喊了声，震得十一指一哆嗦。

再看兆龙，身子突然像陀螺一样旋起来，从锅沿轻轻飞到地上。再看那锅里的水平面，居然凭空拔高了半指，明明高出锅沿，却并没流溢出来。就好似锅沿四周布上一层气圈，那水面受了激荡后，虽然慢慢拔高，但却出不了圈。

绿娘眼见如此奇景，忍不住用手背揉揉眼，几欲以为自己眼花了。待见是真的，夸道："阿木，你这手功夫可真够绝的，难道这就是《授密歌》？"

兆龙笑着摇摇头，十一指涨红了脸："我偏不信这个邪，我，我要跟你武比！"

来宝此时唯恐天下不乱，笑嘻嘻地问："怎么个武比法啊？"

十一指一个高蹦上去，踩在锅沿上："来兆龙，咱们在上面比画比画！"

兆龙摇头叹息："何苦呢！"

“你不敢上的话，就等于认输！”

话音才落，眼前一花，兆龙已闪电般蹿到锅沿上，挥手击来。十一指没想到他来得这么快，吓了一跳，下意识地抬手去挡，谁知，人影却一晃就没了。

兆龙竟然虚晃一枪，瞬间又从铁锅跳下来。但十一指的力却已发出来了，突然落了空，身子登时往前倾倒，百忙中想伸出一条腿撑住锅沿，却是已经来不及了。

眼看着人要栽进锅里，却被兆龙轻轻伸出一只手抵住胸膛，就此挺住了。还没等其他人反应过来，十一指便借势往后一弹，稳稳地落了地。

他却不看兆龙，尽管伸出双臂缓缓地收功，如此深呼吸两次，才抬起眼皮，脸上慢慢泛出笑容：“好了，我输给你了，输得心服口服！”

兆龙微微一笑：“其实你武功也精进不少！”

“不用给我留脸面，”十一指笑道，“这些年我练武不勤，是因为把精力用到厨艺上了！你呢？”

“咱俩正好相反！”

“这就对了！”十一指抬起长有六指的那只手，点点兆龙，又点点自己，“后天还在这里，我厨艺上面铁定赢你！”

绿娘笑道：“可别先把话说满，水满了，就会漾出来！”

吕良在旁边瞧着，心想，姓苏的身兼厨霸和厨仙两家的手艺，又在御膳房待了十几年，看来这次兆龙真的胜他无望。

来宝忍不住道：“既然苏御厨这样说，那我看这斗菜也用不着比了，兆龙，你干脆认输得了，反正人家说他赢定了！”

十一指很头疼来宝的尖刻，眉头皱起来。兆龙赶忙笑道：“别当真，他是在说笑！”朝十一指伸出手去，两人轻轻击了下掌，“后天的斗菜，我自有奇招对付你！”

十一指眼睛一亮：“好啊，我就是按菜名去做，以不变应你万变！”

来宝听了却不以为然，暗道，玩什么障眼法？现在报出了菜名，后天可未必就照样做，谁知道到时你会弄出什么花样来！

他本以为十一指公布菜名是在故作大方，谁知出了灶间后，发现酒楼大厅里已经有两名《申报》的记者在候着了，一个拿纸笔采访，一个啪啪地照相。

这样，后天两名前清御厨的斗菜便成了上海滩的一道抢眼的新闻，文章中非但把兆龙和十一指的生平渊源道个明白，果真还列出了苏翼的菜单。

而兆龙报出的菜名只有一道“太极变”。虽然仅有一道，但却引起了更多的联想。更有人把它跟太极十三势联系到一起，认定这位杨家的后人届时会捧出八卦加五行，共计十三道菜。

这样，八卦掌传人和太极拳传人在二十日的斗菜还未开始，轶事就传遍上海滩。江湖菜和功夫宴更是引起了不少酒楼和食客的兴趣，中华厨界中一场前所未有的“大比武”，徐徐拉开帷幕。

紧随着《申报》刊出斗菜的新闻后，参与此次厨艺比武的十个评委名单也一一列出来。他们分别是：工部局警务主管艾伦、淞沪护军使使署的张家伦副官、青帮潘安堂的“老头子”马常用、《申报》总编辑郎俊、民新影业公司的导演郑秋、精武体育会的陈公哲、昌荣百货公司的朱发荣，以及张家花园的张叔和，再加上秋水的红燕子和太极门的杨兆鹰。

杨兆龙和十一指的斗菜定在晚上七点在大浦东酒楼举行。从华灯初上到翌日凌晨三点，上海滩的夜生活长达十个小时，真真成了一个不夜城。

此时的上海已成了人的海，街上人流涌动，男的或西装革履，或礼帽长衫；女的个个浓妆艳抹，不管是旗袍还是长裙，都踩双高跟鞋。路上车辆穿梭，人力车、摩托、吉普、福特、奥斯丁，铃声、喇叭声响成一片；卖报的、卖花的、卖香烟零食的，见缝插针地四处兜售，叫卖声跟乐曲声一起飘荡。

这晚的大浦东不对外营业，获准进去观看斗菜的都得持有请柬。酒楼大厅能容纳二百多人，秋水和太极门两家各分得一百张入门券，也算公平。

太极门这边的要人几乎全部出场，紧随门主杨兆鹰左右的是刘兆鸣、兆虎、兆麟、吴清泉、宋文鼎等，他们被安排在大厅右侧。致柔拳社和精武会的弟子们依次在身后坐定。

秋水的“老祖宗”是头一次在广庭大众前露相，陪伴她的除了武风和武蕾外，尚有三个年过花甲的老人，却都是陌生面孔。此外，法国领事、中央巡捕房的头目、斧头帮帮主等黑白两道的人物皆帮她压阵，可见其在上海滩的势力非同小可。

大浦东酒楼为了承办好这次的“斗菜”，特地另外整弄出一大间后厨，加上原先的厨房，正好将兆龙和十一指隔开，互不影响。此时，他们已带着帮手在里面备料，一待七点半整“斗菜”便正式开始。

兆龙这边的助手是吕良和来宝。十一指那边的助手是绿娘和三金。单单从副手的分量上，天平已经朝后者倾斜，这场斗菜是厨神的传人应对厨霸的传人跟厨仙联手。

这还不算，最让吕良疑惑的是，他竟然一点儿看不懂兆龙的路数。如今，参赛所用的食材全部是按吕良要做的菜式买来的，兆龙只弄了一些黑米和白米。他这样敷衍让吕良百思不得其解，难道说，紧要关头他会变戏法，瞬间弄出十道美味佳肴来？

为此，吕良几次询问过兆龙，他都笑着说师兄放心，我不会给师父丢人的。

如今，斗菜马上要开始了，总得起前备料吧，吕良和来宝便把目光都看向兆龙，等待他的指使。谁知，兆龙居然连袖子也不挽，只掏出怀表挂在旁边墙上：“两个时辰内，要烧制十道江湖菜，也真够十一指忙活的！”

吕良听了不禁有气：“你以为你就不忙了？你也有十道菜呢！”

“不，我只有一道菜，那就是太极变！”

来宝也忍不住了：“兆龙，你是不是迷糊了，这次斗菜明明说好了，要比十道菜，你只出一道菜，那铁定是输了！”

“那也没办法，我只准备了一道太极变！”

吕良听了更是来气，指着眼前的食材道：“那你还叫我买这些做啥？当摆设？”

“当然不是，师兄，现在就请你烧制你的功夫菜！”

吕良一瞪眼：“你的意思是说，让我来替你？”

“不，师兄你烧好的菜用不着往上端！”

“那我还忙活个屁啊！”

看到吕良真恼了，兆龙赶忙道：“师兄别火啊，这样做一来是帮我打了马虎眼，二来呢，趁这工夫你也可以多弄出几样新菜来！”

来宝知道兆龙素来聪慧，不会干糊涂事，赶忙打圆场，笑道：“吕师兄，反正食材买也买了，莫不成还能白放着烂掉？我看看啊，正好趁这机会练练手，让我和兆龙都尝尝鲜！”

吕良脸色方才好看了些：“那我试着做两道吧！”

来宝嘻嘻一笑：“我来帮你当下手，兆龙你在一旁长眼就行，别忘了你那道太极变！”

兆龙朝两人抱抱拳，算是谢过。来宝手脚麻利地把围裙系上，瞄了一眼食材，问：“十一指的第一道菜是少林英雄煮，吕兄，咱们来他的少林罗汉菜吗？”

“不，少林叫他用了，咱们哪能跟他屁股后面捡渣渣？”

“那你这第一道菜叫啥？”

“白鹤亮翅！”

兆龙听了这话，眼睛一亮，朝吕良竖起大拇指：“师兄果然精细，这菜名整得好！”

吕良也颇为得意：“没错，我这些功夫菜样样都应了你杨氏太极拳的名目！”

来宝的眼光早落到食材里的鸡翅上了：“哈哈，我明白了，原来这些鸡翅就是为了它准备的！”

“没办法，弄不来白鹤翅膀，只能用鸡翅来代替了！”三人朗声笑起来。

大厅里此时正热闹异常，身穿燕尾服，打着蝴蝶结的司仪正在介绍此次斗菜的章程。武蕾的目光在太极门的阵营扫了一圈，不期与林宝对接。她冲他微微一笑，后者倒闹了个红脸。

这位齐凤楼的少东家，原先对武蕾狂追过一段时间，后来发现对方竟然是“秋水”的人，才知道被利用了，心头自然充满怨愤。只是，每当跟武蕾碰面，心肠就软了，竟是恨不起来。

林宝心里面起伏荡漾，情难自禁，武蕾可是过目即忘，她重新坐正后，才发现同样坐在“老祖宗”身后的武风不见了，心想，这节骨眼他去哪儿了？

四下扫了扫，并没见到武风的身影，显然，就在刚才的工夫这家伙开溜了。武蕾忍不住把头抻过去，贴着红燕子的耳根小声问了句：“老祖宗，怎么不见大风了？”

红燕子一皱眉：“刚才不是在这儿？”

原来武风离去时，竟然也没跟“老祖宗”请示一下，显然有不可告人的勾当。武蕾身上一阵发冷，要是没猜错的话，这家伙只怕去见武云母子了。

两天前，红燕子突然使人把武云和小木头转移走，藏身地竟然没几个人知道，甚至连武风和武蕾也被瞒着。这说明“老祖宗”对他俩也有了疑心，也正是从那天起，武风就像患了癫痫病似的，浑身不住晃颤，眼神透着血红和狂热。

昨晚，他们偶然在外头碰到，武风还盯着她打听武云母子的下落。听到武蕾说不知情，他就气愤地道了一句：“别以为能瞒得了我，早晚我会把他们挖出来！”

说这句话的时候，武风的脸孔扭曲，变形，让武蕾心头不住地冒寒气。这家伙疯了。

“老祖宗，这事您得管管，大风他发疯了，只怕去找云师姐了！”

“放心，他找不到她！”

“可是，事情总有个万一啊！”

红燕子瞥了她一眼：“你是不是管得忒宽了？眼眉前，还是先把这斗菜赢了再说！”

武蕾只得小声说是，虽然勉强靠在椅子上，却是如坐针毡。

这时候，武风果然已出了大浦东酒楼，外面夜幕早就降下，霓虹灯闪烁耀眼，热闹十分。

站在熙熙攘攘的人流中，各种各样的叫卖声、汽车的嘟嘟声、黄包车的丁零丁零声，交杂在一起一股脑地往耳朵里钻，武风却是浑然不觉，眼珠子烧着炽热的光芒，嘴角不停地抽搐，牙齿也咬得咯吱响。

他很快就叫了一辆黄包车，赶去方浜路。那地方在老街上，跟豫园、老城隍庙毗邻，店铺林立，汇集着银楼、商行、钱庄、酒肆、戏院，上海仁丹、美丽牌香烟、勒吐精代乳粉的美女广告到处可见。

车夫拉着武风在老街的人流中穿梭，辨认着房牌号，最后在一家叫何记的典当行停下，那是一幢高墙青瓦、宽大坚实的房子，一块“当”字招牌高高悬挂着。

武风从车上跳下，扔几个铜板给车夫，然后就转到了典当行的后门，尽管身旁有行人穿梭，他却毫无顾忌，一纵身便跳进后院去。

那里却有人看守，猛见人跳进来，马上便蹿过来，手里挥动着明晃晃的家伙，喝问：“什么人？”

“自己人！”

那两个守卫一愣，还没等回过神来，武风早闪身扑到，拳打肘击膝踹，瞬间便将两人打昏在地。斧头帮的手下自然挡不住他这样的高手。“老祖宗”之所以突然间将武云母子秘密转到此处，只为了稳妥，以免在斗菜之际，让太极门的人有机可乘，把人质劫走。却没想到对手没找上门，武风却开了杀戒。

面前是一座二层小楼，其中一间屋子里闪动着灯光，显然，适才那两人的惨叫声惊动了里面的人，窗户唰地拉开，一个孩子的头先伸出来，黑暗中却看不真，只能瞧见有人影。

“娘，你快过来看！”出声的正是小木头。

武风不禁冷笑，跟着他就看到武云的身子也在窗口出现，浑身登时一阵战栗，一步步地走过去，来到楼下。

武云瞧清是他，倒吸一口凉气：“你怎么来了？”

“我挂记着你，就过来瞧瞧了！”武风说着，龇牙一笑，一头钻进楼洞。

武云听着他一步步踏着楼梯上来，竟然觉得心惊肉跳，小木头自然更是恐惧，紧紧抓住母亲的手。他自从被劫持后，这个长着猪皮痣的家伙就成了心头的恶魔，甚至于在睡梦中也不曾放过他。

皮鞋踏在走廊时，声音更响，嗒嗒的每一下都像踩在这母子心上。在房间门口停下后，整栋小楼里突然陷入死寂，没有响动更让小木头觉得毛骨悚然，他慌忙躲到武云身后。

过了好一会儿，门外也不见动静，便好像那里早没了人。武云心底不禁涌出一股愤怒，她知道，武风这是在玩猫捉老鼠的游戏，这个变态的混蛋想消遣她们娘俩。

终于，武风出声了，语气异常的柔和：“师妹，可以进来吗？”

武云一咬嘴唇：“深更半夜的多有不便，你还是走吧，有事明天再来！”

“可惜这事急，明天再说的话便迟了！”

武云不言语，她能听到小木头呼吸急促，赶紧摸着他的脑袋。又听门外道：“师妹，你要是不开门，我可就自己动手了！”

武云知道这武风为人龌龊，行事没有道德底线，简直就是小一号的独眼龙武恶。这薄薄的门挡是挡不住了，索性自己上前打开。

她看到武风歪着头，斜着眼，目光直勾勾地盯着自己，身子簌簌乱抖，像得了癫痫病，心下便更生警惕：“武蕾呢？”

“她陪老祖宗在大浦东看你丈夫跟人斗菜呢，可没工夫来这里！”

武风说着，就抬脚跨进来，武云向后退了几步，小木头一直躲在母亲的身后，一双小手死死抓住衣襟。

“说吧，你这么晚了来，还杀了人，到底想干什么？”

武风嘿嘿一笑：“师妹，那两个人我可是为你杀的！”

武云一惊：“为我杀的？”

“他们不死，你想走可不容易！”

武云心中一凛：“谁说我要走了？我答应过老祖宗，没她的应允，我是不会随便离开的！”

“嘴皮上的话当什么真？师妹，你太老实了！”

“师兄你可是太不老实了！”武云冷冷地道，“我知道你心里是怎么想的，骗我离开这里，你就好下手是不是？”

“笑话，在这里我也能下死手！”武风说着，努努嘴，“不信你出去瞧瞧，外面还有人活着吗？”

武云脸色惨变，她知道，武风既然敢背着“老祖宗”来这里，还下手杀了人，便等于是公然跟“秋水”决裂。他如今是一头发了疯的狼，没有怕处了，她自己要是舍身一拼，或可脱身，可是小木头就惨了。这么想着，身子不由得颤抖。

小木头躲在母亲身后，起先还不敢看武风那副狰狞的面孔，后来听他威胁起武云来，不知怎么的热血上涌，猛地跳出来，拦在母亲前面："你，你出去！"

武风没想到小不点儿居然敢跳出来，倒是一怔。武云心头一热，赶紧把小木头拉回来，轻声对武风道："师兄，眼瞧着太极门和'秋水'要和解了，今后大家还算一家人，你也……"

不待她说完，武风就哈哈大笑起来："师妹，你都是当娘的人了，怎么还像个雏儿？你当老祖宗真心想跟太极门握手言和？"

"可今晚的斗菜不就是为了和解吗？"

"放屁！"武风的神色一下子变得阴冷，"实话告诉你吧，今晚不管他杨兆龙是输是赢，他都死定了！"

武云听了这话心头巨震，蓦地弹起来，高空来个"海底针"，朝对手击去。武风没想到她突然出手，下意识地往旁边一闪，武云身子不待落地，早变成"斜飞式"，一个挒劲直扫对方的脖颈。

武风见她披散着头发，招招拼命，心中也生出怯意，两人在房间里缠斗数个回合，竟是谁也奈何不了谁。

这当空，小木头早闪到墙角去，随手抓起脚下的瓶瓶罐罐，抽空就朝武风扔一个。虽然打不中，却也扰乱了对方的注意力。

武风气得哇哇叫，终于忍耐不住，转身要去抓小木头，背后就露了空门，吃武云斜插上一步，趁机用肩膀一靠。武风的身子便像脱了线的风筝，呼地跌飞出去，撞在桌子上，又翻过去。

武云没想到一着命中，怔了怔，小木头高兴地蹦过来："娘，打得好！"武云哪里还敢再拖延，一把抓住儿子的手就往外跑。

武风却是又在地上躺了会儿才一个高儿弹起来，笑道："武云，只要你出了这个门就好！"伸手在桌子上一按，人便轻飘飘地从窗口跃出去。

第十一章　太极是个圆

大浦东酒楼的大厅里灯火通明，如同白昼，十个评委依次上台，分两列坐好。司仪眼见时间快到了，一抬手，墙根处便响起了三通鼓，其后两个后厨便同时接到信号，斗菜开始了。

吕良这边第一道菜是“白鹤亮翅”，六个鸡翅放进砂锅里开煮，里面的汤汁早就兑好，需要炖上一段时间才成。故而，他又腾出手来准备第二道“海底针”，主料是鱿鱼的长须。

第三道菜是“斜飞式”，青笋斜斜地切成片片，白萝卜也斜斜地切成片片，金华火腿也斜斜地切成片片，配在一起炒起来，倒也赏心悦目。

这两道菜出锅后，鸡翅才炖好，从汤里捞出来后，放在盘子里备用。一旁来宝早帮吕良把两枚鸡蛋打开，去掉蛋黄，只留蛋清，然后加上少许白面粉搅拌成糊糊。

锅里面加了油，吱吱作响，吕良将六个鸡翅一一夹起，先放入糊糊转一转，然后投入油中炸。此时的火候掌握很重要，还让它外皮保持白色，不能泛黄，还要入口觉得干脆。

每出一道菜，兆龙都先尝尝，一面赞着，一面说出自己的建议，倒是讨论得热火朝天。不觉，三道菜也吃了一半。

这时，外面侍应生等不及了，敲门催促，他们才知道，十一指此时已经上过两道菜，而这边还是没见动静。外头的评委和司仪都在催了。

来宝笑嘻嘻地把他送走，告诉他好饭不怕晚，尽管让对手忙活去。这边要唱压轴大戏。

十一指上的头道菜果然是“少林英雄煮”。是用十八种原料做成的，寓意对佛教十八罗汉的虔敬，分别是花菇、口蘑、香菇、鲜磨菇、草菇、发菜、银杏、素鸡、素肠、土豆、胡萝卜、荸荠、冬笋、竹笋尖、油面筋、黑木耳、金针菜，配上高汤烹制而成。

此菜是从“罗汉菜”脱出来的，多了汤汁，放入大瓦罐内，一经端出来，便散发出浓郁的香味儿。更让人眼亮的是，瓦罐旁边还嵌了小小的“十八罗汉”，却是用萝卜雕成，样子栩栩如生。显然，这是出自厨仙绿娘之手。

十一指在御膳房时，做“罗汉斋”“罗汉菜”便极为拿手。因为慈禧太后信佛，大号“老佛爷”，所以非常喜欢吃这些斋菜。十一指自然拿出浑身解数，把这几样素菜做得越来越精到。

今晚在大浦东酒楼，“罗汉菜”换了个名称，变了些花样，冠以“少林英雄煮”的名头，一端出来便惹得个满堂彩。就连杨兆鹰也不得不赞叹，这汤汁实在鲜美，几口素菜吃下去，那种鲜嫩爽口让人萌生回归山野的感觉。

这菜看上去像大杂烩，其实是一点儿不简单，十八种食材混入一炉，慢热，酥软，并渐渐融合，共同烹出一种独特的香味，这正好也应了佛家所讲的众生平等。

十个评委尝过后，都由衷赞叹，只等着杨兆龙捧出自己的第一道功夫菜，再品尝过后，两者进行比较，决定谁的菜胜出。

十道菜，得优者多的胜出。要是十道菜下来打和，则再加试一道菜定输赢。所以说，第一道菜能否先声夺人，尤为重要。

但杨兆龙并没有及时呈上自己的第一道菜，时间却已过去了一刻钟，评委们正在猜疑间，十一指却又送上了他的第二道江湖菜——武当仙人跳。

这道菜的外形十分别致，大盘中放着六个用苦瓜雕成的盅，外皮碧绿，内瓤雪白，里面则倒插着两条炸过的田鸡腿。

这田鸡的腿是从活的虎皮蛙切下的，肉质鲜嫩，抹上酱料后，再经热油烹炸，趁热插入苦瓜盅里。那六个苦瓜盅都是由绿娘妙手雕成，模仿山川形状，并事先放入冰块中浸过。刚出油锅的田鸡腿插进去后，一个极热，一个极凉，油腻与素瓜相融，散发出一种异样的香气。

评委们听了司仪报出的菜名后，再看到这些倒插的田鸡腿，不觉莞尔。这个“武当仙人跳”是有些意思。待把蛙腿送入口中，外皮冷脆，里肉热嫩，一嚼之后，苦瓜的丝丝清苦和腿肉的浓香搅和在一起，使味蕾产生异样的享受。

工部局警务主管艾伦的嘴巴大，最先吃完，连连竖起大拇指，赞道very good！其他人也是纷纷赞赏。唯有杨兆鹰坐在那里很是尴尬，不赞吧，有些违心；赞吧，又觉得对不起兄弟，可是兆龙今晚是怎么了？为何直到现在也没见捧出一个菜来？

武云拉着小木头一口气跑出典当行后院，待从巷弄里钻出来，看到街上热闹的人流，他们才长出了一口气。武云往身后瞧了眼，见武风没有追出来，还是不敢相信这么容易就摆脱了他。

小木头兴奋地看着周围热闹的景象，喜得直蹦高。他被拘禁后，好久没出来逛逛了：“娘，咱们找爹去！”

武云笑着点头，拉着儿子的手快步往前走了段路，才招手叫到黄包车，告诉车夫，他们要去大浦东酒楼。小木头早一个高蹦上去，但屁股还不等坐稳，耳畔风声响起，一个黑影也蹿上来。

武云吃了一惊，正要伸手抢孩子。那人已弯手捏住小木头的脖子，孩子的脸登时憋红了，喊不出声来。

武云慌忙叫道：“你别伤他！”

武风漠然地看着她：“师妹，上车吧！”

武云只得硬着头皮上去。车夫见状，颇为疑惑，武风冷冷地道：“去齐凤楼！”

车夫看向武云：“不去大浦东了？”

武云只得说：“你听这位先生的吧！”待车夫拉着车跑起来，她赶紧哀求武风，“师兄，你快放了孩子！”

“你不跑了？”

武云知道，自己带着小木头是逃不脱的，只能委屈地点头。武风这才冷冷地把手收回去。武云心疼地将小木头揽在怀里，小家伙剧烈地咳嗽着，身子簌簌发抖。

黄包车上的铜铃铛发出当当的声响，在颠簸中，武云才回过味来，武风要带他们去的地方是齐凤楼，那不是兆龙从前的藏身处吗？他曾在那里当过两年的厨子。还好，那地方距此并不太远，当他们在齐凤楼的门口下车，看着那上头的牌匾，武云不禁暗自感慨，兆龙带着小木头就是在这里生活了两年啊！

小木头对这街巷可就熟悉了，每天里也不知会在此穿梭多少回，每一处摊位、每一家商铺、每一张面孔他都熟知，恨不得喊叫起来。但旁边有那个恶人守着，刚才还给自己来了下狠的，他哪里还敢造次，只能闷声。

如今的齐凤楼生意虽然不比从前，但晚上还是有几桌客，一跨进门去，小木头就瞧见老板林贵在柜台里张罗，却不见林凤的影子。跑堂的伙计瞧见他，惊喜地叫起来："小木头，你怎么来了？"

林贵听了，把头从柜台伸出来，定睛看了看，见果然是小木头，橘子皮似的老脸上也泛开了笑："还真是这小崽子！"赶紧从里面转出来。

等小木头叫了声爷爷，他就一把将孩子搂进怀里，居然冒出了老泪。起先，老头儿瞧着女儿对阿木有意，阿木却带着个拖油瓶，林贵其实心里对小木头并不怎么喜见。如今分开这么长一段，再见才知道心里一直记挂着这小人儿。

"娘，这是林爷爷！"

武云便朝林贵行了礼，说了几句感激的话。林老板一瞧眼前这女人的模样，便知道女儿是彻底没戏了。却又不明白武云身旁何以还跟着一个冷脸汉子，今晚阿木不是跟人在大浦东斗菜吗？林宝也去了，怎么她娘俩偏偏跑这儿来了？

武云见林贵直打量武风，知道他起了疑心，只得含糊地说，这是她师兄。小木头想说这是大恶人，嘴巴张了张，还是没敢说出口。

林贵赶紧让伙计收拾一个干净的包间，带他们过去。武风也不客气，大马金刀地往里面一坐，开口了："林老板，怎么不见令爱啊？"

林贵见他如此无礼，居然问起林凤来，大为不悦："这位客人，你问小女做什么？"

“您老别火，是我师妹想见见她！”武风说着转头看向武云，“是不是啊？”

武云虽不明白他的企图，却也知道他不怀好意，便不置一词，但武风的手再次搭在小木头的肩膀上，眼风像刀子一样削过来：“师——妹？”

武云无奈，只得道：“老先生，是我想见见阿凤妹子。”

小木头也叫起来：“我也要见凤姨！”

“那好，我去后头叫她来！”林贵虽然满腹狐疑，还是出门去了后院。本来，林凤在得知阿木要在大浦东酒楼跟人斗菜，她便吵着嚷着要去助阵，但因为拿不到多余的入场券，只能作罢。

她原本还托了林宝给想办法，谁知到头来也没弄到一张，弟弟又不肯把他的让出来，故而林凤一下午闷闷不乐，躲在屋里不出来。其实，林宝从致柔拳社多拿一张票并非难事，但林贵却并不想自己闺女再跟那个杨兆龙纠缠不清，故而嘱咐儿子千万不要给林凤入场券。

虽然兆龙自从离开齐凤楼后，再没有回来过，可林凤对他的行踪却一直紧追不放，林宝每天从致柔拳社回来，都会被他老姐追着问这问那，不吐露个详尽，她是不肯罢休的。

今晚在大浦东酒楼的斗菜，她本来是一心想去看的，谁想林宝到头来没弄来票。以林凤的脾气，没票也要去给阿木助威的，哪怕是提前守在门口，看着他进去，吆喝几声也是好的。

无奈，她老爹可不想再叫她把这梦做下去，死拦着不让去，说以杨兆龙的身份，别说妻子还在世，就是没了她也不见得能嫁他。磨叽到最后，她也心软了，实在不忍心再叫老父为她操心，便把自己反关在屋里。

可以想见，随着时间推移，特别是夜幕降临，也意味着斗菜开始，林凤心里面是如何的焦躁。在屋里好容易耗到八点，知道现在就是赶去也不行了，她心里才安分了，正准备去前面帮忙，没想到林贵倒是来后院了。

林凤见她爹脸色有异，有些纳闷：“爹，您怎么了？”

林贵迟疑着：“阿凤，有个人想见见你。”

“谁啊？”

“阿木的老婆，小木头的娘！”

林凤吃了一惊，呆在当场，脸皮居然慢慢红了，口干舌燥，浑身还发了热：“她，她怎么来了……”

“谁知道呢，她领着小木头，后头还跟着个阴阳怪气的家伙，一看就不是什么好东西！”林贵其实心里面也挺矛盾，他不想见到女儿跟武云面对面的尴尬，却又想让这丫头此后死心。

林凤心里更是啥滋味都有，咬着嘴唇，把辫子抓在手里绞来绞去，犹豫着。林贵道：“不想见，就不见了！”

“我偏要见！”林凤挺起胸脯就往外走，林贵赶忙跟上。

两人走进包间，伙计已经送上茶水，武风正跷着腿在那里吱溜地喝着，武云和小木头却坐在那里什么也没动。林凤一瞧见孩子，就动情地叫起来：“文定！”

小木头也叫声阿姨，两个女人的目光终于碰到一起。林凤的脸腮不由得泛起红晕。武云笑着朝她点下头：“林凤妹子，多谢你照顾小木头！”

“没，没啥……”

武风见状冷冷一笑，把茶杯往桌上一搁，翻起了白眼：“师妹，你对那姓杨的一片痴心，守身如玉，他可未必对得住你！”说着一指林凤，“不信你问她，两个人早勾搭上了！”

林贵听了大怒：“放你娘的臭屁！”

林凤担心她爹一发脾气，嘴巴没了闸门，把什么都吐露出来，慌忙推着林贵往门外走：“爹，您还是到前头去忙活吧！”

她想让老头子走，武风却早一步闪到门口，把路挡上了：“站住！”

林贵气得浑身哆嗦，在自家店里还受人摆布，哪里受得了，嘴里骂着，便要扇人耳光，却被武风一把扭住手腕子，就势甩出去。还好，武云及时冲上去一步，将他扶住。

林凤尖叫着便要上去挠抓，武风也不废话，从怀里掏出匕首噗地下插到桌子上，发出嗡嗡震响。林凤吓得又缩回去，林贵也不敢再造次了。

武云拦在三人前面，强作镇定：“武风，你到底想干什么？”

“想玩出好戏！”武风说着，伸脚往后一踢，把门关上，“你们都给我乖乖地坐好！”

武云知道，凭自己一个人不是他的对手，更何况如今除了儿子外，还有这两个大人成累赘，只得朝他们点点头，示意大家坐下。

武风见四人慢慢围着桌子坐了，武云和儿子紧挨着，林凤跟老父紧靠着，像待宰的羔羊，脸上显出残忍的满足，全身都抽搐不停，呼吸也变得急促，双手按住桌子嘿嘿笑个不停。林贵父女方才明白，他们碰上了疯子。

“丫头，你给我说实话，是不是跟杨兆龙有一腿？”

小木头虽然年纪小，却也知道这不是句好话，躲在武云背后嚷：“我爹没有！”

“闭嘴，小兔崽子！”

林凤脸憋得通红，突然大声叫道：“说就说，有什么大不了，我心里有阿木，可他他心里没我！”

武云没想到她竟然真敢当场说出来，倒是觉得头皮发麻，脸盘发烫。那林凤一旦吐实，索性就都咕嘟咕嘟往外倒，无非是自己一心对阿木，他却真是块木头……说着说着，又呜呜哭起来。林贵在一旁听了，觉得丢脸丢到家了，边叹气边重重地拍了下大腿。

武风在旁边瞧着听着，眼睛里露出奇异的光亮，像林凤这样泼辣胆烈的娘儿们还是头遭见到，待她说完，不禁啪啪鼓掌，把头伸向林凤：“妾身有意郎无情，你也是个苦命的人呢！”

林凤没想到原本一个阴毒的家伙，突然说出这样柔情的话来，倒是呆住了。武风目光在两个女人脸上来回晃荡，她们的心里都装着杨兆龙，偏偏自己却是没人理会……

武风脸上的肌肉一阵痉挛，突然出手，啪啪接连点了林贵和小木头的数处穴位，他们登时像泥塑一样表情凝固，非但说不出话，也动弹不了了。

武云和林凤吃了一惊，刚要跳起身来，武风手腕一翻，又将匕首横在老人和孩子头上，她们吓得马上缩回去。武云忿忿地问：“你到底想干什么？”

“你俩现在告诉我，心里还有那个男人吗？”

武云和林凤闭口不答。武风的匕首在林贵头顶上擦了擦，又转到小木头脑门上磨了磨，武云狠狠地盯着他，眼睛里喷射出怒火。

武风歪着头道："这么说，你们心里只有杨兆龙，没有这一老一少了？"

"不是！"林凤叫起来，她涨红了脸，低声道，"我现在心里头只有我爹一个，没其他人……"话到最后，声音小得像蚊子叫。

武风对此表示满意，转头看向武云："师妹你呢？"

武云暗叹了声："我现在心里只有小木头！"

"很好！"武风把匕首往腰带里一别，"这下我就有得玩了！"他伸手抓过桌上的两个空茶杯，一一斟上茶水。之后，把茶壶往墙角一丢，啪地摔个粉碎。接着，从怀里掏出一个小纸袋，打开口，送到武云和林凤面前，晃了晃："看清楚了，这可是穿肠毒药，喝一口就会七窍流血，神仙老子也救不了你！"

武云和林凤脸上不禁显出惧意，武风把药倒进左边的杯子，它很快就消融了，茶色并没有什么变化。他伸出双手抓着两个杯子："现在，我把它们飞快地转动，你们都把眼睛瞪大了，看仔细了，这可是人命关天的事，马虎不得！"

他边说着，双手已飞快地调换着茶杯，两个女人看得眼花缭乱，哪里还能分得出哪杯有毒，哪杯没毒。武风突然停手，杯子的茶水却依旧在微微晃动。

"怎么样，我这戏法变得如何？"他说着，又嘿嘿笑起来，看着两个女人的脸色惨变，他觉得一阵阵快意从心底荡上来。

"好好听着，你们每人挑一杯，碰碰运气！"

林凤一瞪眼："我不挑，我为什么要听你的？"

"因为你心里装着你爹！"武风冷笑地拍拍林贵的肩膀，"你们必须给我挑，不挑的话，我先把他们给宰了！"

武云一咬牙："好，我挑！"便要伸手去拿。

却被武风挡回去："慢着，我话还没完呢！"他脸上露出诡异的神色，"你以为挑的茶水会给自己喝？不对。师妹，你挑出来的那杯水，我会叫老头子喝！"

林凤和武云听后都愣住了。武凤指着林凤道：“你挑的呢，我会叫小木头去喝。”

他说完，长长吐了一口气，拍拍手掌：“这下子，你们该好好想想了，怎么个挑法？我给你们两分钟的时间！”

两个女人的呼吸变得急促，脑门都渗出汗粒来。武云知道，武风这玩的是猫捉弄老鼠的把戏，他就是要把她俩折磨得生不如死，才会得到那变态的享受。可是，儿子的命捏在他手里，自己又不能不照着去办。只是，这样的挑选未免太残酷，自己挑中毒酒，等于是亲手毒死林贵。自己没挑中，儿子又会命丧林凤之手。

不行，她做不到。武云咬紧牙关，双手微微颤抖，便要暴起把两个茶杯扫落。武风却是早就料到这一招了，匕首再次横在一老一小的头顶上：“我还忘了说一点，你们俩只要有一个敢打翻杯子，他俩都得死！”

这是逼着两人做出选择。林凤牙关咬得咯吱响，脸蛋都扭曲了，高声喊：“我先来！”

“好，到底林大小姐是女中丈夫！”

林凤哆嗦着，伸出双手，慢慢靠近两个杯子，隔着能有一指远，却拿不准到底该取哪一只。林贵眼珠子鼓出来，要不是被点了哑穴，早朝闺女大呼小叫了。

武风兴奋地看着，拿匕首的手不停地颤晃，在林贵和小木头的头顶上扫来扫去，叫武云看得心惊肉跳，手心已尽是汗水。

林凤眼睛盯着桌上的两个杯子，呼哧呼哧地喘着了粗气。蓦地，她居然同时把两个茶杯抓起来，一起往嘴里灌下去，咕咚一声咽下去，然后把杯子往地上一摔，嘎嘎大笑起来，嘴巴水淋淋的：“反正我也不想活了！”

武风看呆了，没想到她竟然如此绝烈，随即也狂笑道：“好，这样的女人我喜欢！”这时，武云已飞身扑来，抱着他跌出去，两人在地上滚来滚去。

林凤却依旧哈哈笑着，颠颠晃晃地靠到墙角，慢慢捂着嘴巴蹲到地下。小木头看傻了，林贵虽然依旧喊不出声来，但也是老泪纵横。

猛听武风尖叫一声，武云的身子被甩出去，恰好跌到林凤脚下，她一骨碌爬起来，抱住林凤："快把它吐出来！"

武风嗷嗷叫着："武云，你敢咬我！"他的手腕血淋淋的，气急败坏地逼上来。就在这时，房门被人一脚踹开，武云转眼看时，不禁惊喜交加，冲进来的竟然是武蕾。

她一指武风："老祖宗果然没猜错，你要造反！"

武风把手腕凑到嘴巴上，伸舌头舔舔上面的血迹："那又怎样，反正她也不准备跟太极门斗狠了！"

"武蕾，别让他跑了！"武云翻身蹦起来，朝武风扑过去。

武蕾见她这样拼命，有些诧异，脚下一滑，转到林贵和小木头身旁，瞧他们模样便知道被点了穴，赶紧给他们解了。林贵一能开口，就抓住武蕾的手："快，快……"急切间，竟然说不出话来。

反倒是小木头嘴巴里倒出了豆子："他给林凤阿姨下药了！"

武蕾虽然不知武风这么做有何用意，可是很鄙视他的行为，脚尖一点便蹿过去。别看她们单打都不是武风的个儿，但联手却足以打他个落花流水。

武风应付了几招，很快就挨了几下狠的，他却没意思逃，气急败坏地摆手："怎么，你俩非要了我的命不成？"

武云往前紧逼："快把解药拿出来！"

武风摊摊手："你们也不好瞧瞧，她像中毒吗？"

武云和武蕾转身一瞧，可不是，林凤脸色并无异样。武风讪讪地道："不过是陪你们玩玩，还当真了！"

"我没事？"林凤这才扶着墙站起来，摸摸脖子和肚子，可不是，并没有不适的感觉，指着武风大骂，"你个王八蛋，敢戏弄你姑奶奶我！"

林贵听说女儿没事，长长松了口气，腿肚子一下子又软了，林凤只得过去帮着搀扶。小木头则赶紧跑到他娘跟前，被武云一把揽进怀里。

武风歪着头，先看看武蕾，又把目光落到武云身上："师妹，从今天起，我心里也没你了，太极门也好，秋水也好，统统跟我无关！"

"你能这样想得开，那也很好！"

武风脸上闪过一丝诡笑，慢慢转身面对着林凤：“凤丫头，从今天起，我的心思可是都放到你身上了！”

武云和武蕾没想到他竟然看上了林凤，大为意外。

“我呸！”林凤双手卡腰，“你也不拿镜子照照，你这副猪脸我看着就恶心，还想占我便宜，快点滚出去！”

要照以往，一向心胸狭隘的武风听了这话定会勃然大怒，谁知他只嘻嘻一乐：“我倒是巴不得是猪八戒，把这里当成高老庄，你就是高秀英呢！”

林贵也气得直哆嗦，指着门口：“你，你给我滚！”

“今天滚了，明天还会来！”武风说着，毫不在乎地往外走去。

“等等！”武蕾伸手拦住。

武风一皱眉：“丫头，这事又碍着你什么了？”

武蕾因为她跟林宝间“耍”过一场，曾被林贵当成未来的儿媳妇，觉得颇有亏欠，便想趁机还林家一个情：“师兄，你要是好好跟林小姐相处倒也罢了，万一干出什么伤天害理的事，我第一个不放过你！”

武云也道：“得让他发个毒誓！”

要按武风以前的脾气，牛不喝水，别人是按不下他头的，今天居然转性了：“发誓就发誓！”他转身面对林凤，“强扭的瓜不甜，我知道！”

林凤没想到今天自己被“无赖”上了，气得七窍冒烟，指着武风破口大骂：“你敢来，来了我定打断你的腿！”

“打断腿也来！”武风丢下这句话，便晃荡着膀子走了，留下林氏父女大眼瞪小眼。

趁着这空儿，武云赶紧跟他们告别，拉了小木头，跟着武蕾急急地出了齐凤楼。武蕾是开小轿车来的，自从看到武风没了影，她在大浦东酒楼里就坐不住了，终于也偷溜出来。

尽管红燕子转移武云母子时瞒着她，但哪里能逃得过她埋伏的眼线。“老祖宗”不会想到，武蕾正是在她被杨兆龙拘禁期间，为他的诚意所感，终于答应“反水”。这期间，自然也少不了刘兆鸣的劝说。

她们一钻进轿车，武蕾就嘟嘟按响喇叭，往前冲去。听武云问起那边斗菜的情形，她道："我也不知道姐夫肚子里装的什么药，到现在还没上一道菜！"

武云一怔："怎么会呢？"

武蕾嘻嘻一笑："也许，他是等着你和小木头也赶过去才会拿出绝活来！"

距离斗菜结束还有半个时辰时，兆龙终于出手了，开始烹制他的秘密武器——太极变。

吕良和来宝瞧着他一溜摆开十个土黄色的陶瓷碗，中间各加上一块呈"S"形的薄片，这东西是用笋干削成的片，唯有这样隔着，才能弄成太极图中阴阳鱼中间的那根曲线，还不会破坏米饭的香味。跟着，他把早就准备好的两种米分别倒进两个盆里搓洗，一种是黑米，一种是白米。吕良抓起两种米瞧瞧，闻了闻，马上知道这都是最上等的米。

那洋县黑米距今已有两千多年历史。从来都是向朝廷进献的贡米。它色泽乌黑，内质色白，煮成粥为深棕色，味道浓香无比。

白米却是五常一带种的，曾经得到咸丰皇帝的推崇，兆龙在御膳厨房时最喜欢用这种米，蒸出的白饭香喷喷的。

吕良和来宝看着他反复搓洗几遍，然后每一碗都加入适量的黑白米，并加入适量的温水。水离米约有一指高。

"兆龙，你的太极变不会就是蒸一碗饭吧？"来宝终于忍不住了。

兆龙笑笑："你猜得没错，我就是要蒸饭来吃。"

吕良倒吸口凉气："完了完了，这次是彻底没戏了！你一道菜没上，等于是拱手认输！"

"不瞒师兄，我根本就不想跟十一指斗菜！"兆龙叹了声，"与其斗来斗去，还不如好好煮上一碗饭！"

吕良表情黯然，心想，师弟这样想也没错，怪只怪对手实在太强，更何况还有厨仙在旁助阵。

他沮丧，来宝却强打起精神，帮着把碗一一放进锅里，兆龙却并不急着盖，而是又弄了点白醋，每碗里点上两滴，这样的话，蒸起来的饭更浓香。

盖严实后，两人便默默地往里面添加柴火。每烧一会儿，兆龙便会把耳朵凑近锅盖听听，然后决定加多少柴，以便掌握火焰的旺弱。

因为一个多时辰内，这边的后厨却一直没端出一样菜，除了司仪外，有几个评委也前来问询，杨兆龙是不是就此放弃？他始终微笑以对，说他的功夫菜最后一定会上的。

那边，十一指和绿娘、三金也早听说了这事，他们自然也很诧异，却哪里能摸得透兆龙的心思。要说他是半道放弃，看来又不像，因为他几个人还泡在后厨里，听说也在一道菜一道菜地烧制，只是并不端出来让评委品评。

终于，斗菜接近了尾声，因为大多时间都是十一指一个人的“江湖菜”在唱独角戏，他又确实做得好，评委们无不赞叹，唯有杨兆鹰在上面如坐针毡，他万万没想到兆龙会来上这么一出，哪怕你就算上一两道菜，也多少能遮遮丑，好过被人误以为是被十一指吓得不敢动刀动锅！

当最后一道“昆仑肝胆”送上来后，十一指和绿娘、三金也来到大厅，三人一亮相，登时惹来阵阵掌声。其他来宾虽然并没有口福品尝他们的厨艺，但听着司仪报着菜名，讲着做法和用料，也是一种享受。大家对于他们的十道“江湖菜”能做得如此出色，还跟十个门派贴切，很是佩服。

几乎前后脚，兆龙的“太极变”终于露脸了。两名侍应生端着长托盘，上面各放着五只有盖子的碗。

司仪惊喜道：“好了，最后一刻，杨兆龙的功夫菜也上来了，并且一上就是十个碗，凑够了数！”下面的人听了，都轰然笑起来。

随后，兆龙带着吕良和来宝出场，朝在场的所有人鞠躬致谢。在司仪的主持下，十个评委纷纷拿开碗的盖子，大家不由得发出惊叹声，浑没想到，兆龙的“太极变”原来就是一碗黑米和白米煮成的饭。虽然它蒸得成色好，图案也完美，但并不是菜。

“杨先生，这就是你要呈献的功夫菜吗？”司仪赶忙询问。

“正是！”

“可它是饭，不是菜。而今天明明说的是斗菜！”

兆龙脸上泛着微笑："我不以为菜是可以用来斗的。我今天站到这里来，只为了和！"

"此话怎讲？"

"我也曾主厨几十载，不管是御膳房，还是大酒楼，经一双手烧出的菜肴少说也有几千例。直到近些年才明白一个道理，烹调的最高境界就是一个和字。"

"您给细细讲解下？"

"所谓食德饮和。曾几何时，我们都忘了饭才是根本，忘了菜肴原本是用来下饭的。"

"所以您上这么一碗太极变，就是想用无味的米饭，来挑战那些有味的江湖菜？"

"不是挑战，是调和！"兆龙笑道，"我相信，尝过十一指的菜肴，再吃一口饭，各位评委会更觉得味美。"

"没错！"《申报》总编辑郎俊道，"袁枚便曾说过，饭之甘，在百味之上！甚至说，知味者遇好饭不必用菜！"

杨兆鹰听了这话，脸上露出笑容。"老祖宗"却不免露出讥讽之意。听司仪道："那么各位评委便请用饭，看这太极变是不是能用一饭抵十菜！"

大家便纷纷动箸，大多人只吃了一口，表情便发生变化，有的再吃再品，细细回味；有的则边吃边跟旁边的人小声咬耳朵。杨兆鹰吃了两口后，脸上放出红光，这米饭确是无上美味。就连"老祖宗"的神情也变了，一口饭慢慢嚼着，竟然合上了眼皮。

"好饭！"民新影业公司的导演郑秋大声赞叹，他是致柔拳社的朋友，自然更要帮着说话，用手扶了扶鼻梁上的金丝眼镜，索性站起来，"我现在明白了，这饭继菜之后入口，并非是从有味变成无味，它那淡淡的甘香，恰恰又使菜的鲜味凸显出来，怪不得叫它甘受和呢！"

张家花园的张叔和也道："老朽也吃了六十多年的米了，实话说，还从没有吃过这样一碗饭，黑米的香和白米的香，滋味不同，口感却又相近，实在是不易啊！"

十一指在旁边见了，再也沉不住气，索性凑到张叔和桌前，将那碗饭端起来，先放到鼻前嗅了嗅，然后伸出舌尖舔了几粒米，轻轻嚼动，细细品味，终于，他发出一声长长的叹息，对司仪道："这碗好饭，我就算再用心怕也蒸不出来！"

此话一出，大厅里的人先是惊愕，随后又爆发出一阵热烈的掌声。

司仪待掌声慢慢稀疏，才道："饭是好饭，要说数量上，十碗饭对十盘菜倒也合乎数目。可今天大家群聚于此，言明了是为了斗菜。这饭菜可以同食，但并不是一类，比较起来是有些费劲！"

兆龙忙道："不需要比，我蒸这碗饭就是为了成人之美！"

十一指嘿嘿笑道："我可不想掠人之美！"

司仪为难地往四周看看，摊摊手："那我只有交给评委去定了！"

杨兆鹰第一个举起手来："我觉得应该算和局！"

兆龙一上来就挑明了态度，不想斗菜，其行为也果真做到了这一点，没有挑战的意思，于是工部局警务主管艾伦、淞沪护军使使署的张家伦副官、《申报》总编辑郎俊、民新影业公司的导演郑秋、精武体育会的陈公哲纷纷赞成和局。

青帮潘安堂的"老头子"马常用、昌荣百货公司的朱发荣却是跟"秋水"暗通款曲，本应该投反对票，但杨兆龙这碗饭确实蒸得好吃，在吃了那么多菜后，猛来这么一碗饭点缀，委实给人莫大的享受，又见众人的意思都愿意打和，便都弃了权。

最后，所有的目光都聚到"老祖宗"身上，这个喜欢穿红衣裳的老妇人在期间像是两耳不闻，只是不紧不慢地把那碗饭吃尽了。

别看面上沉定，其实心里早在翻江倒海。她是老江湖了，这几天早就嗅到了别样的气味儿。先是胡玉斋去白云观探寻杨慕侠，从此再无音信，而同他一道前往的高铭远，居然在"秋水"要与太极门对决的紧要关头，竟然也迟迟不回来助阵。又有那兴武会的翁杰，原本是自己藏在杨兆龙身旁的一支奇兵，谁知前天也是突然离开，也没说出个由头。

今天一入会场，武风就没了踪影，之后武蕾也不声不响地走了。放眼左右，老妇人觉得己方势单力薄，竟是无人可用，隐隐有一种大势已去的兆头。而太极门那边可是声势浩大，加上他们刚刚战胜日本武士，更是博得了上海各界人士的称颂。

如今她就算是想来硬的，又有什么好棋可用？更何况，这斗菜说起来新鲜，其实就是在玩游戏，杨兆龙不论输了赢了，都无碍根本。所以他才会无所顾忌，敢用一碗饭来“迎战”十一指的江湖菜。

这个时候，她就算是想跟太极门唱对台戏，也只能是以卵击石。因为昨晚上她的武颠（也就是太极门的刘兆鸣）也来了一封信，只有短短的一句话：“我是太极门的子弟！”

但这句话却不亚于一柄利器，直接戳中红燕子的要害。那一刻她便明白了，自己的算计都落了空：“秋水”早落入了太极门的陷阱，而下套的便是这杨兆龙。

所以说，这碗饭她吃在嘴里什么滋味都有。尽管手不抖，筷不乱，却吃得并不轻松。但她还是把它一点儿不剩地吃完了。之后，她慢慢抬头道：“杨兆龙，你这太极变确实玩得不错，就是有些狡猾！”

兆龙微笑不语，心里面却觉得有块石头慢慢落了地。红燕子能说出这样的话，表明她确实想跟太极门和解了。

猛地眼睛一亮，他看到武蕾引着武云和小木头正穿过人群，往这边挤过来，不禁心头一热，眼睛就此湿润了。

“老祖宗”自然也看到了她们，暗叹了声，挥挥手：“那就和了吧！”

大厅里响起了如雷般的掌声，吕良和来宝兴奋地大笑起来，纷纷跟三金、绿娘致礼。小木头在下面早喊了起来，兆龙飞身迎上去，跟武云和孩子拥抱在一起。武蕾看着他们一家三口终于破镜重圆，几多感慨。

台上，杨兆鹰也主动跟“老祖宗”见礼。红燕子尽管嘴上承认斗菜和了，但心下到底别扭，便对杨兆鹰道，斗菜打成和局算是小事，但要想“秋水”跟太极门和，那要看杨兆龙是不是真的说话算数，肯把《授密歌》当众公布于世。

兆鹰当即回答，杨家人从来说话算话。

看时机差不多了，武蕾提醒兆龙，是该兑现他的承诺了。兆龙方才跟武云和孩子分开，此时“老祖宗”、杨兆鹰等人也都围过来。兆龙先朝红燕子抱抱拳："多谢老祖宗成全！"

红燕子很干脆地一摆手："用不着，现在我只想瞧瞧你是如何来理会那《授密歌》？"

杨兆龙点点头，转身面对众人，朗声道："各位，我杨兆龙斗胆问你们一句，可曾听说过《授密歌》？"

不少人应声叫起来，说那是杨家的无上武功心法，从不传授给外人。还有知道些根底的，说那功法源自武当，后来落入杨家，习练者不过二三人。

杨兆龙随后道："没错，《授密歌》是先祖从武当得来，可随之而来的还有一句誓言，那就是《授密歌》不立于文字，在练者有生之年只能传授一人。也就是说，只能单线单传。故而，这么多年过去了，我杨家除了先祖外，只有我爷爷杨慕侠和我有幸习练了。"

有人便喊："那么，你今天要把它传给谁？"

"传一个人只怕不行，因为我答应今天将它公布于世！"

大厅登时沸腾了，有人赞道："杨大侠，你不理会那誓言，也算是心存大义了！"

"快点说出来吧，早该说了！"

"杨家的名声就那么值钱吗？"

杨兆龙听人说杨家的名声，眼光骤然一盛，朝那边看去，说话的那人令他眼神一跳，竟然打个愣怔。

"杨家的威望自然不容玷污，我今天站在这里，也是为了杨家的名声！"

"那你到底是不肯违背誓言了？"

杨兆龙微微一笑："我愿意把《授密歌》公布于世，并不意味着就一定要违背誓言。这得要在场的各位跟我一样，也把心胸放宽了，那样子才能破了那句誓言。"

杨兆鹰听兄弟这样说，心底下一直波澜涌动，他直到现在还怀疑，如果此誓言有破绽的话，以先祖和爷爷的智慧如何能看不穿、瞧不破，偏偏要等到今天让兆龙来弄？

只听兆龙道："我觉得，碍于誓言不敢违反，以免声名受损，说穿了也是私心作祟。其实那句誓言是有破处的，破点就在于你得到《授密歌》时，能否马上传给他人，马上传，不要等你老了再传。这样的话，谁得到它后，都即刻传出去，大家都在传，这样子非但没违背誓言，还让更多的人受益了！”

此话一出，大厅里慢慢静下来，大多数人是听懂了，心头都怦怦急跳。杨兆龙说着，转身看向“老祖宗”：“我今天，就当众把《授密歌》传给红燕子红老夫人，这就好比击鼓传花，就看她马上会再传给谁了！”

他说完，笑着走到红燕子跟前，凑到她耳根低声念起来：“无形无相，全体透空……”

红燕子听罢，吃了一惊：“这就是《授密歌》的口诀？”

“千真万确，唯有修炼到高层境界，才能有所感悟！”

红燕子轻轻在嘴里念叨了会儿，叹息了声，看看在场的人。那么多炽热的目光盯着她，她自然不能被人瞧得小，存有私心，不马上传出去。可是，到底该传给谁呢？眼睛一亮，她看到了小木头。这小家伙是武云的骨血，算是脚踏“秋水”和太极门两家了，索性便传给他吧！

于是招手让小木头过去，小声在他耳根说了两遍，直到他记住。之后，也让他下去传一个人。小木头自然传给了他娘武云。武云呢，随后传给了武蕾。武蕾觉得不能小气，又传了杨兆鹰，于是兆鹰又传了兆鸣，兆鸣又传给他人。

就这样一个传一个，在没有违背誓言的情况，很快，在场的人差不多都传遍了。大家都兴奋得像新年拿到了红包，个个喜笑颜开。更舒心的当然便是兆龙了，这块石头压他心底多少年了，或者杨家背着这副重担时间太久了，如今才觉得放松下来，顿觉人间静好，万物乐融。

击鼓传花法子虽好，但传到一定时候，不免也会出现漏空。像这《授密歌》传到《申报》记者耳中后，他虽然马上又传了别人，却又不忘将它整个刊发在报纸上，这样的举动就不是兆龙能够左右的了。

事实上，自从那几句口诀从他嘴里吐出来后，《授密歌》就再也不属于他一个人了。

两天后，一张刊登着《授密歌》的《申报》便被人带到了京城，并交到住在白云观的杨慕侠手中。

通过上面的报道，老头子终于弄清楚兆龙是如何破解那句誓言所布下的圈套，不由得乐了。他把报纸交给观主弱用后，也算是还他一个人情，便大笑出门而去。此后，他真的可以无所牵挂地去隐居了。

当天下午，高铭远也拿到这张报纸，知道了《授密歌》，始才恍然，原来杨慕侠答应传他《授密歌》，是这样子一个传法啊！

那天，在斜阳的映照下，他还听见一个小道士轻轻哼着歌：“太极是个圆，圆中有阴阳。阳中有点阴，阴中有点阳。太极是个圈，圈中有黑白，白中有点黑，黑中有点白……”

不用说，这一定是杨慕侠在临走前教道童唱的。高铭远听罢不禁叹息，太极这个圆圈还真是不好破呢！